小巷人家（上）

大米 著

四川文艺出版社

图书在版编目（CIP）数据

小巷人家 / 大米著 . -- 成都 : 四川文艺出版社，
2024.1（2025.2 重印）
ISBN 978-7-5411-6818-5

Ⅰ . ①小… Ⅱ . ①大… Ⅲ . ①长篇小说 – 中国 – 当代
Ⅳ . ① I247.5

中国国家版本馆 CIP 数据核字（2023）第 220278 号

XIAOXIANG RENJIA
小巷人家

大米 著

出 品 人	冯　静
责任编辑	周　轶　彭　炜
策划编辑	王妍萍
内文设计	任贤贤
封面设计	霄 — Book Designstudio — wx:vxiaoamber
责任校对	段　敏

出版发行	四川文艺出版社（成都市锦江区三色路 238 号）
网　　址	www.scwys.com
电　　话	028-86361802（发行部）　028-86361781（编辑部）

邮购地址	成都市锦江区三色路 238 号四川文艺出版社邮购部　610023
印　　刷	三河市九洲财鑫印刷有限公司
成品尺寸	145mm×210mm　　开　本　32 开
印　　张	16　　　　　　　　字　数　420 千字
版　　次	2024 年 1 月第 1 版　印　次　2025 年 2 月第 7 次印刷
书　　号	ISBN 978-7-5411-6818-5
定　　价	79.80 元

目　录

小巷人家（上）

小巷人家（下）

第 一 章

冰箱和扁担

棉纺厂改造了一条小巷内的旧房子，分配给职工做宿舍。

分房名单还没出来，棉纺厂就出了一条爆炸性传闻：三更半夜，二车间厂花带着儿子敲响了书记家的门，被吵醒的左邻右舍模模糊糊地听到了一句："……家里住不下，你要不给房子，我儿子就放你家了。"

一传十，十传百，正当传闻欢快地往桃色事件方向一路狂奔时，后续出来了：桃色事件变成了家庭伦理剧。

书记下班后看到厂花儿子正四平八稳坐凳子上等着吃晚饭，气不打一处来，就势踢了他的凳子一脚。

凳子翻了，小男孩跌坐在地上放声大哭。"你踢我！你让我爸爸给厂里招待所搞了台冰箱，你不给我妈妈房子，你还踢我。"

小男孩号得情真意切，声传千里，周围几栋楼的人都听见了，以迅雷不及掩耳之势还了书记清白。

周围几栋楼的同事们正在赞叹书记一心为公时，小男孩又号了一嗓子："昨天晚上，你老婆问你为什么不给家里也搞一台，你说你存的钱不敢让你妈知道，你妈会把钱要走的。叔叔，我爸爸真的搞不到冰箱了。"

当晚，书记家鸡飞狗跳，在小男孩的哭号声中，书记老妈和书记老婆打起来了。

双方势均力敌，打得难分难解。第二天，书记老妈去厂医院开高血压药了，她是农村户口，没有医疗福利，书记被迫用辛苦积攒的私房钱交了医药费。

书记老婆痛斥婆婆装病，气冲冲地回了娘家。

全厂职工各出奇招，拼关系、比拳头、使阴招之后，十月底，厂里终于公布了分配方案，在办公楼前的布告栏里贴出了名单。

黄玲站在布告栏前，喜忧参半。喜的是她分到了两间卧室，忧的是，她和厂花家分到了同一个小院里，两家公用一个厨房。

一家四口就一间房，孩子们已经睡下，灯都关了，黄玲和丈夫庄超英依旧难遏兴奋，摸黑坐在小饭桌边窃窃私语。

筒子楼宿舍隔音不好，走道里的脚步声，隔壁的呼噜声清晰可闻。夫妻俩就着朦胧的月色，都看到了对方脸上无法抑制的笑容。

庄超英嘱咐妻子："咱们这一层就咱家分到了房子，这些天要低调，一定要低调！"

黄玲怕吵醒孩子，不敢笑，但她的嘴角一直上翘着。"还用你吩咐，我都吩咐过孩子们了，不要在学校里多嘴。"

庄超英道："瞒也瞒不住，就是别太嘚瑟了，招人恨。"

黄玲轻道："真没想到……"

黄玲语焉不详，但庄超英完全明白她的未尽之意。"你是老职工，每年都是生产标兵，论工龄，论职称，厂里给你房子也是立典型。"

黄玲点点头。

庄超英道："对了，一个院住两家，你知道邻居是谁吗？"

黄玲欲言又止，斟酌了一下才回答："宋莹，我和她不是一个车间的，不太熟。"

庄超英直觉妻子话里有话，问："不好处？"

黄玲道："年轻时是厂里有名的厂花，人很漂亮，很时髦，据说嘴巴不饶人，很泼辣。她儿子和筱婷一个班，筱婷说他很淘气，经常被老师批评。"

大床上，庄筱婷翻了个身，似乎被吵醒了，夫妻俩立即屏息不说话。

庄筱婷又翻了个身，再次沉沉睡去。

黄玲把声音压得更低："就是把儿子扔书记家的……"

厂花把儿子扔书记家一事，棉纺厂无人不知、无人不晓，庄超英立即"啊"了一声，表示懂了。

宿舍在二楼，隐约能听见楼下草丛中的虫鸣声，庄超英出了一会儿神，又问道："你觉得咱家能分到房子，会不会……会不会和国家恢复高考有关系？"

黄玲茫然摇了摇头。

庄超英道："以前高中部都是混日子的，老师们心散，学生们心更散。自从报纸上说12月下旬举行高考后，校领导好像有点重视高中了。"

黄玲道："是啊，现在晚上都有人来找你问功课了，吵得咱家孩子没地方做作业。"

国家十年没举行高考了，尤其是市面上几乎买不到参考书，大多数人也压根不知道怎么报名、怎么备考、怎么填志愿，庄超英是棉纺厂附中高中部的数学老师，理所当然成了咨询中心。

两个月内，庄家门庭若市，来请教问题、抄教案的人络绎不绝。

家里就一间房，生活被严重干扰，黄玲多少有点意见，但关系到考生们一辈子的前途，又都是同事熟人家的孩子，她只能反复劝慰自己："忍忍，再忍忍，马上就高考了，反正前后就两个月。"

12月底，全国570万14岁至32岁的考生步入考场。庄超英在学校和家里连轴转了两个月，高考开考时，他由衷地舒了一口气，以为自己能轻松了。这口气刚舒出去，几乎是同一时间，庄超英收到了教委的通知，因为他在高中任教多年，家庭出身好，又是党员，他被市教育局选中参与本地区的隔离阅卷工作了。

庄超英接到通知时，不可置信兼耳鸣目眩，他完全不敢相信自己居然有资格做高考阅卷老师。

庄超英只是中专学历，他自身没有经历过高考，本能地对"高考"这两个字有敬畏之心，在校长把教育局的信笺交给他之前，他从不知道他本人和高考还能产生直接联系。

校长问："十年没有高考了，工作步骤还有点乱，具体怎么阅卷还不清楚。阅卷是要离家的，不知道要改多少卷子，要改多久，你和家里商量一下再回复我，如果有家庭困难，可以不去。"

庄超英攒着信笺，手心里沁出汗，他斩钉截铁道："去，我去。"

庄超英匆匆回家将此事告诉黄玲，并开始收拾东西。

夫妻俩都有点蒙。黄玲慌里慌张地从柜子里抱出多余的被褥，用尼龙绳捆紧，一边问庄超英："除了被子、衣服，还要带些什么？"

庄超英也很茫然，回道："只说要带铺盖、衣服和随身用品。"

黄玲拿起桌上的搪瓷缸，吩咐道："缸子、毛巾是要带的，你去拿牙膏牙刷，我来找毛巾。"

庄超英去拿牙膏牙刷了，黄玲打开五斗柜找新毛巾，她无意间看到五斗柜上的几个小药瓶，想起庄超英胃不太好，连忙找出胃药、感冒药等常备药，把药瓶仔细地裹在了毛巾里，塞在了搪瓷茶缸里。

一番忙碌后，被褥捆好了，衣服和随身用品收拾在了一只人造革行李包中，洗脸盆和暖水瓶也装进了网兜里，庄超英准备出门了。

黄玲迟疑问："要告诉图南和筱婷吗？"

庄超英想了想："不清楚能不能对外说。稳妥起见，你先别向外说。孩子们嘴快，先别告诉他们了，就说我出差了。"

黄玲嘴唇微颤，庄超英知道妻子心中惶恐，安慰道："只是阅卷，改完卷子就回来了。"

庄超英从床底翻出了挑煤球的扁担，把收拾出来的行李绑在了扁担两头，挑起扁担下了楼，黄玲默默地跟在后面。

楼间空地上，一群孩子正在玩耍，大儿子庄图南和小女儿庄筱婷也在其中，庄超英笑呵呵地和一儿一女打了招呼，说自己要出差几天。

庄筱婷好奇地问："爸爸，你去哪儿出差？"

庄超英愣了一下，含糊道："不远。"

庄图南年龄大一些，觉得不太对，纳闷道："爸，怎么出差还要带被子？你是去乡下学校吗？"

黄玲制止了庄图南的询问，带着儿女把丈夫送到了公交车站。

庄超英挑着扁担上了公交车，中间转了一次车，再步行了十分钟，到了隔离阅卷点——市铁路局大院。

大院铁门里是一栋招待所和一栋办公楼。

招待所已不再对外营业，铁门内三层警卫戒备森严，庄超英在警卫的带领下进了招待所房间，稍事休整后再被带进了办公楼。

办公室内所有的书桌拼成了一张超大桌，桌子正中叠放着一摞试卷，桌边几位老师手执纸笔，低头写着什么。

几位老师见了庄超英，纷纷停下了手中的笔，站起来自我介绍。

简短的寒暄后，一位老教师言简意赅地介绍了情况："这次高考太仓促了，从发出通知到正式考试就两个月，省教委都没有正确答案。我们商量了一下，老师们先拿卷子自己做一遍，再翻找出几份考得好的学生试卷，参考一下考生们的解题方式，最后大家总结出一份标准答案再阅卷。"

另一位老师说得直白："我们的基础也……不那么好，大家也都荒废好多年了，考生们的解题方法可以帮我们拓展思路，提高阅卷时的效率和正确率。"

老教师从桌子中间的试卷里随意抽出一份，递给庄超英。

庄超英低头一看，这份试卷完全答非所问，考生在数学证明题下默写了半首《沁园春·雪》，半首词里还背错了两行。

老教师解释："绝大部分考生基础很差，答不出题目就乱写，答得好的卷子很少，如果一份卷子正确率高，我们一屋子的老师都争着看。"

庄超英开始了隔离阅卷的生活。

阅卷期间，老师们无法和外界自由接触，阅卷结束前，老师们也不能自行离开大院。

上百位阅卷老师住在了招待所两层楼的几十间标准间里，每天早上一起在招待所食堂吃完早饭，一起去办公楼里阅卷，晚上再一起回到各人的房间内。

招待所条件艰苦，没有炉子，庄超英很庆幸黄玲硬把家里最厚的被褥塞给了他，才不致半夜被冻醒。热水供应也有限，每屋每天只供应一热水瓶的热水，庄超英和另一位阅卷老师必须省着用。生活用品更是缺乏，又无法外出购买，老师们之间只能共享牙膏、感冒药等物品。

黄玲不清楚庄超英参与高考阅卷一事是否需要保密，出于组织性、纪律性的考虑，她选择了守口如瓶。同事、邻居们陆续发现了庄超英的失踪，庄超英是本地人，父母家就在苏州，黄玲连说婆家有急事的借口都没有，只能含含糊糊说是工作需要。

庄家兄妹只能在妈妈语焉不详的回答中佯装镇定。

庄超英还没回家，房管科正式分发了钥匙，分到房子的职工们可以搬家了。庄图南是五年级的学生，半大小子已经是个壮劳力了，他帮妈妈拆卸了铁皮炉，把家具煤饼搬上三轮车，庄筱婷刚上一年级，年龄小，力气小，但也力所能及地帮忙收拾衣物。

一家三口忙碌了半天，用三轮车送第一车家具。

黄玲牵着庄筱婷的手步行，庄图南蹬车，三人并行进了巷子，按钥匙上贴的门牌号寻找房子。巷子很深，黄玲越往里走，心情越低落：公共水龙头和公共厕所都在巷口，房子离巷口越远，生活越不方便。

怕什么来什么，分到的小院是巷尾最后一家，位置差到不能更差。

小院里，新邻居一家正在搬家。

宋莹很时髦，尽管是搬家，她的衣着也十分出挑，深蓝色尖领外套，姜黄色高领毛衣，整个人既光鲜又利落。与之形成强烈对比的是，她身边的男子穿着土气，煤堆边的小男孩更是邋里邋遢。

宋莹十分自来熟："玲姐是吧？林武峰，这是咱家以后的邻居玲姐。栋哲，喊阿姨！"

林武峰连忙放下手里的热水瓶，向黄玲伸出手："玲姐，幸会幸会。"

男孩林栋哲听见妈妈的话，抬头对黄玲灿烂一笑。他的五官很像宋莹，眉清目秀，十分讨喜。林栋哲正要开口喊阿姨，突然听到院外庄图南和庄筱婷兄妹说话的声音，他立即跑到院门边，向外看去。

林栋哲这一转身，黄玲不可避免地注意到了他的裤子，裤子的屁股位置上有个大洞，洞口露出了一截内裤，内裤上有一个模糊的"尿"字，那应该是用尿素袋子改的内裤。

贤妻良母黄玲本能地看不惯宋莹：自己打扮得花枝招展，丈夫、儿子却穿得邋里邋遢。黄玲压住心中的一丝反感，和宋莹寒暄了几句。

小院原是最常见的三间式格局——中间厅堂，两侧厢房——棉纺厂在原厅堂中间砌了堵墙，把厅堂分隔成两间小卧室，三间卧室变成了左右对称的四间卧室，分给两家人居住。

黄玲家分到的是东厢房和一间小卧室，她和庄图南一起把车斗里的家具杂物扛进东厢房。林武峰主动来帮忙，一声不响地帮着扛了好几件重家具，在他的帮助下，一车家具很快搬完了。

黄玲决定赶回筒子楼宿舍拉下一车家具。

一家人刚走出院外，院中厨房里传出宋莹的怒骂声："栋哲，煤饼都碎了，你怎么端的？"

黄玲很少打骂孩子，心中又默默地给宋莹扣了几分。

庄图南坐上车座，母女俩也坐进了车斗，三轮车向巷外驶去。

庄图南骑得很快，寒风嗖嗖地扑在脸上，黄玲一边打量小巷四周的环境，一边隐隐发愁，愁将来怎么和宋莹相处。

远处传来稀稀落落的鞭炮声，庄图南在风中大声喊："妈，后天就元旦了，我们是不是在新家过元旦？"

黄玲回过神来，笑着回答："是。"

庄图南继续大声喊："刚才邻居叔叔送了我一张1978年的年历，我一会儿把它钉墙上。"

黄玲惊讶不已："什么时候的事，我怎么不知道？"

另一辆三轮车超了过去，庄图南少年好胜，猛蹬了几脚，向前追赶。

两辆三轮车你追我赶，一前一后冲出了小巷。

视野蓦然开阔，一条柏油马路笔直向前，庄图南放慢了车速，并不停地按车铃铛，示意路上的行人闪避。

阳光铺天盖地，空气清新冷冽，清脆的铃声在天地间回荡。庄图南只觉得心中自由畅快，开怀笑了出来。

黄玲听见儿子欢畅的笑声，禁不住也微微笑了起来。

宋莹正和隔壁邻居隔墙对骂："王八蛋，你就是个王八蛋！"

黄玲觉得宋莹不该在孩子们面前骂粗话，但单论事件，她百分百支持宋莹。小巷有两条盖着镂空水泥盖板的水沟，每家小院门边有个金属出水管，院中的积水可以从出水口排到水沟中。庄、林两家的小院是巷尾最后一家，左侧院墙有邻居，右侧没有。邻居敲掉了院墙墙角的两块砖，等于又挖了个洞，他家院中的积水就有了两个出口，除了从出水口排到水沟中，还可以从洞口排到庄、林两家的小院中。

宋莹怒骂："我去报告房管科，你丫个王八蛋，等着！"

隔壁是关系户，也不是吃素的："你以为厂里待见你？你是刺儿头，厂里才把你安排在最后一家，拉屎都要跑几百米。"

宋莹怒极反笑，正要反唇相讥，黄玲鼓足勇气开口："这事，你们没道理，我和宋莹一起去房管科。"

隔壁用离间计："黄组长，你别帮她。你和庄老师都是老实人，厂里欺负你们，安排你们和刺儿头住一个院。"

小院连淹了两次，院中积水，泥泞满地。所幸冬季雨水少，积水没有进屋。林武峰不声不响运了几麻袋泥巴回来，堆在院子角落。

一天早上，黄玲醒来后准备去厨房烧水，睡眼蒙眬中她打开家门，呆了。院中满是积水，几片枯叶漂浮在水面上。东西厢房、厨房门前都用麻袋堆出了一个高门槛，麻袋里的泥巴挡住了积水进屋。

宋莹和林栋哲都穿着胶鞋，站在院墙洞口处刷牙，宋莹听见开门声，愉快地对黄玲喊："玲姐早，你穿双胶鞋再出来，昨晚下大雨了，武峰把出水管堵了。"

林栋哲吐出一口牙膏泡沫，泡沫随着地面的积水从洞口向隔壁院子里流去。

连降了几天大雨，因为林武峰堵住了自家小院的出水管，两个院子只能靠一个出水管泄水，两个院子都成了洼地。庄家兄妹都没有胶鞋，幸亏庄超英不在家，庄图南穿爸爸的胶鞋，背着庄筱婷进出院子。

庄超英不在家，林武峰不好和黄玲接触，他让宋莹来向黄玲解释。

宋莹快言快语："玲姐，这房子搞不好要住大半辈子，我们不能大半辈子动不动被水淹，而且，如果我们忍了这件事，他们只会得寸进尺，更欺负我们，我们不能软。"

黄玲迟疑："要不要先报告房管科？"

宋莹道："武峰家是农村的，他爸死得早，村里人欺负他妈，他护着他妈带大了弟弟妹妹们，他有经验，听他的。"

黄玲被宋莹说服，她默许了林武峰继续堵出水管。

雨继续下，出水管继续堵，两个小院都是满地泥泞，一池污水。

唯一不同的是，隔壁院的水进屋了。隔壁来赔笑脸，林武峰出来交涉，两人穿着胶鞋站在积水里谈判，黄玲母子三人在屋里偷听。

林武峰言简意赅："墙上的洞要补，水泥不好搞，搞到水泥我就修水管。"

隔壁脸上青一阵红一阵："林工，我去房管科要点水泥，你……大人大量。"

庄图南震惊了，和蔼可亲、总是笑眯眯的林叔叔居然这样？！

林栋哲大嘴巴，逢人就说此事，在学校对同学老师说，在巷口打水对邻居们说，在公共厕所蹲坑时对边上的"蹲友"说，棉纺厂很快就知晓了这场刺儿头和关系户的对决，知道了来龙去脉和输赢结果。

黄玲看出来了，看似窝窝囊囊的林武峰才是林家主心骨，宋莹听他的。

隔壁哭了，不怕刺儿头，就怕刺儿头的老公孩子，老公有心眼，孩子快嘴快舌，刺儿头如虎添翼。

出水管事件之后，黄玲和宋莹亲近了很多，她决定提个意见。

天气晴朗，两人在院中晾衣服，宋莹正在往绳上挂林栋哲的裤子，黄玲婉转道："栋哲裤子后面那个洞有点大。"

宋莹全不在意："没事，小孩屁股三把火，冻不着。"

黄玲不习惯说话太直接，她忍了又忍，把"筱婷是女孩子，栋哲裤子太破不合适"这句话咽了回去。

黄玲试图曲线救国："小孩子穿得好一点，人也精神，你可以稍稍打扮一下栋哲。"

宋莹茫然道："栋哲还要咋精神啊？他都快成窜天猴了。"

黄玲被迫放弃了委婉，脱口而出道："等裤子干了，你把它拿来，我给栋哲打个补丁。他也是小学生了，上学让老师同学看到内裤不好。"

黄玲说完就后悔了，怕宋莹生气。

宋莹一脸欢喜："玲姐，太谢谢了！两条，皮猴两条裤子都破了！家里还有一条，我马上就拿来！"

1月中，庄超英阅卷结束，他先是挑着扁担回了筒子楼，经邻居指点后，又挑着扁担进了巷子，找到了自家的小院。庄超英从没来过这个新家，不敢肯定这是不是自己家，他小心翼翼地推开院门，往里张望了一眼。

左侧院墙底部用水泥糊了一大块，墙砖暗红色，水泥灰白色，非常显眼。院子里有几条晾衣绳，其中一条绳上晾着一套内衣裤，内衣背心上是"含氮量超过40%"的小字，内裤上是"日本尿素"四个大字，应该是用化肥包装袋做的内衣裤。晾衣绳下，一个小男孩正趴在冰冷的地面上。

小男孩听到院门开合声，抬头看了过来，看清庄超英后热情招呼："你是庄叔叔吧？你改完卷子了吧？"

庄家兄妹俩同时出现在东厢房门口，庄筱婷惊喜地扑了过来："爸爸，你可回来了！"

小男孩也热情洋溢地喊："庄叔叔，你可回来了。"

庄图南去厨房给爸爸热饭了，庄筱婷开心地围着父亲打转转，黄玲忙着收拾丈夫带回来的行李。

庄超英一边用热毛巾擦脸，一边看向窗外，他实在忍不住了，问："林栋哲，是叫这名吧？这么冷的天，他这么趴在地上，他爸妈不管？"

黄玲连连摇头，说："他趴地上弹玻璃珠，他妈叫他起来，说着说着打了他两巴掌，他气得不肯起，在院子里趴很久了，他爸爸倒是出来劝了劝，他妈完全不管。"

黄玲话音刚落，宋莹拿着扫帚和撮箕从西厢房里出来了。

小院地面上有煤渣和落叶，宋莹扫着扫着，扫到了林栋哲边上。

宋莹不耐烦地用扫帚捅了捅林栋哲："起来，起来。"

林栋哲一骨碌爬了起来，让宋莹打扫他身下的那块地。

宋莹行云流水般扫完这一块地，林栋哲立马又趴了回去，继续无声无息地抗议。

林家母子配合默契，庄超英看得目瞪口呆。

庄超英道："我刚才进院时，看到对门院上贴着大红'喜'字。"

黄玲把脏衣服整理好，堆在箱子上准备改天洗。"咱厂的老吴，就是吴建国，工会看他一人拉扯两个孩子不容易，就牵绳搭线，给他介绍了轮胎厂的一名女工，也带一个孩子，两人刚结婚。"

庄超英突然又想起一事，道："林栋哲刚才问我改完卷子了吗，他怎么知道的？"

庄筱婷脆生生道："新年第一次升旗，升完旗，校长在大喇叭里说的，说爸爸你去改高考卷子了，是我们学校的光荣。"

小巷里鸡犬相闻，有人看见庄超英挑着扁担回家了，全巷的人家都知道了。晚饭后，几户邻居挤在庄家听庄超英摆龙门阵，听他讲有关高考的逸闻趣事。

庄超英曾辅导过职工子弟李一鸣准备高考，他家也住小巷。李一鸣高考后第一次见到庄超英，滔滔不绝地向他诉说感慨。

"考场很少，有些县乡没有考点，考生们要坐船坐车，折腾一两天才能到指定的考场。我表叔他们大队的知青就是坐船再坐车来苏州考的。"

"很多考生还没摸清状况。我们考场有个女工考着考着中途想离开考场喂奶，她婆婆就抱着新生儿等在考场外。"

屋内一片笑声。

李一鸣说着说着动了感情："我表叔也报名参加了高考。考完后，我想着反正回家没事干，不如送他回乡下大队。我们和其他外地考生一起回乡，船或车每到一个渡口或车站，有同学下船或下车时，其他人就大声唱起送别歌，实在是，实在是……"

林武峰是20世纪60年代的大学生，他听得悠然神往，见李一鸣语塞，替他补充："青年义气，慷慨激昂。"

庄超英点头，补充讲起他从其他老师那里听到的逸闻："十年没有高考，据说很多家庭兄弟姐妹、父子叔侄一起报名，一起进考场。"

对门邻居吴建国插了一句："庄老师你别'据说'了，讲点亲身经历。"

庄超英哑然失笑："阅卷老师进入招待所后就不能再出去，不能回家，不能上街，缺生活用品了也不能出去购买，自己想办法克服困难，我一小截牙膏省着省着用，才坚持到了现在。"

林栋哲突然激动起来："招待所肯定有很多牙膏皮，庄叔叔，你带牙膏皮回来了吗？能把你的牙膏皮给我吗？"

庄超英愣了愣，说："我不记得我带回来没有，好像带回来了，应该就在厨房，栋哲你自己拿。"

宋莹道："栋哲你要牙膏皮干什么？庄老师，你别理他，继续说。"

庄超英想了想，道："条件比较艰苦，两人一天一瓶热水，喝的水、洗漱用的水总共就一瓶。"

吴建国兴致勃勃道："还有其他内幕吗？"

庄超英喝了口热茶，说："我批阅的卷子上有人题诗，有人写'全体阅卷老师，辛苦了！'，试卷上各式答案花样百出，答得好的卷子很少，如果一份卷子正确率高，我们一屋子的老师都争着看。"

庄超英颇为感慨："我们争相传阅，一是替学生高兴，二是开拓解题思路。这次高考太仓促了，教委来不及准备正确答案，阅卷老师们必须自己总结出标准答案。但个人解题方法单一，看到其他的解题思路就赶紧让其他老师也看看，提高阅卷的效率和正确率。"

送走八卦心爆棚的邻居们，庄超英对黄玲又说了些"内幕"："隔离点是招待所，从招待所大门到阅卷大楼共三道岗，保密措施非常严格，门岗都是配枪的。"

庄超英轻叹："总体看，考生们基础很差，很多初中的基础知识点都不清楚，被耽误太久了。"

庄超英继续道："很多乡下学校的老师们自己都不懂，我听说有个高中填志愿，全体毕业生都填了'北京大学'，我估计这个学校的录取悬了。"

黄玲叹了口气："可惜了。"

庄超英唏嘘道："超过录取分数线的考生二月份就可以入学，不论出身，择优录取，国家是真的全面恢复高考了。"

黄玲坐在床沿，边听丈夫絮叨边打毛衣。

庄超英看了一眼已经织了小半的毛衣，觉得毛线有点眼熟，问黄玲道："你把图南的旧毛衣拆了？"

黄玲点点头，说："小了，我拆了换个样式打给筱婷穿。"

庄图南端了一盆热水进屋。

招待所每人每天只有半瓶热水，庄超英很久没烫脚了，脚上都是冻疮。他脱了袜子，不敢把脚直接泡入热水中，只小心翼翼地先用脚趾试探水温。

水温正合适，庄超英道："图南、筱婷，你们先洗，爸爸接着洗。"

家里只有一个洗脚盆，一家四口只能排队洗脚。庄图南、庄筱婷对视一眼，庄筱婷端了两个小板凳过来，和哥哥面对面坐好，脱了鞋袜一起洗脚。

庄超英摸了摸小女儿的头，对她道："妈妈表扬你们了，说我不在家的这段时间，你们都很懂事，图南帮忙做家务，筱婷认真做作业。"

庄图南很自豪："林叔叔教了我很多东西：生炉子，打煤球。"

黄玲打断儿子的话："明天还要上课，有什么话以后再说。你们早点睡觉，洗脚水你爸爸一会儿自己倒。"

兄妹俩洗完脚，庄图南回了自己房间，庄筱婷乖乖地脱了外套，爬上自己的小床躺下。

黄玲把台灯转了个方向，抓紧时间再打了几针，收了袖口。

庄超英慢慢烫好了脚，趿着鞋走到院里，把洗脚水倒到了出水管附近。

两家共用一个厨房，小桌上有两套洗漱用具。

林栋哲从庄家的搪瓷杯里找出了庄超英那管已经用光的牙膏，带回自己房间，珍重地放在一个小盒子里。

林栋哲很遗憾，自言自语道："招待所一定有很多牙膏皮，庄叔叔要能把牙膏皮都带回来就好了。"

林武峰正在给林栋哲被子里放热水袋，随口问："拿牙膏皮换叮叮糖？"

林栋哲道："拿到废品收购站卖钱，一个牙膏皮二分钱。"

林武峰正在帮儿子铺被子，他突然想起一事，问道："栋哲，最近家里牙膏用得特别快，你是不是乱挤了？牙膏要用生活用品票的，你妈知道了要骂你的。"

林武峰摸了摸儿子头，故作严肃道："不许再乱用牙膏了，不然我告诉你妈。"

林武峰快三十岁时才有了林栋哲这个独子，宠溺异常，林栋哲压根不怕这虚张声势的"威胁"，回头对爸爸做了个鬼脸。

寒假来临，宋莹犯了大愁——她和丈夫都要上班，林栋哲没人管了。巷子里孩子多，孩子们你找我、我找你的，几家轮着玩就能混完假期了；庄超英是老师，时不时地在家，顺带看着点林栋哲不成问题。宋莹头疼的是午饭问题，林栋哲还太小，不能自己用炉子。

庄超英隔离阅卷时，林家处处照应庄家，黄玲主动找到宋莹："你把做好的饭菜装饭盒里。超英寒假要坐班，不常在家，但图南现在会用炉子了，他中午热饭菜时顺便帮栋哲热一下。"

宋莹感激不尽，对黄玲道："我原本打算每天中午回家一趟，给栋哲带点食堂的饭菜，但天这么冷，饭菜带回家都冰凉了，图南可帮我大忙了。"

宋莹还是不太放心，趁午休时间跑回家查看。

厨房里有两个炉子，暖和，三个孩子都在厨房里，庄图南在蒸饭，庄筱婷带着林栋哲在一旁的小饭桌上做寒假作业。

林栋哲从玻璃窗里看到宋莹进了院子，高兴地下了凳子，跑到门边。庄图南没看到宋莹，伸出手抓小猫似的抓住林栋哲脖子后面的一块肉，把他拽回小桌边，拿起铅笔敲了敲作业本，示意他继续做作业。

宋莹笑了。当天晚上准备第二天的饭盒时，宋莹用勺子压了又压，把米饭压得实实的。

年关将近，家家户户忙着办年货。

每人每月有一斤或半斤的肉票，总能买点肉解解馋，可副食品店长年缺肉——肉到货前，店员会事先偷偷通知亲友，亲友们在到货的那一天早早等在门口，店一开门就冲进去购买，没有门路的人家得知消息时，肉早卖光了。

过年不能没有荤腥，大人们发了狠，小孩子们早早地起床，在副食品店门口排队等开门。

对门吴家是重组家庭，吴建国生了吴珊珊、吴军姐弟，妻子张阿妹带了一个女儿张敏。

三家各派出一个孩子代表，庄图南、吴珊珊、林栋哲。

每早天刚蒙蒙亮时，副食品店门口就排起了主要由孩子们组成的长队，孩子们穿着厚棉袄，带着小板凳坐着排队，等着店开。

庄图南伸长腿，一条腿占住三个板凳，算三个位置。吴珊珊带着林栋哲在一旁，和一群女孩子一起跳格子或踢毽子取暖。

副食品店一开门，所有人拎起小板凳蜂拥向前挤，庄图南和吴珊珊个头高些，他们努力守住自己在队伍里的位置，林栋哲矮小，他尽力挤到前面看今天卖什么，如果店里有荤腥，五花肉、肥肉、骨头都可以，他立即飞奔回家通报信息，喊大人们出来买。

糕饼铺的情况好一些，早点排队都能买到，不需要靠运气。

靠着压榨孩子们，三家大人都置办上了不同种类、不同数量的肉和糕饼零食。

刚买到肉，庄超英就讷讷地和妻子说，他爸妈和他弟弟一家要来吃饭。

第二章

暴躁的前厂花

庄家人要来吃饭，黄玲切了一上午菜。宋莹自诩厨艺不错，但见识了黄玲出神入化的刀工之后，自愧不如。

冬天蔬菜种类少，易于储存的萝卜、胡萝卜、南瓜挑大梁，黄玲切了一上午的萝卜丝、胡萝卜丝，配上切得极细极细的肉丝，炒出了满满四大盆菜——萝卜丝炒肉丝、胡萝卜丝炒肉丝、南瓜丝炒肉丝、萝卜丝炒南瓜丝。色香味俱全，煞是好看。

庄超英是家中长子，他还有一个弟弟、一个妹妹。

庄超英的父母偏心同住的小儿子庄赶美一家，对大儿子庄超英一家是嘴上亲热，行动敷衍。黄玲两个月子都是胡乱坐的，庄图南和庄筱婷兄妹都是三个月大就被迫送到棉纺厂托儿所长大的，黄玲对公婆的感情从刚结婚时的尊重亲近到现在的冷淡漠然。

冷漠到几近于无，就像她刀下的肉丝，细不可见。

当晚，东厢房内传出了刻意压制但激烈的争吵声。

"栋哲来吃饭，你笑眯眯的；爱国、爱华还没吃你一口饭，你就拉着个脸……"

"栋哲吃他自家的米，他每天的饭盒都满登登的，宋莹是在借机贴补图南。"

"爱国爱华两个小孩子……"

"你爸一张嘴'添双筷子'，就想把他们送来过寒假，一个字不提定量。图南正在长个，定量压根不够吃，占了筱婷不少定量才勉强吃饱。再来两个半大小子，吃什么？喝什么？全家人喝西北风？"

"你，你，你还是庄家的大嫂……"

"庄家大嫂又怎么样？你爸妈偏心你弟弟，你结婚前的工资一分没给你，你结婚就添了脸盆和热水瓶，我生两个孩子什么都没得。你弟结婚时，你妈还想拿我娘家陪嫁的缝纫机当彩礼，和我说结婚是一辈子的大事，要体面些，我当时听得都愣了，你妈也知道结婚是一辈子的大事？"

宋莹蹑手蹑脚出了屋门，想去巷口上公共厕所，无意间看到庄家兄妹正站在院子中。

月光轻薄，照在兄妹俩脸上，照得他们的惶恐和紧张纤毫毕现。

1月底的夜晚寒意逼人，宋莹悄声回了屋，把林栋哲从被窝里挖出来："去把你图南哥哥和筱婷叫进来，别说是妈妈让你叫的，就说炉子上炕了红薯，请他们进来吃。"

黄玲没想到，刚搬了家，两间卧室暂时勉强能住下一家四口了——庄筱婷还和他们夫妻俩睡一间呢，婆家人就追上来，要把庄赶美的两个儿子庄爱国、庄爱华硬塞来过寒假了，还美其名曰："大伯可以辅导功课，图南也有伴儿一起玩儿。"

黄玲不知道自己的脾气为什么越来越大，大到完全压制不住对婆家的怒气了。她模糊地感觉到，和搬家有关。或许是因为看到林武峰和宋莹对关系户的反击，或许是因为和宋莹对话越来越习惯直来直去，更或许是因为看到宋莹的霸道恣意，她羡慕之余，心理也潜移默化地改变了。

谁又想忍气吞声呢？以前，类似的情况她都是默默忍受，面上若无其事地工作生活，背地里自己想法消化掉负面情绪，但突然间，她不想忍了。谁想忍气吞声呢！

黄玲心中默念："王八蛋，你们一家都是王八蛋。"痛快！尽管只是在心里念念，没说出口，但仅仅如此，她也觉得痛快。

临近年关，厂里工作不多了，黄玲请了几天假，带着两个孩子、拎着刚买回来的排骨提前回了常州的娘家。

城门失火，殃及池鱼，庄家两口子吵架，林家两口子慌了——庄图南不在家，没人给林栋哲热午饭了，庄筱婷不在家，没人监督林栋哲做寒假作业了。

把林栋哲硬塞到吴家凑合了两天之后，宋莹憋不住了，趁着庄超英在厨房的时候，凑上去搭腔："庄老师，图……玲姐啥时候回来啊？"

林武峰从林栋哲屋里的窗口看见宋莹跟着庄超英进了厨房就知道她想干啥，怕她说错话，连忙也去了厨房。

三个大人把狭窄逼仄的厨房塞得满登登的，林武峰对宋莹使了个叫她"不要心急"的眼色，说道："庄老师一人在家，你再添个菜，我们请庄老师一起吃个便饭。"

宋莹快手快脚炒了两个菜，林武峰开了一瓶大曲，夫妻俩让林栋哲端碗回自己房间吃，便热情地调解起了邻居夫妻关系。

几杯酒下肚，林武峰婉转询问："栋哲怪想图南的，昨天买鞭炮，还说想和图南哥哥一起放二踢脚。"

庄超英叹了口气，抿了一口酒，说："我弟弟想把两个孩子送来我家过寒假，黄玲想不开，带孩子们在姥姥姥爷家住几天。"

宋莹其实早已从庄家夫妻的争吵中知道大概了，她忍不住问："那你侄子呢？玲姐带图南、筱婷回娘家了，你侄子们也没来啊！"

庄超英道："那天他们去了趟公共厕所，说太远，冬天上厕所太冷，都不肯来。"

宋莹没憋住，"哈"一声笑了出来。

林武峰立即给了宋莹一个"要给庄老师留面子"的眼神。

宋莹自顾自说下去："我就不装了，院子就这么大，我多少听到了一些。玲姐是为定量的事不高兴吧？"

林武峰给庄超英夹了一筷子菜，道："玲姐又贤惠又能干，栋哲说，老师们经常拉着筱婷看她身上的毛衣怎么织的……"

宋莹连连点头："织法可难了，玲姐教我几次，我都没学会。"

林武峰继续说道:"玲姐又能吃苦……"

庄超英一脸茫然,喃喃道:"他们母子没吃苦啊!"

宋莹惊了,瞪大眼睛问道:"你觉得玲姐跟着你享福了?她把孩子们收拾得体体面面,她自己可是连件衣服都舍不得做。夏天穿工作服,冬天穿图南穿小了的棉衣,我摸了摸,棉花硬邦邦的,早就不暖和了。"

说到穿衣打扮,宋莹滔滔不绝:"鞋也是,鞋帮都破了,鞋底也快磨破了。"

庄超英轻声道:"我和弟弟妹妹小时候才苦,家里孩子多,粮食不够吃,就这样,我爸妈还坚持让我们都读书。每到开学前,我妈一家一户到处借米让我们带到学校,米袋里还要掺上玉米、谷子,混在一起才能勉强吃饱。阿玲从小家里条件好,她不理解我们兄弟姊妹从小一起吃苦长大的情谊。"

宋莹瞠目结舌,不知道如何反驳。

林武峰把庄超英面前的酒盅满上,说道:"庄老师,我们小时候谁家不是这样的,大家不都是苦水里泡大的。你听我一句话,一代管一代,你管你兄弟姊妹可以,但不要让你孩子也跟着牺牲。你吃过苦,就别让自己的孩子再吃苦。"

林武峰说得诚恳:"当妈的心疼自己孩子,玲姐为了图南、筱婷才和你置气。"

林武峰对着吴家的方向努了努嘴,道:"你看老吴再婚后,家里干干净净,夫妻俩也和和气气的,从不红脸。可你再仔细看看,排队买肉,珊珊排队吹风,小敏在家睡觉。"

林武峰自己抿了一口酒,接着说:"那天我家做馒头,小军正好来找栋哲玩儿,就跟着一起吃了。好家伙,才三岁的孩子,一口气吃了三个馒头,他说他好久没吃到白面了。你想想,你侄儿来你家,就要吃图南、筱婷的定量。玲姐不怕自己吃苦,她怕孩子们挨饿才和你吵。"

宋莹心中喝彩,别看林武峰看着蔫蔫的,但这几句话可太有水平了。

庄超英不再吭声。年前，庄超英去了一趟常州，劝回了黄玲和两个孩子。庄家兄妹带回了一大袋新型饼干——做成各种动物形状的小饼干。庄图南出门找同学玩去了，巷子里的孩子们围着庄筱婷边吃饼干边听她说此行见闻。

"有种面点，叫蛋糕，和鸡蛋糕很像，但更松更软。"

"我外公家有电视，他很喜欢看每天晚上7点的《新闻联播》，让我和哥哥也陪着他看。"

吴珊珊道："我们政治老师上课也说过，说是今年元旦才开始的新节目，节目里报道全国全世界的重要新闻，是特别好的节目。"

庄筱婷细声细气地开口，语气里满是憧憬和向往："我在新闻里看到广州花市，广州天气好暖和，花市里有很多我叫不出名字的鲜花。"

庄筱婷想了想，补充道："广州火车站又大又漂亮，还有一架现代化的扶手电梯，人站在电梯上不用自己走，电梯就能把人带上二楼。外公说，全国总共就两架扶手电梯。"

林栋哲插嘴："张爷爷家刚买了电视，我们晚上一起去看《新闻联播》。"

初一到初七，都是走亲访友的好日子。初一，庄超英全家去孩子的爷爷奶奶家过年。初二，吴建国全家去张阿妹娘家走亲戚。初三，庄、林、吴三家聚在林家一起吃了顿午饭，大人们谈天说地，孩子们在一旁玩闹，其乐融融。

客人们走后，宋莹拆林栋哲收到的红包，勃然大怒。

大人们事先说好，对孩子们一视同仁，每个红包里放一元钱。宋莹拆开林栋哲收到的两个红包：一个红包里是一张崭新的一元纸币，另一个红包里是一张一元的国库券。

国库券不可交易，不便流通，家家户户都有花不出去的国库券。宋莹看着国库券，气得浑身发抖："我给出去五元红包，收回一元人民币、一元国库券。大过年的，我花钱给自己添堵。"

林武峰连忙劝慰："你小声点，万一是……小心被听见。"

宋莹斩钉截铁地说："不是玲姐，绝对不是玲姐。"

宋莹越想越怒，说道："不用想，肯定是张阿妹包的。互相给孩子红包就是她提议的，是啊，他家三个孩子，咱家就一个。"

"三对一也就算了，给孩子国库券就太过分了，花都花不出去。"

"我给他家三个孩子三元红包，人把我当傻子给一元国库券。"

……

林武峰好说歹说，才勉强安抚住了宋莹。

宋莹的抱怨隐隐约约地传入不远处的庄家，庄超英埋怨妻子："你看看你做的事，要是宋莹知道那一元国库券是你放的，你俩以后还怎么处？"

黄玲心虚道："我还不是气阿妹的提议，说是每个孩子一个红包，她家孩子最多……"

黄玲摇了摇手，继续说道："也不是多一个孩子的事，我是气她把人当傻子看。她提议一个孩子一个红包，咱家孩子少，我不好反对，林家孩子更少，宋莹更不好反对，我们俩明知她想占便宜也只有捏着鼻子应下，我气的是这个。"

黄玲悻悻然，接着说："而且，我看不惯阿妹让珊珊去排队买肉，让自己亲生女儿在家睡觉。"

庄超英哭笑不得，说："老吴都没说什么，哎……"

黄玲懊恼："我只包了一个国库券的红包，打算给小敏。就你手快，递给栋哲了。"

庄超英瞪了妻子一眼，怒道："糊涂，幸亏是栋哲拿了，不然老吴一家回家，三个孩子一拆红包，珊珊小军是人民币，阿敏是国库券，张阿妹怎么看我们这些邻居？"

庄超英长叹："你人怎么这样！"

庄超英一句话让原本心虚愧疚的黄玲突然暴怒，她冲庄超英道："我就看不得父母偏心，苦这个，甜那个。我人就这样，你有意见？"

一贯温和的黄玲似乎在含沙射影，庄超英觉得她突然间变得很陌生，变成了一个他不认识的人。庄超英本能地觉察到了，黄玲似乎已不再惧怕争吵，只要他再多说一句，两人一定会吵起来。

又惊又惧之下，庄超英下意识地住了嘴。

给了林栋哲一元国库券的红包，庄超英心里很过意不去。

新华书店里书籍还很匮乏，教材都不全，课外书籍更少。年前，他利用职位之便从教务处拿了一本《小学生趣味数学题》，原本是为庄筱婷拿的，现在，他打算送给林栋哲，弥补一下他。

林家母子过来串门时，庄超英把《小学生趣味数学题》郑重放到林栋哲的手中，说道："栋哲，这是叔叔送你的新年礼物。"

林栋哲不敢置信地看着庄超英。黄玲、宋莹和庄家兄妹都看到了不可思议的一幕——林栋哲的丹凤眼越睁越大，越睁越圆，睁成了滚圆滚圆的杏眼。

林家母子这个年过得太不顺心。初三，母子俩都生气了，林栋哲收到了一个国库券红包。初六，林栋哲生气了，他收到了一本《小学生趣味数学题》。初十，母子俩都生气了，林栋哲被邻居张家驱赶了。

自从庄筱婷和吴珊珊都提过《新闻联播》后，林栋哲每天晚饭后风雨无阻去巷口张爷爷家看《新闻联播》——林武峰说，不要在饭点去别人家，林栋哲听进去了，每天吃完晚饭，放下碗筷就去张爷爷家。

林栋哲看不懂新闻，但他不挑，板板正正地坐好，《新闻联播》、电视剧……有什么看什么，一直看到张爷爷关电视才回家睡觉。

巷子里有电视机的人家少，其他孩子们也来张家看电视，可没有哪个孩子像林栋哲一样，一定要看到电视节目结束、屏幕上出现雪花点才回家。

张家人几次暗示林栋哲早点回家，可林栋哲从小被父母宠大，脑中缺根筋，完全听不懂这些暗示。

初十晚上，张家儿子看着林栋哲，说了一句："人小屁股大。"

林栋哲奇迹般地听懂了，他气鼓鼓地回家向宋莹告状："张伯伯嫌我屁股大，占了他家一个板凳。"

一贯是时髦新潮人物的厂花何时受过这等气，宋莹发狠道："以后不许去别人家看电视了，爸妈存钱，自家买。"

年过完了，大人上班，小孩开学。新年新气象。新年后，小巷内出了一件大喜事，市政工程修进小巷了，水管进院了，小巷里的住家不用每天早上在巷口的公共水龙头处排长队接水，不用捂着肚子跑公共厕所了。院子里多了两个水龙头，庄家、林家一家一个水龙头，每个水龙头上都装了一只独立水表和一个带锁的铁皮盒子，用水时开锁，方便计算各家的水费。

院子角落里多了一间小小的厕所。

春天来了，苏州青年文化宫传出了一则让全市的青年父母们趋之若鹜的好消息。

青年文化宫新增了一个部门——少年宫。

老师们在青年文化宫设了考点，面对全市少儿招生，挑选有艺术天赋的孩子们去学习声乐、舞蹈。三家孩子们除了庄图南，都去参加选拔了。报名的孩子太多，老师们只能快速挑选学生——一个房间内，一群孩子同时劈叉、下腰，老师凭此判断他们身体的柔韧性；另一个房间内，一群孩子合唱，老师细心聆听他们的音质，先把其中音质好的孩子们集中在一起，老师按特定节拍拍掌，让他们按同样的节拍重复拍一次，再挑出其中节奏感强的孩子。

简单粗暴、快速高效的挑选方式下，巷子里两个孩子——也只有两个孩子——被少年宫选上了。出乎所有人的意料，林栋哲是这二分之一。

庄筱婷音准好，被合唱团选中。

大嗓门林栋哲五音不全，但他身体柔韧性好，被选中学习民族舞。

宋莹喜出望外，拿出箱底压了许久的一块天蓝色的确良布料，黄玲用她陪嫁的缝纫机，两个妈妈根据杂志封面上的最新样式，自己设计，自己裁剪，给林栋哲做了一件新裤子，给庄筱婷做了一条背带裙。

从此，每周日下午，林武峰骑车带着两个孩子——林栋哲斜坐在车梁上，庄筱婷端端正正坐车后座上——兴头头地赶往少年宫。

小巷附近出了个半公开半地下的书摊，有《西游记》或《三国演义》等连环画，一分或两分钱看一本，林栋哲经常去看书，庄筱婷偶尔也去，庄图南却只能扼腕长叹。

庄图南没有参加少年宫选拔和不能看闲书的原因是，庄超英想让他冲刺考省重点。

庄超英是棉纺厂附中的老师。棉纺厂附小附中都是普通学校，学校一般，但离家近，棉纺厂子弟都就近入学，大人孩子都省心省事。

苏州的市重点中学一中还是省重点，录取率非常低，加上高中毕业并没有就业优势，棉纺厂并没有考一中的传统。

高考的全面恢复和三月份的全国科技大会让庄超英敏锐地觉察到了风向的巨大转变，庄图南成绩还可以，他决心让庄图南搏一把。

市面上没有相关参考书，庄超英想方设法搞到了一中前两年的招生试卷，再看了看小学课本，自己整理了小学语文和数学两科的重点难点。

庄超英搞到了真题，做好了庄图南的思想工作，万事俱备，一道叫"高考"的雷劈进了小院。

庄超英本想周日带着庄图南复习，可他很快就发现"帮忙高考"一事有些超乎他的掌控了——1978年的高考定在了7月，时间紧迫，几位考生星期天一早就来敲小院的门，来抄教案或请教问题。

都是熟人同事家的孩子，人都在门口了，不能往外推，庄超英不得不匀出时间帮他们复习。

庄超英原本想忍，考生们敲门，他忍了；李一鸣未经过他同意，带了他不认识的一位朋友来请教问题，他忍了；但当李一鸣询问了下面这个问题时，他差点破功。

李一鸣问："庄老师，高考没几个月了，我和我朋友平时可以晚上来请教问题吗？"

庄超英忍了又忍，婉转拒绝："图南、筱婷每天晚上都要做作业，家里太小，你们来了干扰他们，实在不行。"

李一鸣的朋友认真道："庄老师，我觉得您没分清轻重缓急，高考比小学生的学习重要得多。"

林武峰正巧推着自行车带两个孩子出门，宋莹在院中晾衣服，都听见了这句话，宋莹忍不住"扑哧"一声笑了出来。

晚上临睡前，宋莹一边梳头一边又笑了，林武峰探究般地看了她一眼。

宋莹绘声绘色地模仿："'庄老师，我觉得您没分清轻重缓急。'我要是庄老师，我就不让李一鸣上门了。"

林武峰宽厚，道："小孩子嘛，不懂事。"

宋莹道："我问玲姐了，另外那个孩子不是咱厂的子弟，是李一鸣在社会上认识的朋友。年龄小，不懂事，倒懂得拿庄老师的时间精力做人情。"

宋莹掀开被窝躺进去，继续说道："你是没看见，李一鸣朋友说完那句话，庄老师脸色都变了，然后呢，他还是让李一鸣和他朋友进屋了，那两人啊，待了两小时才走。"

林武峰感慨："庄老师人是真好。"

庄筱婷已经睡着了，黄玲压低声音对丈夫说："这以后年年高考，难不成家里长年辅导人功课？"

庄超英说了句和林武峰一模一样的话："小孩子不懂事。"

黄玲道："小孩子不懂人情世故，大人也不懂？李婶那天在车间，当着一堆人的面说，'我家一鸣的教育就交给你家老庄了'。一车间人都听着呢，有样学样地起哄，'以后孩子就交给你家老庄了'。难道以后要管所有要高考的孩子？"

庄超英道："你怎么老说没影的事。"

庄筱婷在边上的单人床上翻了个身，黄玲不再说话。

黄玲等了一会儿，见庄筱婷确实睡熟了，把声音压得更低："不说将来没影的事，就说眼下，他们已经影响到图南了。"

庄超英也很无奈："那怎么办？你拒绝他们上门是咱们心冷，看着邻居孩子在家待业也不拉一把，这话一传开，唾沫星子能砸死你，你说怎么办？"

黄玲知道庄超英的顾虑确是实情，也说不出话来了。

让庄家夫妻俩顾虑重重的心事，被宋莹简单粗暴地解决了。

第二个星期日，李一鸣和他朋友早早就来了。

庄超英已经起床，正在厨房里刷牙，他听见叩门声，放下牙刷赶紧漱口，准备漱好口就去开门。

宋莹龙卷风般从西厢房里冲了出来，一把打开院门。

宋莹明显是从床上爬起来的，睡衣，鸡窝头，她也不顾门外两人惊讶的眼光，暴跳如雷，怒吼道："敲什么敲？大清早的，让不让人睡觉了？"

李一鸣的朋友吓得后退一步，李一鸣硬着头皮道："我们来找庄老师，宋阿姨您接着睡。"

宋莹大爆粗口："睡个屁！你们先敲门，把一个院的人都吵醒，然后在图南屋里讨论题目，这屁大点的地儿，图南睡不了，栋哲睡不了，大家都没法再睡。"

隔壁关系户也在喊："一大早就敲、敲、敲，报丧啊！"

附近几家小院的院门也开了，有邻居在门口探头探脑。

林武峰出屋，和颜悦色地对李一鸣道："一鸣啊，你们来得有点早。大人们工作都很辛苦，累了一周，星期天也想多睡一会儿，小孩子们就更不用说了……"

林武峰一边劝说，一边试图拉宋莹回屋，庄超英也匆匆忙忙擦干净了嘴边的泡沫，从厨房出来一起劝宋莹："小宋，对不住，对不住，你先回去休息。"

眼见事态就要平息了，李一鸣的朋友突然冒出了一句："我们也是为了高考……"

宋莹一把推开林武峰，转身继续咆哮："一鸣，不是我说你，一声招呼也不打就往庄老师家带社会上的阿猫阿狗。庄家还有个小姑娘呢，两间卧室连着，你们每周末在她哥房里一杵杵半天，你爸妈倒是悠悠哉哉睡午觉了，人小姑娘别说休息了，连待都没地儿待。"

"阿猫阿狗"涨红了脸，说不出话来。

林武峰也不劝了，索性让妻子把话说完。

一位邻居来和稀泥："宋莹，他们还小，不懂人情世故。"

宋莹道："我觉得他们挺懂。就这么巴掌大的地儿，图南、筱婷没地儿待，只能拿张小板凳在院子里看书，他们看不见？"

宋莹连连冷笑："庄老师辅导了不少子弟吧？结果呢，过年时没一个来给庄老师拜年的。庄老师嘴上不说，心里能痛快吗？"

晚上，黄玲和庄超英一起来了西厢房。

黄玲已经很习惯和宋莹直来直去了，她开门见山地道谢："宋莹，白天我没出屋劝你，实在是因为街坊邻居的，有些话你能说，我不好说，今天这事算我欠你份人情，大人情。"

黄玲说得坦率，宋莹心里原本因为黄玲没出场的不悦烟消云散。"这话咋说的？图南天天带着栋哲上下学，管住这皮猴不许他闯红灯，寒假还帮忙热饭菜，图南处处照顾栋哲，我当然要替图南打抱不平。咦，你们怎么不直说想让图南考一中，要保证图南的学习环境？"

黄玲道："考一中心里没底，不想事先张扬，怕万一没考好，图南自尊心下不来。"

庄超英也道："图南不让我们说，孩子大了，自尊心强。"

宋莹道："呸呸呸，图南肯定能考上。"

宋莹又道："再说，我是真的想睡懒觉，别说'咚咚咚'地敲门了，进了门还要在图南房里大声讨论问题，我是一点都睡不着了。"

林武峰端了两杯茶过来，放在庄家夫妻面前。

林武峰提议："庄老师，几个职工子弟轮流来请教问题，确实挺干扰正常生活的，不是长久之计。要不，趁着今天闹开了，你去和一鸣他们说，让他们几个周日集中起来在某一家复习，互相学习讨论，你定个固定时间，比如下午四点，到时间了再过去帮忙解答他们自己解不出的问题。"

林武峰补充："几家轮流，吵也是各家轮流吵，家长们总得支持吧！"

黄玲抢着替庄超英回答："好，我们也这样想过，就是张不开口。"

宋莹也赞："玲姐，这方法两全其美，就是可怜庄老师周日都没得休息了。"

林武峰安慰黄玲："这几个孩子估计最多再考一两次了，以后应该都是应届高中毕业生参加高考了，高中生基础好，学校也会带着他们复习，就不会太麻烦邻居了。"

宋莹没转过弯儿来，问道："应届毕业生报名，李一鸣他们就不能报名了？"

林武峰道："报名是能报，但他们基础都比较差，没法和正儿八经的高中生竞争。"

宋莹直愣愣道："你怎么知道他们基础差？"

林武峰摇头叹息："我在栋哲房间听到他们讨论题目，庄老师，你不容易啊，我听得血压都高了，这些孩子基础太差了，他们中最多有一两个能上大专分数线。"

庄超英点点头，默认了林武峰的看法。

宋莹道："那要是这次还考不上怎么办？继续在家待业？"

黄玲无奈叹气："所以超英为难啊，实在说不出拒绝的话，只能希望他们考上了。"

宋莹嘴硬心软，也说不出什么了。

小巷里各扫门前雪，各家打扫自己家附近的走道，清理自家门前的水沟，庄、林、吴三家一家一个月轮流打扫。

这个月轮到林家打扫，林武峰嘀咕了两次："门口不知道被谁打扫了，我拿扫帚出门，发现门口干干净净的。"

宋莹大概估算出了时间。周日清晨，天色才蒙蒙亮时，她蹑手蹑脚靠近院门，猛地打开门。宋莹和李一鸣、阿猫阿狗隔着一道门槛面面相觑。

宋莹吃软不吃硬，她见两人私下里偷偷帮忙，心中颇不是滋味，她率先打破尴尬："你们还不抓紧时间好好复习？考好了再来帮庄老师扫地，说你呢，阿、阿……"

阿猫阿狗闷声道："我不叫阿猫阿狗。"

李一鸣怯生生道："他是我表叔，他姓宋，宋向阳。"

林武峰也披着衣服出来了，惊讶道："你是一鸣的表叔？你不是在附近农村当知青吗？"

宋向阳低头继续扫地："我周六提早下工，坐长途车进城，问完题目周日晚上再坐车回大队。"

林武峰语调平和，熟人般闲聊："来一趟要坐多久车啊？"

宋向阳道："两个多小时。"

宋向阳瓮声瓮气地，又像是自言自语，又像是对宋莹解释："高考真的很重要。"

宋莹啼笑皆非。

林武峰回院，一会儿拎了桶水出来，对宋莹道："你回去再睡一会儿。"

宋莹看了看丈夫欲言又止，还是回屋了，林武峰跟在两人身后，在扫干净的地面上洒水。

太阳渐渐升起，小巷里的房屋树木罩上了一层金光，三人打扫完，站定，相顾无言。

林武峰看着两人，说："回去吧，把今天要问的问题都整理一下，下午我和庄老师一起过来。"

宋向阳愣了一下，李一鸣立即解释："林叔叔是交大毕业生，现在是高级工程师。"

林武峰摇头道："高中课程我早就忘得干干净净了，不敢误人子弟，我就是过去看看，能帮忙解题就留下一起做题，帮不了就算了。"

黄玲说她欠了宋莹一个人情，她很快就有机会偿还这个人情了。

宋莹带林栋哲去粮店买米，林栋哲趁大人不注意，把小半袋黑豆倒在了黑米里了。

宋莹当场痛殴林栋哲，店员说，"这袋米我怎么卖啊？光打孩子没用，你要么把黑豆都挑出来，那么把这袋米买了，不然我喊保卫科。"

黑米是精细粮，林家的定量不够，黄玲拿了粮本赶来，用全家四口的定量撑了宋莹一把，和宋莹合买下半袋混杂着黑豆的黑米。

星期天，庄超英、林武峰去邻居家辅导学生，庄图南在家做题，宋莹、黄玲、林栋哲、庄筱婷围坐在厨房里，头昏眼花地从黑米里挑黑豆。

挑了一天黑豆，当天晚上，庄图南和庄筱婷吃上了黑米饭团，林栋哲又被宋莹打了一顿。

第三章

皮鞋或草鞋

庄图南总是吃不饱。

春天来了，自来水也进院了，黄玲无意间听说蛇瓜易播种、产量高，就想办法搞到了几粒种子，想在院子里种蛇瓜。

宋莹正在存钱买电视，对省钱很感兴趣。林武峰有务农经验，以他为技术指导和劳动主力，院子里沿着墙围出了一小条狭长细溜的地，填上了和关系户斗法时挖来的泥巴，搭起了木架引蔓，正式播种蛇瓜。

蛇瓜长势快，支架上很快垂下了一条条类蛇状的青白瓜，5月初收了第一批新瓜，两家人开开心心采摘，吃上了第一茬新瓜。

蛇瓜高产之名毫不夸张，摘了又长，越摘越多，越摘越盛。一个星期后，黄玲和宋莹开始给邻居们送瓜，邻居们高高兴兴地收下，一个月后，邻居们勉为其难地收瓜——顿顿蛇瓜，快吃吐了。

邻居们吃到想吐，庄、林两家，看到蛇瓜就想吐了。

木架上，墙角边，小院的各个角落里遍布着一条条长一两米、弯曲似蛇的细长条瓜，白天看着都膈应，晚上月光照在蛇瓜上，蛇瓜青白色的瓜皮泛白，更像一条条或悬挂或蜷曲的白蛇，怵得慌，大人孩子都不再愿意天黑后出屋，除非逼不得已要上厕所，都尽量不去院里了。

黄玲还是很庆幸她种了蛇瓜，庄图南胃口越来越大，米饭吃多少都吃不饱。她知道儿子是缺油水，家里的肉票统统买了肥肉，肥肉炼出肉渣和猪油，肉渣存起来，时不时舀一勺配菜，猪油炒白菜、猪油炒蛇瓜，尽量给儿子肚里添点油水。

蛇瓜量大管够，菜里还放了猪油，庄图南总算勉强能吃饱，不再成天饿了。周围几户人家吃腻蛇瓜时，蛇瓜在学校里火爆出名。

蛇瓜尾部细长而卷曲，酷似一条蜷着的蛇，林栋哲在书包里装了几条瓜尾带去学校，他趁着课间操教室里没人的时候，把蛇瓜瓜尾分放在老师讲台的桌洞和几个女生的桌洞里。

先是两个女生发现了自己桌洞里的蛇瓜，教室里一片喧嚣混乱，不明所以的数学老师步入教室，一边呵斥学生们："上课了，安静！"一边习惯成自然地把讲台桌面上刚收到的一摞作业本放进桌洞里。

年过五旬的女老师先是睁大了眼睛，然后脸色"刷"地变白……

庄筱婷"刷"地从座位上站起来，喊道："大家不要怕，这是蛇瓜，不是蛇！"

庄筱婷认识蛇瓜，老师用脚指头想都知道是林栋哲捣的蛋。所幸老师没有心脏病，只是受了惊吓，这件事没有造成太恶劣的后果。

学校把宋莹叫到学校，宋莹态度好，先发制人抢在教导主任开口前痛骂林栋哲，并揪着林栋哲的耳朵给老师道歉。

宋莹走了教导主任的路，让教导主任无路可走，教导主任无奈，只能毫无新意地跟着宋莹批评教育了林栋哲一顿，并让宋莹保证林栋哲绝不再搞类似恶作剧。学校收拾不了家长，但能收拾孩子，林栋哲被全校通报批评了一次，被数学老师罚站了一星期。

老师怒，宋莹也很怒，她罚林栋哲两个星期内只能吃白饭和蛇瓜，其他肉、蛋、菜一律不给。林栋哲连吃了三天蛇瓜，第四天两家人吃晚饭时，他突然冲进庄家，伸手抢了庄筱婷碗里的荷包蛋，塞进自己嘴里。宋莹也跟着冲了进来，气急败坏把林栋哲抓到一边教训："为什么抢筱婷的荷包蛋？"

林栋哲努力咽下荷包蛋，咽下后理直气壮道："要不是她站起来说这是蛇瓜，老师不会知道是我放的，她是奸细。"

庄筱婷捧着饭碗，委屈得眼泪汪汪。

庄图南立即把自己碗里的荷包蛋夹到妹妹碗里，温言劝慰："别听他胡说。"

庄图南不劝还好，他一劝，庄筱婷再也忍不住，放下碗筷号啕大哭："我真不是故意的。"

林武峰在院子里喊："筱婷啊，你别哭，叔叔马上去厨房给你煮蛋，不，煎蛋，煎两个。"

林武峰冲进厨房，开始起油锅。

宋莹听到庄家屋里的哭声，怒上心头，抢起笤帚一阵乱打。

庄超英原本以为黄玲会去劝劝，但黄玲板着脸就是不吭声，庄超英知道妻子平时通情达理，但最袒护自家孩子，现下是真生气了，只好自己走到院中调停："孩子一时淘气，别打了，别打了。"

林栋哲鬼哭狼嚎："蛇瓜不好吃，你打死我我也要吃鸡蛋。"

林栋哲的哭号充满了真情实意，简直让听者伤心、闻者落泪，连黄玲听了心头气都消了一大半。同样饱受蛇瓜之苦的宋莹更是心有戚戚，打完林栋哲之后，第二天就停止了对他"白饭加蛇瓜"的处罚。

一星期之后，林栋哲满血复活，他要代表少年宫民族舞小组参加全市的六一儿童节汇报演出了。苏州地方电视台派了专门的摄影组到少年宫录下了全场表演，将做成专题节目，向全市转播。

六月底，庄图南参加了市重点的入学考试。大孙子刚一考完，庄家爷爷就把庄超英召回了家，旧事重提想把庄赶美的两个儿子送到庄超英家过暑假。爷爷和庄赶美都没提粮食定量的事。

庄超英左右为难，他无法拒绝父亲的要求，也看到了妻子为了一份口粮的辛苦。俗话说得好，半大小子吃穷老子，庄图南越来越能吃，他们夫妻俩的定量明里暗里地都贴在了他身上，家里再来两个男孩是真的供不起。

正为难时，庄超英再次收到了教育局的通知，邀请他参加1978年夏季高考阅卷，庄超英长出一口气，坚决服从组织安排，驾轻就熟地准备好私人用品和一床蚊帐，再一次踏入了隔离点。

这一次的阅卷安排在了苏州大学校园内，几百位来自市区和各县乡的高中老师们住进了学生宿舍，开始了隔离阅卷。

时隔半年，季节不同，阅卷老师们依旧不能离开隔离点，工作、生活条件依旧很艰苦。

冬季阅卷时是手僵得几乎握不住笔，盛夏阅卷则是汗流浃背。

试卷数量多，又关系到考生们一辈子的前途，老师们加班加点、耐心细致地工作，教室里没有电风扇，所幸阅卷老师都是男的，为了工作效率也顾不得斯文形象了，通通脱了背心，赤膊改卷。

庄超英再次在巷子里消失，邻居们都知道他是去参加阅卷了，家人更是不再紧张了。小学毕业的暑假没有任何作业，庄图南帮着妈妈打理家务，给蛇瓜施肥浇水，帮忙洗衣烧饭，院里院外地忙碌。

江南夏季酷热，早晚才能在室外活动一会儿，中午、下午的太阳白花花的十分耀眼，热气像针扎一样刺痛皮肤。林家有台电风扇，三家的孩子们大部分时间只能挤在林家，吹风扇看书。

半地下半公开的小书摊转公开了，摊主延长了营业时间，上午、傍晚都开一会儿，增加了书籍的种类，不仅有连环画，甚至还有《小灵通漫游未来》等少儿科幻图书和《悲惨世界》等世界名著。

摊主大展宏图，增加了图书种类。书籍太多，付押金的钱都不够，好在林栋哲已经和摊主混熟了，靠刷脸免了押金，他把书带回来，三家孩子轮流看，提高租金利用率。

巷子里开始有人推着板车来收废品。

天气晴朗，黄玲和宋莹坐在小板凳上洗床单被套，林武峰和庄图南力气大，帮忙绞晾晒，林栋哲在给蛇瓜浇水。

收废品的吆喝声传进小院，黄玲一边在搓衣板上使劲揉搓床单，一边随口问了一句："他们都收些什么？"

林栋哲道："破脸盆、玻璃瓶、废纸……废品收购站收什么，他们就收什么。"

宋莹道："是不是废品收购站的人出来收废品啊？"

林栋哲道："不是，他们价格低，他们收了之后，再卖给废品收购站。"

院子里三位大人都愣住了，互相交换了一下眼神。

宋莹小声嘀咕："这不是投机倒把吗？"

林武峰呵呵笑："栋哲，你咋这么清楚？"

林栋哲道："我去废品收购站卖我和庄筱婷一年级的作业本，在收购站看到他们一车一车地卖。"

林栋哲很有经济头脑，他说："卖的钱用来租连环画，大家一起看。"

黄玲纳闷，问道："光卖你和筱婷的作业本？为什么不卖图南的？他的作业本比你们的多多了。"

林栋哲不吱声，认真浇水。

巷子里开始有小贩推着板车叫卖东西，黄玲偷偷买了一只脸盆，她拿给宋莹看，悄悄说道："一块八角，还不要票，比国营商店划算。"

宋莹内外细看，啧啧称奇："这花样，这质量，可以当结婚礼物送人了。你怎么突然想到买一只新盆？送人？"

黄玲小声道："给筱婷买的，她也大了，需要一个自己的盆洗……不能再和我们混用一个盆了。"

黄玲说得含糊，宋莹却听明白了。"是啊，小女孩是要注意卫生。哎，小囡囡说长大就长大了，那天我给她梳头，头发攥在手里厚厚的一大把。"

宋莹低声笑起来，问黄玲："你既然提到了，我就问一句，筱婷都这么大了，你们夫妻俩和筱婷睡一间，晚上……怎么办？"

黄玲瞪了宋莹一眼，自己撑不住笑起来，道："怎么办？不办呗。老夫老妻的，孩子都两个了，我们早就不办了。"

宋莹推了黄玲一下，也哈哈笑起来。

晚上，林武峰端了盆水进屋，用毛巾绞了凉水擦身。

宋莹看到脸盆想起了庄家买新脸盆一事，感慨着讲给丈夫听："那么热的天，大太阳底下拉着满满一板车的脸盆，一家家地敲门推销，还时不时地受白眼，不容易。咦，这些集体小作坊哪儿来的材料？"

林武峰道："国营大工厂的废材，废铁、电线圈什么的，有些卖给废品收购站，有些直接扔了，私人或小作坊买或捡，当宝贝一样拿回去再生产。"

宋莹问："这算不算投机倒把啊？"

林武峰摇头："不知道。"

林武峰凝神想了想，说道："这些小作坊还是集体制，那天栋哲说巷子里收废品的赚差价，我去厂里问了问，说也有很多私人从厂里低价收废材，再转卖给乡镇企业。这些人可都是私人，挣的钱都归自己腰包，买卖的金额也很大，好像也没人管了。"

林武峰擦好了，把毛巾扔进盆里。

宋莹随手捞出毛巾，绞了绞水擦席子，道："还是厂里拿工资好，稳定，舒服。像庄老师那样当老师更好，受人尊敬，还有寒暑假。"

宋莹突然想到下午和黄玲有关"不办呗"的对话，哈哈笑起来，笑完，她告诉林武峰："今天下午玲姐和我说，筱婷长大了，需要自己的空间，庄老师改完卷子能拿点补助，她想等天气凉快以后把卧室隔一下，问问你有没有门路买到便宜的旧木头。"

7月中，脱了一层皮的庄超英回家了，他一进家门，就从妻子处得知了一个好消息，庄图南考上市重点了，拿到苏州一中的录取通知书了。兄妹俩都在林家看闲书，家里很清净，庄超英长叹一声，坐在床边。

黄玲催促丈夫："你倒是说句话啊？"

庄超英轻声道："高兴，我是太高兴了。"

窗外瓜架下传来阵阵虫鸣，庄超英愣愣地听了一会儿，说道："一间宿舍住四个阅卷老师，宿舍太热，晚上睡不着，我们就闲聊。有位老师的妹妹在云南插队，他说云南几万名知青正集体要求返城。"

黄玲"啊"了一声，说："可哪有那么多工作？城里还有那么多待业青年找不到工作呢！"

庄超英伤感不已："是啊，哪有那么多工作！当年，我和桦林同时毕业，我中专，她初中，我分配了工作，她没有工作在家待了大半年，街道安排她下乡……"

庄超英沉默了一会儿："我陪她去派出所迁户口，我到现在都还记得派出所窗口上贴着一张纸，'迁户口工本费，一分'，我替桦林交了那一分钱，桦林从此就不在家里户口本上了，也不再是城市户口了。"

庄超英颇为伤感，说："桦林就回不来了，她在贵州结了婚，也有了工作，不符合知青回城的政策，她回不来了。"

庄桦林是庄超英的小妹，多年前响应国家上山下乡的号召去了贵州，留在了贵州，已婚，育有一子向鹏飞。黄玲不知如何安慰丈夫，只能默不作声。

庄超英重重点头，道："所以图南和筱婷都要好好念书，书念得好，将来一辈子穿皮鞋；念不好，一辈子穿草鞋。"

庄超英想起一事，对黄玲说："对了，我回家前去了一趟学校，教务处主任和我说，学校觉得我两次参加阅卷，有经验，有心得，想把我调到高二毕业班①。毕业班任务重，但有利于提职称，你觉得呢？"

黄玲叹息："你说到毕业班，我又想起一件事，李婶告诉我，李一鸣和宋向阳这次又都没考上，李婶还说了，他俩不打算再考了。"

尽管庄家夫妻俩刻意保持低调，邻居们还是很快知道了庄图南考进一中的消息。

吴珊珊和张敏马上就是五年级毕业班的学生，吴建国动了心思，和张阿妹商量："我听说老庄总结了小学语文、数学的难点，图南跟着复习就考进了一中。"

张阿妹笑笑说："小敏将来可以接我的班，珊珊也上个中专，毕业了国家包分配。"

注①：　1983年前，高中两学年制，之后全国各地陆续改为三年制。

张阿妹发自肺腑地感慨："棉纺厂福利多好，食堂、澡堂、幼儿园、小学，女孩子进了厂，找对象都容易。"

吴建国有点犹豫，说道："国家恢复高考了，大学生一毕业就是干部。"

张阿妹正在梳头，闻言"啪"地把梳子拍在床头柜上，似笑非笑道："老吴，家里勉强能吃饱饭了，你那份工资供得起两个孩子上大学？"

吴建国和张阿妹半路夫妻，各有各的孩子，话说到这份儿上也就差不多了，吴建国不再作声。

8月底，苏州电视台经过近三个月的剪切、编辑，制作了"六一少儿节目"特辑，少年宫从电视台得知了节目播出时间，打电话传达给了家长。晚饭后，小巷里的几户人家挤在张爷爷家院子里看电视——因为有巷子里两个孩子参演，邻居们都很自豪，张爷爷拉了根长长的电线，把电视搬到了院里，积极热心地邀请大家来看。

宋莹兴奋莫名，她提前几天用糯米、猪油、芝麻做了一板雪白如云的云片糕，准备给大家看电视时边看边吃。

电视机前人头攒动，节目精彩纷呈，云片糕甜糯，邻居们边看边吃边唠嗑，其乐融融。先是大合唱，庄筱婷站在合唱团第一排，认认真真唱完了两首童谣。

吴建国首先发表意见："歌唱得好，腮红打得也喜庆。"

张爷爷大胆提要求："筱婷啊，好好练歌，下次站在领唱的位置上。"

张阿妹很喜欢文静乖巧的庄筱婷，笑着替她辩解："领唱都是大孩子，筱婷年纪小，以后有的是机会。"

宋莹难得同意张阿妹的意见："可不是，一眼看过去，就数咱筱婷最出挑，将来一定能当领唱。"

说笑中，节目开始播放林栋哲的朝鲜舞。

一群孩子旋转着载歌载舞，林栋哲打着腰鼓转到了前排。

林栋哲笑容灿烂，摄影师给了他不少特写镜头。

镜头里，林栋哲嘴里突然掉出了一个白色的小东西，他一边敲鼓，一边低头弯腰，从地上把那个小东西捡起来，试图放回嘴里。

摄影师发现不对，立即把镜头转到了其他孩子身上。

邻居们目瞪口呆，纷纷转头看向林栋哲，林栋哲灿烂地咧嘴一笑。

林栋哲正在换牙，两颗门牙处是个大黑洞。他完全不在意大家或惊讶或憋笑的表情，大大方方地咧嘴笑，美滋滋地等着大家夸奖。

张爷爷憋了半天，勉强憋出了一句："栋哲跳得真……活泼。"

黄玲忍着笑，说："非常符合儿童节的气氛。"

其他人诡异地静默着。一片静默中，庄筱婷小心翼翼问："林栋哲，你是不是想把掉了的牙塞回去？"

庄超英实在忍不住，哈哈哈笑起来，吴建国也放声大笑，众人如同被传染，纷纷大笑起来。

林武峰再一次送孩子们去少年宫时，老师叫住他，打趣道："你家栋哲在电视台都出名了。"

林武峰干笑两声，另一位老师笑着解释："我们有个老师在电视台有熟人，特地问了电视台怎么没把林栋哲捡牙那一段剪掉。"

第一位老师哈哈笑，回答说："电视台的人回答说，我们节目组研究了半天，最后领导拍板，那个'缺牙巴'笑得太灿烂了，他的镜头就留着吧。"

能搞到电冰箱的男人果然雄壮威武，林武峰再次大展神威，搞到了两扇免费的旧窗户，吴建国会些简单的木工活，三个爸爸合作，花了两天时间用木板和窗户在东厢房里隔出了一块极小的空间，空间里勉强塞进了一张单人床，庄筱婷有自己的小房间了。

两扇窗户节省了不少木料，还兼顾了实用和美观——白天自然光透过窗玻璃从大房间透进来，小隔间里有一定的光照，晚上把窗帘一拉，小隔间又有了私密性。

1978年秋，庄图南进入一中就读。

第一天下午放学回家，庄图南刚一推开院门就吓了一跳，林栋哲和庄筱婷同时从两个小卧室里冲出来，同时喊道："图南哥，你回来了！""哥哥，你回来了！"

林栋哲凑上来，殷勤地问道："图南哥，一中好不好？"

晚饭后，庄家刚放下筷子，宋莹、林栋哲就来串门了，林武峰索性也跟来了，东厢房里挤得水泄不通，两家大人、两个小孩子一起围着庄图南问："一中好不好？"

"学校有正规的四百米跑道和篮球场，还有实验室、音乐教室，条件比附中好。"庄图南很兴奋，他先从学校硬件说起，"和附中完全不一样，同学一半是市里的，另一半来自各县乡，他们的方言和苏州话完全不同，好几位同学们的自我介绍我都没听懂，不像附中，大家都认识。"

庄超英上午送儿子上学后，在校门口遥遥看了一眼，他补了一句："有穿军装的干部子弟，也有穿补丁衣服的乡下同学，家庭背景差别很大。"

小孩子们懵懂，大人们都听懂了庄超英这句话的含义。

林武峰问："课程呢，和小学有什么不同？"

庄图南想了想，说："有英语课，一周两节，今天还没上。今天上的是语文、政治、数学和体育。语文老师让我们买一本成语词典，还要求我们一周写两篇日记，日记要真情实意地描写生活，不要模板化、不要套话，要记录真实的经历和感受。"

林武峰立即道："图南，上交的日记最好让你爸爸先检查一下。图南，我知道你是大孩子了，没有不尊重你的意思，我们……我、你爸爸妈妈年轻时都写过日记，这么说吧……"

宋莹听到林武峰先说"我们"，又改成"我"，把她剔除出写日记的队伍，不动声色瞥了林武峰一眼。

林武峰不知如何说好，想了又想勉强解释："这么说吧，林叔叔不在乎栋哲的功课，也不在乎他的考试成绩，但是如果他写要交给老师批改的日记，我一定会认真检查一遍。"

庄超英和黄玲同时默默点头。

庄图南似懂非懂地"嗯"了一声，继续道："学校还有一个图书室，高中生可以借书，初中生还不行，但可以在图书室里看，我放学后特意去看了，有《十万个为什么》《儿童文学》，还有《收获》《十月》。"

林栋哲瞠目结舌："什么是'收获十月'？"

庄图南解释："是两本杂志，一本叫《收获》，一本叫《十月》。语文老师特别推荐了这两本杂志，说我们可能还看不懂，但是其中很多句子很好，建议我们摘抄下来，写作文时用。"

租书老手林栋哲关心经济问题，又问："图书馆看书要钱吗？"

庄图南笑着摇了摇头。

林栋哲实心实意地赞美："一中真好。"

庄超英笑着问："栋哲将来想干什么啊？想不想也考一中？"

林栋哲胸有成竹地诉说职业理想："我想当副食品店的售货员，店里来了肉我就告诉你们，图南哥、珊珊姐和庄筱婷的孩子们就不用起早排队了，他们来买肉，我还会偷偷多给一点。"

鸿鹄焉知燕雀之志？林栋哲的理想远大而朴实，有经济，有民生，有对未来生活的规划，还蕴含着浓浓的人情味，名校毕业生林武峰和高中老师庄超英同时被这样的理想震得目瞪口呆，说不出话来。

热闹了一会儿，庄图南要复习功课了，林家夫妻俩回了西厢房。

一进屋，宋莹就掐了林武峰一下，愤慨莫名，说道："'我、你爸爸妈妈年轻时都写过日记'，这话什么意思？我是文盲？我不识字？我不会写日记？"

林武峰赔笑，殷勤扇风："我的意思是，你根正苗红，再说……"

宋莹道："你出身不好？你家家庭成分贫农！"

林武峰忍住笑，对宋莹说道："我看过你的日记，学校罢课，你高高兴兴去抓蜻蜓、摸泥鳅，并表示希望学校以后都不要再上课了，你这种日记……"

宋莹撑不住也笑了，说："那时候大多数学生不都这么想？学校不上课了，那还不是野马脱缰，撒开了玩？所以恢复高考后都考不上大学。"

庄图南去了市一中，林栋哲和庄筱婷进了附小二年级。

张阿妹的女儿张敏和吴珊珊都是五年级，同级不同班，但两个异姓姐妹并不亲密，并不一起上下学，在学校走廊上遇见，也装作不认识。

林栋哲是这么和宋莹形容吴家两姐妹的关系的："比我和图南哥差远了。以前，我只要在去厕所的路上遇到图南哥，我就邀请他和我一起上厕所，一边蹲坑一边聊天。"

林栋哲很惆怅，幽幽说道："我怪想图南哥的。"

庄图南一点也不想他的小跟班林栋哲。

一天下午，庄图南放学回家后，看见林栋哲和吴军正坐在院子里挥舞苍蝇拍。

院子里除了蛇瓜，还种了一些其他的菜，瓜蔓、沤肥都招虫，所以两家都装了纱门，林栋哲坐自己家纱门前，吴军坐庄家纱门前，两人使劲地挥舞着苍蝇拍，边拍边数数。

庄图南回到自己房间放下黄挎包，就听见林栋哲大喊一声："十八。"

庄筱婷正在哥哥房间里做作业——她的小隔间太小，放不下书桌，只能在哥哥房间里做作业，庄图南询问般看了妹妹一眼，庄筱婷回答哥哥的疑问："林栋哲和吴军在比赛打苍蝇，看谁打得多，他们从放学就比到现在了。"

庄图南回家的时间大概要比弟弟妹妹们晚一个多小时，庄图南惊了："打了这么久？"

庄图南从窗户看了出去，他看到林栋哲一脸傻笑，兴奋不已地挥动着苍蝇拍。

庄图南再一次觉得，他和这些小萝卜头真的不一样了，无论是学业，还是思想，都大大不一样了。

平静的日子没过多久，黄玲又犯大愁了，孩子们的奶奶暂时住了进来，一家人吃不好、睡不好了。

庄家奶奶不慎扭了脚，尽管身体没有大碍，但需要卧床休息，不能做家务了。

爷爷基本不做家务，奶奶又扭了脚，庄家召开了紧急会议，商量家务。

庄赶美表示照顾不了两位老人，希望两家分担，爷爷留家里，奶奶暂时先住庄超英家。

弟媳妇表示，奶奶晚上要起夜，需要人照顾，她白天工作和做家务，实在没有足够的精力再起夜了，她需要庄超英或黄玲住过来，和爷爷奶奶睡一间，晚上照顾奶奶。

两种方案其实是一个意思：庄超英家人晚上照顾奶奶。

两家离得很远，庄超英这学期带毕业班，每天早上都要和学生们一起上早自习，黄玲也经常上早班，两人中任何一人住过来的方案都不现实。

奶奶提议让庄筱婷暂时住过来："我晚上要喝水，要用痰盂，筱婷小孩子睡觉轻，方便照顾我。"

爷爷奶奶非常重男轻女，默许庄爱国、庄爱华欺负庄筱婷，黄玲看了一眼庄超英，希望丈夫提出异议。

庄超英意动，和黄玲商量："筱婷早上坐公交车回棉纺厂上学，在家吃午饭，下午我下了班，骑车送她回爷爷奶奶家，辛苦是辛苦点，但只是暂时的，一两个月快得很。"

爷爷一贯是大家长做派，他是："老人身体暂时不好，你们做晚辈的，这时候就该围上来，好好照顾老人。"

奶奶理所当然地表达她对庄筱婷的轻视："筱婷来了，还可以帮她婶婶干些家务。"

黄玲的胃部一阵阵地抽搐,她知道自己心里又泛起了对公婆的厌恶和憎恨。

黄玲从未当面和公婆顶过嘴,刚结婚时是顾虑庄超英夹在婆媳间左右为难,自愿咽下了所有的委屈,随着两个孩子的降生,委屈越来越多,她开始和丈夫抱怨争吵,但不管心里多怨恨、多嫌憎,她始终压抑了自己,从没在公婆面前流露过自己的真实情绪,也从没在公婆面前和庄超英争吵过。

现在当着公婆和弟弟、弟媳的面,黄玲更不会跳起来和丈夫吵,家丑不外扬,她不会让庄赶美和弟媳妇看笑话。

急中生智,黄玲突然回想了林武峰堵出水管淹两家院子时说的话,"要淹一起淹,你既然在墙上挖洞,就一起承担后果。"

黄玲考虑了一会儿,缓缓道:"大冷天的,两家离得又远,筱婷来回上学路上太辛苦了,也不安全。"

黄玲迅速下了决定:"伤筋动骨一百天,这样跑不是个事儿。这样吧,我们把妈接来,妈睡筱婷的小隔间,筱婷和我们睡大床,咱们一起照顾妈。"

庄超英借了辆三轮车,把奶奶裹得严严实实的,接回了家,再按黄玲的安排,让奶奶住进了庄筱婷的小隔间。

奶奶住进来还没两天,庄超英就意识到了任务的艰巨,做饭洗衣、帮奶奶洗漱如厕、倒痰盂这些家务也就罢了,除此之外,一家人吃不好、睡不好了。

第四章

D大调波兰舞曲

成为中学生后，庄图南的粮食定量加了五斤，他有二十八斤的定量了，可家里又暂时多了一人——奶奶人来了，她没带来粮本，也没带来粮食定量。庄图南再次感受到了极度的饥饿。

进一中的第一个月，黄玲用庄图南的二十八斤粮票购买了二十八斤一中食堂饭票，本以为庄图南只在学校吃午饭，二十八斤饭票足够了，可庄图南两个星期就用完了这二十八斤饭票，也就是说，他一顿午饭就要吃两斤饭票的米饭，就这还不够，他还饿。庄图南的粮食定量远远不够他在一中食堂的花费，家里还多了奶奶这份粮食支出。

农贸市场有了少数几家私人摊贩，可以从私人手里买到米或面，但私人粮价比粮店贵太多了，买私人粮食不是长久之计，黄玲一筹莫展。

庄图南自己发现了其中的蹊跷，一斤粮票能买一斤米，一斤米大概能做出两斤的米饭，但一斤粮票换一斤食堂饭票，只能吃到一斤的米饭，加上食堂大锅菜没有油水，所以他怎么也吃不饱。

庄图南决定回家吃午饭，黄玲早上把饭菜做好装铁饭盒里，他回家用蒸锅蒸一下就可以吃了。一中离家远，他又不愿花钱坐公交车，坚持走路来回，一来一去耗去了他所有的午休时间，下午上课时经常犯困。

没有自行车票买不到自行车，就算手里有票，商店也长期缺货，黄玲思前想后，四处问了一圈，用娘家陪嫁的缝纫机换了一辆自行车。

黄玲手巧，时不时地用这台蝴蝶牌缝纫机给家人做衣服，还帮林栋哲补过裤子，这台缝纫机既有纪念意义又实用，如果不是庄图南迫切需要自行车，她是绝对舍不得和人交换的。

因为日本电影《望乡》和《追捕》的播放，大鬓角、喇叭裤风靡全国，宋莹一贯好时髦，但她正为电视机省吃俭用，舍不得花钱找裁缝做喇叭裤。黄玲以一种悲壮的心情用布票扯了块黑色布料，给宋莹和庄筱婷各做了一条上窄下宽的喇叭裤。

庄筱婷不敢穿去学校，说怕老师批评。宋莹首先大大方方地穿上，再牵着被她忽悠着穿上喇叭裤的庄筱婷一起去了趟新华书店。

两条同色同款的喇叭裤出尽风头，宋莹回家后，笑着和黄玲形容所受的关注："好几个人拦住问我在哪家裁缝铺做的，说他们也想来做。还有人以为我和筱婷是母女，一个劲夸我女儿漂亮。"

黄玲很惆怅，说道："缝纫机原本是想留给筱婷的，她再大点就可以跟我学裁剪了。"

宋莹笨拙地安慰黄玲："不怕不怕，等图南工作了挣钱，让他买一台赔给筱婷。"

蝴蝶牌缝纫机被抬上了三轮车，永久牌自行车推进了小院，庄图南中午回家吃午饭的问题总算解决了。

吃饭的问题暂时解决了，睡觉成了庄家的大问题。

奶奶行动不便，白天一人闷在家里睡觉，等庄筱婷、庄图南先后放学回家后，她正是精神旺盛、迫切希望和家人交流的时候，自然是拉住兄妹俩没完了地唠嗑闲聊。

一中作业多，庄图南不得不放学后尽量在学校里多做些作业，再在黑咕隆咚的夜晚骑车回家。秋天天黑得早，路上路灯又少，庄超英和黄玲都很不放心，可一想到儿子的学业，只能再三叮嘱他路上骑慢点。

晚上全家人睡下后，奶奶也睡，但奶奶白天睡多了，晚上睡不着，在隔间里左来右去地翻身，一板之隔的一家三口也睡不着。

好容易等奶奶睡着了，但她年龄大了，时不时地抽气、咳嗽和打呼噜，一家三口只能苦挨着，强迫自己尽快入睡。好不容易勉强睡着了，奶奶又醒了——她该起夜了。奶奶有一定的行为能力，白天单独在家时能照顾自己，但晚上醒来后，无论是喝水还是用痰盂，她一定喊人帮忙，她喊几声，一屋人，包括一墙之隔的庄图南，就都被吵醒了。

奶奶喝完水或用完痰盂后，一家人继续强行入睡。

过一会儿，奶奶又醒了，她又要起夜了。两间房就这么大，一家人都睡不好，几天下来，庄超英就觉得脑子里嗡嗡的，胸口闷闷的。

林武峰和宋莹下班回家晚，还是林栋哲最先发现了庄图南有家不能归，他自作主张找到庄图南，对他说："图南哥，你放学后到我房间做作业好了。"

做作业的问题解决了，但庄图南晚上依旧睡不好，每天顶着两个黑眼圈进进出出。庄筱婷也好不了多少，经常坐着坐着就打起盹儿，宋莹主动找到黄玲说："这段时间，就让图南暂时和栋哲一起睡，筱婷睡她哥哥的房间，撑过这一阵儿。"

别说黄玲了，庄超英几乎都要跪下感激救苦救难的宋莹了。

家里有张夏天乘凉用的竹床板，黄玲夫妻俩生怕宋莹反悔，以迅雷不及掩耳之势把竹床板扛进了林栋哲的房间，庄图南从此就在林栋哲房间打地铺了。

奶奶想睡庄图南的房间，比小隔间宽敞舒坦。黄玲拒绝了，说："妈，你睡我们房间，晚上有事叫我们也方便。你睡图南的房间，隔着门喊我们，别说我们一家了，邻居家晚上都睡不好了。"

庄图南睡林栋哲房间，庄筱婷睡庄图南房间，庄超英和黄玲硬撑着起夜，总算熬了下来。两个月后，奶奶腿脚好了，但她不想走，在二儿子家要做家务，在大儿子家饭来张口、衣来伸手，她当然想和大儿子住。

饭桌上，奶奶挑起了话头："不回去了，留下帮老大媳妇照顾图南和筱婷……我现在腿脚好了，晚上不用人照顾了，白天还可以帮你们做点家务……"

奶奶笑眯眯地说道："你们工作辛苦，应该睡大房间，我和你爸爸就睡图南的小房间好了，筱婷继续睡她的小隔间。"

庄超英愣住了，他直觉此法不可行——因为长期缺乏睡眠，他现在经常耳鸣，精神上几近崩溃，他知道黄玲也快撑不住了——但他实在不知道如何拒绝母亲。

黄玲木呆呆地看着婆婆，她隐约觉得有什么地方不对，但因为长期缺觉，她的脑子已经转不动了，别说反驳，她连婆婆的话都有点听不懂了，她艰难地思索着：什么叫"不回去了，留下帮老大媳妇照顾图南和筱婷"？

奶奶再接再厉，希望一鼓作气把事情敲定。"你们要没意见，我就叫你们爸爸过来了。"

沉默中，庄筱婷怯生生道："那哥哥睡哪儿？哥哥还睡林栋哲房间呢。"

庄超英和黄玲同时大梦初醒般反应过来了，他们居然把庄图南忘了。庄图南还流落在外呢！

庄筱婷又道："林栋哲老拉着哥哥聊天、看闲书，哥哥晚上想多看一会儿功课都不行。林栋哲最近在看《三国演义》，他看不懂，老缠着哥哥给他讲。"

庄超英脸色变了，爷爷奶奶和庄赶美一家住房条件不差，他不能因为奶奶的异想天开，牺牲庄图南的学习。黄玲注意到庄超英脸上的表情，知道庄筱婷的话击中要害了，也知道自己不用开口了。

奶奶见话风不对，试图力挽狂澜，她说："初中课程简单，随便看看就可以了。"

庄筱婷又说了一句让庄超英下定决心的话："哥哥说同学们都很厉害，他每天晚上复习完当天的功课才能睡觉。哥哥早上起来用冷水洗脸，他说怕骑车的时候犯困摔下来。"

黄玲冷眼旁观，见女儿把一贯能言善道的婆婆堵得没话说，突然间想到棉纺厂评价林栋哲机灵：秤砣虽小压千斤，一嗓子号出了两间房。

黄玲不合时宜地想笑。

奶奶不得不回了自己家，听说，奶奶一回去，就又包揽了庄赶美家所有的家务，晚上自己起夜，也不喊人了。林武峰和宋莹发现，奶奶住庄家修养的这段时间，他俩的日子太舒服了：庄图南住林栋哲房间时，早上起床时会顺便把林栋哲也叫起来，晚上会督促林栋哲做作业、刷牙、睡觉。皮猴林栋哲很听庄图南的话，乖乖地早上按时起床，晚上认真做作业。

林栋哲听话，宋莹很久没打骂他了，林家母慈子孝，一片和睦。

美好的日子太短暂了，林武峰和宋莹很舍不得庄图南搬回去，宋莹非常希望某天深夜，黄玲来敲西厢房的门，对她说："家里住不下，我儿子就放你家了。"

宋莹长吁短叹，自言自语道："我怎么就没给栋哲生个品学兼优的哥哥……"

奶奶回家后，庄家的生活总算回到了正轨，庄图南更加投入地适应新学校、新环境。一中的学生有小半出身干部或知识分子家庭，这些家庭出来的学生见多识广、兴趣广泛，学校的各项活动中，他们往往都是积极分子。秋季运动会之后，各班委敲锣打鼓，四处吆喝着同学们报名参加元旦联欢会，初一的学生们还不太放得开，只肯报名表演诗歌朗诵。班长看着报名表上一溜的诗朗诵欲哭无泪，只有数学委员庄图南鬼使神差地报了手风琴独奏——《在北京的金山上》。

宋莹有台手风琴，庄图南决定向她请教。

宋莹一口答应了庄图南的请求，翻出了箱子里尘封已久的手风琴和琴谱，庄图南意外地发现，黄玲也识谱，两个妈妈周日轮流教导庄图南。庄图南勤学苦练，一个月后左右手就能配合了，他正是好强的年龄，完全不顾肩膀和大腿的疼痛，抓紧一切时间练习，希望联欢会上的表演尽善尽美。

小院里传出了琴声，林栋哲不再打苍蝇了——他技艺精进，已经可以赤手空拳抓苍蝇了——他经常坐在练琴的庄图南对面，认真地聆听，他也想学，但是手风琴太重，他目前的身高、体重还负担不起，所以只能求庄图南多练习一会儿，他也因此多听一会儿。

琴声由青涩转为流畅，当庄图南第一次拉出完整的曲调时，林武峰正巧带两个孩子从少年宫回家，正推着自行车跨进院门。

听到自家屋里传出的琴声，林武峰愣住了。

庄图南演奏完，宋莹接过琴，把庄图南刚才拉错的几个音节又拉了一遍。

黄玲正在院中浇菜，她看到呆愣的林武峰，突然有了谈兴，笑道："宋莹年轻时漂亮，又经常代表厂里表演手风琴，那时候，追她的人可足有一排。"

面对黄玲揶揄的目光，林武峰尴尬道："我是乡下人，读大学才进城，工作后才第一次听到手风琴演奏。"

林武峰憨笑道："我还记得是国庆节各厂联谊，宋莹代表你们棉纺厂演奏了两首。"

黄玲哈哈一笑，说："我听说，联谊会之后，你就想方设法托人认识宋莹了。"

宋莹不知道什么时候也来到了院中，听到了只言片语。不同于林武峰的尴尬，她大大方方道："我当时不想见，介绍人说是个大学生，人也老实，见一面也不亏啥，我才去见面。"

黄玲笑得狡黠："那时追你的人多吧？"

宋莹自吹自擂："多，还有人给我介绍领导儿子，说我要是答应了，就不用待车间了，可以坐办公室。"

黄玲放下水瓢，问："那你怎么不答应？"

宋莹道："我嫌对方又老又丑。"

宋莹瞥了林武峰一眼："没想到最后找了一个更老更丑的。"

黄玲哈哈笑。

宋莹突然惆怅起来，又说："吾家有儿初长成，我还老觉得我刚结婚呢，孩子们就长大了。"

黄玲心有戚戚，道："那天图南看到我也会吹口琴，一脸吃惊。他大概以为我生下来就这么老，生下来就成天在院子里种菜。"

庄图南练完琴了，收拾了琴谱离开林家，准备回自己房间。

宋莹也不管孩子在场，继续道："我和武峰第一次约会时，大冷的天，他带我压了半天马路，我穿得少，冻得够呛，他穿着厚外套，戴着帽子围巾，也不说把帽子围巾借我戴戴。"

林武峰已经知道妻子要说什么了，嘿嘿地笑。

宋莹继续道："后来我们成了，我有次问他，你当时为什么不把帽子围巾借我戴戴？你知道武峰咋回答？他说你当时没说你冷啊，再说，借给你戴我不就冷了？把我给气得，要不是当时我们已经处了一阵儿了，他对我不错，省吃俭用给我买手表，自己粮票都不够吃还要给我买糕点，我就不要这傻子了。"

庄图南当作没听到，低头快步回家。

宋莹见状，微笑着说："图南长大了，知道害羞了。"

学校没有可容纳全校学生的大礼堂，音乐教室在离主教学楼五十米远的一处平房里，把教室里的桌椅挪开，可以容纳整个年级的学生。学校排了时间表，各科老师抽调了课，初一到高二的五个年纪轮流在音乐教室里开元旦联欢会。

初一各班班委刷掉了大部分的诗朗诵，保留了歌舞、乐器演奏等节目，拼凑了十多个节目。

12月30日，初一年级最先去了音乐教室开联欢会，五个班近二百人，挤着围坐在音乐教室的地板上，观看节目。

节目单调无新意，在一堆《校园的清晨》之类的朗诵节目中，庄图南的手风琴独奏大受好评，这激发了音乐老师的兴趣，他走了过去，示意庄图南把手风琴给他。

老师端坐在教室中间，试着拉了几个音找手感，静默了一分钟后，老师的指尖下响起了一段活泼而陌生的曲调。这首陌生的曲子轻快优美，和庄图南从小听惯的热烈激昂的革命歌曲完全不同，和他从小听过的所有歌曲都截然不同。轻快活泼的琴声如同河面荡漾的水波，庄图南仿佛看见一只乌篷船从河面上轻盈划过，船艄后水波荡漾，倒影摇曳。

曲调突然转为轻缓悠扬，犹如清新温柔的春风轻轻拨动心弦，庄图南的心中油然生出一股全然陌生的情绪，甜蜜而又忧伤。

不仅仅是庄图南，四周的同学们都停止了窃窃私语——同学们挤坐在一起，交头接耳说小话的人很多——静静听完了此曲。

一曲终了，全场静默，终于，一位同学怯生生地鼓了一下掌。

同学们如梦初醒，自然而然跟着鼓掌，稀稀落落的掌声刚一响起，老师就做了个"嘘"的手势。

有同学大声问："这曲子真好听，叫什么名字？"

老师微微一笑，说："你们向老师保证不说出去，老师就告诉你们。"

四周同学们捣蒜一样点头，老师轻声道："《D大调波兰舞曲》。"

一台电视机近500元，宋莹每月工资55元，林武峰60元。

自从计划买电视机后，宋莹雷打不动每个月存30元——雷打不动的意思是，一拿到工资，宋莹就往银行里存30元，绝不挪用——按她的计划，一年半后就可以添置一台电视了。

宋莹没钱做新衣服了，蔫蔫地把原来衣服的领口、袖口改了改，自欺欺人地当成半件新衣服。

1979年春节前，林武峰的科室得了一张电视机票，为了公平起见，十几位同事围在一起抓阄。抓到电视机票的同事家庭负重重，买不起电视，把电视机票以五十斤粮票的价格卖给了林武峰。

林武峰先斩后奏，宋莹知道后，非常心疼那五十斤粮票，想再次转卖出去。

黄玲找到宋莹，说："你要钱不够，我先借你。"

宋莹犹豫道："这多不好。"

黄玲快言快语："我和你实话实说，超英每月三分之一的工资都给了他爸妈，我家平时压根存不下钱。去年是因为两次阅卷拿了点补助，家里多少存了点。这不马上要过年了，爷爷奶奶惦记着呢，这两个月一直叨唠着想买台收音机，你赶紧把钱借走，我谢谢你。"

宋莹心动了，问黄玲道："你不和庄老师先商量一下，你不怕他怪你？"

黄玲道："图南开始学英语了，超英学的是俄语，完全辅导不了，他那天还在唠叨，电视台每周有两次少儿英语节目，专家辅导语法和发音，我就说为了图南学英语借你钱，你家买了电视，图南能跟着看英语节目，他不会有意见的。"

黄玲话都说到这份儿上了，宋莹高高兴兴应了，四处打听哪家商店有电视。功夫不负有心人，在排了几次长队和几次希望到失望再到希望再到失望后，大年初三，林武峰推着自行车，运回了一台九寸的黑白电视。几家人围着电视收看新闻——林家今年买电视，宋莹欠了一屁股债，黄玲趁机取消了三家之间的互派红包活动，三家的过年活动变成在林家看电视了。

张阿妹问宋莹："你就用一块布随便搭在电视机上啊？你咋没买个电视机罩？"

宋莹一摊手，道："没钱了，我还欠玲姐一百块呢！又要吃一年蛇瓜了！"

黄玲出主意："你用这块布做一个罩子，我找点颜色鲜艳的毛线勾个花样，勾好了缝在罩子上，就是电视机罩了。"

宋莹大赞："好主意，我怎么没想到！"

妈妈们闲聊，爸爸们和孩子们认真看新闻。

"苏州市电视台转播中央台新闻……国务院副总理、中央军委副主席邓小平已抵达美利坚合众国首都华盛顿，即将开始为期一周的正式访问，让我们预祝……"

庄超英道："这是转播中央台昨天的新闻吧？"

吴建国嘀咕了一句："先是访日，现在访美，看来风气是要变了。"

庄超英对庄图南道："英语是目前世界上使用范围最广的语言，中美建交后，它的重要性更会日益显现……"

屋内一片哄笑。

"庄老师，你讲课呢？"

"老庄，你政治思想工作可以啊！"

一片哄笑声中，庄超英继续顽强地做着思想教育："英语会越来越重要，图南你要好好学习英语。"

庄超英看了看还在哄笑的邻居们，道："你们别笑，我这学期带高二毕业班，毕业班教学任务最重的就是英语课。学生们英语基础普遍不好，尤其是乡下高中基本没上过英语课，英语只要抓好了，轻轻松松甩掉一大批人。"

宋莹重回了棉纺厂最时髦最新潮人士的队列，笑得春风得意："少儿英语周六、周日都有，孩子们都来咱家，跟着图南一起学英语。"

看完电视，庄家人回到自己家，林栋哲跟着进了庄图南房间——两间小卧室因为是厢房改建的，保留了原来的厢房门，从他自己房间到庄图南房间只需要几步路，方便得很。

庄图南看到书桌上几张一月份的《人民日报》——每到月底，庄超英会把办公室的过期报纸带回家，让庄图南剪报——庄图南喜出望外，从抽屉里拿出了厚厚的剪报本。

庄图南正要起身去找剪刀，林栋哲窜回自己的房间，拿了剪刀和糨糊又跑了过来。

林栋哲谄媚道："图南哥，都1979年了，你要不要换一个新本子贴报纸？我爸刚给了我两本新的笔记本，我分你一本？"

庄图南凝视林栋哲，命道："说！"

林栋哲嘿嘿一笑，说："图南哥，我就知道瞒不过你。我怀疑每年的寒暑假作业都是一样的，你能不能把你以前的寒假作业借我看看。"林栋哲压低声音，"有几个三年级的孩子也想抄你的作业，说一毛钱一本。"

林栋哲拼命煽动好学生庄图南："挣的钱用来租书，租书摊上刚进了《封神演义》和《水浒》的连环画。"

连环画的诱惑实在太大，庄图南迟疑了一会儿，道："万一被大人们知道了……"

林栋哲道："老大，我办事你放心，不会让大人们知道的。"

林栋哲回想起蛇瓜事件，心有余悸地说道："不能让庄筱婷知道，她知道了，你妈我妈都知道了。"

林栋哲继续絮叨："庄筱婷啊！哎，老师忘了留作业，下课起立时她居然问：'老师，今天有作业吗？'我立即去捂她的嘴，可惜晚了，老师想起来了，给全班留了作业。"

庄图南下了决心："一毛五分，一毛五分抄一本。"

初五，宋向阳和李一鸣叔侄俩一起来给庄超英和林武峰拜年。

两人拎了一网兜水果罐头，据说是宋向阳用自己挣的工分买的，分送给庄超英和林武峰表示谢意。雪白的梨块、橙黄的桃子在透明玻璃罐头里一览无遗，林栋哲眼巴巴地看着罐头，庄筱婷也时不时地偷瞄一眼，林武峰拿了工具慢慢撬罐头。

宋向阳道："如果是用大学生补助买的，庄老师一定会更高兴。不过这是我工分换的，也是我和一鸣的一点小心意。"

宋向阳尴尬而又不失坦诚地解释："我总想着考上大学来拜访庄老师，所以第一次落榜后没来谢谢庄老师。要不是宋阿姨把我们劈头骂了一顿，我多半现在也不会来。不好意思来，落榜，怪没脸的。"

李一鸣更窘迫，支支吾吾挤出几句话来："表叔干活有工分，还能花自己挣的钱谢谢两位老师，我只能拿家里的罐头……"

李一鸣的声音越来越低，头也越来越低，宋向阳拍了拍表侄的肩膀，以示安慰。

李一鸣抬起头来，勉强笑了笑，说："庄老师，林工，今天来也是请教你们一件事。我有个朋友也是待业青年，他写了封信给劳动局说工作问题，劳动局的同志给了些建议，其中有一条是发展个体经济。"

李一鸣道："劳动局的同志暗示我们去观前街、玄妙观人多的地方摆摊，卖些针头线脑、内裤袜子什么的，这些小物件国营商店看不上，样式少，价格贵，我和朋友去玄妙观偷偷观察了几天，类似的小摊生意很好，但是经常有城管来没收东西，必须一边卖一边躲……"

李一鸣的声音越来越小。

林武峰道："有进货渠道吗？"

李一鸣道："上海有商品市场，大家都是去上海进货，火车一天来回。"

"砰"的一声，林武峰撬开了罐头，递给林栋哲："栋哲，去拿五把调羹、五只小碗，你们仨和两位哥哥一起吃。"

林武峰用毛巾擦了擦手，对李一鸣道："去做，别看只是小物件，量大了非常赚。"

林武峰太过干脆，李一鸣愣住了，禁不住说："可是，我爸妈觉得个体户名声不好，也怕政策变来变去。我妈说了，再等等，没准棉纺厂哪天就有位置了。还是铁饭碗好……"

林武峰道："年前，我们厂专门开了次会，国务院进一步扩大了知青返城渠道，看样子很多知青陆续都能回城……"

宋莹突然插了一句："针对是否让知青全体回城，小平同志在有关知青问题的中央工作会议上说了，'这个后门你们不开我开'。全体知青都将回城。"

傻大姐宋莹突然说政策，一屋人都吓了一跳。

宋莹提醒林武峰："你忘了？那天陆大姐来咱家看电视上的知青新闻，她说的。"

林武峰心里觉得，无论是宋莹还是陆大姐，解读政策恐怕都不太靠谱，但在宋莹一贯的淫威下，他从善如流，修改了措辞，说道："看样子全体知青迟早都能回城，知青办要求厂里一旦有了位置，无论是正式工还是临时工，都要优先安排回城知青。"

林武峰道："我们厂这样，我估计棉纺厂也差不多。光是知青，已经是僧多粥少了，再过个一年半载，77、78级的大专生、中专生也毕业了，直接由国家分配到各级单位，你们职工子弟的机会就更渺茫了。再说，摆摊也不妨碍你进厂，你可以一边摆摊，一边等位置。"

林武峰越说，李一鸣的脸色越是苍白，林武峰说完好一会儿，李一鸣才开口："林工，太谢谢您了！"

林栋哲端着一摞小碗冲进屋，黄玲帮他一勺一勺地分罐头。

林栋哲先把两碗雪梨糖水放在客人面前，宋向阳连连摆手，说道："你们小孩子吃。"

林武峰问宋向阳："你回城的手续办得怎么样了？"

宋向阳道："还没办，找不到接收单位。"

林武峰道："回城政策还是'病困退'吗？"

宋向阳点头："是，除了独生子女下乡、多子女下乡插青上调，还是以前的'病困退'政策，只要开出病假条或有街道出示的家庭困难证明，就可以离开农场。"

宋向阳低声道："开始大家为了办病退，到处托关系开假病历，找不到关系的就喝碘酒……"

黄玲纳闷："喝点酒？"

宋向阳摇头："是碘酒，就是医院消毒的碘酒，体检前喝碘酒能查出胃溃疡，还有往背上贴锡箔，体检做X光，看起来像肺穿孔，反正就是想尽方法作假，开出假病历。现在政策宽松了，大队说，只要有接收单位，他们立即放人，队里也穷，人多地少，压根不希望我们这些知识青年和他们抢饭吃。"

屋内所有人都缄默。

林武峰道："我组里缺一个临时工，指定了必须招回城知青。临时工没编制，没医疗没住房，所有福利都低正式工一等。你要有兴趣的话，我一会儿从我屋里拿两本机械方面的书借你看看，你初十来厂里面试。"

宋向阳猛地抬头，问："有机会转正吗？"

林武峰摇头，说："不太清楚，你要想知道，我回头去打听打听。"

庄筱婷端了两小碗罐头放在宋向阳和李一鸣面前，两人推辞不过，和三个孩子一起吃起了罐头。

李一鸣魂不守舍，盯着桌面发呆。

宋向阳不知是兴奋还是紧张，拿着勺子的手一直微微发颤。

两位客人、三个孩子围坐在饭桌边吃罐头，凳子都不够坐了，两家大人只能一溜儿地坐在大床床沿上。

庄超英低声问林武峰："林工，我听到的消息是，知青能不能回城主要是看原城市愿不愿接收他们，北京去年就放开了'病困退'，很多北京知青都回城了。上海一再表示一下子没法接收那么多人，所以大部分上海知青都还留在农村。"

宋莹知道庄超英的妹妹也是知青，便问："庄老师，你妹妹能回来吗？"

庄超英摇了摇头。

宋莹道："庄老师，你去打听打听。苏州市有个插青家长组织，他们经常聚在一起讨论政策、交换信息，再把城里的马路消息写信告诉乡下的子女，让他们知道最新动向，尽快做准备。我车间陆大姐、王大姐经常去，我都听了一耳朵。"

另外三人明白了宋莹的消息从何而来了。

宋莹攒了一肚子的小道消息，迫不及待地和大家分享："隔壁家二女儿王芳和同一农场的上海知青结了婚，据说现在正在闹离婚，打算先离，回城后再复婚。庄老师，你妹妹也可以曲线救国嘛。"

庄超英苦笑道："前两年贵州省说群众推荐的知青可以报考师范、卫校等中专，我妹妹生性好强，考上了卫校，毕业后分配到了镇医院……"

庄超英话锋一转，又说："现在政策下来了，在当地已经结婚或工作的知青不能回城，她有国家分配的工作，是不能回苏州了……"

宋莹听懵了，道："考上了卫校，有了工作，反而没法回苏州了？"

林武峰叹息："人啊,一命二运三风水四积功德五读书,读书排在命后面,我们当年,我们当年……"

林武峰看向正兴高采烈吃罐头的三个孩子,不再说下去了。

春天又来了,院子里又种上了蛇瓜,蛇瓜繁忙地发芽、开花、结瓜。历史的拐点不动声色地出现,小巷里好几家邻居的子女都返城了,知青们随着春风细雨,平淡又自然地出现在了小巷里。

没工作,没收入,没住房,知青们只能挤在家里,等待劳动局和知青办安排工作,可无论是棉纺厂,还是苏州市,都不可能骤然提供这么多的工作机会,知青们被迫开始了漫长的等待,开始了他们在城市里的"插队"生活。

小巷里家庭矛盾,尤其是兄弟姐妹间的矛盾争斗,日益增多。

李一鸣在玄妙观前的广场摆摊。他随身携带一只背篓,背篓里装满内裤袜子等小件商品,城管来时,背起背篓就跑,城管走后,再回到广场继续卖货。

"游击战"中,他被监管部门没收过两次货物,大小伙子蹲在地上伤心得呜呜直哭,但总的说来,他挣到钱了。

宋向阳进了压缩机一厂,在林武峰车间里做临时工。

宋莹继续节衣缩食省钱,不省不行,她还欠庄家一百元钱呢。

五月底是庄筱婷的生日,宋莹已经吃了两个月的蛇瓜了,她觉得自己濒临崩溃,看到蛇瓜就想吐了,她私下约了黄玲,准备出血请客,请黄玲和庄筱婷去国营面馆吃熏鱼面庆祝生日。

黄玲不同意宋莹花钱,对他说:"你做点米酒或糕点,筱婷就很高兴了。"

宋莹有气无力地对黄玲说:"玲姐,我请客,求你了,让我借筱婷生日吃顿好的,就咱们三个女的,不带图南和栋哲,花不了太多。"

黄玲爆笑,说道:"好,可怎么瞒过栋哲呢?"

周日上午，庄超英去了学校，黄玲不在家中，庄家兄妹都在庄图南的房间里看书做作业。

庄筱婷突然对哥哥说："哥哥，我去找妈妈和宋阿姨。"

黄玲和宋莹有时会去其他邻居家串门，庄图南道："好，知道了。"

初夏，各家各户都挂上了竹门帘，既遮挡视线又凉爽通风，庄筱婷掀开门帘，和院子里的林栋哲打了个照面。

林栋哲道："庄筱婷，我把语文课本忘在学校了，我借你的课本做一下作业。"

庄筱婷矜持地点点头，出门了。

林栋哲纳闷，嘀咕着问庄图南："她去哪儿？"

庄图南随口回道："去找你妈我妈。"

林栋哲歪头想了想，说："不对，庄筱婷今天很不对。"

庄图南放下手里的圆珠笔，看向林栋哲。

林栋哲头头是道地分析说："她看见我从厕所出来的。平时我打完苍蝇，上完厕所，她一定要盯着我用肥皂洗了手才让我碰她的书，我有次偷懒，就把手放盆里沾了沾水，她闻我的手上没有肥皂味，逼我重洗。今天她居然没叫我去洗手。"

林栋哲继续道："她今天穿得很漂亮，背带裙，黑皮鞋，头上还扎了蝴蝶结。图南哥，她今天不对劲，很不对。"

庄图南稍一回想，庄筱婷一早起来确实有些心神不宁，刚才做作业时还偷偷瞄了他几眼，也紧张起来，忙问林栋哲："你觉得她撒谎？你觉得她要去哪儿？"

林栋哲道："我哪儿知道？她刚出去，还没走远，我们追上去。"

第五章

庄家琐事

饭馆周末生意好，人多，店里坐不下，顾客必须先交钱和粮票换带数字的小铁牌，拿了铁牌在店外等待。

宋莹和黄玲提早到了，宋莹换好小铁牌，和黄玲坐在店外的长凳上等待，一边等叫号一边等庄筱婷。

宋莹不太放心，对黄玲道："筱婷不会晚到吧？"

黄玲十分肯定地对宋莹道："不会，我早上给她梳头时，再三告诉她时间了，图南房间里有闹钟，筱婷又守时，不会迟到的。"

黄玲说的没错，庄筱婷很快就到了，没几分钟，号也叫到了，三人高高兴兴地进店，服务员给她们安排了窗边一张桌子坐下。

宋莹点了三碗不同的面，鸡腿面、排骨面和熏鱼面，服务员把三碗面端上桌后，宋莹把筷子递给对面的庄筱婷，对她说："筱婷，你看你喜欢哪种，你先挑，阿姨和你妈妈吃另两种。"

庄筱婷没回答宋莹，突然道："哥哥，林栋哲。"

宋莹哈哈笑道："没他们的，咱们不带他们吃。"

黄玲和庄筱婷脸上神情都不太自然，宋莹突然意识到了什么，回头看向窗外。窗玻璃上紧贴着一张脸，是林栋哲愤怒、委屈的脸，再远一点，是庄图南困惑、不理解的脸。

小吃店内外和附近几家小院都听到了一句怒吼："宋莹，你不讲义气，吃独食！"

林家的电视给附近邻居们提供了不少业余生活的乐趣，这一天，林家提供了现场版的相声。

家里有了电视机后，林栋哲词汇量大增："宋莹，你抛夫弃子，背信弃义，自己出去吃好吃的。"

隔壁竖着耳朵听的黄玲"扑哧"一声笑了出来。

庄超英也撑不住笑了，说："小栋哲还知道'抛夫弃子''背信弃义'这两个词。"

宋莹底气不足，小声替自己辩驳："你和图南也吃了面。"

林栋哲大吼，大有气壮山河之势："我和图南哥哥合吃一碗排骨面，压根没吃饱！庄筱婷一人吃一碗鸡腿面！不对，如果不是我们跟着去了，我们一口也吃不到！"

对门吴家能清晰地听到林栋哲的咆哮，吴建国感慨道："栋哲这大嗓门居然没进合唱队，可惜了。"

张阿妹嘀咕："带庄筱婷吃面，也不叫上咱家孩子。"

林栋哲继续吼："你说家里没钱了，天天吃蛇瓜。你让我和爸爸在家吃剩饭和蛇瓜，自己偷偷跑出去吃肉，还带上庄筱婷，给她吃鸡腿面，还给她买了瓶橘子水。"

林栋哲悲愤地喊："我也想吃鸡腿，想喝橘子水。"

林武峰试图和稀泥，对林栋哲说："筱婷下周过生日，妈妈请筱婷吃生日面。"

林栋哲依旧沉浸在巨大的悲痛中，不满道："她骗我说去厂里有事，今天要不是庄筱婷忘了盯着我用肥皂洗手，我都发现不了！"

宋莹试图转移话题，问林栋哲："筱婷盯着你用肥皂洗手？"

林栋哲脱口而出："你和爸检查牙刷看我刷牙没，我有时候懒得刷，牙刷在桶里沾沾水就可以了。庄筱婷比你们聪明，盯着我用肥皂洗手。"

庄图南心道："坏人死于话多，林栋哲，你完了。"

果然，西厢房里传出鸡毛掸敲桌子的声音。

因为两次参与高考阅卷，庄超英被学校任命为高二年级主任，带领其他毕业班的任课老师，带着79级毕业班的学生准备高考。

庄超英和毕业班各科老师兢兢业业辛苦工作了一年。

市面上的高考复习资料还很少，老师们自发编写了各科的资料，刻蜡版纸油印复习资料和试卷。

寒假时，庄超英长时间刻蜡版纸，准备下学期的资料，冰冷的蜡版纸让他双手生满冻疮。黄玲从医院开了冻疮药，但无济于事，庄超英双手红肿瘙痒，到四月底才慢慢恢复。

天热时，蜡油融化，庄超英的手、脸、衣服上处处沾满油墨。

苦是苦，但庄超英甘之如饴，当他一笔一画刻写文字或数字时，他觉得，他是在一字一句地刻下他对学生们的期盼，也是在刻画一群少年的灿烂未来。

1979年7月7、8、9号三天，第三次全国高考。

因为是毕业班任课老师，庄超英不便再担任本地区的阅读老师，这一次，他被教育局指派为监考老师，为其他学校的考生们监考。

江南的盛夏酷热，作为考点的中学的大门还没有开，校外的树荫下挤满了考生和老师们，学生们或兴奋或紧张，老师们依旧在争分夺秒地教导着学生们，传授考场经验，鼓励并稳定考前心态，尽最后的努力叮嘱、帮助学生。

庄超英出示监考证进校门前看到了这一幕，他想到自己班上即将进入不同考场的学生们，心有戚戚。

一间教室三名监考老师，大家一起忙碌着考前准备工作——天气太热，教室里没有电风扇，老师们绞尽脑汁想办法给考生们防暑降温。

讲台桌面上摆着盛满凉开水的陶瓷杯，以防考生们口渴或脱水。

黑板前的两把椅子上各有一个装满自来水的盆，考试中途，老师们会绞好毛巾，把凉毛巾分发给需要的学生。

教室前后左右的不同位置上摆放着装满水的脸盆，水汽蒸发，可以稍微降低一点室温。

……

三名监考老师汗流浃背，有条不紊地做着准备工作，尽力再托学生们一把。

教室窗外的树枝动也不动，一丝风也没有，蝉鸣声声，三名老师给考生们默默递了三天盛满凉开水的陶瓷杯，拧了三天毛巾，共同熬过了六门考试。

最后一门考完，试卷交上密封，考生们收拾了纸笔，鱼贯而出。

等学生们都离开后，监考老师张老师感慨："我连着监考三次了，给孩子们递水、递毛巾时瞥了一眼试卷，庄老师你说你以前阅过卷……"

庄超英听出了他的言下之意，道："是，题目越来越难了，不过学生们准备得也越来越充分了。"

张老师点头，说道："市面上的参考书还太少，内容也浅，但学校都越来越重视高考了，我们学校除了分文理班，现在还打算分快、慢班，用多种方式冲刺高考。"

和张老师在校门口分开后，庄超英骑上自行车，火急火燎地赶回学校，想找到附中陪考的老师们问问本校学生们考完后的感觉如何。

骄阳下，庄超英有些恍惚，不无感慨地想着：时光荏苒，真快，恢复高考已经两年了，考生已经换了三届了。

下午的太阳依旧火辣，照在脊背上针刺般疼痛，庄超英加快了蹬车的速度，一边蹬一边想："还要报志愿，这也是一个关口，要好好替学生们把关。"

傍晚，庄超英才匆匆回家。

室内太闷热，家家户户都在巷子里吃晚饭，各家院门口都摆着饭桌、木凳。

巷子过道拥挤，庄超英不方便再骑车，下车推着自行车往家走，邻居们看到庄超英，纷纷打招呼："庄老师回来了？"

庄超英一路招呼着回家，他刚推车进院门，庄图南就从屋里冲了出来，抓住自行车车把，风驰电掣地骑了出去。

庄超英纳闷，问儿子："什么事情这么急？吃过饭了吗？"

林栋哲和庄筱婷正合力把饭桌扛出院子，庄筱婷回答："哥哥吃了两个馒头。"

黄玲端着一锅冬瓜绿豆汤从厨房走出来，把汤锅放到桌上，说："还能有什么事，去见朋友呗。"

林栋哲很羡慕道："大孩子真好，可以骑车到处跑，见朋友。"

吴家人已经坐在桌边吃饭了，张阿妹接话："图南不是在耍朋友吧？"

没等黄玲发火，林栋哲已经替庄图南正名："不是，这两天一直有人来找图南哥玩儿，都是男孩子。我听他们讨论怎么玩儿，有时候踢足球，有时候什么也不做，就骑车，从城东骑到城西，再骑回来。"

林栋哲说完，目光炯炯地盯着院中林武峰的自行车，一脸的向往。

林武峰从厨房端了两盆一模一样的清炒蛇瓜出来，分放在两家的饭桌上。

宋莹端了两盆馒头出来，说道："这个天，稍微一动就一身汗，图南还出去踢足球？"

林武峰笑道："年轻人交朋友嘛。友谊不就是一群人一起疯？"

黄玲也笑着道："一身臭汗的友谊。"

庄超英最近早出晚归，不太清楚巷子里的动向，他看到吴珊珊和张敏，突然想起这两个女孩应该小升初了，迟疑了一下还是开口问了："珊珊和小敏是留本校还是考市区的初中啊？"

张阿妹道："就上本校初中，离家近，学校里好朋友也多，将来考个好中专。新闻里说了，邮政、电力、教师都是八十年代的热门职业，吃香得很。"

黄玲唏嘘道："真快，再过半年就是1980年了，明年就是八十年代了。"

宋莹嘀咕："我对八十年代有个朴素的愿望：少吃蛇瓜多吃肉！"

三家饭桌上，几个孩子齐刷刷地点头。

因为带毕业班太过忙碌，庄超英有段时间没去父母家了，高考后的第一个周末，他带着两个孩子去了爷爷奶奶家。

晚上，庄超英带了一条爆炸性消息回家。

庄超英的妹妹庄桦林是贵州知青，因为她已经在当地结婚，并且在当地上了卫校，分配到医院工作，不符合知青回城的条件，无法回苏州，但根据政策，儿子向鹏飞可以落户回苏州。

知青子女回城的政策已经下来了，但暂时还没有名额，贵州的教育远比江苏落后，庄桦林怕向鹏飞以后回苏州跟不上，想暑假把他送到庄超英家小住，让庄超英看着做一下暑假作业，帮忙辅导一下功课。

庄家三兄妹，当年按政策只能留一个孩子在苏州，庄超英师专毕业后在外地工作，庄家爷爷奶奶留下了小儿子庄赶美，把女儿庄桦林送去贵州插队落户。

再重男轻女，爷爷奶奶心里也愧疚，先斩后奏答应了，现在通知庄超英："车票已经买好了，鹏飞下个星期就到了。图南成绩好，正好可以辅导一下弟弟。"

庄超英回家转述了此事："爸妈说，我前段时间工作太忙，他们怕影响我工作，忘了和我商量，鹏飞下周就到了……"

黄玲似笑非笑，道："忘了？这是你爸妈的老传统了，先应了再通知你，让你不得不接受。"

黄玲继续道："当年我生完图南，你妈照顾我月子照顾了三天，第四天突然就不来了，过几天托人带话说出差，我后来才知道你妈自己抢着向单位表态要出差。我知道时，她已经去外地了，既成事实，我还能怎么办？"

黄玲又补一句："对了，那三天你妈就一动不动坐床边，回去还说伺候儿媳妇坐月子了。活儿不干，面子还是要的。"

庄超英脸上不好看，黄玲视若无睹，继续道："我以前怎么也不理解，她这么欺负儿媳妇，就不怕老了遭报应？我现在明白了，她儿子孝顺，这没病没疼的，每个月还孝敬三分之一工资呢，将来怎么会不管她？"

黄玲不怒反笑："至于儿媳妇嘛，儿子有本事，还怕压不住她？"

黄玲的笑容让庄超英心里发怵。

庄家空前的低气压，庄图南尽可能在外面和同学们耗，宋莹经常把庄筱婷叫到家里，一起看电视。

周日，庄超英去父母家接向鹏飞，黄玲铁青着脸同行——夫妻俩狠狠吵了几架，最后达成了协议：黄玲同意向鹏飞来家过暑假，庄超英默许她和爷爷奶奶谈生活费的问题。

瓢泼大雨中，夫妻俩各打一把伞，隔了几尺远，一前一后上了楼。

爷爷奶奶住在老式宿舍楼，一条长长的走廊住着近二十户人家，鸡犬之声相闻，庄超英再三叮嘱黄玲："有理不在声高，有话好好说，不要吵，让爸妈在同事邻居面前丢了面子……"

黄玲冷笑道："我和你爸妈吵过吗？"

庄超英被噎住了，黄玲尊敬长辈，心中再不满也只是和他吵，确实没和公婆当面吵过，他悻悻然道："我也就是叮嘱一下。"

黄玲不接话，铁青着脸上了楼梯。

楼道里，弟媳妇和另几位妇女正围着一个小男孩数落："叫你别出去玩儿，这又是一身泥。给你吃给你住，还要给你洗衣服……"

"乡下人就是脏，踩得楼道里都是泥……"

"他头上有没有虱子？离远点离远点。"

……

一个小男孩低头站立，他大概是刚从外面跑回来，浑身湿透，鞋底都是泥巴。他听见庄超英和黄玲的脚步声，下意识扭头看了过来。

男孩的脸脏兮兮的，五官有几分像庄图南，神情倔强，但眼神中有掩饰不住的惶恐和胆怯。

面容的相似和眼神中的惶恐胆怯，猝不及防地击中了黄玲，她心中油然生出了同情和怜悯。

炉子在楼道里，庄超英去楼道里烧饭。

黄玲轻声细语地和公婆商量生活费的问题："家里的定量完全不够吃，图南在发育，筱婷也不能饿着，我和超英的定量都不够贴补的，再来个半大小子肯定不够，必须从私人手里买。私人粮油贵，姥姥姥爷、小舅舅小舅妈不出力，至少要出钱吧？"

奶奶道："都是一家人。"

近墨者黑，在前厂花宋莹的熏陶下，黄玲已今非昔比，她对婆婆说道："上次妈人来了，粮本没跟来，图南为了省一口米，中午回家吃饭。我拿缝纫机换了自行车，现在家里可没缝纫机了。"

奶奶涨红了脸，扭头想找大儿子哭诉，发现庄超英并不在屋里。

黄玲再接再厉，挤对公婆："原来除了对大儿子，对小闺女也是光出嘴，不出钱，不出力。"

黄玲气势如虹，硬生生要来了三十元钱，向鹏飞两个月的生活费基本够了。

一顿潦草的晚饭后，夫妻俩带着向鹏飞和三十元现金回家了。

家里已经准备好了向鹏飞的住处，夏季天热，庄图南房里铺上竹板床，再加张毛巾被，就可以了。

向鹏飞一直待在庄图南房间里，庄图南和庄筱婷先后进屋，让他来东厢房一起吃西瓜，向鹏飞始终不肯，躲在纱门后偷偷向外张望，拘谨而不安。

纱门"哗"的一声被大力拉开，林栋哲的大嗓门和晚风一起热腾腾地涌进小房间："图南哥，我听说你弟弟来了？"

暴雨后，又湿又闷，门窗都大敞着通风，黄玲躺在床上，轻轻摇着蒲扇，听着庄图南房间里传来四个孩子天南地北的闲聊声。

林栋哲很好奇，问："你们在乡下都玩些什么？"

向鹏飞很喜欢林栋哲这个新认识的朋友，他直觉林栋哲不会嘲笑他，很率直地回答："掰苞谷，抓蜻蜓，追火车……好玩的东西多得很。"

林栋哲发出由衷的赞叹："追火车？我只在电视上见过火车。"

向鹏飞敏锐地捕捉到了关键词，问："电视？你看过电视？我还没看过电视。"

林栋哲慷慨许诺："我家有电视。我妈正在房间里洗澡，等她洗完澡开了门，你去我家看电视，图南哥和筱婷也经常去的。"

向鹏飞很高兴，说道："好，我回去就可以和我的朋友们说我看过电视了。"

庄图南问："你的朋友们都知道你来苏州吗？"

向鹏飞道："他们知道，很舍不得我。我也不想来，可我妈非要我来，她让钱叔叔带我坐了三天的火车才到的苏州。"

庄筱婷好奇地问："钱叔叔？是你的叔叔吗？"

向鹏飞道："不是的，是隔壁村的一个叔叔，他正好要回苏州，说是知青、知青……"

庄图南说了一个最近在报纸上出现频率很高的句子："知青返城。"

向鹏飞一拍大腿，说："对对对，钱叔叔带了很多东西，衣服、棉被、书，火车上没有座位，我就坐在地板上，靠着棉被睡觉……妈妈和钱叔叔都说苏州热闹、繁华。你们除了看电视，还玩什么？"

庄筱婷和林栋哲同时发声，庄筱婷细声细气地问："那你觉得苏州好不好？"

林栋哲问道："我爱打陀螺，你会不会？"

向鹏飞先回答林栋哲："我打得很好。"又想了想，才郑重回答庄筱婷："苏州汽车多，自行车也多，我们山里不骑自行车的。苏州还有西瓜，我第一次吃到西瓜。"

林栋哲撇了撇嘴，说道："图南哥有自行车，他可以教你骑。庄筱婷有几本《十万个为什么》，不过你要洗手，不洗手她不借你看。"

"吱呀"一声，西厢房的门打开了，宋莹端着一盆水向厕所走去，林栋哲道："我妈洗好了，走，我们去看电视。"

孩子们一窝蜂跑去了林家。

庄超英默不作声，拿了把蒲扇，轻轻地对着妻子扇风。

黄玲轻叹："宋莹刚还了钱，看看能不能搞张票，买台电风扇。"顿了顿，她又说，"你妹妹是为了保你弟弟才下乡的，说起来是亏欠了她的。吃饭倒也罢了，定量不够吃可以买私人摊上的米，可是家里住不下了。宋莹为什么打水进屋洗澡？她刚才兑好水要端进厕所，你进厕所了，厕所本来就不够用，现在又多一个人。"

一语惊醒梦中人，庄超英立即道："咱俩也该趁孩子们不在家，在屋里随便擦擦。"

庄超英拦住坐起身的妻子，说："你别动，我去厨房打水。"

庄超英三步两步进了厨房，看见林武峰正往塑料桶里倒热水。

林武峰看到庄超英，立即表态："你家要用厕所不？不用的话我先冲个澡，我快得很，两分钟就好。"

林家，四个孩子聚精会神坐在电视机前。

他们进屋时，电视上是雷达表的广告，广告之后是南斯拉夫怀旧老电影《巧入敌后》，片头升起时，向鹏飞立即坐直了身体，并对身边的林栋哲小声嘀咕："我在镇上露天电影院看过电影，不过没看过这一部。"

屏幕上的光线斑驳地映射在向鹏飞脸上，映出了他睁大的双眼和兴奋的神情。庄图南看到表弟脸上的新奇兴奋，无来由地回想起他在联欢晚会上听到《D大调波兰舞曲》时震撼莫名的心情，这一刻，他突然和第一次见面的表弟产生了一种强烈的共鸣。

庄超英和黄玲草草擦完澡，庄图南回来了。

庄超英看见儿子进门，纳闷道："图南你不看电视了？"

黄玲拍了拍床沿，示意儿子坐下。

庄图南在床沿坐下，迟疑开口："姑姑还会回苏州吗？"

黄玲正在用毛巾擦头发，闻言抬头看了一眼儿子。

夫妻俩对视一眼，庄超英决定以对成人的方式对待成长中的儿子，坦诚道："前几年贵州政府为了解决知青问题，允许大队推荐的进步知青报考六大中专，像师范、卫校、农校、林校、财校这些，读一两年就可以毕业，毕业后由当地政府安排工作。"

庄超英道："读农校的去农配站，读财校的在公社当会计，读师范的分配到当地小学……都是国家正式工。姑姑很争气，一边在农场干活，一边备考考上了卫校，现在她在镇医院工作，不符合回城的条件了。"

庄超英又补了一句："你姑父也是知青，他没读中专，但是结婚了，也不符合回城的条件了。当地铁路局正在招养路工，特别指明了优待知青，姑父很有可能选上，也是国家正式工作，铁饭碗。"

黄玲放下毛巾，对庄图南说："姑姑和姑父都不能回城了，但表弟可以回来。现在暂时没有名额，轮到了，他的户口就能回苏州。"

庄图南抓住了重点："鹏飞只能一个人回来？"

庄超英沉默了一下，说道："姑姑怕鹏飞以后适应不了江苏的课程进度，让爸爸帮他辅导一下功课。图南你是哥哥，你要多帮助弟弟。"

第二天，大哥哥庄图南表示，他出钱，带表弟去供销社买点零食或小文具，向鹏飞愣了一会儿，突然想起来了，说："妈妈给了我钱和粮票，叫我交给大舅妈。"

向鹏飞找出一条大裤衩，向黄玲借了剪刀，拆开缝死的内袋，拿出了两张大团结和一小撮粮票，双手递给黄玲。

向鹏飞结结巴巴地说："大舅妈，妈妈说她只换到五十斤全国粮票，她实在换不到更多的了，以后……以后换到了，再寄过来。"接着又道，"爸爸还在砂锅寨大队，一天才挣二毛八分钱，妈妈说，她拿不出更多的钱了。"

黄玲看到向鹏飞手里的二十元钱和一堆皱巴巴的、面额不一的粮票，心中百味杂陈。

黄玲正好要去买洗衣皂和牙膏，就和三个孩子一起出了门。

小卖部玻璃柜台里摆满了琳琅满目的小商品，其中一个柜台是专门给孩子的零食和文具：棒棒糖、麦芽糖、动物饼干、铅笔、塑料尺……庄图南对表弟很大方，再三表示他可以多挑几件小玩意。

向鹏飞趴在玻璃柜台上，满脸兴奋，眼睛闪闪发亮。

售货员看这个乡下小子只看不买，不耐烦起来，催促道："别挡着其他顾客买东西，哎哎，你压着我算盘了。"

庄图南鼓励向鹏飞："我带够钱了，你喜欢什么，咱们就买。"

庄筱婷亦步亦趋，道："鹏飞哥哥，我也带钱了。"

向鹏飞拨浪鼓般摇头，说："妈妈说，大人挣钱不容易，好东西看看就可以了，不用买。"

再三推辞后，向鹏飞只称了一小块麦芽糖。

售货员用小榔头把麦芽糖敲成碎片，用油纸包好。

表兄妹三人拿了纸包出门，坐在小卖部门口的花坛上分享碎糖。

阳光从树叶间隙照下来，树影斑驳，落在兄妹三人身上，黄玲远远看着，长叹一声，心中的最后一丝怨气也消了。

向鹏飞就这么在大舅舅庄超英家住了下来，他立即就喜欢上了大舅舅家，尤其喜欢庄图南和林栋哲——庄图南带他去看了场电影，参加了几次同学间的聚会，林栋哲带着他在小巷里横冲直撞、肆意胡闹。

表妹庄筱婷也很好，有不少故事书和少儿科普书籍，只要洗干净了手，不弄脏她的书，可以随时借阅。

大舅妈也好，对三个孩子一视同仁，兄妹俩吃什么，向鹏飞就吃什么，兄妹俩添置了什么学习用品，向鹏飞也有一份，兄妹俩帮忙做家务，向鹏飞也要跟着做。

但也有不好的，那就是天气和大舅舅的暑假作业。

江苏的夏天太热，用向鹏飞的话说，就是："我这辈子从没过过这么热的夏天。我在贵州，夏天晚上还要盖被子。"孩子们白天在家睡觉、做作业、看书，傍晚，庄图南骑车出去找他的同伴玩儿，向鹏飞、林栋哲、吴军这群小孩子们就在巷子里疯，天黑了再去林家看电视。

大舅舅的暑假作业太多——向鹏飞开学后是四年级，庄超英找出庄图南以前的课本，让他做了几道题目，发现他基础很差，庄超英花了几天时间整理了三年级的教学内容，每天雷打不动地辅导向鹏飞一个小时，再让他做一些相关的习题。

庄超英重点讲解三年级的内容，他想到女儿和林栋哲开学后正要上三年级，索性把他们也叫了过来，一起学习，一起做习题，权当预习了。

林武峰把厕所研究了半天，和庄超英商量后，拉了一车砖头回来。

林武峰动手能力强，主挑大梁，庄超英不懂工事，在一旁帮着递砖、和水泥。

两家人被迫上了五天街口的公共厕所，关屋门在屋里擦澡。

五天内，林武峰争分夺秒在厕所中砌了堵墙，再多装了扇门，把厕所分为了蹲坑间和洗澡间。

厕所间和洗澡间分离，两边各有一个门，可供两人互不干扰，同时使用。

两个小间都很逼仄，厕所间逼仄，蹲坑的人一条腿必须紧贴着新砌的墙才能蹲下，洗澡间也狭窄，人和塑料桶必须紧密相贴，但不管怎么样说，小院卫生间的拥挤情况总算略微改善了一些。

工程期间的一天晚上，林武峰在院中糊墙，宋莹实在困，想早点睡，她对还在卧室里看电视的孩子们说："阿姨上了一天班，有点累……"

林武峰回屋后，发现向鹏飞和林栋哲依旧在津津有味地看电视，宋莹在一边的大床上酣睡。

林武峰不好说邻居家的孩子，婉转批评林栋哲："栋哲，你看你妈都累得打呼噜了。"

向鹏飞贴心回答："没关系，我把电视声音开大了一些，阿姨打呼噜不吵我们。"

林武峰被噎得说不出话来，他从窗户向外看，看到庄超英正在厨房里烧水，赶紧也去厨房烧水，准备擦澡。

林武峰在林栋哲房间里擦完澡回到卧室，一切就和他刚进屋时一模一样：宋莹打着小鼾熟睡，两个男孩目不转睛地看电视。

上了一天班外加砌了一晚墙，林武峰又累又困，倒头在宋莹身边睡下。两人一觉睡到大天亮，林武峰先醒，他翻了个身，宋莹也醒了，迷迷糊糊睁开眼。

宋莹迷茫了一会儿，扭头看了看电视。

电视已经关了，上面罩着电视机罩。

宋莹打了个哈欠，说："我现在知道啥叫'人小屁股大'了，真不能怪张爷爷。"

暑假快结束时，黄玲给向鹏飞做了一套新衣服——她没有缝纫机了，去邻居家做的——再给了他十元钱，让他去买些小礼物带给贵州的朋友们。

庄图南带他去购物，买了些文具和话梅糖。

贵州的朋友们有礼物了，向鹏飞很想给小巷里的新朋友们也买些什么，他带朋友们去了河边的冰棒摊，让他们随便挑自己喜欢的口味，他请大家吃冰棒。

绿豆冰棒三分钱，橘子冰棒四分钱，牛奶冰棒五分钱，除了吴军，大家都爱吃绿豆的，四家孩子坐在河边的树荫下，开开心心地吃冰棒。

热风吹拂，蝉鸣阵阵，暑假过去了。

向鹏飞恋恋不舍地带着新衣服、小礼物和一套小学习题册离开后，巷子里的孩子们也陆续开学了，庄图南升初二，庄筱婷和林栋哲升三年级。

一中的学生们自发组织起来想办一份校报，学校大力支持，庄图南毛遂自荐，当上了学生编辑。

庄图南升官了，林栋哲又惹麻烦了。

数学课上，林栋哲近乎猖狂地骚扰前后左右的同学们，说小话，传字条，老师批评他，他站起来扬扬得意地说："我学过了，我做过三年级的卷子，90分。"

数学老师——就是被蛇瓜瓜尾吓了个半死的女老师——找了三年级的试卷考林栋哲，她原本是想杀杀这小子的嚣张气焰，但当她看到林栋哲的答卷时，她突然意识到，没准她可以摆脱这个顽劣小子了。

数学老师找到班主任语文老师，她刚一提到林栋哲的名字，班主任就连连摇头，问她："林栋哲又捣蛋了？"不等数学老师开口，班主任自发倒苦水，"他是不是在课上挑刺？说你和庄老师教的不一样？我昨天上课，他居然在下面说，我教错了，我教的和庄老师教的不一样。"

班主任恨恨道："林栋哲上课爱说话，他自己不学，还影响其他同学学习。我上课一半的精力都放在他身上了，现在他居然还指导我讲课了，我一想到还要带他带到小学毕业，头就疼。"

数学老师微微一笑，神秘道："王老师，我们或许有办法让他换个班。"

两位老师打电话让宋莹来一趟学校。

宋莹惴惴不安地来了，一见面就表示要严厉教训林栋哲，必要时可以上棍棒家法。

两位老师相视一笑，温言安抚了宋莹，和颜悦色地建议宋莹向学校申请，申请让林栋哲跳级。

庄超英听说老师建议林栋哲跳级后，想到了暑假时的补课。

庄超英上一学年带毕业班，所教的学科高考成绩优秀，在学校的地位日益举足轻重，他"以权谋私"，让小学部专门考了庄筱婷和林栋哲一次，用学校三年级下学年的期末考卷正式摸底考试。

庄筱婷语文、数学都上了90分，林栋哲数学上了90分，语文只有70多分。

三年级的两位老师恋恋不舍地送别了文静乖巧的好学生庄筱婷，敲锣打鼓地送走了混世魔王林栋哲。

1979年秋，林栋哲和庄筱婷双双跳级，上了四年级。

不到一周，四年级的老师们都认识了林栋哲。

三年级语文课开始学习写作文，庄筱婷、林栋哲跳过了三年级，没有经过作文训练，四年级语文老师给他们留了个作文题目，想摸摸他们的底。

作文题目是：《我的爸爸》。

老师收到了两份语言风格不同的作文，尽管文字不同，但两人写的明显是同一个人："我的爸爸是高中老师……"

林栋哲喜获来自亲爹林武峰的毒打。

小院里鸡飞狗跳，很少动怒的林武峰拿扫帚狠揍林栋哲："让你抄作业，让你抄！"

宋莹站在一旁骂："你抄图南的作业，抄数学也就算了。作文你也抄？抄作文也就算了，你抄《我的爸爸》？！"

林武峰咆哮："你抄图南的作文，还和筱婷一起交上去！！！"

宋莹怒点颇为奇特，咬牙切齿地说："我去办公室，老师们都在笑。知道的是你抄作业，不知道的以为我二婚，二婚后儿子改姓了。武峰，给我使劲打！"

林栋哲哭得伤心，他说："老师叫我写作文，我不会写，我去问你们，妈妈在看电视，爸爸在睡觉，都不理我。"

林武峰手里的扫帚打不下去了。

林栋哲一看有戏，又吼了一嗓子："庄叔叔经常给图南哥和庄筱婷讲题，你们从来不管我学习。"

东厢房，黄玲忍笑忍到浑身发抖："栋哲这话说得，比失学儿童还可怜。"

庄图南心惊胆战，生怕林栋哲在拳脚棍棒之下泄露他俩合伙卖作业给其他孩子抄写一事。

当晚，林武峰来东厢房还东西了——还他从林栋哲房间里搜出来的庄图南的各科作业本。

林栋哲"认庄做父"，林武峰见到庄超英，多少有点尴尬。

黄玲赶紧让林武峰坐下，招呼道："林工，小孩子乱抄作业，你别放在心上……"黄玲眼泪都笑了出来，"哈哈哈哈哈，我实在是不行了，今天筱婷回家和我说这事，我当时就想笑，忍到现在。"

黄玲肆无忌惮笑了好一会儿才停下，然后才对林武峰说："林工，你还没吃晚饭吧？家里还有几个馒头，我给你端来。"

黄玲的嘲笑极大地减轻了林武峰的尴尬，他摇了摇头，说："我和宋莹都吃过了。"

黄玲忍住笑，说："你和宋莹都吃过了，那就是栋哲还没吃，我去给他俩馒头。"

庄超英对黄玲道："你先去拿瓶啤酒，我和林工喝两杯。"

第六章

至高至明日月

黄玲端了一碗馒头去林家了。

明月当空，凉风习习，林武峰和庄超英端了小凳子，拿了玻璃杯在院子喝啤酒。

林武峰一口闷了半杯啤酒，苦笑道："我还说你得检查图南的日记，得，我以后连儿子的作文都要检查了。"

庄超英拿起地上的啤酒瓶，再给林武峰满上，道："林工，有件事儿我憋心里很久了，我和黄玲私下还讨论过，今儿正好问问你。"

林武峰愣了，问："啥事？庄老师你尽管问。"

庄超英组织了一下语言，斟字酌句道："今天栋哲说你不检查他作业，我就一直纳闷，林工你是大学生，是我们这一片儿文凭最高的，听说也是你们厂里的业务骨干……我有时听你和图南聊天，不得不佩服大学生的眼界就是不一样。"庄超英很诚恳，"你建议小李摆摊，帮小宋进厂，都很有远见，咋就对栋哲的功课这么不上心？"

林武峰吃惊不已，说："我只是随其自然，也没有不上心吧？"

庄超英不赞同："孩子们都有玩心，家长要唱白脸。家长重视学习，他们才会跟着重视，家长不重视，他们自然想方设法地玩儿。筱婷还小，她的成绩我是不担心的，但她的作业我也时不时地抽查一下，就是告诉她，爸爸很重视她的学习。"

林武峰听懂了，转着酒杯沉吟不语。

庄超英化身教导主任，继续教导林武峰："学习是逆水行舟，我们要趁孩子们还没反应过来，帮他们养成良好的学习习惯，不然等他们大了，哪还肯听父母的？"

林武峰将信将疑，说："不至于吧？"

庄超英心想："别说将来了，栋哲现在就不听你的。"他继续苦口婆心："我是中专生，黄玲是初中生，我们都很遗憾年轻时没机会多读书。现在孩子们有条件一路念下去，多好！"

林武峰放下酒杯，对庄超英说道："庄老师，我懂你的意思了。有些话吧……"

林栋哲房中传出哽咽声和劝慰声，听声音应该是林栋哲在哭诉，黄玲和庄图南在安慰他。

林武峰道："庄老师，小李、小宋来拜年那次，你提到你妹妹因为读了中专，有了工作，没法回苏州了……"

顿了一会儿，林武峰继续道："我是65级的，大学也就正儿八经上了一年课，后面就乱了。毕业后分配，我学机械的，出身好，分到了工厂。我有位同乡，成绩比我好多了，学的是水声工程潜艇专业，没地儿去，出身又不好，被分到最穷的山沟里修地球了。"

"现在呢？"庄超英追问。

林武峰抿了一口酒，回答："还待那儿呢，而且他是工作分配，不是知青，不存在落实政策回城，估计这一辈子就要终老在那儿了。"林武峰声音中带着苦涩，"这种情况，在我们那一届不是个例，是大多数。你妹妹还分到了医院，我们那几届毕业生，越是高精尖专业，越是无处可去，统统被分配到了农场或煤矿，好一点的在广播站修喇叭，差一点的去修地球，去挖煤，而且是一辈子，回不来的。"

林武峰道："一命二运三风水四积阴德五读书，我倒是觉得，读书连第五位都排不上。"

庄超英无言以对。

林武峰道："宋莹初中生，工资和我差不多。我弟弟妹妹们都是小学生，现在政策好了，他们都勤快，也都过得不错，所以我不强求栋哲一定要读书。"

林武峰端起玻璃杯，一口把剩下的酒都闷了，道："庄老师，谢谢你。"

庄超英道："林工，我就和你说两件事，一是你刚才提到的工资，以前黄玲的工资比我高不少，这两年，教师待遇上来了，我俩工资差不多了，二是我刚从教育局了解到中师政策……"

林武峰纳闷："中师？"

庄超英道："中等师范教育，就是师范中专。国家对中师生包吃包住发补助，毕业后上户口，包分配，干部编制。"

庄超英很感慨："给户口，给编制，所以报中师的毕业生很多，分数线很高，教育局正在讨论是否要限制报考资格，限制各校前二十名的毕业生才有资格报考师范，换句话说，国家把最优秀的初中毕业生留在了基础教育行业，林工，国家重视教育了。"

林武峰若有所思。

庄超英道："林工，我就再劝一句，时代变了，今非昔比。"

林武峰不再作声。

林武峰听进了庄超英的劝告，决定要关心林栋哲的功课了，可他当惯了慈父，一时间居然不知道该如何调整。

林武峰还没想好万全之策，庄图南已经一马当先冲上去了，教导林栋哲写作文。

庄图南感激林栋哲讲义气——林栋哲威武不屈，亲爹的棍棒之下都没有出卖庄图南，隐瞒了他们合伙儿卖作业给其他孩子的事实——决心帮他渡过作文难关。

林武峰瞻前顾后，生怕伤父子感情，庄图南没任何心理负担，丝毫不惧伤害兄弟情。

林栋哲不就是没学过写作文吗？教，每周六傍晚让庄筱婷花十分钟给他讲解一下作文要点！

林栋哲不就是没写过作文吗？写，讲解完把他关小房间里写！

林栋哲不就是词不达意、废话连篇吗？改，让他反复改！

林栋哲不就是不想写吗？打！

庄图南暴力教学，林武峰趁机唱红脸，温言细语地陪林栋哲破题下笔、修改文字。

庄图南雷霆手段，林武峰春风细雨，两尊大神刚柔并济，一个唱白脸一个唱红脸，林栋哲跟上了四年级的进度。

1980年春节，宋莹那个朴素真诚的愿望——少吃蛇瓜多吃肉，实现了。

作为春节福利，国家在各大城市敞开了猪肉供应，无需肉票就可以随意购买猪肉，三家的孩子们总算不用早早起床排队抢肉了，宋莹买了五花肉做了梅干菜扣肉，庄家油炸了很多小酥肉，吴家做了糖醋排骨，三家互送了年菜，饭桌上的年夜饭颇为好看。

除了准备年菜，宋莹和黄玲还多买了好些肉灌了香肠。

一根根香肠挂在了瓜架上，宋莹觉得，香肠比蛇瓜好看太多太多了。

春天过后，更多的美食震动了饕餮们的神经。

苏州是古城，自古就是江南的交通要道和商业中心，城市繁华富庶。苏州人的衣食住行也讲究，有很多老字号美食店铺，但这些老字号店铺都在过去的十几年间陆续关门了，无一幸免。

时隔多年，几家百年老字号悄无声息地又重新开张了，陆稿荐、黄天源、生春阳……熟悉的味道再次蔓延在街巷中，激活了市民们的回忆和味蕾。

已经还完了电视机钱、无债一身轻的宋莹带着全家去吃了生煎包，林栋哲吃得满嘴流油，兴高采烈，回来后向小伙伴们嘚瑟了很久。

宋莹好打扮好美食，她试着调馅，学着煎了一锅包子，做好后送了庄家半锅，大受好评。

巷口和农贸市场都有了卖糕点的私人小摊贩，庄家兄妹和林栋哲，偶尔能吃次梅花糕了。

1981年秋，庄图南直升一中高中；庄筱婷和林栋哲也都考入了一中初中部，成了庄图南的校友。作为初中生，两人从少年宫退役了。

改革开放已经进入了第三个年头。

宋莹、黄玲所在的棉纺厂是国企大厂，被列入国有企业改革试点厂。

改革头两年，厂领导用一系列管理手段提高了生产效率，但计划经济的销售渠道和销售定额固定，超出计划的产品只能积压在库房里，销售价格也由国家指定，几乎没有上调，以上两个原因叠加在一起，导致棉纺厂的效益实际并没有提高。

同时，厂里还在源源不断地接收返城知青和职工子弟——棉纺厂政策规定，父母退休，子女可以顶替父母的职位；父母未退休，子女如果是中专毕业生可直接进厂；子女如果是纺织系统的技校或职高毕业生，有资格排队轮候等名额进厂。

几种情况叠加，职工子弟或顶替、或分配，基本都能进厂捧上铁饭碗。

有进无出，棉纺厂的职工人数日益增加。

效益一般，人员冗余，厂领导班子研究决定后，展开了"破墙开店"和"留职停薪"两项措施。

职工们对"破墙开店"这一措施是强烈支持的——把工厂的围墙敲掉，租给个体户开店，小商店如雨后春笋般围着工厂开了一圈，职工们吃、穿、用都方便了很多。

"破墙开店"的店铺租金暂时缓解了企业效益和职工们工资之间的矛盾，既让职工们的生活极大便利，又让厂里发出了工资福利——奖金数额不大，但用宋莹的话来说，苍蝇腿也是肉。

职工们工资福利的矛盾暂时解决了，人员冗余的矛盾却无法解决——几乎没有职工响应"留职停薪"的号召，职工们以"我不嫌工资少，领导不嫌我懒"的心态照常上下班，以迟到早退、午休时间多睡一会儿等方式花样怠工。

院子里现在不种蛇瓜，改种小白菜、空心菜等绿叶菜了。瓜菜由庄超英和林武峰照管，黄玲和宋莹忙于接单。

上海市有了外贸公司，外贸公司长期向私人发放产品图片，再定期收购已钩织好的成品，私人凭此赚取手工费。

李一鸣在玄妙观前摆摊，生意很好，他和宋向阳每半个月就要去上海十六铺码头的市场进货。市场里有几家外贸公司的门面房，收购手工编织的毛衣、围巾等商品。

李一鸣和宋向阳去上海时，麻袋、行李袋里是空的，他们索性帮亲友们接了外贸单，去上海时把成品带去出售，回苏州时带回售出的现金和下一个订单。

宋莹和黄玲都经常接这种外贸单——厂里的活不重，晚饭后和周末正好干些私活赚些零花钱，宋莹手脚麻利，偏好杯垫、围巾等工期短的小件，黄玲手艺精巧，喜欢完成毛衣、披肩等大件。

两人刚开始接单时还要看着杂志上的针法编织，熟练了之后，边看电视边闲聊边钩编，手下的功夫一点不慢，成品刷刷地完成，外快刷刷地赚。

黄玲每月能完成三件手工毛衣，她看着存折上不断上涨的数目，很欣慰，庄图南过两年读大学的生活费应该不是大问题了。

吴建国在院子里养了鸡鸭，除了自家吃，多出来的鸡、鸭、蛋就在街坊邻居之间卖。

张阿妹所在的轮胎厂一样人心浮动，她搭着黄玲和宋莹的人情，也成了外贸编织军中的一员。

电视机已经取消了限购，不需要票就可以购买了，吴家也买了电视，吴家的三个孩子就不常来林家看电视了。

宋向阳在林武峰手下做临时工。

李一鸣基本选周日去上海进货，宋向阳和他一起去，帮他扛货，帮他分担商品的出站风险——两人去上海时扛半麻袋或一麻袋的外贸商品，回苏州时大概是五六个麻袋的小商品，他们怕被苏州火车站查缴没收，总是坐半夜的车次回来，分批出站。

李一鸣和宋向阳被抓过一次，李一鸣是社会青年，宋向阳是压缩机一厂的临时工，火车站打了个电话给压缩机厂，林武峰施施然来了，送了一块手表，领走了两人和商品。

宋向阳惴惴不安地回厂，并没有受到很严重的处罚——车间会议上，林武峰说临时工工资低，没奖金，帮朋友扛个麻袋挣点辛苦钱，罚他打扫一个月车间，算了吧。有人提议档案上记一笔，林武峰摇头，小伙子还没成家，还要谈恋爱、找对象，算了吧。

林武峰是技术一把手，人又和气，在车间人缘好，他一句"算了吧"就把事情"盖"住了。

宋向阳向李一鸣不住感慨："林工平时那么和气，大事上真有担当。"

李一鸣冒着犯"投机倒把罪"的风险勤奋挣钱，所幸在他摆摊一年半后，也就是1981年夏，苏州市发放了首批个体工商户经营执照，李一鸣立即去工商所登记，拿到了个体工商户营业执照，他的小摊位和"倒买倒卖"的行为从此合法了，不用再东躲西藏打游击了。

和小巷里棉纺厂职工的"不务正业、专心副业"相反，庄超英一心扑到了工作上，新学期刚一开学，他就被提为教导主任。

教育局颁发了新文件，要求学校在具体教学中打破男女界限，体育课男女生一起上，实验课男女生同组等等。

文件上特别注明："在严禁校园早恋的前提下，学校的具体教学要打破男女界限，让异性同学正常相处……"

各校校长负责人禁不住说："教育局，我谢谢你！"

教育局这波操作太过离谱，教导主任庄超英一筹莫展，完全不知道该如何开展工作。

高考制度的确立让中学生的学习压力骤然剧增，单一的填鸭式教学方式和枯燥的题海战术又让学生们心生乏味，学生们纷纷用文学来疏解压力，满足自己情感上的需求和精神上的逃逸。

社会精神面貌日新月异，小说、诗歌、电影等文艺作品一波波地冲击着所有人的思想，其中宣扬和歌颂爱情的优秀作品层出不穷，高中生作为思想最开放、感官最敏锐的群体——刚发表的小说、刚放映的电影，父母家长还不知道名字呢，高中生就已经看完并热烈讨论了——第一个接触到了这些作品。

庄超英只能采用笨办法，不厌其烦地为学生开展思想工作，重复、重复、再重复学习的重要性，并严禁在黑板报、班报上抄写或宣传任何有关爱情的文艺作品。除此之外，庄超英还排了值班表，老师们轮流在上下学时间段蹲守在学校自行车棚附近，看有没有男女生一起骑车上下学，尽力把早恋扼杀在萌芽状态。

庄超英埋伏在自行车棚附近的树丛里，他身边的英语老师塞给他一本手抄小报，说："老庄，我昨天在班上没收的，你先看看。"

庄超英一瞥，看到两行标题："迷茫""苦闷"。

耳边一只蚊子嗡嗡地飞，庄超英无奈心想："我一把年纪蹲树丛里，我也很迷茫，很苦闷。"

英语老师似乎读出了庄超英的腹语，自言自语道："以前没高考，学生们都盼高考；现在有了高考这个上升渠道了，他们反而觉得学习枯燥、千篇一律，迷茫了。"

庄超英草草翻看了一遍，把手抄小报还给英语老师，说："还给学生吧，只是迷茫和抱怨学习任务重，很正常。"

庄超英沉默了一会儿，又说："我看过更……厉害的诗歌，内容比这吓人多了，质疑、叛逆、骚动……"

英语老师瞠目结舌，道："这才刚吃饱饭几年啊，这些孩子们怎么就不珍惜好好读书的机会呢！"

庄超英提到的"更厉害的诗歌"是从他儿子庄图南的一中诗社报纸上看到的。

一中虽然是重点中学，但校风自由，师生们自发组织了众多的文学社团，抄写黑板报、办校报、给杂志投稿、组织座谈会、举办诗歌讲座……

高中就两年，时间紧迫，庄超英说服庄图南退出报社，希望他把时间和精力都尽可能地放在学业上。庄图南理解父亲的苦心，但他依旧为自己的精神生活留了一条缝隙。

庄图南和他的同龄人们如饥如渴地接触着层出不穷的新文学、新思想。

世界名著、伤痕文学、朦胧诗……各类型的文学作品来者不拒，《收获》《萌芽》《青春》等杂志在庄图南和他的同学手中争相传阅……

小说、电影、诗歌犹如黄钟大吕，在少年们眼前敲击出一个全新而广阔的新世界。

庄图南不再剪报，简报本换成了摘抄本，他在本子上摘抄了大量的名言名句，北岛、舒婷等新时代诗人的作品频频出现在他的笔记本上。

庄超英和黄玲自然注意到了庄图南"开小差"的行为，黄玲有些担心，希望丈夫适当管管。

庄超英更清楚高中生的动态，他安慰妻子："高中生思想活跃，新的小说、电影只要一出来，我们还不知道名字呢，他们就已经看完了，聚在一起讨论过了，你一点不让图南看，他都没法和同学交流。"

黄玲摇头，说道："不是不让看，考上大学再看不行吗？"

庄超英叹气："图南如果成绩下降，我会和他谈的。"

林栋哲借庄图南带回家的《收获》看，他没看懂，但宋莹无意间翻开看了几页就放不下了，她废寝忘食地熬夜看完，拿过来给黄玲看。"玲姐，这些小说你看了没有？"

黄玲道："断断续续看了不少了。"

宋莹道："看完半天缓不过神，很多以前想不到的事儿、说不出的话儿，看到书上写了才觉得原来是这么回事。"

宋莹试图说清心中的模糊感慨："这些文章，和以前的不一样，很不一样。"

庄图南道："是的，我们语文老师在课堂上解析了现在的文学创作趋向，说现在的作品以'人'为本，讲述'人'的个体价值。"

庄图南侃侃而谈："知青文学、伤痕文学、诗歌，这些文字里有伤痛，有反思，有爱……亲情、友情，描写了人性，传达了人道主义思想。"

宋莹讷讷道："我就觉得怪好看的，看到精彩的故事就想一口气读完。"

庄图南回自己房间了，宋莹对黄玲道："我以前一直以为'图南'是'图男'，是再生一个男孩的意思，我还想一儿一女不比两个儿子好，那天看书才知道是'图南'指志向远大。这名真好，真有文化。"

黄玲唏嘘不已，说道："我爸取的，他是中专生，要不是……我应该多少也念了点书。"

宋莹也觉深感遗憾，说："年轻时要能多读些书就好了，别的不说，多看几篇名著也好啊。"

林武峰正从院中经过，听到了只言片语，笑着接话："现在读也挺好的，就当是图南带大家一起读书了。"

一语惊醒梦中人，宋莹犹豫再三，用穿衣打扮的钱去邮局订阅了《收获》《十月》，三家孩子的妈妈也常看书了。

庄超英进屋，看见黄玲和宋莹正对着图片研究针法，林栋哲和庄筱婷坐在窗下理毛线——林栋哲伸直了两条胳膊绷直毛线，庄筱婷揪着线头，把毛线缠成团。

宋莹抬头见庄超英回家了，喊了一声："栋哲，我们回家了。"

庄筱婷道："阿姨，我快缠好这一团了。"

宋莹道："到阿姨屋里接着缠。"

宋莹率先出屋，林栋哲和庄筱婷像个不协调的、四手四脚的怪物一样横着出去了。

黄玲放下毛衣图片，问庄超英："回来了，在门口遇见珊珊了吗？"

庄超英道："我看到珊珊进她家小院了，怎么了？"

黄玲欲言又止，庄超英探究地看了她一眼。

黄玲道："她来找图南借杂志，今天才周三，我这周已经碰见两次她来咱家找图南了。"

黄玲一边低头起针，一边说："借书还书，还书的时候再讨论一下阅读心得，一本杂志能接触好几次，我就怕这个年龄段，接触多了，又是讨论文学、交流思想……"

庄超英知道黄玲的顾虑有一定道理，但为了宽妻子的心，他佯装玩笑："要说接触多，你该担心筱婷和栋哲啊，他俩也经常讨论文学，栋哲老想抄筱婷的作文。"

庄超英由衷感慨："栋哲这种喜欢抄作文的孩子，将来肯定不会加入文学社搞什么'朦胧''迷茫''叛逆'的幺蛾子，这娃好，省心！"

简直像是现场验证庄超英的说法，林栋哲从西厢房出来，在院子里喊："图南哥，咱们一起去打乒乓球吧。"

庄图南在自己屋里回话："我在看书，没空，你自己去吧。"

林栋哲扑到庄图南窗户上苦苦哀求："老大，求求你了。"

庄图南"砰"的一声把窗户关上，毫不犹豫地把窗帘紧紧拉上。

林栋哲伏在窗框上，一声声地哀号："老大，可怜可怜我吧。"

宋莹在西厢房里吼了一声："别号了，难听死了，别人还以为我们院里杀猪呢。筱婷想踢毽子，你陪筱婷踢毽子吧。"

黄玲沉默了一会儿，又对庄超英说："珊珊也不是光借闲书，她借了图南一中的笔记和试卷，说寒假在家好好复习，也打算考一中。她现在初三，要是秋天进了一中，图南正是高二毕业班，最关键的时候。"

庄超英沉思了一会儿，对黄玲说道："珊珊的事情，你千万别冲动，很多时候孩子们还不明白，你要一冲动捅破了窗户纸，他们反而明白了，家长就难再干预了。"

黄玲道："很难再干预了？"

庄超英道："他们这个年龄似懂非懂，自以为成熟又没有自控能力，老师们都很头疼怎么正确引导。你以为我们这些老师天天蹲自行车棚是为什么？还不是防患于未然。"

沉默了一会儿，庄超英继续说："正是知慕少艾的年龄，我们做老师的，绞尽脑汁也防不住，班上有对早恋的，成绩刷刷地下降。"

"……十八、十九……"窗外传来数数声，林栋哲在院子里一脸生无可恋地踢毽子，庄筱婷站在一旁数数。

庄图南骑车到了巷口，一眼看见庄筱婷、林栋哲和吴珊珊正站在巷口。

巷口有台黑黝黝的铁筒子爆米花机和一队等着爆米花的孩子，庄筱婷拿着一个纱布口袋站在队伍最前列，林栋哲一手端着一碗大米，另一手攥着一把毛票站在她身边。

庄图南下了车，等爆米花出炉，和他们一起回家。

"砰砰"几声巨响之后，一大袋香喷喷的米花出膛，庄筱婷和吴珊珊撑开干净的纱布袋，装满米花，林栋哲付了钱，大家分了几口爆米花，一起往家走。

吴珊珊看到自行车车筐里的《萌芽》，问："最新的一期？哪里来的？我到处借都没借到。"

庄筱婷替哥哥回答："学校图书室的。"

林栋哲愤然说道："珊珊姐，不是我不帮你借啊，初中生只能在图书室看，不能借，高中生有图书证，可以借回家看。"

庄图南对吴珊珊道："这一期也很好看，有几篇特别好的文章，我快看完了，看完了就借你。"

吴珊珊道谢："太好了。"

林栋哲边吃米花边发出灵魂质问："这些杂志有什么好看的？你每次都向图南哥借，我在学校图书室里看得直打瞌睡，那篇啥啥，就是一个人牵着一只狗在村里自言自语，你说你看哭了，我看完也快哭了，太难看了，这些杂志哪有租书摊上的小画书好看。"

吴珊珊笑得腼腆，说："我以前不想考高中的，自从看了庄图南从学校借的杂志，我突然觉得一中是不一样，看的书是外面借不到的，讨论的东西是我不知道的。"

庄图南附和："战争与和平，动乱和反思，舒婷和普希金……书里有更广阔的世界。"

1982年寒假，小巷出了件大事。

巷头开了家小卖部，装了部电话。

李一鸣把自己家小院的院墙拆了，加盖了一间几平方米的小房间，并申请了一张个体工商户经营执照开了家小卖部，卖油盐酱醋、糖果零食等小百货。

小卖部不稀奇，稀奇的是，李一鸣还花了三千六百元的安装费、七百元的电话机费请邮电局拉线，在小卖部里装了一部电话，小巷里有电话了。

宋莹向黄玲感慨："四千三百元啊，看来摆摊赚大钱。"

黄玲也说："李婶原本绝口不提李一鸣摆摊，昨天在车间说了，个体户未必比不上铁饭碗，扬眉吐气得很。"

数学老师庄超英算了一笔账："接听电话一毛钱，打出去市内电话每分钟六分钱，长途更贵，现在大家都有打电话的需求，他家位置又好，街口人流量大，估计一年半载的，安装费和电话机费就赚回来了。"

林武峰道："接电话打电话，人都到店里了，顺便再买袋盐买瓶醋，这部电话还能促销店里的商品。一鸣有脑子。"

巷头巷尾，一喜一悲，隔壁关系户王家的知青女儿王芳带着外孙女周青住回了娘家。

关系户对此事讳莫如深，但小巷里鸡犬相闻，大家曲里拐弯地还是知道了，他家上海女婿周志远没等政策下来，就带着妻子王芳、女儿周青从新疆"逃"回了上海。周志远本想在上海一边打零工一边等落户，但他的哥嫂不同意他们一家三口住家里，他的爸妈也说家里实在住不下了，默许了哥嫂把他们一家赶出了家门。现在的情况是，周志远硬留在上海当"黑户"，王芳带着周青回苏州当"黑户"。

关系户还有个儿子，儿子王勇和儿媳也在棉纺厂上班，一家四职工分到了这户小院，这套房子是没有王芳的份儿的，现在，王芳带着周青回娘家，只能和父母挤住一间，在父母房间里打地铺。

周青是新疆户口，无法在苏州上学，关系户提了礼物来找庄超英，希望能在附中插班，庄超英却不过情面，转头拎着礼物去了校长家，帮忙跑动。

周青进了附中，王芳和周青母女俩留在了苏州当"黑户"。

王家院子里开始了无休止的争吵，"小新疆""野蛮人""乡巴佬"等侮辱性字眼时不时地响起。

年前，张敏回亲生爷爷奶奶家小住了，吴珊珊更频繁地来庄家找庄图南借书、还书。

庄超英比黄玲更明白防患于未然的道理，一日晚饭后，他状似无意地溜达到了吴家。

吴建国很高兴，招呼道："庄老师，正好，你不问我我也想找你请教一下。你觉得哪些中专比较好？我指的是，毕业后对口分配的单位好？"

张阿妹端了一杯热茶放在庄超英面前的小几上。"庄老师，西湖龙井，尝尝。"

张阿妹明显仔细考虑过两个毕业班女孩的出路，她说："庄老师，你熟悉教育系统，我琢磨小敏的志愿琢磨好一阵儿了，你帮着参谋一下。"

张阿妹整理了一下思路，继续说："棉纺厂职工子弟只要从棉纺专业的职高或技校毕业，就可以排队等位置进厂，如果是中专，百分百保证进厂，老吴去人事处问了，小敏也符合条件……"

吴家小院有人敲门，黄玲拿着一本毛衣编织的杂志在门口喊："阿妹，你帮我看看这个样式怎么起针。"

吴建国要给黄玲倒茶，黄玲连声阻拦："不用不用，我和老庄合喝一杯就够了。"

庄超英知道黄玲也是放心不下，过来探口风的，暗搓搓睃她一眼。

黄玲目不斜视，完全不理会丈夫的"秋波"。

张阿妹道："毛衣一会儿再说。玲姐，你既然来了，一起帮我参谋参谋。"

张阿妹重复一遍："棉纺厂职工子弟读完纺织系统的中专，可以进厂，老吴去人事处问过了，小敏也可以……"

吴建国补充："人事处说了，吴家只有这一个名额，小敏用了，珊珊就不能再用。"

张阿妹瞪了吴建国一眼："珊珊成绩好，用不上这个名额。"

吴珊珊成绩确实很好，庄超英、黄玲同时点头。

张阿妹道："当然，小敏也可以报其他专业的中专，师范、卫校这些专业也热门得很，国家包分配，毕业了马上有份好工作，就是这些专业分数线比较高，所以我一直犹豫是稳妥起见，让小敏报纺织呢，还是搏一搏，报师范呢？"

庄超英正想回答，张阿妹继续道："除了分数线，我还考虑到了一些其他的问题。"

张阿妹示意庄超英："庄老师，你喝茶啊。"

庄超英端起茶杯喝了一口。

张阿妹道："我说了，你们别笑啊。我去打听了一下这些专业，专业越好，农村孩子就越多，因为一毕业就能农转非，所以农村学校的孩子拼了命地学习考试，而且，他们的家庭都希望他们能找城里的孩子，所以鼓励他们上学时和城里的同学谈恋爱。"

心怀鬼胎的庄家夫妻俩同时听愣了。

四人中只有庄超英读过中专，他连连摇头，说道："我们那时候读书时，大家都忙着学习、劳动，同学中没有谈恋爱的。"

张阿妹叹口气，继续道："纺织专业也有农村孩子，但没那么多，而且，如果毕业后进棉纺厂，厂里的青工都是城市家庭出身，门当户对，将来过日子省心省力。"

张阿妹看着嘴巴都微微张大了的庄超英，又说道："庄老师，你是教导主任，常去教育局开会，能不能帮我搞一份师范、卫校、纺织这几个中专历年的分数线和农村子弟人数比例的表格？"

这要求既具体又别出机杼的实用，庄超英目瞪口呆，不知如何回复。

黄玲理了理思绪，问张阿妹："那珊珊呢？"

张阿妹笑眯眯道："珊珊成绩好，贸易、师范这些好中专问题不大，所以想让她在这些中专中挑一个。庄老师，那份表格您上点心，小敏和珊珊报志愿都要参考的。"

庄超英总算回过神来，说道："重点高中和中专都是第一档，报了中专就没法报一中了。我听说珊珊想上一中，你们和珊珊商量过吗？"

吴建国不吱声，张阿妹道："上了高中不一定能考上大学，中专多好，毕业了就有份好工作，学习任务也轻松，上学的时候没准还能遇上合适的对象，知根知底，还有共同语言，多好。"

黄玲最看不得父母偏心，她立即驳斥："你不是说这些专业有很多农村子弟？你就不怕珊珊找个……"

庄超英突兀地转换了话题："这茶真不错，香。"

玻璃杯清澈透明，碧绿的茶叶片在热水中无声舒展，上下漂浮，煞是喜人，黄玲端着杯子啜了一口，隔着杯中的水看向吴建国，只觉得吴建国的面容模糊、扭曲。

屋里不知道什么东西烂了，空气中一股霉味。

庄图南房间里挤满了孩子，庄筱婷、周青、林栋哲都在里面看书。

庄超英坐立不安，过了一会儿，他去了西厢房。

黄玲知道庄超英的感受，她知道丈夫尽管担忧吴珊珊和庄图南接触过多，但他更希望吴珊珊能按自己的心意报志愿，别说丈夫了，她看着吴珊珊长大，同样无法坐视吴建国和张阿妹对吴珊珊前途的处理。

黄玲心里也不得劲，索性也跟了过去。

庄超英才说了几句，林武峰就明白了，说："吴家负担重。"

黄玲道："老吴工龄长，业余时间养鸡养鸭，他供得起两个孩子。"

林武峰道："小敏的成绩不好，考中专悬乎。张阿妹的意思是报中专和纺织系统的职高，保底将来也能进棉纺厂。不患贫而患不均，两个女孩同一届，如果珊珊进了一中，小敏只能进职高，阿妹脸上不好看，老吴的日子不好过。"

黄玲瞠目结舌，瞪大眼睛道："为了小敏牺牲珊珊？"

宋莹道："老吴和武峰聊过一次，他说他两个孩子，小军还要供很多年，阿妹就一个小敏，中专或职高三年毕业就能拿工资。"

林武峰人情通达，道："如果我们不能负责珊珊高中大学的生活费学费，就不要质疑老吴的决定，再说，重点高中和中专只能二取一，万一珊珊没考上一中，中专也去不了了，只能上职高或技校。老吴的想法不仅回避了家庭矛盾，也更稳妥。"

宋莹夫唱妇随，说道："玲姐，咱俩都是初中毕业，过得也挺好，厂里什么都有，食堂、幼儿园、附小附中、医院、退休人员活动中心……进了厂，啥心都不用操，国家都帮我们安排好了。上大学见识外面的世界挺好，安安稳稳一辈子也挺好。"

庄超英唏嘘不已，说道："你和林工把这事想明白了，我这几年带高中毕业班，一根筋地想着考大学，着相了，着相了。"

林武峰道："我们不想明白不行，一中高中那么难考，栋哲就悬乎。到时候，我们也要根据他的成绩在一中或中专之间二选一。"

庄超英一脸的恨铁不成钢，道："仗还没打，就想着投降。林工，我不是说栋哲，我是说你。"

回到东厢房，黄玲心里还有些郁闷，但比刚才好多了，她换了个角度谈论此事："阿妹说好中专里很多人谈恋爱，是真的吗？我们年轻时可不敢在读书时早恋。"

庄超英笑道："咱俩年轻时，下乡劳动、串联……哪有恋爱这根筋？哪像现在，诗歌、小说、电影都在讲爱情，小孩子们接触多了，就有意识了。"

黄玲好奇，又问："阿妹说的是真的吗？"

庄超英点点头，说："你别看高中老师严防死守抓早恋，中专的老师都是睁只眼闭只眼的。中专包分配，等于一入学就有了铁饭碗，老师、家长们都默许孩子们在同学中找对象，就是阿妹说的，知根知底，又稳定。只要珊珊考上了中专，就算不谈恋爱，学校和朋友圈的氛围也完全不一样了，她和图南慢慢就疏远了。"

庄超英沉默了一会儿，接着又说："再说，吴家还有一个儿子，老吴肯定是想把考大学的机会留给小军的。"

黄玲随口问："老吴说的？"

庄超英闷声回答："老吴没这么说，我自己猜想的。"

黄玲家中两姐妹，父母对她们一视同仁，在庄超英说这句话之前，黄玲丝毫没有考虑到重男轻女的问题。她听庄超英这么说，先是吃惊丈夫思维的细腻，再联想到庄家保小儿子留城、让最小的小女儿庄桦林下乡的事实后，她明白了。

黄玲低头继续钩织，突然理解了吴建国和张阿妹在孩子花费上的计较，吴建国和张阿妹是半路夫妻，她和庄超英结发原配，还不是一样经常因为婆家各种事端冷战或争吵。

黄玲心中突然冒出一句诗，一句她在小说里看到的诗："至高至明日月，至亲至疏夫妻。"

黄玲不知道为什么，明明是随意翻阅的小说，她居然在无意间牢牢记住了这句诗。

一串爆竹在不远处突然炸开，鞭炮声此起彼伏，淡淡的硝烟味在小巷中弥漫——1982年的春节即将到来。

第七章

河边柳，梦中家

学期刚结束，黄玲得知向鹏飞等到了回城名额，小姑子庄桦林亲自送儿子回了苏州。夜深人静，院中的虫鸣声一阵高过一阵，庄超英等孩子们睡着了之后，低声向黄玲转述了孩子爷爷奶奶的打算。

黄玲沉默了一会儿才道："开学后，图南就是毕业班学生了，你是高中老师，你最清楚，高考分数差几分可能就是一辈子的不同。"

黄玲又道："你妈来家里住过，你也知道家里多一个人，图南、筱婷都没法正常作息，更别提保证一个安静的学习环境了。"

庄超英讷讷道："图南、筱婷都懂事，学习都很自觉，不会受太大影响的。"

黄玲的声音突然变得尖利，吼道："你把家人看得比我重要，我认了，图南、筱婷是你的儿子女儿，他们也没有你家人重要？"

几乎是同一时间，隔壁王家院里传出千篇一律的谩骂声和争吵声。

小隔间里，庄筱婷翻了个身，似乎要被黄玲吵醒了。

庄超英连忙"嘘"了两声："小声点，小声点。"

黄玲不再说话，房间里一片静默。

隔间不再有动静了，庄筱婷大概是睡熟了。

黄玲一字一句、低沉而清晰地问："你一直甘愿自己吃苦，让你家人过得好些，你现在想让图南、筱婷也吃苦，让你家人过得好些？"

庄超英无言以对，他躺上床，叹道："先睡吧，周日我爸妈、妹妹都来，大家再商量。"

黄玲原本在床上半躺半坐，庄超英既然说睡觉，她便把枕头摆好，也躺了下来，合上了眼。片刻后，庄超英的呼噜声响起。黄玲睁开眼，眼神空洞，紧盯着天花板。

天太热，窗帘大开着透风，月光毫无阻碍地斜照进屋内，在地板和天花板上涂抹出刺眼的白色光条，黄玲恍惚觉得，她从没有见过这样惨淡的月色。隔壁院的争吵声时断时续，随风飘得很远很远。

星期天，庄家爷爷奶奶和庄桦林、向鹏飞母子一起来了小院。

两年没见，向鹏飞长高了不少，见到久违的大舅舅和大舅妈，尤其是从明显不欢迎他的小舅舅、小舅妈家出来见到大舅舅、大舅妈，他发自肺腑地高兴，大喊："大舅舅，大舅妈！"

黄玲看到他眼中的眷慕，心中百感交集，说道："栋哲听说你要来，一直念叨着呢。他说要带你去书店买魔方，现在正在家里等你呢，你去找他玩儿吧。"

林栋哲果然正在家中等待，他看到久违的老朋友分外高兴，三言两语后就带着向鹏飞去了书店。

向鹏飞刚进家，黄玲就让他去找林栋哲，庄图南直觉不太对，说："爸，妈，我跟着一起去，买完魔方就带鹏飞回来。"

黄玲似乎看出了他心中的困惑不解，说道："图南，你和筱婷都留下，妈妈下面要说的话你们也听听，这些事你们也有权知道。"

黄玲看向爷爷奶奶，硬邦邦道："爸妈，你们想让鹏飞和爱国、爱华住进来，这事行不通，家里住不下。"

奶奶立即笑道："我们也想到了，所以和老二媳妇商量了，让筱婷住过去，我和她二婶帮你照顾她。"

爷爷道："四个男孩住大间，你和老大住小间，挤挤能住下。"

黄玲对庄桦林微笑，说："我特意支开了鹏飞，是有些话不想当着鹏飞的面说。时间紧，我就打开天窗说亮话了，图南考上大学前，我不同意鹏飞住进来。"

黄玲以前再不满，也从没有在婆家人面前撕破脸，直接拒绝婆家人的要求，庄超英又惊又怒，道："你，你……"

黄玲把桌上凉好的三杯开水放在公公婆婆和小姑子面前，说："开了学，图南就是高二毕业班学生，我不能让任何人、任何事影响他高考。"

庄超英、庄图南父子俩同时出声。

庄超英怒道："你疯了！"

庄图南道："妈，我会管好自己，不受弟弟们的影响。"

黄玲看也不看丈夫，她惊异地发现，她几乎不在乎丈夫的看法，她只在乎儿女们是否能理解她的苦衷，她几近哀求地看着庄图南，说道："家里这么小，鹏飞、爱国、爱华只能和你挤一间房，妈妈必须保证你的学习环境。"

黄玲道："明年秋天，高中就要从二年制改为三年制了。图南，你要是明年考不好，高中学制改了，内容也会变，你不能冒这个险。"

庄家奶奶试着岔开话题："老大媳妇，咱们慢慢商量。"

黄玲道："商量？老二一家今天怎么没来？是啊，孩子们是咱家的责任，和老二家无关。"

黄玲微微一笑，又说："我初中毕业就进了棉纺厂，我工作五年后超英才从常州调到厂里，我在厂里的工龄比他长，婚房是用我的名字申请的，生了图南和筱婷后，厂里又帮我调了房子，换到了现在这两间房。这房子是棉纺厂给我的福利，你们庄家人慢慢商量，我不同意，谁也别想住进来。"

室内突然一片缄默，黄玲看了一眼众人，接着说："如果超英坚持照顾鹏飞，我们先把婚离了，图南和筱婷跟我，他搬出去。"

爷爷重重一掌拍在桌上，气得语无伦次，他指着黄玲怒道："你、你，庄家没你这种媳妇……"

庄超英额头青筋暴起，脸涨得通红。

庄超英的眼神太过可怕，庄筱婷吓得快要哭了，庄图南紧紧搂住妹妹。

奶奶一向能言善辩，勉强笑道："老大媳妇，图南是庄家长孙……"

黄玲对答如流："所以我今天把图南留下了，就是想让他听听爷爷奶奶怎么对他这个长孙的。"

庄超英怒吼："我是老大，照顾一下侄子、外甥又怎么样？！"

奶奶也说："老大媳妇，你想岔了，我这不是心疼你一人带那么多孩子，所以让筱婷住过去，我帮你照顾她吗？"

黄玲针锋相对："筱婷住过去？老二家里有筱婷的房间？"

奶奶依旧和颜悦色："老二家里也挤，筱婷暂时睡我和她爷爷屋里，一样的。"

黄玲尖酸刻薄地顶了回去："你们整晚不停地吐痰喝水，筱婷住过去，白天可以帮忙做家务，晚上可以还帮忙端茶倒水。"

爷爷面色狰狞，高举手掌，似乎想打黄玲，庄图南下意识地挡在母亲身前。庄超英怒道："你胡说八道些什么？"

黄玲看向庄超英，丝毫不给丈夫面子，继续道："去年你妈扭了脚躺床上，你妈就想筱婷住过去，她就是这么说的，筱婷年龄小、睡觉轻，她晚上起夜，筱婷正好可以照顾她。"

奶奶脸上终于挂不住了，说道："我当时就这么一说儿，你不肯让筱婷来也就是了，怎么还记恨上了？"

黄玲叹了口气，说："妈，我和超英恋爱时，就老听他说您怎么怎么不容易，那么苦的日子都坚持供三个孩子念书。超英读书时，每个月月底回家，您必须低声下气到处借米借粮，他才有下个月的口粮。我刚嫁进庄家时，你也没事就和我念叨你们以前的苦日子，念叨为了供三个孩子念书欠了太多的债，必须用超英的工资还债，我当时听了是真感动，所以没要回超英的工资，而是由你分配。妈你还想要我的工资，我总算留了个心眼，没给。"

庄图南敏锐地注意到，黄玲对奶奶的称呼从"您"变成了"你"。

爷爷狠狠地往地上砸了一个碗，碎瓷片四溅。

宋莹听到巨响，慌慌张张从西厢房里跑出来，朝庄家问道："玲姐，你没事吧？"

黄玲道："没事，我和我公婆说家常呢。"

宋莹知道黄玲和公婆的矛盾，担心黄玲，在门帘外扬声道：

"玲姐,我和武峰都在家,玲姐你要有什么事儿,喊一声,我们立即过来。"

黄玲看了看地上的碎瓷片,波澜不惊地继续对婆婆说:"老二读书不行,顶了你的工作,然后,你又张罗着给他成了家,我才知道家里的债早就还完了,超英的工资是存给老二结婚的。再然后,我生了图南,家用实在不够,超英拿回了一半的工资;生了筱婷,他拿回了三分之二的工资。自己的工资养家养孩子天经地义,他心里却愧疚得不行,除了给你的三分之一的工资,还偷偷再给钱,让你们继续贴补老二一家。"

爷爷伸出手指,哆哆嗦嗦地指着黄玲。

黄玲突然哽咽:"每生一个孩子,我就逼他把工资多拿回来一部分,他知道我是对的。但他恨我,想起此事就找个由头和我吵架,他是真恨,月子里都和我吵。"黄玲竭力想收住眼泪,"生完筱婷,还在月子里,我们就大吵了三次,我看着蜡烛包里的筱婷,要不是想到还有两个孩子,真想一死了之。"

庄筱婷还小,不能真正理解母亲心中的悲痛,但她知道妈妈伤心,本能地紧紧搂住妈妈。黄玲回搂女儿,轻轻地拍了拍她的背安抚。

黄玲扭头凝视庄超英,淡然道:"我现在都记得月子里你咬牙切齿和我吵架的样子,我一辈子都忘不了。"

庄超英喘着粗气,无法辩驳。黄玲清晰地看出了庄超英眼中的不可置信和凶狠怨毒。庄筱婷伸出手想搂住妈妈的脖子,她触摸到黄玲脸上的泪痕,也抽抽噎噎地哭了起来。

黄玲微笑,说道:"妈,你自己说的,超英是老大,他自愿少吃一口,老二就能多吃一口,从小,他少吃一口,你就不停地夸他懂事,直夸到他觉得他就该饿着,把饭都省给你们和老二。超英习惯了少吃,你们也习惯超英少吃,现在又想让图南、筱婷也少吃。"

爷爷怒吼:"图南、筱婷成绩好,就不能牺牲一点,帮帮弟弟们?"

庄桦林低声哀求黄玲:"大嫂,图南成绩好,一定不会受鹏飞影响的。"

黄玲对庄桦林微笑："桦林，你大哥去年就劝过你，贵州高考分数线比江苏低，让你等鹏飞高考完再转户口。但是你不肯，你怕政策变了，坚持把鹏飞早早转了回来。但江苏高考分数线高，鹏飞必须回来上学才有可能过线，那只能送大舅舅家了。你别和我说你打算送姥爷、姥姥家，前年鹏飞回来过暑假，你就知道爸妈不欢迎他。"

庄桦林进屋后基本保持缄默，在极度焦虑不安的心情下猝不及防听到这几句话，她再也无法压抑心中的失望和委屈——从回苏州后就不断堆积的失望和委屈，号啕大哭。

哭声痛苦绝望，极具穿透力地传出小院，邻居们三三两两地聚在院门口窃窃私语，不知道庄家发生了什么，也不知道该不该进来劝劝。

庄桦林哭了良久才勉强压抑住哽咽，她泣不成声道："我和鹏飞他爸下了乡，他爸是养路工，天天扛着十多斤的大头镐刨道，风吹日晒地挣那一点点钱……我们这辈子就这样了，可我不想鹏飞一辈子待在夹皮沟里……"庄桦林直视黄玲，"大哥是劝过我不要给鹏飞转户口，我……我宁可鹏飞回苏州扫马路，也不愿他留在乡下小镇……大嫂，图南成绩那么好，一定能考上好大学，我只想鹏飞在苏州有张床，我只想他在苏州有张床……"

黄玲同情地看着小姑子，她对她的痛苦感同身受，但她不让步。她对庄桦林说道："家里实在太小，我不买电视，筱婷经常在邻居家做作业，就是为了保证图南有个安静的学习环境，鹏飞可以先住二叔家，等图南考上大学再商量。"

庄图南轻声道："妈，我能管好自己。"

黄玲道："图南，隔壁家因为周青天天大吵大闹，妈妈不能冒险。"

庄图南又重复了一遍："妈，我一定能管好自己。"

黄玲心中绞痛，继续说："图南，鹏飞和爱国、爱华住进来，你爷爷奶奶会不断提要求，你不可能不受影响。你爷爷、奶奶、姑姑都希望你少吃一口，他们多吃一口，你爸爸……"

庄超英怒吼："你说够了没有？"

黄玲扭头看向庄超英，狠狠道："我宁可一人抚养图南、筱婷，我也不想他们像你一样，一辈子为庄家做贡献。图南还小，他不知道大学生和社会青年的区别；筱婷还小，不知道你爸妈连自己的闺女都不疼，何况孙女。他们不知道，我知道。我就是离婚，也不会让步的。"

庄超英狠狠地盯住黄玲，只觉得眼前人丑恶而陌生，他重重一拳打在桌上，两只玻璃杯狠狠摔到了水泥地面上，玻璃碴和水珠混杂，溅到了一屋人的脚背和小腿肚上。

庄超英掀开竹帘走了出去。

门帘在他身后剧烈地晃动着，啪啪啪撞击着门框。

庄筱婷"哇"的一声哭了出来。

庄家爷爷奶奶和向鹏飞母子走后，庄图南默默把地上的碎瓷片和玻璃碴收拾干净了，宋莹煮了面条送过来，并把抽泣不止的庄筱婷带回了自己家，尽力安慰她。黄玲一直静静坐着，黑暗中，她的眼泪肆意汹涌，尽情宣泄着心中多年积累的委屈和不甘。

庄图南潦草吃完宋莹送来的面条和荷包蛋，收拾了碗筷，坐到妈妈对面。良久，他低声道："我努力学习，弟弟们不一定会影响我。"

黄玲重复："隔壁天天吵闹，妈不想冒险。"

黄玲道："温水煮青蛙。图南，你是庄家下一代中年龄最大的，你先上大学，你先工作，你爷爷奶奶、你爸爸都会有意识无意识希望你牺牲自己，照顾大家庭，等你明白了，你已经被煮熟了。"

黄玲缓缓道："你被煮熟了，他们也不会感激你的。"

黄玲轻而易举找地找到了一个现成的实例，说："当年你姑姑下乡，你二叔留城，现在你也看到了，你二叔二婶压根容不下鹏飞，一定要把鹏飞塞咱们家。"

黄玲看着庄图南不以为然的神色，知道他还处在浪漫主义和理想主义的年龄，宁愿为亲情牺牲自身的利益，所以，她不得不狠心说了另一个血淋淋的实例："小敏成绩不好，如果考不上中专，就只能上技校；吴珊珊想考一中，他爸爸怕张阿姨有意见，劝珊珊报中专，既避免了家庭矛盾，又减轻了家庭负担，两全其美，多好。"

庄图南猛地站了起来，似乎想夺门而出，但他晃了晃，又坐了下来。黄玲低声道："如果不是看到珊珊的例子，妈妈今天不会在你面前和爷爷奶奶撕破脸。我今天是有意让你知道这些的，你也长大了，有些事情早知道比晚知道好。"

黄玲心中悲哀，她不想在儿子面前袒露自私，也不希望向儿子过多地展示现实丑陋的一面，但她毫无选择。她继续说道："今天既然说了，我索性再多说些。我和你爸爸看着珊珊长大，但这次她爸爸不让她考一中，偷偷去学校改了她的志愿，珊珊班主任私下告诉你爸爸，我们只能假装不知道。图南，人都是有私心的，对妈妈来说，你的高考比鹏飞重要，对姑姑来说，鹏飞回苏州比你高考、比你的前途更重要。"黄玲顿了顿，轻声道，"妈妈不想在你面前说这些的，但有些话，做妈妈的不说，别人更不会说，等你自己吃了亏，想明白了，已经晚了。"

庄图南的脸隐没在阴影中，他问："既然父母都心疼孩子，那爷爷奶奶为什么这样对爸爸和姑姑？"

黄玲头疼欲裂，她扶着额头慢慢思索，试着理解公婆的思维，然后，对庄图南说："爸爸孝顺，所以让他多负担；姑姑是女孩，又远在贵州，爷爷奶奶觉得指望不上她养老，所以不想为了姑姑得罪你二叔二婶。"

巷子里的邻居们听了热闹，火爆的家庭矛盾立即光速传遍了棉纺厂。庄家夫妻在单位和巷子里都是有名的模范夫妻，庄超英完全没想到妻子会毫不留情地把他的脸面、把他一家的脸面扔在地上狠狠地踩。

恨，黄玲说得没错。他恨，他是真的恨。每当黄玲尖锐地指出他父母的虚伪不公和贪婪冷酷时，他心中都会产生连绵的怨恨，不是对父母，而是对妻子。

以前只是夫妻间争吵，庄超英都无法克制自己对妻子的失望和怨恨，现在黄玲把母慈子孝、夫妻和睦的假象都揭穿了，把其中的丑陋毫不容情地暴露在儿女和街坊邻居们面前，庄超英无法克制心中的滔天愤怒，离家住进了学校办公室。

庄桦林带着向鹏飞在娘家打了一个星期的地铺。房子小，大热天处处不便，父母唉声叹气，二哥二嫂鼻子不是鼻子、眼不是眼。尽管庄桦林事先有心理准备，但她没想到家人连虚与委蛇都不肯，连短短几天时间都不愿意敷衍。黄玲反抗发飙时，向鹏飞一直在新华书店挑选魔方，他对发生的事情一无所知，现场所有的人在事后也都不约而同地缄口不言，有意无意地对他隐瞒了当时的情形。

向鹏飞的户口已经转回苏州了，正如黄玲所说，他必须尽早回苏州接受教育。廉耻未必廉，维护廉耻的代价往往不是廉价的，恰恰是最昂贵的，何况，母亲的廉耻还能比儿子的前途重要？庄桦林无法矜持，她只能继续厚颜无耻，希望庄超英能说服黄玲接受向鹏飞。

庄桦林想到黄玲那句"你们都希望图南少吃一口"，她悲哀地想：是啊，穷人还有什么骨气志气呢，只能寄希望他人愿意少吃一口，分自己一口。

黄玲白天要上班，庄桦林估摸着她不在家的时间，单独去了小巷，想私下里再求求庄超英。

庄桦林忐忑不安地敲开小院的门，庄筱婷开了门。

姑侄俩相对无言，一阵沉默尴尬后，庄筱婷红了眼眶，她低下头，不让庄桦林看见她眼中盈盈的泪水，委屈道："爸爸好几天没回家了。"

庄图南见庄筱婷久久不回屋，放心不下出来查看，见到庄桦林，犹豫了一下，礼貌地请姑姑进屋喝杯水。庄筱婷依旧站在院门中间，没有让，她脚边的地面上滚落了一颗颗晶莹的泪水。

庄桦林自然看出了庄筱婷的拒绝和庄图南的犹豫，无比清晰地感知到了兄妹俩态度的改变，她谢绝了庄图南的建议，转身离去。

庄图南犹豫着要不要追出去，庄筱婷轻轻扒开哥哥扶在门边的手，轻轻地、坚决地关上了院门。庄筱婷看向庄图南，她的眼睛红通通的，但她的语气清晰而坚定，对哥哥说："我也希望鹏飞表哥能住咱家，但妈妈为了我们和爸爸吵，我们必须站妈妈这边。"

庄桦林知道事情不可能再有转机了，她无法可想，无处可去，只能在娘家附近的街道上徘徊。人行道上栽着一行行的梧桐树，绿荫下摆了很多小摊：冰棒摊、租书摊、象棋摊……街边有几家小吃店，店铺里吊扇哗哗地转，吹出店中面条和包子的香气。

几个穿着海军衫、绿军裤的孩子挥着书包追逐打闹，一位小贩推着驮着两个木桶的自行车擦肩而过，小贩边走边大声叫卖，不远处一扇玻璃窗被推开，有人在窗内喊："酒酿咋卖？多少钱一斤？"

生机勃勃的叫卖声和络绎不绝的欢笑声中，庄桦林心中一片死寂麻木，这座热闹繁华的城市是她魂牵梦绕的故乡，更是她可望而不可即的梦境。庄桦林定定地看着河边的两排房屋和几棵柳树，杨柳树、河边屋、石驳岸、河埠头……这是她小时候经常和朋友们玩耍的地方，是她对家乡最深刻的记忆，更是她离开苏州后在梦中反复出现的场景。

树下有几张石凳，似乎她小时候就有了，但是她记不清了，这里早已不是她的家了。

庄桦林呆呆地看了很久很久，又漫无目的地走了很久很久，走遍了大半个苏州。天黑后，她去火车站排队买了回程车票。三天后，庄桦林带着向鹏飞离开了苏州，离开了弃她如敝屣的故乡。

小院里气氛低沉压抑，庄家兄妹变得沉默寡言，宋莹和林武峰商量："听说庄老师就睡在学校办公室，我们要不要去一趟，把庄老师拉回来？"

林武峰坚决不同意，对宋莹说："清官难断家务事，你千万别多事。"

宋莹有气无力道："你肯定也看出来了，图南这两天避着玲姐，我听栋哲说，是因为鹏飞和他妈妈回贵州了，图南心里在埋怨玲姐。"

林武峰沉默，宋莹道："兄妹俩都是闷葫芦，心里有事不说，总闷心里。图南是男孩子，你找个机会和他谈谈。"

林武峰长叹，问宋莹："我和图南谈什么？怎么谈？"

宋莹有气无力道："你以为我想多事？我也不想，但咱们小院不能像隔壁一样，天天乌眼鸡似的，人人拉个脸。总得想个法子劝劝。"

没等林武峰想个法子劝劝庄图南，隔壁乌眼鸡一样的王家出事了。

王家的上海女婿周志远来苏州了，他告诉妻子王芳，他的兄嫂被停职了，他们夫妻什么时候回新疆，上海市什么时候恢复他兄嫂的工作，他从苏州是来带妻子回新疆，并恳求岳父母和大舅子一家照顾女儿周青的。

王家的儿子王勇及其老婆不答应，一家人先是吵闹，然后打成一团。

争斗中传出周青凄厉的惨叫声和哭喊声，王芳拿菜刀划伤了自己的手腕。

王芳的伤势并不严重，她也不是棉纺厂的职工，但涉及回城知青，棉纺厂和知青办都非常重视此事，书记、厂长和知青办负责人一起来了小巷。

知青办听说周青已经以插班生的身份在棉纺厂附小上了一学期的课，立即慷棉纺厂之慨，拍板说："孩子暂时就先留在苏州上学，一边上学一边等政策。"

书记看了小院的布局，说："可不可以和隔壁家商量一下，让他们把围墙向里缩一点，让王家在院里加盖一间小小的卧室？"

厂长和房管科科长的脸色同时变得古怪，支吾道："隔壁家不好惹……""隔壁两户人家，都是老职工，其中一户是二车间宋莹。"

书记头皮一紧，被林栋哲一嗓门号到家宅不宁、私房钱不保的恐惧迅速笼罩了他。

庄超英不在家，林武峰召开了小院会议，庄图南代表爸爸出席。

林武峰言简意赅，他说："咱们院子右边是一小块烂泥地，我看了看，可以夯实，如果把右侧院墙外扩，左侧院墙确实可以向里挪一点。"顿了顿，他继续说，"左侧院墙挪过来，菜地就没了，煤堆、自行车要挪到现在烂泥地的位置，每次端煤要多走几步路，院子里的光照、通风也会受影响。隔壁家确实有困难，但我们这房子也要住很久，搞不好住一辈子，挪墙会造成很多不便，大家要考虑清楚。"

庄图南率先投了赞成票，林武峰、宋莹和黄玲反复商量后，黄玲和宋莹一起去了房管科，向房管科提了个条件：如果厂里同意小院右侧院墙外扩，那么，小院左侧院墙可以让出两平方米。

黄玲和宋莹的要求合情合理，小院必须向右侧外扩，两家才有地方堆煤和停放自行车。

庄、林两家的小院是小巷中最后一家，右侧院墙外是一小块烂泥地，再向右是条小河沟。那块烂泥地毫无用处，房管科慷慨答应了。

房管科批准王家加盖房屋了，但除了女婿女儿着急，王家其他人都不急，王家二老沉默是金，王勇夫妻按兵不动，试图拖延。

林武峰率先行动，他专门请了一天假，请棉纺厂房管科的职工在院子里沿墙量出了两平方米，并请他们在地上用石灰画好了白线，然后抡起大锤砸墙，在墙上砸了一个大洞。

周志远反应了过来，如法炮制请房管科在王家院里划出了两平方米。王勇试图把白线向右侧挪，自家院子少出一点地，庄、林两家院子多出一点地，被宋莹怒骂了回去。

宋莹的背后是胸有成竹的林武峰，是两个半大小子庄图南和林栋哲，王勇不敢造次了。

周志远、王芳深恐夜长梦多，分头行动，周志远留在家中守护白线，王芳出门求助。

苏州市返城知青们有自己的组织，定期聚会，守望相助，王芳向其他知青求助，知青们立即凑了一笔钱，买了两车砖头，再组织了人手来王家帮忙盖房子。

砖头堆在了小院门口，开工前一晚，林武峰把庄图南叫了出来，围着房管科画下的白线转了两圈。

林武峰道："图南，你妈妈和阿姨这几天会轮流请假，监督隔壁盖房子不能越界，不能越过房管科画下的线。图南，你要护着你妈妈和阿姨，情况不对，马上让栋哲去巷口打电话，我立即回来。"

庄图南点点头。

林武峰冷不丁道："听说鹏飞回贵州了，图南，你是不是在怨你妈妈？"

庄图南愕然看向林武峰。

林武峰也很囧，硬着头皮故作轻松道："图南，你是大孩子，有自己的想法，叔叔也不知道该对你说什么，可阿姨非逼我和你谈谈，她说该说的话要说，该吵的架要吵，不要什么都闷在心里。"

多日的失望愤慨终于有了出口，庄图南不再掩饰自己，他站定了直视林武峰，道："林叔叔，我想知道，如果没有那块烂泥地，如果房管科不同意扩院，你们会不会为周青家让出这块地？"

林武峰微微蹙眉，他听懂了这个问题，回答道："我们已经让出了很大的利益，小院以后光照和通风都会差很多，生活上也会添一些麻烦。图南，你觉得这还不够？"接着，他又说，"图南，这世界的规则，你说了不算。你失望也好，愤怒也好，你自己要想办法适应。"

林武峰犀利的话语如同一记重重的耳光，猝不及防地狠狠扇在了庄图南脸上。

庄图南涨红了脸想反驳，但他很快发现，他居然完全无法反驳林武峰这句简单直白的话。

宋莹在厨房喊了一声："我切了西瓜，大家洗个手，来吃瓜。"

天边的红烧云妖艳如火，月亮似乎也被染成浅红色，在夜空中发出微弱而怪异的光芒。林武峰凝视着庄图南，用手电筒照向地上的白线，对他说道："图南，这就是规则，下面几天，我要你守好规则。"

庄图南满腔悲愤，他不认可林武峰的话，但他无法反驳。

林武峰意味深长道："图南，叔叔像你这么大的时候，在泉州上寄宿高中，每年春天，我都要向学校请几天假，回村带着我两个弟弟和村里人一起去和邻村争水源。我们没长大前，是我母亲抢着扁担去争水，她不去和邻村人拼命，村里就少给我家水，我们兄弟姊妹就没饭吃。"接着，他沉声道，"图南，我知道你心里有想法，你现在还没法完全理解你妈妈，但你记住，你爸爸、你姑姑可以怨你妈妈，鹏飞可以怨你妈妈，你不能，你妈妈争的，是你和筱婷的'水'。"

知青有劳作经验，队伍里还有三人在兵团、农场盖过房子，几名知青齐心协力，加班加点地搬砖、砌墙，几天工夫就盖好了一间四平方米的小屋。

小巷里其他住房紧张的人家受了启发，纷纷向房管科申请在院中加盖小房间，很多人怕房管科不批，索性先下手为强，从市场买点砖头就在院中加盖了起来。

王家小院大兴土木时，中考、高考的分数下来了。

吴家小院隐隐传出争吵声和哭泣声，若有若无的几声呜咽飘出院墙，立即淹没在了王家小院里热火朝天的吆喝声、号子声中。

晚饭前，吴建国敲响了小院的门，来找吴珊珊。

第 八 章

冰箱、牛奶和志愿

小雨，街上的行人大多没带伞，好在雨势不大，温热的雨丝飘落在身上并不很恼人，大多数人没有选择驻足避雨，而是加快了脚步匆匆向前。吴珊珊蹲在街边，川流不息的人群从她身边走过，她目光所及之处是一双双肮脏、匆忙的脚。

吴珊珊盯着这一双双脚，盯着鞋面上的污渍或赤裸脚背上的泥点。尽管在下小雨，但夏天日头长，天色还很亮，这些污渍显得那样的清晰鲜明。

吴珊珊不知道自己蹲了多久，她突然觉得头顶的雨丝似乎少了一些，下意识地抬头一看，浑身半湿的林栋哲正举高了双手悬空放在她头上，想替她挡雨，庄图南站在一边。

林栋哲咧开嘴笑，喊道："珊珊姐，我们也没带伞，我们一起回家。"

吴珊珊依旧蹲着，没有起身。庄图南见状，也默默伸出双手挡在吴珊珊头顶。吴珊珊抬头对庄图南一笑，说："庄图南，我的录取通知书下来了，以后想看杂志只能向你借了。"

雨珠从她的刘海上淌下，汇集了眼周的水光，肆意滑下。

林栋哲实心实意地安慰吴珊珊："中专挺好，我爸大学生，我妈初中生，他俩工资一样高，我爸天天被我妈欺负。"

庄图南瞥了林栋哲一眼，林栋哲不明所以，他知道庄图南是让他闭嘴，心中不服，但还是老老实实地不说话了。

吴珊珊勉强笑了笑，说："中专挺好，我爸爸也这样说……"

说到"我爸爸"三字时，吴珊珊心中泛起了极端的失望和几分隐秘的怨恨。

长久的努力和期望突然间落空，失望、痛苦、愤怒、怨恨如潮水般在心中汹涌起伏，吴珊珊再也无法抑制，她迅速低下头，泪如泉涌。

庄图南和林栋哲用双手替吴珊珊挡了很久的雨，这个举动幼稚、徒劳无功，吴珊珊浑身上下还是都被细雨淋透了。

王家院内的小房间加盖好了。周志远和王芳特意来感谢黄玲和宋莹让出了两平方米的面积，并请大家去新屋小坐，黄玲蔫蔫的没有精神，不愿去，林武峰也不想去，但怕宋莹口无遮拦，不小心介入隔壁家的家庭矛盾，还是一起去了，庄图南默不作声也跟了过去。

房间里一张上下铺、一张桌子，床底有两个箱子，桌底有两口锅。

王芳注意到宋莹的眼神，显得无所谓，道："我们一家和我爸妈哥嫂分开做饭，各做各的，各吃各的，我哥嫂不让我在厨房放锅，所以就只能放自己屋里了。"

王芳说得漫不经心，其他几人听得尴尬不已。

周志远岔开话题，说道："小青和她妈妈能有自己的房间，真的要多谢你们。特别是林工，没林工的动作我们还反应不过来。"周志远很欣慰，接着说，"比在上海条件好多了。在上海，周青白天只能在马桶间里做作业，晚上，我们一家三口在厨房搭铺睡觉。"

这半年来，王家院内两天一小吵，三天一大吵，附近邻居听都要听吐了，一贯大大咧咧的宋莹斟酌半天，小心翼翼地开口说道："孩子还小，为了一个户口离开父母，未必值得。"

在外人面前话不多的林武峰也说："政策的事情不好说，有时候一等就是好几年。"

周志远沉默不语，王芳直视宋莹，说道："你没下过乡，挑粪、挑灰，犁田，锄草，收割……从早干到晚，住'地窝子'，吃米糠，手脚都累肿了还吃不饱，我们被迫非转民。我们这辈子就是农民了，不能让孩子也是农民。"

王芳咬牙切齿地重复了一遍，似乎是在说服宋莹，也似乎是在说服自己："我们绝不能让周青也留在农场，一辈子在土里刨食。"

房子盖好的第三天，周志远回了新疆，王芳留在了苏州，陪伴女儿周青。

左侧的院墙砌好了——严格地说，左侧的院墙现在是王芳、周青母女那间卧室的墙——小院里杂乱不堪，菜地毁了，煤堆零乱地堆在厨房外，胡乱搭着一块塑料布，自行车也被迫停在卧室里。

小院必须要向右扩张，房管科同意了，但迟迟不派人来维修。

院中都是杂物，已经没法落脚了，林武峰让黄玲和宋莹去房管科交涉，说定了房管科出砖出人砌墙，并从房管科借来了木夯，林武峰开始打夯院外的烂泥地。

黄玲还是想种菜，所以一半泥地不夯，打算以后种菜，另一半泥地夯实，等房管科铺上砖块后堆放煤和自行车。

小院暂时不开火了，黄玲、宋莹下班后从食堂买些馒头包子带回来，大家随便吃了，趁着日头长，天还亮着，一起去烂泥地里劳作。

林栋哲和庄筱婷拿了锄头去整理泥地，其余四人用木夯砸地。

宋莹非常"黄玲化"，挽着裤腿、穿着脏兮兮的胶鞋站在泥泞中，边打夯边说笑："还记得当年扩建，厂里没钱，为了省运费用河水漂运木料，我们跳进河里，徒手把木料扛出河，再用板车拉去木料加工厂，我扛得最多，年底被评上了'铁姑娘'，奖了一个搪瓷杯。"

宋莹看到庄图南吃惊的神情，"啪"地拍了一下他的后脑勺，说道："不相信啊？你宋阿姨掐尖好强，出纱一级率总是最高的，就是脾气太暴，群众基础不好，总评不上劳模。"

黄玲也来了谈兴，说道："你进厂时，厂里条件已经不错了。我进厂时，车间还漏雨，大家戴着斗笠上班。宿舍也是大通铺，几十人睡一间，人贴人，晚上睡觉想翻身的话，必须喊一声，一排人同时翻。"

忆往事，黄玲不由自主地回想起了年轻时的岁月，回想起当时的火热、激情和自由，心中一叹。

林栋哲耳朵尖，听得一清二楚，他反驳道："我不信，下雨怎么织布？"

黄玲把脚下一小块地狠狠夯了两下，回答说："机器上拉几块大油布，雨不漏下来就可以了。"

宋莹道："可不是？以前条件可比现在艰苦多了。我还记得那时'学大庆，生产大练兵'，生产任务重，上夜班时怕睡着，就边唱歌边纺纱。玲姐，你爱唱哪首？我最爱唱《紫竹调》。"

宋莹说着说着，哼起了《紫竹调》，试着按《紫竹调》的节奏夯地，她边哼边调整，居然合上了夯地的节奏。

天边是灿烂的晚霞，夕阳碎金一般洒在河面上，江南小调和着木夯砸地声，一波波荡漾了出去，庄筱婷也轻轻唱了起来，她在少年宫练过多年合唱，特意用了不同的声部合调，把宋莹随意哼唱的小调衬得格外旖旎。

宋莹做家务时常哼这首歌，林栋哲也会，他站直了身体开了嗓，曲调立即变得无比"丰富"，一路朝着荒腔走板狂奔而去。

再是愁肠百结，黄玲也忍不住笑了出来。

天越来越黑，月色也不好，没法再干活了，黄玲、宋莹和庄筱婷都回去洗澡了，林栋哲在院中冲脚，林武峰和庄图南留下收拾工具。

河面上吹来的风颇为凉爽，但泥地里的土腥味不太好闻，两人坐在小凳子上，用草纸仔细擦拭夯杆上的泥巴。

一片缄默中，林武峰低声道："图南，对不起，叔叔那天的话太重了。"

庄图南停了一下，但又立即若无其事地继续擦拭横杆。林武峰伸出手，似乎想触碰一下庄图南的肩膀，但马上又缩回来了。

林武峰也继续擦拭横杆，断断续续道："生产线上不能出错，叔叔训人时很凶……不像你爸爸，能把道理掰开了揉碎了慢慢说。图南，对不起。"

委屈、惶恐、羞愧，很多无法一一分辨的情绪在心中波涛汹涌般剧烈翻腾，庄图南低下头，不让林武峰看见他脸上的神情。

委屈，庄图南心中无限委屈，不仅仅是被林武峰严厉批评的委屈，更是因亲情和身边世界突然间面目全非、分崩离析而产生的委屈，但这一切，在长辈一句笨拙而又无比真挚的"对不起"中似乎有了宣泄的出口，心里的伤口也似乎有了愈合的可能。

林武峰继续道："图南，你好好念书，很多事情没准慢慢地就有答案了。"

良久，庄图南轻声回复："林叔叔，谢谢您！"

庄图南的声音里，带着重重的鼻音。

庄图南在黑暗中独坐了很久后才回了屋。东厢房里依旧亮着一盏小灯，黄玲居然还没睡，坐在床沿给庄筱婷摇蒲扇扇风。

听到门响声，黄玲看了过来，轻声道："图南，厨房里有热水，你洗个澡再睡。"

庄图南坐在黄玲对面，说道："妈，你知道我在怨你。"

庄图南的语气笃定无比，他说的是肯定句，而非疑问句。

黄玲道："我知道，我吵架前就知道你和你爸爸都会怨我。"

这个答案实在出乎庄图南的意料，他打破砂锅问到底："妈，你为什么宁可我怨你也要这么做？"

黄玲扭过头，不让庄图南看到她脸上的表情。好一会儿，她才哽咽道："图南，我宁可你现在怨我，也不愿你将来怨我。"

庄图南心中百感交集，低低喊了一声："妈……"

暑假学校里几乎空无一人，大部分时间只有看门老头和庄超英两人。办公室里有个电炉，庄超英买了几斤面条，饿了下把面，囫囵吃了。除了吃饭睡觉，庄超英把所有的时间都用在了工作上，备课、印卷子……其他的，他什么也不想，什么也不考虑。

一天傍晚，庄超英去粮店购买榨菜和面条，无意间碰到了庄图南、庄筱婷和林栋哲。三个孩子手里都端着搪瓷缸或饭盒，大概是因为天太热，家里懒得开火，所以让他们去食堂随便买些晚饭，凑合一顿。

庄筱婷原本正在和林栋哲说话，她无意间看到了父亲，飞扑了过来。庄筱婷手中的搪瓷缸摔落在地上，缸中的豆浆溅在父女俩脚上，温热、黏腻。

庄超英下意识地转身想逃，他还没有考虑好如何面对儿女。林栋哲眼疾手快，他把自己手里的饭盒一把塞到庄图南手里，也飞身扑过来，和庄筱婷一前一后围住庄超英，不让他躲避。

庄筱婷紧紧抓住父亲的胳膊，哀求道："爸爸，你回家好不好？你回家好不好？"

庄筱婷的哭声里充满了委屈和惶恐，庄超英恍惚间似乎听到了庄桦林痛苦绝望的号哭。庄筱婷哭了半个小时，哭到嗓子都哑了，庄图南和林栋哲才把泣不成声的她架走了。

左侧院墙已经砌好，但院子里还乱糟糟的，没人愿意待在外面，此刻，庄筱婷却坐在院中。她也没拿板凳，她双手抱膝直接坐在地上，坐了很久很久，直到她感觉身边多了两人。

林栋哲手里拿了三支已经化了一小半的绿豆冰棒，他将其中一支递给庄筱婷，道："快吃，你最喜欢的绿豆冰棒，我跑了好几家店才买到的。"

庄筱婷摇头。

林栋哲有点生气，说："我手干净的，我知道你挑剔，洗了手才出去买冰棒的。"

庄图南接过林栋哲的冰棒，硬塞了一支给妹妹。

冰棒快化了，三人忙着吃冰棒融化的部分，一时间都没有说话。

吃完了冰棒，庄图南温言道："外面蚊子多，我们回屋吧，妈妈知道你今天遇到爸爸了。"

林栋哲道："看你眼睛肿的，阿姨早就知道怎么回事了。你一直坐在院里，她很担心的。"

林栋哲积极出谋划策，对庄筱婷说："你别太伤心了，我帮你出个主意：庄叔叔要是老不回来，你开学后就不做作业、不考试，只要你成绩下降，庄叔叔一定就回来了。"

林栋哲接着道："这招很灵的，我只要一捣蛋，我爸妈就联手收拾我，他们配合得可好了，我爸负责打，我妈负责骂，每次收拾完我之后，他俩关系就特别好，我偷偷听到我妈对我爸说：'林武峰，我在对林栋哲的阶级斗争中对你产生了新的爱情。'你听我的，你只要放开了调皮捣蛋、成绩下降，庄叔叔就回来了，这招绝对灵。"

林栋哲说得无比笃定，庄筱婷的心情莫名地好了，庄图南听了都为之一振。

庄图南取笑小跟班："听君一席话，胜读十年书。"

林栋哲打了个响指，大言不惭地接受了庄图南的赞扬："过奖，过奖。"

庄筱婷点了点头，谢谢林栋哲的安慰，起身和哥哥回了屋。

庄超英心中的怒气和怨恨在小女儿的眼泪中慢慢地消融。

他只觉得自己像一团软泥，发不出火又提不起劲。

庄超英躺在办公室地铺上，失眠了整整一夜，他反复回想白天发生的那一幕——庄筱婷抓住他的胳膊放声大哭，庄图南端着两个饭盒，静静地站在一旁。

庄图南黑瘦了一些，似乎还高了一点点，但这一切都还好。让庄超英倍感惊心的是，庄图南看向他的目光很冷静，甚至还隐隐带有几分探究的意味。庄图南的镇定和冷静让庄超英无可抑制地感觉到了陌生和几分他不愿意也不敢承认的恐惧。

第二天，庄超英趁着黄玲上班时间回了一趟家。

庄超英推开院门，禁不住大吃一惊，原本方方正正的小院像是被人拦腰砍了一刀，凹进来一大块，小院原本的面积少了一大块，菜地没了，但右侧围墙向外扩了出去，原本堆在小院左侧角落的煤堆和自行车平移到了右侧多出来的一块不规则的空地上。

庄图南和庄筱婷同时从东厢房里迎了出来，连林栋哲都一脸喜色从小房间跑了出来。

庄图南先喊了一声爸爸，然后立即解释了小院变化的缘由："妈妈和林叔叔、宋阿姨商量一下，让出了小院一块儿地，让周青和她妈妈盖了一间房，再把右边的院墙向外扩，重新砌了墙。"

庄超英很尴尬，问道："都是林工干的？爸爸一点力也没出。"

庄图南善解人意地安慰父亲："地是林叔叔带我们夯的，墙是房管科砌的。"接着，他又补了一句，"爸，你放心，我一直在复习，只帮了几天忙，而且只是晚饭后干一会儿。"

林栋哲大声补充："小巷里好几户人家受了启发，他们也盖，好几家都盖好了。"

庄超英一阵恍惚，他才离开家一个月，院子里和巷子里就有了这么大的变故，颇有"山中一日，世上千年"之感。

庄超英默默检查了煤堆存量，庄图南见状，立即道："前天，吴叔叔从厂里生活处借了板车，林叔叔和吴叔叔带我一起去市场买煤，妈妈让我买了五十斤。"

庄超英道："嗯，好。"

庄筱婷紧紧跟在爸爸和哥哥身后亦步亦趋，她的脸上满是喜悦和忐忑。

庄超英检查完煤球数后又检查了一遍水电，查无可查之后，他不想进屋，也不想离开，只能窘迫地站在院中。

庄图南进屋给父亲端了一杯凉开水，递给父亲。

庄图南的语调很平和，他说："两周前，鹏飞来咱家说他要回贵州了，我赶紧整理了一些复习资料送到爷爷奶奶家，姑姑把资料都带走了。"

庄超英"啊"了一声，事发后，他无颜面对父母和妹妹，一直没有联系他们，现在听儿子说，才知道妹妹和外甥已经离开了。

庄筱婷怯生生地开口道："姑姑知道你在外面住，爷爷奶奶也知道了，我去时，奶奶一句话都没问你或妈妈怎么样了，爷爷说，过不下去就离婚。"

庄超英再一次感觉到了熟悉的怨恨——每当有人指责他父母的自私虚伪时，他都会自然而然地怨恨对方，怨恨对方不体谅，但这一次，面对自己的女儿，他不敢放纵自己的情绪了。

庄超英看向自己的一双儿女，他深深疼爱、引以为豪的优秀儿女，庄图南正惊惊地看向庄筱婷，很明显，他对此事一无所知。

庄图南问："什么时候的事儿？我怎么不知道？"

庄筱婷道："你带向鹏飞去买包子了。"

庄筱婷模糊感觉到了父亲心理的变化，她心中忐忑，但隐隐约约地觉得她摸到父亲的软肋了，她鼓起勇气继续说："奶奶问我跟谁，我说我跟妈妈。爷爷打了我一耳光，还想打，奶奶不管，二婶在一旁看笑话。姑姑拼命拦住了爷爷，我就出去了，在楼梯口等哥哥和鹏飞哥回来。"

庄筱婷的声音微微发颤，一字一字地打在庄超英心上。

庄图南立即上前一步，有意无意地拦在庄筱婷身前，似乎是怕庄超英也打她一耳光。

庄超英竭力压抑住心中翻滚的情绪，问女儿："筱婷，你为什么不想跟爸爸？"

庄筱婷看了一眼哥哥，庄图南给她一个鼓励的眼神，她这才惶恐道："如果跟爸爸，我就要去爷爷奶奶家住。过年守岁，奶奶让我和爱国哥、爱华哥睡一张床，我不想和他们睡，奶奶非说没关系，妈妈不肯，抱着我在客厅坐着睡的。"

庄图南冷不丁插了一句："听说姑姑从小睡饭桌，一直睡到下乡当知青。"

庄超英知道，他无法再心存幻想，无法再幻想大家庭和小家庭互相体谅、和平共处了，他必须在原生家庭和自己的小家庭中做出抉择了。

院门响了，黄玲推门进院，看见庄超英时，她愣住了。

结婚多年，夫妻俩都是了解对方的，这一刻，两人在彼此眼中都看到了欣喜、疲惫和无奈。

暮色四合，白日里的暑气尚未完全消退，闷热的空气蒸笼般笼罩在四周，密不透风，无处可逃。

台灯明晃晃的，庄图南把摘抄本拿了起来，从头到尾翻了一遍，最后，他把摘抄本塞入了柜子的最深处，看样子短时间内是不打算再拿出来了。

庄图南把刚做好的习题册和课本工整地摆在桌面上，关了台灯，静静地躺在床上。

月光从窗户照进小房间，房间内闷热潮湿，月光照在墙壁上，居然产生了一种奇异而扭曲的缥缈感，一切都仿佛在恍惚中，一切都仿佛是支离破碎的。

大概是天太热，一墙之隔的林栋哲不停地翻身，时不时地一脚踢在墙上。

一切都这样的自然，这样的若无其事，仿佛一切都没有发生过。

庄图南默默地想，复习已经滞后了，明天要尽量多做些习题……林叔叔说房管科偷工减料，他要在砖缝里再糊些砂浆，要去帮忙……要问问妹妹功课做得怎样了，她可千万别听林栋哲的，不做作业了……

庄图南的内心依旧充满了无力感，但他尽量控制自己不要胡思乱想，尽可能地把思维限制在学习计划和生活琐事上。

树梢上的月亮越来越大，似乎离小院越来越近，似乎在饶有兴味地注视着院中众人。

注视着黄玲无可奈何的自我和解。

注视着庄筱婷的喜悦和忐忑。

注视着庄图南茫然、笨拙地重建他对外界的认知和理解，重建他内心的秩序。

不知不觉中，四大件由手表、自行车、缝纫机和收音机悄无声息地演变为电视机、录音机、洗衣机和电冰箱了。

电冰箱的需求带动了制冷压缩机的市场需求，但身为制冷压缩机工程师的林武峰并没有从单位感受到太大的变化。

林武峰所在的苏州压缩机一厂是老牌国企，受计划经济制约，压缩机原材料采购、产品定价和产品销售等都没有自主权，一厂依旧按原指标按部就班地采购、生产和销售——由国家按计划供应原材料，再把生产出来的压缩机按国家指定的价格卖给国家指定的下游企业。

单位里感不到丝毫的变化，但林武峰从苏州周边的乡镇企业切身体会到了市场对压缩机的迫切需求——简单地说，不止一家乡镇企业私下找到他，高薪诱惑，想聘请他做技术指导。

乡镇企业没有大学生，教育部明文规定，不允许大学生分配到乡镇企业，更没有科技人员，他们急需科研人员解决生产、销售、售后等一系列环节上的技术问题，林武峰是资深工程师，自然是他们急需的人才。

正如黄玲曾见过的那个烈日下拉着板车叫卖脸盆的手艺人，正如曾背着背篓和城管"打游击"的李一鸣，一家村办集体企业的厂长同样敬业和执着，他不敢到一厂去找林武峰，但他辗转知道了林武峰的家庭住址，蹲守在小院门口。

院门口蹲了一个男性，扰民不说，还非常干扰院中女性进进出出，影响也不好，林武峰不得不把对方请进屋交谈。

深谈之后，林武峰成了"星期日工程师"，他周一到周六依旧在一厂正常上班，周日到乡镇厂里提供技术指导。

林武峰在一厂每个月工作20多天，月工资60元，乡镇厂每个月只需工作四或五个工作日，每日的工资100元，如果解决了重大技术问题，还有另外的奖金。

宋向阳在林武峰车间干了三年多的临时工，想尽了方法也没能转正，他个人怀疑，火车站"扛麻袋倒卖商品被抓"事件多少影响了转正。

宋向阳在一厂的月工资34元，乡镇厂给了他一个正式工职位，月薪150元。

两个工作都没有编制，没有福利，但后者工资是前者的四倍多。宋向阳是林武峰一手带出来的，他拎了两瓶酒来小院找林武峰，林武峰不等他开口，直接道："去乡镇厂，趁年轻多挣点钱。"

林武峰的技术兼职，和黄玲、宋莹利用业余时间打毛衣挣外快，和吴建国在院中养鸡养鸭似乎相同，但又大大不同。相同的是，两者都是利用自己的业余时间和技术挣钱，不同的是，"星期日工程师"现象在社会上争议极大。

这种现象极其普遍，国企技术员工业余时间在乡镇企业兼职已经是心照不宣、半公开的秘密，社会上、报纸上有关"技术投机倒把"的争论层出不穷，《光明日报》专门就此类案例收集读者来信并公开讨论，法律界人士、国企领导、知识分子、科技人员等各界人士纷纷畅所欲言，各抒己见。

纷纷扰扰的讨论声中，林家银行存折上的数字飞速增长。

林栋哲太皮，衣服裤子经常脏到看不出布料原来的颜色，林武峰心疼宋莹手洗衣服，本想添置洗衣机，但小院里上下水不方便，加之厕所里实在放不下洗衣机了，所以只能作罢。

林栋哲和宋莹表示，冰箱也很好。

庄图南高考前，林家添置了冰箱，宋莹经常从厂里生活处批发冰棒，黄玲天天做绿豆汤。

庄图南汗流浃背地苦读备战，两位妈妈同时做后勤，提供稳定足量的冷饮。

奶站有了鲜奶订购，工作人员每天清晨送奶到户。

奶站在订奶的人家院门口或楼道口钉个带锁的小木盒，工作人员每天一早骑着三轮车走街串巷，依次开锁，把盒中的空玻璃瓶取出，再把装满鲜奶的玻璃瓶放入木盒中。

黄玲早就想给庄图南订牛奶了，但庄图南要早自习，他早上出门的时间比奶站送奶的时间早，鲜奶放到晚上又坏了，订奶的事情就只能作罢了。

林家买了冰箱，黄玲蹭着林家的冰箱，总算如愿以偿，立马给兄妹俩一人订了一瓶牛奶。

宋莹听黄玲说脑力活动需要高蛋白质，立马也给林栋哲订了牛奶，院门口又添了一只小木箱。

宋莹当机立断买冰箱，黄玲很感激，对她说："你这可帮我大忙了，夏天那么热，图南本来都没胃口吃饭了，吃不好哪有力气学习，有了冰箱后，牛奶、冰棒、冰绿豆汤，他吃了，胃口好了很多。"

黄玲低声道："我知道林工……你家现在不缺钱，我还是要说，冰箱的电费我也出一半。"

宋莹想了想，对黄玲道："要是以前我还真有点心疼冰箱多出来的那点电费，现在吧，说句大实话，我真不是很在乎了。再说，你就放两瓶牛奶，用点冰块，这电费怎么算啊？别麻烦了。"

宋莹看了看屋檐下正吃着橘子冰棒的林栋哲，又说："别说你了，我和武峰都盼着图南考个好大学。他给弟弟妹妹带个好头，不知道能省我们大人多少口舌。"

宋莹道："我那天看见小敏和一个男孩子逛街，她是不是谈朋友了？"

黄玲点点头说："中专可以转户口，农转非，所以班里有不少农村孩子。张阿妹说了，本地孩子，她不管，农村孩子，她反对。"

黄玲从庄超英处听到不少不同教育体系下的迥异风气，对宋莹说："农村孩子的家里甚至鼓励他们谈恋爱，最好是找城市家庭的孩子，再不然找同乡的同学，一个地方出来的，一起上学，将来还一起工作，稳定可靠，踏实安心。"

宋莹八卦心大涨，问："那珊珊呢？"

黄玲道："应该没有吧？她还是很爱看闲书，闲暇时也接点毛衣单子挣零花钱，昨天还来向我请教花样，挺勤快懂事的孩子。"

宋莹左右环顾，见林栋哲没在听她们对话，低声说："你知道珊珊为什么不住学校宿舍，又住回家里了吗？"

黄玲摇头。

宋莹道："老吴也是用木板把卧室隔开，小敏、小军一人一边。有天小敏在饭桌上说：什么时候能把这木板拆了啊？没多久，珊珊就从宿舍回家住了，卧室还是隔开，珊珊和小敏睡上下铺，小军睡另一边。"

黄玲愣了一会儿才想明白其中的弯弯绕，道："你说珊珊在帮弟弟和张敏争房子？这是棉纺厂的房子，小军是亲生的，又是儿子，不会吧？"黄玲不禁长叹，"珊珊也有心眼了。"

黄玲说完，想起去年暑假的风波之后，庄图南和庄筱婷一下子都成熟了很多，不作声了。

宋莹道："巷子里因为知青返城、知青子女返城产生的住房问题还少吗？珊珊就算没吃过猪肉，也看了这么多猪跑了……"

宋莹话没说完就想起了去年庄家的矛盾，赶紧住嘴，讪讪笑了。

黄玲知道宋莹是无心之言，忙说："是啊，鸡飞狗跳，家宅不宁。"

宋莹欲言又止。

黄玲道："我知道你想问什么。你是不是想知道图南上大学后我肯不肯让向鹏飞来苏州念书？"

黄玲摇着扇子，看着院中的瓜菜出了一会儿神，说道："我也不知道。"

林栋哲在屋里冲外面喊："图南哥，要不要一碗冰绿豆汤？我给你端过来。"

庄图南回应："加糖，加冰。"

林栋哲答得麻溜："好咧，客官您稍等！"

黄玲道："我有时觉得吧，照顾鹏飞几年，就像对栋哲一样，多半个儿子，也挺好。我也同情鹏飞，但我忍够了庄家，忍得够够的，这辈子再也不想忍了。"黄玲感慨万千，"宋莹，还是你有福气，婆家离得远，从没受过公婆的气。"

黄玲恨声道："我一想起庄家爷爷奶奶以前怎么对我的，再想到他们逼着我照顾鹏飞和老二家两个小子，我大闹一场后再照顾鹏飞，就觉得像吃屎，像被人逼着吃屎。"

林栋哲端着一碗绿豆汤经过，宋莹劈手抢过小碗，喝道："再去给图南盛一碗。"

宋莹把小碗塞黄玲手里，说："玲姐，喝碗绿豆汤，消消火，消消火。"

黄玲接过碗，谢了宋莹。

黄玲道："图南高考前，超英不会和我提这事，他不提，我更不会提。"

黄玲轻轻搅动绿豆汤，小瓷勺和冰块轻轻撞击，发出清脆悦耳的轻响，她缓缓道："婚姻吧，如果有非忍不可的理由，你一定会忍，如果没有，你肯定就不忍了。我现在既没有必须要忍的理由，也没有不能忍的理由，鹏飞来也好，不来也好，都是庄家的事，我懒得管，爱咋咋地。"

毕业班教室后墙的黑板不再出板报了，而是上书两行大字："人生能有几回搏，离高考还有xx天。"

黑板上的倒计时天数，每晚临睡前的温牛奶，甚至妈妈拒绝鹏飞表弟的借住，一切的一切，都给了庄图南巨大的心理压力。

一中是省重点，知名重点院校的招生老师们早早地到一中挑选学生，分发招生简章和专业介绍，并初步面试一些重点苗子。

几乎所有的考生都向往北京或上海这两个大都市，庄图南也不例外，他想报考上海的重点院校，班主任知道他的志向后，把他重点推荐给了复旦和同济两所大学的招生老师。

复旦的招生老师很喜欢庄图南的谈吐——除了高中课业，他还和庄图南谈了一会儿历史和文学——他许诺说，只要庄图南报复旦，成绩只要过线，他保证一定招收庄图南。同济的老师听说庄图南想报建筑系，很遗憾庄图南是文科生，但他看了庄图南摸底考试的数学和物理成绩后，沉吟了很久，许诺庄图南高考中这两门的分数如果达到同济建筑系的平均分，他可以想办法帮忙调剂。

怀着巨大的心理压力和憧憬，庄图南忐忑着上了考场。

阳光从窗玻璃斜斜地照进教室，照到黑板上面，反射出并不刺眼的光线，庄图南却觉得教室内的光线是那样的刺眼，他定了定神，翻开刚发下来的试卷，强压住心中的紧张，开始认真地阅读题目。

三天六门考试后，学生们很快拿到了标准答案，自己估分，再根据估出的大致分数填报志愿。

志愿大概分三档，全国重点院校、省级重点院校和地方性大学，如果全国重点院校录取不顺利，各学校之间的调档等程序很有可能影响省级重点院校的录取，因此，第一志愿的填写至关重要。

复旦号称"江南第一学府"，分数线和清华、北大持平，庄图南向往复旦的氛围。庄图南估出的分数只比去年的分数线高几分，实际分数未必能过复旦今年的分数线，而且即使过线，也不可能就读经济或管理等热门专业，只能读哲学、历史等纯人文学科。

比较起大部分家长对高考、对大学专业的无知，庄超英是阅卷、监考、报志愿一条龙的专家，他建议庄图南不要就读文学、哲学等专业，林武峰也发表了他的看法："国家号召科技兴国，材料、仪器、建筑等实用科学都会有很大的发展。"

多方权衡下，庄图南的第一志愿填了同济大学建筑系。

第九章

新的旅程

考前以为考完后能卸下心理负担，肆无忌惮地玩儿、看电视、看小说，但庄图南很快发现，不是的，完全不是的。

等待分数的日子无聊、单调、无所事事，最重要的是，心事重重。

分数线下来了，庄图南过了复旦分数线三分，超过同济分数线五十多分。

庄家人刚松了一口气——庄图南嘴上不说，心里还是很遗憾没能去复旦的——同济的招生老师打了个电话给一中，说庄图南的分数远超建筑系录取平均分，但高考前的体检显示他有轻微色弱，加上他又是文科生，可以进同济，但恐怕不好调剂到建筑系了。

庄超英知道此事后，立即设法找来色盲检测图，一页页地测试庄图南。

庄图南确实有轻微色弱。

父子俩相顾无言，庄超英内心苦涩，但不得不安慰儿子道："同济其他专业也很好，爸爸妈妈都很满意你的高考结果。"

庄图南突然抬头，掷地有声："如果不是建筑系，我报志愿时会搏一把，报复旦的。"

受家庭环境的影响，庄图南自幼谦逊，几乎从不在他人面前坦诚自己的抱负或野心，但此刻，不甘和欲望两股截然不同的情绪交织在一起，在他心中横冲直撞、疯狂叫嚣，他重申道："我申请同济就为了进建筑系。"

庄超英看着儿子炙热的眼神，轻声道："我以前有个学生想考军校，但他视力不好，他就提前把视力表一行行都背了下来，最后过了体检。"

庄超英回到西厢房，吩咐黄玲准备牙膏牙刷和换洗衣服："你帮忙收拾一下，我和图南赶紧扒两口晚饭，吃完饭，我们连夜赶去上海。"

黄玲神不守舍，问道："啊？连夜赶去上海？"她定了定神，说，"有必要这么急吗？"

庄超英重重点头，回答说："招生是有一定弹性的，活动总比不活动好。今晚就动身，明天是星期六，学校还办公，不然就要拖到星期一了。好专业名额有限，一个萝卜一个坑，既然要活动，那就越早越好。"顿了顿，他继续说，"而且，万一，我说万一进不了建筑系，学校有可能把图南调剂到冷门系。我们人去了，和招生办公室的老师见个面，告诉老师图南的分数，就算要调剂，也要争取调剂到热门系。"

庄超英和庄图南三两口吃完了晚饭，匆匆出门，赶上了去上海的火车。

盛夏的绿皮火车车厢里汗味、臭味交织，恶臭熏人。

事发突然，庄超英没有买到座位票，他在候车室书店买了几份报纸，上车后，他在车厢连接处的肮脏地板上铺上报纸，父子俩紧挨着并肩坐下。

庄超英一只手高举手电，庄图南借着手电筒的灯光，翻阅色卡并强行记忆。

从庄超英举了背视力表的例子那一刻起，庄图南在饭桌上、公交车上、候车室里……一直在争分夺秒地背诵记忆色盲检测图上的图形。

色盲检测图上没有页码，庄图南牢牢记住每张图左上角的图形组合，庄超英再报出这一页检测图对应的图形、字母或数字，庄图南再把两者强行记忆。

"三个三角形加一个圆，这一页对应的数字是85。"

"两个正方形加一个三角形，对应一匹马。"

"三个三角形加两个圆，439。"

"两个大圆加一个小圆，B9。"

父子俩在昏暗的灯光下背了大半夜的色卡，清晨抵达了上海。

庄超英先找了家招待所，先让一身臭汗、肮脏不堪的儿子洗了澡换了衣服，自己也洗了澡收拾一新，然后带着儿子去了同济大学。

庄超英是高中老师，他掏出工作证，门卫以为他是代表高中来谈招生工作的，爽快放行。

庄超英多次和大学招生处对接，熟知大学招生的程序，一路找到了负责人，他开门见山地说出了来意，并希望老师能再给庄图南一次机会，现场测试他的辨色能力。

负责人略为惊讶地看着这对父子——他并不惊讶庄超英的行为，而是惊讶他行动之快，第二天就找到了学校——他从抽屉里翻出了一份录取通知书，推到庄图南面前。

负责人微笑着对庄家父子说："轻微色弱对建筑设计的影响并不大。庄图南同学，欢迎你来到同济建筑系！"

庄超英带着庄图南匆匆离家，黄玲晚饭时做的红烧肉炖豆角剩了大半。

天热，林家冰箱里早已塞得满满登登的，黄玲不好意思把剩菜放冰箱里，用纱罩把剩菜扣在桌上，打算明早再看看，没问题的话再在锅里加热一下继续吃。

黄玲的心思完全被父子俩的上海之行占据，一晚上没睡好，第二天早上起晚了，她早饭也没吃，匆匆赶去上班，完全忘了此事。

黄玲心不在焉地上了半天班，天太热，又有心事，她实在没有胃口，中午也没有回家或去食堂吃饭，将就吃了几块饼干就算吃过了。

庄筱婷独自在家，她掀开饭桌上的纱布罩，看到昨晚剩下的、油腻腻黑乎乎的红烧肉豆角，犹豫一下后还是勉强吃了一碗。

日头毒辣，阳光下连眼睛都睁不开，室外完全待不住，林栋哲准备上个厕所再睡一会儿午觉，他刚走出房间，就看到了蹲在厕所外空地上的庄筱婷。

正午的阳光毒辣，照在人身上火辣辣地疼，庄筱婷不应该蹲在大太阳底下，林栋哲直觉不对，他冲了过去，蹲在地上喊："庄筱婷。"

庄筱婷睁开眼睛看了他一眼，她浑身满脸都是虚汗，脸色煞白，嘴唇紫青，双目涣散无神。

林栋哲噌地站起来，说道："你等我一下，我去喊人。"

庄筱婷动了动嘴唇，想说什么，林栋哲已经奔出了小院。

庄筱婷的意识越来越模糊，恍惚中，她似乎听见林栋哲在巷子里大力砸门、大声喊人。

林栋哲又冲了回来，急道："大人都上班去了，小卖部午休关门，小孩子都在睡觉，我喊不起来。"

林栋哲先跑进西厢房，从大衣柜里拿出几张大团结。然后又冲回院里，背对着庄筱婷蹲在她面前，说："我抱不动你，你使把劲儿趴我背上，我背你到巷口等出租车，去医院。"

庄筱婷一动不动，林栋哲扭头看着她，带着哭腔喊："庄筱婷，你使把劲，趴在我背上。"

林栋哲边喊边拽着庄筱婷的两条胳膊往自己背上扒拉，庄筱婷也不知自己哪来的力气，她努力倒在林栋哲背上，林栋哲抓住她两条腿使劲向上一托，居然就这么把她背到了背上。

女孩发育早，庄筱婷和林栋哲身高、体重相仿，林栋哲试图站起来，但努力了两次都失败了。

第三次时，林栋哲突然爆发出一大股力气，憋红脸摇摇晃晃站了起来，背着庄筱婷向巷口跑。

两个小孩向小院跑了过来，应该是刚才被林栋哲砸门砸醒的，林栋哲一边跑一边喘着粗气喊："一个去……巷口拦出租车，一个去找……她妈妈。"

附近小院又有几个孩子跑出来，有人向巷口跑，有人向厂区跑。

白花花的太阳悬挂在天空中，空气因炙热而扭曲、模糊，蝉鸣声闹得人心慌意乱，庄筱婷额头上的虚汗一滴滴地滚落在林栋哲的脖子上，混合着林栋哲身上的热汗，沁湿了他的篮球背心。

庄筱婷的头轻轻晃动了一下，几缕发丝轻轻地扫在林栋哲肩膀上。

林栋哲气喘吁吁道："马上……到巷口……了，李爷爷跑过来了，还有……出租车，庄筱婷，你会好的。"

黄玲迷迷瞪瞪地醒来，她睁开眼看到纯白色的天花板，迷茫地想："我在哪儿？"

视线慢慢清晰，黄玲无意识地扭头，看到邻床熟睡着的庄筱婷，再看到支着胳膊趴在庄筱婷床边打盹的庄超英，突然回忆起发生了什么，她猛地坐起身，想下床看看庄筱婷怎么样了。

手背上猝不及防传来一阵剧痛，黄玲情不自禁喊了一声，庄超英一个激灵醒了，他立即从椅子上弹了起来，下意识地伸出手臂想搀扶黄玲。

大概是蜷的时间太长，腿部血液循环不畅，庄超英刚迈出一步，整个人就向前跌倒，撞到黄玲病床床头的栏杆上，发出一声巨响。

庄超英摆了摆手，示意自己没事，同时口却没有停下来，对黄玲说："你别动，你低血糖晕倒了，护士给你吊些葡萄糖。"

黄玲道："筱婷没事，幸亏栋哲发现得早，阑尾炎没穿孔。"

庄超英道："图南被同济大学建筑系录取了，我们看到录取通知书了。"

夫妻俩不约而同向对方通报孩子的情况，同时开口，同时停下。

两人互视对方，黄玲先是微微笑了，庄超英也笑了，瘸着腿在妻子床边坐下。

黄玲道："我真没用，去药房拿药，居然晕倒了。"

庄超英道："你守了筱婷一晚上，又两天没吃饭，太累了，低血糖。"

黄玲摇头，道："不是累，是怕，担惊受怕了一晚上，听到医生说抗生素有效，不用开刀，我这心里，我这心里……"

庄超英拍了拍妻子的手背表示理解，温言劝慰道："开刀也没什么，阑尾炎手术是小手术。"

黄玲又是后怕又是愧疚，自责道："开刀会留疤，小姑娘肚子上留道疤，多难看。我怎么就这么糊涂，没把剩菜倒了。要是筱婷真出了什么事，我，我……"

有人轻轻敲了敲门，庄图南在门外喊："爸，宋阿姨做了鸡汤和生煎包让我送来，你开下门。"

宋莹准备了流食和包子。庄筱婷只能吃流食，黄玲扶她坐起来，喝鸡汤，吃苹果泥——苹果泥是宋莹让林栋哲用勺子刮的，其他人吃生煎包。

庄超英也饿坏了，拿起包子狼吞虎咽。

庄图南低声劝父亲："爸，你回家休息一会儿吧，我守着妈妈和筱婷，你都快三天没睡觉了。"

黄玲抬眼看向庄超英，他胡子拉碴，眼睛通红，眼下两个大黑眼圈。

庄超英咽下嘴里的包子，对儿子说："护士有很多吩咐，缴费拿药，护理方法，我怕你搞不清，还是我留下。"然后他又说，"护士让你妹妹多走动排气，一会儿你扶着你妹妹在走廊上走走，慢慢走，不要让其他人撞到她，我挤你妈妈床上迷瞪一会儿。"

黄玲看着憔悴不堪的庄超英，默默想：他对孩子们全心的付出，这算是一个我忍耐他的理由吧？

尽管庄超英和庄图南都亲眼看到了录取通知书，并转告了黄玲，但黄玲依旧忐忑焦虑。

八月中，庄图南从一中收到了同济大学建筑系的录取通知书，他立即打电话通知了爸妈。

黄玲匆匆早退回家。

庄图南不在家，庄超英正坐在桌边，桌上放着一张鲜红的录取通知书。

高考，填志愿，等待录取结果……一直淡定平和的黄玲突然崩溃，因为怕给庄图南增加心理负担而强行压制的担忧、焦虑等情绪，猛然间汹涌地冒了出来，肆意翻滚，她几乎站不住了，斜坐在床沿，微微颤抖了很久。

庄超英默默地递给妻子一杯水，说："图南告诉了栋哲，栋哲给林工打电话。林工说晚上不做饭了，他下班路上去黄天源买点卤菜。我现在去小卖部买几瓶啤酒，晚上两家人一起喝两杯，庆祝一下。"

桌子太小，三个孩子坐在桌边吃卤菜，四个大人围着录取通知书感慨。

林武峰的视线粘在了通知书上，"同济大学"四个烫金的大字胜过了庄超英数年来的劝说，看着通知书上烫金的校名，他生出了由衷的羡慕，生出了一股暗戳戳的渴望。

庄超英瞥了林武峰一眼，心中暗笑。

林武峰不自禁回想起自己当年拿到交大录取通知书时的情景，一阵恍惚，道："我收到通知书时，第一件事情是赶紧打听国家补助和助学金，算下来够吃饭的，松了好大一口气。"

林武峰对着庄图南感慨："上大学真的好，真的好。叔叔只认真上了一年课，后来就是……后面都是乱七八糟的事儿。图南，你赶上好时候了，大学生活好，真的好。图南，恭喜你！"

宋莹对黄玲说："李一鸣和我说，图南的录取下来后告诉他一声，他买块红绸绣上图南和大学的名字，挂在小卖部门口，庆祝咱小巷出了第一位名牌大学生了。"

黄玲吓一跳，摆手道："不行不行，太招摇了。"

宋莹道："玲姐，咱们两家谁跟谁啊，你在我面前就别装了，我就不信你不想招摇。"

黄玲撑不住笑了。

庄筱婷很自豪，说道："学校会把哥哥的照片贴在光荣榜上。"

宋莹道："玲姐你别笑啊，一鸣和我说了之后，我当晚就做梦，梦到栋哲考上了大学，我在附小教务处办公室门上挂上了红绸。哎，你是不知道：栋哲上小学时，我三天两头被老师叫去办公室批评，做梦都想出这口恶气。"

附中、附小的教学楼是相邻的，宋莹踢馆，附中教导主任庄超英非但不阻止，还笑呵呵地说："栋哲考上大学，这块红绸我帮你挂。"

宋莹道："那天我听别人说，厂里的娃还在考中专、职高的时候，黄玲家有两个一中的学生了，娃们开始考一中了，黄玲家要出大学生了。玲姐，你这才是真时髦，走在时代前列。"

宋莹说完，瞥了一眼饭桌上正啃猪蹄的林栋哲。

林栋哲边啃猪蹄边夸他的老大庄图南，他夸得实心实意，夸得别出心裁："我爸说他考上大学后，村里过年时分粮食，都多给我奶奶一斤米。现在我爸老家富了，每年过年杀猪，叔公分猪肉，家里有大学生的，可以多分一斤肉。咱老大是重点大学，可以分两斤猪肉。"

庄超英笑出一脸皱纹，问林栋哲："栋哲你想不想挣猪肉啊？"

林栋哲不接招，继续吹捧庄图南："叔公说，考上大学光宗耀祖。图南哥光宗耀祖了。"

孩子们吃完了，黄玲和宋莹上了饭桌，书桌边只剩了庄超英和林武峰两人。庄超英把录取通知书放林武峰面前，戏谑道："林工，羡慕吧？"

林武峰死鸭子嘴硬，说："我替图南高兴。"

庄超英道："小宋刚才说了，咱们两家谁跟谁啊。咱俩都别装了，图南考上同济，我恨不得在附中、小卖部都挂上红绸。林工，你也想栋哲上个好大学吧？"

社会越来越重视学历，社会风气的改变早就一点点地动摇了林武峰"一命二运五读书"的观点，这张鲜红的录取通知书给了他最后一击，林武峰决定弃暗投明了，他说："庄老师，我以后都听你的，你怎么管筱婷，我就怎么管栋哲。筱婷做一道数学题，栋哲就做一道数学题，筱婷写一篇作文，栋哲就写一篇作文。"

护士休息室窗外是一条小街道，一条夹在众多旧房子之间的狭窄的、曲里拐弯的小街道。

休息时，庄桦林经常向外张望，看这条街上的行人，看这条街道两边脏兮兮的民房，看民房外墙皮上的污垢和青苔。

刚开始时，她还会觉得悲哀或凄凉。"我这辈子就只能看这条街道了。"渐渐地，她不再有太多无谓的情绪，她只是无意识地、习惯性地向外张望。

这一天，庄桦林向外张望时，她接到了大哥大嫂的电话，他们让她尽快办妥向鹏飞的学籍证明和成绩单，争取秋季转入附中读书。

庄桦林没来苏州，向鹏飞的父亲向东陪儿子一起来了苏州，他再三向庄超英解释："桦林说，多一张车票多一份花销，桦林把她的车票钱省下给大哥大嫂买了些土特产，我送他就行了。"

爷爷奶奶在小饭馆设家宴，庆贺长孙庄图南考上了重点大学，同时也给向鹏飞接风。

黄玲心中郁闷，硬拉上林家三口，宋莹不好意思，说："不缺一口吃的，去蹭家宴多不好。"

黄玲"哼"了一声，道："小面馆而已。再说，图南长这么大，还是第一次花到爷爷奶奶的钱，多花一分是一分，你们帮我多花点。"

黄玲又道："爷爷奶奶到处宣扬大孙子考上同济大学了，奶奶还在单位传授教育经验。你们来，就当是看戏，饭菜不一定好，戏一定足。"

宋莹忍着笑，盯着黄玲说："玲姐，你和以前不一样了。"

黄玲摇着蒲扇，慢条斯理道："以前总想着要给超英留点面子，好些话都憋心里。自从去年大闹一场之后，我就破罐子破摔了，想说什么就说什么。你还别说，这样可开心了！"

庆功宴和接风宴上，爷爷、庄超英和庄赶美三个大人，庄图南、向鹏飞、林栋哲、庄爱国和庄爱华五个孩子坐了主桌。

向鹏飞坐庄图南左手边，林栋哲坐庄图南右手边，个个都笑得像花儿一样。

奶奶、黄玲、弟媳、庄筱婷、宋莹、林武峰和向东七人坐在另一桌。

林武峰一脸尴尬，黄玲邀请，他就乐呵呵地来了，事先完全不知道这是庄家的家宴。

同样尴尬的还有向东，爷爷事先没有征求他的意见，就把他安排到跟女眷一桌，更何况林武峰原本是被安排坐主桌的，他推辞了很久才坐在了女眷这一桌。

两个尴尬人喝着热茶，努力找话题攀谈。

林武峰先夸向东带来的贵州特产："我还是第一次吃到独山盐酸菜，口感真特别。"

向东道："是鹏飞坚持要带的，他说给哥哥妹妹和栋哲都尝尝。"

两人有一搭没一搭地闲聊，话题渐渐深入，向东感慨："养路工是又苦又累，工资也低，但好歹是正式工，有编制，将来有退休金。我回不了城，工厂也进不去，有份工作就不错了。"

林武峰在外人前说话一贯妥帖，他对向东道："家里两份正式工作，鹏飞很快就成人了，日子总是越来越好。"

说到孩子，两人都情不自禁看向主桌的庄图南。

庄图南穿着白色短袖衬衫，黑色裤子，整个人显得清爽干净，他的五官已经长开，眉目舒展，气质温和，颇有几分书卷气。

爷爷正在向邻桌的陌生人吹嘘："我这大孙子，从小成绩就好……"林栋哲一脸自豪，大力向陌生人科普："同济大学可好了，全国重点，建筑系更好……"

林武峰直摇头，说道："不知道的人肯定以为是栋哲考上大学了，图南来吃席。"

向东哈哈大笑。

服务员拿了纸笔过来登记，问道："那一桌已经点好了，请问你们要些什么？"

林武峰要了一碗排骨面，向东要了一碗牛肉面。

奶奶征求其他人的意见，统计了一下，对服务员说："老二媳妇和筱婷吃馄饨，小宋要牛肉面。"

黄玲礼节性询问："奶奶您吃什么？"

奶奶心疼钱，说："我不饿，筱婷分我两个馄饨就可以了。"

黄玲道："再要一碗牛肉面，三碗鲜肉馄饨。"

奶奶急得声音都大了，慌忙阻止："两碗馄饨，两碗馄饨，我说了我不吃，两碗就够了。"

黄玲顿了一下，皮笑肉不笑道："我也是人，我也有嘴，我也要吃饭。"

奶奶尴尬，讪讪道："是，是，我一时糊涂了。"

林武峰和向东自然也注意到了馄饨风波，林武峰佯装低头喝茶，恨不能把自己的头塞进小小的玻璃杯中。向东心头的郁闷一扫而空，心中暗想："我只是没坐上主桌，好歹还有碗面，大嫂连口吃的都没有。平衡了，心理平衡了。"

黄玲有嘴，不仅要吃还要说："筱婷在养身体，要多吃点补充营养，您和别人分馄饨吧。"过会儿，她又想起了什么，继续说单口相声："服务员，给那桌那个笑得最开心的小男孩加瓶饮料，就说谢谢他给筱婷刮苹果。筱婷长这么大，第一次生病住院，也就外人想着照顾她，做了病号饭送到医院。"

黄玲一贯隐忍，从不这么夹枪带棒地说话，奶奶愣住了，一时间竟不知道如何接话。

服务员茫然，回道："不好意思，我没听清。您要饮料还是苹果？

您再说一遍，我记下来。"

宋莹拿菜单挡住脸，不敢让桌上其他人看到她脸上控制不住的笑，但效果甚微，她笑到发抖的肩膀无情出卖了她。

庄家的戏，真的太好看了。

1983年夏，小巷里出了第一位名牌大学生，庄图南考入了同济大学。

八月底，庄超英和黄玲都想送儿子去同济大学报道，庄图南婉拒了，独自一人坐火车去了上海。

黄玲很失落，庄超英安慰她："孩子大了，想独立，我们要支持理解。"

上海火车站外停着各高校接新生的校车，庄图南和同济大学的其他新生扛着行李上了校车。

庄图南看着车窗外的大上海，忐忑、新奇、兴奋。

他不由自主地想起了一中校长在毕业纪念册扉页上的题字：青春激扬，前程远大。

第十章

同济"历险记"

庄图南太喜欢同济大学的大学生活和学术氛围了。

校风严谨——校规严格禁止学生谈恋爱；行政管理严格，除了上课，各班各系每周五固定政治学习，各年级有不同的学工学农集体劳动。

校风严谨的同时，生活环境和学术氛围极其自由浪漫。

如果说高中拓宽了庄图南精神世界的维度，让他的思想和认知得以向外延伸，那么大学则同时拓宽了他精神世界的维度和深度。

校园文化中，诗歌和诗社的影响力是首屈一指的。

诗歌是当代文学创作的中流砥柱，高校诗歌创作又是新诗的中坚力量。所有学生的桌上或床头都或多或少有几本诗集或摘抄本，他们追逐着北岛、顾城、舒婷、杨炼等著名诗人的新作或名句，体会着诗句中对历史和现实的批判，对人性和情感的思考，对时代和民族的思索。

自1981年复旦率先经过审批，成立了国内高校首家校级诗社后，上海各高校紧随其后，纷纷成立了校级诗社。系院常举办赛诗会、创作比赛等，诗社自行出版了《诗耕地》《太阳河》《乐队离开城市》等众多名噪一时的校园诗集；各高校间还常有联谊活动，各诗社以"诗歌朗诵会"的形式在各校巡回登场。

除了诗歌外，其他人文学科的研讨氛围也很浓。

图书馆里除了教科书、杂志，还有很多社会上难以接触到的哲学、历史方面的人文书籍，弗洛伊德的《性爱和文明》，叔本华的《生存空虚说》，卢梭的《忏悔录》……

学校的外文书店中有西方美术、西方哲学类书籍，过期的原版《时代》英文周刊……

学校经常举办讲座，各领域的专家们向学生介绍最前沿的科技动态，探讨改革开放中涌现的思潮……

英文老师为了提高学生的英文水平，上课时播放了很多英文歌曲和经典电影片段，在一个电影片段中，庄图南再一次听到了熟悉的、曾震撼他的曲调——《D大调波兰舞曲》。

书籍、讲座、辩论、沙龙，旧观点被反思、被批判，新思想层出不穷，新思潮波涛汹涌般涌现。

新世界辽阔旷远，却又触手可及。

开学后不久的中秋诗会上，庄图南亲身感受到了大学诗歌创作带给人的震撼。

同济大礼堂内外挤满了人，道路被堵得水泄不通。《上海文学》《萌芽》等杂志的编辑们、上海市众多文化界表演艺术家和学生们齐聚一堂。台上，学生诗人们慷慨激昂地针砭时弊；台下，狂热的掌声时不时狂风暴雨般响起。

庄图南没抢到座位，只能挤站在礼堂走道的人群中，他身边的窗台上也爬满了人，所有人都在诗歌的激情和力量中颤抖、呐喊。

象牙塔内喧哗骚动，苏州城也不甘落后。

《语文报》《作文通讯》等全国性少儿文学杂志涌现，杂志以学生为主全方面地开展文学活动，刊登作品，征文评奖，举办中学生文学夏令营，等等。苏州市各中小学都有了文学社团，庄筱婷在老师的指导下在《作文通讯》上发了两篇文章，并用稿费给黄玲买了一条漂亮的金银丝围巾。

舞厅文化开始流行，城里突然如雨后春笋般冒出了很多商业舞厅，棉纺厂附近就有三家，很多年轻职工一下班就匆匆换上衬衫、连衣裙和皮鞋，成群结队地买票入场，在朦胧的灯光和劲爆的音乐中旋转狂欢。

小院没有卷入这场流行，黄玲和流行绝缘，宋莹没时间没心情去跳舞，她忙着在家吼孩子。

镇院大神庄图南去读大学了，皮猴林栋哲翻天了。

正如庄超英所料，林栋哲对文学不感兴趣，没有加入任何文学社，他淘得与众不同，淘得卓尔不群。

林栋哲先是得了苏州中学生魔方竞赛第三名——据比赛现场的人说，林栋哲十指翻飞，棉纺厂生产模范的手指都没他灵巧——成了知名魔方高手，在林武峰和宋莹还没反应过来时，他又凭借一曲张国荣的《Monica》，一路披荆斩棘，拿下了校际劲歌热舞大赛一等奖。

与之对应的是，林栋哲的成绩一路下滑。

林栋哲是初三毕业班学生，成绩至关重要。

林栋哲也大了，林武峰不好老打他了，只能靠宋莹独挑大梁。宋莹恨铁不成钢，声嘶力竭地吼了又吼，可收效甚微。

林栋哲的分数没提高，宋莹却已心力交瘁，她强烈地思念庄图南，一次吼完，宋莹情真意切地对丈夫说："武峰，我好想图南啊！"

林武峰深有同感，说道："没人帮咱们镇着栋哲了。"

宋莹蔫蔫道："走了个图南，来了个鹏飞，表兄弟俩长得还有点像，可……可差别也忒大了。"

林武峰更理解了，说："鹏飞是好孩子，就是比栋哲还贪玩。"

宋莹道："如果说栋哲是窜天猴，鹏飞就是齐天大圣孙悟空！"

黄玲对向鹏飞的到来适应良好。

庄桦林对大哥大嫂感激不尽，她除了每月按时汇款给生活费外，还硬塞了二百元钱给庄超英，以备不时之需。

庄桦林生活费给得不算少，但庄超英大概算了算，黄玲用在向鹏飞身上的只多不少——她对庄筱婷和向鹏飞一视同仁，每人每天一瓶鲜奶，课外书、辅导书经常买，东一点西一点加起来，花销不低。

黄玲对庄筱婷和向鹏飞在物质上尽可能平等，唯一的不同是，庄筱婷住庄图南原来的卧室，向鹏飞住庄筱婷原来的小隔间，她的理由很简单：女孩子更需要注重隐私。

庄超英一是感激妻子愿意接受向鹏飞，二是想到庄桦林从小到大都是住客厅、睡饭桌，她因此一直埋怨父母，也就毫无异议接受了黄玲对房间的安排。

庄超英依旧按月固定上交三分之一工资给父母。

庄图南基本生活费颇高——建筑系需要购买大量材料，庄筱婷和向鹏飞的伙食费也不低——发育期主食蛋白质需求量大，庄超英心中有数，如果没有黄玲织毛衣的外快收入，一又三分之二的工资一定捉襟见肘，他几次狠心想要回自己那三分之一的工资，但始终开不了口。

破罐子破摔的黄玲也不再去公婆家了，庄超英自己回父母家或带孩子们一同回去，她也不拦着，但向鹏飞不喜欢去姥爷姥姥家，庄筱婷更不愿，庄超英大部分时间只能一人去父母家。

一年前的冲突让夫妻俩都心有余悸，两人都绝口不再提那场家庭冲突——这是夫妻俩不能提的话题、不能揭的伤口——在和爷爷奶奶的关系上，两人就这么心照不宣地形成了一种"你别管我，我也不管你"的相处模式，互不干扰，各自忍耐。

宋莹想念庄图南，林栋哲也想。

元旦前，林栋哲听庄筱婷说黄玲要带她去上海看望哥哥，他立即跑到东厢房，苦苦哀求黄玲也带上他："我还没去过上海，我想去上海，想去看图南哥。阿姨，你带上我好不好？"

林武峰宠儿子，林栋哲手头原本有不少零花钱，但他最近实在不像话，买了几本《破解魔方》之类的杂书，宋莹在忍无可忍之下没收了他所有的积蓄。

听说他想去看望庄图南，宋莹心生一计，说："你期末考试考入班级前二十名，我就给你钱买车票。"

林栋哲哀求："庄筱婷元旦就要去上海了，我想一起去，你先给我车票钱，我回来后一定好好学习，期末一定好好考试。"

宋莹自觉掐住了他的命脉，扬扬得意道："我不反对你去看图南哥哥，你什么时候考好了，什么时候有钱买车票了，你什么时候再去。"

林栋哲向庄筱婷借钱，庄筱婷很犹豫，但还是听从了宋莹的吩咐不肯借。没办法，林栋哲只能转头找向鹏飞借钱。

向鹏飞很仗义，说："我妈是给了我一些钱，但我怕我乱花，交给筱婷保管了。"

林栋哲垂头丧气，哀叹道："那没戏了，我怕是要等到图南哥哥寒假回家，才能见到他了。"

向鹏飞这才知道林栋哲借钱的目的，他问清楚后，漫不经心道："我可以不花钱坐车。"

周日凌晨，向鹏飞带着林栋哲偷偷溜出小院。

林栋哲身上背了一只军用水壶、一个鼓鼓囊囊的书包，他拍了拍书包，说："我爸买的苹果，很好吃，我带几个给图南哥吃。"

向鹏飞边走边说他的门路："钱叔叔，就是我第一次从贵州来苏州、在火车上照顾我的那位叔叔，他现在在汽车站开长途车。"

林栋哲感慨道："你都有社会上的朋友了？佩服，佩服。"

向鹏飞带林栋哲到了长途汽车站，找到他的钱叔叔。钱叔叔知道他们想去上海后，把他们交给了另一位即将发车去上海的司机。

两人跟着司机从司机通道上了大客车，他们没有走检票口，自然也就不需要买票了。

林栋哲喜出望外，惊叹道："真的不用买票。"

司机笑笑，也不答话，径直坐上驾驶座。

向鹏飞带着他坐在了前门边的一个两人座上，说："钱叔叔罩着我们，不用买票。"

司机开了车门，检票口的工作人员开始检票，手持票根的乘客们陆续上车。

长途客车晃晃悠悠地开出长途汽车站，往上海方向行驶。

汽车开到路边一家小饭店门前停下，司机吆喝着："休息半小时，想吃饭的人可以在这家吃饭，想上厕所的也可以上。吃饭的人上厕所免费，不吃饭的人上厕所收费。"

路边只有这么一家前不着村后不着店的小饭店，有些乘客自己带了水和吃的，也不下车，就在车上吃喝，另一些乘客下车问了问小饭店的饭菜价格，能接受的，就坐下吃了。

司机带着向鹏飞和林栋哲走进小饭店，找了张靠墙角的桌子坐下，老板看见司机，自动端出一木桶的米饭、一碗回锅肉和一大海碗西红柿鸡蛋汤放在桌上。

向鹏飞手脚麻利地从木桶里舀出三碗米饭，先递给司机一碗，再递给林栋哲一碗。司机拿起筷子，笑着对俩孩子说："赶紧吃，赶紧吃，到上海还得有一会儿呢。"

司机吃完，去店门口抽烟了，向鹏飞和林栋哲这才有机会单独说几句话。

林栋哲对门口的司机努了努嘴，小声问："你怎么找到这个门路的？"

向鹏飞道："我上次来苏州，就是……就是大家都不肯留下我的那次……"

林栋哲对那次的风波记忆犹新，赶紧瞄了向鹏飞一眼。

向鹏飞若无其事道："没事，那次我妈很伤心，我也有点伤心，当时有点怨大舅妈。不过现在不怨了，大舅妈对我很好，比周青舅妈对周青好得多。"

向鹏飞继续道："那次，我妈带我离开苏州前，带我去和钱叔叔告别，钱叔叔说，我难得来一趟江苏，他正好要出车去无锡，他带我去无锡吃顿酱排骨，然后我和我妈就跟他的车去了无锡，看了太湖，吃了茶干和酱排骨。"

向鹏飞哈哈笑，接着说："我现在长住苏州了，我星期六下午常去找钱叔叔，他不出车，我就在车队和他唠嗑，帮他洗车，打扫车厢。他出车，我就跟他的车出去耍，我跟车去了无锡、宜兴、溧阳……"

林栋哲忍不住羡慕，说道："我在苏州这么多年，都没去过这么多地方。"

羡慕之余，林栋哲不住叹服，道："佩服，佩服，你居然在教导主任庄叔叔眼皮底下逃课。"

向鹏飞嘿嘿一笑，说："大舅舅每周六下午去市党校政治学习，不在学校。"

向鹏飞道："我一般只跟两小时以内的车，半天就能来回了，大舅舅发现不了。对了，去上海几个小时？三小时？"

邻桌的一位乘客道："五个多小时。"

因为是周日，宋莹睡到快中午才爬起来。

室内一片寂静，林栋哲不在家。

宋莹迷迷瞪瞪刷完牙洗完脸，发现桌上有张纸条，随手拿起来瞥了一眼。

尽管是文科生，庄图南理科基础却很扎实，建筑力学等课程对他来说不算很艰难，他最缺乏的是美术功底。

星期天，庄图南去自习室里临摹静物，当他细心揣摩轮廓、明暗等基本要素时，班长李佳突然推开教室门，招了招手示意他出来说话。

李佳似乎跑了很久，气喘吁吁地对庄图南说："可找到你了，你妈妈给辅导员打了个电话，让你赶紧去市长途汽车站接你弟弟。"

庄图南的思绪还在光影中，下意识回答："我没有弟弟，只有一个妹妹。"

李佳回想了一下辅导员的转述，对庄图南说："你妈妈说，两个弟弟，一个姓林，一个姓向。她也不很清楚他们上了哪班车，他让你守在汽车站出口，看到弟弟们就带回学校，千万不能让他们和其他人走了。"

庄图南从座位上弹起来，惊呼："啊？！"

林武峰在乡镇企业干活，加班加点干到晚上10点才解决了技术问题。

太晚了，公交车早已停运，厂长派面包车把林武峰送回了家。

林武峰又累又困，在车上断断续续打了几个盹，醒了睡，睡了醒，把自己搞得更累了，他迷迷糊糊地进了家门，发现室内空无一人，宋莹不在，林栋哲也不在。

屋里的炉子也熄了，室内一片漆黑冰冷，这是前所未有的情况，林武峰不由得一阵慌乱。

此时已近半夜，林武峰心慌意乱，他转身向外跑，想去庄家问问情况。

林武峰慌乱之下一个趔趄撞到了门上，东厢房里黄玲听到动静，慌忙披上厚外套，跑到院中。

黄玲支支吾吾道："林工，你先别急，刚才图南打了电话过来，说栋哲现在在同济……林工，你先别急，我慢慢和你说，超英和宋莹已经上了火车去上海了，栋哲和鹏飞现在正在图南宿舍里，他们很安全……"

星期一傍晚，庄、林两家院门紧闭，隐隐传出呵斥声、号哭声。

天寒地冻，门窗紧闭，不利于邻居们围观刺探八卦，但利于关起门来打孩子，皇历云：忌出行，宜打娃。

庄、林两家的四个大人正挤在东厢房里聚众打孩子。

庄超英和黄玲不好教训外甥，宋莹自告奋勇，说："我来，我在同济就想揍这两个小兔崽子了。"

庄超英第一反应是宋莹不该在孩子们面前爆粗口，但一抬眼看到素来精神利落的宋莹蓬头垢面，顶着两个大黑眼圈，再一想到外面治安这么乱，向鹏飞居然不止一次偷偷坐长途车到处跑，庄超英也怒从心头起，抢起鸡毛掸子喝问："你偷偷溜出门，出去了几次？"

向鹏飞蔫头耷脑地回答："四次。"

涉及人身安全问题，黄玲着急上火了一整天了，她喝道："超英，打！你不打我打！"

庄超英挥起鸡毛掸子，狠狠打在向鹏飞屁股上，打了四下。

黄玲觉得打得不够，一把抢过鸡毛掸，可她一贯温文尔雅，一时间居然不知道怎么打孩子。

君子动口不动手，黄玲开骂："你都不认识对方，居然就敢上对方的车，拉到山沟里卖了怎么办？我们怎么和你妈妈交代？你大舅舅昨天急得要死，和阿姨买了站台票混上车，在火车上站了一夜，他说他当时怕得要死，就怕你出事……"

宋莹精疲力竭，坐在椅子上骂都骂不出来了。

林武峰默不作声，抄起扫帚一下下狠狠打到林栋哲屁股上。

星期天中午时，不止一位邻居看到宋莹披头散发向外冲，庄超英紧随其后一路小跑，黄玲跟在后面声嘶力竭地喊："别急别急，咱们先打个电话。"

邻居们已经偷偷纳闷一天了，此时都竖起了耳朵想听出个究竟。

张爷爷听了一会儿，说道："林栋哲又调皮了。"

吴建国努力辨认对门小院中传出的声响，遗憾地对张阿妹说："以前大家没电视，林家打骂林栋哲、庄家出来劝架是小巷的传统节目。林栋哲好久没挨打了，突然又听到他挨打，真亲切。"

张阿妹也仔细听了听，说："没声啊。"

吴建国很老练地解答："中场休息，林工一会儿还要接着打。"

林武峰倒不是在中场休息中，是有客人来了。

钱进，就是向鹏飞嘴里的钱叔叔，敲响了小院的门，他来赔礼道歉了。

钱进拎了两斤鸡蛋糕，诚心诚意来向两家大人道歉赔罪。

庄超英把钱进让进屋，庄、林两家迅速收拾战场，庄超英、林武峰一起听对方的说法，宋莹把向鹏飞、林栋哲拽到林栋哲房间补作业、写检讨——他们旷了一天课，要补作业和写检讨，并让庄筱婷监督两人。

黄玲倒了杯温水给钱进，庄超英、林武峰目光炯炯盯着他，看他怎么解释。

钱进有点尴尬，缓缓道："鹏飞有时在上课时间来找我，我知道他旷课了，可我觉得孩子不容易，偶尔找我只是想散散心透透气，我就没逼他回去上课了。昨天是周日，我又看到两个孩子，两人都说去上海看哥哥，我以为是大人允许的，就没有追问，去上海那辆车的司机是我的朋友，我信得过他。"

正一脚踏进屋的宋莹勃然大怒，大声质问："你信得过他，你是孩子什么人？"

黄玲语气生硬，道："我们是鹏飞的临时监护人，要对他的人身安全负责，不然没法向他妈妈交代。"

钱进搓了搓手，斟词酌句，道："庄桦林下乡的地方和我下乡的地方离得不远，虽然不是一个大队，但是是一个公社的，我们又是同乡，心理上很亲切。去年夏天，庄桦林带了鹏飞来向我告别，说是过两天要回贵州，以后再也不来苏州了……"

屋里另外四人都敏锐地注意到了钱进的用词："回贵州"，"不来苏州"。

钱进道："我那时刚承包，开始跑长途，我对庄桦林说鹏飞来一次江苏不容易，让他跟我车去看看太湖吧，鹏飞就跟车去了趟无锡，他很高兴，所以现在他偶然来找我，跟趟车，出去耍耍。"

钱进真挚地说道："我刚回苏州时，一直没有工作，心情很苦闷。我那时经常一人走很远，走半天再回来。我还是土生土长的苏州人，父母兄弟都在这儿。鹏飞在这儿没爸妈朋友，连苏州话都不会说，我想着，他偶尔来找我说说贵州话，跟我跑趟车散散心也是好的……"

钱进平实的话语中满是对向鹏飞真心实意的关切，庄超英心中的怒气不知不觉中消散了，林武峰和宋莹也不吭声了。

钱进郑重道："我回去就给庄桦林写封信，解释一下，以后也不再让鹏飞跟车了。"

庄超英、林武峰都是厚道人，见钱进实心实意道歉，再说此事也不能完全怪他，很快就消了气，三人是同一辈人——钱进大概比庄超英、林武峰年轻几岁，彼此间很容易就说到一起了。

庄超英收下了鸡蛋糕，并留钱进吃晚饭，他说："家里也没准备啥，我们随便吃点，你晚上还要出车，吃点热乎的再走。"

宋莹惊讶，问道："晚上还要出车？"

钱进点点头，回答说："承包费是固定的，多跑一趟就多挣一趟的钱。"

林栋哲房间里，向鹏飞和林栋哲奋笔疾书。

向鹏飞突然"嘿嘿"笑起来。

林栋哲纳闷，问向鹏飞："你笑什么？你检讨写完了？写完了给我抄抄。"

向鹏飞道："没写完。"

林栋哲纳闷，又问："那你笑什么？"

向鹏飞道："刚才大舅舅打我，大舅妈骂我。"

林栋哲抬眼看了他一眼，眉毛挤成八字眉。

向鹏飞解释："我在家闯祸时，也是我爸打我妈骂。你家也是，你爸打你，你妈站一边骂。"

向鹏飞低头继续写检讨，他没说的是，尽管庄超英和黄玲一直对他照顾有加，但彼此间总有几分距离，但当他在同济看到两眼通红、浑身脏乱得像叫花子一样的大舅舅，回家后看到气急败坏又对他破口大骂的大舅妈时，他突然觉得了，他在苏州也是有亲人的。

黄玲和宋莹在厨房切菜下面条。

厨房里暖和，近30个小时的人仰马翻后，宋莹回到家，终于松弛了下来，开始犯困，上下眼皮控制不住地打起架来。

宋莹一边切菜一边打盹，黄玲慌忙道："别切着手，你回去休息吧，这儿我来。"

宋莹迷迷糊糊地睁开眼，道："玲姐，我好像有什么事要对你说，好像有什么事来着。"她试图理清思路，"我和庄老师先到长途汽车站，没找到人，我们连夜坐了火车，早上到了上海，去图南宿舍找到两个兔崽子……"

宋莹又念叨一遍："我和庄老师坐了火车，找到两个兔崽子……"

宋莹一个激灵又想起来了，对黄玲说："栋哲告诉我，他和鹏飞一出汽车站，就看见图南和一个女孩子等在出口处，图南在车站等了快两个小时，那个女孩子一直陪着他。"

宋莹睡意全无，嘿嘿笑起来，接着说道："栋哲偷听两人对话，他们是同班同学，栋哲还说，那个姐姐挺好看的。"

宋莹往脸上抹匀雪花膏，掀开被子，躺了进去。

林武峰脱下外套，一边说："元旦和春节的假期，我打算都去挣外快，图纸已经基本设计出来了，安厂长要得急，我看能不能尽早生产出来，家里就多辛苦你了。"

宋莹大吃一惊，问："元旦也就算了，春节都要去？"

林武峰也钻进被窝，说："今天钱师傅说了一句话，他说他们私人承包长途车的司机每天二班倒，实打实跑满十二个小时，大家都尽量多跑多挣钱，他说大家都怕以后政策变了，不让承包了，所以趁着现在能多挣，尽量多挣。"

宋莹转身侧躺着，看向林武峰，说道："你星期天早出晚归，一干就是十多个小时，我看着都心疼。而且报纸上成天争论工程师兼职问题，我还想让你休息一段时间，反正家里也不缺钱。"

宋莹又道："你在家呢，还可以帮帮栋哲功课。图南带我和他爸爸在校园里转了转，校园真美，里面的孩子看着就不一样。武峰，咱俩要想个法子把栋哲也送进一所好大学。"

林武峰哑然失笑，道："想个法子，这可咋想啊！"他伸出手，摸了摸宋莹的头发，接着说，"我以前总瞻前顾后的，又想多挣钱，又担心风险。今天钱师傅点醒我了，能挣钱的时候尽量多挣。刚才庄老师还和我说，孩子上大学，谈恋爱，家里总得支援点吧。"

宋莹听到"谈恋爱"一词，笑起来，说："今天，不对，是昨天了，一个女孩陪着图南在长途汽车站等这两只皮猴，陪了两个多小时。"

黄玲给庄筱婷被窝里塞了个热水袋，低声向女儿道了晚安，回到自己的卧室里。

庄超英还在训向鹏飞，他已经教训了一天，说不出什么新词了，翻来覆去就是那几句："外面这么乱，真出了事情你妈妈受不了。""出去玩儿可以，和大人交代一声，这次要不是栋哲留了纸条，我们两家大人都要急疯。"

……

黄玲听了几句，觉得庄超英的话实在乏善可陈，冷不丁打断他，然后问向鹏飞："鹏飞，图南怎么接到你们的？"

向鹏飞正听得耳朵出老茧，他很高兴黄玲转移了话题，忙回答："图南哥和他班上一位女同学在车站等我们，他们看到我们，和司机叔叔说了一声，然后带我们坐7路公交车回了学校。"

庄超英猝不及防听到爆炸性消息，惊得张大了嘴。

向鹏飞回忆说："长途汽车站是7路车始发站，有座，我和图南哥坐一起，林栋哲和那个女孩子坐一起，林栋哲和她聊了一路。她是图南哥的同班同学，姓李，叫李佳，上海人，家里还有一个弟弟。弟弟好像在念初中，很快要考高中了。"

黄玲哭笑不得，问道："怎么知道得这么清楚？"

向鹏飞一脸的不忍回忆，说道："林栋哲话多，他把咱家和他家的情况都说了，图南哥拦他几次都没拦住，他说得多，李佳也跟着说了几句。"向鹏飞一本正经继续说，"到了学校，分开前，林栋哲还硬塞给她几个苹果和几包茶干。对了，李佳说他们下学期学建筑设计基础，有可能来苏州看园林，研究苏州园林的空间生成。"

向鹏飞去厨房刷牙洗脸了，庄超英长叹："建筑设计基础，苏州园林的空间生成？"

庄超英像是磁带卡带了的录音机，又抑扬顿挫地念叨了两遍。

"建筑设计基础，苏州园林的空间生成？"

"建筑设计基础，苏州园林的空间生成？"

重复播放了三次，庄超英总算继续说"人话"了："我反复教数学定理，鹏飞就是记不住，他听人聊天，居然能记住建筑专业术语。任何只要是和学习无关的事儿，他脑子可好使了，记得可牢了，你说他这心思要能放在学习上多好。"

黄玲好笑道："栋哲和人坐了一次公交车，把人的家庭背景调查了一遍，鹏飞听了一耳朵，记了一肚子小道消息，你去一趟同济看到啥了？"

庄超英道："正想和你说呢，图南说他期末功课紧，你和筱婷去了他也没时间陪，让你们别去了，反正他很快就要放寒假回家了。"

庄超英沉默了一会儿，接着说："图南带我和宋莹，当然，还有两个兔……皮猴，在校园里转了一圈，参观了教学楼，去了外文书店……"

庄超英道："我经过食堂时，看到食堂前的黑板上贴了很多讲座通知，都是专家名人的报道讲座，四块大黑板上贴得满满当当的，图南的眼界见识，和我们不一样了。"

庄超英顿了一下，低声道："我当然想图南上最好的学校，不过去年我也是有点怨你的，觉得你对图南的高考太偏执，我现在很感激你，替图南感激你。"

黄玲心中酸涩，她心中似有千言万语，但她没有吱声，只是沉默。

庄超英等了一会儿，见黄玲始终不搭腔，知道她不会回应了，起身出屋，去厨房熄了炉子。

陪庄图南在长途汽车站等候的女孩子是班长李佳，辅导员传达得不是很清楚，庄图南和她都不是很清楚两个弟弟是自愿还是被"拐"到了上海，她怕庄图南对付不了"人贩子团伙"，所以一起去了汽车站，想着万一双方起了冲突，多一个人也能多一分力，至少她能在一旁打电话回学校求助。

周日中午，李佳看着庄图南揪着两个弟弟的领子，把他们拽进了校园后，她转身又去了公交车站，坐上了去奶奶家的车。

上海是输出知青最多的城市。

20世纪50年代起，上海市政府就根据"紧缩人口和加强战备"的政策，陆续将大批工厂、企业和人口迁往了内地。到20世纪50年代末，由于就业和升学的压力，上海市中学生已大规模地前往新疆、黑龙江、江西、湖北等地支援建设，李佳的父母也是其中之二，李佳从黑龙江考回上海后，偶尔去奶奶家吃顿饭。

弄堂口有电话书报亭、牛奶供应点、大饼油条摊、剃头摊……弄堂里烟雾滚滚，各家的煤球炉都在生火烧饭，头顶是乱七八糟的电线和"万国旗"床单衣裤，几个穿着睡衣的男人正打着哈欠、拎着痰盂去公共厕所里倒。

李佳走进七拐八拐、迷宫一样的弄堂，找到奶奶家所在的小院，侧身走进院中——楼梯走道里杂物太多，必须侧身才能通过——看到了正在洗衣服的奶奶和婶婶。

院子里住了十来户人家，院中排着一溜洗衣机，天气好，各家各户都在洗衣服，奶奶和婶婶正合力拧床单，李佳赶紧上前，帮着奶奶使劲拧干床单。

　　婶婶抬眉看了一眼李佳，李佳赶紧表态，说："婶儿，我一会儿就走，晚上睡宿舍。"

　　婶婶道："不是不留你，家里挤煞人，你回来也只能在厨房打地铺，哪有大学宿舍舒服。"

　　一个拎着热水瓶的小女孩从屋里走出来，招呼道："姐，我要去老虎灶打开水，你去不去？"

　　李佳放下床单，回答说："好，等我放下书包，一起去。"

　　院外有人大声吆喝："绿豆冰棒，赤豆冰棒，牛奶冰棒……"

　　"削刀磨剪刀，削刀磨剪刀……"

　　……

　　婶婶道："正好，菜刀钝了，你们把刀带出去磨一下，伞也坏了，拿去鞋摊修一下。"

　　奶奶问李佳："囡囡今天为什么回来啊？"

　　李佳笑起来，对奶奶说："有个小孩子，给了我几个苹果和几包茶干，说是苏州最好吃的苹果和茶干，我带回来和大家一起吃。"

第十一章

山高路远

班上男女同学之间互不来往，界限分明，因为这段插曲和苹果茶干——苹果清脆香甜，茶干酱香浓郁，家人们很喜欢——李佳和庄图南路上遇见时开始点头示意，但也就是点点头，仅此而已。

男女生间的迥异界限很快被打破了，期末，学生们都聚在通宵教室里赶图。经过了一学期的识图、测绘、制作模型等表达训练后，教授布置了期末作业："这一学期集中学习了各种设计基础的课程、线条、色彩、模型等表达训练也做了不少，现在用两个大作业看一下你们学得怎么样。作业一，用瓦楞纸板做把椅子，注意平立转换和空间限定的表达。"

教授合上教材，继续说："作业二，测绘学校图书馆。"

两道思路迥异而又天马行空的作业让全班都愣住了，教授拍了拍手，说道："给你们一点提示，第一道作业要求设计，要'放'，第二道作业要求严谨的空间表达，要'收'。不过无论是'收'还是'放'，都要求你们发挥对空间的想象、连绵的想象。"

老教授的脸上露出一个孩童般狡黠的笑容，他说："设计很重要的一点是想象，想象就是'玩儿'，你们放开了玩儿，开开心心地玩儿。"

全班哗然，新生们第一次受到来自专业的蹂躏，集体发疯。

教室里群魔乱舞、哀号遍地，所有人围着纸板绞尽脑汁，刚从严格的高考制度下逃生出来的他们完全不适应这种作业要求，不知道该如何"玩儿"，如何颠覆多年学习培养出来的刻板思维去"玩儿"，如何运用设计原理、透视原理等技巧去"玩儿"。

毫无头绪的同学们顾不得男女界限，围在一起借鉴讨论，几天之后，大家彼此都熟稔了起来。

熬完了两份大作业，第一学期也结束了，庄图南回家过寒假。

庄图南到家时是下午，庄超英在学校，黄玲在上班，家中只有庄筱婷一人。庄图南见向鹏飞不在家——寒假时间太短，春运潮太可怕，向鹏飞没回贵州，就留在苏州过年——纳闷了。"鹏飞呢？这么冷的天还出去玩啊？"

庄筱婷忙着帮哥哥规整行李，一边说："他去林栋哲家做作业，去了好一会儿了。"

庄图南想了想，蹑手蹑脚走到西厢房门口，猛地推门。

门是锁上的，推不开，林栋哲喊了一声："谁？"

他从窗帘缝隙里看到了庄图南，惊喜地喊了声："老大！"随后踢踢踏踏过来开了门。

庄图南冲到电视机前，二话不说掀开电视机罩，伸手摸了摸电视机机壳。不出所料，机壳滚烫。

向鹏飞、林栋哲一起扑过来，向鹏飞拱手做哀求状，林栋哲臊眉臊眼地认错："图南哥，我们错了，你不要告诉我妈。"

向鹏飞、林栋哲对视一眼，一起喊："图南哥，我们错了，我们真的错了。"

庄图南又是好气又是好笑，给了两人一人一个爆栗。

向鹏飞和庄筱婷都是初三毕业生，为了保障好的学习环境，庄家一直没买电视。

1984年大年三十晚，两家人挤在西厢房，热热闹闹地一起看了春晚。陈佩斯和朱时茂的小品《吃面条》让一屋人笑得前仰后合，林武峰取笑向鹏飞和林栋哲两个皮猴："这俩将来要是读书不好，可以去演小品。"

宋莹道："大过年的说点吉祥话，咱们院的孩子成绩都好，跟着图南一个接一个地上大学。"

黄玲也道："林工这话要罚三杯。"

林武峰笑了，端起桌上的酒杯示意庄超英父子："图南也是大人了，一起干一杯。"

林武峰和庄超英碰了一杯，仰起脖子一饮而尽，望向庄超英，说："庄老师，这酒不错啊！"

庄超英也抿了一口，道："钱进从外地带来的。"

宋莹转头问黄玲："你们两家就这么来往起来了？"

黄玲点点头，回答："他侄女读的学校不好，超英正好认识那个学区的负责人，帮他家里牵线换个学校，他前天带了两瓶酒来拜年。"

黄玲看了一眼正在笑闹的几个孩子，低声道："他说明天一早开车送人去寒山寺烧新年头香，超英是党员，不去，车上还有一个座，你去不去？"

宋莹斩钉截铁，道："去，当然去。去给栋哲考高中上炷香，求菩萨保佑他能进一中。"

庄、林两家按老规矩互派了红包。庄家只需要给林栋哲一个红包，林家要给庄家三个红包，黄玲本来说互免了，宋莹执意要给，黄玲知道林家现在经济条件好，也就恭敬不如从命不推辞了。

物价涨了，红包也由一元涨到了两元，但当庄图南打开他的红包时，赫然发现里面是三张大团结。国家每个月给庄图南十四元的大学生补助和定额粮票，宋莹一出手，就是他两个月的补助。

黄玲知道金额后也吓了一跳，她想了想，让庄图南收下，说："你爸爸经常给栋哲讲题，这钱你收下，爸妈会还这个人情的。"

林栋哲从向鹏飞处知道了庄图南的红包金额，非常羡慕，道："我妈妈一直喜欢图南哥，第二喜欢庄筱婷，第三……"

林栋哲看了看向鹏飞，嘿嘿一笑，说："第三喜欢我。"

向鹏飞不以为意，说："我有爸爸妈妈、舅舅舅妈喜欢就够了。"

黄玲正在一边桌上包馄饨，猝不及防听到这句，她愣了愣，微微笑了。庄图南看着三张红彤彤的大团结，决定背信弃义，出卖林栋哲。

春节放假七天，林武峰只休息了三天。

初三凌晨，小院里的大人孩子都还在睡懒觉的时候，林武峰拎着一只旅行袋匆匆赶到火车站，和安厂长一起出差。

林武峰兼职的乡镇企业每年交一笔钱，挂靠在苏州某元器件厂名下，原材料通过元器件厂购买，生产出的制冷压缩机自主销售，但随着企业原材料需求的骤然扩大，元器件厂不再对企业出售原材料了。

元器件厂的负责人说得很客气："我们厂能进的原料是有定额的，你们的需求实在太大了，原料要都卖给你们了，我们自己就无法完成国家的计划了。"

安厂长只能四处求人批物资，他跑遍了苏州大多数相关厂家，但都碰了壁——国营厂的原料和产量都有定额，不能随意调配。

大年初二，安厂长提了两盒茶叶到林家拜年，坐下和林武峰小酌。

宋莹端来零食盒，安厂长抓了把花生，一边剥一边对林武峰说道："林工，你只负责技术，但我知道你心细，你肯定知道厂里现在的原材料情况。我今天和你交个底，有人看我四处求爷爷告奶奶，私下告诉我温州可以买到漆包线，有些家庭作坊还可以根据图纸要求，定制模具生产活塞、曲轴，我琢磨着，既然温州能生产，就必须有原材料，我年前去了趟温州，想挖出他们的原材料进货渠道……"

宋莹端来两杯热茶过来，安厂长接过茶杯，连声道谢："我坐一会儿就走，别忙了，别忙了。"

安厂长放下茶杯，魂不守舍般怔了一会儿才继续道："结果我到了温州一看，他们加工好的产品，比我从元器件厂拿钢板、塑料等原材料的价格还便宜。"

安厂长顿住了，他端详林武峰的脸上的神情变化，知道林武峰听懂了，继续说："林工，图纸是你设计的，活塞、曲轴的尺寸是你实验出来的，如果要在温州找厂家打模定制，你是唯一懂行的人。我知道现在过年……"

安厂长对林武峰一贯礼敬，他这段时间为了原材料而焦头烂额的困境林武峰也是看在眼里的，林武峰道："我也就过年有几天长假，真有什么事还真只有趁着这几天做。老安，我和我爱人先商量一下，商量出结果就给你打电话，应该没问题的。"

林武峰和安厂长先去了上海，去了几家商城看压缩机型号和价格，再坐海轮，经过一晚上的风浪颠簸后，抵达了浙江温州的安澜码头。

一晚上的颠簸和海轮发动机的柴油味让林武峰胃中翻江倒海，他在码头边的一个大石块上坐下，深呼吸顺气，安厂长也不比他好多少，他不肯坐，蹲在地上歇息。

林武峰眯着眼端详周围，瓯江上笼罩着一层薄雾，码头上，行人络绎不绝。安厂长好一些了，他站起身，用手指了指不远处的建筑工地，对林武峰说："林工，你是第一次来温州吧？那就是东瓯大厦的工地，据说明年就盖好了，听说会盖十几层高。"

林武峰也站起身，说："400多个商品交易集散地，我们先去柳市镇？怎么去？"

去柳市镇的交通非常不便利。寒风凛冽，林武峰和安厂长在敞篷农用三轮车上拱肩缩背地吹了半小时西北风后，换乘轮渡跨过瓯江后，再次换乘长途客车。尽管还在春节假期中，长途客车里依然挤满了人，安厂长和林武峰运气不错，抢到一个二人座。

客车呼哧呼哧地启动，和迎面一辆反方向的长途客车相向而行，林武峰的视线落在对面车的车厢顶部，车顶上堆着高高的、捆绑得结结实实的麻袋。

安厂长注意到林武峰的目光，说："这是从柳市镇运货回来的车，车顶上放的都是一会儿就要运往全国各地的产品。"

林武峰感慨："来之前还怕过年市场不开，我见识少，多虑了。"

过道上一个坐在小板凳上闭目养神的乘客接话："赚钱的事情哪管日子，有钱赚就开工。"

路况不佳，车身一个剧烈的颠簸，林武峰没在意，他很是纳闷，喃喃道："既然是全国性的大市场，怎么设在交通不便的小镇上？从温州市区到镇上就要三个小时，进货出货都不方便，太折腾了。"

安厂长和柳市镇上的人聊过，知道一二，他说："柳市镇历史上交通不便，耕地有限，所以才有出外打工、经商的风气，慢慢就形成了现在'前店后厂、双轮驱动'的局面。"

小板凳上的乘客睁开眼睛，笑了笑。

安厂长来了谈兴，摸出一支烟，递了过去，乘客笑着摇了摇手，婉拒了。

林武峰递过去一颗独立包装的薄荷糖——庄图南从上海带回来的高档糖果，乘客接了过去，放入嘴中。薄荷清凉，乘客的精神随之一振。

乘客道："听你们口音不是本地人……"

安厂长道："江苏苏州人。"

乘客道："你们那儿富啊，都是国营大厂，政府管得严，都讲计划经济。温州很多乡以前穷，那是真穷，没地没工厂，祖祖辈辈穷得没饭吃，全家人就一条裤子，谁出门谁穿。政府让这些穷乡僻壤搞点家庭作坊，挣点买进卖出的钱，所以你们提到的批发市场，都在山沟沟水沟沟里。"

林武峰听懂了，说："越穷的地儿，当地政府的政策越开明。"

安厂长频频点头，说："对头，发展经济靠政策。你们温州以个体经济为主导，我们苏州是以政府主导的集体经济为主体，我们……我就是乡镇企业的，集体经济，政府监管。"

安厂长指了指身边的林武峰，对乘客说："他是国企的，工程师，有技术。"

乘客看着林武峰笑道："刚才那些弯弯绕，你一听就懂了，不像国企的。"

林武峰道："我老家是闽南农村的，山高路远人穷。人穷，又不是体制内的，胆子就大，政策一放开，民营经济呼啦啦地就起来了。"

后排一位乘客一直在听他们的闲聊，听到这里，他叹息着低语："哎，穷怕了。"

有一搭没一搭的闲聊中，时间打发得快，颠簸了三个小时，客车抵达了温州乐清市柳市镇。

林武峰把车窗拉开了一小条缝，向外张望。

车窗外的空气并不清新，寒风中着生活垃圾、皮革、金属等混杂在一起的异味，一条脏兮兮的长街向前蔓延，街道泥泞不堪，脏乎乎的残雪中混着脚印、车轮印和鞭炮碎屑。

街道两旁是一家紧挨一家的商铺，商品琳琅满目。商铺后，是一家家作坊或小型工厂，叮叮咚咚的金属敲击声从里面传出来，不绝于耳。

初九，林武峰起身返程——宋莹撒谎帮他向压缩机一厂请了三天假，他必须赶回去上班了，安厂长还要再跑几个市场比较价格，过几天再回去。

回程不需要再去上海了，温州和苏州之间有直达火车，林武峰挤上了火车。

绿皮车厢里挤满年后再次出门打工的农工们，厕所里、走道上都是人，行李架上、座位下、车厢连接处到处是鼓鼓囊囊的麻袋。

林武峰只买到了站票，只能挤在人群中，他的身体被人群夹得丝毫不能动弹，只能以一个半扭曲的姿势面向车窗站立，视线只能被迫固定在行李架上的几个麻袋上。

车厢里空气浑浊，麻袋上满是或新或旧的肮脏脚印，几只跳蚤在麻袋上跳来跳去，林武峰看着这些脚印和跳蚤，胃里一阵阵地难受。

度日如年般熬到了苏州，林武峰裹挟在一群乘客中下了车。

冷冽的空气让林武峰精神一振，他长呼出一口浊气，道："终于到家了！"

林武峰先去公共澡堂痛痛快快洗了个热水澡，洗去了一路风尘才回了家。

小院里安安静静的，林武峰一进院门就发现了一个变化——西厢房房门的锁换了。

　　林栋哲听见开门声，从庄图南房间走了出来，喊道："爸，你先去我房里休息一会儿吧，妈把家门钥匙带走了，她下班了，你就能进自己房间了。"接着，他又问，"爸，你要不要吃饭？图南哥让我做套卷子，我还有几分钟就做完了，做完就给你热饭。"

　　林武峰顿觉天边祥云一朵又一朵，暴力教学的小庄老师又腾云驾雾般出现了。

　　庄图南也出现在房间门口，跟林武峰打招呼："林叔叔，你回来了。"

　　林武峰点头回复庄图南的问好，纳闷地问儿子："你妈为什么给大房间换锁了？"

　　林栋哲蔫蔫的，不吱声。

　　庄图南在林栋哲背后，对林武峰做了一个无声的口型，林武峰一时间没看出来是什么意思。

　　林武峰进了林栋哲房间，赫然发现了家里的第二个变化：西厢房和林栋哲房间之间的门以前没锁的，现在多了把开关锁。

　　林武峰突然明白了，庄图南刚才的口型是"电视"，电视机在西厢房里。

　　林武峰回想起一脸无辜的庄图南，赞叹不已："这招狠，打蛇打七寸。这孩子，懂事，心思正，蔫儿坏，有我年轻时的风范。"

　　过完年回到学校，庄图南和他的同学们都"疯"了。

　　向鹏飞记得没错，庄图南大一下学期的课程围绕"建筑设计基础"展开，以上海弄堂为例探讨空间和人的关系，并进行小型居住空间设计。

　　1983级大学生里已经没有上山下乡过的同学了，一群涉世未深的学生完全无法理解空间和人的关系，不知道如何思索空间如何服务不同的人。

两堂课后，忍无可忍的教授把学生踢到了里弄里，让他们实际体验一下狭小空间里的生活。

弄堂陈旧，房屋外墙上满是斑驳的青苔，通道狭窄，通道一侧的墙壁上装了数十个水龙头，砌了一排用于洗刷的水斗，二、三楼的窗户里伸出或长或短的竹竿，上面晾着五颜六色的"万国旗"，一栋小楼大门洞开，一个只穿着短裤的男子端了塑料盆，在门前洗澡，污水沿着门前的弹格路石缝流淌。

庄图南、李佳和另几名同学一组，被分配到了老式弄堂的同一栋小楼中。

小楼上下三层，住着十多户人家，公共厨房里挤满了煤球炉和锅碗瓢盆，走道里见缝插针地摆着几台洗衣机。楼梯老旧陡峭，每走一步，楼梯都颤颤巍巍的。木墙板薄如纸，邻里间的谈话，朝夕可闻。

庄图南缩在亭子间里，近距离观察一家三代七口人的实际生活。

观察体验时间有限，庄图南蜷在木地板上，快速地在速写本上勾勒空间叙事场景的草稿——年迈的爷爷顺着陡峭的老楼梯艰难地下楼，妈妈把窗外长竹竿上的衣服收了回来，孩子在一块木板上写作业，有人在催促公用厕所里的人快点……

隔壁传来打麻将声，木板墙壁隔音太差，脚步声、谈笑声、打牌声清晰可闻，庄图南手下速写，同时仔细聆听周围的声响，哗啦啦的搓牌声中，他突然听到窗玻璃上的簌簌声，外面似乎下雨了。

庄图南想看看外面的雨势，转身推开亭子间的小窗，几乎在他推窗那一瞬间，他眼角的余光瞥到右边的窗户同时打开了，他下意识探头向右看。

李佳正从隔壁的窗户探头向左看。

窗外下着毛毛细雨，雨丝斜斜地打在脸上，两人突然间打了个照面，庄图南猝不及防地看清了李佳脸上的惊慌失措和睫毛上挂着的晶莹剔透的雨珠。

李佳下意识地垂下眼，雨珠从长睫毛上坠了下来，她的身体同时向后缩，手中的速写本不小心磕在窗棂上，掉出窗外……

那几粒晶莹的雨珠毫无征兆地打在了庄图南的心弦上，奏出几个欢快婉转的音符，这一瞬间，他似乎又回到了初中的那场联欢会上，听到了那首欢快悠扬的《D大调波兰舞曲》。

庄图南立即跑下楼，从地面上捡起速写本，递给也是刚跑下楼梯的李佳。

地面有点湿，速写本封底有点湿了，庄图南下意识摩挲了一下，想拭去页面上的水珠，李佳正伸手接画本，两人的手指无意间相触。

正是江南梅雨季，细密的雨丝斜斜地打在脸上，清新，缠绵。

教授看到作业初稿后直摇头，他拿起庄图南的空间叙事场景展示图给同学们看，说："有一点点摸到边了。"教授对庄图南有依稀的印象，他说："我记得你高中是文科，调剂到建筑系的。"

教授放下展示图，循循诱导学生们"不务正业"："建筑是艺术的学科，你需要哲学、美学、历史等人文社科知识构建自己的建筑观。"

教授看向台下迷茫的学生们，心里仿佛在感叹：朽木不可雕也！他继续说道："空间是被使用的，你们如果想不明白的话，就去看看文学作品中描写弄堂生活的小说或电影。"

每周五下午是雷打不动的班会，班会形式和内容丰富多样，座谈——向高年级学生或研究生请教心得和经验，学工学农劳作，外出写生，参观博物馆或老建筑，政治学习等等。

政治学习时，两尊大神——班主任和指导员，一般会同时出现。

班主任挑选出文件或新闻，随机抽同学朗读，读完后全班讨论学习。

指导员讨论总结班或系里同学的学习和生活情况，如临大敌般批评着校园里的"不正之风"：女生偷偷化妆，男生睡懒觉迟到等。

期中考试后的一次班会上，两位大神不知道是不是嗅到了些什么，请了同系的研究生师兄来座谈，讨论恋爱问题。

班主任起调："爱是责任，是要相守一生一世的。"

辅导员一唱一和："你们毕业后，绝大多数同学都是要分回原籍的，没有结果的感情，就不要轻易开始。"

研究生吓唬学弟学妹们："情节严重的，例如……"

一屋子新生竖起耳朵，打算聆听"情节严重的恋爱"，班主任迅速把话兜了回来："就是严重违反校规的恋爱。"

指导员道："国家支付了学费和住宿费，给食堂补贴了伙食费……"

研究生深有感悟，说："咱同济吃得多好，我比较过，同济食堂比复旦、交大的都好。"

民以食为天，何况一屋子还在发育期的大姑娘小伙子，同学们纷纷附议，眼见话题就要偏到伙食上，指导员力抗干扰，继续顽强地做思想工作："国家补贴伙食费，还每个月给你们发补助。国家给你们提供了这么好的条件，是让你们好好学习的。"

班主任一锤定音："恋爱情节严重的，一旦被学校抓到，会影响，甚至取消当事人的奖学金，情节特别恶劣的，会影响毕业时的分配。"

研究生沉默了一下，说："除了校规，现实也是大问题。我那一届的几对，毕业前基本都分手了。还有两对，坚持了一段时间后也劳燕分飞，不得不分手。"

研究生深有感触："修不成正果的爱、感情，还是埋在心底的好。"

庄图南是宣传委员，每隔一天会去系办公室拿回班级的报刊和信件，按宿舍整理并分发。

男生的信件按宿舍号整理好，其他宿舍的同学来宿舍里就拿走了，女生的信件，需要带到班上，让女生们自己拿或是送到女生宿舍楼下，请宿管阿姨叫来班长或其他女生班委，把信件拿走。

渐渐地，庄图南也能对信件分辨一二了，大大方方拿走的一定是家信或是普通同学来信；偶尔几封厚厚的、被当事人红着脸一把塞进书包的，多半是情书；迫不及待拆开的，多半是杂志编辑回信或文学社团间切磋的文稿。

李佳经常收到厚厚的信件，据庄图南的判断，应该是家书。

上学期，庄图南通常是把女生的信件带到班上分发，现在，庄图南经常去女生楼送信件，希望能"巧遇"李佳。

校园那么大，有时能"巧遇"那个身影，有时不能。

心那么小，满心满眼都是一个身影，自始至终只是一个身影。

无限欢喜，无限惆怅。

同济大学校园里阳光晴好，草木芬芳。

校园里的玉兰花开得欢欢喜喜，学生中开始流行学吉他，宿舍里、草地上经常有人轻轻拨动琴弦，曼声歌唱。

庄图南已经摸清了李佳上课、去食堂、回宿舍的大致时间规律，他和李佳——李佳总是和室友们走在一起，成群结队地出入——巧遇的机会越来越多，都是同班同学，遇见了自然会点头打个招呼或交谈几句。

班主任和指导员也不负春光，积极在同学中耳提面命发展党员，并再三强调严禁逃课、男女生交往过密等行为。

哼哈二将有决心，有毅力，执行力一流，班上几名男生旷课去周庄踏青，被他们抓了典型，几名男生被迫自我反省，多次在班会上念检讨。

新生们依旧被各科教授无情搓磨，男女生常聚在一起讨论作业，彼此间距离小了很多，但在班主任和指导员的双重死亡凝视下，无人敢越雷池一步。

晚自习后，庄图南经常在操场跑两圈再回宿舍。

操场附近有处树丛，幽暗僻静，庄图南不止一次遇见不同班级的指导员或学生干事匍匐在附近，监视是否有男女生在僻静处幽会，而且不仅仅是操场附近，图书馆后，大礼堂后……任何僻静地点都可能有学生干事们的身影，干事们一旦抓获幽会中的学生，会铁面无私地上报学校。

回宿舍的路上有块草地，经常有人在草地上练琴唱歌，庄图南总会驻足静静聆听一会儿。

春风细碎温柔，花香隐动，三三两两的学生走在小径上，说说笑笑地经过庄图南身边。

一阵微风吹过，玉兰花瓣轻盈飞舞，一园花雨一园诗。

几乎在每天晚上熄灯后，宿舍里都有畅快淋漓、畅所欲言的卧谈会，各地见闻、人道主义思想和公众话题是最受欢迎的卧谈会主题。

校规严格，执行手段也更有效。"爱情"这一在电影、诗歌、小说等文艺作品里被探讨、被歌颂的主题，"爱情"这一在高中手抄报上被传阅、被憧憬的内容，在大学校园生活中，却是一个禁忌和讳莫如深的话题。

在校规的约束和执行下，诗歌和音乐成为情感表达的渠道。

爱慕和渴望在诗句中淋漓尽致地表达，无奈和忧伤在歌声中含蓄隐忍地吟唱。

婉转曲折，真挚热烈。

林武峰很困惑，堂堂名牌大学生居然看不清初中生的水平，他完全摸不清儿子林栋哲的水平。

数理化，说他水平差吧，附加难题做出来了，说他水平高吧，基础题他错了小半。

语文更可怕，林武峰检查他的作文，发现林栋哲是个人才——叙事文，林栋哲走题了，但叙述完整，完全把握了"六要素"；议论文，林栋哲论点错了，但论据清晰，语言精练，逻辑严密。

林武峰看到同一篇作文的右上角上老师反复打分，一个分数划掉又给了一个分数，再划掉再重给，他完全理解老师的纠结，这他妈是什么文章啊？烂中有点好，好中有点烂。

看完三篇作文，林武峰觉得他还不如去读三遍《我的爸爸是高中老师》。

无论是抄袭，还是原创，任谁看完林栋哲的作文后，都想打人。

人才，林栋哲是个人才！

每次模拟考后，林武峰气得想打人，庄超英不生气，他只有出的气没有进的气了。

庄图南和庄筱婷从小到大成绩好，别说庄桦林对他的教导抱有极大的信任和期望，庄超英原本也是信心满满、自以为能提高向鹏飞成绩的。

辅导外甥功课的经历让庄超英第一次深刻地意识到，他一儿一女成绩好和他的教育方式关系不大，他有两个懂事优秀的孩子和他的教育方式毫无关系。

庄超英以前对林家的教育方式——溺爱加扫帚——是很不以为然的，他现在理解了，他完全理解了宋莹那句："孩子好不好，和教育方式无关，都是命。"

春光好，万物竞芬芳，一墙之隔的工程师和教导主任同时苦大仇深地怀疑人生。

我在墙之东，君在墙之西，夜夜与君共阅模拟卷。

庄筱婷成绩在年级前三十名以内，直升一中高中，庄超英的一片丹心、满腔焦灼都给了向鹏飞。

向鹏飞的成绩，想上一中和中专都是不可能的，庄超英写了几封长信，和庄桦林反复讨论了向鹏飞初中毕业后的出路。

庄超英任教多年，对学生们的成绩和潜力看得都很准，他建议向鹏飞报职高或技校，稳妥，毕业后他再想法托关系给向鹏飞在苏州找份工作，林武峰也表态了，只要专业对口，他可以想法帮向鹏飞找临时工。

庄桦林无法接受职高或技校，反复表示她还是希望向鹏飞上高中，她的原话是："我当年以为中专学历就够了，结果不够。如果我再等两年，努力考上大专或本科，没准现在就能调回苏州了，我实在不想孩子将来也吃没文凭的苦。"

话都说到这份上了，庄超英无法再和妹妹理性讨论，他把信递给妻子，长叹一声。

黄玲看完信，把信递还给丈夫。

庄超英反复询问了几遍之后，黄玲才给出了意见："我也赞成报技校，但是我不会向你妹妹提任何建议，不然将来要是鹏飞工作不好，你们一家人埋怨我，我担不起这责任。我建议你也别多说了，你只是舅舅，到底隔了一层。"

庄超英知道妻子说得有理，别说黄玲只是没有血缘关系的舅妈，他作为亲舅舅，也只能点到为止，不能替妹妹和外甥做主，他不再吱声了。

初夏天气闷热，黄玲晚饭特意做了开胃的凉菜和面条，向鹏飞看到面条就笑了，端起碗，模仿陈佩斯小品中吃面条的动作，挤眉弄眼地吃面条。

庄超英下午才又收到庄桦林的信，信中再三声明她已经决定了让向鹏飞报高中，庄超英看到向鹏飞没心没肺的表现，心中气闷，草草吃完晚饭，出了门。

院子被改建后，空间太小，通风也不好，庄超英拿了一只小板凳，坐在院门口。

林栋哲又考砸了，确切地说，他漏做了卷子背面，错过了几道大题，以一己之力把全班平均分拉低了两分。林武峰在屋里循循诱导，从科技的重要性讲到升学的残酷性，宋莹听不下去了，拉着脸，也坐在院门口生闷气。

庄超英和宋莹门神般一左一右坐在院门两边，一对伤心人，两张苦瓜脸。

吴建国和张阿妹正好散步回家，看到两人，也不急着回家，四人闲聊了起来。

黄玲忙完了家务，也端了小板凳坐到门口，参与邻里闲聊。

春风沉醉，月色皎洁，宋莹滔滔不绝地诉苦："武峰正话反话说尽了，栋哲就是笑嘻嘻地不当回事，我实在听不下去了，再听就要发火打人了，武峰硬把我赶了出来，让我在外面消消气。"

宋莹道："庄老师，我早和你说了，娃儿学习成绩好不好，都是命。"

优秀教师兼无神论者庄超英背弃了他一贯的教育理念，叹道："对，都是命，都是命。"

宋莹颇具小品演员的潜质，她说："那天车间评选劳动积极分子，我完全无所谓，这学期经常受栋哲的成绩刺激，我的心态变得很成熟。"

宋莹继续口吐禅语："有些娃是来给父母报恩的，有些娃是来让父母渡劫的。"

庄超英积极捧哏："生活品质有高有低，孩子懂事有早有晚。"

双口相声实在可乐，黄玲和张阿妹同时"扑哧"一声笑了出来。

吴建国安慰"同呼吸共命运两人组"："儿孙自有儿孙福，猫有猫的路，狗有狗的路，高中、中专、技校都是路，不必死盯着一条走。"

张阿妹也由衷感慨："小敏上职高，珊珊上中专，我和老吴是真轻松，再也不用操心孩子们将来的工作问题。你们替孩子们操碎心，他们还嫌你们烦，将来也未必感激你们，何必呢！"

庄超英心中腹诽："那是你家小敏成绩不好，她要成绩好，你绝对不会这样说了。"

张阿妹又道："再说，只是外甥，你再尽心又怎么样，将来不落埋怨就算不错了。"

这话通透实在，庄超英叹口气，无法反驳。

黄玲道："话是这么说，可孩子小小年纪离开爸妈回苏州上学，总是希望他考好些。"

吴建国道："鹏飞性格好，我看他虽然寄住在舅舅舅妈家，但他说话做事都大大方方的，和栋哲、筱婷都处得好，将来一定混得开。"

吴建国指了指王家小院，大家都听懂了他的言外之意，周青是女孩子，性格相对敏感，确实比较孤僻。

庄超英心情好了一点，但到底意难平，又说："心思全不在学习上，上个星期日，他又去找小钱，想跟车出门耍一趟，小钱都说你要考高中了，时间紧，没让他跟车。"

宋莹听庄超英提到钱进，想起了新年去寒山寺祈福一事，低声对黄玲道："玲姐，上次咱们去烧头香，我看到功德簿上都是来还愿的，灵得很。我打算再去一次，要不，你和我一起去？"

吴建国取笑宋莹："宋莹，你不用神秘兮兮的。现在不管封建迷信这一套了，寺庙对外开放，支书不管你去不去烧香。"

张阿妹兴致勃勃接话："你们什么时候去，叫上我。小敏、珊珊秋天就分配实习了，我也去上炷香，给她们求个好单位。"

第十二章

一园花雨一园诗

温州之行后，安厂长和林武峰关系近了很多，原本林武峰只负责技术部门，但一起舟车劳顿跑进货渠道、一起住小旅馆被跳蚤咬过之后，安厂长现在时不时地找林武峰说些企业最新动态。

苏州外经贸委首次组织各乡镇企业参加广交会，电冰箱厂被选中后，安厂长临时抱佛脚练习了半个月的英语，把日常用语和产品参数的句式抄在本上，下面用中文注释了不伦不类的英文发音，他十分希望林武峰能一起去——林武峰也不会英语，至少懂技术啊，但他深知体制内职工对铁饭碗的重视，他试探着问了两句，见林武峰不搭话，也就识趣地不说了。

半个月后，安厂长回来了，下了火车就直奔林家。

安厂长风尘仆仆，又累又饿，他先是狼吞虎咽吃完了宋莹送上来的荠菜馄饨，放下碗筷就开始说此行见闻。

安厂长亢奋不已，说道："林工，我这次是见世面了！"

宋莹端上一杯热茶，安厂长心不在焉地接过茶杯，不小心被烫了一下，手背被烫红了一片，宋莹赶紧从冰箱里拿出冰块。

安厂长把冰块按在发红的手背上，接着说道："林工，我从头讲起啊！你知道广交会负责人说什么？"安厂长顿了顿，卖了个关子，"他说乡镇企业不能参加广交会，我们只能在流花展馆外活动。"

林武峰看安厂长脸上的神色，肯定道："苏州乡镇企业代表团还是进会场了。"

安厂长低头啜了一口热茶，说："还记得我们在去柳市镇上遇到的温州人吗？他怎么说的？一个地方发不发展看什么，看当地政府。"

安厂长一拍大腿，继续说："外经贸委徐处长带我们找地方住下，他四处打听，打听到历届广交会乡镇企业都不能进会场，所以乡镇企业在流花路展馆外搞了一个集市，就在那儿摆摊、宣传产品，老外们看完广交会，也会来集市看看。"

宋莹也坐在一旁听，听到这，她问安厂长："所以你们也在集市摆摊了。"

安厂长道："不止，不止，徐处长还想方设法打听到了老外们住在哪个宾馆，他带着外经贸委懂英语的人守在宾馆门口，想方设法和老外们搭上话，交换名片，谈生意，帮我们拉来了不少老外。"安厂长感慨万千，"我现在是明白了那个温州人的话了，发展靠政府。"

安厂长继续道："说个好笑的，最后两天，趁着广交会的管理人员没注意，咱苏州有位厂长用麻袋背着他厂里的千斤顶，翻墙进了展馆，被抓，罚款五十元，在角落里罚站一小时……"

隔壁小房间正在一边做作业一边偷听的林栋哲"哈哈"笑出来声来。安厂长也笑："他罚站了，可也大大出名了，别人都知道他的产品了，值，值得很！"

安厂长笑完，对林武峰张开五指，翻了翻，说道："我们厂也有订单，林工，你下面又要加班加点了。"

姑苏春意浓，禅院花木深。宋莹率众去寒山寺烧香——林武峰很支持妻子的行为，林栋哲的成绩飘忽不定，别说林武峰了，连经验丰富的老师们都判断不出林栋哲能否过一中分数线，所以他只能暗自祈祷。

路边的野花不要采，树上有枣没枣打一竿。宋莹抱着"有枣没枣打一杆"的心态，兢兢业业地跑遍了苏州各名刹。

7月28日，洛杉矶奥运会开幕，这是1949年之后中国代表团首次参加奥运会，人人都守在电视机旁看转播。许海峰拿到中国首金后的第二天，中考分数线下来了，林栋哲低分险过一中分数线，和庄筱婷再次做了同学，向鹏飞过了普通高中和技校的分数线。

宋莹喜不自胜，林武峰再三嘱咐妻："庄老师没少辅导栋哲的数学，鹏飞只考上附中，庄老师心情不太好，你低调点。"

宋莹体贴入微，对林武峰说："那我就只请玲姐和筱婷下馆子，不带庄老师。"

林武峰叮嘱妻子低调，但他自己也按捺不住心中的喜悦，自行车早已敞开供应，购买无须自行车票了。林武峰想起庄图南一进初中就有了自己的自行车，就去店里给林栋哲挑了辆永久牌自行车。

有钱又烧包的宋莹决定小规模内庆祝，她原本想请大家去餐馆吃饭，吴珊珊和张敏两姐妹都提议去市区一家新开的冷饮店——张敏的原话是"小资新潮的冷饮店"——宋莹从善如流，挑了个星期天，请三家的妈妈们和女孩子们吃冷饮。

冷饮店开在老城区，临河，三位妈妈、三个女孩分别在窗边的两张小桌子边坐下，妈妈们一桌，喝桂花冰酒酿和青梅酒，女孩们一桌，吃冰激凌。窗户大开，暖风舒徐，阳光璀璨，映照在河面上，一只乌篷船轻盈划过，船艄后水波荡漾，三位妈妈都是第一次光顾这种"小资"店，都有些恍惚。

酒酿里加了几朵蝶豆花，浅黄色的桂花花瓣加庄色的蝶豆花盛在透明玻璃碗里，煞是好看，张阿妹又舀了一勺红糖加在碗里，轻轻搅动，说道："我们应该多出来几次，女人，要对自己好一点。"

黄玲笑道："这次是宋莹请客，下次谁出钱呢？"

张阿妹笑着说："没准是我，明年我家俩闺女要是分配的单位好，我请，我肯定请。"

河对岸的店里有人唱评弹，宋莹看着河面的乌篷船，听着对岸的温软呢喃，一时间愣住了没有回话，黄玲碰了碰她胳膊，宋莹回过神来，说："不知怎么的，我突然想起我年轻时的夏天。"

简简单单一句话，黄玲和张阿妹都听懂了其中的惆怅。

黄玲嘲笑好友："年轻时的夏天。宋莹，你杂志没白看，现在说话都像诗了。"

张阿妹低声道："前几天，我在街上遇见小敏和她的同学，小敏没看见我，和同学们说说笑笑着经过，我看他们的背影看了好久。"

宋莹道："我以前可爱逛街了，街上新开了什么店都知道。这次要不是小敏推荐，我都不知道还有这种小资冷饮店。'小资'，她们说的是这个词吧？"宋莹轻叹，"有时候觉得自己还年轻……"

黄玲接了下去说："但已经是为了孩子们升学、分配工作去求神拜佛的中年妇女了。"

说到孩子，张阿妹取笑宋莹："你今天请我们吃冷饮，没带栋哲，回去不会哭天喊地怪你不讲义气吧？"

宋莹淡定道："没事，他知道我们出来，他和图南正看奥运会转播呢。"

庄家还没买电视，林武峰把电视搬到了林栋哲房中，方便庄家人，尤其是方便放暑假回家的庄图南过来看奥运。中场休息，林栋哲去厨房冰箱里拿健力宝了，庄图南无意间一扭头，瞥见书架和墙壁之间夹了几本杂志和薄薄的书册，他以为是不小心掉进去的，把书架向外挪了挪，把杂志和书拽了出来。庄图南看着他拽出来的书和《家庭健康》杂志，啼笑皆非。林栋哲拿了两瓶健力宝进屋，庄图南抬眼看了看，才发现屁股后面的小跟班在他没注意的时候不知不觉长大了，个子高瘦，五官也长开了，剑眉星目，颇为英俊。

庄图南拿起《家庭健康》揶揄道："栋哲，我居然不知道你对医学感兴趣。"

林栋哲不吭声。庄图南打开《家庭健康》，刷刷刷地翻到《性启蒙》专栏，又翻到《新婚必知》这一页，指给林栋哲看："栋哲，这些东西看看就行了，不要多看。"

庄图南好奇，问道："哪儿来的？"

林栋哲打开健力宝，喝了一口，说："还能是哪儿？书摊老头呗。他摊上很多这样的书。"

熟悉的摊主居然拓展了新业务，庄图南叹服："我还以为他挣不到你的钱了，想不到他还挺有生意头脑。"

林栋哲不服气，又说："我和鹏飞合买的，你别光说我。"

庄图南听到向鹏飞也有份，愣了一下，不由得严肃起来，问林栋哲："鹏飞房间里也有？"

林栋哲摇头说："我们不敢放你家，都放在我屋里。"

庄图南正色道："即使在大学里，这个话题都不宜讨论，公开或私下都不可以。栋哲，这件事情可大可小，万一被一中知道了，记在档案上，你将来考大学都会受影响。"

庄图南沉默了一下，又说："实在要看也藏好点，书架后面不行，换个隐蔽点的地方藏。"

林栋哲抓住了庄图南的话头，问道："图南哥，你说大学里不可以讨论……'这个'，那么可以谈恋爱吗？"

庄图南被"谈恋爱"三字猝不及防扎了一下，但他马上镇定了下来，警觉地问："你问这个做什么？你不会有什么想法吧？"

林栋哲连连否认，说："我偷听你妈我妈说张敏好像在处朋友，我就是好奇大学可不可以谈恋爱。"

庄图南斩钉截铁道："大学不能谈恋爱，确实有人私下谈，但会被通报，甚至行政处分，取消奖学金，影响毕业分配。"

林栋哲似懂非懂地"哦"了一声。

庄图南心有所思，他叹口气，似乎是对林栋哲解释，也似乎是说服自己。"大学恋爱成功率太低，还有毕业分配这一关呢。国家包分配，男女朋友很难分在一起。"

林栋哲更懵懂了，问："毕业分配？"

庄图南似乎在自言自语："大学毕业前，学校公布分配方案后，据说没分在一起的恋人百分百都分手了，分在同一个地方的师兄师姐很快就谈上了，很现实。"

林栋哲很敏锐，他问庄图南："老大，你才上大学就知道这么多，你打听过？"

庄图南苦笑："还用打听？指导员说的，以此告诫我们不要谈恋爱。"

奥运节目又开始了，两人一起继续吹电扇喝健力宝看电视。

庄图南突然又道："只许藏你家，不许藏我家，不许带坏筱婷。"

林栋哲没好气道："老大，我傻呀？我们想方设法瞒的就是她，被她知道了不就等于两家爸妈都知道了？"

奥运结束后，林栋哲回福建老家探亲了，半个月后又回来了。

暑假快结束前，向鹏飞从贵州回苏州了。

回上海前，庄图南把向鹏飞、林栋哲叫到一起，耳提面命。

庄图南苦口婆心："我也不说不让你们看了，你俩天不怕地不怕，我说了你们也阳奉阴违，我就是把利害关系和你们说清楚，你们还小，不要因为一时好奇毁了前途。"

向鹏飞和林栋哲互视一眼，同时在心里道："庄家新一代教导主任出现了。"

庄图南嘴皮都说干了："最好的办法还是不要看，至少不要把这些书带到学校，不要借给其他同学看。万一被人告发或是被学校抓住了，处分都是轻的，开除都有可能。"

房间少，庄家必须把几个孩子时不时地来一次乾坤大挪移——向鹏飞回来了，庄图南和向鹏飞暂时睡小卧室，庄筱婷又睡回了大卧室里的小隔间。庄图南的卧室和林栋哲的卧室就隔一堵墙，一天晚上，林栋哲在墙壁另一面咚咚咚地敲，向鹏飞站在窗口吼："吵什么？让不让人睡觉了？"

林栋哲也扑到窗前吼回来："打蚊子，马上就好。"

幸亏两个窗子上都装着纱窗，不然这两人估计就要挥拳招呼对方的脸了。

庄图南再一次情不自禁地回想起他和李佳在弄堂老宅的那一幕。

这几个月来，他不仅反复回想起那时那景，更是经常不自觉地思量两人相处的所有细节，路上"偶遇"，上课讨论，甚至李佳给他发生活补助时的几句说笑——李佳的好朋友是生活委员，负责发放全班同学的补助和各种票证，李佳经常在一旁帮她数钱数粮票，他朦胧地觉得，李佳知道且并不反感他的心动。

庄图南把他劝林栋哲的话在心中反复默念："大学严禁恋爱，抓到了一定会上报，轻则点名通报批评，重则行政处分，取消奖学金，影响分配。"

想到毕业分配，研究生师兄的那句叹息似乎在耳边回响："现实也是大问题。我那一届的几对，毕业前基本都分手了。还有两对，坚持了一段时间后也劳燕分飞，不得不分手。修不成正果的感情，还是埋在心底的好。"

庄图南再一次压抑住内心深处的情愫。

连雨不知春去，一晴方觉夏深。弄堂春雨中那一瞬间的欢喜，延绵到了日光灼灼的夏日。1984年夏末，太阳特别大，天气特别热，蝉特别聒噪，小院里有了三名高中生，林栋哲和庄筱婷升入一中高一，向鹏飞升入附中高一。庄超英看女儿、外甥都进了高中，决定报读成人高等教育，争取拿一张函授大专的文凭。以一己之力拉高了下一代学历的庄超英，开始游说院中的成人和他一起报名函授课程。

林武峰见了庄超英就绕路走，他怕庄超英督促他去读研究生。

黄玲摇头，她说："拿文凭要念好几年，就算拿了文凭提了职称，一级工资也才七块钱，我种菜打毛衣远不止这个钱。家里花销大，念书的时间还是用来打毛衣吧。"

宋莹很诚恳，她对庄超英道："读书是为了进步。庄老师，我不喜欢读书，不求进步。"

宋莹着实不求进步。

每年国庆前，棉纺厂都会评选红旗手和劳动积极分子。二车间主任几乎每年都要和宋莹谈话："小宋，这次群众投票你又差了两票。你业务能力强，以后只要稍稍控制一下脾气，看不惯的事情少说两句，积极分子就没跑了。"

主任苦口婆心，宋莹嗤之以鼻，说："不就六块钱奖金嘛，为了几块钱憋屈一年，不值。"

刺儿头宋莹不在乎积极分子的荣誉，但自从庄图南考上同济大学后，她有了个梦想——在附小教务处门上挂上"热烈庆祝林栋哲考上xx大学"的红绸。

寒山寺师傅听宋莹诉说她屡屡为孩子成绩生气暴怒后，教了宋莹一个简单的制怒法："女施主，你在发火前，先在心中默念100个数字。"

梦想的力量是无穷的，主任多年谈话没达到的效果，中考达到了——在林栋哲备考这半年中，宋莹收敛了脾气和锋芒，在家尽量不发火，在外春风细雨般地对待同事们，群众关系大为好转。

国庆节前，宋莹被群众评选为劳动积极分子了。

被群众评选为劳动积极分子了！

一车间组长黄玲一如既往地被评为红旗手，除了奖状和六元奖金，还表彰一袋十斤装的糯米，一盒荤麻糕。

获奖者要上台领奖，不知道是不是因为今年秋老虎天太热，厂领导突发奇想，别开生面地要求获奖员工领奖后跳集体舞。

庄超英和林武峰都是老派人，坚决不肯陪妻子上台跳舞——庄超英的原话是：不想为了几斤米丢人现眼。林武峰说得直白：大老爷们儿绝不上台扭腰——爸爸们不肯上台，校际劲歌热舞大赛一等奖获得者林栋哲临危受命，带着妈妈们练舞。

国庆前夕，棉纺厂表彰大会上，红旗手们手拿奖状、拎着米袋拍完集体宣传照后，林栋哲穿着白衬衫黑长裤黑皮鞋闪亮登场，虚搂着黄玲中规中矩地旋转完一曲交谊舞后，高高兴兴地帮忙拎着米袋下台了。

劳动积极分子们随后上台领奖状，笑得见牙不见眼的林栋哲又"噌"地上台，甩开大长腿和宋莹合跳了一曲火爆热辣的探戈。

主任连连感慨："宋莹儿子的腿就像没长在身上一样，想咋扭就咋扭，咋扭咋好看。"

边上的同事连连点头，说："就冲这支舞，选宋莹不亏，明年积极分子还选她。"

黄玲和宋莹手持奖状的照片贴在了厂办楼前的光荣榜上，新一代厂花崭露头角——厂花这顶桂冠再次花落林家，林栋哲成了棉纺厂开天辟地第一名男厂花。

1984年，小院中多了三名高中生。

刺儿头宋莹经群众评选，当上了劳动积极分子。

林家又出了一位厂花。

1985年春节，苏州城里兴起了传统婚礼，新人们不再新事新办，而是"土洋结合"，穿着婚纱在老字号酒楼里摆婚宴，黄玲和宋莹四处参加婚宴，心疼不已地给出红包。

3月，国务院下文，企业在完成国家计划指标后剩余的生产资料和超产部分可自由议价，国家不加干涉。

价格双轨制启动了。

安厂长又喜又忧。

喜的是订单增加了——江浙两省引进了众多家电生产线，冰箱线就有十几条，生产线增多，制冷压缩机的需求自然水涨船高，他的企业规模不大，只要抢到一点点市场份额，就足够厂里加班加点地生产了。

忧的有两件事。

第一件是林武峰所在的压缩机一厂突然严禁技术人员在外兼职，安厂长失去了最大的技术支持。

第二件事情更麻烦——原材料更贵更难搞到了。

乡镇企业拿不到计划价格的原料，只能从"倒爷"手中购买，倒爷猖狂，原材料往往要倒上不止一手才能进入市场，温州的零器件价格也跟着一路上涨，安厂长看着订单，再计算原材料涨价后的利润，只能叹气。

年中，因为缺原材料，安厂长的厂子时不时地被迫停工。

安厂长拎着公文书，在各部门和全国各地的原材料厂之间奔波，计划内价格也好，市场价格也好，只要价格不高到亏本，安厂长秉着"捞到篮里都是菜"的思想来者不拒。

压缩机一厂突然严禁技术人员在外兼职的原因是：全国各省市都在轰轰烈烈地引进进口设备或先进生产线，苏州市也不例外。压缩机一厂引进了德国的生产线，需要全体技术人员加班加点啃下新生产线。

尽管是德国的过时设备，技术人员依旧需要消化相关的技术，工程师们年龄普遍偏大，当年在大学时学的是俄语，现在只能靠着翻译，一点点地看翻阅资料，学习新设备。

几位老资格的工程师基本了解了新生产线和国际上同类产品的性能参数后，一致得出结论，无论如何提高技术研发，这条生产线也生产不出国际上需求的高端产品。压缩机一厂只能靠这条生产线提高生产效率，靠持续扩大生产抢占国内市场，提高市场占有率。

国内家电市场正处于需求爆炸性增长期，厂领导立即采纳了工程师们的建议，扩大生产。

新生产线需要大量技术工人，几位工程师在熟悉设备、开发生产线生产能力的同时，还要花费大量时间培训工人，提高技工素质。

技术、管理、市场……新生产线带来的工作千头万绪，而且都是毫无前例可参考、可遵循的新问题，只能花时间慢慢摸索，逐步推进。一时间，林武峰几乎泡在了厂里，用宋莹的话说："已经不是早出晚归了，是披星戴月，栋哲起床后、睡觉前都很难看到他爸爸了。"

全国各省市都在轰轰烈烈地引进进口设备或先进生产线，苏州市也不例外，年初，棉纺厂也从国外引进了新生产线。

棉纺厂斥巨资引进设备，原计划利用新生产线完成产业升级，生产仿制高档棉纱和化纤混纺纱，但生产线安装完毕后，厂领导赫然发现厂里的电力设备不够，无法承载新机器的运转需求。

书记和厂长跑了好几趟苏州供电局，但局域电网无法立即升级，新设备只能被迫闲置，棉纺厂把车间里的新生产线又装回了箱子里，把拖到库房里的旧设备又拖了出来，重新安装。

一顿猛如虎的操作之后，只能继续用旧设备生产，职工们谈起此事都不住摇头感慨："太魔幻了。"

经过这一番折腾后，棉纺厂发不出奖金了，甚至有两个月都发不出工资，被迫用产品抵了工资。

市面上早已不缺布料，职工们拿到大量花色单一、结实耐糙的布料都不知如何是好。

宋莹长叹："如果是栋哲小时候，他成天到处滚爬废裤子，我还能用这布给他做裤子。"

黄玲摇头，说道："栋哲再废裤子，你也用不了这么多布。"

家里本来就小，布料实在太占柜子空间，转卖也不易——黑市上突然出现了大量同种布料，黄玲和宋莹绞尽脑汁用这些布做床单、被套、裤子……实在用不掉的再想办法送人。

庄图南收到了一个大包裹，里面是军绿色的床单、被套和三条裤子，他把新床单被套铺在床上，感觉还挺好看。

向鹏飞、林栋哲穿同款同色的军装裤，双胞胎一样在小院里出出进进，不仅仅是他俩，巷子里的男孩都穿着类似的裤子，进小巷就像进了军营。

一天，宋莹有事找黄玲，一进东厢房，看到和自己家里一模一样的床单、被套，宋莹一下子忘了自己要说什么，觉得自己又重新过上了抬头见蛇瓜、低头吃蛇瓜的悲惨生活。

宋莹正悲痛中，向鹏飞和林栋哲说笑着一起进院，两人都穿着绿军裤，四条长腿好似四条蛇瓜成了精，四下游走。

军布对庄家的震荡远比林家大。

庄图南从向鹏飞处知道了情况，费尽心思找了个家教的活儿勤工俭学，他尽量不再拿家里的钱，靠着国家补助和做家教的收入勉强支撑生活，尽可能地替父母减轻负担。

庄超英欣慰儿子有孝心的同时，心里也很不是滋味。

棉纺厂以军布抵工资之后，庄超英向父母说明了情况，并表示父母都有退休工资，他暂时不再上交工资了，等厂里工资发放正常后，再恢复孝敬父母。

二老勃然大怒，他们对黄玲，甚至对长孙庄图南、孙女庄筱婷都积怨已久，黄玲和他们几乎不再往来，庄图南和他们不再亲密，庄筱婷在挨了爷爷一记耳光后也不是很愿意再来爷爷奶奶家，爷爷奶奶早就对大儿子一家极度不满了。

媳妇也就罢了，长孙对他们阳奉阴违，孙女对他们敬而远之，现在儿子又表明不给工资孝敬了，人在感受到权威被挑战、被颠覆时的反应是歇斯底里的。

庄超英一个月工资70元，每月孝敬父母25元，为了这25元，两位老人什么难听话都说出来了，什么刻薄说什么，什么伤人说什么。

庄超英回家后，闷头躺了两天，才勉强缓过气来。

黄玲不管不问，只盼咐孩子们照顾父亲，帮忙递茶送水。

庄筱婷心惊胆战，生怕父母又生嫌隙，小心翼翼地细心照顾父亲。

向鹏飞则完全不当回事，他私下里对庄筱婷嘀咕："我妈说她早就不为姥爷姥姥伤心了，大舅舅咋还这么死心眼呢！"

6月中，棉纺厂一则通告让小巷各家各户都炸锅了。

棉纺厂原有政策，职工退休后，子女可接替父母的工作进厂；职工如未退休，职工子女如果是从纺织系统的中专、技校或职高毕业的，可排队轮候进厂工作。

电视新闻里播放百万大裁军的报道时，小巷里压根没人留心，更没人意识到这条新闻和棉纺厂息息相关。

军区合并，人员精简，不需要那么多军布了，不需要那么多职工了，棉纺厂招工不再接收技校和职高的毕业生了。

吴家首当其冲，张敏念的就是纺织职高。

吴珊珊是师范中专，国家分配工作，不占吴建国的棉纺厂指标。张敏原本是很有希望进棉纺厂的，这也是当初张阿妹让张敏读纺织职高的原因。

念了三年，马上就要毕业了，棉纺厂突然不招职高生了。

这一届职校或职高毕业生家长集体去厂办公室，堵书记，拦厂长，哭着喊着要说法。

吴家一片愁云惨淡，吴建国和张阿妹四处找人，活动关系。

棉纺厂天翻地覆，小巷中愁云密布，一中校园里一切如常。

尽管同是一中，但高中部入学要求更高，学生们基础更好，竞争比初中激烈得多，成绩优异的庄筱婷觉得压力很大，私下里偷偷哭过好几次；相反，学习成绩常常垫底的林栋哲则适应得很好，非常好。

学习压力大，林栋哲依旧吃得香睡得好。

校规严格，老师注重上课纪律，林栋哲经常被拎到教室后排罚站，他能心平气和地倚在墙上打盹。

校运会上，其他同学带着书本在操场边复习，林栋哲甩开长腿，包揽了100米、200米和接力赛的冠军。

期中成绩发下来了，林武峰看着学生手册沉吟不语，宋莹紧张地询问："老师怎么说？是不是说栋哲成绩不好？"

林武峰道："老师的评语说，栋哲的成绩还有很大的提升空间。"

中华语言博大精深，宋莹一根筋，没听出弦外之音，高高兴兴去做饭了。

林武峰看着班级名次，婉转询问："筱婷是前十吧？她名次比你好那么多，你不难受吗？"

林武峰说完就后悔了，生怕伤了宝贝儿子林栋哲的自尊心。

林栋哲丝毫不在意，对老父亲说："庄筱婷是尖子生。人人学习都好，人人都是尖子生，那不可能，有尖子生就必须得有差生。"接着，他又补了一句，"庄叔叔劝妈读函授大专，妈说一个纺织女工学什么英语。爸，你也说过，书本上学到的知识和工作上用到的知识脱节，拼了命考100分没意义。"

林武峰长叹，这个心态太自洽了，这个逻辑太正确了，他竟无言以对。

林武峰继续阅读学生手册，果然，老师和他有同感，评语最后一段是：林栋哲同学抗压能力强，心态健康，能很好地和同学们打成一片……

校园里最受欢迎的男生永远不是成绩最好、老师最喜欢的学生。林栋哲成绩虽不好，但他相貌好，体育好，性格阳光开朗，所以，他才是校园里的风云人物。

林栋哲在校运会上获得的几个冠军头衔，加上他初中时在魔方和舞蹈方面的赫赫战绩，使得他成为那种即便只是手插在裤兜里走在走廊上，身后都时不时有小女生窃窃私语的男生。

一中是水，林栋哲是鱼儿，差生林栋哲在一中如鱼得水。

他强由他强，清风拂山岗；他横由他横，明月照大江；他自狠来他自恶，我自一口真气足。[①]

天渐渐黑了，篮球场上都没有学生了，林栋哲打完球，三步两步冲上教学楼，回教室拿书包。

注①： "他强由他强，清风拂山岗，他横由他横，明月照大江，他自狠来他自恶，我自一口真气足。"一句出自金庸先生《倚天屠龙记》里九阳真经的口诀，特此说明。

出乎他意料之外，黑乎乎的教室里还有一人，而且好像是早该到家的好学生庄筱婷。

窗外的天色已暗，一缕夕阳照在黑板上，渲出一小块儿近鲜红的火热光芒。靠着这团微光，林栋哲勉强辨认出庄筱婷的轮廓，她伏在桌上，把脸埋在胳膊里，小声啜泣着。

两人从小一起长大，教室里又没有其他人，林栋哲不得不违反"高中男女生之间不说话"的不成文校规，硬着头皮上前几步，问："庄筱婷，你咋还不回家？是不是因为今天发下来的卷子没考好？这只是一个小测验，不重要。"

庄筱婷不作声。

林栋哲走也不是，不走也不是，只能继续笨拙地安慰："叔叔阿姨都很开明，不会因为一次小测验没考好就骂你的。"

林栋哲试着开导庄筱婷："老师批评你了？"

庄筱婷哽咽："刚才老师叫我去办公室谈话，我说没复习好，老师没说什么……"

林栋哲惊讶，十分不解，问道："老师都没批评你，那你还哭……那你还伤心什么？"

庄筱婷把脸埋在手心，低声道："刚才老师说，'我以前教过你哥哥，你哥哥数学成绩好'，我突然一下子就说不出话了，脑子里一片空白。"

庄筱婷哽咽不止，说："办公室里好几个老师，都听到数学老师这么说了，都看了过来。我现在坐在这儿，反复回想那一幕，我忘不掉，我下面一周内都忘不掉。"

林栋哲不理解，道："话不都谈完了嘛，你咋还反复琢磨。"

庄筱婷沉默了片刻，说："我也不喜欢这样，我也不喜欢反复回想，可我控制不住自己。"

林栋哲挠了挠头，说道："庄筱婷，我小时候经常被叫家长，有次在办公室等我妈，我听到老师发牢骚：'林栋哲他妈怎么还不来？我还想早点下班呢！'庄筱婷，你刚才和老师谈话，她没准完全没注意到你的反应，只想着早点下班。其他老师多半也一样，心里想着，到点了，该回家做饭了。"

庄筱婷听到"林栋哲他妈怎么还不来？我还想早点下班呢！"时，先是"扑哧"一笑，但等林栋哲说完，她脸上的神情又黯然了。

庄筱婷依旧执拗，她说："可我还是控制不住反复回想刚才那一幕，你不是我，你不理解。"

林栋哲不以为然，反驳道："我咋不理解？我从小被老师说，你和庄筱婷是邻居，她那么懂事，你那么皮。连我妈都成天说，你看筱婷，多替她爸妈省心。你看我在意吗？我还不是一直把你当好朋友。"

林栋哲道："你别以为我不理解，我可理解了，向鹏飞也理解。他在学校里，老师也经常说，他表哥表妹的成绩都特别好，他是他们家拉低平均分的。你看向鹏飞会反复琢磨这种屁话吗？这种话，我们就当耳边风，左耳进右耳出。"

庄筱婷被这种简单粗暴的思维方式震住了。

林栋哲道："你要想没完没了地琢磨，我不拦你。你今天没骑车吧？我带你回家，你坐我车后座慢慢琢磨。到点了，我们该回家吃饭了。"

夜风习习，空气中暗香浮动，风灌进林栋哲肥大的校服T恤，T恤后背在庄筱婷眼前鼓了起来。

庄筱婷冷不丁问道："你怎么知道我爱胡思乱想？"

正是下班高峰，林栋哲频繁扭动车把，在自行车大潮中灵活地赶超其他车辆，他超过了旁边两辆车才回答庄筱婷："我从小琢磨我妈心情。我妈心情好，我就可以皮一点；我妈心情不好，我骨头就得紧一点。周围人想什么，我大概能猜出来。"

林栋哲扬扬得意，又说："我对你哥也这样。有些事可以拉他一起淘气，有些事不能。所以你哥喜欢我。"

庄筱婷"扑哧"一声笑了出来。

林栋哲反问："我和向鹏飞都不明白，叔叔阿姨疼你，老师喜欢你，你为啥还成天胡思乱想的？"

庄筱婷还是不说话，她情不自禁地回想起那年夏天，她和哥哥回爷爷奶奶家送姑姑和向鹏飞，奶奶趁庄图南不在场时，笑眯眯地对她说："要不是你和你哥成绩好，你爸爸就不要你妈妈了。"

庄筱婷清晰地回想起那一刻奶奶脸上的笑容和声音里的恶毒，回想起自己那一刻的恐惧和战栗。

机动车道上，一辆公交车开过，空气中弥漫着浓浓的汽油味，庄筱婷一阵恍惚，又回想起无意间听到的父母对话。爸爸感叹家里经济紧张，林家时不时请吃饭或给孩子买点小东西，多少有点尴尬。妈妈也说，两个孩子成绩好是家里最争脸的事情了。

妈妈的叹息似乎在庄筱婷的脑中响起："那天宋莹偷偷和我说，厂里最近发不出工资，我要是缺钱，她借我。我知道她是好心，可一个单位的，我工龄比她长，职位比她高……哎，林家现在有钱，要不是筱婷成绩比栋哲好，我真没底气和宋莹来往了。"

爸爸也说："人和人之间不比较是不可能的，幸好咱家两娃都争气。"

林栋哲不知道庄筱婷心中所想，继续苦口婆心地做知心大哥。

"有人喊向鹏飞'贵州人''乡巴佬'，他给人两拳就完事了，不放在心里。也有人喊周青'小新疆'，她听进耳朵放进心里了，成天阴沉沉的。很多事情吧，你不放在心上，就不是件事儿。"

庄筱婷觉得这话不对，但又不完全错，一时间不知道如何驳斥。

卡车的喇叭声时不时响起，嘈杂声中，林栋哲悠悠吹起了口哨。

庄筱婷凝神听了一会儿，依稀听出是《紫竹调》的旋律。

轻快的口哨声似乎有魔力，迎面的夜风和悠扬的哨声似乎驱散了心中的忧伤，庄筱婷几近无声地轻轻哼唱，合上了这曲旖旎缠绵的江南小调。

第 十 三 章

半城烟火

　　家中经济紧张，学期结束后，庄图南没有立即回家，而是留在了学校，看能否再找几份家教挣钱。

　　庄超英打了个电话给他，提议他回苏州找家教，庄图南一口回绝："回苏州后，肯定就是帮爱国、爱华补习了，没准还要出他们的伙食费。以前无所谓，现在爸妈都发不出工资，我还是留上海想办法找家教。"

　　庄超英放下电话，哑口无言。

　　还没等庄图南找到家教，他就接到了系里阮教授安排的紧急工作任务——去平遥古城做测绘。

　　阮教授临时召集了一批留校的学生，在系投影室里开了一个紧急动员会，会上，阮教授说："周边的几座古城，介休、太谷都拆了，平遥县也急了，正大兴土木建设新城。按平遥县现有的规划，古城中心建广场，造环形交叉口，修商业大街。按这个规划实施，古城就完了。"

　　墙壁上出现投影照片，室内响起一片吸气声，阮教授道："对，这就是平遥的现状，三十多栋明代建筑、一百多栋清代建筑已经被拆了，古城西边的城墙也拆了一个大口。"

　　系主任董教授道："阮教授得知消息后立即赶到了当地，去相关部门活动要求停工。山西省建设委员会规划处的处长是阮教授的学生，他帮阮教授争取到了一个月的时间。山西省建设委员会同意停工一个月，让同济大学再做一个新规划。"

　　董教授补充："阮教授希望系里送一批优秀学生去平遥，测绘，画平面图……我从成绩单上挑出了你们……"

　　阮教授沉默了一下，说："山西省并没有许诺一定用同济大学的新规划，有可能忙了一个月，最后做的是无用功。山西省没拨款，平遥县政府意见很大，更不可能给钱。系里拨了3000元做经费，只够同学们的路费和吃住开销。这次的任务是义务劳动，没有补贴，而且条件差、时间紧……"

阮教授道："我再重复一次，这是义务劳动，而且很有可能是无用功，只能说尽人事听天命。愿意去的同学来我这里报名，我看过你们成绩单了，测绘都没问题，只是还有一个要求：要会骑自行车。"

庄图南第一次这么庆幸他有林栋哲这个小弟——他惴惴不安地打电话回家，接电话的黄玲很为难，对他说："图南，你爸夜校这几天考试，妈要上班，鹏飞回贵州了，家里没人能来上海啊。"庄图南本以为没希望了，但过了一会儿，他接到了林栋哲的电话。

电话里，林栋哲嗷嗷叫："老大，我和我爸妈说好了，我坐明早第一班车，把咱俩的自行车都带来，咱们明天在车站见。"

两人在长途汽车站碰头，林栋哲把两辆自行车交给庄图南，喋喋不休地交代："我本来想把庄筱婷的车也带来，暑假我们不用车了，但你爸上夜校，需要一辆自行车，他把庄筱婷的自行车留下了……"

原车要在一小时后返回苏州，林栋哲有一小时的空档，他和庄图南把自行车锁在自行车棚里，一起到车站外的小吃店里吃午饭。

小吃店里闷热难当，两人都没什么胃口，庄图南买了几个馒头和一盘土豆丝，又买了两瓶冰冻橘子汽水，喝着汽水勉强下饭。

林栋哲看着庄图南身边的行李包，问："图南哥，你已经整理好东西啦？一会儿坐车去山西？"

庄图南点点头，说："和同学一起。"

林栋哲絮叨："阿姨整理了一包常备药给你，说出门条件差，有备无患。东西都在我书包里，我一会儿给你。"

庄图南夹了一筷子土豆丝给林栋哲，林栋哲压低声音道："还有钱。阿姨说，天太热，她就不给你卤茶叶蛋、做包子了，给你钱让你路上买东西吃。阿姨说，千万不要省，穷家富路。"

有人拎着两筐家禽进店，空气中顿时弥漫着一股鸡屎味，庄图南放下筷子，林栋哲赶紧道："图南哥，你别讲究，不想吃也要尽量多吃点，不然一会儿车上饿了，没东西吃。"

庄图南看着脖子上汗津津的、都是黑乎乎泥垢的林栋哲，心中感动，对他说："你来回坐一天车给我送自行车，栋哲，辛苦你了。"

林栋哲咧开嘴笑，说道："我爸说，把我自行车送来同济大学开开光，沾点书卷气。"

庄图南心中暗叹，林栋哲期末名次一定差到惊天动地，居然把睿智的林叔叔活生生逼成了新时代"神棍"。

庄图南拿起汽水瓶，和林栋哲手里的汽水瓶轻轻碰了一下，林栋哲嘿嘿笑着说："图南哥，你学业上需要帮助，没说的，我当然要来，一定要来。"

林栋哲喝了一口汽水，继续说："我就是有点不明白，你们跑山西干什么？"

庄图南想了想才回答："古建筑承载了历史和文化，不能就这么拆了。同济建筑系有国内最专业的城市规划专业，教授带我们去规划古城改造。"

林栋哲似懂非懂地"哦"了一声，道："规划就是不让拆老房子吗？我妈想了半天，想不明白老房子有什么好，没有下水道，连洗衣机都装不了。我妈说了，没有洗衣机的房子不是好房子。"

林栋哲继续道："刚才车上的司机叔叔是钱叔叔的朋友，就是上次带我和向鹏飞来上海的那位叔叔，他听说你要去一个偏僻的县城，特地说了，你在路上吃饭上厕所，最好都和同学在一起，千万不要一人上厕所，怕有人在厕所里挥棒子，把你打昏了抢你身上的钱。"

林栋哲鬼鬼祟祟地打开身边的书包，对庄图南说："我听叔叔这么一说，厚着脸皮向他要了把螺丝刀。图南哥，你带在身上防身。"

林栋哲交接完钱、药和自行车，恋恋不舍地返回了苏州。

庄图南又等了一会儿，等到了师兄王大志，两人一起把自行车骑到了上海火车站，汇集了其他同学，办好自行车托运，一行十二人一起登上了上海至太原的火车。

抵达太原后转乘太原至平遥的长途客车，客车出发两小时后，庄图南就知道林栋哲所言不虚了。

国道中间，突然出现了一棵锯倒的大树，司机见冲不过去，只能无奈停车。

司机停车后，转身对乘客们喊了一声："如果他们只要钱，多少给一点。除非劫色害命，否则不要对着干。装个厞花点钱，人平安就行。"

公路两旁出现了几个拿着棍棒或菜刀的人，慢慢逼近客车。

十二名学生中有两名女生，李佳和一名女研究生，售票员似乎颇有经验，他示意车上的年轻女性都低头，尽量坐在男生中间，再让身材壮实的男生侧身挡在女生前面。

车上有一位单身出行的女士，被安排在学生中，十名男同学，团团围住中间的三名女性。

售票员安慰他们："客车一般不出人命，就当破财免灾了。"

持刀的人逼近驾驶室，用土话和司机大声交涉。

几句话之后，司机转身对乘客们喊："一人五元，就让我们过。同意的话，大家就付钱，哪位乘客帮忙收一下钱。"

有了这个插曲之后，当客车停在一个路边饭店，一群打手拎着棍棒上车，赶乘客下车吃饭时，所有人都见怪不怪了。

下车的乘客吃一顿十几元钱的天价餐食，不下车的乘客被一顿胖揍，揍完还是要被赶下车吃饭。

饭店是个不大不小的院子，前面是饭厅，后院有个简陋的厕所。

李佳起身向屋后走去，应该是要上厕所，庄图南看到有两个打手也起身向后走去，他们越走越快，几乎贴了李佳背后。他福至心灵，一把拽起边上的一位男生跟了上去。

庄图南快步跟上，硬生生插在李佳和打手之间，大声说："小妹，我和二弟就守在外面，等你出来。"

李佳已经被吓得面无人色，呆若木鸡，一动不动。正好有位乘客牵着孩子的手走出女厕所，看样子女厕所里是安全的，庄图南轻轻推了她肩膀一把，把她推进了女厕所。

庄图南转身，和两个打手面对面直视僵持，他浑身的血液像是僵住了，心脏怦怦狂跳。

一个打手投来凌厉凶狠的目光，庄图南整颗心提到了嗓子眼，他呼吸急促，胸部有隐隐的刺痛感。明明是盛夏天气，他却出了一身冷汗。

另一位男生落在后面，他也明白了，急中生智回头对饭厅大喊一声："还有人上厕所不？大家一起啊！"他又用英语补了一句，"男生带上女生，不要把女生单独留在饭厅里。"

剩下的学生们都涌了过来，十多名乘客也趁机跟了过来，趁着人多安全，在院中排队上厕所，打手们哼了一声，径直进了男厕所，庄图南心头一松，这才发现自己手心里都是冷汗。

李佳出来后，三人也不回饭厅，一起站在院子里等待，等所有人都上过厕所再一起回去。

李佳缩在男生们身后，她脸色煞白，整个人一直在微微颤抖。

一名研究生师兄低声感慨："幸好庄图南机灵……这才是一半的路，一会儿估计还要停一次。女生如果要上厕所，男生们都在外面等着。"

抵达平遥时已是黄昏，当客车从县城边缘开过时，所有的学生都忘却了身体的极端疲惫和精神上的高度紧张，扑到窗边向外看去。

漫天黄沙中，一座城池拔地而起，原始而苍凉。

夕阳的余晖照在气势恢宏的城墙上，斑驳而近乎悲壮。

一人喃喃道："以前只知江南园林的精巧美，现在才见识了黄土高原的浑厚雄伟。"

另一位师兄轻声呢喃："四大街，八小街，七十二蚰蜒巷……"

庄图南接话："道光年间，晋商把控全国经济的日昇昌票号，南大街……"

李佳道："难怪阮教授要和当地政府周旋，不让他们扒城墙拆楼……"

司机突然一脚踩下刹车，用不那么标准的普通话问："你们就是那个啥啥大学，不让县政府修新城的？下车下车，球大个东西，老子不带你们。"

刚才还一脸和气的售票员也骂："寡货！"

边上一位乘客义务做起了翻译："寡货，没事找事、到处扯淡的人。"

客车摇荡着开走了，车后黄沙飞扬，似乎也在骂骂咧咧。

十二名学生，一堆行李和四辆自行车被扔到了路边，大家先是面面相觑，看到远去的客车和车后飞扬的黄土，才后知后觉地意识到：他们确实被驱逐下车了。

所有人你看我、我看你，先是觉得荒谬，看着看着，看到平日里文质彬彬的师兄师妹们现在都是满面尘土、一身肮脏，再想到自己肯定也是如此，都笑了起来。

研究生师兄又是好气又是好笑，用刚学到的土话自嘲："一群合操五烂的寡货。"

师兄吆喝道："阮教授住县招待所，大家把行李都放自行车上，我带你们过去。"

大家嘻嘻哈哈往车上放行李，庄图南弯腰绑行李时，瞥见一束阳光斜照在不远处的一段残壁上，照亮了碎砖上斑驳而破败的纹路。庄图南忍不住走近残壁，俯下身，近乎虔诚地摸了上去。

这个动作像是个无声的仪式，触动了在场的所有人，一行人都找到离自己最近的墙壁，抚摸了上去。

一片缄默，夕阳从城墙上斜照了下来，洒在众人肩头，柔和的光束弥漫着黄土高原的尘土，有历史的尘烟。

有人率先打破了沉默："没准我摸的这块砖头是明宣武年间的。"

另一人嗤笑道："平遥始建于西周，你咋不说这块砖是两千多年前的？"

研究生师兄曾来过平遥，对大伙儿道："大家抓紧进城，天还亮着，边走边看。去招待所的路上有瓮城、脚楼和敌楼，有镖局，有民居。你们有眼福了。"

一人道："那可得感谢刚才的司机了，他一脚油门开走了，把我们这群寡货扔进了历史里。"

李佳讷讷道："我们到平遥了。"

所有人的心中都是同样的感触："我们到平遥了！"

十二名学生，带来了四辆自行车。

城市改造被迫暂停，建筑系师生在平遥县城里人见人厌，连政府工作人员都直接说："你们在学校搞研究就可以了，不要来管我们的经济建设。"

因为有山西省建设委员会的支持，平遥县不得不负责师生们的吃住，但他们被安排在条件很差的招待所里，而且，除了这家招待所，县城里其他几家饭馆都不肯做他们的生意，见到学生们进饭馆，直接骂出门或用脏水泼走。这种情况下，教授们使尽浑身解数，也没借到自行车，四辆自行车虽远远不够，但也算是解了燃眉之急。

林栋哲的自行车真被开光了，阮教授骑着它四处奔波，找有关部门，找古城里最有价值的宅院。

学生们分组，各组以"包干"的形式走访各古建筑，甚至顶着白眼进民居拍照、测绘，他们大部分时间没有车，只能花费时间步行在大街小巷中，在城墙周围、古街道上、民宅里做详细的测绘，拍下细节图片，记录下详细的数据。

为防刮伤晒伤，十二名学生穿着长袖长裤，在城墙下、木梁上爬上窜下，浑身汗、一身灰地四处跑，测绘完一处，立即背着工具，急匆匆步行赶往下一处。

梁柱檩桁、拱顶券门、木廊瓦檐、砖雕彩画，中国传统建筑最后的高峰明清建筑在图片和纸笔中被完美细致地定格复刻。

白天测绘，晚上聚在一起，汇总记录，近距离观测教授们如何在记录的基础上做规划，囫囵吞枣般揣摩学习如何在保留古建筑的同时，设计满足现代生活需求的车行道、电网水管、电话通信网络……

一个月的期限原本就非常紧迫，屋漏偏逢连夜雨，争分夺秒的工作中，意外频发。

县城条件很差，设计图纸或局部图片有时需要拍照放大，县城内居然没有一家照相馆有放大的技术，教授们只能去太原买了放大机和照相纸，临时指导学生学习放大、处理相片。

食宿很差，师生们被安排在条件极差的招待所里，卫生条件不合格，饭菜被苍蝇叮，所有人都得了菌痢，大家捂着肚子反复跑厕所。没办法，他们只好每天留一个学生坐在桌边，专职赶苍蝇。

带病工作，日夜奋战，一个月后，师生们完成了测绘和规划的全部工作。

平遥县政府还没有给出明确答复，阮教授和两名研究生留了下来，继续和县政府、省政府交涉周旋，其他学生离开平遥。

庄图南想把自行车留给阮教授调度，阮教授犹豫片刻，婉拒了，说："我不一定直接回上海，有可能要跑太原，带着车不方便。"

十名学生一起离开了平遥。

一路顺遂地到了太原后，四名同学直接从太原火车站买票回家了，剩下六人回上海。

太原是始发站，很幸运，他们买到六张坐票，上车后又让了两个座给带孩子的妇女，六人轮流坐四个座位。

车厢里闷热得像蒸笼，热气、汗味、臭味混合，热气腾腾地往鼻子里钻，浑身上下都是汗湿黏腻的，后背早已湿透，大腿胳膊和座位的人造革皮面难分难解地粘在一起，每动弹一下都要嗞嗞地撕开。

半夜，车厢里总算不那么热了，庄图南站在走道里，一个胳膊倚在椅背上打盹，座位上是师兄王大志——他拉肚子时间最长，人特别虚，所以有个座——庄图南的胳膊向下滑时，他就行云流水般托住庄图南的胳膊并摆正，两人维持这样的姿势维持了很久，居然都没耽误睡觉。

庄图南胳膊肘又是向下一滑，王大志熟极而流地扶住他的胳膊。

王大志眼都没睁，继续睡，庄图南正要合眼时，迷迷糊糊看到李佳起身离座，向车厢连接处的厕所走去。

庄图南半梦半醒中意识不清，下意识跟了上去，跟了几步才意识到这是在火车上，不是在路边黑店里了，他赶紧停下脚步，窘迫地退了回去。

过了一会儿，有人站在他身边，轻轻喊了一声："庄图南。"

庄图南无法再装睡，只能睁开眼，尴尬地道歉："我刚才没睡醒，脑子是糊涂的……李佳，对不起，我不是故意跟上去的……"

李佳也很囧，声音也很低，她说："庄图南，那次我吓坏了，忘了谢谢你。后来我们分在不同组，我一直没机会单独向你道谢……"

车厢拥挤，但凡有空座，立即有人见缝插针地坐下休息一会儿，李佳的座位上已经坐上了人，她也没回座位，就这么站在庄图南面前。

列车在轨道上疾行，车轮在铁轨上撞击出咣当咣当声，车顶灯光昏暗，温柔窘迫的声音轻轻响起，缥缈得像梦。

头顶的小电扇嗡嗡地响着，摇摆着吹出微不足道的热风，座位上有人梦呓，嘟囔着听不懂的语言，年轻异性交往的边界在这一刻被模糊，心中压抑已久的情愫似乎呼之欲出。

欢喜似乎撑爆了胸腔。

大概是说话声惊醒了王大志，王大志又是一个李靖托塔的姿态向上一托，他双手托了个空，反而一激灵吓醒了，迷茫地睁开眼，转身看向两人，惊呼："啊，李佳，你怎么站着，你不是有座吗？"

李佳小声解释："我刚才离开了一会儿，座位有人坐了，我先站一会儿。"

王大志道："哦，哦。庄图南，咱俩换一下，你坐一会儿？"

庄图南按住他的肩膀，说："没事儿，一会儿天就亮了。"

三人都醒了，索性聊起天来。

王大志问两人："中午到了上海，你们是回学校还是直接买票回家？"

庄图南的脑子还是晕乎乎的，但不同于刚才的困倦，他现在的眩晕来自一份巨大的、模棱两可的欢喜，他嘴比脑子快，脱口而出："我打算找人帮忙把自行车骑到长途车站，运气好的话，能赶上下午回苏州的长途车。"

庄图南突然变得像个话痨，话前所未有地多："两辆自行车，必须要有人帮忙。"

李佳温温柔柔地回复："我回学校。"

庄图南的意识似乎分成了两半，一半在懊恼自己为什么不说"我回宿舍"，另一半脱口而出："你家不是黑龙江的吗？你假期不回家？"

话一出口，庄图南恨不能咬断自己舌头，他立即找补了一句："我分发班级信件，经常看到你的信。"

多么尽职尽责的收发委员，庄图南再次恨不能咬断自己舌头，他彻底闭上了嘴。

李佳道："我爸妈这两天在上海。"

王大志很热心，对庄图南说："我帮你把车骑到汽车站。我浙江的，离得近，在学校歇两天再回家。"

这一个月内走街串巷时经常被人指指点点，庄图南对山西骂人话已经有了基本的了解，听王大志这么一说，他立即心里骂道：寡货，我不要你帮忙，我要回学校。

王大志又道："这么热的天，阮教授还留在黄土高原上熬油，也不知他什么时候能得到平遥县城的回复。"

王大志低声嘀咕："那么好的保护规划，阮教授一定能说服平遥县政府的。"像是说出心中期盼，又像是希望得到另外两人的肯定。

三人脑中都浮现出了古朴苍凉的古城。

李佳轻声道："有志者，事竟成。"

车窗外，天渐渐亮了，一缕阳光照进车厢，跳跃不定，朦胧的晨光勾勒出李佳的低垂的眼睑，温柔而恬静。

庄图南曾在一处老宅门口巧遇李佳，两人在不同的组，各有各的任务，遇见了也只是点了点头，擦肩而过，但李佳在老宅拱门下逆光仰望的侧影还是留在了他心中。

这一刻，上海弄堂春雨中的李佳，平遥砖窑拱门下的李佳，所有的惊艳，所有的惊鸿一瞥，都和眼前的人重合在了一起。

庄图南无来由地想起了一句话："山河远阔，人间星河，无一是你，无一不是你。"

到了上海，同济寡货团立即作鸟兽散。

没人在意庄图南一再无力的抗议，"我想先回学校一趟"，几名男生都热情表示，可以帮他骑一辆自行车，送他到汽车站。

王大志热情洋溢，催促大伙儿说："赶紧的，不要错过下午的车。"

庄图南突然间理解了平遥老百姓对同济建筑系学生们的无奈：寡货们热心而实诚，一不怕苦二不怕累地管闲事，拦都拦不住。

王大志以病弱之躯，不辞劳苦地把庄图南裹挟到汽车站，把他和两辆自行车送上了回苏州的长途车。

乘客们纷纷抱怨，庄图南实在太脏太臭了，幸亏司机是钱进的朋友，他把庄图南安排在最后一排座位的窗边，大开着车窗透气，不然多半要把这小子赶下车，以平民愤。

林栋哲和庄筱婷都来了苏州长途客车站，接哥哥，顺便替他骑一辆车。他们守在出站口，但四只眼睛都没认出庄图南——庄图南实在太像叫花子了。

庄筱婷没认出她亲哥，林栋哲认出他的自行车——开光开得太彻底，金属架上的油漆掉了很多。

进了小院，宋莹第一句话是："图南，你多久没洗澡了？"

庄图南老老实实回答："十天吧。"

黄玲二话不说，把装满温水的塑料桶和庄图南一把塞进厕所里，并吩咐庄超英："你把厨房刷猪皮的刷子冲一冲，递给图南，让他把自己刷干净。"

庄图南把自己洗刷干净后，趿着拖鞋走出厕所。

夜风吹拂，吹在他湿漉漉的头发和裸露在外的腿和胳膊上，说不出的惬意和松弛。

黄玲做了绿豆汤和肉包子，庄图南正大快朵颐时，林家人溜达着过来了。

庄图南赶紧对自行车的损耗表示了歉意，林武峰完全不以为意，还说："你把车借走了，栋哲没车出去疯，老老实实在家温书，我还要谢谢你借车呢。"

林栋哲嘿嘿笑着，说："图南哥，等你吃完饭，和我们讲讲见闻。"

出门时时难，在家千日好，庄图南掐头去尾地说了平遥之行，他隐藏了路途中的险恶和条件的艰险，细说平遥的风土人情和测绘规划中的逸事，听得一屋子人心驰神往。

林武峰来了谈兴，说道："交大也有段逸事，说起来和苏州还有点关系。1947年，南京政府为压缩经费，要求国立交通大学停了航运和轮机两个系，并改名为'国立南洋工学院'。三千名学生不同意，决定去南京讨说法，但上海火车站奉了上级命令，不卖票给他们。"

林武峰摇着蒲扇高谈阔论："学生们凑钱买下一辆几乎报废的火车头和二十七节车厢，机械工程系的学生们拼拼凑凑地修好了火车，一路开到苏州附近，铁路局知道后，拆除了前方一截铁轨，但铁轨留在了路边，土木工程系的学生们立即组织成抢修突击队，修好了铁轨，继续向前开。"

宋莹听得一愣一愣的，问："交大真和交通有关系？"

林武峰继续吹牛："交通局又把前面路段的铁轨拆了，并把铁轨扛走了，学生们拆除了后面的铁轨，铺在火车前，一路铺一路开，开到了南京火车站。最后，国交大保住了学校名称和航运、轮机两个系。"

林武峰转而对宋莹解释说："1949年后，国立交通大学拆分为上海交大和西安交大，以机、电、船为主，很多专业确实和交通有关。"

庄超英听着，悠然神往，他说："图南报志愿时，林工你建议报偏实用的专业。林工你有远见，这两年文科毕业分配确实不如高考刚恢复那几年了，以前历史、哲学毕业生能直接进部级单位，现在分配的单位已经没那么好了。"

庄超英感慨："这才几年啊，理科势头就赶上文科了。"

两家亲密，黄玲开玩笑说："我还记得刚搬家时，隔壁欺负咱们，林工你二话不说就把出水管堵了。我当时还不解，心想：文化人也这么凶？原来是校风传统。"

听完，大家都笑起来。

文化人林武峰讲完逸事讲笑话："图南拿到同济录取通知书那天，我愁了一晚上。我琢磨，栋哲将来报同济好呢，还是报交大好？现在看来，我不用愁了。"

林武峰话音刚落，隔壁王家院里突然传出不堪入耳的斥骂声，庄超英对庄图南解释："是周青家，前段时间，上海同意知青子女回城了，可以落户拿上海户口……"

林武峰感慨："总算同意了。上海一直不肯松口，前段时间总算同意知青子女回城了。"

包打听宋莹补充："有条件的，一对知青只能安排一个孩子落户，孩子必须十六岁以上，至少初中毕业。"

庄图南讶然，不解地问："周青能回上海是好事啊！怎么骂得这么……这么难听？"

庄超英道："房子，还不是为了房子。周青今年初二，王勇让她秋天就去上海爷爷奶奶家读完初中，顺便落户，他要那间小房子。周青妈妈不同意，说那间房是棉纺厂特批给她们母女的。"

林武峰道：“那间房一半面积是我们院的，再吵，我把墙再砌回去。我不会修铁轨，总会砌墙。”

弄堂昏暗的路灯下，已经摆满了乘凉的竹床，人们穿着睡衣，怡然自得，或坐或躺，摇着蒲扇聊天或收听收音机广播。

李佳和爸妈也坐在一张竹床上，妈妈正在安慰李佳：“不妨事，家里又闷又挤，睡厨房还不如睡外面，穿堂风可凉快了。”

爸爸也无所谓，他说道：“大家都睡外面，聊聊天吹吹牛，困了就睡，挺好的。”

妈妈盘腿坐着，拉着李佳的手细声细气地和她说：“你回学校吧，宿舍里住着舒服，明天爸妈去你学校看看。哎，你弟弟上高中没宿舍，他还要和你叔叔婶婶挤三年才能考大学……”

妈妈看着李佳的脸色，小心翼翼地再一次确认：“囡囡，爸妈把户口名额给了弟弟，你不生气吧？”

爸爸接话说：“不是我们重男轻女，是你弟弟年龄比你小，成绩又没你好。囡囡你学校好，毕业前找个有上海户口的男朋友容易得很，一结婚就有户口了，就能留在上海工作了。”

李佳轻轻摇了摇头，但几乎没人能看得出。

不知道是没注意到李佳的摇头，还是不愿承认李佳的否定，爸爸自顾自说下去：“囡囡你上大学留上海，弟弟等到了户口，这叫‘软着陆’。爸妈的知青朋友们都说咱家运气好，软着陆回了上海。”

妈妈也很欣慰，说道：“爸妈自小教你们说上海话，就是不想你们断了根。爸爸妈妈一辈子都想回上海，你们先回来，爸爸妈妈老了以后也就能回来了。”

李佳轻轻点了点头，脑中却不合时宜地出现了一个身影，一个不顾危险挡在她和打手中间的身影。

路灯忽明忽暗，灯泡嗞嗞地响，昏黄的光晕中，蛾子蚊虫飞舞盘旋。

第十四章

飞鸟与鱼

停发了两个月工资后，棉纺厂终于又发出了工资，但没了往年夏天都有的每月一块五毛的防暑降温费。

曾经象征着新潮时髦的绿军裤和消失的防暑降温费一起成了职工们心中的隐忧。

吴珊珊师范毕业，分配到小学当老师，端上了铁饭碗。

张敏纺织职高毕业，在家待业。

吴军直升棉纺厂附属中学，开学后上初一，吴建国反应过来了，上了庄家的门，借走了庄筱婷的笔记和试卷。

吴军把此事和他的同学朋友们一说，巷子里其他孩子的家长如梦初醒，纷纷来庄家借一中的笔记和试卷。

庄家兄妹的笔记被借走后，邻居们退而求其次借林栋哲的，一时间，小院门庭若市。

周青开学后升初三，王芳希望她明年能考上上海的中专，想让她暑假和庄筱婷一起看书做作业。

出乎庄图南意料，黄玲一口回绝了，不让周青上门，并坚决不让庄筱婷去王家做作业。

庄图南很纳闷，私下询问原因。

黄玲叹了口气，说道："知道你爸爸为什么给筱婷买自行车吗？以前栋哲和筱婷一起结伴坐公交车，上高中后，栋哲骑车了，筱婷一人坐公交，有次放学回家，被小流氓跟踪，王芳看见了，当没看见，自己回家了，还是李爷爷把筱婷叫进小卖部躲着，栋哲正好骑车回家，叫上巷子里其他孩子合伙把小流氓揍了一顿。"

庄超英也感慨道："花花轿子人抬人，帮人也是帮自己。"

黄玲道："说句公道话，王芳年轻时不这样的。她这些年也是苦，人变了很多，那天李爷爷说她装没看见你妹妹，自己走了，我还以为李爷爷看错了，后来筱婷和栋哲都这么说，我才信了。"

庄超英道："仓廪实而知礼节。"

庄图南回家后狠狠睡了几天，黄玲买了很多鱼虾给他补充营养，终于把他精神气养回来了。

身体好些了，庄图南带庄筱婷回爷爷奶奶家探望二老，闲聊中，庄图南无意间提到小巷孩子们借笔记一事，这刚好提醒了奶奶。

奶奶立即让庄筱婷把她的笔记和做过的试卷"借"给庄爱国、庄爱华，庄图南赶紧拦住了，对奶奶说："筱婷自己还要用，我帮他们抄，我给他们补习时就带过来。"

庄筱婷一直没有吭声，离开爷爷奶奶家后，她对哥哥说："我现在和爷爷奶奶说话之前，都先把那句话反复想好几遍，确保万无一失才说出口。向鹏飞是能不来就不来，来了能不开口就不开口。"

庄图南无言以对。

回家后，庄图南向庄超英要了复写纸，盯着林栋哲整理抄写笔记。

林栋哲抄一份，复写纸下面还有两份，正好可以给庄爱国、庄爱华。林栋哲叫苦不迭，庄图南毫不让步，教训道："栋哲，整理笔记有助于你巩固知识点，你知道我是为你好，上不上大学对你的人生是不一样的。"

林武峰以市价支付庄图南的家教费用，庄图南执意不肯收，他对林武峰说："栋哲坐长途车给我送自行车，我可没给他运费。"

庄图南状若无意般提了一嘴："前年冬天，栋哲和鹏飞去上海时，给我带的苹果挺好吃的。林叔叔，要不这样，我回上海时，您给我带些苹果？"

李佳爷爷奶奶家最近的气氛很紧张。

李佳考上大学回上海，家人们都是欣慰的。下一代回上海了，还是这么优秀的下一代，说出去多有面子，何况李佳只是逢年过节来吃个饭，她人又乖巧懂事，进屋就帮忙做家务、辅导堂妹功课，实在待得太晚就打个地铺凑合一觉。她回上海完全不干扰爷爷奶奶家的生活。

弟弟李文就不一样了，他来上海读高中，必须住在爷爷奶奶家。

房子里人本来就多，五口人才二十多平方米，爷爷奶奶和表妹一间，叔叔婶婶一间，厨房是单独的，厕所公用，加上老房子隔音不好，如果再加上一个大小伙子，居住质量更是差得不能再差了。

爷爷奶奶房间里两张床，两位老人睡一张双人床，堂妹睡一张单人床，两张床之间的过道狭窄，李文如果打地铺，那么就有半张地铺要打在其中一张床的床底，地铺上的人一半睡床外，一半睡床底。

更何况，婶婶坚决反对这个提议："两个孩子是异性，哪能几年都睡一个房间？"

叔叔婶婶的房间兼任餐厅和书房，双人床边一个五斗柜、一张小方桌，白天一家人在小方桌上吃饭，晚饭后，小方桌一分为二，五斗柜上的电视扛到桌上，占小半桌面，电视屏幕面朝双人床，家人坐床上看电视，堂妹则在电视后的桌面上看书写作业。

李佳爸妈放低了姿态，表示儿子可以在厨房里睡，每天晚上和堂妹一起在小方桌上做作业，等家人都洗漱好后，才在厨房展开一张折叠弹簧床睡觉，早上再把床收起来。

爷爷奶奶迟迟没有答复，婶婶强烈反对，她说："厨房里睡人，那晚上不是要开窗？夏天还好，冬天呢？西北风吹进来，冷死一家人。"

假期有限，李佳爸妈回上海帮孩子落户请的假期快用完了，爸爸决定先斩后奏，先把李文的户口落实了，其他的事情以后再说。但当他想落户时，他发现家里的户口本找不到了——常年放在大衣柜抽屉里的户口本不见了。

爸爸不敢相信亲情淡漠如此，他颤声问奶奶："户口本呢？"

奶奶讷讷地开口："你弟弟不同意阿文落户。"

多日的委屈和失望在这一瞬间爆发，爸爸狂吼了一声，质问道：

"你知不知道我等这个政策等了多久？囡囡妈妈为它哭了多少次？黑龙江冬天零下三十多度，我们在雪地里一站站两天，就为了见领导一面，就为了告诉他们，我们是上海人，我们的孩子要回上海！"

爷爷怒吼一声，颤抖着伸手直直地指向大儿子，但当他听了这么一段话，手臂无力地放下了。

爸爸继续嘶吼："老二不同意是吧？当初要不是我下乡，他哪能留在上海？他有什么资格不同意？"

爸爸的神情越来越狰狞，怒吼道："户口本呢？"

爸爸上前一步，逼问奶奶："把户口本给我。"

爷爷大喝一声，指着他的大儿子，怒道："孽障，你在逼你妈？我还没死，这个家轮不到你做主！"

爸爸转身，一脚踢在大衣柜的玻璃镜上。

穿衣镜四分五裂，小半依旧粘在柜子上，大半跌落在地面，碎成众多不规则的小块，恰如爸爸心中支离破碎的亲情。

爸爸发疯似的一脚脚狠踹大衣柜，镜片木屑在他脚下纷飞，溅到了奶奶的胳膊上，也割伤了他的小腿和脚面。

李佳接到妈妈的电话后，火速赶到了爷爷奶奶家。

爷爷奶奶屋里一片狼藉，爷爷脸色铁青，奶奶在号哭，父亲腿脚上鲜血淋漓，妈妈无声地哭泣，叔叔沉默不语，婶婶拉着个脸，弟弟和堂妹都一脸惶恐地缩在一角。

李佳搂住不停抽泣的妈妈，直视爷爷和叔叔，说："让弟弟落户，我们保证不分房子。"

叔叔脸上的表情突然变得尴尬，嗫嚅道："佳佳……"

妈妈下意识地拉住李佳的胳膊，李佳轻轻抚上妈妈的手背。

李佳语调平和清晰，她说："爷爷，政策要求必须要有落户地址，请您让弟弟把户口落在这套房子里。我们只要户口，我保证我和弟弟将来绝对不分这套房子。"

不等其他人反应，李佳又补了一句："我可以写保证书。"

街心公园里有几张石桌石凳，夜已深，李佳一家人分坐在一张石桌边。爸爸和李文各坐一张石凳，李佳和妈妈挤坐在一张凳子上，她始终紧搂着妈妈。

良久，爸爸长长叹出了一口气，自嘲地笑了起来，他对女儿说："囡囡，你都想到了，我怎么就没想到是因为房子？"

爸爸的笑声，是嘶哑的，仿佛一阵悲鸣。

李佳道："班里有几个上海本地姑娘，我宿舍就有一个，她们经常凑一起说家里的矛盾，我多少知道一些。家里那么小，叔叔婶婶不想再多几个人，更不想房产将来有纠纷。"

李佳轻声道："爸，等文文户口落好了，你们带他回家吧。"

妈妈固执道："农场不是我们的家。"

李佳微笑着说："不是你和爸爸的家，但是我和文文的家。"

李佳轻声道："真正的'软着陆'是像我这样，考上个有宿舍的中专或大学。你们带文文回去，要么复读一年考中专，要么上完高中考大学。"

李佳坚持："不要让文文寄人篱下，受叔叔婶婶的白眼睡在厨房里。"

妈妈很迟疑，茫然地看着女儿，说："可是……"

李佳道："我还有两年就毕业了，我想办法留上海工作，将来我照顾文文。"

李佳陪爸妈和弟弟在公园里坐了整晚，第二天早上才回了宿舍。

她回到宿舍，在书桌前坐了很久很久，最后，打开上锁的抽屉，拿出厚厚的一摞信封和一本速绘本。

信封里是爸妈的来信，内容很雷同，基本是反复叮嘱她好好学习，争取毕业后留在上海工作。

还有弟弟的信，内容也很雷同，基本是：

"姐，我想你了。"

"姐，你什么时候回家？我带你去看电影。"

"姐，我们什么时候才能团聚？"

速绘本的前几页是一幅几乎一模一样的铅笔画，画上是一排平房，角落里一个小字——家。

这是李佳在农场的家，她出生和长大的家。

速绘本最后一页是一张只完成了一半的人物侧脸素描。

那是庄图南轻轻推在她肩膀上，把她推进女厕所那一瞬间，她惊慌失措回头时看见的庄图南的侧脸。

五官惟妙惟肖，但李佳始终不满意，她试图画出眼神中的温柔坚定和一丝丝的慌乱，但改来改去，始终无法完稿。

李佳看这张画看了很久很久。

爸妈是那样的渴望回上海，甚至她从小到大接触的所有长辈们，爸妈的朋友、同学的父母等等，都那么的渴望回城，以至于她对生活还稀里糊涂，甚至在她还不知道"生活"这个词之前，她对生活早已有了清晰明确的目标——回上海。

李佳感觉，她似乎从未有过自己的憧憬和期望，爸妈已经把太宏大太具体的憧憬给了她——牙牙学语时，她先学会了上海话；家里买了收音机，收听的最多的是越剧……上海太庞大也太细微，她无法再有自己的憧憬和期望。

尽管她对上海并没有真正的归属感，但她无法再有上海之外的憧憬。平遥之行，李佳模糊地感受了自己的憧憬。

忐忑、期待、忧伤、喜悦……憧憬是那么的美好，比她所能想象的还要美好。但她现在决意扼杀她刚刚萌芽的憧憬和期望。

当她看到爸爸腿脚上的伤痕和血迹时，她在心中静静地做了一个决定——她决定让上海吞噬她。

吞噬她对家乡的思念，吞噬她对上海的抗拒，吞噬她刚刚萌芽的憧憬。完完全全地吞噬她。

新学期新气象。

阮教授的古城保护规划被平遥县政府采纳，消息传回系里后，十一名学生一起去食堂搓了一顿——还有一名研究生师兄不在学校，他暂时留在平遥监管古城墙的修缮工作。

饭桌上，阮教授的研究生以食堂免费菜汤代酒致辞："多谢师弟师妹们不辞辛劳远赴平遥，老师才能背着大家整理测绘的照片、图纸、数据只身进京，保下了古城。今天这顿，大家吃好喝好，反正你们自己付的钱、自己打的菜。"

一桌人哄笑。

王大志不断感慨："目标明确了，本来想明年毕业后先工作，现在决定报罗教授或阮教授的研究生，参与建筑文化遗产修缮保护工作。"

另一位师兄道："两位教授的研究生不好考，要看很多哲学、社会学方面的书。罗教授说，建筑是文化史，更是思想史。罗教授还说，这些课同济未必教得好，最好去复旦听，要不咱俩一起去蹭课？"

同济已经容不下这两个寡货了，两人勾肩搭背地相约一起去复旦蹭听哲学社科类的课程。

十二人中，庄图南和李佳读的年级最低，两人都没怎么说话，只是静静听着师兄师姐们吹牛。

开学后，两人的生活状态都有不小的变化。

李佳积极向组织靠拢，开学不久，她就向政治指导员递交了入党申请书。班委改选时，庄图南坚决不肯再连任宣传委员，他说他平时兼职家教，实在没有那么多的时间分发信件，班主任只能同意了。

庄图南沉默了很多，除了上课和家教，他基本泡在图书馆里。

两人之间没有任何超出普通同学外的来往，换句话说，两人之间毫无来往。

开学后，林栋哲、向鹏飞和庄筱婷都上高二了。

林栋哲和庄筱婷同班，班上人人都知道林栋哲和庄筱婷是从小到大的同学兼邻居，但两人严格遵守非官方高中校规——一起上下学的，就是处对象；分开上下学的，就是普通同学——各自骑车上学，即使在路上遇见了，两人互相看一眼，也装作不认识，继续各骑各的。

上学时经常在路上遇见，基本是庄筱婷先出门，她骑出去一会儿后，林栋哲嘴里叼着包子、狂蹬着车超过她；放学后，林栋哲经常要打一会儿篮球才回家，两人时间不一致，各自回家。

庄筱婷呆呆地坐在自己的座位上，不知道该怎么回家。

教室后面的板报还剩一个角落就完成了，放学后，她一人留下在黑板上抄写诗歌，写完最后一笔时，她突然意识到不对了，一股热流提醒她，月经提前了。

根据为数不多的经验，庄筱婷知道自己的裤子很可能已经染上血渍了，她惊慌起来。她对生理期的应对经验不足，书包里什么都没有，没有月经带，没有卫生纸，更不可能有替换的衣服。

屋漏偏逢连夜雨，气门芯连着两天被拔，她今天是坐公交车来上学的，还不能骑车冲回家。

庄筱婷坐回自己的座位，呆坐了很久，决定等天完全黑了再想办法回家，在夜幕的掩饰下，应该就没人能看到她裤子上的血渍了。

林栋哲打完篮球去车棚推车回家前，突然想起物理笔记忘在教室里了，他在到底是回教室拿还是向庄筱婷借笔记之间犹豫了一下，抬头看教室内灯还亮着，知道教室里还有人，就三步两步冲上楼，准备拿了笔记再回家。

教室里只剩一人，出乎他的意料，居然是早该到家了的乖学生庄筱婷。庄筱婷整个人蔫蔫地趴在桌子上，头埋在胳膊里。

庄筱婷听见脚步声，惊喜地抬头，看到是林栋哲，眼中的光芒一下子暗淡了下来。

教室内没人，林栋哲也就不遵守"非官方高中校规"了，问道："庄筱婷，你咋还不回家？"

庄筱婷试图开口求救，但她张了张嘴却发不出去声音，少女的羞涩本能地拦住了她。

林栋哲也不以为意，直接走到自己桌前，弯腰从桌洞里拿出笔记，他一边把笔记往书包里塞，一边随口道："我先回去了啊。"

林栋哲经过庄筱婷的座位，无意间回头一看，庄筱婷正抬头看他。

她脸上的神情很复杂，焦急中带有几分委屈，可怜巴巴地看着他。

林栋哲一时没反应过来，吹着口哨下楼了。

在车棚里弯腰开锁时，林栋哲突然想起来了，刚才庄筱婷脸色煞白，额头有细汗。

林栋哲三步并作两步冲上楼，"咚"地推开教室门，问："庄筱婷，你肚子又疼了？阑尾炎又犯了？"

庄筱婷看向林栋哲，神情窘迫。

庄筱婷套上了林栋哲的校服，林栋哲个高，校服又肥大宽松，他的校服大概到庄筱婷的大腿处。

庄筱婷一下子松弛了下来，她担心煎熬了两个小时的噩梦——大庭广众之下，被人看到裤子上的血渍——不会发生了。

林栋哲尴尬得不敢看庄筱婷，只对她说："我在车棚里没看到你的车，我带你回去。我现在就去拿车，一会儿在楼下等你。"

庄筱婷穿着林栋哲的外套，拎着两个书包下了楼。

林栋哲正等在教学楼前，他坐在自行车上，脚尖虚虚点地，固定住车身。

他垂着眼睛，没看庄筱婷，暖黄的灯光轻柔地笼罩住他全身，脸上的神情是和平时截然不同的宁静平和。

秋风中有桂花香，四周草丛中传出阵阵虫鸣，庄筱婷默默跳上自行车后座。

暮色四合，秋风略带凉意，林栋哲骑车穿行在车流中。

一路上，两人都没说话。

巷口几位爷爷正在下棋，李爷爷喊了一声："栋哲，你带筱婷回家啊。"

林栋哲一边蹬车，一边喊了回去："她自行车的气门芯被人拔了，我带她回家。"

天还没有全黑，巷子里有路灯，小卖部的电视正在放《新闻联播》，各家厨房飘出不同的饭菜香味，庄筱婷觉得很安心、很踏实。

庄筱婷窘迫了一路的心境突然平和了下来，她小声问："林栋哲，谢谢，我一会儿还你衣服。"

林栋哲没吱声。

两人从小一起长大，庄筱婷立即觉察到了林栋哲的不自然。

林栋哲快速转移了话题，说："明天早上我带你去学校？"

庄筱婷迟疑了一下，回答："老师在校门口抓人，我自己坐公交车吧。"

林栋哲道："好。"

林栋哲又道："我大概知道是谁拔了你的气门芯，隔壁班的，那小子手贱，没事拔几个气门芯玩儿。等着，我收拾他一顿，你以后就又可以骑车了。"

庄筱婷低头笑了笑，她胡思乱想了一路的顾虑——不知道明天如何面对林栋哲，不知道以后如何和林栋哲相处，等等——在两人自然而熟稔的对话中通通烟消云散。

林栋哲又当"后排英雄"了——他和隔壁班一名男生在车棚里打架，班主任罚他在一周内的早读课上在教室外罚站。

庄筱婷的自行车安全了，没人拔她的气门芯了。

校园风云人物林栋哲在教室门外罚站，周围几个班的女生们趁着给老师交作业本或其他机会经过时，都会偷偷多看几眼。

班主任气笑了，说："林栋哲在咱班门口这么一站，咱班还有移动盆景了，还蓬荜生辉了。"

班主任生气了，把林栋哲挪到教室后的角落里罚站了，从此肥水不流外人田，本班女生可以看，外班女生看不到。

移动盆景林栋哲斜靠在墙角里，无精打采地打盹或百无聊赖地发呆，好学生庄筱婷频频回头偷瞄他。

有点像小时候的蛇瓜事件后，林栋哲在后排罚站，庄筱婷心中内疚，总是偷偷回头看他。

但又不太像，那时林栋哲看到庄筱婷回头看他，气鼓鼓地瞪她或是对她吐舌头，现在，林栋哲不经意间对上庄筱婷的视线时，他总是若无其事地笑笑，表示自己无所谓。

熟悉至极的眉眼五官和一如既往的灿烂笑容，庄筱婷却仿佛觉得有点不同了。

她似乎看见了一股陌生而异样的情绪从心底破土而出，似乎听见了这份情绪自由舒展的声音。

一中是重点学校，教育局特别要求一中在"教学中打破男女生界限"上做出表率，希望一中做到男女生同桌。教务处集思广益，多位老师发挥无穷创意，出谋划策，在一中推出了座位轮转法。

教室里四组双人课桌，八排学生，每周一全班向右挪动一排，单排依次向后挪一位，双排依次挪两位，所以每人每周换一次同桌，既满足了教育局"男女生正常接触"的要求，又减少了固定的男女生长期接触的可能。

每周一早读课后，各班班主任运筹帷幄，喊一声："换座。"一中上空顿时杀气腾腾，风云诡异——六个年级三十六个班同时换座位，天门阵有一百零八阵，同时变阵。

教务处仰天大笑，猖狂道："教育局，你奈我何！"

林栋哲和庄筱婷坐在相邻的两排，两人的座位时而前后，时而在教室两端，偶尔坐同桌。

班主任走进教室，转身把教室门关上，朝学生们喊："大家把书包打开，老师检查一下。"

林栋哲浑身冒出了虚汗，庄图南那句"如果被一中知道了，万一记在档案上，你将来考大学都会受影响"突然在脑中响起。

同桌庄筱婷突然扭头，用口型对林栋哲示意："把书给我。"

林栋哲没看懂，庄筱婷拿起他桌上的铅笔，在他的笔记本上写："把书给我。"

班上大多数同学已经把书包拿出了桌洞，班主任从第一排开始检查了。

庄筱婷用铅笔点了点笔记本上那四个字。

班主任越来越近。

庄筱婷见他没有反应，径直把手伸进桌洞，先伸进了自己的书包里，再伸进了林栋哲的书包。

庄筱婷的双手在林栋哲书包里不停地动，很快，她从林栋哲书包里拿出一本"英语书"。

白色硬纸壳书皮上两行清秀的毛笔字："英语""庄筱婷"。庄筱婷泰然自若地把"英语书"塞进自己桌面上的一摞课本中间。

林栋哲视力好，他一眼就看出了"英语书"就是他那本不三不四的书，庄筱婷用自己的书皮包在了他那本不三不四的书外面，就这么堂而皇之地放在桌上。

班主任检查到这一排了，林栋哲心如擂鼓，他勉强保持镇定，不去看庄筱婷桌面上的那摞书。

班主任经过好学生庄筱婷，看也不看她桌上的书，更不检查她的书包，直接叩了叩林栋哲的桌面，示意他把书包从桌洞里拿出来。

林栋哲呼出一口长气，从桌洞里拿出书包，大大地撑开，让老师检查。

突击检查果然有效，班主任抓了三个带闲书的同学去办公室。

劫后余生，林栋哲还是一阵阵地后怕，一中校规森严，带《知心》《电影画报》到学校的后果是写检讨，带他书包里的书来学校的后果可就不是几份检讨能解决的事情了。

化学课上，林栋哲魂游天外，他实在按捺不住自己的好奇心，用笔捅了捅庄筱婷的胳膊，小声问："你怎么知道我书包里有书？"

庄筱婷继续解题，没搭理他。

一会儿，庄筱婷把"英语书"递还给他，书里夹了一张纸条，上面写着："早上在门口，向鹏飞给你书的时候我看到了。"

一会儿，又一张纸条夹在作业本里传了过来，写着："至少包个书皮吧。"

林栋哲想起刚才庄筱婷的镇定自若，他第一次觉得，庄图南蔫儿坏，庄筱婷青出于蓝而胜于蓝。

10月中旬，压缩机一厂通过苏州外经贸委拿到了外贸自主权，可以对外出口，自行结汇，林武峰和另两名大学生跟着书记去了广州，参加广交会。

因为以前听安厂长提过乡镇企业不能进广交会的惨痛经历，林武峰特别留意了会场的摊位，绝大部分展位都是老牌国企，极少部分摊位是合资和外资企业，还有一些鬼鬼祟祟的摊主是不知道以什么渠道偷偷溜进会场的，这些摊主们穿着西装，操着蹩脚的英语直接向外商发放各种印着厂家信息和产品介绍的传单。

会场外，乡镇企业自发形成了一个集市，也摆起了一个个摊位，只要有外商或是其他可能的客户经过，他们就会抓住一切机会宣传自己摊位上的产品："我们的产品质量和国企一样好，价格比他们更便宜。"

林武峰匆匆看了几眼，没看到安厂长，因为和压缩机一厂的同事们同行，他也不敢多停留，三步两步进了会馆。

几天的展期结束后，压缩机一厂拿到了大批订单——几位工程师对产品的预估完全正确，新生产线生产出的产品更多地吸引了国内厂商的注意力，八成以上的订单来自国内。

书记对着会场"广交互利通天下"的题词连连感慨："赶上国内家电业发展的好时候了。"

林武峰作为技术人员，和几十家电冰箱厂的技术部或采购部负责人互留了联系方式。

五天的展期过后，压缩机厂的几名职工在广州逗留了一天，逛街购物。

广州市场上有很多内地市场上紧缺甚至见不到的商品，录像机、录音机、手表等，以及很多内地还需要票证的产品、布料，等等。

林武峰想到宋莹说她再也不想看到军绿色的衣服了，她说："颜色和蛇瓜一模一样，巷子里简直像蛇瓜窝。"在别的同事都在各个私营店里比较录音机、手表等大件的价格时，他则仔细挑拣了护肤品及几款花色时髦的布料，再给三个孩子一人买了块电子表。

宋莹很喜欢林武峰挑的碎花样式，兴冲冲地给自己和庄筱婷各做了一条裙子。

黄玲摸着裙子，半天才说："厂里的布料真不能和南方的比，颜色样式差不少，还贵，难怪销量不好。"

宋莹道："哎，玲姐，咱别想那么多，想也没用。"

庄超英坚持要付电子表的钱，他说："林工，栋哲一块电子表，我家就有两块表，这钱我一定要付。"

林武峰也不推脱，对庄超英道："一块电子表五元，你给我十元钱就够了。"

庄超英听到这个价格，吃了一惊，惊呼道："布料便宜，电子表也这么便宜？林工，你是不是不好意思收我家的钱，故意报这么低的价格？"

林武峰道："别说电子表了，石英表也便宜，样式又时髦。我给图南带了块石英表，过年塞红包里给他。这是我和宋莹送图南的啊，你俩别和我提钱。"

碎花裙和电子表的余温还没降下，压缩机一厂考虑在几位技术人员中提一人做副厂长，林武峰和其他几名技术人员都提交了材料。

审核期间，林武峰被举报了，说他违反企业规定，在乡镇企业兼职。

工程师或技术人员业余时间在外兼职一直是饱受争议的灰色地带，林武峰和大多数在外兼职的技术人员一样，厂里睁只眼闭只眼时，他就出去兼职，挣些外快，社会风气紧或厂里下禁令时，他就暂停兼职，在小院种菜。

新生产线引进后，无论是技术研究还是技工培训，林武峰的业务水平和工作态度都首屈一指，尤其他曾有在乡镇企业兼职的经验，对管理和市场也有模糊的直觉，厂领导正考虑进一步提升他的职位时，一封证据确凿的匿名举报信寄到了书记桌上。

书记把匿名信交给林武峰，里面有一张林武峰签字的收条："收取××厂技术指导费用300元。"

林武峰看到这张纸条，试图回想当时的情形，大概是他把收条揣外套口袋里，回家后忘了掏出来，不小心掉落在了厂里，被有心人捡到了。

厂里领导班子开了两次会，讨论对林武峰兼职一事的处理，更具体一点，讨论是否以"技术投机倒把罪"向公安局控告林武峰。

半个月后，处分下来了，林武峰业务能力强，责任心强，人缘也好，厂长有意大事化小，只罚了他500元，并撸去了他在车间里的领导职位，保留了他技术员的职位。

林武峰听到处分结果后，向厂长道了谢，然后若无其事地离开了厂长办公室。

林武峰找了间僻静的工具室，进去后锁了门，整个人软瘫了下来，蹲坐在了地上。

工具室密不透风，黑暗逼仄，林武峰半蹲在门口，清晰地感觉到冷汗顷刻间浸透了全身。

技术人员能否在民营企业兼职尚无明确的政策和法律定论，社会各界还在争议中，科技人员兼职事实被揭露或告发后主要看原单位如何处理，有被单位以"技术投机倒把罪"向公安局告发、立案审理的，也有不了了之，啥事都没有的。

林武峰的青年时代是在运动中度过的，他绝无违反政策的勇气，一直跟着厂里的风向走，但在等待处理结果的这半个月中，他一想到报纸上曾报道过的类似的案件，他依旧忧心忡忡，夜不能寐。

宋莹和林栋哲在他面前都若无其事，但他曾在半夜被噩梦惊醒后，听到宋莹在小房间里轻声啜泣，林栋哲在小声安慰宋莹。

见过风波，经过事，他无法不考虑这件事情的后续影响，他无法想象如果他因此被单位起诉，甚至被公安机关判刑，宋莹和林栋哲会怎么样。尤其是林栋哲，他的人生还没有开始，他会受到什么样的影响？承担什么样的后果？

降职、罚款，这个结果太好了，林武峰整个人松弛了下来。

林武峰休息了片刻，勉强镇定了下来，想起宋莹也在焦急等待这个结果，他赶紧出去找了个电话打到棉纺厂，辗转找到宋莹，告诉了她处分结果。

他听到了话筒另一端一声情不自禁的、如释重负的长叹声。

问题解决，高度紧张和极端焦虑的包袱突然卸下，林武峰整个人垮了。

当晚，林武峰发了低烧，宋莹整晚没睡，默默地端水换毛巾，细心照料林武峰。

半夜，林武峰突然醒来，他勉强睁开眼睛，看向床边两张担忧的脸庞，宋莹不复平日里的精神，整个人萎靡不振，林栋哲似乎突然长大了，眼神中有几分惶恐惊慌，但神情沉着镇定。

林武峰还是第一次在天不怕地不怕的儿子眼中看到强行抑制的恐惧，一片混沌的意识中浮出了一个无比清晰的念头，不能让妻儿一辈子都处在提心吊胆中。

林栋哲端来了温水和退烧药，林武峰吃了药，又昏睡了过去。

林武峰一连烧了一个星期才慢慢恢复了过来。

白天，林武峰坚持去上班，竭尽全力不让同事们看出异样，晚上，他回到家，晚饭都没力气吃，吃了退烧药后立即躺下，就这样硬撑了一周，低烧才慢慢退了下去。

一天晚上，林武峰半夜醒来，看门缝下还有亮光，知道林栋哲没关灯就睡着了，他觉得身上有点力气了，下床披上外套，趿着鞋走到林栋哲房间，想帮他关灯。

林栋哲四仰八叉地倒在床上酣睡，手里还拿着一本课本。

桌上是凌乱的书本和试卷，林武峰在伸手关台灯前无意间瞥了一眼试卷，愣住了。

林武峰拿起几张试卷，一张张看了过去，分数都在80分以上，这对信奉60分万岁的林栋哲而言，是很大的进步。

宋莹发现林武峰醒了，也跟了过来，静静站在他身后。

林武峰看完了试卷，宋莹才轻声道："自从你被举报后，栋哲懂事多了。他说，就算你没工作了，他去工作，挣钱照顾我们。"

第十五章
一次别离

又是一年春节时，1986年大年初二，庄、林两家又聚在一起过年。

西厢房里挤得满满当当，林武峰和宋莹把双人床推到墙边，挪出一小块空地挤下了两张饭桌和两家所有的椅子，桌上摆满了零食糕点，大人孩子围坐着吃零食、看电视、聊天。

节目不是很精彩，大家边看晚会边闲聊。

向鹏飞道："明天录像厅就开了，据说有香港电影。林栋哲，去不去？"

林栋哲伸长胳膊拿了一盘白玉方糕，递给庄筱婷，嘴里回复向鹏飞："去，当然去。"

庄筱婷低垂着眼睑，接过盘子。

庄图南不动声色地看了一眼白玉方糕，又看了一眼庄筱婷。

两家亲如一家，林栋哲和庄筱婷从小就经常分享零食，林栋哲以前还从庄筱婷碗里抢过荷包蛋，但不知道为什么，庄图南无来由地觉得妹妹刚才的神情不是很自然，还没等他想清楚，庄筱婷拿了一块白玉方糕放在她面前的餐巾纸上，再把盘子递到他面前，神态自若，对他道："哥，你也吃一块。"

黄玲道："图南，你吃完再把盘子传过来，我们这边没有方糕。"

林栋哲又拿了一碟猪油糕递给庄图南，说："图南哥，这个也好吃，你吃完就再放回桌子那一边。"

糖果八宝盒里分装着瓜子、花生、糖果、话梅，庄筱婷拿起一颗话梅，林栋哲整个人倾了过去，凑到庄筱婷面前，贼兮兮地笑着，说："庄筱婷，我和你说件事儿。"

庄筱婷直觉林栋哲不怀好意，瞪着他不说话。

林栋哲清了清嗓子，说："前年暑假我和我爸回福建，村里有小作坊生产果脯话梅，赤膊汉子把果肉往身上啪啪一粘……"

林栋哲嘴里说着，还伸长胳膊在向鹏飞胸前背后啪啪拍了几下示意，说："果肉粘一会儿掉下来，话梅就好了，身上出的汗是咸的，正好给果肉添加盐分了……"

一桌人都被恶心住了，庄筱婷立即放下了手里的话梅，桌子那一头的黄玲也放下了猪油糕。

宋莹的表情一言难尽，说道："那次我没去，我不知道。武峰，栋哲说的是真的？"

林武峰很尴尬，支支吾吾道："小作坊为了赚钱不讲卫生，你买的糕点都是国营厂家生产的，都是苏州的国营老字号，没问题的。"

庄筱婷脸色都变了，林栋哲奸计得逞，笑得前仰后合。

庄图南看着傻笑的林栋哲，心想："三岁看老，栋哲看着是长高长帅了，骨子里还是又淘气又恶心，筱婷打小觉得他又脏又傻，绝不可能看上他，我刚才一定是看错了，多心了。"

庄图南还是不太放心，回家后，他私下询问向鹏飞："栋哲和筱婷经常在一起吗？"

向鹏飞理所当然道："经常啊。"

向鹏飞一边剥花生，一边漫不经心地回答，"以前是筱婷考得不理想，心情不好，我和林栋哲一起安慰她，后来是因为林叔叔……林叔叔出了事，当时巷子里有人嚼舌根，说林叔叔有可能要坐牢，林栋哲突然就用功了，总找筱婷问题目。"

庄图南先是听到俩差生安慰优生，正啼笑皆非时，又听到了后半句，愣住了。他知道林武峰被举报一事，但他回家后，见林家人的生活一如既往，完全没想到影响会这么大。

向鹏飞道："大舅舅大舅妈都说，林栋哲懂事了。"

举报事件摧毁了林武峰在一厂工作下去的信心。

林武峰毕业后就进了一厂，兢兢业业工作了二十多年，他自问一贯勤恳宽容，肯干肯教人，和同事们相处得都不错，但那张收条完全摧毁了他对工作环境和人际关系的惯性认知。

无论是同事还是小巷里的街坊邻居都一如既往地对待他，但林武峰心中隐疼，他想不出是谁捡到了收条，是谁写的举报信，尽管有怀疑对象，但他不能肯定具体的人选，只能下意识地和所有同事，尤其是同车间以前亲如家人的同事们保持距离。

林武峰甚至有进一步的怀疑，那张收条有没有可能是一厂的人通过什么渠道从乡镇厂拿到的？会不会是乡镇厂里有人想使绊子，向一厂提供了收条？

宋莹反复劝慰林武峰："会过去的，都会过去的。"

林武峰知道宋莹是对的，处分、罚款都会过去，但是这份猜忌，会在心中保留一辈子，这份惊惧，会在心中悬挂一辈子。

还有林栋哲的前途，他不清楚这件事会不会影响林栋哲将来的求学或就业，但他不想赌。

多重因素都促使林武峰寻求其他的出路。既然眼前没有铁轨了，那就拆除身后的铁轨，铺在身前，一路铺，一路走。

林武峰在广交会上认识了不少广东企业界人士，其中就有好几家电冰箱厂的负责人。电视、洗衣机、电冰箱等家用电器正出现国产品牌替代进口品牌的消费大潮，广东正在大规模地建立洗衣机、电冰箱生产基地，广东省人才招聘小组、深圳招聘工作组等，每年都在全国各地招聘人才。

林武峰和同事朋友们以前也经常谈起人才流动、工作调动等话题，但大家只是说说而已，且不说调动劳心劳力，一系列手续办下来等于脱层皮，更何况大家都人到中年，家属工作、孩子上学、住房医疗，等等，牵一发而动全身，大家也就是谈论一下新政策，感慨一下沿海工资高，然后该干啥干啥。

塞翁失马，焉知非福，一厂领导提拔了另一位工程师，把老职工林武峰一撸到底。林武峰现在无官一身轻，走起来反而相对容易，这几个月来，林武峰一直在联系广东几家冰箱厂的负责人，筹划调动。

1986年6月中旬，林武峰去一中帮林栋哲办了转学手续，宋莹去棉纺厂办了为期两年的留职停薪——棉纺厂效益不好，对留职停薪的员工大开绿灯，三下五除二地办好了工资奖金、医疗报销、住房补贴等所有手续，宋莹自己都没想到会那么快。

庄、林两家亲密，林家办理这些手续时，并没有刻意隐瞒庄家。

因为是高二暑假——高考前最后一个暑假，时间宝贵，向鹏飞没回贵州，留在苏州复习。

学期结束后的一天傍晚，三个高中生出去看电影了，林武峰拎着几瓶冰冻啤酒，和宋莹一起到了东厢房。庄超英和黄玲似乎早有预感，庄超英放下了正在写期末评语的学生手册，黄玲停下了编织活，一起在桌边坐下。

林武峰三言两语交代了事情进展："手续都办好了，宋莹办了两年停薪留职，房子暂时保留。我们卧室里的家具是结婚时打的，有纪念意义，打算托运，我们的卧室就先锁了。栋哲房里的家具留下，钥匙留给你们，房间随你们安排。"

庄家前段时间买了电视机，宋莹拉着黄玲絮叨："小电视也托运带走，其实九英寸的电视也该换了，我带走当留个纪念。"

宋莹词不达意，说道："我和武峰先过去找房子，租好房子，托运的家具也该到了，再添点东西把家布置出来。"

林武峰见宋莹表达得不太清楚，补充道："高二暑假时间宝贵，我们不敢浪费栋哲的时间，就先不带栋哲过去了。想请你们帮忙照顾栋哲一段时间，让他有个稳定的环境看书复习，最多一个月，我们找到落脚点了，把家布置好了，就把他接过去。"

黄玲小心翼翼地问："栋哲知道吗？"

林武峰道："我们和他提过，反正他明年就要高考了，提早一年和同学们分开区别不大，他心大，难过两天也就接受了。不过他还不知道这么快，还没告诉他九月份之前就走。"

黄玲问宋莹："你过去有工作吗？"

宋莹答得干脆："没。武峰让我不急着找工作，他和栋哲都要适应新环境，我就在家里做饭，陪他们爷俩过渡。"

宋莹自嘲道："我听武峰说，广东那些电子厂玩具厂，女工一天满打满工作10到12个小时，生活条件也差，十几个人挤一间宿舍，都是年轻小姑娘们在里面工作，身体好，能吃苦，就像我们刚进厂时一样，能扛木头，能值大夜班。我一把年龄了，拼不了这种劳动强度，过不了这种日子。"

林武峰立即安慰妻子："调动是为了栋哲，他明年就要高考了，你在家照顾他，比出去工作更有意义。"

宋莹再也忍不住，哽咽道："初中毕业分到厂里都20年了，以为要待一辈子的，真的舍不得走。"

黄玲坐到宋莹身边，轻轻搂了搂她的肩膀。黄玲非常理解宋莹的感受，人到中年，安稳平静的生活突然被打断，被迫离开熟悉的工作生活环境，去一个全然陌生、没有任何倚仗的地方，心中怎能不惶恐。

庄图南没去看电影，他原本在小房间里看书，听到大人间的对话才知道林家要调动的消息，忙出来，问道："林叔叔，你说调动是为了栋哲，是因为广东高考分数线比江苏低吗？"

林武峰和庄超英对视一眼，林武峰看着已经成人的庄图南，如实相告："这只是原因之一，最主要的原因是叔叔在乡镇企业兼职被举报……"

林武峰沉吟了一下，继续说："科技干部是否允许兼职还在争议中，政策和法律都还没有明确的说法，完全看领导的意思处理，怕就怕今天罚款，明天换个领导又旧事重提，更严格地处罚……"

庄超英给林武峰跟前的玻璃杯里满上酒。

林武峰组织了一下语言，说："叔叔这事在苏州是件事，可大可小。往小了说，罚完款就已经结束了，往大里说，就怕影响栋哲的将来。但这事在广东不是件事，广东政策开明，广东省劳动局和人事局的红头文件都鼓励技术人员、管理人员停薪留职支援乡镇企业建设……"

林武峰苦笑着说："这些政策，我还是在广交会期间听大家闲聊时提起的，当时听完就算，没想到没过多久，我就因为曾在乡镇企业兼职被举报了。"

庄图南在学校里听过不少经济方面的讲座，他正想辩驳，庄超英叹息道："图南，我知道你要说什么，你还是太理想主义，我和你林叔叔这把年龄，早就不敢赌档案上记一笔是什么后果了。"

黄玲看了庄图南一眼，阻止了他可能的发言。她转而问林武峰："林工，栋哲的学校找好了吗？如果广东的学校不好……"

黄玲和庄超英对视一眼，继续说："我们已经商量过了，江苏教育质量好，如果你们还想让栋哲在一中上课，我们可以帮着照看一段时间，等他高考前再去广州。"

庄超英微笑道："一只羊也是放，一群羊也是放，筱婷、鹏飞都要高考，我再多管一个也没什么。"

林武峰和宋莹感动异常，宋莹连声道："玲姐，太谢谢你和庄老师了，真不知说什么好，真不知道说什么好，太谢谢了。"

林武峰道："多谢你和庄老师的好意，太感谢了。新学校确实不如一中，但也是市重点，而且我想让栋哲早点过去，栋哲需要适应新环境，光是老师用粤语上课，他就需要一段时间适应。"

三个孩子很快就知道了林武峰调动到了广州——他们事先就知道大概，这次只是进一步知道了林栋哲离开的准确时间。

向鹏飞很替林栋哲高兴，他对林栋哲说："广东考分低，你小子，大学稳上了，多半还能混个重点。"

庄筱婷先是默不作声，片刻后才开口："林栋哲，我以后上课记笔记用复写纸，把笔记攒下来，定期邮寄给你。"

复写纸的庄色墨很容易染在笔记本上和手上，有轻微洁癖的庄筱婷居然肯做出如此牺牲，林栋哲感动不已，打趣道："受宠若惊，受宠若惊。庄筱婷，多谢多谢。"

林武峰去和安厂长吃了顿饭，聊了聊。

安厂长牢骚满腹："还是国企好啊，能拿到计划价格的原材料，我跑断腿也只能搞到市场价的原材料。市场价一直在涨，如果不能提升设计或提高技术，产品价格必须上调，价格和国企比就没有太大优势了。"

安厂长唏嘘："厂里上百个职工嗷嗷待哺。哎，林工，早知道你要从一厂出来，我说什么也要挖你过来。"

林武峰并没有和安厂长提及他的种种顾虑，只说："树挪死，人挪活，已经被厂里通报批评了，趁着还有其他单位肯要我，还是换个地儿吧。"

林武峰办完了调动手续，先去了广州，转户口，入职，租房子。

宋莹忙着和多年的同事邻居们告别："只是留职停薪两年，我过去给爷俩做饭，等栋哲高考完就回来。"

吴家就两间卧室，吴珊珊假期基本住学校宿舍，她听说宋莹要去广州了，特地在宋莹离开那一天赶回来送别。

吴珊珊匆匆走进小巷时，小院门口停了一辆小卡车，庄超英正指挥庄图南、向鹏飞把大衣柜用脏毯子包好，扛到卡车车斗上。

庄超英扭头看到吴珊珊，他喊宋莹："宋莹，珊珊特意从学校赶回来，和珊珊说会儿话吧。"

西厢房里的家具已经搬空，林栋哲房间里的家具都还在，宋莹让吴珊珊进屋坐下，从冰箱里拿出橘子水，递给吴珊珊。吴珊珊从窗口望了出去，庄图南正扛起林栋哲的自行车往院外走，她恍惚想起很久很久以前三家孩子一起挤在林栋哲房中，分享着租来的连环画的一幕幕。

吴珊珊的心情突然像知道父亲吴建国篡改了她的志愿、私自给她报了中专那一刻时的凄凉，她再一次深深地体会到了失控的无力感。

吴珊珊事先酝酿过要说的话，祝宋莹一路顺风等等，但这一刻，她完全忘了打好的腹稿，直截了当地问："宋阿姨，你还回来吗？"

宋莹勉强挤出笑容，说："当然，只是留职停薪，等栋哲高考完，我说回来就回来了。"

吴珊珊摇头，说道："大学生分配是从哪儿来回哪儿去的，栋哲以后是广州户口了，他读完大学要分配回广州，林叔叔也在广州，宋阿姨你也只能在广州了。"

黄玲端了一盘冰西瓜进屋，正好听见这句，接话道："一家人当然要在一起。"

吴珊珊突然哭了："宋阿姨，我舍不得你，当年是你带我去买卫生带，你去和我爸爸说，让他每月给我卫生纸票……我第一件胸衣是你买布、黄阿姨做好了送过来……"

黄玲轻轻拍了拍吴珊珊的肩膀，安慰说："你宋阿姨还会回来的，她的人事关系都还在厂里，她还要时不时回来的。"

吴珊珊走后，小巷里另几位邻居也来了——他们看见卡车，知道宋莹要走了，三三两两地过来了，拉着宋莹说话。都是街坊邻居，宋莹不得不寒暄，其中有一人曲里拐弯表示家里房子太小，希望能借林家这两间房子暂住，宋莹不得不聚精会神和对方周旋，死活不表态。

家具包好后，扛上卡车车斗里摆放好，庄超英、庄图南、林栋哲也爬进车斗，挤坐在家具中。

庄超英催促宋莹："宋莹，该去火车站了，一会儿还要办托运手续，不能再晚了。"

黄玲站在东厢房门前，下午的阳光斜照在她身上，勾勒出柔和的金色轮廓，黄玲看着宋莹微笑，然后说："宋莹，我就不送你到火车站了，一路顺风。"

宋莹顾不上再和邻居们交谈，仓皇四下张望。

西厢房门窗紧闭。

院中晾衣绳上飘着几件衣服，但只有庄家的衣服了。

门口墙上两只牛奶箱，庄家的箱子上挂着一把小锁，林家的箱子已经不再上锁了。

……

黄玲见宋莹怔住了，再次提醒她："宋莹，该上车了。"

宋莹怔怔地上前几步，对黄玲说："玲姐，我还没和你告别……"宋莹突然哭了，"我总想着临走时和你正式告别，我没想到居然没时间和你好好说几句话。"

林栋哲见宋莹哭了，吓了一跳，双臂一撑，想从车斗里跳下来劝慰妈妈，庄图南轻轻拦住了他。

宋莹在院中空地里蹲下，"呜呜"地哭了出来，黄玲也蹲了下来，轻轻地抚摸宋莹因为哭泣而微微起伏的背部。

宋莹孩子气般哭诉道："订了一年的《收获》《十月》，我才看了几期。"

黄玲笑道："到了广州还可以再订。"

宋莹哽咽着说："不一样的。"

黄玲的声音细不可闻，她对宋莹说："宋莹，记不记得我曾和你说过，婚姻只要还有值得维护的理由，就要好好维护……"

宋莹哽咽道："你说的是忍耐，不是维护。"

黄玲笑起来："你记性倒是真不错。不过林工对你那么好，你的婚姻不是忍耐，是维护。"

黄玲像拍小孩子一样，轻轻拍了拍宋莹的背，说："好好过日子，有空就回来看看。"

宋莹胡乱抹了抹眼泪，站起身，抱住一旁的庄筱婷，道："筱婷，阿姨下次回来，给你带漂亮衣服。"

庄筱婷轻轻回抱宋莹。宋莹抱了一会儿庄筱婷，轻轻放开了她，拉开车门坐到了副驾驶位上。

天气闷热，一丝风也没有，蝉鸣一声高似一声，叫得人心烦意乱，宋向阳开动了卡车，车越开越远，越开越远……

黄玲静静站了一会儿，回了屋。

庄筱婷从西厢房的玻璃窗向内张望，窗帘紧紧闭合，但她知道，室内已经空无一物。她摸了摸自己的脸颊，湿湿的。

办完家具托运手续，林栋哲和向鹏飞在候车室里陪宋莹等火车——宋莹早已提前买好了卧铺票，等着上苏州到广州的火车，庄家父子先回了家。

庄图南进屋，看见黄玲正和吴珊珊一边包馄饨，一边闲聊。

黄玲絮叨："珊珊，你要在单位遇见合适的对象，带回来给阿姨看看，阿姨帮你把把关……"

庄图南无意间听到这个话题，立即退了出去，在门外对黄玲说："妈，我就和你说一声，栋哲陪宋阿姨等车，鹏飞也留下了，和栋哲一起回来。我先去冲个澡。"

庄图南去小房间拿了换洗衣服，隐约听见吴珊珊的声音："会的，肯定要过您的眼，宋阿姨刚才还说了，我将来要有什么事情拿不定主意，一定要和您商量……"

庄图南洗完澡，馄饨也包好了，吴珊珊正准备回家。

庄图南道："我送你。"

黄玲和吴珊珊都笑起来。

黄玲道："开门就到了。"

吴珊珊打趣："图南哥，你腿要是再长点，就可以一条腿在你家院里，另一条腿在我家院里了。"

庄图南道："珊珊，你陪我妈说话散心，我请你喝瓶冷饮。"

夜风从小巷通道里徐徐吹过，风中带着白日里的燥热，也夹杂着几丝夜的清凉。

两人默默并肩而行，吴珊珊突然开口："我们小时候，夏天天太热，家家户户都是扛了桌子出来吃晚饭，吃完围在一起聊天，很晚才回家。现在家家都有电风扇了，不出来了。"

小卖部前有块空地，路灯微黄，一些老人家围坐着下棋、聊天，店里白炽灯亮如白昼，吊扇哗哗哗地旋转，电视里正大声播放着《射雕英雄传》，一切都恍如从前，一切又都早已改变。

吴珊珊拒绝了汽水，说道："咱们就是走走聊聊，不一定非要喝什么。"

庄图南执意请，从冰柜里挑了只纸盒冰激凌，付了钱后，两人继续慢慢向前走。

小巷不远处有条小河，夜风从河面上徐徐吹来，细碎温柔。

吴珊珊道："今天在林栋哲房间里，我控制不住哭了，先是你去上海，现在是林栋哲……"

庄图南道："天下无不散的宴席。"

吴珊珊喝了一口汽水，说："林叔叔对我们这群孩子特别好，我们打架不小心把连环画撕破了，把宋阿姨雪花膏瓶子砸碎了什么的，他从来不怪我们，还帮我们遮掩。我从小就特别羡慕林栋哲，他爸爸那么宠他，给他那么多零花钱，还不管他的学习，林栋哲考好考坏，他爸爸都一样惯他。"

庄图南一本正经道："林栋哲的零花钱一半是卖我的作业赚的，我出作业，他收钱。"

吴珊珊"扑哧"一笑，说："那你俩生意怪好的。"

吴珊珊用小木棍舀了勺冰激凌送进嘴里，轻叹："我现在更羡慕林栋哲了。"

庄图南想安慰吴珊珊，但话到嘴边，又不知道该怎么说。

吴珊珊像是看出了他想说的话，说道："你误会了，我不是埋怨我爸，我只是……我只是很羡慕林栋哲。"

庄图南结结巴巴道："啊，为什么羡慕？"

吴珊珊试着整理思维，边想边说："我刚上师范时心情不好，庄叔叔鼓励我，告诉我教育的意义。他说：能看清事情发展规律的人已经很少了，能改变事情走向的人更少，老师这个职业，能改变很多很多。我当时不太明白，现在有点明白了。"

吴珊珊道："我刚才听黄阿姨说，林叔叔是因为广东高考分数线低，为了栋哲的高考调动，我一下子又想起了这句话。"

吴珊珊感慨道："庄叔叔和林叔叔都是有想法、有行动力的人。"

庄图南愣住了，低落、迷茫的心情似乎有了一个微不可见的裂口。

他喃喃道:"我明白了。"

吴珊珊茫然看向庄图南。

庄图南定了定神,说:"我刚才突然想到了一位同学。"

吴珊珊鼓足勇气问:"庄图南,你毕业后还回来吗?"

庄图南道:"本科生基本不可能留上海,分配由国家和学校定,也未必能分回苏州。"

一轮明月随着河面的水波轻轻荡漾,吴珊珊心中生出一股似甜蜜似悲伤的惆怅。

庄图南提议:"该回去了。"

吴珊珊默默点头,两人转身向后走,风中有一股若有若无的花香,月光给两人身后拉出了长长的影子。

好几天了,黄玲做什么都不得劲,尤其织毛衣、看杂志时总觉得心中空荡荡的,总觉得边上少了个人。星期天,黄玲索性放下家务琐事,去同事家打麻将了。

黄玲不在家,庄超英暗戳戳地打算,庄图南回家也一个多星期了,正好可以带三个孩子去看看爷爷奶奶。

庄超英状若随意地开口:"外面天阴,出去不热,妈妈不在家,我们去爷爷奶奶家吃午饭,正好不用做饭了。"

庄图南立即响应:"是该去看看爷爷奶奶了。"

庄筱婷点了点头。

向鹏飞无可无不可地"嗯"了一声,没有异议。

天不遂人愿,要出门时下了场小雨,庄超英想让大家打伞出门,但看三人没一个着急的,不得不按捺住焦急的心情,说道:"等雨停了再出门吧。"

庄超英嘴上这么说,却依旧期待有人能理解他的心情,说一句,"我们现在就出门吧"。他环顾四周,不得不失望了——三个孩子都挤在窗前,庄图南头也不抬地看小说,庄筱婷和向鹏飞在讨论一道化学题，没有一人注意到他的坐立不安。

庄超英心烦意乱，他摸出一根烟，想了想到底没有点燃，手指夹着烟在屋里踱来踱去。

江南的雨，来得急，收得也快，屋檐下的雨势越来越小了，庄超英正打算催促大家出门时，院门"吱呀"响了一声，被推开了。

四人不约而同都看向窗外，林栋哲一脚跨了进来。

林栋哲一手打伞，另一只手里拎着一只白色塑料袋，向鹏飞视力好，看清了塑料袋上的字。"陆稿荐。这厮买卤菜了！"

庄图南不看书了，向鹏飞不做题了，两人目光炯炯地盯着窗外的林栋哲。

林栋哲收了伞，拎着塑料袋进了厨房。

厨房方向先是传出了"咚咚咚"的切肉声，不一会儿，又传出了起锅爆油声，向鹏飞猜测："他在煎蛋。靠，买了卤菜还要煎蛋！"

庄图南和向鹏飞心有灵犀地对视一眼，同时决定，等林栋哲这厮切好卤菜、煎好蛋，他们抢几块卤菜、吃几口蛋再走。

庄超英不知道两人的邪恶想法，对三个孩子说："雨下得差不多了，我们可以准备……"

向鹏飞大喊一声："哎呀，先上个厕所。"

向鹏飞也不拿伞，噌地蹿到了院中。

向鹏飞的目的地不是厕所，而是厨房，庄图南见状，把书本往桌上一扣，也不甘示弱地蹿了出去。

庄超英被迫把已经到了嘴边的"出门了"三个字咽了下去。

热油在锅里嗞嗞地滚动，"出门了"这三个字在庄超英脑中不住地翻滚。

庄图南和向鹏飞满嘴流油地回来了，庄超英强压住心中的愤怒，语气生硬地开口："带伞，出门。"

庄超英愤怒到看都不想再看庄图南和向鹏飞一眼，他说完"出门"两字，径直弯腰从地上拿起一个西瓜，准备放入网兜里，拎到父母家。

庄筱婷"呀"了一声，道："可不可以等我两分钟？我凉鞋带快断了，我缝一下，马上就好。"

庄超英明知庄筱婷说的是实话，并非撒谎，但他再也无法抑制心中的失望、烦躁——已经积蓄了一上午的失望和烦躁——愤怒在这一刻如同冲破了河堤的洪水，咆哮着爆发。

庄超英怒吼一声，把西瓜狠狠地砸到了庄筱婷身前。

西瓜在地上裂成几大块，汁液和红瓤溅到了庄筱婷光洁的脚面和小腿上，红得像鲜血，触目惊心。

庄超英咆哮："不去了！每次让你们去爷爷奶奶家，一个二个的非要人三催四请，非要人求着你们去！不去了，以后都不去了！"

庄超英突如其来的怒火把庄筱婷吓得后退了两步，她下意识抱住头，整个身体微微颤抖。

向鹏飞心知闯了祸，立即蹲下捡地上的西瓜碎片，试图稍微平息庄超英的怒火。

庄超英喘着粗气，语无伦次地喊："不去了，不去了！"

庄筱婷"哇"的一声哭了出来。

失望、愤怒、屈辱混杂在一起，庄超英只觉得一阵阵地晕眩，他无法控制自己的言行，也几乎看不清眼前的人或物，他伸出手指，颤颤巍巍地指向庄筱婷，怒道："滚，给我滚，我没有你这样的女儿。"

庄图南还愣着，厨房里的林栋哲听见了声音，拿着锅铲就从厨房冲了出来，冲庄图南喊："图南哥，快，快，把庄筱婷拉走。"

林栋哲边喊边冲进东厢房，他见庄图南还在发愣，立即用空的那只手拽住庄筱婷的胳膊，想把她拉出屋。

可已经晚了，庄筱婷一把甩开林栋哲，大声哭喊："对，我们就是不想去爷爷奶奶家，你非逼着我们去。"

林栋哲徒劳无功地喊："图南哥，我们把她拉出去。"

庄超英伸出手指，恶狠狠地指着女儿，质问她："你说什么？你再说一遍，你给我再说一遍。"

庄筱婷尖叫："爷爷奶奶压根不喜欢我们，他们只喜欢我们成绩好。我们去了，他们在邻居面前有面子。"

庄超英怒极，指着庄筱婷喊："你再说一遍！"

庄筱婷歇斯底里地哭喊："奶奶说过好几次，我要是成绩不好，你早和妈妈离婚了，我和哥哥要是不孝顺他们，你就会和妈妈吵架。她说得对，你明知道我压根不喜欢去爷爷奶奶家，但还是强迫我去！"

庄超英咆哮："我强迫你？我问你去不去，你总说去。"

庄筱婷尖叫："我说去，你就高兴，我说不去，你就阴着脸，你压根不在乎我真正的想法。你和他们一样，你喜欢我是因为我成绩好，听话。"

庄超英怒极，冲到庄筱婷面前，一只手掌高高扬起。

庄筱婷看到父亲狰狞的脸，周遭的一切似乎都突然静止，她再也听不见父亲的怒吼声、林栋哲的喊叫声，她清晰地看见了几年前爷爷扇了她耳光的那一幕。

爷爷的脸庞和父亲暴怒的脸庞重合，两只高高举起的手掌重合，庄筱婷盯着父亲的脸，一字一句地说："每次去爷爷奶奶家，我回来后都要花好几天时间平复心情。我不喜欢去爷爷奶奶家，他们不喜欢我，我也不喜欢他们。"

庄超英的巴掌重重地扇了下去，屋里响起了"啪"的一声巨响。

林栋哲眼疾，脸也快，他硬生生地伸长脖子，用自己的脸替庄筱婷挨了一耳光。

这记耳光极重，林栋哲被打得晕头转向，身体不受控制地转了半圈，然后，他脑袋嗡嗡着，一脸懵懂地横在父女之间。

庄图南这才反应过来，迅速拦在了爸爸和妹妹之间。

庄筱婷一把推开身前的庄图南，直视父亲，她的眼中满是轻蔑和憎恶，她控诉道："小时候去爷爷奶奶家，奶奶不做饭，让妈妈做。妈妈做完饭，奶奶就让我们回家，都不给我和哥哥吃饭。只有你想去爷爷奶奶家，我们都不想。"

庄筱婷说完这句，转身向外冲。

林栋哲情急之下，把锅铲一把扔在地上，伸出两条胳膊搂住庄筱婷的腰。

庄筱婷突然崩溃，歇斯底里地尖叫挣扎，林栋哲费尽九牛二虎之力抱住她，大声喊："图南哥，还愣着干啥？一起把她扛到我屋里。"

雷阵雨瓢泼而下，雨水从屋檐滚落，形成一面密不透风的水幕。

庄超英鞋都没脱，直挺挺地躺在床上，他身上腿上刚才溅到不少西瓜瓤汁，现在这些瓤汁都糊在了大红牡丹床单上，染出一种暧昧不清的肮脏。

向鹏飞小媳妇般低眉顺眼地清扫地上的西瓜残渣，扫干净之后反复用清水拖，以免地面变黏。

林栋哲不知道从哪里摸了个小板凳出来，端端正正地坐在自己房间门口。

庄图南守在厨房里，他眼观四路，耳听八方，预备着万一哪里出了意外情况，好立即赶过去救火。

所有人都情不自禁地关注着林栋哲房间中的动静——庄筱婷撕心裂肺的痛哭声。

"贤惠"的向鹏飞扫完地，从院子地上捡起了锅铲，进了厨房，洗锅铲，下面条。

庄图南扬起眉毛，啼笑皆非，看向向鹏飞。

向鹏飞不为所动，专心下面条，说："图南哥，咱俩先吃。吃完了，我再下一锅，我端一碗给大舅舅，你去把林栋哲换回来。"

林栋哲刚才已经切好了五香牛肉、煎好了蛋，向鹏飞很贴心地在庄图南碗里加了几块牛肉、一只荷包蛋。

小巷人家（下）

大米 著

四川文艺出版社

第十六章

动如参与商

雨势渐渐小了，庄图南打伞，向鹏飞端碗，把牛肉面送进东厢房。

庄图南示意向鹏飞把面放在桌上，默默坐在桌边，无声地陪伴父亲。

庄超英突然开口，问儿子："奶奶真的这么说过？"

庄图南木呆呆地道："啊？"

庄超英道："奶奶真的说过你们要是成绩不好，我早和你妈妈离婚了这种话？"

庄图南尚不知如何回复，向鹏飞回答了："肯定说过，我妈带我来苏州那次，姥姥姥爷不知道说了多少难听的话，说了很多像'婆家条件不好，不要连累娘家''带着外姓人啃娘家'这种话。"

向鹏飞想了想，又补了一句："不过应该是以前说的，姥姥现在不说这种话了，她现在想和我们处好关系。"

庄超英坐起身来，紧紧盯着外甥："你也知道姥姥现在对你们好，可你们就因为她以前说过几句难听的话恨她？我也骂过你，你是不是连我一起恨？"

向鹏飞道："当年我妈说把她所有的工资都给姥姥姥爷，只求他们在客厅给我一张床，他们都不答应，骂那么难听。大舅舅你每晚检查完我的作业才睡觉，大舅妈天天变着花样给我和庄筱婷做饭，你们骂我和他们骂我不一样。"

庄图南听得目瞪口呆，本想让向鹏飞别说了，但转念一想，没吭声。

向鹏飞继续竹筒倒豆子："那天在宿舍楼，有人问哪个是外孙，姥姥说，都是孙孙，都是孙孙，都是我们庄家的。我爸在大太阳底下弯腰清理枕木下面的碎石，一干干半天，回家腰都直不起来，涂了药酒才能躺平了睡觉，就为了多挣点加班费给我寄来，姥姥以为她说几句好听的，我们就和她亲，她想屁吃。"

庄图南听到这句直白粗俗的"想屁吃"，差点笑出声来，心想，要是妈妈在家，看到林栋哲替妹妹挨耳光，听到向鹏飞替妹妹说话，以后这俩活宝在家能横着走，吃香的喝辣的。

庄超英也被向鹏飞的话惊住了，呆了一会儿才道："你们就这么恨爷爷奶奶？"

向鹏飞毫不退缩，回答说："我们不恨，只是和他们不亲。"

庄超英喘着粗气，怒视向鹏飞，向鹏飞毫不畏惧地瞪了回去。

庄图南小心翼翼地插嘴："爸，面都要坨了，鹏飞特意给您下的，怕您饿着。"

庄图南一边说着，一边拽了拽向鹏飞的胳膊。

向鹏飞软了下来，说："我去看看林栋哲，他也该饿了。"说着出了东厢房。

庄图南待了好一会儿，见庄超英情绪相对稳定，但始终不肯吃面，只能又回到厨房。

他一进厨房，看到了更魔幻的一幕——林栋哲在吃面，向鹏飞在帮庄筱婷缝凉鞋带。

林栋哲一边"呼呼"地吃面，一边征求向鹏飞的意见："一会儿要给庄筱婷也端一碗吗？"

向鹏飞想了想，说："你带她出去走走，在外面吃吧，顺便劝劝她。"

林栋哲放下筷子，对向鹏飞说："我来缝凉鞋，你带她出去吃。"

向鹏飞道："我不好背后说大舅舅，你可以说，还是你去劝吧。"

林栋哲斩钉截铁地拒绝："我不干，这是你家的事。"

向鹏飞冷笑道："你小子故意磨磨蹭蹭切牛肉，煎鸡蛋，不就是想馋我们吗？今天的事儿，你也有份。"

庄图南站在门边听了个清清楚楚，半天才问："今天这样的事情，家里经常发生吗？"

向鹏飞道："不经常，今天还是第一次看到筱婷发这么大的脾气。"

林栋哲道："学习压力大啊，老大，你的照片在光荣榜上挂了一整年，庄筱婷的压力很大的，她经常为测验分数不开心。"

庄图南冷笑一声，凝视着林栋哲。

林栋哲顶不住了，忙说："我说，我说。我妈原本想把两间房的钥匙都给你妈，你妈不肯，说如果多了两间房，你爷爷奶奶肯定就要住进来了，她只肯拿我小房间的钥匙给向鹏飞住，你妈我妈说这事的时候，庄筱婷正在我房间里帮我改卷子，她听到了，当时脸都变了。"

庄图南沉默了一下，问道："你觉得她今天是借题发挥？"

林栋哲斩钉截铁道："不，庄筱婷在害怕，你爸妈经常为你爷爷奶奶家的事吵架，她怕你爸妈又吵，她一直在害怕，而且她有什么心事从来不说，憋在心里自己吓自己，越想越害怕。"

林栋哲想了想，又小心翼翼地补了一句："我以前总觉得她心思重，小测验没考好就胡思乱想，如果是因为以前你奶奶吓唬过她，我就有点理解了。"

庄图南心中又泛上那股奇怪的感觉，他紧紧盯住林栋哲，道："今天的事儿，我和鹏飞还没反应过来，你就知道她情绪不对了。"

林栋哲坦坦荡荡道："以前我不知道什么是害怕，现在知道了。我爸刚被举报时，我妈和我非常害怕，怕他被抓去坐牢，尤其我妈，她到现在心里还在害怕。所以那天他跟我妈讨论房子，我一眼就看出庄筱婷在害怕，你爷爷奶奶恐吓她，还有那次你爸离家出走，都把她吓坏了。"

向鹏飞也道："哥，我第一次来苏州，心里也是害怕的，我也觉得筱婷最近情绪不对。"

庄图南先瞪了林栋哲一眼，本想骂他多嘴，但想到他是为妹妹打抱不平，叹了口气，便不说什么了，然后扭头瞪着向鹏飞。

向鹏飞丝毫不惧庄图南的凝视，他打抱不平，说道："筱婷也真能忍，憋了这么多年，要我的话，早就嚷嚷奶奶恐吓她，嚷到全家人都知道。"

向鹏飞把凉鞋往林栋哲手里一塞，命令道："你赶紧先带筱婷出去，一会儿大舅妈回来……"

向鹏飞抬头看了一眼庄图南，庄图南想起父母之间关于爷爷奶奶的争吵冷战，打了一个寒战，他当机立断，说："就说妹妹想宋阿姨想哭了，林栋哲带她出去吃冷饮。"

林栋哲没好气道："那你怎么解释你爸生气？他想我爸想到生气了？"

庄图南和向鹏飞互视一眼，都意识到了问题的严重性，庄图南从口袋里掏出几张票子，递给林栋哲，对他说："栋哲，带她在外面多待一会儿，我在家慢慢劝我爸妈，等他们都冷静下来了，你们再回来。"

粥店的灯光很亮，电风扇摇来摇去地吹着风，空气里是粥和发糕的香气。

林栋哲像卡壳的磁带，翻来覆去地说："你爸爸不是故意的，他是气你哥和向鹏飞。也怪我，我知道他们想抢我牛肉吃，我故意慢慢切，想馋死他们。都怪我，不该买牛肉。

"向鹏飞把你爸爸说了一顿，我今天才觉得他有个哥哥的样子，可关心你了。"

……

庄筱婷就着林栋哲的叨唠，慢慢吃完了一块发糕，林栋哲见状，赶紧问："还要不要？你哥给了我六块钱呢，我给你叫碗冰酒酿？"

庄筱婷点点头。

林栋哲去窗口要了碗冰酒酿，小心翼翼地端了过来。

林栋哲继续絮叨："你啊你，不开心的事情早点说出来，何必到忍不了的时候才爆发。"

林栋哲不管庄筱婷听不听，叹了口气继续说道："你爸爸知道你们都不想去。你哥是大人了，向鹏飞说过好几次他不喜欢去姥姥姥爷家，你从没说过，所以你爸爸不敢对你哥和向鹏飞发火，只敢对你发火。你以前干吗不直接说你也不想去呢，非要到忍不了了才说。"

庄筱婷用勺子慢慢搅动酒酿。

林栋哲继续道："不过话说回来，你今天发了脾气也挺好的，总比一直憋在心里好。"

他顿了顿，又说："像我和向鹏飞，有什么不开心的事情，发泄出去就完了，不会一直闷在心里反复想，越想越难过。我是看小黄……我是看书，向鹏飞是去蹭钱进的车，跟着跑一趟车，我们都有办法转移自己的不开心。所以，你也该想想，找个让自己开心的方法。"

林栋哲凝神思考，说："我帮你想啊，你不开心的时候可以吃零食。"

庄筱婷道："我不吃话梅了。"

林栋哲尴尬地笑笑，又说："看小说？"

庄筱婷摇头。

林栋哲道："写诗？学校里那么多诗社，投稿给杂志还能拿点稿费。"

庄筱婷认真想了一下，还是摇头。

林栋哲又道："跳舞？算了，当我没说，你不会喜欢迪斯科的。"

……

突然，林栋哲打了个响指，说道："有了，你一不开心就立即想一个让你开心的人或一件让你开心的事情，反复想，反复想，一直想到你开心起来。"

庄筱婷张了张嘴，嘴唇轻轻动了动，但没有出声。

黄玲一回家就觉察到了不正常的气氛，庄图南和向鹏飞支支吾吾地说了中午发生的事，黄玲沉默良久。

黄玲并没有很愤怒，甚至没有谴责庄超英，她只说了一句："筱婷会发脾气了，是好事。女孩子太善解人意、太习惯忍让是不行的。"

黄玲的语气里带着淡淡的哀伤。

庄图南问："林栋哲带筱婷在前面那条街的粥店吃东西，我要不要去把他们叫回来？"

黄玲摇头，说："让筱婷在外面多待一会儿，回来了，她和你爸爸都尴尬。"

向鹏飞早已做好晚饭，小心翼翼地把饭菜端上桌，沉默着和大舅妈、表哥一起吃了晚饭。

晚饭后，黄玲自顾自进了小房间休息。

庄图南时不时地进一次东厢房，看看庄超英有没有什么需要。

桌上始终有一杯凉开水和一碗素面，杯子空了之后，庄图南会再满上，面凉了或坨了，庄图南会再换一碗。

林栋哲去柜台付钱，庄筱婷在店外等他。

雨早就停了，地面上有一块一块的积水，林栋哲边数零钱边从店里走出来，他的视线向下，无意间看到庄筱婷在水洼中的倒影。

庄筱婷穿着一双黑色皮凉鞋，黑色细带映得她的双足更加白皙，双足之上是纤细的脚踝和修长的小腿。

林栋哲触电般把视线从水面上移开，他的视线无意识地向上移，猝不及防地看见了倒影的主人。

庄筱婷穿着一件白色V领连衣裙，柔软的衣料勾勒出她的身材，修长窈窕，皎洁的月光洒在她的脖颈和胳膊上，细腻旖旎。

她也正看向林栋哲，神情恬静，目光清澈，宛如一幅油画。

正是晚饭时分，四周人声鼎沸、喧嚣沸扬，林栋哲却觉得周围一片寂静，心中似乎感觉到了一股强烈而陌生的情愫正破土而出。

惆怅，甜蜜，酸涩。

林栋哲和庄筱婷回家后，黄玲仔细检查了林栋哲的脸，给他涂了药膏，第二天又专门去买了几只鸡腿，卤好了给他加餐。

一如既往，庄家这场家庭矛盾不了了之，所有的家庭成员都心照不宣，绝口不提此事，齐心协力"遗忘"了整件事情。

林栋哲早已习惯庄家"一床棉被盖不合"的传统艺能，见怪不怪。

向鹏飞啧啧称奇，头上被庄图南弹了两个爆栗后，也不敢开口了。

庄超英没再提去爷爷奶奶家的事。

几天后，庄超英准备单独去父母家时，庄图南主动带着向鹏飞一起去了，两人在爷爷奶奶家坐了小半天，闲话家常，其乐融融。

庄图南对爷爷奶奶说庄筱婷身体不太舒服，在家休息，爷爷不以为意，奶奶说了几句客套关心话，这事也就过去了。

闲聊时，奶奶试探地提出，暑假能不能让庄爱国、庄爱华去小住一阵儿，说这既是兄弟间的小聚，同时还能让庄图南帮忙辅导一下功课。

庄图南笑着回答："让爱国、爱华把不会的题目攒起来，我一周过来几次，给他们讲题。"

二姆端出来一盘西瓜，放在茶几中间，正对着向鹏飞的那两块瓜最红，应该是最甜的。

庄超英亲眼看见，奶奶伸长手臂，行云流水般从向鹏飞面前拿起最好的三块瓜，递给了庄爱国、庄爱华和庄图南，再拿起一块不那么红的瓜，亲切地递给向鹏飞。

向鹏飞似乎看到了，又似乎没看到，接过来吃了。

庄图南绝口不提林家去广州后院里空了两间房的事，看似粗枝大叶的向鹏飞居然也守口如瓶，嘻嘻哈哈地闲聊，开开心心地吃瓜。

语笑喧阗，庄超英的心越来越凉。

这几年，尽管和父母曾在棉纺厂停发工资时有过矛盾，但父母日益年迈，事情过去也就过去了，他能看出父母的悔意，尤其是母亲，对自己的态度越来越软和，对庄图南兄妹俩和向鹏飞日益慈爱。

他清楚父母的私心，但他能理解他们，人老了，希望后辈孝顺。

他知道孩子们并不很喜欢来爷爷奶奶家，但他也心疼父母姿态越来越低，他始终认为，只要他多鼓励，多引导，让孩子们和爷爷奶奶、姥爷姥姥多接触，滴水穿石，孩子们总能慢慢体会到老人对他们的爱，延续骨肉亲情。

庄图南假期回苏州，稍事休整后的第一件事情一定是带着弟弟妹妹来探望爷爷奶奶，经常来爷爷奶奶家给庄爱国、庄爱华补习功课；向鹏飞在姥姥姥爷家总是高高兴兴的；黄玲和向鹏飞亲厚……庄超英深以为豪，他认为，是他的坚持，才让祖辈和孙辈们在矛盾之后又黏合在了一起。

庄超英一直觉得，事情在往好的方向转变。

但现在，女儿的痛斥和外甥那句"想屁吃"告诉他，他努力经营出的祖孙和睦完全是自欺欺人，是水中月，是镜中花。

每个人都有记忆，记忆中的伤痕不是他能粉饰的，他所做的一切努力恰恰适得其反，非但没有缝合祖孙两辈之间的缝隙，反而一再使这缝隙更大了。

继黄玲在婆家人前当众发飙后，他又一次看到了家庭关系中的重重隐患和矛盾。

如果说黄玲发飙时，他还心存幻想，但这一次，他无法再幻想了——这几年，他始终没能弥补他和黄玲之间因为父母造成的伤痕，他已经知晓，时间并不能抚平感情中的伤害，现在，继夫妻反目后，他必须面对并修补父女感情的缝隙了。

看似中立的庄图南，在他拒绝两位堂弟暑假来家中小住并绝口不提小院多了两间卧室时，已经不动声色地做出了选择。

甚至不把自己当外人的林栋哲都冲出来用脸投票，用挨了一耳光的脸投了反对票。

庄超英看着一片和睦的祖孙，麻木而悲哀地想：晚了，已经太晚了。

晚了，已经晚了。

林武峰给林栋哲来了信，让他尽快收拾好自己的书本、衣物，买最近日期的车票去广州。

林武峰给庄超英也写了一封信，说如果庄图南有空的话，他提供来回车票和食宿，邀请庄图南和林栋哲一起去广州，既陪伴林栋哲，也可以借机去南方长长见识。宋莹在信后还特意附上了几句话，庄筱婷和向鹏飞假期要提前上高三的课，这次就不请他们去广州玩了，以后有机会再邀请他们。

庄图南左右无事，去办了边防证，陪林栋哲一起去买了车票。

大部分衣物和书早已被托运走了，林栋哲的随身行李不多，一个蛇皮袋就都装下了，他和庄图南轻轻松松就把行李扛上了火车。

庄筱婷、向鹏飞和吴军一起到了车站，送别林栋哲。

三伏天，日头火辣辣的，阳光刺得人睁不开眼，站台几棵大树上的蝉鸣一声高过一声，车厢内外都像蒸笼似的，热气腾腾，几个工作人员推着小车叫卖，小车边围满了讨价还价的乘客，蝉鸣声、吆喝声和讨价还价声让人禁不住心烦意乱。

庄图南和林栋哲买到了两张位置相连的坐票，放好行李后，庄图南让林栋哲坐到窗边，好和朋友们告别。

向鹏飞嘻嘻哈哈，对林栋哲道："你小子有福气，不用参加大舅舅的暑假补课了。"

林栋哲笑骂："你也太没良心了，好歹装个悲痛吧。"

向鹏飞眉开眼笑地说："悲痛啥？你走了我就能睡你房间了，快滚吧你，我还想早点回去搬东西到你房间呢！"

吴军眼睛红红的，说不出话来。

站台上的乘务员吹哨了，林栋哲看向庄筱婷，嘴里的话却是说给向鹏飞听的。他说："再有人拔庄筱婷的气门芯，你去处理一下。我已经警告过他们了，你再去亮亮拳头。"

向鹏飞啧啧道："庄筱婷是我亲表妹，要你这个冒牌货叮嘱？"

列车缓缓启动，林栋哲这才看向庄筱婷，对她说："再有人拔你气门芯，告诉向鹏飞。要有其他事情也说出来，不要闷在心里，你不说没人知道……"

庄筱婷抬头看向林栋哲，轻轻点了点头。

林栋哲道："庄筱婷，谢谢你，谢谢你这几个月给我耐心讲了那么多题。"

庄筱婷还是轻轻点了点头。

行李架上没空位了，有人想把自己的包放在林栋哲的蛇皮袋上，庄图南脱了鞋，站在座位上帮人放包。林栋哲扭头见庄图南没有注意到这边，心一横，把半个身体探出窗外，轻声道："不开心的时候就想想开心的事情……"

庄筱婷似乎回了一句什么，林栋哲看到她的嘴唇动了动，但列车开动起来的风声盖住了她的低语，林栋哲没听清。

林栋哲向庄筱婷大声喊："你说什么？"

站台上挥手送别的人们大声告别，车厢里一片嘈杂，庄图南正和人大声交涉，车厢顶端的摇头电扇"吱吱"响着，吹出聊胜于无的热风，林栋哲在一片喧闹中努力辨识庄筱婷的话，却什么也没听到。

列车越开越快，林栋哲再也顾不上掩饰，贪婪地紧盯住庄筱婷的脸庞。庄筱婷扭转了头，似乎在和向鹏飞说话，但在林栋哲以为再也看不到她的正脸时，她突然转过头，直直地看向他。

两人的视线在空气中相撞，林栋哲看见庄筱婷微微笑了，嘴唇似乎又轻轻动了动。

列车加速驶离了站台，白花花的阳光下，向鹏飞和吴军都追了几步，边追边努力挥手，庄筱婷静静地站着，三人的身影都越来越小。

为了保证林栋哲的学习环境，林武峰和宋莹租了一套二居室，庄图南来广州游览，就在林栋哲的房间暂时挤一挤。

林武峰忙于新工作，早出晚归，宋莹有一搭没一搭地整理新家，整个人蔫蔫的，不太愿意外出，林栋哲忙于复习——确切地说，他被宋莹硬按在书桌前看广东的高中教材。

两家亲厚，宋莹直接发话，让庄图南想在家就在家，不想在家就自己出去玩。林武峰更干脆，硬塞给庄图南两百元人民币，让他随便花。庄图南恭敬不如从命，成日在外游览。

庄图南的大三，暗淡、消沉、低落。

李佳的骤然疏远，不仅给他带来感情上的失落，更有无尽的困惑和愤怒，就好比黑暗中无缘无故被熟悉的人捅了一刀，但又没有任何人证物证，无法谴责或指证对方，只能眼睁睁看着凶手逍遥法外。

更糟糕的是，庄图南不知道他为什么被捅，无数个黑夜里，他反复琢磨：我是不是哪里做错了才会被如此对待？

庄图南陷入了受害者心态中，他找不出李佳突然间对他避之不及的原因，只能委屈和自怨自艾。

除了委屈，庄图南还相当愤怒——对外界失控和无能为力的愤怒。

这份愤怒，来自两方面：一是感情，二是即将到来的毕业分配。

庄图南上学期加入了学生会和诗社，认识了不少人，亲眼看见或听说了很多师兄师姐们的分配情况，这个过程中，他不断地回想起当年林武峰的那句话："图南，这世界的规则，你说了不算。你失望也好，愤怒也好，你自己想法适应。"

庄图南是带着消除低落的心情陪同林栋哲到广州的，但当他到了广州后，立即被广州的风貌和氛围吸引了，自然而然地振奋了起来。

庄图南已经修完了环境和建筑设计、城市初步设计等课程，画过了城市设计图。乍然间来到国内最开放、最现代化的城市，他格外珍惜这个机会，带着速绘本徘徊在广州火车站、广交会展馆、广州东方宾馆新馆等建筑群中。

广交会、东方宾馆等建筑无法自由出入，只能看看外观设计，庄图南索性泡在了广州火车站里，近距离地观测、感受这个交通枢纽和改革开放最前沿的门户。

车站外的广场上横七竖八躺着刚下火车的外省劳工和打工妹们，他们席地而眠，趴在行李上补觉，睡醒后再各自散去，水滴入海般融入广州的街巷中。

乘客们挤在候车室里，火车站车次太多，中央检票闸口前永远排着长队，候车室内拥挤不堪，空气中的汗味、酸臭味让人几近窒息，队伍里的人为了不让人插队，必须前胸贴后背地粘在一起，顶着一身臭汗，焦躁地等待工作人员开闸。

四层车站大楼的内部仿佛一座小型的摩登城市，旅馆、酒楼、商场、快速冲印相馆、舞厅、录像厅、卡拉OK厅……在这座微型城市中，北方的"倒爷"和深圳的"老板"们如鱼得水，他们西装革履，拎着密码箱，在西餐厅里大声喧哗吃牛排，在旅馆里悠然自得地等候车次，在卡拉OK包厢里走板走调地唱粤语歌……

一幕幕的景象冲击着庄图南的神经，他早出晚归泡在了火车站里，他拿起纸笔默默记录下这份光怪陆离，记录下这份滚滚向前的时代潮流。

一日晚饭后，宋莹端上果盘，一桌人边吃水果边闲聊，林武峰问庄图南："对广州印象如何？"

庄图南考虑了一会儿才回答："我那次去平遥，除了看建筑，最大的感触是各个城市的人对时代变化的反应是不一样的，偏远地方的人反应比较慢、比较平淡，大城市的人反应更直接、更激烈。"

大家都来了兴致，等着他继续说下去。

林武峰饶有兴致，问道："时代的变化，这怎么说？"

庄图南想了一下继续道："我不说城市了，我就说大学吧。我们班全国各地的同学都有，上海本地的同学最灵光……"

庄图南说到这里，自然而然想起了李佳，心中轻微刺痛，他定了定神色，用春秋笔法诉说道："上海同学中，家里有背景的都在考虑出国，家里没背景的，想得也比我们早，我有个同学去年就入了党，跟着阮教授参加了上海周边古镇的保护和规划，今年毕业季前，我才知道我们系每年都有一个去城市规划局的名额，给户口，能留在上海，我这才知道她已经早早做好了职业规划。"

庄图南一口气说出了困扰了他一整年的问题和答案，情不自禁地长出了一口气，心中的郁结似乎也淡了很多。

连宋莹都听懂了，说道："就像大家还在考中专技校，你爸爸早早就督促你们读书，考一中上大学。"

庄图南道："对，上海同学比大多数外地同学更早更坚定地知道他们的人生选择。广州不一样，在广州，所有人都很清楚自己的选择，干活，挣钱，我很喜欢广州这座城市，有欲望，有冲劲。"

林武峰听到"干活，挣钱"两词，大笑着说："图南，你悟出广东人的精神气了。"

在广州待了半个月后，庄图南回苏州了，他拒绝宋莹和林栋哲送他，独自一人到了车站。

南国的夏，黏腻闷热，庄图南站在火车站主楼前，凝神看向主楼两肩上的巨大标语：统一祖国，振兴中华。

广场上车来车往，人潮汹涌。

络绎不绝的人群和庄图南擦身而过，衣着时髦的靓女，西装革履的生意人，学生，用扁担挑着鸡笼鸭笼的农民……香水味，汽水味，汗臭味，甚至家禽的臭味，争先恐后地涌入庄图南鼻中。

闷热的空气让这些气味发酵，广场上的味道并不好闻，但鲜活，且不容抗拒。

这是自由繁荣的味道，是奋勇拼搏的味道。

庄图南站了一会儿，随着前行的人流进入了车站。

庄图南扛着宋莹给他的一大包地雷、手榴弹般的杧果、菠萝等苏州买不到的热带水果回到了家。

给李一鸣家送了几样水果，应对完家人有关广州的种种询问后，庄图南尾随庄超英进了东厢房，对他说："爸，我打算过两天就回学校，专心备考研究生。"

庄超英打开电扇，静静等待庄图南说明。

庄图南道："知青返城，知青子女返城，上海早已不堪重负，本科生几乎不可能留上海……"

庄图南定了定神，接着说："我……我去年一年都很消沉，不是因为不能留上海，但确实和毕业分配有关……"

庄图南斟字酌句道："听了那么多讲座，参加了那么多社会实践，然后发现毕业后的去向完全不能自主，而且分配和大学成绩、个人能力关系不大，更多的依赖户口、家庭背景，户口和家庭背景决定了你后半辈子在哪儿、干什么，学生干事一句话也能影响你下半辈子的命运。发现这个事实后，我上学期整整一个学期都很消沉。"

庄图南推心置腹的交流，让庄超英很感动，他点了点头，鼓励他继续说下去。

庄图南道："学校周围成立了一批中小型集体所有制的民营建筑事务所，自己接项目，独立完成方案，算体制内的试点单位，但没有上海户口不好进。"

庄图南道："出国门槛太高，不现实。我考虑过读研，但硕士也不能保证留在上海。我本来想得过且过、随波逐流，反正我能分回苏州，多半还能进苏州城市规划局，也挺好。"

庄图南换了话题，接着说："林叔叔点醒了我，有学历，有能力，人生的选择就能多一些，广州之行直接改变了我的想法。沿海，尤其深圳特区，设计市场很火，我和林叔叔谈了一次，林叔叔帮我打听了广州外企招收毕业生的具体要求，外企一般不要求广州户口……"

向鹏飞掀开门帘，朝里面吼一声："大舅妈让我问你们，要不要一起出去散步？"

"马上就来。"庄图南回答。然后，他继续对父亲说："不要求广州户口，也不要求人事关系，但他们也不会帮毕业生办理户口和各种关系，毕业生必须自己办理这些手续。深圳的建筑公司也这样。"

庄图南看着父亲，又说："我计划先考研，如果没考上，毕业后先回苏州，回来后工作顺利就先不动弹，如果还想南下的话，在苏州办理这些手续，托人找关系也相对容易些。"

庄超英愕然，不解地问："图南，你的意思是放弃国家分配的工作南下，在沿海做'三无人员'？国家分配的工作都是干部编制，社会地位高，稳定。"

庄图南回答父亲道："设计领域也在对外开放，同济很多老师在外访学，家里有海外关系的学生都在想办法出国留学，沿海处处在建设，设计市场火爆，华森、深飞好几家建筑设计公司还是和香港公司合资的，设计师和香港、海外的交流都很频繁，很能开阔眼界。"

庄图南道："爸，我回来前，林叔叔特地嘱咐我，让我在人生大事上多征求您的意见，他说您有阅历，有远见，让他也重视了栋哲的教育。吴珊珊前段时间也说了，您能看清事情的走向，并努力把结果往好的方向改变。爸，无论是读研还是南下，我相信您都会支持我的选择。"

庄超英良久才出声，他对儿子说："图南，你先努力考研，考完研我们再商量。"

高三第一周，英语老师发下了上学期的期末试卷，大致讲解了几个常见的错误，然后对着班上说："这份试卷你们就带回家吧，不要丢了，下学期总复习的时候可能还要用。"

英语课代表坐庄筱婷前一排，她扭头嘀咕了一句："林栋哲的卷子怎么办？"

庄筱婷抬头，波澜不惊地回复："给我吧，我可能会给他寄笔记和卷子，到时候一起寄给他。"

课代表把卷子递过来，庄筱婷接过，继续全神贯注地听课。

夜深人静，庄筱婷关了台灯，似乎准备休息了。

窗外月色很美，皎洁的月光朦胧地照在高高摞起的课本和试卷上，庄筱婷展开一张试卷，无声地用指尖一笔一笔地描着卷子最上方的那三个字。

院中花草未眠，思念连绵不绝。

林栋哲不太能听懂粤语，在学校是半"聋"状态，好在汉字是全国统一的，他只能每天晚上反复看笔记，弥补自己在课堂上听不懂的劣势。

林武峰怕他焦虑，反复安慰他，今年考不上就再复读一年，让他放松心态学习。

林栋哲回复："感谢秦始皇一统文字，感谢江苏是高考大省，感谢一中高二已经教完了所有的课程。我觉得我认真复习一年，能考上的。"

林栋哲确实早有心理准备，来广州前，他已经预料到了转校后的窘境。

听不懂粤语，他带着随身听上课，用磁带录下重要部分，回家后对着笔记再听一遍。

以前老师留在黑板上的作业，他想抄就抄，不想抄就回家借庄筱婷的笔记看看，现在他老老实实地抄写。

……

高三学习任务繁重，林栋哲必须全力以赴，他心大，性格又好，很快就很好地融入了新环境中。

林栋哲自觉自己适应得很好，直到一天早上，他骑车冲向学校时，遥遥看见一个很像庄筱婷的背影。

林栋哲第一个反应是：太好了，赶上庄筱婷了，今天不会迟到了。

他猛蹬了几下，想超过"庄筱婷"，就在这时，他想起来了，庄筱婷在苏州，而他，现在在广州。

林栋哲突然间心口一阵剧痛，喘不过气来，他不得不把自行车骑到街边停下，眼睁睁地看着那个与庄筱婷酷似的背影越骑越远，越骑越远。

广州清晨的街边，熙熙攘攘的自行车一辆辆、一排排地从身边经过，林栋哲哭了，这一刻，他知道他想念庄筱婷。

两人太熟悉太亲密了，自幼一起长大，一起看连环画，一起去少年宫，一起上下学……

小时候，两人个头差不多高，从巷口公共水龙头打水时，庄图南一人拎一桶，他俩合力拎一桶，巷子里的人都取笑说，庄图南带着他俩就像一秤杆带着俩秤砣。

夏天，两人每天晚饭前合力扛饭桌到院外，久而久之，两人过门槛时步伐完全一致。

假期，他去废品收购站卖他和庄筱婷的作业本和废纸，回家后两人清点毛票和硬币，一分一毛地分账，黄玲和宋莹都笑："菜刀菜板在分家。"

有次九月开学前，他实在赶不完暑假作业了，庄筱婷帮他写了几篇日记，他打开作业本都惊了，笔迹、用词造句和他自己的几乎一模一样。

……

太自然了，就像左手和右手，就像光和影，以至于他以前居然没有察觉庄筱婷在他的生活中占据了那么重要的位置。

庄筱婷出席了他的童年和少年时代，但现在，在他的青年时代，庄筱婷缺席了。

阳光挥洒在街道上，熙熙攘攘的人潮车流中，林栋哲哭得像个傻子。

第十七章

再见，昨日

广州潮湿闷热，衣服总是晾不干，穿在身上黏黏的，像没洗干净一样。

湿哒哒的、晒不干抖不开的衣服，就像宋莹现在的心情，低落，怎么都提不起精神。

没有了工作和相应的社会关系，粤语听不懂说不出，基本人际交流都成问题，宋莹心中郁闷烦躁，她时不时地想发火，尤其是一看到林栋哲，哪怕林栋哲什么错都没犯，她心中就生出一股无名火，噌噌噌地往外冒。

林武峰温言细语地安慰妻子，并再三告诫林栋哲："你妈突然没了工作和朋友，心情不好，你识相点。"林栋哲听进去了，在学校时不惹事，在家时尽可能收敛自己，但没用，宋莹还是经常性地冲他发火。

这天，宋莹又无厘头地发火，林武峰赶紧递了一杯凉开水给她，并使了个眼色示意林栋哲赶紧出去，不要碍她的眼。

宋莹还想开口骂，可她刚喝了一口水发不出声，嘴唇一张一合，只做出了"林栋哲"三字的口型。

正贴着墙向外走的林栋哲看到宋莹的嘴型愣住了，宋莹嘴唇的翕动犹如闪电，瞬间照亮了两个月前的几幕场景，他突然读懂了庄筱婷的口型，迷迷糊糊感知了她的心事。

粥店里，林栋哲劝慰庄筱婷："你一不开心就立即想一个让你开心的人或一件让你开心的事情，反复想，反复想，一直想到你开心起来。"庄筱婷优美的唇形微微颤动，但没有出声。

临行前，林栋哲对车窗外的庄筱婷说："不开心的时候就想想开心的事情……"站台上，庄筱婷的嘴唇轻轻翕动。

当火车驶离车站时，他遥遥凝望庄筱婷，又看见了她无声的言语。

隔着千山万水，林栋哲突然读懂了庄筱婷无声的回复——她凝视着林栋哲，无声地说了三个字：林栋哲。

林栋哲浑浑噩噩地出了家门，向外走去。

楼道里一梯三户，各家门口都堆满了杂物，楼梯间光线昏暗，邻居正扛着自行车上楼，林栋哲努力避让邻居，摸索着走到楼下。

正是晚饭时分，居民区里很热闹，家家户户的厨房传出锅碗瓢盆奏鸣曲，楼间空地上小孩子们嬉笑打闹，空气中满是饭菜香和欢笑声。

楼前空地的绳子上晾满了衣物，林栋哲晕头转向地撞上了一床床单。

晒了一天的床单还有点湿，两块布料粘在一起，沤出几团不规则的褶皱，正如林栋哲一团乱麻般的心境。

居民区外的马路两旁是各式小店，其中两家小卖部都有电话，收费后可以打市内或长途电话。

林栋哲数了数口袋里的钱，他不可思议地发现，他居然清晰地记得小巷口小卖部的电话号码，他想也不想，拨通了这个号码。

听筒里，电波声嗤嗤地响起，熟悉的乡音响起："哪一位？找谁？"

林栋哲回答道："我是林栋哲，麻烦您帮我叫一下……"

林栋哲抬头看见电话上方贴着的价格表，迅速心算了一下他口袋里的钱够打几分钟的，他立即得出了结论，他带的钱不够支撑到小卖部的人去喊庄筱婷。

林栋哲道："李爷爷，请您帮我转告庄筱婷，请她明天晚上7点等我的电话，谢谢。"

小卖部前有几个路边摊，摊主们叫卖，摊上有人吃面，有人喝酒划拳，热闹非凡。

电话再次接通，听筒另一端传来轻微的沙沙声。

李爷爷懊恼不已，歉疚地说："栋哲啊，不好意思，我忘了通知筱婷。要不，你明天再打来？"

林栋哲想也不想，说："你能现在让人喊一下她吗？我20分钟后再打来。"

李爷爷道："好，好，我现在就让小孙孙去喊人。"

电话挂断了，林栋哲退到一边，他什么也不想，盯着电子表上的数字时间，全心全意等待。

时间过得太慢了，很久很久才变了一个数字，林栋哲抬头看向店外，转移自己的注意力。

天还没有黑尽，天际依稀可见一片深深浅浅的灰，路边摊的白炽灯明晃晃的，几盏大灯把周围照得亮如白昼，似乎能看见粥面、卤味的香味在空中弥漫。

一阵风吹动不远处的树梢，树梢上乱七八糟的电线把天空和秋风切割成一块一块的，秋风依旧闷热，让人浑身燥热，让人心中焦躁。

20分钟终于到了，林栋哲再次拨动转盘，电话接通后，他先"喂"了一声，一个熟悉的声音响起。

"林栋哲？"

周遭的喧闹声和听筒另一端的沙沙声似乎同时消失，林栋哲贪婪地听着这个声音。

林栋哲没有出声，庄筱婷迟疑着又问了一遍："林栋哲？"

林栋哲一个激灵，词不达意，对着电话那边问道："下雨了？"

庄筱婷抬头看向小巷街道，小雨淅淅沥沥打在落叶上，五颜六色的伞反射着路灯的光芒，如同一朵朵盛大妖娆的花朵，四散游走。

庄筱婷道："嗯，下雨了。"

庄筱婷的语气波澜不惊，似乎丝毫不惊讶林栋哲会打来昂贵的长途电话，也不追问林栋哲为什么打电话，似乎林栋哲在长途电话里讨论天气是一件再正常不过的事情。

两人都没有再说话，电话一头是喧哗的粤语叫卖声、劝酒声，另一头是沥沥的雨声。

　　林栋哲隐隐约约觉得庄筱婷似乎知道他要说什么，他清晰而坚定地问："庄筱婷，明年你报哪所大学？你报哪所大学我就报哪所。"

　　电话那头，庄筱婷的回答一如高考指导："我会定期给你寄一中的资料，等下学期考完模拟考试，我们看分数再商量。"

　　挂了电话，林栋哲无意识地看向远处凌乱的树梢。

　　似曾相识的感觉，让林栋哲恍惚间想起了去年深秋的一个夜晚。

　　爸爸还在等厂里的处分，隔壁王家又在吵闹，他坐在院中菜地边，呆呆地看着院墙外的树梢。

　　深秋时分，树叶早已凋零，几只光秃秃的树枝在寒风中横七竖八地乱颤。

　　庄筱婷无声无息地出现，坐在他身边的小板凳上。她默默陪了他一会儿，然后对他说："林栋哲，你该回去看书了，明天还有物理小测验。"

　　他仿若未闻，坐着一动不动。庄筱婷突然笑了笑，说："林栋哲，有时，我也不想学习的。"她轻声道，"珊珊姐工作了，拿工资照顾吴军。哥哥找了家教，他已经能自己养活自己。向鹏飞也想早点毕业工作，他爸爸妈妈可以不那么辛苦。林栋哲，你毕业了就能照顾你爸爸妈妈了。"过会儿，她又说，"我把明天考试的重点难点都画出来了，你赶紧去看看。"

　　林栋哲无意识地打量着周遭，他太清楚庄筱婷，清楚她从不直接表达自己的愿望——越是心底的渴望，她越是不遗余力地掩饰，以至于周围的人都以为她不在乎，不想要。

　　林栋哲在心里迷迷糊糊地：豁出去了！

　　林栋哲又拨了一个电话，他原以为还要让李爷爷去喊人，但他万万没想到，接通音刚一响起，就被人接了起来。

　　林栋哲福至心灵，喊道："庄筱婷。"

电话那一头没有作声。

林栋哲豁出去了，又重复了一遍："庄筱婷，你考哪所大学我就考哪所。"

有人来买烟，从店主手里接过烟后，迫不及待地划了一根火柴点燃，站在一旁抽了起来。

林栋哲凝视着烟头一明一灭的暗红色火光，似乎又看见了粥店里的庄筱婷，看到了站台上的庄筱婷，看见庄筱婷无声地用嘴型说话，这一瞬间，他情不自禁地怀疑自己理解错了，庄筱婷并没有呢喃过他的名字。

林栋哲用尽最后的勇气又说了一遍："庄筱婷，我喜欢你，你考哪所大学我就考哪所。"

一语声毕，周围一切的声音都消失了，只剩下擂鼓般的心跳声和嗞嗞的电波声。

话一出口，林栋哲豁出去了，不管不顾地对着电话那头说："我一直很想你，到广州后我一直想你，我想以后还和你在一起，一直在一起，你报哪所大学我就报哪所大学。"

庄筱婷终于开口："好。"

班级里已经有半公开的恋人，基本是和老师或干事关系好的同学，他们得到了默许，在校园里半遮半掩地出双入对。

一个班的同学，大致都清楚彼此的家庭背景，庄图南知道这些恋人要么是家里有背景，要么是同乡，这两种情况下，分配时有很大可能性分在一起，恋爱成功率大很多。

各地恋人中，上海本地的同学们恋爱观旗帜鲜明，公开表示只考虑有机会出国或上海籍的同学，他们也确实言行合一，只在同乡中内部消化。

庄图南再一次感觉到了理想的幻灭，在现实面前，爱情是这样的琐碎，竟然如此算计。但他转念一想，自己何尝不是如此？对感情、对将来的就业，自己还不是一样的心态？当找不到明确的方向时，就只能用最稳妥的方式四平八稳、按部就班地规划。

庄图南在心里自嘲：爱情、就业，统统被分配支配。

换而言之，理想被现实支配。

而且，曾经的理想主义者被现实打败后，他们比一般人更加现实，同学们如八仙过海般各显神通，四处找关系、找挂靠。

感慨归感慨，庄图南还是全身心投入复习中，他泡在图书馆里，用课程外的所有时间刷题，刷题，不停刷题。

绝大部分毕业生选择了就业，憧憬早日走上工作岗位，接触现实社会。考研、考托的人比例不高，但各系考生加起来，在图书馆里也占据了一大块区域。

考生们渐渐熟悉，相似的疲惫脸庞，相似的烦躁心情，相似的崩溃狂躁，庄图南经常觉得，他们这群人和广州车站广场前席地而卧的打工仔大同小异，憧憬、迷茫、疲惫。

庄图南曾在桌洞里看到一张画——一对正在交合的男女，画作的主人下笔简洁，重点突出，画风奔放，极具感染力。

窗缝不太严密，几缕秋风漏了进来，吹得桌上几页草稿纸簌簌作响，庄图南盯了那幅画很久很久，感受着笔画间的迷茫、渴望、躁郁。

树叶金黄，广州的秋冬依旧生机盎然。

气温到底是降低了，行人穿得也多了些，节气由盛转衰，林栋哲的心情却是那样亢奋和欢喜。

庄筱婷定期寄来的笔记和试卷给他一种隐秘的、微妙的心理上的联系，似乎两人还在做同样的试卷，还只隔着一堵墙学习和生活。

虽然暂时分隔两地，但还在并肩同行。

庄图南在广州时，参考广东省前两年的高考试题，花了三个晚上给林栋哲制定了一份复习计划，他长期带家教，能力高超，帮林栋哲把各科重点，甚至大致的复习时间表都整理出来了。

至于学习方法，林栋哲在一中上学多年，和庄家兄妹常在一起看书复习，耳濡目染，他很清楚各科的学习方法，只是以前不上心、不努力而已。

目标清晰具体，方法明确翔实，林栋哲只需要认认真真、踏踏实实地一步步努力就可以了。

风不刺骨，雨不肃杀，树叶金黄灿烂，鸟儿飞上了天空，啼声清脆嘹亮，一切都那么的自由欢快，林栋哲在每一张试卷上，在每一晚的苦读中，挥洒着懵懂爱情带来的满腔热血，不知疲倦地向上攀登。

寒风瑟瑟，雨夜寂寥，玻璃窗上常有一层淡淡的薄雾，庄筱婷经常在临睡前静静看一会儿窗户，用手指在雾气上轻轻地描下一个人名。

时不时用手指描画一个人名，偶然接到一个长途电话，庄筱婷第一次真正看到了"自己"，无关外界和他人的期待和愿望，她看见了"自己"，看见了自己因为林栋哲而产生的种种情绪：期待、忐忑、失落……

分数、排名，毕业班的压力依旧困扰着她，升学的负面情绪和懵懂爱情的患得患失交织在一起，各种念头像杂草一样在心中滋生，盘根错节，郁郁葱葱。

庄筱婷试着用林栋哲教她的方式，每当杂念升起的时候，她用手指默默描画一个人名——如果是独处，她就在桌面或窗玻璃上慢慢画写；如果在课堂上，她就在手心里秘密画写——随着固定的横竖撇捺，她混乱、失控的情绪也往往能稳定下来，慢慢地沉寂或消逝。

寒假过后，庄图南正式进入了分配季。

出国风兴起，考托福和GRE（留学研究生入学考试）的人数比例和报考研究生的人数比例相当，但两者加在一起也不到毕业生的三分之一，绝大多数同学还是按部就班地等待分配工作——本科四年，绝大多数同学都迫不及待地想先工作，进入社会。

尽管还是包分配，绝大多数毕业生走的还是四平八稳的分配路线，但也有少数用人单位直接到了学校，通过成绩单和老师推荐招收优秀毕业生，上海市城市规划局的负责人看过庄图南的成绩单、面试过他之后，向建筑系索要他的档案。

城市规划局共索要了两份档案，庄图南的和李佳的。

两人都成绩优异，都曾参加过平遥古城的测绘，规划局再三考虑，挑选了李佳，李佳是党员，而且她跟着阮教授团队学习，大三时又参加了周庄古镇的保护规划。

肯读研究生的优秀毕业生不多，系里很高兴，李佳"嫁"入"豪门"，庄图南极可能留校读研，两全其美。

考研分数线下来了，复试，面试……四月底，庄图南终于松了一口气，兵荒马乱的日子终于告一段落了。

夏初，大部分毕业生的分配基本有初步意向了，校园内突然多了很多情侣，分在同一处的学生们迅速谈上了恋爱，尤其是女生，她们找对象的愿望更为强烈——社会上还没有太多的大学生，她们如果想找到学历、眼界、思想不低于自己的对象，最好还是在大学校园里寻找。

男女宿舍间的交往多了很多，李佳是班长，她的动态几乎不用打听，就能知道大概。

李佳的感情生活颇受瞩目，从大四起，她就被不止一名研究生热烈追求——相对于本科生，研究生留沪的把握大很多，但也不一定是百分百的。

李佳毕业后进规划局工作，会有上海户口。如果和李佳结婚，则有留沪优先权，也可以把户口从学校迁到李佳的户口本上，从上海集体户口变成上海家庭户口，对找上海本地的工作有很大优势。

庄图南道听途说知道了李佳拒绝对方的理由——父母不同意她找外地人，他得知这个理由后，一如既往地夜跑锻炼，只是回宿舍后，抽了一支烟才勉强入睡。

庄图南已经基本猜出了李佳骤然疏远他的理由，他反复想：如果早知道自己能考上本校研究生，会不会提前追求李佳？

庄图南抽着从室友处顺来的烟，烟雾缭绕中，他不知道是该庆幸李佳没有接受其他外地研究生的追求呢，还是该庆幸自己没有赌上自尊去追求爱情。

每个人似乎都知道自己的目标，但又似乎身处迷茫中。

每个人似乎都有选择，但又似乎依旧身陷囹圄。

离校日期一天天接近，校园里处处有痛哭、呐喊、崩溃。

出国，考研，分配……把同窗或恋人分隔在不同的人生河流中，简直像战时逃乱，所有人都被汹涌的人潮裹挟着跟跟跄跄向前走，走着走着，熟悉的人散了，形同陌路的人却走在了身边。

嘶吼，喝酒，抽烟，毕业班宿舍里光怪陆离，每个人都在以自己的方式告别。

告别同窗。

告别暗恋的姑娘。

告别大学生活。

告别这独一无二的青春。

李佳作为班长，兢兢业业站好最后一班岗，继续统计人名、日期、车次，帮大家最后一次购买学生火车票。

庄图南和李佳之间早已若无其事，确切地说，两人之间本就没有发生过什么。

李佳记录下庄图南的离校日期时，惊讶着问了一声："这么早？"

庄图南解释："家里弟弟妹妹都要高考，我早点回去没准还能帮着辅导一下。"

李佳对林栋哲和向鹏飞记忆犹新，她问庄图南："你两个弟弟都要高考了？真快，他们都打算考哪儿？"

庄图南笑着回答："一个弟弟成绩不太好，目标只是苏州市内的大学或大专，妹妹和另一个弟弟都表示想报上海的学校，在大城市待几年。"

李佳点点头，低头继续记录，庄图南的目光正好落在她的脖颈上，阳光照在她细腻的皮肤上，散发出一层淡淡的柔光。

庄图南无端端地想起一句诗："理想被一地鸡毛打破。"

他惆怅地想："青春终止于毕业分配。"

庄图南带了两大箱书籍回家。

高考后，向鹏飞火速回了贵州，看望阔别已久的父母。

酷暑漫漫，蒸笼似的燥热和无休止的蝉鸣声让人心烦意乱，庄筱婷报完志愿后无所事事，拿了哥哥带回家的文学、哲学书籍，静下心慢慢翻看。

太阳下山后，室外的空气依旧热浪翻滚，有人"啪啪"地敲院门。

庄筱婷正在厨房洗碗，她听到敲门声，擦了擦手，走过去打开了门。

门外是李家的小孙子，庄筱婷下意识"啊"了一声，道："有电话？我换双鞋马上过去。"

李家的小孙子手里拿了根冰棒，笑嘻嘻地说："姐姐，你快点哦。"

庄筱婷回屋和父母说了一声。

毕业季，同学间经常打电话，约着一起去老师家拜访或出去玩儿，黄玲不以为意，随口应了声："知道了。"

庄筱婷走出院门，她关门时无意间往巷子里一瞥，看到路灯下一个熟悉的身影。

她的心跳一下子快了起来。

月亮还没完全升起来，大半圆的月亮被树梢划分为不规则的形状，路灯灯光很暖，林栋哲一脸紧张，他看着庄筱婷，磕磕巴巴道："我回来……回来……看看老师同学。"

林栋哲太了解庄筱婷的敏感多疑，他心一横，不顾三七二十一，又道："我拿到了录取通知书，我想……当面告诉你，就来了。"

风很温柔，草丛中传出阵阵虫鸣，一切都像旧时光景，一切又恍如梦中。猝不及防间见到思念了一年的人，庄筱婷很想哭。

除了第一次长途电话中，林栋哲提过一次"我喜欢你"，这大半年的信件和电话中，两人再也没有提到过类似的话题，只认真讨论如何报志愿，但是这一刻，听到"回来……回来看老师同学"和"我想当面告诉你"这两句话时，庄筱婷知道，她不用再患得患失了。

庄筱婷这个电话，接了半个小时才接完，她回家后只说了一句："是同学。"并没具体说明是哪位同学，有什么事情。

大约半个小时后，院门再次被敲响。

伴随着敲门声的，是一个熟悉的嗓音："图南哥，开个门。"

庄图南正半瘫着看电视，听到这个声音，一个激灵坐了起来，大喊："栋哲？是林栋哲。"

黄玲喜出望外，特地下厨煎蛋，配上冰箱里常备的肉臊，给林栋哲做了一碗色香味俱全的面。

林栋哲一面吃，一面回答庄超英的问题："我高考完就想回来的，我爸不让，坚持说万一有什么紧急情况，万一志愿或体检有什么问题，我留在广州好处理。他说得确实有道理，我和高中老师去见了大学来的招生老师……"

庄图南插嘴："考生可以直接见招生老师？"

林栋哲道："可以，分数线下来后，我们老师带了几个学生去招待所，和大学的招生老师见了面，说了几句话，就是再落实一下的意思。"

林栋哲继续道："拿到录取通知书，我哭着喊着要回来看老同学，我妈本来也想回来，但她现在……"

庄超英立即追问："你已经拿到录取通知书了？哪所学校？"

林栋哲小声道："上海交大，我爸的母校。"

除庄筱婷外，所有人同时倒吸一口气，庄图南一时间忘了掩饰，惊呼："交大堕落到这地步了？"

黄玲脱口而出，问："交大？体育系？"

林栋哲讷讷地回答："化学系。"

庄超英高情商发言，他由衷感慨："林工这一步走对了，广东高考确实有优势。"

庄图南有感而发，他说："户口很重要，上海户口高考、找工作都容易多了，上海高考分数线比江苏分数线低多了，找工作就更不一样了。"

林栋哲看着庄图南，愤慨道："我最后一年也是拼了命刷题做卷子的。"

庄图南大笑，揉了揉林栋哲的头，说："出息了，现在居然敢和你老大顶嘴了。"

黄玲很高兴，说："交大也是筱婷的第一志愿，复旦要军训一年，所以她也报了交大，通知书还没下来，不过她的分数过了录取线二十多分，栋哲，你们多半还能继续做同学。"

黄玲马后炮般事后找补："我帮筱婷看交大的招生简介，上面说去年刚成立了体育系，我研究了很久，印象很深。"

庄超英心道："欲盖弥彰，欲盖弥彰。"

庄图南腹诽："您这解释还不如不解释呢，筱婷体育勉强达标，您研究体育系？"

林栋哲放下汤碗，不着痕迹地换了话题，问大家："向鹏飞呢？"

庄家父子同时缄默，一直没吭声的庄筱婷道："爸爸建议他复读一年。"

黄玲见气氛低落，立即道："你妈怎么不陪你一起回来？她以前老说，你要是考上大学了，她一定在厂里和巷子里敲锣打鼓走一圈，炫耀一番。"

庄图南补充："敲锣打鼓去小学教务处门上挂块红绸，'热烈庆祝林栋哲同学考入上海交通大学'。"

林栋哲看了一眼黄玲，支吾道："我妈前段时间找了个活儿，在家做手工鱼丸卖给餐馆挣钱。我妈特意嘱咐我，可以告诉叔叔阿姨，但不要告诉其他人，她不想厂里的人知道。"

林栋哲道："剁鱼肉、搅拌肉泥很辛苦，我爸开始不同意，但是没几天，我们都双手双脚赞同了。我妈打工后，心情好了很多，刚到广州时，她最常说的一句话就是：'林武峰，等栋哲高考完，我们就回苏州，我不想老死在广东。'每次她这么一说，我和我爸大气都不敢出，连桌上的肉都不敢夹。"

林栋哲模仿宋莹的语气模仿得惟妙惟肖，庄图南想起去年暑假他在广州小住时宋莹对林家父子的霸凌，哈哈大笑，又往林栋哲面汤里加了一勺肉臊。

庄超英问："栋哲，你回来住多久？"

林栋哲咽下一口肉臊，回答说："只能待几天，去一中谢谢老师，和同学们聚聚就回广州。我爸让我早点回去，帮我妈做鱼丸、送鱼丸，他还要我回一趟老家，给爷爷扫墓上香。"

庄图南大笑道："还要昭告天下，明年春节，林家又能多分一斤猪肉了。"

黄玲道："栋哲，你要再在你爸爸村里小作坊看到什么，看到怎么做话梅怎么做肉干的，就别告诉我们了。"

林栋哲原来的房间里放了张上下铺，平时是向鹏飞一人独住，假期时，庄图南和向鹏飞表兄弟俩合住，现在向鹏飞不在，正好方便林栋哲暂住几日。

三伏天，门窗大敞，月色从纱窗斜照了进来，在水泥地面上不住地摇曳，晃出两道朦胧暧昧的光，夜风已经变得清凉，卷起虫鸣和花香徐徐吹进屋内，林栋哲在灯下翻阅庄图南带回家的几本书，庄图南躺在床上，有一搭没一搭地和他闲聊。

庄图南先是惋惜林栋哲只能待几天，他问："你真的不等鹏飞回来了？"

林栋哲一边走马观花地翻书，一边回答："我爸让我见见高中老师和同学就回去，他以为你分配工作了，不在家，说院子里可能就我和庄……不太方便。"

林栋哲纳闷，说道："图南哥，我爸还以为你会想办法去广东工作的，广州可比上海繁华多了，我妈天天唠叨着，你去了广州，她给你做鱼丸吃。"

庄图南道："考上研了，就再读三年，如果没考上，是有去南方的打算。"

庄图南自嘲："读研未必是拼搏，也有可能是逃避，是迷茫。"

林栋哲合上书本，道："我妈还说，她觉得你要能分回苏州也挺好的，苏州是家。"

林栋哲说完，整个人扑上床，惬意地滚了一圈，又说道："我今天一进巷子，几个打弹珠的小孩和我打招呼，我当时的感觉就是回家了，就像从没离开过。"

庄图南笑笑，说："栋哲，你今年回来还有一大堆高中老师、同学可以见，以后能见的人越来越少，见了面能说的话也越来越少，慢慢地……"

庄图南缓缓说了一句诗意且残酷的话："当你离开一座城市的时候，这座城市就背弃了你。"

林栋哲小声嘀咕："我想回来，我拿到录取通知书第一个念头就是想回来。"

贵州的夏天虽然气温不高，紫外线却毒辣无比，晒在钢轨上更是烫得吓人，向东扛着沉重的道孔锤在火辣的日头下，顶着滚滚的钢轨热浪走了一天，低头弯腰检查了一天的铁轨垫板，并时不时地抡起锤子钉垫板上松动或遗失的道钉，下班时早已是腰酸背痛，现在正俯卧在床上休息。

向东背回了一只背篓，背篓里有他白天在铁轨附近捡的几只啤酒瓶和几段废铁丝，向鹏飞先把这些废品收拾好，再洗干净手，掌心涂上红花油，给向东揉背。

一天的劳作后，向东肩背的肌肉极为僵硬，向鹏飞掌下用劲，在父亲的背上大力搓揉。

向东龇牙咧嘴地喊疼："儿子，轻点轻点，可以了可以了。"

向鹏飞闷不作声，手上动作轻柔了些，却是一刻不停，他对父亲说道："必须要揉开，不然你晚上睡觉背疼。"

庄桦林把三碗粉端上饭桌，又打开了一瓶啤酒，说："先吃饭，吃完饭我再帮你爸爸揉揉。"

向东坐到桌边，惬意地喝了一口啤酒，说道："就盼着每天晚上这口酒，不然这一天天的，真撑不下来。"

庄桦林又变戏法般端出了一盘鸡肉饼，向东笑起来，问道："这么丰盛，你中午不是说晚上就吃粉？"

庄桦林也坐了下来，说："下午接到大哥的电话了，他说大嫂同意鹏飞再回去，他还说了，让鹏飞早点回去参加高三的假期补课……"

向鹏飞夹了一块红烧肉，说："我前天给钱叔叔打了个电话，告诉他我没考上大学，能不能跟着他跑车挣钱，他说我只要考下驾照，他帮我找活儿。"

向东和庄桦林同时愣住了。

庄桦林先反应了过来，勉强笑道："家里就你一个孩子，怎么也是供得起的，再说……再说你大舅妈同意你复读住她家，复读也就一年，要是工作，时间长了，怕你大舅妈有意见。"

向鹏飞闷头吃馒头，说道："林栋哲去广州了，我住他的房间，交伙食费给大舅舅、大舅妈。"

庄桦林接到庄超英电话后的喜悦荡然无存，从向鹏飞落榜后就积压在心中的失望和懊悔突然间爆发，她一巴掌扇飞了向鹏飞手里的鸡肉饼，骂道："我求了你大舅舅，他才松口让你回去复读。我求完你大舅舅，还要求你？！你自己没考好……"

　　向东拉着庄桦林的胳膊，一个劲地打岔。"吃饭，先吃饭，有什么话吃完饭再说。"

　　向鹏飞捡起地上的鸡肉饼，掸了掸灰，继续塞嘴里。

　　向东拼命对妻子使眼色。

　　庄桦林犹不死心，对向鹏飞道："妈不该给你转户口，你今年都过贵州大专线了，再复习一年，没准就能过江苏分数线了。妈走错了一步，不能看着你继续错……"

　　向鹏飞打断庄桦林："贵州分数线比苏州低了快200分，我考不上的。"

　　庄桦林急得声音都变了："你大舅舅已经答应了！"

　　向鹏飞道："妈，你怎么变得和姥姥一样……"

　　向鹏飞这话一出口，向东就知道糟了，他还来不及阻拦，庄桦林已经一耳光重重地抽在了向鹏飞脸上。

　　庄桦林一把掀了桌子，癫狂般喊道："你个混蛋，你刚才说什么？你再说一遍，你给我再说一遍！"

　　庄桦林一边喊，一边扑过来疯狂地拍打向鹏飞，她双脚踩在玻璃杯碎片上，拖鞋鞋底和碎片摩擦，发出刺耳的嘎吱嘎吱声。

　　面汤洒在地面上，滑腻腻的，向东一边拼命拦住妻子，以防她不慎滑倒，一边对向鹏飞怒吼："快向你妈道歉！"

　　同一楼层的邻居们听见动静，都出来劝架。

　　庄桦林跌坐在桌边，捂着脸痛哭。

　　向东连连给邻居们解释："没事，没事，和孩子置气呢。母子没隔夜仇，明儿就好了。"

　　太阳底下无新鲜事，邻居看向垂头不语的向鹏飞，劝了几句就回去了。

向鹏飞拿了扫帚和撮箕，默不作声地打扫地上的碎片残渣。

庄桦林哭了许久，终于慢慢平静了下来，向东一把抓过向鹏飞，命令道："向你妈道歉。"

向鹏飞低头道："妈，我不是故意的。"

向东眼疾手快，把温热的毛巾塞到庄桦林手中，想让庄桦林转移注意力，心想这事也就糊弄过去了。

可向鹏飞没给他这个机会，他继续道："妈，我不打算复读。"

向东抢在庄桦林再一次发怒前呵斥向鹏飞："你再说一遍？你看看你今天把你妈气成什么样了？"

向鹏飞道："巷子里有人复读两年，家里经常吵，他妈他哥他姐轮着骂，骂得可难听了……嫌他没出息，不挣钱，还占家里一个地方。"

向鹏飞道："我想挣钱。"

庄桦林哽咽不止，苦口婆心道："图南和筱婷都考上大学了，大舅舅家里有地方住，爸爸妈妈出你的生活费……"

向鹏飞道："我和庄筱婷上高三，大舅妈每天早上五点多就起床给我们烧早饭，午饭晚饭也变着花样做，衣服帮我们洗得干干净净，什么家务都不让我们沾手。庄筱婷偷偷哭了两次，说大舅妈给她的压力太大了，我们一考完，大舅妈就累病了……"

庄桦林脱口而出："你大舅舅已经答应了，你大舅妈没法反对的……"

庄桦林话还没说完，当她看到向鹏飞惊诧万分的眼神时，猛地刹住了。

庄桦林满心悲哀地想：我确实越来越像我妈了。

向鹏飞重复道："我不想复读不光是因为借住在大舅舅家，我是真的不想读书了。我想挣钱，挣大钱。我挣了钱，爸就不用那么辛苦地加班，一边弯腰藏钉子，还要一路捡废品去卖。"

向鹏飞瓮声瓮气道："我告诉钱叔叔我没考上，钱叔叔只说了一句：麻绳专挑细处断。钱叔叔是明白人，舅舅家再好也不是自己家，我成绩差得远，也不喜欢念书，我想早点工作挣钱，妈，你就别逼我念书了。"

1987年夏，天特别热，电风扇怎么吹也吹不干身上的汗，蝉鸣声特别聒噪，吵得人心烦意乱。

庄图南留校读研。

林栋哲和庄筱婷考上了大学，成了上海交大的校友。

向鹏飞回了苏州，拒绝了庄超英苦口婆心的劝说，拒绝了复读，他考了驾照，跟着钱进跑省内长途，收入不菲，每个月能收入两百至三百元。

向鹏飞非但不再需要父母的钱，他还能每个月给家里邮寄五十元，再给庄超英五十元钱作为伙食费——他在家只吃早饭晚饭，五十元是个合理略偏高的金额。

棉纺厂近年的效益不好，黄玲工资一百一十元，庄超英略高一些，一百二十元。江苏工资水平远比贵州高，向东和庄桦林都不到一百元。四位长辈知道向鹏飞的收入后，感慨之余，也不再说什么了。

第十八章

上海琐事

林栋哲觉得，校规并不像庄图南形容的那么僵硬死板。

经学校批准后，学生会可以在周末或特定时间段内，借用教室举办舞会，尽管学校对灯光（舞会的灯光不能太暗）、舞种（男女生跳舞时身体不能太紧贴）还有一定的要求，尽管政工干部们时不时来舞会现场检查，但好歹是舞会啊，还是官方批准的舞会。

校园里也有成双成对的恋人，自习室内有男女生坐得很近，食堂内有男女生同桌吃饭，听说老生宿舍里甚至有小情侣们一起做饭炒菜，尽管谈恋爱的人数还很少，行动间也多少有些偷偷摸摸，但好歹是有，而且学校似乎也默许了这些现象，并没有让政工干部们四处抓人并通报批评。

林栋哲、庄筱婷前后相差一天到了上海，两人都是被兴高采烈的父母簇拥着送来报到的，两家父母忙完自己的孩子后，都去对方孩子的宿舍坐了坐，尤其宋莹，带了两大包广东的零食水果，给了林栋哲舍友们一大包，拎了另一大包去庄筱婷宿舍，热情招呼其他女孩子和庄筱婷一起吃。

报到完，两个宿舍都知道了林栋哲和庄筱婷是从小一起长大的街坊邻居。开学后，庄图南又专门来了一次看望妹妹，他带着林栋哲和庄筱婷一起在食堂吃饭，没多久，林栋哲和庄筱婷的关系被传成了远房表兄妹。

有了这层掩饰，没人对远房表兄妹之间的来往大惊小怪。

两人开始了比一般同学频繁得多的来往，晚上会在教学楼同一楼层的不同教室里看书，时不时一起去同济看哥哥——其实不是，两人是偷偷去逛街或看电影。

但也仅此而已，庄筱婷不敢和林栋哲太亲密，不敢和他在食堂一起吃饭，不敢让他送她到女生宿舍楼下。

两人平时独处的时间并不多，在校园时不时地遇见，在食堂里偷偷看一眼对方，在教学楼走廊里"巧遇"后互视一眼……一个眼神，一个微笑，都让彼此羞涩开心，脸红心跳。

周末，两人一起在上海到处闲逛，林栋哲好玩，又肯花心思，他挖出上海市众多角落，文庙吃菜饭，城隍庙吃凉面，三角公园看普希金纪念碑，码头逛批发市场，静安寺上香……带着庄筱婷四处猎奇白相。

如果没有合适或想去的地点，林栋哲就骑车带庄筱婷在校外漫无目的地转悠，简单而快乐。

眼中心中，都只有一人。

同济大学建筑与城市规划学院成立，庄图南成为学院成立后的首批研究生中的一员。

建筑系和建筑工程系的研究生宿舍连在一起，庄图南的宿舍共有四人，其中两人是建筑系研究生，另外两人是建筑工程系研究生——用建筑学院的话自嘲，就是一屋四个"老改犯"（老要改图的），两个砌墙（建筑系），两个绑钢筋（建筑工程系）。

工程系的两位研究生都是老生，年龄最大的师兄冯彦祖经历尤其丰富——1981年考入同济大学建筑工程班，工程班两年毕业后进入同济建筑设计院工作至今，1986年考入同济建筑工程系读在职研究生。冯彦祖已婚，平时住夫人单位的宿舍，加上研二已经修完了研究生课程，所以不常来学校。

老二王尚文和冯彦祖同级同专业，他自诉考研的原因很简单，研究生宿舍住四人，建筑设计院的宿舍住十人，学校的住宿条件比设计院好太多了，故而奋力考研。

王尚文对两位憋着笑的小师弟道："你们别笑，等你们毕业工作了，就知道上海市住宿条件之差……"王尚文痛心疾首，"差到匪夷所思啊！"

另一位室友余涛是庄图南的本科同学，他俩大学时同班，但研究生所选专业不同，庄图南是建筑技术科学专业，余涛是建筑设计及其理论专业，两人专业不同，平时各上各的课，各找各的导师，时间表基本不同。

除了睡觉，三人很少同时出现在宿舍里，很自由。

"寡货"王大志去年就考上了研究生，跟着罗教授学习并参与上海历史建筑遗产的修缮保护工作，他就住在隔壁，仗着曾给庄图南考研资料的师兄情，时不时地过来找庄图南"蹭"热水泡方便面。

冯彦祖时不时地出现在宿舍，和王尚文热火朝天地讨论。

冯彦祖和王尚文交谈时并不避开宿舍里的另两人，庄图南津津有味旁听了两次，隐约听明白了，两人所在课题组的研究题目是上海交通。

中秋节，尽管不放假，校园里还是多了几分节日气氛，食堂卖散装月饼，布告栏上贴着舞会通知，学生们也格外懒散惬意。

心猿意马熬完下午的两堂课，庄图南回到宿舍放下书包，正准备出门去交大时，冯彦祖推门而入，王尚文紧随其后，手里拎着一个黑色塑料袋。

王尚文从塑料袋里掏出两包月饼和一饭盒卤菜，热情招呼两位小师弟："导师发了中秋福利，晚上一起聚餐。月饼是老大的心意，卤菜是我贡献的。"

庄图南犹豫了一下，冯彦祖注意到了，问他："怎么？晚上有活动啊？去舞会？"

庄图南摇头说："我和妹妹约好了，我去交大和她一起吃晚饭，就算过节了。"

王尚文道："我们晚上还要去办公室赶图，要不，我们早点吃晚饭，五点半？你吃两块月饼再走。"

这是宿舍内第一次聚餐，庄图南迅速下了决定，对师兄说道："我下楼给我妹妹打个电话，就说不过去了。"

庄图南往庄筱婷宿舍楼打了个电话，请宿管阿姨转告庄筱婷说他晚上有事，不来交大吃晚饭了。打完电话，他再去小卖部买了几罐啤酒，拎上楼。

五点半时，两位师兄又神出鬼没般出现了，四人搬了一张书桌放在宿舍中间，摆上卤菜、啤酒，冯彦祖拆开月饼的包装纸，把月饼放在饭盒盖上，拿了水果刀切分。

余涛看到扔在一边的包装纸，好奇地盯着看，问："浦东联合咨询研究小组？"

冯彦祖随口回答："我们导师是研究小组的，他分了些月饼，给我了。"

好奇宝宝余涛继续发问："我在系里听说过这个研究小组，一直不知道它是同济的研究小组、上海高校联合组织，还是政府机构组织。"

王尚文道："开始只是北大、复旦、同济等高校的老师们研究讨论浦东开发，是纯民间组织，老师们发表了一系列开发浦东的文章后，企事业单位和政府部门陆续加入，成立了联合咨询研究小组，所以它现在是官方研究单位了。"

冯彦祖切开了一块月饼，说道："虽说是官方研究单位，但是没编制、没工资，大家都有本职工作，利用业余时间调研，这月饼就算是难得的福利了。"

师兄们和气，庄图南也禁不住好奇了，问道："研究什么？"

冯彦祖道："研究很多课题，环境、经济、交通……同济土木工程系的老师们主要是跟着林教授研究上海市交通网络建设。"

王尚文把切开的鲜肉月饼递了过来，一边说："上海人均道路面积全国倒数第一，人均居住面积全国倒数第一，同济科研团队提出的方案是造桥，建一座横跨黄浦江的大桥，连接浦东浦西。"

冯彦祖的语气中带着说不出的自豪，他强调："斜拉桥。"

庄图南正跟着导师考察浦西老码头，他立即理解了，说道："上海是港口，来往运行的船只多，黄浦江又多雾，船只容易撞上桥墩引发事故，斜拉桥没有桥墩，利于船只航行。"

庄图南的声音情不自禁地发颤，他继续说道："南京长江大桥9墩10跨，最大跨度160米，黄浦江江面宽阔，跨度400米以上，怎么能做到不用桥墩？"

余涛道："你们不要打我，我听说日本人一直在投标黄浦江大桥，是否由国外设计师承建大桥还在争议中，还没有定论。"

冯彦祖和王尚文对视一眼，一致决定吓唬吓唬两个小师弟。

王尚文打开一罐啤酒递给庄图南，说："林教授已经率领土木工程系的团队修了四座斜拉桥了，桥的跨度一点点增大，经验也积累了不少，咱们冯老大就参加了重庆石门大桥的建造。"

冯彦祖道："设计、计算都是专家们做的，我只是泡在工地里学习，按照图纸和师傅们一起完成工序。"他边说边招呼大家，"别光顾着说话，吃月饼啊。"

王尚文笑呵呵地问："你们建筑系做过什么公共建筑？同济新村？不对，同济新村是住宅。"

"砌墙系"和"绑钢筋系"相爱相杀，庄图南抖擞抖擞精神，回答："一室主要做大空间设计，上海火车站、上海戏剧学院、上海电影制片厂摄影棚等，不过都是建筑系的老师们参与，我们还不够格。"

余涛也不甘示弱，补充道："二室专注住宅、宾馆项目，同济新村就是二室的设计。还有，实验室建筑设计、高层建筑设计，也都是全国权威。"

庄图南和余涛对建筑系的工程如数家珍，但他们还没有参与过大型工程，难免底气不足。

冯彦祖看出了庄图南和余涛心中的感慨，贴心安慰两人道："建筑吃年龄饭，有了从业经验，才能慢慢担纲大项目。这次土木工程系全力争取黄浦江大桥的项目，既是为了给国内设计师争气，也是为了给国内桥梁建筑争取实战经验，设计院人手很紧，你们很快就能跟着导师做项目了。"

师兄们随意谈笑，庄图南心潮澎湃，心中生出一股他在广州火车站速绘时的激情，一股他对着庄超英大声宣称"我上同济就是为了读建筑"时的激情。

秋风从窗外吹了进来，裹挟着楼下的欢笑声和聊天的声音，庄图南听着师兄们的谈笑，时不时地也插几句，陌生而熟悉的激情在心中再次破土而出。

两位师兄吃完月饼，吓唬完两名研究生新兵蛋子，又一起去了导师办公室，熬夜改图。

交大距离同济很远，单程2小时以上，庄图南犹豫再三，考虑到这是庄筱婷第一次在外过中秋，还是决定去看看她，如果实在太晚赶不回来，就去林栋哲的宿舍凑合一夜，明天一早再回同济。

庄图南本想再打一个电话通知妹妹，但电话前排起了长队——过节，学生们都想往家里打个电话，他懒得排队等候，直接坐公交车赶往交大。

林栋哲和庄筱婷尽可能少去对方的宿舍楼——男生等在女生宿舍楼下，几乎就是昭告天下，他在追求某位女生或在等女朋友，校园里恋人本来就很少，还基本都是研究生或高年级学生，他和庄筱婷暂时还没有这么大的胆子——如果一定要联系对方，他们会给对方宿舍楼下打电话。

交大周边不太繁华，最近的商店和电影院都在一小时车程外，购物或娱乐都要跑很远。林栋哲接到庄筱婷的电话后——庄筱婷说庄图南晚上不来交大了，她可以和林栋哲去看电影——喜出望外，早早赶到了约定的电影院。

暮色四合，空气中满是自由和快活，林栋哲在路边一个小摊上买了庄筱婷最喜欢吃的梅花糕，在电影院前找了个显眼的位置，静静等待。

天边依旧有几缕俏皮的晚霞，一轮皎洁的圆月悄无声息地挂在了树梢上，梅花糕装在塑料袋中，热气膨起了袋子，香气一丝一缕地弥漫出来，一切的一切，都恰如林栋哲此刻的心情，甜美柔软。

林栋哲和庄筱婷已经一星期没单独相处了，两人只能在擦肩而过时四目相对或是晚上在教学楼僻静处轻轻牵一下手以慰相思，他实在思念庄筱婷，以至于下午得知庄图南不来交大时，当场心花怒放，忍不住笑了出来。

梅花糕凉了下来，林栋哲决定自己先把这份吃了，等庄筱婷到了再去买一份。

看七点场的人们说说笑笑着从身边经过，林栋哲连吃了两份梅花糕。

散场的人群讨论着剧情再次经过，庄筱婷始终没有出现。

林栋哲等了两个多小时，这期间，他打了好几次电话，可庄筱婷宿舍楼下的电话一直占线，他怎么也联系不上庄筱婷。

思念越真切，失望也越大，林栋哲心情低落到无以复加，只能无精打采地回校——再不回去，宿舍楼就关门了。

庄筱婷一贯守约，林栋哲心中有预感。果然，他一脚踏进宿舍，就看见了庄图南。

林栋哲蔫蔫道："老大，你怎么上来的？"

庄图南道："我和楼下老头说来看弟弟，给他看了我的学生证，他就让我上来等了。"

庄图南责怪他："怎么玩到这么晚才回来？我和筱婷找了你两次都没找到。今儿太晚了，我在你这儿凑合一晚。"

庄图南看到书包里的梅花糕，喜出望外："有梅花糕啊，正好有点饿了。"一边说着，一边抓过来就吃。

国庆节前一晚，庄图南再次出现在交大，请弟弟妹妹吃晚饭。

吃完晚饭，三人一起步出食堂，林栋哲非常积极，对庄图南说："图南哥，我送你到公共汽车站。"

夕阳暖风，学生们说说笑笑着经过，空气中弥漫着闲散和欢乐的气氛，不远处的教学楼里传出悠扬的舞曲声，庄图南看了一眼庄筱婷的装扮，披肩小卷发，白衬衫，简洁素雅的大摆裙，一时兴起，对她说："筱婷，你还没去过舞会吧？你今天穿得漂亮，哥带你去舞会。"

庄筱婷摇摇头。

林栋哲没好气地问："图南哥，你会跳舞？"

庄图南说过就算，他又看到了食堂前大黑板上的通知，说："学生活动中心晚上放《英雄本色》，听说这片子不错，你们想不想看？我请你们。"他继续浏览黑板上的其他通知，没注意到身后林栋哲的脸色变了，肩膀也塌了。

庄筱婷默默碰了碰林栋哲的胳膊，林栋哲掏出学生证，气鼓鼓道："只有本校学生才能买票，我去买票。"

国庆放一天假，林栋哲的上海室友回家了，庄图南顺理成章地又住下了。

林栋哲沮丧到无以复加，突然听到楼下门卫扯着嗓子喊他："林栋哲，林栋哲……"

庄图南正和一位室友闲聊，林栋哲三步两步冲下楼，看见了楼前的庄筱婷。

庄筱婷递过来一支新牙刷，对他说："哥哥说他没带牙刷，我寝室里有新的，你帮我给哥哥。"

小弟林栋哲重色轻义，生气道："不给，给了你哥以后没事就来住一晚。"

周围人来人往，不方便说话，庄筱婷示意林栋哲跟着她走到宿舍楼的拐角处。

月光照在庄筱婷身上，朦胧温柔，楼边草丛中虫鸣声此起彼伏，庄筱婷轻轻牵了牵林栋哲的手。

一切尽在不言中，林栋哲心中的沮丧，甚至隐隐的怒气突然间烟消云散，他无奈道："下个月没节日了，你哥不会再经常来了吧？"

庄筱婷低头微笑，笑容说不出的温柔腼腆。

林栋哲又道："要不，我们以后节假日去同济？你哥节假日肯定不在同济。"

庄筱婷轻轻笑出声来。

林栋哲十分沮丧，说："你别笑，我先是盼中秋，你哥来了，盼完中秋盼国庆，你哥又来了，我今天盼你哥回去盼一晚上了，吃饭的时候我就盼着他回去，我们没准还能一起去校外转转，看电影时我还盼着他回去，我们可以一起送他去公交车站，一起走走，结果他就是不走，早知道咱俩该考北京的学校……"

庄筱婷突然向前一步，轻轻吻在林栋哲唇上，封住了他的喋喋不休。

柔软而温热的双唇蜻蜓点水般一触即分，锁住了心中的绵绵爱意。

对上海来说，1987年和1988年的新旧交替并不平静，如果一定要用一个成语来形容，那必须要用这四个字：祸不单行。

1987年12月10日，陆延线陆家嘴轮渡站发生踩踏事件，死伤人员近百人——清晨，江面上大雾弥漫，轮渡停航了几个小时，轮渡站汇集了三四万的乘客；浓雾散去，陆延线恢复航行，心急如焚的乘客们争先恐后向船上拥，发生了踩踏事故。

浦江两岸的交通——两岸之间尚无可供车辆行人通行的隧道或大桥——以极其惨烈的方式再次受到了关注。

1988年1月下旬，上海甲肝大暴发——1300万人的大都市里，感染人数竟高达29万余。

街头巷尾人人忙于抢购消毒剂和板蓝根，黄玲打来电话，再三叮嘱两个孩子放假就回家，不要在上海逗留。

上海一下子成了病毒的代名词，上海生产的食品、蔬菜都被封存，持上海身份证的旅客在外地吃饭、住店不易，被大多数店家拒绝。

巷子里的人家见了回家过年的庄家兄妹如见甲肝病毒，见了庄超英、黄玲都绕着走，连奶奶都给庄超英打了电话，吞吞吐吐地表示今年过年暂时不聚了。

庄图南很郁闷，向向鹏飞科普上海卫生防疫站宣传的医学常识："饭前便后勤洗手就可以了。"

向鹏飞大笑，说："那你肯定没事，林栋哲也没事，庄筱婷从小就把你们训练出来了。"

向鹏飞跑长途，收入是庄超英和黄玲的收入的总和甚至更高，他本想过年时带大家出去好好吃几顿的，但庄家人无形中被关了禁闭，只能买了卤菜熟食、零食水果回家吃。

没人来庄家串门、拜年，一家人关起门来，吃吃喝喝看电视。

出于切身利益，大家都很关注有关上海疫情的新闻及相关报道。有报道称："漫步上海街头，不难看到马路两边大刷马桶的景观，更有甚者，刷完马桶的水就直接泼在马路旁……不符合卫生要求的粪便管理污染着沿海滩涂，包括毛蚶生长地，可怜的毛蚶这次大概就是这样做了传染甲肝的媒介的。如今，应该立刻把粪便管理问题提到议事日程上。"

向鹏飞看着新闻里破旧脏乱的弄堂，说道："不会吧？上海也太挤太乱了吧。"

庄超英一直留心上海新闻，闻言，他感慨道："中专大专毕业生、本科毕业生都想留在上海，回城知青或知青子女又那么多，能不挤嘛。"

庄图南提供了理论数据，他说："上城市建筑课时，老师在课堂上科普过相关数据。上海人均道路面积全国倒数第一，人均居住面积全国倒数第一，1980年，上海人均居住面积4.3平方米，60%的住户人均居住面积在4平方米以下，现在是1988年，人均也不到6平方米。"

黄玲道："我看报纸上说，拥挤的居住环境是甲肝快速传播的重要原因。"

向鹏飞道："图南哥，毕业了就回来吧，咱家现在有林家的两间房，自家一个院子，安逸得很。"

电视画面中，记者正和专家讨论上海交通不便、住房拥挤等现象，庄图南想起冯彦祖和王尚文提到的黄浦江大桥工程，凝神细听，没注意向鹏飞这句话。

向鹏飞转向庄超英，说道："我遇到宋向阳了，就是李一鸣的表叔，他说国家允许、允许……"

庄图南缓过神来，说："对，上个月国家专门出台了文件，允许科技干部兼职。我在同济校报上看到的，上海市正在大力鼓励高校的老师们到附近的乡镇企业兼职，科技下乡，我们系的老师们都可以名正言顺接活了。"

庄图南沉默了一会儿，又说："我当时看到这条新闻，就想起了林叔叔。"

庄筱婷一边剥橘子，一边静静聆听。

庄超英问："宋莹还想回来吗？"

黄玲冲丈夫一瞪眼，佯装愤怒道："你咋只问宋莹，不问林工？"

庄超英道："林工被亲近人捅了一刀才走的，他面上不显，心里是很难过的。再说，林工在广州有正式工作，他多半不会想回来。退一万步说，广东引进人才，他从苏州调到广州容易，调回来就难了。"

庄图南赞同父亲的意见，道："林叔叔在广州的工资应该挺高，我看栋哲不缺钱。我每次去交大，他都穿得人模狗样的，鞋是迪娜或老人头。我问他是不是要去舞会或是去追女孩子，他说不是。我信他个大头鬼。"

黄玲茫然道："迪娜？"

向鹏飞道："运动鞋，最便宜的也要二百多。"

庄超英问黄玲："厂里看上这两间空房的人不少吧？我都纳闷怎么

现在还没人搬进来。"

黄玲道："宋莹工龄长，上了二十年班，厂里正在拼命鼓励职工留职停薪，不好就这么收了宋莹的房子。"

庄超英道："空着好。实话实说，现在习惯了一家人单独用厨房厕所，真不想再和人合住了。"

黄玲一直在笑，向鹏飞纳闷，问他："大舅妈，你笑什么？"

黄玲回想起林栋哲小时候内衣裤上的"含氮量超过40%"，忍着笑说："我笑图南说那句人模狗样。栋哲打小皮，身上的衣服经常是破的，还脏，他来咱家玩儿，筱婷总嫌弃他脏，不许他坐床上，只许他坐小板凳上。"

庄筱婷低头，轻轻笑了笑。

电视屏幕上出现一个大约两三平方米的小阁楼，黑暗、低矮、逼仄，庄图南再一次充当解说员，说："人均四平方米以外的住户算困难户，困难户才有可能被允许搭建阁楼，这叫'搭搭放放'。"

镜头摇晃到公共厨房，小小的隔间里塞了七八只煤球炉，地面桌面上堆满了锅碗瓢盆，人在里面别说做饭了，落脚都困难，庄筱婷道："我听上海同学说，老房子最怕'挂火腿'，公共厨房这么小，是挂不了火腿。"

庄图南一本正经道："你理解错了，'挂火腿'是指楼板太旧太薄，楼上的住户一脚踏穿楼板，楼下的住户看到一只脚从天而降，这种情况俗称'挂火腿'。"

向鹏飞嘴里的一口水，冷不丁一口喷了出来。

林栋哲要听到向鹏飞那句"你们从小就被庄筱婷训练好了"，一定感激涕零，他回广州后，高中同学拒绝他参加同学聚会。尽管只同窗共读了一年，林栋哲还是有好几天怏然不乐。

宋莹暂时性失业了——餐馆听说宋莹儿子从上海回家过年，暂停收宋莹做的鱼丸，说等林栋哲回上海后，宋莹做了体检后再收——母子俩只能在家大眼瞪小眼。

儿子回家过年，宋莹认认真真地做饭，一家人围着桌子用糯米粉搓团子。

宋莹嘀咕："武峰，报纸上都登了，科级干部可以在乡镇企业兼职，栋哲也考上大学了……"

林武峰闻弦歌知雅意，说道："我看你现在和街坊邻居们处得都挺好，还这么不喜欢这儿啊？"

宋莹道："气候太不好了，一年要下九个月的雨，一下雨满地水蚁。夏天又闷又热，汗都出不去，火气只能憋在心里。"

林栋哲搓好一个团子放在盘子上，说："您可没憋在心里，您都冲着我和爸发出来了。"

林武峰温言劝慰："争取夏天买个空调。"

宋莹怅然若失，说道："我当时和厂里签了两年留职停薪，夏天就要到期了，必须回厂里一趟。"

林栋哲去上厕所了，林武峰沉吟道："你和领导好好说说，送点礼，看能不能再延两年，如果厂里要你交钱保留职位，你就交。"

林武峰道："沿海工资高，栋哲毕业后如果想在广州或深圳工作，我们留在广州，是他的后盾。"

宋莹想到黄玲在信里说，棉纺厂的效益越来越差，她知道林武峰的顾虑有道理，不吭声了。

寒假结束，两家父母千叮咛万嘱咐后，不得不让儿女们扛着板蓝根回了上海。

甲肝的阴影依旧笼罩在上海上空，鉴于公交车过于拥挤，是传染病毒的温床，庄图南不再去交大了，只能偶尔打个电话给庄筱婷，关心一下她学习生活情况。

3月，为了解决价格双轨制下的腐败问题，国家放开了猪肉、蔬菜、豆制品、糖等绝大多数商品的价格，由市场调节价格，启动了价格闯关。

闯关从上海开始，上海的商品零售价最先上调，280个种类的商品零售价依次上涨，物价飙升。

庄图南最先感受到了"价格闯关"带来的变化——冯彦祖人不常在宿舍，但他特意让王尚文在宿舍里提醒了一句："设计院的工作人员都在囤积米面油等生活用品，研究生吃食堂、住宿舍，影响应该不大。但听说闯关从上海开始，你们可以打电话通知一下家人。"

庄图南和余涛听到这个嘱咐时，还觉得冯彦祖大惊小怪，但他们很快被师兄的高瞻远瞩折服，佩服不已——上海的猪肉价格上涨了50%以上，其他日用品价格也一路飙升。

王尚文连连感慨："听说火柴厂几千万盒的库存都被抢光了，有些市民家里囤了上百盒火柴。"

庄图南去学校电话班，往巷口小卖部打了个长途电话。

黄玲接的电话，她说："苏州价格也涨了。栋哲早就打了电话回来，让鹏飞给家里买米买面，鹏飞告诉了钱进，他们车队几个人商量了一下，专门开了一辆车去农村集市上买了很多米、面、油。"

庄图南心中纳闷，林栋哲居然这么有良心？他忍不住跟母亲确认一遍："栋哲打的电话？"

黄玲道："是啊，栋哲说他先给他爸妈打了电话，接着给咱家也打一个。"

黄玲继续道："刚开始你爸还觉得我多事，我说反正筱婷的房间暂时空着，买几袋米囤着，总能慢慢吃掉。现在好了，卫生纸、小家电……什么都涨，连咱们厂的滞销布料都被一抢而空，毛线也涨价了，我最近连毛线都买不到，没法接单。"

黄玲环顾四周，看小卖部里没人留心她的通话，她压低声音道："鹏飞有车，消息也灵通，他四处跑，囤了很多东西。"

全国各大城市陆续放开商品价格，通货膨胀愈演愈烈，各地都出现了挤兑和抢购潮——民众纷纷涌入银行取款，囤积商品；商店、集市的商品被哄抢而空，价格再次上涨。

在"钱不值钱"的恐慌之下，人们疯狂抢购，米、面、油、毛线、洗衣粉、家电……所有商店门前都排起了长队。任何商店只要一开门，人们就蜂拥进店，哄抢一空。

商品价格上涨导致抢购，抢购进一步导致商品价格上涨，恶性循环下，市面上绝大部分商品的价格一路飙升，全面失控。

物价闯关的风波也吹进了校园。

学校、研究所工资微薄，一些老教授被迫上街摆摊卖茶叶蛋等小食品贴补家用，庄图南的导师周常义教授后知后觉，赶紧给手下的研究生们发了补贴，嘱咐他们："去给自己买些生活日用品。"

春天还是来了，风不那么硬了，和煦湿润。

经济风潮已经吹进校园，经济取代诗歌和文学成为学生们最新的关注点，学生会时不时地通过关系进一些土特产在校园里兜售，小打小闹买进卖出的经济模式已经在校园中萌芽铺展。

尽管黄玲一再声明家中经济情况无忧，庄筱婷还是想勤工俭学挣点钱，她和林栋哲商量。林栋哲在广州时常去市场采购原材料、卖鱼丸，脑子活络，他去商品一条街华亭路观察了半天，决定卖塑料袋。

从此以后，每周日，街溜子林栋哲带着庄筱婷去华亭路卖塑料袋了。

华庭路上有很多日用品或外贸服装的小店，囤货大潮下，火柴盒、洗衣皂、文化衫、老头衫等都供不应求，很多人走过路过，看到有人排队或抢购就自动加入，跟着一起购物。

货卖得多，店铺塑料袋的消耗量就大。

林栋哲卖塑料袋，他从城隍庙批发了几大捆塑料袋，装在大包里背在背上，一家家商铺问："老板，你生意好额，要马甲袋不？50个起批。"

商铺生意好，大多数老板不愿再耗费自己的时间精力去城隍庙批发塑料袋了，见林栋哲和庄筱婷上门兜售，就直接加点钱从他们手里购买了。

庄筱婷生性腼腆，但她自幼和林栋哲搭档，合卖牙膏皮、作业本等废品，去租书摊和摊主讨价还价，早已被培训为熟练工，她几乎是毫无心理障碍地跟在林栋哲身边学着兜售。

庄筱婷文静腼腆，心算快，手脚麻利，商家们反而更愿意从她手里买塑料袋，几单下来，她自信和老练了很多。

开始他们以为只能挣点零花钱，但上午就卖完了两大背包塑料袋，所以不得不在中午赶紧又去城隍庙批发了几大捆，下午又去另一条街的商铺沿街兜售。

一个周日下来，两人都惊了，这一天利润竟高达二百多元。

两人面面相觑，林栋哲提议："中午只吃了一个烧饼，街口有家KFC，我们去KFC，好不好？咦，那位阿婆在卖白玉兰，这么早就有白玉兰了？"

路边有位阿婆在卖用铁丝和细线串好的栀子花和白玉兰花，林栋哲从篮子里挑出一个坠子，一串手环，阿婆笑眯眯地把栀子花轻轻挂在庄筱婷上衣扣眼里，再帮她戴上手环。

栀子花散发出幽幽清香，阿婆笑着，和蔼地说："囡囡戴上花，更嗲了。"

明明是小时候常有的情形——每到春夏，黄玲和宋莹都很喜欢给庄筱婷买栀子花别在纽扣眼里，但不知为什么，这会儿，她和林栋哲的脸都红了。

林栋哲立即顾左右而言他，说道："我们先去吃饭，吃完了再给老大买个汉堡，送到他宿舍。我们下周要不要叫上老大一起来卖？"

庄筱婷想了想，回答说："下周日要去复旦，我们下下周再去找我哥。"

人间四月芳菲天，一则新闻让庄图南精神一振，北京、上海各高校开始实行"供需见面、双向选择"的分配方式了。

四月中，众多用人单位在同济大礼堂摆摊设点，和毕业生零距离接触，以最直接、最高效的方式让学生们了解单位企业和他们的用人需求。

人头攒动，不仅仅是毕业生，所有感兴趣的学生们都来了大礼堂，浏览企业要求，面对面直接和招聘人员交流。

庄图南也不例外，在大礼堂里泡了大半天。

庄图南参观完同济的招聘会后意犹未尽，听说复旦的学校招聘会也即将举行，同济、复旦相距不远，复旦偏文，庄筱婷学文科，庄图南打听了复旦招聘的时间地点，决定去复旦帮妹妹看看文科的招聘情况。

第十九章

又一年盛夏

复旦招聘会在学生活动中心召开，人潮中，庄图南意外遇见了王尚文。

王尚文连连感慨："我考大学时，文学、历史、哲学都是考分最高、最吃香的专业，我刚才转悠半天了，就没看到几家单位要这几个专业的，基本都是要经济、管理、金融这三个方向的。"他摇摇头，又说，"社会发展真快，这才几年工夫啊，就斗转星移、日新月异了。"

庄图南道："新闻，新闻专业也很受欢迎。"

王尚文看庄图南还在笔记本上记录各单位的具体要求，就对他说："这些专业和建筑差了十万八千里，看看就可以了，不用记。"突然，他似乎想起了什么，拍着脑袋说道，"对，我想起来了，你妹妹是文科生。"

庄图南道："对，她读管理，交大离复旦太远，我既然来了，顺便记几笔，回头给她看看。"

边上一个学生无意间听到了他们之间的只言片语，插话道："交大也有招聘会，这些单位在各个高校轮流跑，到处收简历，最后择优录取。"

庄图南高情商回复："复旦是江南第一学府，有机会看看复旦的招聘会总没错。"

学生听得高兴，问道："你们是？"

王尚文道："隔壁的，同济。"

学生抱拳，咧嘴一笑，说道："隔壁的兄弟，幸会幸会。"

王尚文慢条斯理地一张张桌子看过去，逛完一圈后，他轻叹了一口气，说："有很多乡镇企业。"

庄图南一时没明白，茫然道："啊？"

王尚文解释："我是1985年毕业的，我毕业时，教育部有明文规定，大学生只能分配到国家机关和国企，不能分到乡镇企业。"

庄图南"哦"了一声，说："我不清楚我毕业时还有没有这条规定，不过我们班绝大部分人都是分到国家单位的，学校、研究所、建筑院，确实没谁去乡镇企业。"

王尚文兴致勃勃地问："我看你一路走一路记，你都记了些啥？"

庄图南不好意思地笑了，说："我是替我妹看的，所以记了些招收女生的单位和职位。我发现用人单位更愿意要男生，要女生的不多。"

王尚文道："是，不仅仅是建筑，我发现很多专业都倾向要男生。"他指着不远处的一张桌子，对庄图南说，"那个角落好像是华东师范大学的桌子，你要不要去看看师范招女生的情况？我去看看数学、物理的招聘情况。我们一会儿碰头，一起回学校？"

庄图南道："好。"

有人不小心撞了庄图南的肩膀一下，庄图南被撞得转了半个身子，对方连声道歉，庄图南连连摇手，表示没关系。

一件奶白色珍珠衫毛衣突然跃入庄图南的视线中，庄图南一边说着"没事没事"，一边想，妹妹也有一件这样的毛衣。

珍珠衫样式特别——黄玲看时装杂志琢磨了很久才织出来，庄图南下意识地又看了一眼，发现穿这件毛衣的女孩背影很像庄筱婷。

女孩和一个男孩子手牵手，男孩子的背影看上去很像林栋哲。

庄图南努力睁大眼，怎么都觉得这对恋人的背影，看起来很像庄筱婷和林栋哲。

庄图南觉得自己一定是看错了，他又努力睁大眼看了一眼，依然觉得这对恋人很像庄筱婷和林栋哲。

学生活动中心人山人海，绝大部分学生往里挤，庄图南费了好大劲才从人群中逆向挤了出来，林栋哲和庄筱婷乖乖地跟在他身后——两人松开了手,没敢再牵手了。

好不容易到了活动中心外的空地上,庄图南扭头看着这两位,千言万语涌上了嗓子眼,堵得他反而一时不知说什么好。

庄图南转回头,气鼓鼓地快走了两步,突然猛地转身,气势汹汹地用手指着林栋哲。

林栋哲正跟在庄图南背后,庄图南突然停下转身,他差一点撞到庄图南怀里。

庄图南暴雷般大喝一声,质问庄筱婷:"你怎么看上这小子?他从小拿虫子吓你,还……还抢你荷包蛋?"

学生活动中心突然传出大喇叭声:"同学们,不要挤,不要挤,一个个上前。"

林栋哲想笑,但他不敢造次,他本能地知道庄筱婷能搞定她亲哥,下意识后退两步,缩到了庄筱婷身后。

庄筱婷又羞又窘,对哥哥说:"哥,周围人这么多,你别这么大声。"

松花江路上的小吃店里,桌上摆着三碗刚煮好的单档汤和双档汤,但三人都无心饮食。

庄图南慢慢回过神了,问二人:"我最近没去交大,你们最近开始的?"

林栋哲诚惶诚恐地摇头。

庄筱婷也轻轻摇了摇头。

庄图南惊了,问:"那至少是过年前了。什么时候?你们谁追谁的?"

庄图南刚一问完,想到他中秋、国庆时还去探望两人,再想到两人在他面前装、装、装,立即后悔不该问了,对二人说:"不要告诉我。"

庄图南换了个问题,问:"爸妈、林叔叔、宋阿姨都不知道吧?"

庄筱婷、林栋哲一起鸡啄米般点头。

庄图南道："学校严禁大学生恋爱……"

庄图南话还没说完，自己就意识到今非昔比了，他心中油然生出一股荒谬的感触，斗转星移，日新月异。

庄筱婷怯生生道："我们在交大时不……在一起的，不敢让老师同学知道。哥哥，你也先别告诉爸爸妈妈，好不好？"

庄图南困惑不解，说道："我上次睡他宿舍，他床头放一本《笑话大全》。筱婷，你是看名著、看诗歌的，你们在一起都能说些什么、干些什么？"

庄筱婷道："哥，我也很肤浅的。"

林栋哲小声嘀咕："我们压马路，看电影，逛城隍庙，卖塑料袋，我们肤浅到一起了。"

庄图南怒目圆睁，问妹妹："庄筱婷，你看上他哪一点了？"

庄筱婷温柔坚定地回答："从小到大，我总怕自己不够好，大家就不喜欢我了，但和他在一起，我从不这么想，我总是很开心。"

林栋哲可怜巴巴地看着庄图南，眼神和他小时候哀求庄图南给他抄作业时一模一样。

庄图南长叹一声，怒道："我会常去交大的。"

庄图南看着人模狗样的林栋哲，挑起一筷子粉丝，心里暗戳戳地想："我会常去交大的，林栋哲，你小子给我等着！"

庄图南琢磨着常去交大，但他很快就有心无力了，没时间没精力去交大监控庄筱婷和林栋哲了。

静安区决定在旧城区修建一家新医院，同济设计院的几位教授开了个会，简单商量了一下，三言两语决定系里几个组各出一个方案，最后再根据实际情况挑选或整合，参与竞标。

导师周常义教授领导了一组，周教授言简意赅地向自己组内的三名研究生下达了任务："每周出一张2号图纸，然后全组讨论、深化。"

庄图南突然变得异常繁忙，岂止是周末没时间了，连睡觉时间都不够用了。

这是庄图南的第一个研究生项目，他对医院建筑设计这个项目有一点点失望——医院、实验室等项目有现成的框架，无论是功能性还是技术性都没有太大的发挥空间，既没有黄浦江大桥工程的划时代意义，也不像博物馆、美术馆等工程可以充分发挥想象力和创造力。

庄图南跟着组里两位师兄熬了一周，拿出了一份图纸，师兄们回宿舍补眠了，打发小师弟庄图南跑腿，去周教授家里送图纸。

庄图南根据师兄们给的地址，摸到了教职员工宿舍楼。

三层筒子楼里住着教授或青年教工，走道里见缝插针地堆着各式杂物，每家每户的门口都摆着一只煤球炉，一个四五岁的孩童骑着儿童三轮车，异常灵活地在杂物和煤球炉之间左冲右突，庄图南紧随其后，找到了周教授。

用"找"这个字并不很贴切，严格来说，是周教授先看到了正在四处张望的庄图南，喊了他一声，更严格地说，正在生煤炉的周教授看到了庄图南，喊了他一声。

周教授满脸煤灰，叫住庄图南后，他泰然自若地把手中铁钳夹着的煤饼放入炉中，不远处另一个煤炉后也传来了一声招呼："是庄图南啊，找你周老师？"

庄图南的视线刚适应楼道里的昏暗光线，听到这两声招呼，才后知后觉意识到自己一脚踏入了建筑系教授的大本营中，一堆堆杂乱不堪的杂物和一排完全违反了消防规则的煤球炉后，是一位位德高望重的建筑设计师。

周教授去走道尽头的水房擦了把脸，洗干净了手，带着庄图南进了屋。

十几平方米的卧室里一张双人床，一张上下铺，看样子住了一家四口。双人床和上下铺之间隔着一张圆桌、四把餐椅，应该是餐桌。

师徒两人在餐桌边坐下，周教授戴上眼镜，细细端详图纸。

片刻后，周教授摘下眼镜，说："你们，尤其是你，动笔前都做了哪些方面的准备工作？"

庄图南突然意识到师兄们的奸猾了，师兄们打着哈欠说要回去补觉，让他来送图，其实是为了让他单独面对老师提的问题。

周教授似乎看出了庄图南的腹诽，微微一笑，说："这是办公室的老规矩，新生汇报，你的师兄们也是这样过来的。"

庄图南被老师看穿心事，脸上一红，他组织了一下语言，认真回答："我阅读了一些医院建筑设计的案例，重点思考了各功能区的布局，考虑清楚后才动笔的。"

周教授用鼓励的眼光看向他，说："说点细节。"

庄图南道："设计时有两个考虑重点，一是门诊部、急诊部、化验室、药房如何布局才能做到既节省动线，又互不干扰；二是普通病房和传染病房的设计，既要尽可能地多放病床，又要便于管理。"想了想，又补充道，"两位师兄的思路也是一样的，我们画图时经常讨论和交流。"

周教授点点头，说道："思路很对很好，不过你们有没有考虑到急诊室大门和机动车辆道路的规划？"

周教授一边说着，一边用描图笔指向图纸上急诊室那一块区域。

庄图南道："考虑到了，师兄在图书馆查到了医院地址附近的街区地图，我们根据附近几条街的出入口和走向，决定了急诊室的位置。"

周教授放下描图笔，说："医院原址是几条老弄堂，你们抽时间去现场看看，画一张区域图，把附近的建筑、街道都画出来。春季雨多，下一次下雨时，我带你们再去一趟，看附近街道的交通情况和防洪防涝能力。把这些情况都搞清楚后，我们再解决医院大门和急诊室大门的入口交通问题。"

接下来就是修图，无休止地修图。

一周后，暴雨倾盆，周教授带着三个弟子去了医院地址附近的几条街道。

马路陈旧，街道上满是积水，下水道反出腥臭难当的污水，师徒四人蹚着脏水走了几圈，观察道路情况和各路口的车流人流量，观察不同街道的下水情况。

一行人湿着裤脚回到办公室，周教授拿起一支笔，根据刚才观测到的各路口车流人流量，开始勾画医院入口区分流设计。

一条条简洁有力的线条出现，一张胸有成竹的图纸浮现，庄图南目瞪口呆地看着周教授笔下的图案，想起了本科刚入学时教授的话："建筑是思辨，是在繁杂的现实制约下，发现问题，解决问题，并找出人和环境之间的最优解。"

周教授把一张草图递了过来，说："门诊、急诊、住院部都需要设置无障碍出入口，面积许可的条件下，尽可能地在每个出入口设置停车平台和遮阳棚；医疗室配置两部以上的电梯，其中至少一部是床梯；给你们一周时间完成平面图，两周内完成模型。"

周教授看了看庄图南，对他说："建筑平面图出来后，你再画一张结构梁平面图，让我看看你的基础。"

同济建筑设计院的方案中标了，周教授负责设计部分，另一位朱教授负责构造和施工问题。

方案完成后，组里还必须出施工图——工作量更大、重复性劳动更多，庄图南作为新人，需要学习的内容实在太多，他画的一些图纸需要反复改稿，所以只能加班加点。

重重死线下，庄图南只能一心只画圣贤图，两耳不闻窗外事。

物价持续飞涨，黄玲放心不下，怕两个孩子在学校吃不好，就给庄筱婷邮寄了一大包自制的牛肉干、小鱼干和雪里蕻，并让庄筱婷分一半送给哥哥。

研究生宿舍不限制访客的性别，庄筱婷在门卫室登记后，和林栋哲一起上楼，敲响了庄图南宿舍的门。

无巧不成书，四人都在屋里，似乎都在等这一口吃的。

庄图南看到林栋哲背包里的几个大塑料瓶，吓了一大跳，问道："这么多？！"

林栋哲缩在庄筱婷背后，小声说："咱姨说分三份，我也有一份，我把我那份也带来了。"

庄图南听到那句"咱姨"，恶向胆边生，对宿舍内另外三人道："我妈做的小鱼干、雪里蕻咸菜都特别好吃，我们去买点馒头，把'咱弟'那份吃了。"

庄图南在"咱"字上加了重音。

一盆豆腐脑，一盆馒头，几块腐乳，加上小鱼干和雪里蕻，六人或坐在床沿，或坐在椅子上，一起吃早晚饭。

林栋哲话多，边吃馒头边绘声绘色地讲故事："咱姨囤肉囤鱼，做好了寄过来。我妈冲进银行把所有的存款都取出来了，抢了几件纯金首饰。据说还赚了，金价也涨了不少。"

冯彦祖道："设计院员工早就开始抢购了，生活用品、烟酒，有什么买什么。"

王尚文连连摇头，叹道："以前还想着研究生毕业后进设计院，这物价要再涨下去，必须挤破头进建筑事务所了，不然工资都不够吃饭的。"

余涛笑着说："我四月份一直在关心双向分配，后来是组里忙，完全不知道物价改革，就觉得食堂菜里的肉越来越少，我在办公室里抱怨，才后知后觉听说猪肉价格涨疯了，这才知道了物价闯关。"

王尚文递了一个馒头给余涛，说："你说你们组忙，最近确实不常在宿舍里看到你，忙啥呢？"

余涛道："我们组正在竞标旧城区改造的一个项目，昏天暗地地画图啊！"

庄图南道："大家最近都在加班。"

余涛说到"旧城区改造"时，冯彦祖和王尚文对视了一眼，王尚文追问了一句："旧城改造时，原有居民住在哪里？"

余涛茫然摇头。

王尚文看向庄图南，问："周教授承建新医院，旧址上的那几条弄堂的居民暂时搬到哪儿了？"

庄图南心中有了一个模糊的猜测，道："浦东？"

冯彦祖肯定了庄图南的猜测，说："设计院早就向政府提交了黄浦江大桥的可行性研究报告，设计院最近正在林教授的带领下计算钢索拉力，既然建筑系已经在浦西策划改造旧城区、修新医院了，那么，浦东的开发就迫在眉睫。"

王尚文对庄筱婷和林栋哲笑了笑，说："你们听这些胡吹海侃，不烦吧？"

庄筱婷腼腆摇头。

林栋哲两眼发光，说："不烦不烦，我从小就爱听图南哥的事儿。"

林栋哲这声"图南哥"纯出自然，一如往昔，庄图南听到耳中，心里对林栋哲的别扭感和些怒气一下子消失了大半。

王尚文道："听说分管上海市城市规划的副市长是华东建筑设计院出来的专家，他的秘书是同济建筑设计规划专业的，好像是79级的，比我们高几届。"

冯彦祖道："对，他是同济79级，毕业时分到了机关，现在是副市长的秘书。"

余涛道："哇，分配得真好，我现在倒戈计划分配了。我想起来了，庄图南，咱们毕业时城市规划局的人也来过系里索要学生档案。"

庄图南点头，说道："对，但是系里把考上本校研究生的学生档案都扣下了，不放人。"

余涛一拍大腿，差点打翻装小鱼干的敞口瓶，林栋哲眼疾手快，伸手扶住了瓶子。

余涛惋惜道："早知道有可能进这么好的单位，我就不考研了。"

王尚文大笑着说："77、78、79这三届分配最好，那时大学生少。现在肯定不行了。"

冯彦祖不赞同余涛的玩笑话,反驳道:"留下读研一样能参与大项目,对于我们学建筑、干工程的,遇上浦东开发、浦西旧城改造,随便一个项目都是千载难逢的机遇。"

晚饭后,庄筱婷和林栋哲要回交大了,庄图南送两人下楼。

林栋哲对庄筱婷道:"向鹏飞托我给图南哥带几句话,他一再叮嘱我,要我私下说。"

庄筱婷点点头,说:"我去报栏前看报纸。"

庄筱婷走到几米外的报栏处,林栋哲从外套口袋里掏出一个信封,递给庄图南。

庄图南打开信封口看了一眼,看到一小摞"大团结"。

林栋哲立即解释:"这钱是向鹏飞汇来的,他怕你不收,特意汇给我,托我转交给你。他还给我写了封信,再三叮嘱我转告你,他没别的意思,你们是兄弟,现在物价高,你又不肯要家里的钱,他怕你钱不够花,苦着自己。"

林栋哲小声说:"老大,我和庄筱婷卖塑料袋也挣了不少钱,我们只是不敢给你,怕你有想法。"

林栋哲想了想,又补了一句:"图南哥,这钱你就先收下吧,向鹏飞现在手头宽裕,你最近太忙,等你闲下来,我们一起去华亭路卖塑料袋,等你赚了钱再还他。"

庄图南捏着信封,啼笑皆非之余,又是无比的感动。他问林栋哲:"他现在手头宽裕?"

林栋哲道:"鹏飞说阿姨接到我的电话后,他和钱进商量了一下,车队里本来消息就灵通,跑上海的司机也说了上海物价涨了,几个司机腾出了一辆车,去附近镇上买了很多米、面、油。"

庄图南讶然道:"动作这么快?执行力这么强?"

林栋哲继续道:"刚开始你爸还觉得没必要,阿姨说反正我家大房间空着,买几袋米放着,总能慢慢吃完。后来涨价了,鹏飞见啥买啥,卫生纸、小家电……他又有车，开到附近的镇上囤了很多东西，还抢到了几件家电、几条烟，可家里有电视冰箱，也没人抽烟，他就加价卖了出去，一进一出挣了点钱。"

林栋哲很是感慨，说道："我听说连咱们棉纺厂的滞销布料都被一抢而空，厂里又发得出奖金了。"

林栋哲这句"咱们棉纺厂"彻彻底底地吹散了庄图南心中对他"勾引"自己妹妹的不快。

庄图南叹了口气，道："是啊，咱们棉纺厂。"

林栋哲偷偷瞥了一眼不远处的庄筱婷，对庄图南说："图南哥，我再告诉你一件事，你爸估计要调到市十中了，你妈也支持，说棉纺厂效益越来越不好，能调到市里的中学比留在附中好。"

庄图南惊讶不已，问道："我怎么没听说？"

林栋哲道："庄筱婷也不知道，你爸想调动成了再说，如果没成就不告诉你们了，向鹏飞不知道咋知道的，他告诉我的。"

林栋哲又道："还有啊，你爸趁你妈上班时，偷偷把鹏飞囤的米和油，分了一半送到了你爷爷奶奶家。向鹏飞问了一句，被你爸吼了。"

庄图南苦笑道："你连这事都知道！"

林栋哲道："向鹏飞说了，还有洗衣粉，鹏飞说他买了两箱洗衣粉，你爸也扛了一箱走。鹏飞说他不心疼这些东西，就是想破了头也没想明白，你爸是怎么不声不响地把那么多东西扛走的。他问了一句，被吼了。咱妈说了一句：'你吼孩子干吗？'你爸就不敢吱声了。"

庄图南听到"咱妈"，在心里翻了个白眼。

林栋哲道："还有啊，你姊姊单位效益不好了……"

庄图南简直不敢置信，问林栋哲："鹏飞给你写信说这些？"

林栋哲由衷地赞美，说："向鹏飞专门打了个长途电话说的，我以前是小巷里公认的耳报神，我现在发现了，向鹏飞比我还八婆。"

其实即使林栋哲没打那个关心上海物价涨了的电话，向鹏飞人在车队，南来北往的乘客很快就能把上海物价上调的消息传到司机们耳中。

向鹏飞接到林栋哲的电话后，立即告诉了师傅钱进，几个司机凑在一起一合计，很快制定出了计划，他们都是跑周边的，对附近乡镇的特产和物价了如指掌，挪腾出一辆车，专门拉了一车米、面、油回苏州，分了分，各自扛回家。

物价持续上涨，司机们的囤积早已不局限于米面，他们消息灵通，四处抢购，烟酒、布料、电器，有什么买什么，有多少买多少，自己家用得上的物资就留下，用不上的物资就吆喝一声，转手卖给同事、邻居或亲朋好友。

各地都发生了抢购互殴事件，向鹏飞年轻力壮，他凭武力值抢购了不少紧俏物资，除了生活用品外，他还抢到了两台电风扇、两台洗衣机、一台电视机，庄家早有了这些电器，师傅钱进家里也不缺，他把这几件电器加价卖了出去，小赚了一笔。

珠江电冰箱厂生产出的电冰箱供不应求。

棉纺厂的布料一销而空，多年积压的库存都清空了。

……

8月19日，中央人民广播电台播发了价格闯关的消息，全国范围内出现了更加疯狂的抢购潮。

几个月中，向鹏飞小赚了一笔。

钱进在苏州长途车站的工作年限长，车队搞承包时，他走领导路线承包了一条客流量最大的路线，自负盈亏跑长途。两年后，他买了两辆旧车，再送礼托关系承包了长途车站的两辆车。

四辆车，四条线路，钱进自己开一辆，雇人开另外三辆，向鹏飞开的车就是这三辆车中的一辆。

钱进本人是从绕开长途车站、私下带人带货发家的，所以给另三位司机定了一个不上不下的承包费——不上不下的意思是，司机上交承包费后到手的钱比长途汽车站的工资高，但也有限，换句话说，是个令人觉得食之无味弃之可惜的数字。

向鹏飞原本想沿钱进的旧路，攒几年钱后自己买辆旧车，自己跑车挣钱，再攒钱，再添置更多的旧车雇人开，慢慢地把雪球滚大。

价格闯关无意间让向鹏飞看到了另一条生财之路。

6月中，林栋哲独自一人来了同济。

他老实巴交地向老大交代："图南哥，我和庄筱婷打算考完第二天就一起回苏州，你和我们一起走吗？"

庄图南道："设计院已经提交了设计图纸，但还要有人派驻现场，研究生要轮值，只能轮流放假，我就不和你们一起回去了。"

庄图南问："你也回苏州？送筱婷回家？"

林栋哲摇头，说："一是我妈要回厂里办手续，她和人事处基本说好了，继续留职停薪。二是向鹏飞想和我商量，看能不能从沿海倒腾些烟酒、手表、录像机什么的，回苏州卖。"

上一次的信封里，向鹏飞塞了三百元人民币，庄图南虽然还没动用这笔钱，但有了这笔不大不小的应急基金后，心里确实踏实了不少，庄图南听闻，沉默了一会儿，说："我暑假应该不太忙，你们商量后，如果有什么决定，打电话告诉我一声。"

庄图南道："宋阿姨还办停职留薪啊，你们家应该不回来了吧？"

林栋哲不否认，说："我妈现在和人合伙开了一家小吃摊，卖粥、面、包子，很辛苦，但挣得不少，她现在不再口口声声说将来一定要回棉纺厂了。"

庄图南冷不丁问："你妈也要回苏州，你和筱婷打算向家里坦白吗？"

这是复旦招聘会后，庄图南第一次直截了当地过问他们的恋情，林栋哲小心翼翼地看了他一眼，然后老老实实地回答："我听庄筱婷的，她还没想好。不过我看她的意思是不想说，她顾虑很多，怕家里担心，怕家里反对，顾虑多了，反而不愿意说了。"

张敏中专毕业后一直没找到正式工作,好在苏州个体经济发达,她在私人理发店里找了份工作,也有一份相对稳定的收入。

张敏依旧住小巷,和异父异母的弟弟吴军同住一间中间用木板隔开的卧室。张阿妹觊觎庄家小院内那间空置的西厢房,几次向庄超英诉苦,说张敏和吴军都大了,隔着一层薄薄的木墙合住不方便,她想租下西厢房,给张敏暂住。

庄超英回家和黄玲提起此事,黄玲非常敏锐,说:"小敏谈朋友了,阿妹是想借西厢房做婚房,别说住进来就不会搬出去了,将来有了孩子,连栋哲这间房都可以占了。"

张阿妹从黄玲处要来了宋莹在广州的地址,先给宋莹写了一封信,不等收到回信就告诉庄超英和黄玲,宋莹同意了她租西厢房。

黄玲立即到小卖部打了一个长途电话——林家没有电话,黄玲打到了林武峰的办公室——三言两语揭穿了张阿妹的假传圣旨。

张阿妹受挫,吴建国带着吴珊珊登门拜访,吴建国情真意切地诉说家里的难处:"家里实在太小,小军今年初三,家里都没地方复习功课。"

吴珊珊也恳求了黄玲:"小军成绩中等,努把力没准能上中专线,不努力肯定就只能上附中了。我爸人老实,没关系没门路,小军要再没有文凭,将来连条出路都找不到。"

吴珊珊不仅仅是恳求,她还提出了具体的解决方案,她说:"能不能让小军白天在家吃饭,晚上睡林栋哲的房间?这样他晚上可以有个安静的环境看书复习。我每个周末回来给他辅导功课,如果他中考能过中专线,我给他报一个有宿舍的学校,他就可以住学校,不再占用林栋哲的房间了。"

宋莹和黄玲看着吴珊珊和吴军长大,而且吴军已经是初三下学期了,两人商量了之后,答应了吴珊珊的请求。

就这么着,吴军住进了林栋哲的房间——他在家吃完晚饭,就到林栋哲的房间里看书,功课上有问题还近水楼台先得月,向庄超英请教。

向鹏飞收拾收拾，住进了庄筱婷的小房间。

棉纺厂效益不好，好几年没盖员工宿舍了，大部分职工的孩子们又都长大了，家中住房拥挤不堪，很多人觊觎宋莹这两间房，不止一人辗转找到宋莹，表示想借或租她的房子。

都是同事或邻居，对方也确实有实际困难，借不借、租不租、借租给谁都是问题，林武峰再三告诫宋莹，尽可能回避这个问题。

宋莹听进去了，七月初，宋莹鬼鬼祟祟地回了苏州，匆匆办好了手续——她又续了两年留职停薪，就打算打道回广州了。

吴珊珊听吴建国说宋莹回来了，专门从学校赶回市区，想当面谢谢宋莹借房，让吴军安心备考。

日头毒辣，白花花的阳光灼烤着整个世界，吴家小院鸡棚里的几只鸡都蔫蔫地趴着。

吴珊珊推开院门，阳光刺眼，她下意识地眯了眯眼，看到吴建国正在院中光着膀子刨一块木板。

吴建国事先并不知道吴珊珊回家，意外之余很是欣喜，放下刨子进厨房给女儿切西瓜。

父女俩隔着一盘西瓜闲聊，吴建国听吴珊珊说她专程赶回来面谢宋莹，连连点头，说道："你弟弟这次考得不错，班主任看了他估的分说中专基本没问题了，他最后能搏一把，实在该感谢宋莹和庄老师。"

吴珊珊拿起面前的西瓜，不小心掉了一块瓜瓤到地上，吴建国立即把另一块完整无缺的西瓜塞到女儿手中，他自己弯腰从地上捡到瓜瓤，想也不想塞进嘴里。

吴珊珊想找块抹布给父亲擦手，她走到水池边，看到池中两把蔫巴的蔬菜，水池边还放着一碗已经有了点馊味的萝卜干，心中一酸，问道："爸，你中午就吃这些啊？"

吴建国笑得憨厚，说："不是我一人，我和你妈一起吃。"

吴珊珊没找到抹布，又坐了回来，她轻声抱怨父亲："我和小敏都工作了，你们又何必这么省呢？现在钱又不值钱，存钱不划算。"

吴建国又往吴珊珊手里塞了块瓜，说道："总得存点钱，不定什么时候就有大用了。就像你妈给小敏存钱，小敏谈朋友了，结婚总要花钱吧？酒席、家电、家具，都要花钱。"

吴珊珊想起她刚才进院时看到的一幕，问父亲："你在给小敏打家具？"

吴建国连忙解释："不是不是，现在小年轻结婚都流行买沙发，有人付我工钱让我帮忙打一对单人沙发。小军上学要花钱，你结……将来也要花钱，我反正闲着，就接了这个活。"

吴建国又想起一事，说道："我一会儿给你三十块钱，你去买点啤酒什么的带到庄家，万一小军没考上中专留在附中上学，庄老师还能照看照看。"

吴建国一边说着，一边起身去了卧室，回来时，手里攥着几张大团结。

吴建国递了五张大团结给吴珊珊，说："你买三十块的东西送给庄老师，剩下的钱买回去的车票。"

吴珊珊道："车票就一块，用不了这么多。"

吴建国只是笑，硬把五张钞票塞在女儿手中。

天气炎热，厨房空间狭小，吴建国身上的汗臭味很难闻，他的手掌上满是老茧和做木工活时不小心留下的伤痕。

吴珊珊离开家，顶着火辣辣的日头去了市中心。

无论是公家的百货公司，还是私人的铺子，商品都不多，吴珊珊顶着烈日排了好几次队，总算买到了几包本地糕点。

临近晚饭时，吴珊珊才去了庄家，她不仅拎了几包糕点给宋莹和黄玲，还盛情邀请她们一起出去吃晚饭。

宋莹感动异常，对吴珊珊说："你已经送了这么多吃的啦，玫瑰腐乳、酒酿饼、枣泥麻饼……钱是小事，那么热的天，你一家家店跑才能买得这么齐全，这份心意太难得了，该阿姨请你吃晚饭。"

吴珊珊亲热地挽住宋莹的胳膊，说："以前您请客的那家冷饮店已经关门了，我们就去巷口那家店随便吃点酒酿或赤豆糊，不花多少钱，您不肯收房租，我请您吃碗小吃算什么。"

吴珊珊转向庄筱婷，对她说："宋阿姨难得回来一趟，下次见又不知道是什么时候了，你帮我劝劝她。"

小店里顾客不少，店家在店外人行道上也摆了几张桌子，宋莹、黄玲、吴珊珊和庄筱婷坐在了店外的一张桌子上。

暮色四合，新月在树梢后升起，空气中是各家小吃铺飘出的香味，风中是丁零零的自行车铃声和行人的欢笑声，四人都感到心旷神怡。

黄玲感慨道："我都不知道多久没这么悠闲了。"

宋莹和人合伙开小吃铺，傍晚时是最忙碌的时刻，闻言也是唏嘘，说道："我要是你就经常出来走走，图南、筱婷平时都不在家，家里没多少活了，多轻松。"

店员走了过来，大家闹哄哄地点好小吃，吴珊珊问黄玲："刚才怎么没看到栋哲和图南哥啊？他们回来了吗？"

宋莹低头看茶杯，黄玲含糊道："栋哲去亲戚家了，图南过些天回来。"

吴珊珊当老师，养成了察言观色的职业习惯，她觉察到宋莹和黄玲都不想回答这个问题，立即不动声色地换了话题，说："这几家店都坐满了人，不都说物价涨了大家工资都不够花嘛，怎么店里生意还这么好？"

黄玲叹息道："工资是不够花，要不是鹏飞囤了很多米、油，我家搞不好要用存款买菜了。"

宋莹道："广州好一点，广东市场经济开始得早，价格也都涨了，但没苏州涨幅大。"

吴珊珊看向庄筱婷，说道："筱婷在大学里，受到的影响应该比较小。"

庄筱婷点点头说:"食堂有国家补贴,饭菜价格涨幅不大,但是小卖部里所有日用品都涨价了,我们宿舍八个女孩子,大家一起去批发市场,合买了一些生活用品。"

吴珊珊忍住笑,说:"生活用品?筱婷,你说得这么含蓄,不就是卫生纸嘛。我们学校所有女老师都囤了很多卫生纸。"

谈天说地中,吴珊珊回忆着往事,满脸堆笑,开口说:"两位阿姨打小对我好,我求宋阿姨一件事啊,我冒昧求您件事:要是小军没考上中专,高中时能不能继续住栋哲的房间?"

宋莹愣住了,下意识瞥了黄玲一眼。

果不其然,黄玲的神情肉眼可见地变了。

庄筱婷突然道:"住林栋哲的房间,我爸爸不可能不管小军的功课,等于下班回家还要再带一个高中生,太辛苦了。"

黄玲和宋莹都是一愣,庄筱婷性格像黄玲,心里再不情愿,嘴上也说不出拒绝的话,这句干脆利落的拒绝完全不像她的风格。

黄玲拦住女儿的话头,说:"小军中考分数下来再说,现在不谈这个。"

吴珊珊道:"是啊,宋阿姨黄阿姨从小对我和小军这么好,万一小军真没考好,阿姨肯定会照顾的呀。我也会让小军尽量别麻烦庄老师和黄阿姨,他要有什么不对的尽管告诉我,我批评他……"

黄玲低头看向面前的桂花赤豆糊,只觉得一阵反胃。

宋莹想到反正她后天就要回广州了,心一横道:"珊珊,房子借住是小事,管一个孩子是大事。你是不知道,栋哲考上大学离开家后,我整个人都松快了,心情一下子就轻松了。珊珊,你也是老师,你该知道家里住个高中生,庄老师和黄阿姨的责任有多大。"

吴珊珊装作没听出宋莹的意思,撒娇道:"宋阿姨,那您答应借房子了,您再帮我求求黄阿姨吧。你们都知道的,我家太小,家里连个看书的环境都没有,小军要是没考上中专,他住家里就毁了,肯定考不上大专或大学。人穷志短，我只能替我爸爸、弟弟开口，求阿姨们拉一把。"

吴珊珊垂下眼睑，装作没看见黄玲和宋莹脸上的震惊失望，她说到"人穷志短"一词时，心中泛起了一阵悲哀："谁也不想在大太阳下打家具，谁也不想低声下气地求人帮忙，可家庭条件差，只能舍下自尊求人。"

另一个念头也冒了出来："我还以为两位阿姨从小照看我们姐弟，我开口她们就答应了。我错了，她们对我和弟弟也就如此，也就是面子情。"

第 二 十 章

倏然之间

　　宋莹没有说谎，林栋哲是去走亲戚了——林武峰是福建晋江人，考上大学后分配到苏州工作，他的弟弟妹妹们都在当地务农，改革开放后，他们互相帮衬着发家了。

　　林武峰少年时父亲就去世了，家贫如洗。他工作后，每个月发工资后第一件事就是把大部分工资都寄回家，帮着母亲抚养弟弟妹妹，他帮扶了家里多年，等到下面的弟弟妹妹都长大挣工分后，母亲再也不肯要他那么多钱了，他才考虑个人问题，追求宋莹并结了婚。

　　婚后，林武峰每月月初拿到工资后，依旧给母亲寄钱——数额不那么大了，纯粹是孝敬母亲的零花钱——一直寄到母亲去世。

　　近三十年从未中断的汇款单让林武峰在家族中地位很高，尽管现在弟弟妹妹们都远比他有钱了，但他们对这位身兼父职的大哥还是很尊敬的。

　　林武峰结婚太晚，两个弟弟都在他之前结婚生子，但宋莹一举生下了林家第三代的长孙。

　　福建人重男丁，林栋哲之前只有四个堂姐，他的降生让千里之外的林家欢腾，奶奶更加懊恼自己语言不通兼严重晕车——连火车都晕，没法去照顾宋莹坐月子。

　　江苏到福建交通不便，林栋哲小时候只回过两次老家，考上大学后，林武峰专门带他回去了一趟，在父母墓前上香烧纸，告知父母林家又出了一个大学生。

　　林武峰是深受弟妹敬重的大哥，林栋哲是兼着长房长孙和第三代唯一的大学生的身份，在家族中很受宠爱，亲戚婚礼或其他重要场合，他是能和林武峰一起坐主席的。

现在，林栋哲带着庄图南去晋江走亲戚了——林栋哲的二姑父在当地开厂做生意，颇有人脉，他出钱出力帮林栋哲搞定了一批货源。

林栋哲带着林家和自己的全部积蓄两万元——宋莹把她囤的金饰都卖了，小赚了一笔——二姑姑见他钱太少，开了个家族会议，叔叔姑姑们一家借了一点，帮他凑足了五万元。

二姑父把一包数好的钱一摞摞递过来时，林栋哲很羞愧，二姑父大笑说："怕什么，我们福建人都是这样起家的，有赚钱的机会，兄弟姐妹互相拆借，互相拉一把，绝不放过任何一个赚钱的机会。"

二姑姑拉着林栋哲的手，轻轻拍了拍他的手背以示安抚，说："以前家里只有田，一点活钱都没有，一家人等着你爸爸的汇款单买盐巴扯布头。我本来说我一人就把这钱出了，你二姑父说大家都有责任回报大哥，每家都要出。你看五万够不够，不够的话二姑姑这里还有。"

小叔叔也说："大哥现在还是一份死工资，是家里最穷的，你肯做生意，我们做叔叔姑姑的怎么都要扶一把。"

二姑父特别喜欢温文尔雅的庄图南，拉着他喝工夫茶，说道："福建以前穷，一村一村的下南洋讨生活，最远的偷渡到美国，背井离乡必须抱团，在纽约和意大利黑手党争地盘……"

正和二姑姑执手相对的林栋哲惊讶不已，问道："意大利黑手党？"

二姑父道："福建帮派和意大利黑帮争地盘，福建人死一个，一村人都拎着刀去拼命，他们知道如果不幸战死，同乡会会照顾孤儿寡母，所以福建人豁得出去，意大利城慢慢就变成了中国城。"

神通广大的二姑父没拎刀，他提供了两批货源供林栋哲选择，一批是走私手表，另一批是当地生产的录音机和盗版磁带。

手表方便携带，林栋哲和庄图南一人扛一麻袋手表上火车就能回苏州了，录音机必须走货运。

庄图南和林栋哲慎重考虑后，选择了录音机。

和客运一样，国营储运里也有相当一部分人出来做了私人运输，这些私人运输公司不仅仅有车，还拥有相应的人脉打通沿途的重重关卡，以"公道"的价格通关，林栋哲和庄图南南下时，向鹏飞留在苏州四处打听江苏和福建之间的货运，可他工作时间太短，又是开客运的，还不清楚其中的门道，不认识相关的人。

二姑父送佛送到西，帮他们找了可靠的私人运输公司。

暴雨倾盆，雨水噼里啪啦地敲打在卡车货箱顶上，货箱里摆放着上百台录音机，庄图南和林栋哲蜷坐在堆积如山的录音机纸箱中间。

路况不好，卡车上下颠簸，头顶是暴雨击打在车厢顶部的噼啪声和连绵的闷雷声，尽管已是深夜，两人早已疲惫不堪，但依旧完全无法入睡。

嘈杂雨声中，林栋哲喃喃自语："这才是第一晚，还要再开两天一夜，难怪二姑父说做生意不容易。"

庄图南点点头，林栋哲就坐在他身边，但车厢里一片黑暗，林栋哲看不清他的反应。

林栋哲伸了伸僵硬的腿，继续没话找话，说道："不知道向鹏飞那厮在苏州找车找得怎么样了。"

庄图南道："他说车不难找，就是不知道怎么向钱进请假。我爸说了，钱进那份工作不能丢。"

林栋哲道："别说你爸了，我爸肯帮我说服我妈，把家里所有的钱拿出来，让我试着做生意，我都很吃惊。"

林栋哲继续道："我爸我姑父这么支持呢，也是听了你的打算，他们都觉得可行，这才大开绿灯，一路支持。老大，还是你脑子灵，我和筱……庄筱婷在静安寺门口看到过倒卖国库券的，我就没想到你这招。"

庄图南道："我想想啊，1985年上海市就允许用贴现的方式兑付国库券了，很多小卖部、报摊、香烟摊都挂块'收购国库券'的牌子，正大光明地收购国库券，上海人叫它们'打桩模子'。那时候，校园里讨论的都是经济、社会方面的问题，我那时就听了不少相关的讲座和讨论。"

庄图南又道："林叔叔是支持你，我爸是因为家里另外四人都赞同，四比一，他不得不同意。"

林栋哲笑了，说道："四比一，咱妈居然也赞同。"

庄图南沉默了一会儿才道："她本来不赞同的，我告诉她向鹏飞托你给了我三百元钱，我说我不想将来有了难处只能靠兄弟救济，就像姑姑只能求爸爸帮忙照顾鹏飞，我妈听了，立即就同意了。"

车厢里沉默了一会儿，庄图南冷不丁突然问："筱婷和爸妈说她拿了一等奖学金，下学期不要家里的钱了。卖塑料袋能挣这么多？你们怎么分账的？"

林栋哲下意识地挺直了脊背，斟字酌句地回答："塑料袋生意没有刚开始那么好了，但也还行，赚的钱按小时候的老规矩，一人一半。平时花钱也是，庄筱婷坚持一人付一半，吃饭、看电影、划船，除非事先说好我请，她一定要付她那一半。"

林栋哲语调突然变得自豪，说："她是真拿了奖学金，金额不小，请我吃了一顿KFC。"

第三天晚上，卡车开进了苏州。

林栋哲坐在副驾驶上，一路指挥卡车开到小巷后街口。

向鹏飞和一辆三轮车早已在附近等待，"刑满释放"的庄图南从车厢里跳下来，两位司机和三个大小伙子一起卸货。

向鹏飞把大块塑料布罩在垒好的录音机上，把录音机外包装纸盒罩得严严实实的。庄图南再蹬着三轮车来回跑了几趟，和庄筱婷合力把一百多台录音机搬到了空置的西厢房内。

司机是二姑父的人情和面子，卸完货后，林栋哲陪他们去招待所吃饭住宿了，小院里只剩下了庄家一家人。

庄图南在车厢里蜷了三天两夜，腰、腿都酸痛不止，向鹏飞每天在驾驶座上坐八小时以上，经验丰富，他拿了药酒给庄图南推拿，才总算稍稍缓解了庄图南的一点疼痛。

向鹏飞一边推拿，一边给庄图南交代："卡车租好了，租车方便，麻烦的是钱叔叔那份工作。大舅舅说工作不能丢，大舅妈帮我出了个主意，棉纺厂现在活少，运输班的司机都在外面接私活，巷口周大爷就是运输班的，我就去找了周大爷……"

向鹏飞手重，庄图南疼得龇牙咧嘴，喊道："轻点，轻点。"

向鹏飞放轻了些，长话短说道："我去找了周大爷，他最近没什么事，可以帮我开钱叔叔的车，一天20元。我本来想一天给30元的，周大爷自己说20元，我答应了，反正他可以私下带人，每天至少还能再多挣10元、20元的。"

庄图南翻身坐了起来，套上背心，说道："我明天下午就要回上海了，下面几天要辛苦你和栋哲了。"

向鹏飞嘀咕了一句，说："不怕辛苦，怕的是录音机不好卖……图南哥你别笑，你和林栋哲去福建时，我去西园寺烧了好几炷香，求菩萨保佑我们发财。"

东厢房里，庄超英听着隔壁房间里儿子和外甥的交谈，心中焦躁不安。

庄筱婷正和黄玲一起看电视，母女俩身在曹营心在汉，也是竖着耳朵聆听隔壁房间的动静。

女孩心细，庄筱婷注意到了庄超英的烦躁，安慰父亲："爸，您别太担心了，校园里也有勤工俭学活动的。"

庄超英、黄玲一起看向女儿，庄筱婷道："我们隔壁宿舍有位同学爸爸是土特产公司的，她从家里批发了几麻袋方便面在宿舍楼里卖，辅导员知道了，也没说什么。"

黄玲对女儿的校园生活很感兴趣，笑着鼓励她多说一些。"以前从没听你说过这些，还有呢？"

庄筱婷道："好几个系高年级的社会实践活动就是去乡镇企业调研，看政策如何搞活经济、如何增加农民就业机会。高年级学生们写调查报告时，也经常在校园里卖货，好收集信息反馈给企业。"

庄筱婷心中翻滚着一句话："我和林栋哲卖塑料袋都赚了上千元。"但她在父母面前做惯了乖乖女，始终没勇气说出这句话。

庄超英听得愣住了，说："和你哥哥刚上大学时很不一样啊，你哥那时候主要是听讲座、组文学社团。"

庄筱婷这么一说，庄超英心里好受多了，但他还是有点担忧，说道："图南说收国库券……"

庄超英愣了一会儿，继续道："鹏飞的工作没有编制，钱进也是灵活的人，我不担心鹏飞。我主要还是担心这事传出去影响你哥和栋哲，尤其栋哲打小口无遮拦，要是在学校不小心说漏嘴……"

黄玲难得同意丈夫的观点，说："我也担心这点。"

两个房间仅隔一道门，庄图南和向鹏飞也听到了东厢房里的只言片语，向鹏飞喊了一声，说："没事，我明天叮嘱一下林栋哲，让他嘴紧点。"

庄图南心道："今非昔比，他现在嘴紧着呢，他和筱婷恋爱把你们瞒得死死的。"

庄图南正腹诽，就听见庄筱婷温柔地开口说："林栋哲不是到处乱说的人。"

庄图南继续腹诽："对，还有你，咬人的狗不叫，我愣是没看出来。你心里能藏事，嘴也紧。"

宋莹的小吃摊生意繁忙，每天很晚才能打烊。

这天晚上，宋莹回家后，筋疲力尽地躺在床上休息，突然想起一事，对正在兑洗澡水的林武峰道："我今天接到你二妹妹的电话了。"

林武峰一惊，忙问："她打电话给你？出了什么事情？"

宋莹坐了起来，哈哈大笑，说道："我接到电话时也以为有什么大事，她普通话不好，我不会福建话，我俩在电话里越说越急，最后总算听明白了，她偷偷问栋哲，图南可不可靠，能不能一起做生意。栋哲说，图南是他女朋友的亲哥，我当时就笑喷了，哈哈哈哈哈……"

林武峰也放下心来，说道："栋哲也不会说福建话，估计我妹妹听错了。"

宋莹眉飞色舞，道："你二妹妹很喜欢图南，听说他妹妹也是大学生，夸了好半天，哈哈哈哈哈……"

宋莹乐不可支，林武峰嘱咐道："你和我说说可以，千万别和玲姐说啊。玲姐最宝贝筱婷，她不会喜欢这种玩笑的。"

"倒卖"计划由庄图南策划拍板，他主要考虑了两点：一是录音机在乡镇农村的普及率不高，有广大的市场；二是国家已允许流通转让国库券，但市场刚放开，仅在少数大城市中试点运行，乡镇或农村都还没有试点银行，无法转让或交易国库券。以上两点让庄图南决定搏一把，在乡镇收国库券卖录音机。

几名研究生轮值派驻工程现场，庄图南必须赶回上海值班，向鹏飞开着租来的卡车，带着林栋哲开始了他们的售卖活动——他们把车开到周边各乡镇的集市上，当场叫卖。

庄筱婷也想参与，但全家反对——向鹏飞专往偏僻的地方跑，白天卖货，晚上他和林栋哲就睡在卡车货箱里，看守剩下的录音机，在安全没有保障，上厕所睡觉都很不方便的情况下，带一个女孩子实在不明智——庄筱婷只能作罢。

卡车每开到一处集市，车一停，林栋哲往录音机里装上电池，播放事先录好的叫卖磁带，两人就这么简单粗暴地开卖。

在当前最流行的、震耳欲聋的粤语歌声中，林栋哲大声吆喝叫卖，向鹏飞埋头扛货收钱——人民币或国库券都收，一元国库券抵六毛人民币。

家家户户都有数量不等的国库券，周围看热闹的人群开始将信将疑，看他们卖了一两台之后，发现他们真收国库券，想买录音机的人立即回家翻找国库券。

庄图南所料不差，绝大多数人是用国库券购买录音机的。

价格闯关的抢购大潮中，两人五天就卖完了一百二十台录音机。

林栋哲把收到的人民币和国库券用一个书包、一个旅行袋装好，带回了上海——收到的钱大多数是毛票或小额国库券，必须用大袋子装——庄图南等候已久，两人一起去了银行，把国库券换成了人民币。

5万人民币的本金卖录音机卖出了5000多元人民币和66000元的国库券，上海银行以1.04元的价格收购国库券——1.04元人民币收1元国库券，就这样，66000元的国库券变成了68000多元的人民币。

庄图南、林栋哲带着74000元钱再次去了晋江，这次他们有的放矢——林栋哲在卖录音机时，大概问了问乡镇民众们的需求，进了一批旅游鞋和电子表。

三人重复了南下进货、乡镇卖货收国库券、银行卖国库券这一模式，八月中，经过三次南下进货卖货的折腾之后，最初的5万元滚出了14万元。

庄图南又要回上海值班了，林栋哲也要回晋江还钱了——可以通过邮局汇款，但林武峰坚持要林栋哲回老家，请叔叔姑姑们吃饭并当面还钱，三人聚在了林栋哲的房间里清账。

扣除了本金和运输费用后，一个半月的辛苦奔波挣了8万元，向鹏飞搂着装钱的塑料袋哈哈哈地奸笑，然后，他充满遗憾地问林栋哲："真的不再做了？"

林栋哲也感到遗憾，说："我爸不许了，他说我们一是靠二姑父的面子，找到了货源和有关系的车队；二是运气，路上没人刁难，不然路上随便哪个关卡把货扣下来，我们哭都没地方哭。"

庄图南也心有余悸，说："也是，我两次运货时都提心吊胆，万一被扣，把我论斤卖了都赔不起。"

向鹏飞悻悻然，说道："我觉得是大舅舅向林叔叔施压了。"

庄图南还没答话，林栋哲主动替未来的岳父开脱："不仅仅是庄叔叔，我爸妈都不愿意我们再做下去了。我爸说了，图南哥和我都有学籍，偶尔为之可以，但不能一直做下去。"

庄筱婷送了三瓶汽水进来，对三人说道："爸爸是担心你们频繁卖国库券被学校处分，他这些天一直在看报纸，生怕你们违反了政策。"

林栋哲立即点头如捣蒜，说："不做了，不做了，不能让叔叔担心。"

庄图南同时开腔："国家明文规定，允许国库券流通转让，爸过于谨慎了。"

向鹏飞好奇地问："大舅舅看报纸，我也瞄了一眼，报纸上讨论国库券'异地价差'，这啥意思啊？"

庄图南解释："各地银行买入卖出国库券的价格不同，上海是1.04，合肥是0.95。简单地说，城市越偏远，当地银行收国库券的价格越低，这就叫'异地价差'。"

向鹏飞一点就透，说道："那从合肥银行买入国库券，再卖给上海银行不就可以赚钱？本金越大，赚得越多。"

向鹏飞很困惑，扭头看向学经济的庄筱婷，问道："为啥啊？"

林栋哲脱口而出："银行尚未联网，各地区的银行各自为政、各行其是。"

向鹏飞讥笑林栋哲："说得你好像很懂经济似的。我信你个大头鬼。"

林栋哲一不小心说漏嘴了，他说："我有时候去庄筱婷班上旁听。"

向鹏飞惊了，说："看不出来啊，你居然还挺用功。"

扣除本金和运输费用后，三人按5：2.5：2.5分了利润——林栋哲家里出钱出关系，他又要回晋江请叔叔姑姑们吃饭，庄图南和向鹏飞坚持要他拿一半。

天色还早，庄图南提议大家去银行，各自开一张存折把钱存了。

向鹏飞道："大舅妈让你存自己名字，免得姥姥姥爷找个由头来借钱吧。"

庄图南默然不语，心里说道："你不说话没人把你当哑巴。"

向鹏飞道："我先去邮局给我妈汇点，剩下的再存。"

林栋哲也说："我先把我爸妈垫的那两万元汇回去，不然回头带这么多现金坐火车，心里不踏实，晚上都不敢睡觉。"

向鹏飞扭头看向窗外，轻声道："去年暑假，我和我爸爸一起去铁路上，他一路检查铁轨，一路捡废品放背篓里，他说，铁丝、塑料瓶、纸板可以换钱，废木头可以起炉子，我当时就想，我要挣钱，挣大钱。"

庄图南和林栋哲同时感到词穷，不知道如何安慰向鹏飞。

房间里突然沉默了下来，只闻屋外一阵高过一阵的蝉鸣，片刻后，向鹏飞扭过头来，对二人说道："我和周大爷说好了，明天回去开钱叔叔的车。我先说啊，我回头要是看到了价格合适的旧车，就向你们借钱买下来，自己的车来钱快，挣了钱再还你们，利息翻倍。"

第二天，林栋哲和庄图南先后离开了苏州，林栋哲先去晋江还钱，再回广州和父母住几天；庄图南则回学校，回办公室报到。

林栋哲是早上的火车，他一反平时最爱睡懒觉的生活习惯，早早出门。

晨光温柔，小院里的草木都显出了清新的绿色，空气中有隐隐的花香。

庄超英和黄玲出门打太极拳了。

向鹏飞正在厨房吃早饭，准备一会儿出门开车，他看到林栋哲拎包出屋，庄筱婷也出现在院子里，似乎也要出门。

向鹏飞放下手里的豆花烧饼，热情地挥手告别："筱婷你也出门啊？好，你代我送送林栋哲，在街口给他买份早饭，算我请，回头我给你钱。"

庄图南睡眼蒙眬地隔窗看到庄筱婷和林栋哲一起出了门，他第一个念头是：这么早，没有去上海的班次。

庄图南再想了想，当作没看见，倒头继续睡。

1988年夏天，苏州酷热多雨。

吴军考上了邮电系统的中专，住进了学校提供的宿舍。

宋莹、黄玲和庄超英同时松了一口气，不然他们真不知道该如何面对吴珊珊的请求。

庄超英拿到了大专文凭，凭借学历和优异的教学成果，他从棉纺厂附中调到了市重点中学十中。

庄图南、向鹏飞各挣了二万，林栋哲挣了三万八，三人同时成了光荣的"万元户"。

价格闯关导致了物资抢购和通货膨胀，严重干扰了经济发展和人民生活，一切仿佛都失去了秩序。

1988年10月，中央调整政策，再次提出"宏观调控，治理整顿"的经济政策，并用强硬的宏观紧缩政策强行控制局面，渐渐地，物价慢慢稳定下来，甚至开始了回调。

浦东陆家嘴东园小区的方案，余涛所在办公室中标了，余涛很困惑，他说："导师设计时在附近预留了大片空地，医院、幼儿园、商场、邮局……完全对标浦西的曲阳新村、延吉新村，但是，有那么多人愿意搬到浦东吗？"

王尚文回复他："浦西实在住不下了。"掷地有声。

余涛一脸呆滞状，说："以前去浦东是采风，现在时不时去一趟，我可算理解为什么要修隧道和大桥了，公交车和渡轮都是又挤又慢，而且渡轮一股柴油味，闻得人想吐。"

宿舍另外三人都忙于浦东的项目，庄图南依旧"泥足深陷"在老城区新医院项目中，他所在的组正处于设计院改制的规划内，人人都被搞得晕头转向无所适从。

庄图南虽然一直遗憾自己本科毕业时没赶上双向选择，但他却误打误撞赶上了设计院改制。

周教授不住对学生们感慨，你们恰巧赶上设计院改制了——设计院原直属国务院国资委，是有编制、有话语权的政府部门，现在，建设部要求设计院以企业的身份进入市场。

设计院有了营业执照，也拥有了一切企业权责——自由收取设计费用、按利润上交营业税等等；设计院工作人员也从学校的事业编制变为了企业编制。

建设部要求设计院进入市场，设计院的权限一下子缩小了很多，换言之，以前设计院是甲方，是"婆婆"，现在设计院是乙方，是"媳妇"了。

设计院改制，工作模式也相应改变，设计和施工都必须和施工队反复协商。

周教授组负责设计，组员们必须根据现场的施工情况时不时地修图甚至重新画图。

结构、水电暖、消防……处处需要修改，庄图南背着描图笔、比例尺、卡西欧计算器穿梭在办公室和现场之间。

修图并不是最让人感到挫败的，最让人灰心丧气的，是施工队出于经济利益，不按设计图纸施工。

庄图南原以为重复性修改图纸是设计工作中最痛苦的部分，但到了施工环节，他才知道，施工过程中的矛盾和冲突更多、更琐碎、更难以调和。

施工队是政府部门外包的建筑工程公司，原本设计院只需出图和验收，但两位教授发现施工队为了赶进度或节省成本，经常不规范施工，所以，他不得不派研究生轮流驻守现场，实时管控工程质量。

施工队不按图纸执行时，设计院要么解说，要么据理力争，或者修改图纸。双方立场不同，边施工边扯皮，矛盾无法调和时，政府管理人员、设计院、施工队三方负责人不得不坐下开会，协商或互掐。

每次会议后，周教授都感慨万千："建设部要求设计院改制，进入市场。设计院确实能签合同拿设计费了，可话语权却越来越小，设计师的地位也越来越低。"

庄图南和师兄们资历尚浅，但也时不时地以"小虾米"的身份出席会议，现场解说图纸或计算结构，再记下施工队要求修改的部分，回学校继续修图。

庄图南不怕修图，但他厌倦这种重复性的、技术上毫无提升的修图，尤其是做了多次无用功后——图纸按施工队的要求多次修改，但改来改去后，施工队拍拍脑袋，选择了最初的图纸。

设计心血被践踏，安全措施被忽视，庄图南觉得无奈又厌烦。

月儿弯弯照同济，有人欢喜有人愁。吴涛在浦西浦东之间奔波，庄图南在施工过程中迷茫，冯彦祖和王尚文欢欣鼓舞。

1988年12月15日，上海市政工程设计院和同济大学建筑设计研究院联合设计的南浦大桥动工。

建筑与城市规划学院的研究生宿舍里一片欢腾，一群人聚在走道里兴奋地聒噪。

"林教授其实是第三代总工程师了，前两代总工等了几十年，技术、资金不到位，始终没有机会修建黄浦江大桥，我们能参与这个工程，幸甚幸甚。"

"别说参与，能见证都很幸运了。"

"选型方案就是咱同济提出的'叠合梁斜拉桥'，设计过程高度自主，建筑过程也会尽量自主，建材尽可能选用国产材料。"

"大桥将分为主桥和东西引桥三部分，主桥长800米以上，没有一根桥墩。"

"东西引桥，主要是浦西的引桥下的动迁任务已经开始一段时间了，估计搬迁的企事业单位有200多家，居民5000户。"

……

冯彦祖也在宿舍里，他和王尚文热火朝天地讨论了许久，余涛很无奈，对两位师兄说："两位师兄，你们是故意说给我和庄图南听的吧？你俩能行行好，去别的地方吹牛吗？"

冯彦祖一本正经道："不能，去其他系的宿舍吹牛，要讨人嫌的。"

一贯温和的王尚文狞笑着说："锦衣不可夜行，你们再忍忍，我们还要再吹几天。"

冯彦祖慷慨激昂地吟诵："一桥飞架南北，天堑变通途……"

王尚文一唱一和："上海从此再无浦西浦东。"

……

一通趾高气扬的炫耀过后，冯彦祖盛情邀请两位师弟一起去看施工现场——确切地说，是远远地看一眼现场。

余涛一口回绝："我真的不想跑浦东，公交车加轮渡，跑一趟要休息半天才能缓过来。"

当得知确实只能远远看一眼不能进现场后，庄图南也婉拒了这个提议。

组里的师兄发现施工队使用的隔热板不符合设计要求，设计院和施工队再次开会协商。

施工队负责人坚称："这是新技术，已经有成功的项目案例。你们设计院思维固化，墨守成规。"

周教授不善言辞，只能涨红了脸一再重申："防火是设计中最重要的环节，尤其医院是人群密集区，我不能让步。新材料不符合国家规范，你们如果坚持用这种材料，设计院担不起这个责任，我拒绝在验收单上签字。"

工程队冷嘲热讽："工程是沟通过程，你们一句规范就想把自己的责任推得干干净净。"

政府管理人员和颜悦色地介入，劝道："老周，除了换材料，还有什么别的解决方法吗？"

会议室里所有人都听出来了，政府方也怕麻烦，不想采取设计院的解决方案——换材料、已完成的部分重新返工。周教授沉默了一会儿，说："我需要第三方介入，由其他设计院的专家评审这项材料是否可行，在得到肯定答复前，暂停一切相关工作。"

施工队跳了起来，怒道："我们也是有工期的。"

师兄忍无可忍，回敬道："新材料报价便宜三分之一吧？收益是你们施工单位的，责任风险推给我们设计院？"

会议室里吵成一片。

一如既往，吵了一下午，什么问题也没解决。

设计院一行人回了学校，到校后，师兄劝慰周教授："您别生气，您今天说了，不规范施工咱们设计院就不签字。我觉得施工队没有那么大的胆子，坚持用不规范的材料。"

周教授并不乐观，说："这些天，你们勤快点，多去工地，看到不对的情况立即告诉我。"

朱教授长叹："设计院的话语权是越来越小了！"

周教授苦笑着说："市场经济了，设计体制也慢慢变了。"

庄家爷爷病了，急性胃溃疡。

高中老师工作繁忙，庄超英又刚调到十中，正是挣表现的关键时刻，实在腾不出多余的时间，只能是黄玲经常去爷爷奶奶家帮忙做家务，煲汤做饭。

奶奶给庄超英办公室打了个电话："阿玲两头跑，也怪辛苦的。图南、筱婷都不在家，我和你爸爸住过去，阿玲也不用两头跑了，方便省事。"

庄超英召开了家庭会议，支支吾吾表达了奶奶的意见。

浑不憷的向鹏飞道："姥姥对二舅舅家出钱出力，贴生活费，做家务带孩子，她帮衬二舅舅家十多年，现在应该是二舅舅家主力照顾奶奶，其他人帮忙。"

向鹏飞又补一刀："百货公司现在生意不好，二舅舅、二舅妈上班也是三天打鱼两天晒网的。要不还是姥姥姥爷住二舅舅家，我出一份营养费，大舅妈做好饭菜送过去。"

庄超英怒喝："你给我闭嘴。"

向鹏飞破罐子破摔，说道："我住进来就不走了，姥姥姥爷要是住进来，更不会走了。大舅舅，这事你要和大舅妈好好商量。"

该说的话向鹏飞都说了，黄玲道："咱家现在多一间栋哲的房间，这是宋莹的房子，她怕得罪人才不敢租出去。你把你爸妈接过来，多少双眼睛看着，你担不起这后果。"

黄玲这话才说了没几天，宋莹打了个电话回来通知黄玲，她被迫把西厢房租出去了。

电话里，宋莹有气没力道："玲姐，你绝对想不到是谁租的。"

宋莹不顾长途电话费昂贵，顿了顿才说："吴珊珊，她和咱厂刘副厂长的儿子处上了……"

黄玲惊呼一声："珊珊？和、和……"

宋莹道："是啊，你也想不到吧？人事处特地打了个电话给我，话里话外的意思是，小夫妻有实际困难，又都是职工子弟，如果我不肯租借，怕是'停薪留职'这个'留'就有问题了，留不了职，这房子也会被厂子收回去。"

宋莹蔫蔫道："我当时好半天没反应过来，除了生气，也挺难过的，我知道我保不住这房子的，迟早会被厂里收回去，只是实在没想到会是珊珊，我都不知道怎么告诉栋哲这事，他一直把棉纺厂当家，把珊珊当姐姐。"

宋莹没听到黄玲的回复，以为信号不好，"喂喂"喊了两声。

黄玲找回了自己的声音，说："听见了，你继续说。"

宋莹无精打采道："玲姐，我实在想不通，我看着珊珊长大，她结婚缺房子，不先向我开口，直接找刘厂长压我。"

她哽咽道："玲姐，我想不通，光看着隔壁家因为房子天天吵，想不到现在轮到我头上了。"

黄玲笨拙地安慰宋莹："我上周还碰到她回家，我们站路边聊了好一会儿，她也没和我说什么。恋爱、结婚、房子，她什么都没说。"

宋莹道："还能说啥？对了，珊珊元旦结婚，到时候估计直接从对门吴家搬进咱院，你和庄老师说一声，让他也有个心理准备。"

宋莹挂了电话，听筒里只余"嘟嘟"声，黄玲拿着话筒，心中百感交集。

第二十一章

面目全非的现实

1989年元旦，吴家和庄家小院的院门上都贴上了红双喜字。

家具、沙发、洗脸盆一趟趟搬进小院，刘健——吴珊珊的丈夫——正指挥着人把两张单人沙发扛进小房间时，门开了，向鹏飞睡眼蒙眬地出现在门口："什么事？"

迎亲队伍都愣住了。

庄超英和黄玲也愣住了，他们早让向鹏飞搬回家里的小房间住，向鹏飞拖了又拖，说最后一晚再搬，夫妻俩下班后轮流去爷爷奶奶家做饭煲汤，也没多余的精力管这事，实在没想到向鹏飞还睡在林栋哲房间里。

吴珊珊走上前，对向鹏飞说："鹏飞，宋阿姨把她两间房都租给我了。"

向鹏飞道："哦，宋阿姨租给你的是西厢房。去年，她就把这间房租给我了，一个月租金五元，我租了五年，三百元。她让我把房租汇给林栋哲，汇款单我还收着呢，我找找啊。"

吴珊珊心急地道："这是宋阿姨的房子，林栋哲无权做主。"

向鹏飞挠了挠头，漫不经心地道："就是宋阿姨租给我的，她现在没工作，没钱给林栋哲生活费，所以租金直接汇给林栋哲。"

向鹏飞转身，不一会儿，拿出了一张汇款单，确实如他所说，他去年四月给林栋哲汇了三百元。

吴珊珊接过汇款单细看，姓名、地址、汇款时间都没错，吴珊珊据理力争，说道："汇款单上没说是房租。"

向鹏飞打了个哈欠，说："珊珊姐，你这话说的，我没事给林栋哲三百块钱干啥？是我钱多，还是林栋哲结婚我随份子钱啊？"

向鹏飞又转身，很快，他又找出了一封信，信封上的邮戳是去年五月从上海交大发出来的，信封里一张上海交通大学的信笺，信笺上写着一张很正式的收条，上面标明了"已收房租三百元，租期五年"等字样。

吴珊珊看着信笺上熟悉的字迹，下意识地看向父亲。

吴建国一脸震惊，张阿妹面无表情，似乎还有几分幸灾乐祸，吴珊珊扭过头，求助般看向公公刘副厂长。

向鹏飞从吴珊珊手中拿回信封和汇款单，说道："汇款单、租房证明都看了，总该信了吧？宋阿姨没有工作，租一间房补贴家用没问题吧？哎，西厢房租金多少？"

刘健怒道："你凭什么租房子？你又不是厂里的子弟？"

刘健话音刚落，就意识到了这话不对，他和吴珊珊虽然是职工子弟，但都不是厂里的职工，他们利用父亲的职权，越过厂里的职工强占宋莹的房子，本来就名不正言不顺。

果然，周围人脸上都露出耐人寻味的笑容，更没人帮刘健说向鹏飞的不是了。

向鹏飞笑眯眯地，回复道："房子是棉纺厂职工的，宋阿姨现在暂时不住，租一间给我，也租了一间给你们。对了，我上周找了个锁匠，把两间卧室之间的门两边都装上了锁，我这边已经锁上了，你们自己买把锁把你那头锁上啊。你们新婚，注意隐私啊。"

这个荤玩笑不轻不重，也很适合眼下的新婚场景，人群中发出嗤嗤的哄笑声。

刘副厂长慢条斯理地开口道："庄家自己也有两间房，你要租房也该租你大舅舅家的空房。"

喜事本来看热闹的人就多，加上临时有了纠纷，小院内外挤满了职工和家属，人群中，李一鸣接茬道："庄家哪有空房？庄老师一儿一女只是出门上学，毕业了还要分回来的，两间房还不够自家人住的。"

周围人先是诧异，马上想到李婶已经退休了，李一鸣是个体户，家里没人在棉纺厂工作了。

李一鸣道："庄老师家三个孩子，五个人两间房，刘健、吴珊珊两个人也要两间房？"

李一鸣无比骁勇，又说："庄老师、黄姨都是厂里的老职工了，庄老师给厂里多少孩子辅导过功课，还要让房子给厂外职工吗？"

庄超英已经调到了市十中，向鹏飞也不是直系子女，但小巷里多少孩子得到过庄超英的指导，将来没准还要继续向庄超英请教升学、报志愿的事，迎亲队伍中几人互视了一眼，都不说话。

刘健大声吆喝："别管他，直接把家具扛进去。"

向鹏飞也大喝一声："我租的房，今儿谁敢踏一只脚进来，我们直接去公安局。"

人群中有人劝和，说道："年轻人谦让些……"

向鹏飞阴恻恻地笑了，问："年轻人咋的？公安局按年龄判案？就是按年龄判，刘哥、珊珊姐也是年轻人，刘哥是粮食局的，珊珊姐还是老师……"

刘副厂长怵然而惊，儿子儿媳都有单位，真要起了纠纷进了公安局，公安局再通知了单位，就很难看了。

向鹏飞笑得意味深长，他说："我有租房证明，你们有吗？林叔叔还说了，有什么问题的话可以随时打他厂里的电话，他作证，要不要一起去公安局打个长途电话？"

刘副厂长默不作声，挥挥手，示意大家把家具往西厢房扛。

向鹏飞道："珊珊姐，恭喜啊，我和大舅舅、大舅妈合一个红包啊。"

蓦然少了一间小卧室的面积，迎亲的人涌入了西厢房，绞尽脑汁地布置家具。

黄玲跟进林栋哲的小房间，看到屋里还是原来一张上下铺、一张书桌的布置，但是和西厢房相邻的那扇门确实锁上了，一把锃亮的"铁将军"挂在门上。

黄玲叹息道："李一鸣是你叫来的，汇款单是你汇给栋哲、托他给图南的那笔钱，信封是栋哲写给你的，收条是……"

向鹏飞嘿嘿笑道："信封是去年五月的，收条是上个月写的。"

黄玲啼笑皆非，说："要是你只给图南邮寄了一百元呢？"

向鹏飞笑得十分嚣张，说："那宋阿姨的租金就便宜点，一年租金二十元，我还是租了五年。"

庄超英连连摇头，说道："你这样闹会连累宋阿姨。"

向鹏飞胸有成竹，对舅舅说："林叔叔说了，厂里不能随意辞退职工，不能因为宋阿姨租了一间房就开除她。再说，他们又不傻，要是使阴招把宋阿姨开除了，厂里把房子收了，他们一间房都分不到。"

一语惊醒梦中人，黄玲道："对啊，厂里不能辞退职工，我是老职工了，我怕两个子弟干啥？！"

庄超英惊呆了，道："林工这是、这是……"

向鹏飞道："宋阿姨接到厂里的电话，哭了好几个晚上，林叔叔是在给宋阿姨出气。"

庄图南是在工地的寒风凄雨和混凝土搅拌机的轰隆声中进入1989年的。

周、朱两位教授拿了施工队自作主张使用的防热板，请了其他设计院的几位专家共同做测试，同时让手下学生坚守现场，用最原始的人盯人战术保证工程队先做其他部分，确保施工队按图纸施工。

施工队本想阳奉阴违，但被学生们紧盯着，火冒三丈，他们不能明着和规范对着干，只能对小喽啰们横眉冷对、冷嘲热讽。

除了嘲讽，施工队队长张春雷还对小喽啰们施压："工期已经延误了，让你们老师快点出质检报告。"

寒风陡峭，时不时地下雨，周围尽是不友善的脸色和言语，庄图南每到工地驻守，心情简直就像医院楼前的那堆混凝土，污糟糟、脏兮兮。

1月初，设计院和施工队针对防火材料又开了一次会。

会议是在设计院开的，参与人员多到匪夷所思，政府管理人员、设计院、设计院请来的专家外援、施工队、施工队顾问、医疗系统顾问、消防局工作人员等等，各部门负责人乌泱泱地挤满了设计院的会议室，小喽啰们只能贴墙站着旁听会议。

专家组出了报告，现用的防火材料不符合国家标准。

医疗顾问组和消防局力挺设计院，施工队早有心理准备，他们的反击手段是：他们可以换回图纸上的隔热板材料，但为了弥补延误的工期，他们要求设计院修改层间防火封堵的设计。

会议结束后，专家组和周、朱两位教授一起步出了设计院的小楼，学生们紧随其后。

一位专家看到学生们脸上的愤愤不平之色，笑起来，问："怎么，不愿意改设计图啊？"

师兄连忙否认，说道："不是不愿意修改图纸，可工期延误明明是施工队不规范施工的原因……"

另一位老教授和颜悦色地说："老话说得好，功夫在诗外，项目是多方合作的结果，如何在坚持原则的条件下和各方沟通、协调，如何有效推进项目进展，这些也是设计师的必修功课。"

周教授郁闷道："设计师的心思不能放在专业上，还怎么提高设计水平？"

老教授呵呵笑着，说道："平衡，平衡，找到专业和项目之间的平衡点。"

朱教授长叹："老说改制改制，设计院不再是政府下属的事业单位了，决策权和话语权越来越小了。"

老教授也感慨："别说设计院了，怕是以后连政府的规划局都要和施工单位协商了。"

庄图南对老教授的教导似懂非懂，他不知如何寻找平衡点，他只知道，他又要改图纸了。

设计这东西，牵一发而动全身，施工期又到了各专业交叉的时候，庄图南不得不一再去现场勘察外墙体和室内隔墙。

混凝土搅拌机震耳欲聋，一波未平一波又起，庄图南和张春雷因为外墙的防水材料起了争执，两人都听不太清对方说什么，但还是声嘶力竭地吼出自己的主张。

吼叫声中，庄图南突然看到张春雷的脸上露出惊恐之色，他迅猛伸手，紧紧钳住庄图南，使劲向前一拽。

一小截钢筋从高处掉了下来，擦着庄图南后脑的安全帽滑下，重重砸在他脚后的石板上。

庄图南一时间还没反应过来，下意识地转身，看到他身后不远处，一名工人倒在地上，身下是一片鲜红的血渍。

庄图南突然间失聪，他看到张春雷的嘴唇一张一合，但完全听不到他在说什么，也听不到周围其他的声响，他呆愣愣地看着其他工人围住倒在地上的工人，脑中一片空白。

有人上前搀扶庄图南，想把他带出大楼，庄图南耳中突然"轰"的一声，他恢复了听觉，很离奇地，他似乎听到了风吹动吊顶上钢筋的声音。风声、水泥搅拌声、哭喊声、呻吟声交织，庄图南行尸走肉般向前走，他只想离开这里，越快越好，越远越好。

庄图南脚步飘浮，下楼梯时被建筑垃圾绊了一下，立即有人扶住他的胳膊，庄图南机械地道谢，慢慢走出了工地。

施工围栏中有扇铁丝门，庄图南走出铁丝门，回头看了一眼身后未竣工的医院大楼。

大楼主体框架已经基本成型，但还没有安装门窗，寒冬天色阴暗，钢筋水泥搭起的巨大框架不动声色地矗立着，门窗的位置都黑洞洞的，像一只黑黝黝的、张着众多大嘴、随时随地会吞噬生命的怪兽。

当天晚上，庄图南发起了高烧，他咬紧牙关想自己挺过去，但凌晨时喉咙实在太痛——刀片刮喉咙般的疼痛，他试图下床喝水，但他双腿一软便从上铺摔了下来，惊醒了余涛和王尚文。

庄图南坚持说自己没事，喝点水、多休息就可以了，让王尚文和余涛继续睡。王尚文和余涛将信将疑，第二天天亮后，他们见庄图南还是浑身滚烫，果断把他送进了校医院。

所幸庄图南只是生理性高烧，吃药、吊水就可以慢慢恢复了，但他烧到头晕目眩，浑身疼痛，最好有人照顾。室友们都是大忙人，正为难时，恰巧庄筱婷考完了期末考试，往研究生楼打电话问哥哥什么时候回家，余涛接了电话，赶紧告知了相关情况。

当天下午，庄筱婷和林栋哲一起出现在病房。

庄筱婷住宿不便，只能趁白天在两个学校之间来回跑，林栋哲暂住在庄图南宿舍里，白天睡觉，晚上去校医院陪床照顾。

庄图南在晕晕乎乎中发现庄筱婷对林栋哲爱搭不理，哑着嗓子问林栋哲怎么了。

林栋哲蔫蔫地："我刚考完期末考试，系里就通知我有一门要补考，如果补考也不过，明年要重修，筱婷很生气。"

庄图南想笑，但他刚一牵动脸部肌肉，喉咙处就刀割般地疼，他只能压下嗓子眼里的狂笑，用眼神嘲笑林栋哲。

事故原因很快就调查清楚了，吊顶的一截钢筋没有焊好，连同垫片一起掉了下来，钢筋擦着庄图南的安全帽滑下，垫片砸伤了工人。

设计院没有任何责任，安全主管、监理和施工队一番肉搏，协商出了各自的赔偿比例——工人手术后情况良好，没有生命危险，家属最主要的诉求就是赔偿款。

庄图南的钱都借给向鹏飞买车了，他用手里剩下的一点生活费，又向室友借了点钱，凑了500元，托张春雷给了病人家属，聊表心意。

周教授提早给庄图南放了假，让他回家休养。

春运人潮汹涌，庄图南高烧数日，身体极度虚弱，绝对没有足够的体力挤春运，向鹏飞开了自己刚买的车——他向庄图南和林栋哲借了钱，买了一辆旧客车——把庄图南和庄筱婷拉回了苏州。

林栋哲本想一同送庄图南回苏州的，但庄筱婷生气了，后果很严重，便只能灰溜溜地背着要补考的课本回家过年了。

向鹏飞买车背了一屁股债，春节期间也不休息，兢兢业业跑车挣钱。

庄图南只说他不小心受寒发了高烧，庄超英和黄玲看了同济校医院填写的病历，又见他不发烧了，只是精神还有些疲惫，也就放心了。

庄图南一如往常地去拜访爷爷奶奶，一如往常地帮父母准备年货，但他自己知道，他夜不能寐，他只要一合上眼，脑中就是工友倒在血泊中的那一幕，耳中就是风吹动支架的吱吱声和工友的呻吟声。

听说庄家兄妹回来了，吴珊珊过来串门聊天。

天冷，房间里生了铁炉子，铁板上烤着红薯，黄玲歪在床上，有一搭没一搭地听吴珊珊和庄筱婷闲话家常。

没多久，黄玲就打哈欠了，她招呼道："珊珊啊，阿姨累了，我先休息一会儿，你和筱婷慢慢聊。"

逐客之意已经很明显了，吴珊珊坐不下去了，站了起来，讪讪道："那我先回去了。"

庄筱婷送吴珊珊出屋，庄图南看着母亲笑。

黄玲没好气道："笑什么？"

庄图南递了一个垫子过去，好让母亲靠得更舒服些："妈你以前不这样的，你以前绝不会当着客人的面歪在床上，更不会赶人走。"

黄玲道："吴珊珊写信给宋莹，说想像鹏飞一样每个月五元租五年房子，宋莹回信说，西厢房免费借给她住，不要租金，是'借'，不是租。我和吴珊珊一个院进进出出，没事磕牙聊天，这件事，她一个字都没在我面前提过，我累了，懒得陪她嗑牙了。"

庄图南敏锐地注意到，黄玲说的是吴珊珊，不是珊珊。

黄玲又道："刚才我逐客，筱婷什么都没说，你注意到没有，筱婷性格变了很多，很、很……"

黄玲半天也没找到合适的形容词。

庄图南婉转道："大学集体生活很锻炼人，筱婷还和同学勤工俭学，小打小闹地卖东西，性格是比以前直接些了。"

庄图南腹诽："近朱者赤，近墨者黑，筱婷和林栋哲那个浑不懔谈恋爱，挨家挨户卖塑料袋，她脸皮厚了。"

庄筱婷回到东厢房，黄玲问："外面这么冷，怎么还在外面待了这么久？"

庄筱婷道："珊珊姐问我你是不是还怨她，她说你以前从不对她这么冷淡。"

黄玲很感兴趣，问女儿："哦，你怎么回答的？"

庄筱婷道："我什么也没说，珊珊姐见我没有安慰她，失望地回屋了。"

黄玲给了庄图南一个不一般的眼神，仿佛在说："看，果然不一样了吧？"

黄玲微笑着说："你以前肯定是先否认妈妈有情绪，然后再赶紧替妈妈道歉。"

庄筱婷笑了笑，没作声。

大年初二，一如既往地，张阿妹带着张敏回娘家，吴建国带着吴珊珊来庄家拜年。

吴建国老调重弹，说："图南和筱婷都是大学生，珊珊和小军要是也这么出息就好了。"

这话听了好多年，黄玲觉得腻味，说道："老吴，你老说这话怪没意思的。当年珊珊能上一中，你不肯供，给她报了中专。小军能上高中，你怕他考不上大学，哦，还怕阿妹不愿意小军上高中住家里，还是上了中专。再说，出息有啥用？将来还不是要回苏州。先不说将来了，就说今年，要不是鹏飞租了栋哲的房间，他们兄妹回家过年得睡地上。"

黄玲一贯温和，从不夹枪夹棒地说话，此言一出，一屋的人都吃惊地看着她。

老好人庄超英居然也不和稀泥，他端起茶杯喝了一口热茶，装没听见。

吴珊珊只能自己开口挽尊，她避重就轻回避了黄玲的尖锐问题，道："我爸嘴笨，他就是羡慕。"

黄玲悠悠道："那敢情好。我还以为是怪我们庄家没好好辅导你和小军中考，没扒心扒肝地对你们好。"

吴珊珊举重若轻地接话说："我也怨过我爸，但想想，我爸只是不知道时代会变化得这么快。"

庄家父子三人同时在心中喝彩，为吴珊珊的高情商喝彩。

黄玲老神在在，回答说："是啊，谁也不知道时代怎么变，我家选了难的路，你爸爸选了容易的路。"

黄玲的应答如流更让父子三人目瞪口呆。

黄玲旁征博引，说道："做家长的，总得给孩子创造条件吧。林栋哲成绩不好，林工努力调到广州，宋莹放弃了稳定工作。得，林栋哲考进交大了。"

庄图南在心里暗戳戳地想："林栋哲开学要补考。"

黄玲笑眯眯道："做家长的，为了孩子好，该牺牲的时候就得牺牲。"

屋里一片难堪的沉默，庄图南硬着头皮转移话题，说："小军的专业也挺好，邮电，现在各地都在装电话，还有传呼机业务，邮电出路会很好。"

吴珊珊立即接话说："本来今天要带他一起来给庄老师拜年的，他们初中同学约好了去给班主任拜年，我想着反正离得近，回头让他专门来拜年，谢谢庄老师辅导他半年。"

庄图南看黄玲又想说什么，赶紧递了一个蜜橘过去，说："这橘子甜，妈，你尝尝。"

吴家人走后，庄超英叹了口气，道："可算走了。"一会儿，他半真半假恭维黄玲："你今天真的……真的很有急智。"

黄玲道："你以为我随口说的，我早就想掸老吴那句'你家娃出息，珊珊小军没出息'了，这几句话憋我心里好多年了，今天总算说出口了。"

黄玲喝了口茶，接着说："我大概是更年期了，看到老吴和吴珊珊那两张脸，心里就噌噌地冒火。"

庄图南没在家人前提到他生病的真正原因，庄筱婷从余涛那里知道了一点点，她旁敲侧击地询问哥哥，庄图南比她狡猾，三言两语敷衍了过去。

开学前一周，庄图南要提前回校，庄筱婷不太放心哥哥，坚持陪他一起回上海。

庄图南怀疑妹妹不仅仅是不放心他，更是不放心要提早回校补考的林栋哲，但他还是很领妹妹的情，两人买了同一趟车次的票一起回上海。

错开了回城返校的高峰期，两人很幸运地买到了坐票。

车窗外是大片大片收割过的稻田，铁轨边的电线杆、灌木丛一闪而过，庄筱婷趴在窗沿上，张望着了无生机的田野，庄图南坐她身边，闭目养神。

火车前行，车厢和铁轨摩擦，发出有节奏的、轰隆隆的声响，有点像水泥搅拌机发出的声响，庄图南为了甩掉脑中的幻听，没话找话，问庄筱婷："林栋哲挺聪明的脑子，怎么要补考？"

庄筱婷"哼"了一声，说："他老说，他叔叔姑姑、他在广州的高中同学都没读什么书，开厂、做生意，都在挣大钱，就是我们周日卖塑料袋挣的钱都比工资高。哥，你可别告诉他鹏飞哥现在能挣多少钱，不然他以后更不愿好好念书了。"

想到向鹏飞日进斗金，庄图南也很感慨，说道："鹏飞一天开车12个小时，辛苦是辛苦，但也真挣钱，一个月能有2000多吧。"

庄筱婷又道："林叔叔硬压着他读书，林叔叔说了一句话，我觉得很有道理，他说，'人生总有高有低，读过书和没读书的人，人生的维度是不一样的，度过高峰期、熬过低谷期的方式都不一样'。"

庄图南仔细想了想这句话，轻轻点了点头。

庄图南又问："万一栋哲补考也没过……"

庄筱婷斩钉截铁地说："我告诉他了，补考还没过就分手。"

庄图南忍住笑，问道："那要是补考过了呢？"

庄筱婷道："下学期每天晚上和我一起上自习。"

庄图南先是忍俊不禁，尔后又觉得不对，忙问："你是打算公开了？"

庄筱婷点点头，羞涩又坚定，低声道："反正我们宿舍的人早就看出来了，经常拿我们开玩笑。"

庄图南看着小女儿情态的妹妹，心中百感交集，又问："那你打算什么时候告诉爸妈？"

庄筱婷扭头看向哥哥，低声道："我回家时本打算告诉爸妈的，好几次话都到嘴边了。可我不敢说，我怕爸妈不满意。哥，从小到大，我都害怕爸妈对我失望……"

庄图南百感交集，道："筱婷，你的顾虑实在太多。"

庄筱婷默不作声，庄图南知道她不愿再谈论这个话题了，也就不再说什么了。

庄筱婷剥了一只蜜橘递给庄图南，说道："妈倒是偷偷问过我，问我你咋一直没谈恋爱。"

庄图南没好气道："你哥不符合上海姑娘的择偶标准。"

庄筱婷认真道："上海姑娘要'三高'：个子高，学历高，工资高。哥，你符合的，你毕业后就是'三高人士'了。"

庄图南惊叹，问道："你连这些都知道？"

庄筱婷道："我和林栋哲去恋爱角看过热闹，我看女方家长的单子上都是这么要求的。"

庄图南啼笑皆非，说："你俩真是……书上说爱情第一条是灵魂契合，你俩真是让哥开眼了，别说灵魂契合了，性格脾气、兴趣爱好差那么多，居然一边卖塑料袋一边吃喝玩乐把恋爱谈下来了。"接着又说道，"我现在觉得，你和林栋哲谈恋爱也挺好，妈和吴珊珊都说你性格开朗多了。"

庄筱婷沉吟道："你发现没有，爸妈都因为吴珊珊的事情很难过，不是因为房子，是、是……"

庄图南完全理解妹妹想说什么，点了点头。

庄筱婷继续道："那天，吴叔叔和珊珊姐走后，妈说：'哎，以前大家条件都不好，孩子们长大了都接父母的班进厂，不会比来比去的。'爸也叹了口气，我看他们心里都不好受。"

庄图南和庄筱婷同时回想起了幼年时几家孩子一起上下学、一起看小画书的情景。

庄筱婷道："我还记得那时候哥哥带我和林栋哲一起上学，哥哥五年级，我们一年级，过马路的时候你一手牵我，一手牵林栋哲，有时候想想，人要不长大也挺好的。"

校园里很冷清，草木肃杀，路上的行人也少。

庄图南回到宿舍，意外发现冯彦祖和王尚文的桌上都堆满杂物，看样子两人也都在宿舍。

再心不甘情不愿，庄图南还是强迫自己第一时间去了办公室，向组里负责人销假。

留守的师兄看到他回来，对他身体的恢复情况关怀了几句，然后告诉他，工地也放年假，暂时还没开工，大家还不用去工地。

庄图南闻言，如释重负般松了口气，同时，他毫不意外地感觉到了，师兄提到"工地"的那一瞬间，他的额头和手心同时冒出了冷汗。

师兄似乎也注意到了庄图南的异样，他犹豫了一下，还是开口了："我听老师的意思，这个项目有新设计、新技术、新材料，完成后会送去评奖，你的毕业论文应该也就是它了，你尽量调整你的状态，如果实在不行，早点和老师说明。"

师兄好心劝慰："设施一体，学建筑，必须要学会面对工程中的意外事件。"

庄图南心中感激，他谢过师兄，看了看最新的图纸后回到宿舍。

临近熄灯，冯彦祖和王尚文同时匆匆赶了回来，三人闲聊了一会儿后，洗漱后各自休息了。

宿舍内气氛凝重，冯彦祖和王尚文显而易见地严肃、焦躁，早出晚归的三人都是心事重重。

这份凝重被余涛的驴肉打破——几天后的一个夜晚，余涛扛着家乡特产的驴肉回来了，他热情吆喝着招呼室友们共享，庄图南贡献出两瓶热水泡了方便面，四人围坐，吃肉吃面。

王尚文道："南浦大桥的结构借鉴了加拿大的安纳西斯桥，前段时间，林教授突然得知安纳西斯桥上出现了不少结构裂缝，立即带队去了加拿大，拍下了每一道裂缝，现在正在带全组研究这些裂缝，寻找解决方案。"

冯彦祖道："外资贷款每天……不，每分每秒都是利息，两边引桥的桥桩都已经打下去了，工程不能停，照常进行，我现在白天在施工现场，晚上在办公室熟悉图纸，随时等准备着修改图纸。"

余涛冒冒失失地问："南浦大桥有多少张图纸啊？"

冯彦祖和王尚文一起摇头，冯彦祖道："总数不知道，但光建设图纸就有2000多张。"

庄图南和余涛同时倒吸一口冷气。

余涛吓得将一筷子方便面都掉在了大腿上，惊呼道："2000多张！要是每张再改几版，那得是多少张图纸？"

冯彦祖道："2000多张还是往少里估的，那么大的工程，每一厘米都要测绘，每个细节都要有说明图纸。"

王尚文道："大道至简，复杂的事情简单做。"

庄图南道："设计院再考虑安全，到了施工时，材料、施工多方角力，安全还是不可控。"

王尚文略微知道一些庄图南的心结，宽慰道："那也没办法了，设计师只能站好设计的岗，先把设计图纸做到万无一失。"

余涛喝了一口面汤，毫无说服力地纸上谈兵："设计师、安全管理员、顾问……每一个环节都坚持施工规范，就能最大限度地保障安全。"

王尚文道："对，南浦大桥工程有两个设计院，18个施工单位，还有上海市政工程研究所、上海建筑科学研究所等单位监理，设计、施工都是有人监管的。"

冯彦祖放下饭盒，说道："我毕业后就去了设计院，在工地上泡了几年才考研，我和你们一直在校园里的学生不一样，我太清楚施工过程了，我没有你们的理想主义，也不会轻易悲观……"

冯彦祖眯了眯眼，继续说："你们要能坚持干下来，慢慢就知道了，无论是设计还是施工，每一分努力都是有意义的，每一分坚持都是必要的。"

冯彦祖打了一个通俗易懂的比喻："好比那个笑话，三个馒头才吃饱，每一个馒头都是重要的。"

庄图南还在琢磨冯彦祖前面说的那句"你们要能坚持干下来"，他忍不住问："要是坚持不下来呢？"

余涛抢着回答："改行呗，或是换个专业方向，建筑文化遗产保护、建筑文化研究、东西方建筑比较研究……罗教授就正在修缮上海历史建筑，系里很多人都想去罗教授的组，隔壁王大志就是他组里的。"

庄图南惊讶不已，问余涛："你考虑过换专业？"

余涛沮丧道："你好歹盖医院，我绑着护膝跑浦东，盖千篇一律的居民楼，又累又没成就感。"

冯彦祖和王尚文异口同声，说："护膝？我怎么没想到？"

冯彦祖看向两位师弟，说："看来设计院改制对你们影响很大啊！"

庄图南和余涛一起点头，庄图南道："我们学习的课程围绕空间和人文，但现在看来，改制后设计院必须跟着市场走，重点搞基建，侧重盖实用性的公共建筑和商业化的高层建筑。"

余涛道："工作模式变化大，工作强度和压力也大了很多。"

庄图南补充："无论是职业规划，还是工作兴趣，都和我们选这个专业的初衷大不一样了。"

聚完餐，庄图南去走道尽头的水房洗饭盒。

水房和厕所相连，为了散味，冬天也开着窗，庄图南回宿舍拿了包烟——每个"老改犯"抽屉里都有一两盒烟，精神不济时抽一两支——靠在窗边抽烟。

水房灯光昏暗，指缝间的烟头明暗闪烁，庄图南凝神看着忽明忽暗的红光，心神不定。

冯彦祖从厕所出来，看到庄图南手里的烟，拍了拍他的肩膀，示意他散烟。

庄图南赶紧给宿舍老大点上一支烟，两人就半靠在窗边吞云吐雾。

窗外一片黑暗肃杀，夜风在几栋宿舍楼之间盘旋，冯彦祖抽了半支烟后开口道："你们这些毛头小子，还是太理想主义了。"

庄图南听到"毛头小子"这个词，自然而然地想到他经常叫林栋哲或向鹏飞"臭小子"，哑然失笑。

冯彦祖道："设计和施工是截然不同的过程，施工队有他们的需求，成本、时间都是他们考虑的重点。你知道不，同济建筑设计院刚成立时，不收设计费……"

庄图南讶然，惊问："不收设计费？"

冯彦祖道："对，给上海戏剧学院设计时还没有设计费一说，大家都是政府部门，收什么钱？以前的设计工作都是由上级单位指派、协调的，不收费。"

顿了顿，他接着说："听起来不可思议吧？不可思议的事还有呢。后来收设计费了，但拿到的项目不多，老师们主要还是在学校教课，所以设计院按学校时间表工作，寒暑假不出图，施工队直喊吃不消。"

冯彦祖继续道："你刚才说周教授也很不适应现在的工作方式，施工队要节省成本，要赶时间，不顾规范乱搞，可换句话说，这就是市场化。"冯彦祖说得很朴实，"市场化之后，效率更高，回报更多，这样才能有更多的设计成为现实。"

庄图南脑中"轰"的一声，这几个月砌在心中的"牢房"墙壁，似乎裂了一条缝。

冯彦祖道："我想提高技术，所以回来读研。可我也不排斥施工，看着图纸一点点变成现实……"

冯彦祖吐出一个烟圈，继续说："面目全非的现实也是现实。"

庄图南忍不住说出了心里话："为了节省成本，牺牲了很多设计。图纸变成了面目全非的现实，市场化的前提就是必须妥协吗？"

冯彦祖坦然道："除了安全问题不能妥协，其他的统统可以妥协。不妥协的话，作品无法变成现实。"

冯彦祖道："市场化是会带来很多新问题，但也让很多工程成了可能，医院、浦东住宅新区、南浦大桥……"

冯彦祖出了一会儿神，又说："搞建筑的，最大的心愿就是参与大工程。"

余涛突然出现，他穿着棉毛衣、棉毛裤飞快地蹿进厕所，很快又蹿了出来。

余涛解决完问题才看到两人，"咦"了一声，问道："你们怎么在这儿抽烟？窗边多冷啊。"

庄图南如实回答："我和老大聊聊专业前景，实不相瞒，我这些天一直在考虑转理论，将来留校或去其他大学教书。"

余涛不假思索道："我也考虑过，但我舍不得，如果转理论了，这辈子就不太可能有自己的作品了。"

冯彦祖把烟头在窗沿上捻灭，说道："对，自己的、现实的作品。"

余涛哆嗦着跑回宿舍了，但他那句轻描淡写的"这辈子就不太可能有自己的作品了"犹如惊雷，轰隆隆响在庄图南耳边。

第二十二章

大道至简

天刚蒙蒙亮，庄图南就蹑手蹑脚地下床洗漱，在食堂匆匆吃完早饭后离开了校园，挤上了早高峰时段的公交车。

车厢里挤满了人，乘客间前胸贴着后背，车窗又紧闭，空气浑浊，令人几近窒息，柏油马路路面不太平整，公交车开到坑洼处剧烈颠簸，乘客们被颠得东倒西歪。

吊环扶手都被抓满了，庄图南没抓到扶手，只能伸长胳膊顶住车顶，努力保持平衡，他边上两名也没抓到扶手的大婶见状，便抓住他的胳膊，把他的胳膊当把手。

汽车猛地一颠，庄图南整个人连带着两名大婶同时跟跄着向右倒去，右边的人群齐齐用血肉之躯抵住了他们。

"谢谢侬勿要扎来扎去。"

"侬站好。"

……

两小时的公交车车程后，庄图南终于到达了南市区南码头。

公共车厢里的空气浑浊，码口周围的空气中弥漫着垃圾臭味和柴油味，庄图南难受得几欲呕吐，在路边蹲了好一会儿才勉强克制住。

庄图南站了起来，看向不远处的南浦大桥西引桥建筑工地。

江面上航船众多，汽笛声不绝于耳，工地附近尘土飞扬，机器声震耳欲聋，庄图南无法进入工地，只能远远地眺望，静静地聆听。

片刻后，他漫无目的地沿着江边走了下去。

高耸的烟囱里冒出滚滚浓烟，烟囱下的厂房是上海南市发电厂。

董家渡码头，19世纪洋人入驻上海滩的登陆点。

打浦路隧道，上海市唯一的黄浦江地下隧道。

已废弃的民国煤炭码头——丰记码头。

商船会馆，建于1715年，比上海正式开埠还要早100多年，现为海运局职工宿舍、街道办托儿所、幼儿园。

南京东路，始建于1851年，因为这条道路是专供赛马而筑，上海人称之为"马路"，之后，"马路"也慢慢成了城市道路的专称。

……

庄图南走了很久很久，停在了十六铺码头新客运站附近——他停下的原因是：刚好有一艘客船靠岸，船上的乘客蜂拥下船，阻碍了交道。

大学时宿舍有一位来自温州的同学，庄图南很轻易地从擦肩而过的乘客们的交谈声中判断出这是一艘来自温州的客船。

乘客们的外表和行为也肯定了他的判断，他们大多形容憔悴，衣着简朴，肩膀上背着草席或脏兮兮、鼓囊囊的麻袋，匆匆走向城中心方向。

有人撞了庄图南一下，他立即停下脚步用蹩脚的普通话道歉："后生仔，不小心撞到你，没事吧？"

庄图南连忙回复："没事，没事。"

对方笑了，友善地提醒："后生仔，你往后面退退，一会儿人更多了，会撞到你。"

庄图南向后退了几步，离码头人行道远了些。

人流如潮，一时半会儿也过不去，庄图南索性找了块大石头坐下，眺望十六铺码头新客运站。

新客运站是几年前才修好的，庄图南本科时还读过有关报道："新客运站有三大亮点：扶手电梯、监控摄像头、7个对应不同航线的小候船室……"

庄图南眯眼看向候船室的落地窗，情不自禁地回想起周教授勾画草图的那一幕，眼前似乎出现了简洁清晰的线条，耳边似乎又响起了那一句："建筑是思辨，是在繁杂的现实制约下，发现问题，解决问题，并找出人和环境之间的最优解。"

庄图南又想起了另一句话："大道至简，复杂的事情简单做，简单的事情重复做，重复的事情用心做。"

一对母子从他身边经过，妈妈背上背着一个大袋子，一手拎着一只旅行袋，另一只手牵着一个四五岁的小男孩，妈妈低头对小男孩说："乖仔，一会儿妈妈进货的时候，你千万不要跑远，一定要跟在妈妈后面。"

小男孩乖乖点头，说："知道了，妈妈要进羊毛衫回去卖，挣大钱，我一定不乱跑……"

又一艘轮船靠近码头，江面再次响起浑厚嘹亮的汽笛声，庄图南耳边又响了一句话："自己的、现实的作品。"

天空中几只海鸟盘旋飞翔，黄浦江滚滚向前，江面船只来往繁忙。

漫江碧透，百舸争流，庄图南仿佛觉得，他也置身其中，身不由己而又满怀憧憬地向前奔流——高中时在《十月》上反复咀嚼的文字，同济建筑系的录取通知书，对李佳压抑的爱恋，考研时的迷茫躁郁……所有的憧憬、欲望和激情，所有的愤怒、不甘和迷茫，都在这一刻苏醒并汇集在一起，浩浩汤汤地向前奔流。

溪流成河，河入海流，青春所有的痛苦和挣扎，在这一刻仿佛有了明确的答案，有了固定的方向。

一句话在心中反复激荡，那是心中最真切的欲望和野心——留下自己的作品。

庄图南抬起头，感受着江面上吹来的带着柴油味的冷风，他是这个时代的一分子，他是这个时代翻天覆地变化中的一分子，他将改变，他将融入。

车厢里挤满了人，厕所里、行李架上、座位下都是人。

车窗紧闭，车厢里弥漫着脚臭味，还有个小孩子在车厢地板上尿了一摊，空气酸臭到令人作呕，但窗边的乘客就是不肯开一点点窗户，任何人只要和他说开一下窗，他立即开骂："火车开这么快，风吹进来刀割一样……"

过道上都是人，厕所里也挤满了人，林栋哲挤在人堆中，前后左右紧贴着其他人。他尽量忽视浑身上下的不适，心中反复默念林武峰的叮嘱："不要抬脚，不要想上厕所……"

可惜膀胱不受大脑控制，林栋哲越是强迫自己不上厕所，越是想冲进厕所放水，他绝望地闭上眼睛，运用全身的自控力，努力压制想上厕所的欲望。

林栋哲的左腿突然发痒，他抬起腿挠了挠，然后发现，左腿的空间已经被其他人迅猛占据了，林栋哲大喝一声，试图把左腿再插进一堆腿中间，他努力地蹭、挤，终于把左腿半放了下去。

两天两夜后、浑身上下都开始发臭发酸时，林栋哲终于抵达了上海。

上了厕所，挤上公交车，转车，一个小时后，几近虚脱的林栋哲终于到了学校。

还没开学，宿舍楼门厅里很冷清，大爷正津津有味地看电视，听到动静后"刷"地拉开了玻璃窗。

林栋哲掏出学生证和住宿证递给大爷，大爷边检查边随口问一句："怎么还没开学就回来了？"

林栋哲蔫头耷脑地回答："回来补考。"

林栋哲实在想念庄筱婷，他知道庄筱婷已经到校了，但他现在浑身肮脏酸臭，他再迫不及待地想见庄筱婷，也必须先把自己收拾干净了再说。

因为是寒假，学校澡堂每周只开一天，今天就没开，好在开水房照常开放，林栋哲把宿舍里所有的热水瓶都打满了，龇牙咧嘴地在水房里洗了个战斗澡。

快速洗好澡，换上干净的衣服，天已经黑了，但林栋哲无法等到明天，他匆匆赶到女生楼楼下，让门卫阿姨把庄筱婷从楼上叫了下来。

几个女生经过，好奇地偷瞥林栋哲，林栋哲恍若未觉，他紧紧地盯着楼梯的方向，全神贯注地聆听着楼梯上的脚步声。

一个熟悉的身影出现，林栋哲心如擂鼓，他几乎听到了自己咚咚的心跳声。

相较于林栋哲的期待和紧张，庄筱婷看到林栋哲时并不多高兴或兴奋，她平静而矜持地开口道："你也回来了。"不等林栋哲回答，她又道，"大后天就补考了，你现在还是回宿舍复习吧，明天，我陪你去图书馆。"

庄筱婷的声调清脆冷淡，一字一字地浇灭了林栋哲心中的若狂相思。

林栋哲二话不说，转身离开了女生楼。

夜色昏暗，路灯洒下无精打采的昏暗光晕，寒风在空旷的校园里呼啸盘旋，灌木丛簌簌作响，但是偌大的校园里，没有熙熙攘攘的学生，没有喧哗欢笑声。一切都像是被冻住了。

林栋哲灰溜溜地回了宿舍，拿出课本试图复习。他盯着书本，但脑中不断回想起刚才的那一幕，回想起庄筱婷冷淡的眼神和不带丝毫感情的语气。

林栋哲再次回想起放假前庄筱婷那句决绝的话，她对他说："补考不过就分手。"他不受控制地回想起自己听到"分手"一词时的心情——羞愤、恐慌、惊惧。

整个假期，林栋哲只要一回想起自己听到"分手"两个字时的慌乱恐惧，他就会强迫自己去复习，他用前所未有的认真重温了课本，做完了两本习题。

林栋哲越回想刚才在女生楼下的那一幕，心中越不是滋味，一个假期没见，庄筱婷丝毫不关心他假期怎么过的，也丝毫没有重逢的喜悦或兴奋，而是淡漠地让他回宿舍复习。

委屈、失望、愤怒，还有隐隐的担忧，林栋哲五味杂陈，他觉得，如果不立即找庄筱婷说清楚，他是不可能静下心来看书的。

几经挣扎，林栋哲愤然放下了课本，套上羽绒服，疾步下楼，想去找庄筱婷理论。

理论什么呢，林栋哲还没想明白，但他已经冲出了男生楼。

黑夜寂静得有些骇人，路灯明明暗暗，林栋哲刚冲出楼就停住了脚步。

庄筱婷正站在男生楼拐角的阴影处。

寒风料峭，她只穿着一件单薄的黑呢大衣，就这么一直站在风口。

两人四目相对，林栋哲看清了庄筱婷脸上的神情，看清了她眼中的委屈、无助、思念和爱意。

林栋哲呆立了一会儿，一阵风吹过，他这才反应了过来，小心翼翼地上前，握住庄筱婷的手，轻声道："对不起。"

庄筱婷不想在林栋哲面前哭，可她刚一开口，两串眼泪就控制不住地滚滚而下。

委屈，伤心……说不清道不明的情绪在心中翻滚，庄筱婷带着哭腔道："我怕你补考不过，提前回学校陪你，我让你回去看书，你还生我气。"

一贯文静矜持的庄筱婷突然丝毫不顾及自己的形象，狠狠踢了林栋哲一脚。

挨了好几脚之后，林栋哲拉开羽绒服外套的拉链，伸出双臂把庄筱婷搂进怀里，同时转身，尽量用身体挡住从小径吹来的冷风。

庄筱婷挣扎了两下没能挣脱，只能静静依偎在他怀中。

心中泛上一股既甜蜜又忧伤的感受，林栋哲柔声道："我以后一定好好学习，再也不补考了。"

庄筱婷嗔道："你小时候写检查时总这么说，以后再也不怎么怎么样了，下次还继续犯错。"

林栋哲抓起庄筱婷的一只手。

手指纤细修长，冷冰冰的，林栋哲先是对着僵硬的手指哈了几口热气，又轻轻地吻了上去。"我不说以后拿奖学金，我说以后不补考，这点还是能做到的。"

庄筱婷不作声。

林栋哲把庄筱婷两只冰凉的手拢在自己的手掌中，轻声道："我想你。"

庄筱婷一贯矜持含蓄，林栋哲也不期待她立即回答，重复道："我想你，你想不想我？"

庄筱婷还是不作声，她耳畔的几缕长发被风吹拂，抚在了林栋哲脸上，似乎也抚在了他心中，轻轻的，痒痒的。

林栋哲呢喃："我想你。"

庄筱婷轻轻挣脱出林栋哲的手掌，她伸长手臂，紧紧搂住林栋哲，林栋哲也紧紧搂住她，两人紧紧相拥。

林栋哲和庄筱婷合披一床被子，并肩坐在开水房后的一处凹进去的避风口里——假期宿舍楼关门早，两人一时不慎，错过了关门时间，回不了宿舍了，天寒地冻，林栋哲不得不偷了宿舍楼下晾衣绳上的一床被子，披在两人身上取暖。

头顶繁星灿烂，耳畔寒风凛冽，林栋哲又一次提议："我去砸女生楼的大门，我和阿姨吵架时，你趁机溜回房间……"

庄筱婷摇头，担心道："阿姨如果上报，你会被记过的。"

林栋哲又道："我们翻墙出学校，坐公交车到市区找家旅馆，我开两间房……"

庄筱婷又羞又窘，说："我听说派出所会时不时查房，万一派出所查房，通知学校……"

林栋哲长叹，道："住旅馆被派出所抓了，罪名是谈恋爱。现在要被保卫科抓了，罪名是谈恋爱加偷被子。"

庄筱婷道："明天一早，我们把被子挂回去，再写张纸条，就说我不小心碰掉被子弄脏了，我赔。"

林栋哲道："先说好啊，我要是感冒了，补考没过，你可不能和我分手。"

庄筱婷用几不可闻的声音道："我陪你上重修课。"

良久良久，林栋哲才说："我说我要补考，你看我的眼神就像……就像小时候，你考一百分，我考六十八分，你看到我卷子上的分数，一脸的看不起。"

庄筱婷低声道："对不起。"

冬夜实在太冷，两人的肩膀以下都裹在被子里，庄筱婷轻轻握住林栋哲的一只手，说："我没有看不起你，我是生气你不好好复习……"

林栋哲扭头看向庄筱婷，两人都在对方眼中看到了几分惶恐和紧张。林栋哲紧紧握住庄筱婷的手，说："我一想到你的眼神，心里就很不是滋味，我……我以后不会不及格了。"

庄筱婷固执地摇头，再次重复："对不起。"

庄筱婷凝视林栋哲，眼中满是眷恋柔情，她对林栋哲说："过年时，我一直在想，我生气了应该直接告诉你，而不是不理你，可我刚才一见你，还是说不出想对你说的话……你知道的，我生气了、失望了，我都说不出来……我越想说的话，越说不出来……"

庄筱婷这话说得不伦不类，林栋哲却听懂了，安慰道："你可以告诉我，也可以对我发脾气。"林栋哲心中柔情缱绻，又说，"我惹你生气了，你可以告诉我，也可以对我发脾气，但不要不理我。"

林栋哲把庄筱婷紧紧搂进怀中，又说："我最怕你不理我，你不要不理我。"

林栋哲轻声道："筱婷，我喜欢你。"

窗外一片漆黑，室内还亮着一盏台灯，灯下，庄图南正一笔笔地修改一张小图。

自从想明白了"现实"和"自己的作品"之间的关系后，庄图南面对修改多次重复，甚至很有可能是无用功的图纸时，心态平和了很多。

余涛从他桌边经过，探头看了一眼，说道："又是这张图，我都快能画出来了。"

王尚文道："据说国外都已经用各种软件画图了，国内计算机还不普及，咱们还要手绘，一条条线条地改。咦，我看你改图时心态不错啊，比前段时间好多了。"

庄图南抬头看向上铺的王尚文，问道："这你都能注意到？"他又低下头，一边改图一边说，"你说的嘛，大道至简，复杂的事情简单做，简单的事情重复做，重复的事情用心做。我觉得有道理，改图时如果心浮气躁，就想想这句话。你还别说，真能静心。"

王尚文哑然失笑，道："我那天随口一说，你居然还记下了。"

余涛回想了好一会儿，才想起当时的情景，说道："想起来了，是讨论南浦大桥时提到了这句。"

王尚文又躺了下去，悠悠道："林教授研究出了四种解决方案，定下了其中一种。所有的图纸都要改，今天太晚了，我明儿把这句话写下来，贴办公室里。"

余涛大笑道："造桥的，建医院的，盖房子的，一屋'老改犯'。"

设计院组会上，朱教授用铅笔敲了敲桌沿，说："政府顾问和建筑公司还在反复讨论电梯和逃生通道部分的细节，区政府的意思是：我们能不能先改图纸？"

几名研究生都脸露痛苦之色，一位师兄道："没有具体要求不好改，区政府和施工队能不能先明确需求，再让我们根据需求改细节？"

一屋的人都点头，周、朱两位教授也是一脸倦色，所有人都因为区政府和施工队的反复无常而深受折磨。

庄图南小声提议，说："上次开会时，施工队说了几点想改动的地方，但没有标注优先级。"

周教授扭头看向庄图南，鼓励他继续说下去。

庄图南道："我们可以问问对方，看他们最重要的诉求是什么，相对不那么重要的诉求又是什么，然后我们大概计算出满足最重要需求的建筑成本，再算出满足所有需求的建筑成本，把成本给他们，等他们做出明确答复后再修改图纸。"

另一位师兄连连点头，道："建筑材料价格固定，估算价格不难。"

朱教授很感兴趣，继续发问："然后呢？"

庄图南道："一、找出对方最重要的需求，尽量满足这个需求；二、告诉对方各项改动所需的成本，共同找出设计成本和施工成本的平衡点，设计院再有的放矢修改图纸。"

因为那500元钱，张春雷相对认可了庄图南——他以前总觉得同济这几个学生太事儿妈，不懂变通，难以协商沟通，尽管他现在还是这样认为，但他通过这500元看到了庄图南的善良和赤诚，不那么排斥他了。

庄图南再一次回到施工现场时，张春雷特意过来和他打了声招呼："500块研究生，你病好了？"

"研究生"是张春雷以前用来讥讽这几名学生的词，但现在从他嘴里说出来，带有几分真实的关切和善意的揶揄。

庄图南先是笑，接受了这个带着戏谑的称谓。

然后，庄图南张开双臂，学着其他工人的样子，笨拙而真挚地拥抱了张队长的肩膀。

"500块研究生"庄图南经常来施工现场，他甚至在他不需要出现的时间也时不时来一下，测量记录，甚至主动帮忙处理一下建筑垃圾。

张春雷忍无可忍，决定请走这尊小神，他找了个机会请庄图南在工地附近的一家小吃店里吃午饭，准备在席间好言将庄图南劝走。

就着刚出炉的芝麻烧饼，张春雷直截了当地发难："你最近不上课吗？工地附近的饭菜比你们学校食堂的好吃？"

庄图南咽下一口烧饼，回答说："课已经上完了，我的毕业论文就是医院这个项目，所以常来看看。"

张春雷直接，庄图南也不迂回，问道："我在工地很碍事吗？很多工人不会看图，也不清楚安全规范，我在这里，多少能帮忙解答一些问题。"

张春雷承认说："是，你来多少能帮点忙，但设计院只需要提供图纸、检测，最后签字，你不需要经常来。"

小吃店提供免费的茶水，劣质茶叶在不太干净的玻璃杯里上下漂浮，庄图南放下玻璃杯，直视张春雷的目光，说："在保证安全规范的前提下，控制成本和加快进度是可以通过修改图纸达到的。我多来一次现场，就能多知道一些实际施工情况，就能在修改图纸时考虑得更周全一些。"

当张春雷听到庄图南说"在保证安全规范的前提下"时，本能地觉得刺耳，可庄图南后面的几句话都是设身处地地替施工队考虑的，他一口气不上不下地堵在胸口，咽不下也吐不出。

张春雷没好气道："开会时该吵架还是要吵架。"

张春雷端起他面前的玻璃杯一饮而尽，困惑道："你泡在施工现场，就为了保证安全规范？设计院按图纸算价格，你义务监工又没人给你发钱，图啥啊？"

庄图南想了想，问道："因为那500块，大家都对我友善了很多，为什么？"

张春雷道："废话，那倒霉蛋以后干不了重活了，家庭收入大受影响。你那500元够他家老小生活三四个月的，大家都觉得你人不错。"

庄图南郑重回答："如果我以前就经常来现场，没准就能发现焊接点的问题，避免这个悲剧。"

张春雷道："屁话，没有哪个工地不出事故的，不出人命就行。"

庄图南道："我所有的建筑课老师，包括我现在的导师，都说过一句话：'建筑是为人服务的空间。'我的工作是先为他人服务，再为自己服务。"

张春雷暴喝一声："500块，好好说话，别故弄玄虚。"

庄图南道："我的工作可以影响，甚至改变很多家庭的命运，我必须做好。"他引用了一句苏州土话，"结结棍棍地做好。"

1989年，国内经济环境犹如寒冬，广州和苏州受到的冲击都非常大。

改革开放的前沿阵地广州首当其冲，基建工程停工、私企整顿、乡镇企业倒闭，少数私人企业家外逃，大批民工找不到工作，被迫流落在车站、码头、街道，造成了大量的社会问题和治安问题。

所幸林武峰工作的珠江电冰箱厂的生产和销售都还稳定，宋莹的小吃铺生意虽然没以前好，但也过得去，林家的经济没有受到太大的冲击。

民营经济发达的江苏、浙江进行了大规模的行业整顿。

安厂长的电冰箱厂停产关厂，宋向阳暂时失业。

钱进年龄大了，性格日趋谨慎，他怕自己名下的长途车太多被整肃，再三考虑后，他向外放出风声，想转出一半的车辆和线路。

向鹏飞初生牛犊不怕虎，他原本刚还了庄图南一部分钱，听说钱进要卖车之后，立即打电话到上海向庄图南再次借钱，庄图南答应后，向鹏飞一不做二不休，又打了一个电话给林栋哲。

三人的钱凑一起还不够，林武峰知道后，补足了剩下的款项。

庄超英和黄玲知道时，私营客运公司的执照都办下来了，三辆客车，三条路线，三个股东——向鹏飞是第二大股东兼总经理，庄图南、林栋哲占了不同比例的干股——两人只能瞠目结舌。

棉纺厂效益更差了，工资只能发出80%了。

庄超英所在的十中属于市教育系统，薪资没受影响。

再焦虑、再担心，日子还是照常过，时间在不动声色地向前流淌。

1990年6月，苏州，小院东厢房里，庄家舅甥三人正在吃晚饭。

电视新闻里报道说："物价指数从1989年下半年的40%下降到1990年6月的3.2%……"

庄超英和黄玲同时抬头，看向电视屏幕，又都同时低头，继续吃饭。

庄超英道："是，最近物价不再疯涨了，通货膨胀总算止住了。"

黄玲长叹："从1988年春天涨到现在，总算停了，厂里效益也不好，再涨下去心里真是慌。"

向鹏飞豪气万丈，说道："不用慌，别说图南哥的股份每个月能挣不少钱，就是我一个人开车挣钱，也不会饿着大舅舅、大舅妈的。"向鹏飞喝了口豆腐脑，又说，"大舅妈，明天买咸口的吧，甜的不开胃。"

电视继续播放新闻："党中央、国务院同意上海加快浦东地区开发，在浦东实行经济技术开发区和某些经济特区的政策……在深圳经济特区取得成功和收获了足够的经验之后……"

向鹏飞瞥了一眼电视屏幕，纳闷道："咱哥早去浦东修高楼了，怎么新闻里才开始说浦东开发？"

黄玲道："以前只是城市扩建，现在是成立金融新区，类似深圳经济特区的意思。"

向鹏飞道："大舅妈，你行啊，图南哥在上海，你对上海的新闻了如指掌。"

黄玲感慨道："你爸妈不也这样？你妈最关心苏州的新闻，连苏州天气预报都看，你倒是啥时候回去看看他们啊。"

向鹏飞闷声道："我是想让他们请假，过来耍几天，可没地方住。我爸说了，他这辈子都不想再住姥姥姥爷家，我想给他们租房子，可家家都不够住，哪有房子出租啊。"

庄图南刚交完一份图纸，比较有空闲，来交大看庄筱婷和林栋哲，三人一起在食堂吃饭。

食堂天花板上吊着两台大电视，正播放着《新闻联播》，食堂人声鼎沸，庄图南凝神细看屏幕上的字幕，看完了有关浦东开发开放的新闻，这才低头继续吃馒头。

林栋哲正不遗余力地赞美小炒肉："老大，这菜配馒头最好，你多吃点。"

庄筱婷刚才也看了新闻，说道："哥，浦东不早就开发了？你都参与浦东的高楼设计了，刚才的新闻有什么特殊的吗？"

庄图南思考了一下才回答妹妹："以前开发浦东只是为了转移浦西的工业和人口，只是城市空间的转移。刚才的新闻强调了上海的金融和贸易，这意味着浦东将是城市空间和城市功能的双重布局。"然后，他又淡淡说了一句，"也是加快上海改革开放的意思。"

林栋哲道："对头，上海的生产总值在全国的比例不如广东了。"

庄筱婷轻轻扫了林栋哲一眼，林栋哲立即谄媚道："我没说我要回广州啊，将来你在哪儿，我就在哪儿，你想留上海，我就在上海找工作，你回苏州，我就回去在向鹏飞手下开车。"

庄图南没好气道："你别不把分配当回事，虽说现在是双向选择，但主要还是按户籍找工作，这两年就业形势这么差，你俩好好想想明年毕业后怎么在一起。考研还是想办法分在一起，该想了。"

庄图南恨铁不成钢，又说道："你俩成天就惦记着玩儿，不是看电影，就是去青年文化宫踩脚踏船。现在快毕业了，该考虑的事情得考虑了。"

庄图南一剑封喉，林栋哲、庄筱婷同时不作声了。

庄图南回同济后去了一趟系楼，他本想去办公室找人的，但在去的路上遇见了陈蕾。

陈蕾主动约庄图南在校园里走走，他只能临时改变了计划，陪陈蕾散步。

庄图南已经签了同济建筑设计院的合约，百分百能落户上海了。

设计院工资高，再加上有了上海户口，庄图南终于符合上海籍家庭婚恋的最低标准了，系里一位老师给他介绍了在同济读大专的外甥女陈蕾，让他们认识一下，处处看。

晚霞灿烂，到处是自行车铃声和欢笑声，周围满是初夏的慵懒快活，陈蕾正在讲她表姐的恋爱观，她说："她对班上男生说，上海户口是必需的啦，没有上海户口就要能出国，这两个门槛都够不上的话，家里不同意的。"

庄图南知道，在上海的婚恋歧视链——出国、上海本地人、落户上海的乡下人——中，他确实属于最底层，他曾多次听到过类似的言论，但这一次，他觉得格外刺耳。

庄图南心中叹了口气，不由得想起周教授的苦口婆心："设计院男生多，工作忙生活单调，认识女孩子的机会很少，个人问题都是靠介绍。现在有人给你介绍，你就先见见，互相了解一下，没准合适。"

朱教授也说："年轻人总想自由恋爱。自由恋爱是好，可设计院女孩子少，没条件自由恋爱。"

庄图南拉回思绪，继续听陈蕾絮叨："我表姐还说了，外地学生在上海没有房子，只能住宿舍或租房子。"

庄图南继续保持着好脾气，微笑着。

风中有花香，草丛中传来阵阵虫鸣，一切都那么令人心旷神怡。陈蕾道："我妈妈听说你了，让我问问你周末有没有空去家里坐坐。"

庄图南心如电转，说："这周末要忙毕业的一些事情，应该没空。"

陈蕾问："那下周末呢？"

庄图南微笑着说："宿舍不能住了，必须要租房，我要和室友一起出去找房子。"接着，他对陈蕾道，"代我谢谢你母亲，我就不去拜访了。"

陈蕾愕然看向庄图南，似乎是不太明白一个非上海籍的男孩怎么会拒绝一个上海籍的女孩。

　　庄图南确实没撒谎，他是在和余涛一起找房子。

　　市面上所有的房屋产权都是公家的，都不允许买卖或转租，租房市场属于黑市，规模也很小。

　　住房市场需求大，上海涌现出了一批民营设计院，余涛进了由同济老师办的一家民营设计院，他和庄图南两人都是高薪人士，不想住单位免费的八人间或十人间宿舍，宁可自己花钱租房，住得稍微宽敞些。

　　庄图南和余涛轮流在长宁区政府前的租房黑市里泡了两个月，但房源实在太少，两人都徒劳无功，山穷水尽之时，师兄们帮他们打听到了曲阳新村的一处房源。

　　曲阳新村离同济近，周边便利，很多设计院师生都在这里租房。房主瞅准这个市场，把一间大卧室隔成两间小卧室出租，庄图南和余涛已经到了"捞到篮子就是菜"的地步了，看房后立即付了定金。

　　校园里一片兵荒马乱，毕业生们正在陆陆续续地离校。

　　班级聚会对酒当歌，宿舍楼下痛哭嘶吼……相似的悲欢离合再一次上演，再一次落幕。

　　离校手续都办好了，宿舍钥匙也还了，庄图南和余涛把装满杂物的纸箱、几个行李箱搬下了楼。

　　事先借了辆三轮车，庄图南骑车，余涛亦步亦趋地跟在车边扶着东西，就这么离开了校园。

　　三轮车骑出校园时，两人同时回头看了一眼校门，庄图南试图煽情："涛儿啊，这就离开校园了，你有啥感想？"

　　余涛想了想，一本正经地回答："感想很多，我原以为能休最后一个暑假，都想好了去海南旅行一趟，但我老板说所里活多，只给了我两星期的假。我现在最大的感想是：以后没有寒暑假了。图南啊，咱们以后就是一年到头、天天画图的砌墙民工了。"

烈日下，庄图南生生打了一个寒战，说道："涛儿啊，不会说话就别说了。"

庄图南向前蹬了几脚，突然道："我妹妹很喜欢吃前面路口那家店的绿豆汤，一会儿路过时，你拿饭缸帮我买两碗，加冰少糖。"

余涛道："你妹要来啊？"

庄图南道："她刚考完，听说我今天退宿舍，现在正在曲阳新村帮我打扫房间呢。"

闲聊中，三轮车很快骑到了路口，庄图南继续坐在车上，余涛拿了他的饭缸去买绿豆汤了。

庄图南细细地打量着周围熟悉的景色，恍惚间想起了本科毕业时的伤感和茫然，想起当时一众同窗在火车站的相拥不舍、大吼大叫，似乎就是一眨眼间，就到了现在的这种重复修图和在外租房的日子，他怅然若失。

庄图南惆怅地想：天凉好个秋！

房间已经打扫好了，地上、床板、桌椅一尘不染，窗玻璃擦得干干净净。

庄筱婷把抹布晾好，说："没有窗帘，晚上一开灯，对面楼的人往里一看，什么都能看到了。"

墙边放着一个旧书架，林栋哲正半蹲在地上，往书架最低的两层上放书，听庄筱婷这么一说，接嘴道："怕啥？你哥是男的，不怕人看，谁看谁吃亏。我都不记得你哥以前用不用窗帘了。"

庄筱婷拿出纸笔记下刚才量好的窗户尺寸，说："附近有菜市场，一会儿我去找有没有裁缝店，有的话做一副窗帘。"

林栋哲道："我想起来了，你哥房间有窗帘的，我在窗外喊，他不想理我的时候就把窗帘拉上。"

林栋哲突然笑了，说："你觉不觉得这间房有点眼熟？我今天一进这间房就觉得像咱家，以前你哥的房间和我的房间就是这么隔的，你哥打个喷嚏，我都知道。"

林栋哲说到这句"咱家"时，语气说不出的自然，还带有几分眷恋，听到耳朵里，他自己都愣了一下。

庄筱婷没有说话，室内一片静寂。

林栋哲抬头看向窗边的庄筱婷，阳光斜照在她的发梢上，渲出一片灿烂的金色。

房间很小，局促逼仄，窗外传来震耳欲聋的蝉鸣声，远处的树梢一动不动，一切都这么熟悉，就像他们小时候的夏天，就像他们一起经过的所有的夏天，林栋哲心道：就是现在。

林栋哲站了起来，他心中紧张，僵硬地走到窗边，正对庄筱婷。

庄筱婷似乎感觉到了不同的气氛，依旧低着头，不敢抬头直视林栋哲。

林栋哲鼓足勇气，握住庄筱婷的两只手，鼓足勇气道："上次，你哥说我们该想想了，我不用想……"

林栋哲早已反复思考过要说的话，反复在心里背诵、整理过想表达的意思，但他实在太紧张了，说出来的话却词不达意。他说："你哥说得很有道理，我也听说了，毕业后分手的概率是百分之百……"

庄筱婷猛地抬头，面无血色地看向林栋哲。

林栋哲话音刚落，立即就意识到自己说错话了，他立即语无伦次地解释："我不是要分手，我说错了，我不是要分手，你哥会收拾我，向鹏飞也会……"

庄筱婷轻声道："你……慢慢说。"

庄筱婷的声音也微微发颤，她又低下了头，林栋哲看到她长长的眼睫毛不住发颤。

林栋哲定了定神，说："我说我不用想，我早想好了，你去哪儿，我就去哪儿。"

林栋哲道："这两年就业太差了，上海是留不下的，毕业后，如果你想回苏州，我也回苏州，你知道我想回苏州的。不过说实话，我觉得广州更好，广州工作机会多一些，你没有户口也能找到好工作。"

林栋哲又补了一句："你要想考研，我就去你读研的城市找工作，我不在乎你学历比我高，从小你成绩就比我好一大截，我习惯了。不管去哪儿，我们都要在一起。"

第二十三章

两条金项链

1991年春节，小院里热闹极了。

年前，林栋哲、庄筱婷向双方父母坦白了他们的恋情。

宋莹、林武峰商量了一下，没让林栋哲回广州，夫妻俩在新年前几天先到了上海，去交大叫上了在宿舍里留守的林栋哲，一家三口一起回苏州过年了。

庄图南很遗憾没能亲眼看见父母听说庄筱婷恋情时的反应——据说两人开始是不信，然后还是不信，最后无奈信了。

庄图南在腊月二十九才结束了工作，和广州三人团乘同一班火车回了苏州。

双方事先都不知晓对方的行程，四人在苏州火车站出站站口喜相逢，三言两语之下，合打了一辆的士回小巷。

庄超英一开门，乌泱乌泱进来四个人，大儿子庄图南，半个儿子林栋哲和久违的林家夫妻。

庄超英和林武峰面面相觑，不知道该用什么方式打招呼，"林工""庄老师"太生疏，"亲家"又太早，两人正尴尬间，黄玲打开东厢房的门向外一看，忙招呼："图南回……宋莹啊，外面冷，快进屋，快进屋暖暖。"

宋莹夫妻本来想住厂招待所的，吴珊珊再三表示愿意把房间让给宋莹和林武峰暂住。

刘健神色倨傲，说："虽说宋阿姨把房子租给了我们，但她回来过年，我和珊珊暂时回我家住几天好了。"

老江湖林武峰不动声色道："不是租，是'借'，这房子是免费借你们住，没收租金。"

林武峰这话绵里藏针，刘健愣了一下，吴珊珊立即示意刘健不要再说了，找补道："刘健爸妈家不远，他爸妈也叫我们回去过年，我们回去住很方便的。"

林武峰笑眯眯的，说道："珊珊啊，代宋阿姨向你公公拜年，顺便帮我们带个话，这房子只借不租。"

刘健和吴珊珊悻悻然走了，黄玲也不赞同他们住招待所，说："天寒地冻的，又是过年，招待所多不方便啊，想喝口热水都不一定有人管。"

一顿猛如虎的操作之后，庄图南和向鹏飞暂时搬回东厢房里打地铺，林家三口挤住在林栋哲的小房间里，三间房挤下了两家八口人。

挤是挤了点，但热闹温馨，白天一起做饭、看电视、闲聊、嗑瓜子，晚上一起挤东厢房看电视、闲聊、嗑瓜子，其乐融融。

两代人喜好不同，初二晚上，八人分为两屋，向鹏飞、林栋哲、庄筱婷在林栋哲小房间里看中央二台的怀旧电影，大人在东厢房看重播的江苏台春节晚会，庄图南在两间房里来回巡睃。

晚会节目千篇一律，四位大人有一搭没一搭地边看边闲聊。

宋莹感慨："隔壁王家总算不吵了。"

庄超英道："周青拿到上海户口后，考了上海市的外贸中专，去上海念书了。王芳也回新疆了，王家不吵了。"

黄玲闲说棉纺厂的现状："眼看这效益是起不来了，产品样式、价格完全没法和南方运来的布料竞争，厂里但凡有学历、有技术的年轻人都办了停薪留职，出去找机会了，剩下的都是我和老吴这种年龄大、什么都不会的老职工。"

宋莹问："剩下的也有好几百人呢，总得有个说法吧？"

黄玲道："前段时间是说股份制，鼓励职工花钱买企业股份，嚷嚷了一阵子也没下文了。"

黄玲长叹，继续说道："幸好超英调到了十中，图南、筱婷也大了，那些一家人都在厂里工作的，愁都愁死了。"

庄超英问林武峰："林工，广东是怎么处理类似问题的？"

林武峰道："卖，把亏损严重的国企卖给外商或私企，最开始是职工和产权一起转让，但现在很多企业只想要厂房和地皮，不愿意要职工，也不知道以后会怎么解决。"

庄超英倒吸一口冷气，说："把国企卖给外企或私企，那企业姓'社'还是姓'资'？"

林武峰问庄超英："江苏是什么政策？"

庄图南正好端了一盘蜜橘进屋，听到了只言片语，随口接话："兼并。江浙多半采用'兼并'的方法，让经营得还不错的国有企业兼并亏损的同行企业，兼并后，政府在政策和税务上给予新企业一定优惠。"

宋莹赶紧问："棉纺厂有没有可能被兼并啊？大半辈子待国企里，还是国企好。"

黄玲剥了个橘子，塞给宋莹，叹道："谁知道呢？"

宋莹边吃橘子边道："厂里规定留职停薪最多六年，我还有一年半也就到期了，人事处的意思是，我可以买断，自己交保险金，六十岁以后就可以拿退休金了。退休金按工作年份算，我的退休金肯定没玲姐你高，但有总比没有好。"

黄玲道："那你打定主意不回来了？栋哲毕业后去广州？"

宋莹和林武峰对视一眼，同时坐直，黄玲和庄超英立即注意到了林家夫妻的郑重，也不约而同提起了精神。

宋莹轻轻咳了一声，说："我和武峰商量过了，孩子的事情我们插不上手，也帮不上什么忙，我们尊重栋哲的选择，栋哲毕业后想去哪儿工作都随他。将来武峰退休了，我干不动小吃店了，我们要么在广州单过，要么去栋哲工作的城市过退休生活。"

宋莹从一旁的小坤包里摸出一个塑料袋，透明塑料袋里是揉成团的旧报纸，林武峰从外套口袋里拿出两只精巧的首饰盒和红纸、红丝带，宋莹打开一层层包着的报纸，从里面拿出两条样式不同的金项链，放在了首饰盒中。

林武峰又从衣服内袋里变戏法般摸出两个红包。

宋莹道："路上小偷太多，只能拆开放，本来想到了苏州再包装好，可栋哲就在屋里，找不到机会拿出来。"

宋莹说着，林武峰已经快手快脚地用红纸包好盒子，再扎上红色丝带。

宋莹真心实意道："栋哲和筱婷……我家栋哲占大便宜了。"

林武峰连连点头："我二妹妹听说了都很高兴，她说虽然没见过筱婷，但看图南就知道筱婷错不了。"

宋莹道："武峰老家福建的传统，男方家第一次到女方家是很讲究的。以前条件不好，都要带点面条、鸡蛋、鸡鸭表示重视，现在条件好了，女孩子是金首饰，女孩子的兄弟姊妹一人一个红包，红包数额不大，表示心意。"

庄图南听到那句"男方家第一次到女方家"时，还在拼命忍住笑，但越听越是动容，这才知道，桌上的两个红包一个是他的，一个是向鹏飞的。

林家太郑重了，庄超英不善说场面话，黄玲一时间也不知该如何反应。

黄玲急中生智，庄图南是庄筱婷的哥哥，但又是小辈，他表态可进可退可缓冲，她睖了一眼庄图南，示意他开口。

庄图南心领神会，说："林叔叔，宋阿姨，我能代表我爸妈说几句嘛？"

林武峰和宋莹同时笑起来。

"图南，你的分量一直很重。"

"图南，你说。"

庄图南揣酌了一下语气，才谨慎地开口："栋哲和筱婷还没有毕业，分配这一关还没过，现在谈论这些还为时过早。"

庄超英和黄玲同时点头。

林武峰道："是，我们也考虑过了，将来如果他们到广州，自然是我和宋莹照顾他们，如果回苏州，就请庄老师和玲姐照顾两个孩子了。"

宋莹道："如果他们回苏州，我一定回来和刘厂长干架，把房子抢回来。"

黄玲思路被带歪，说道："珊珊既然住下了，就不可能搬走了。"

宋莹道："我没答应租给他们，我只说'借房'，借出去就能收回来。"

庄图南的工作需要和多方协商合作，早已磨炼出了在谈话中占据主动的本领，他觉察到话题已经偏离，立即又不动声色地拉了回来。"您和林叔叔给我的红包，我就厚着脸皮收下了，谢谢你们。鹏飞的，让他自己决定。"

庄图南先扬后抑，说："筱婷主意大，我们不能替她做主，这两件首饰……"

庄图南沉吟了一下，又说："宋阿姨，我建议您暂时先别征求筱婷的意见，让她和栋哲自己决定将来的路，我们不要给他们太大压力。"

林武峰立即道："不给压力，不给压力，我们也知道将来未必成……"

宋莹立即截住林武峰的话头，怒道："怎么说话呢？呸，呸，呸！"

宋莹想了想，郑重道："不管将来成不成，我们这次来，是表示我们对筱婷的重视。"

黄玲心中长吁了一口气，庄筱婷自幼不被奶奶家重视的隐痛突然间被抚平了——被林武峰和宋莹对女儿的重视抚平了。

宋莹一贯信服庄图南，她想了想说："图南，我听你的。筱婷那条，我先收着。另一条是送你妈妈的，我特意在金店里挑了半天，觉得这条最配你妈妈……"

宋莹看向黄玲，说："我还在厂里时，车间里有人戴了第一条金项链，周围人都跟着省吃俭用，一家人吃半年咸菜都要买一条挂脖子上，别人有，我也要有。"

黄玲也笑了，说："我听说有人说我脖子上光秃秃的，你替我骂人，说图南、筱婷就是最好的金项链。"

宋莹道："我在广州买第一条金项链的时候是涨价时抢的，样式也顾不上，抢回家囤着等涨价，后来栋哲去福建做生意需要钱，我又卖了。前几天，我去金店挑首饰时，可高兴了，我是真高兴，玲姐，筱婷可以不收，小姑娘不知道我们那时候多想要一条金项链，她未必在乎，你这条，你一定要收下。"

一屋的人都沉默了，饥饿、贫穷，对美好生活的最朴实的向往，这些细微的、似乎已经被遗忘的往事都浮在了眼前。

黄玲鼻头一酸，说道："宋莹，多少钱？你的心意我领了。我买，孩子们都大了，我现在条件也好。"

庄图南轻轻按住妈妈的手，说道："宋阿姨，这两条项链多少钱？我买，妈妈和筱婷一人一条。您将来要再送我妈或筱婷首饰，我不管，但这两条，我买给她们。"

他顿了顿，又正色道："宋阿姨，我买项链，您别多心，筱婷和栋哲，我是支持的。我开始也想不通，他俩性格差这么远，怎么相处，我冷眼旁观了这么久，他俩能商量，钱也好，别的事儿也好，两人能商量……"

庄图南转向父母，说道："筱婷心思细想法多，栋哲心大脾气好，两人又一起长大，了解对方，有了分歧矛盾时，他们能心平气和地商量，这很重要。"

庄超英、黄玲把林家夫妻送上了回广州的火车，挥手道别。

雪后初晴，冬天煦阳照在人身上，暖洋洋的，庄超英和黄玲索性慢慢往家走。

尽管是大年初四，但火车站附近的小吃店基本都恢复营业了，人行道上也摆满了各式小吃摊，阳光欢快地洒在各式美食上，庄超英感慨："以前过年期间都没什么店开，大家都忙着走亲戚，现在市场经济，真是不一样了。"

黄玲道："是，宋莹急着回去也是要挣钱，她说，元宵节前后的生意最好。"

路边还有点积雪，踩在上面吱吱地响，庄超英道："图南明天就要回上海了，真快，又是一年。"

庄超英突然孩子气般踢了踢脚下的一块积雪，说："该谈恋爱的不谈，不该谈的谈了。"

黄玲又是好气又是好笑地看了他一眼，说道："憋坏了吧？我看你从林工一家一进门就硬憋着，一直憋到现在。别憋了，你说，我听着。"

庄超英道："栋哲从小不踏实，和咱家两孩子实在不一样。"

黄玲笑了又笑，说道："筱婷刚说时，我是有点……但想想，栋哲就算成绩没有图南、筱婷好，但也是名校大学生，长得也好，个子高高大大，人又机灵活络，和筱婷性格互补，我看他们相处得挺好。"顿了顿，她又说，"而且吧，林工、宋莹都是厚道人，栋哲又是独子，家里人少，筱婷将来不会被欺负。"

庄超英道："嗯，林工给图南和鹏飞的红包金额不小，宋莹又喜欢筱婷，林家重视筱婷，以后家庭矛盾少。"

黄玲心中生出一阵淡淡的悲哀，她瞥了庄超英一眼，心想："涉及自己女儿，你对家庭矛盾、婆媳关系突然就懂了，门清得很啊！"

旧伤口早已结疤，而且这几年来，三个孩子都以不同的方式或温和或激烈地表达了和庄家爷爷奶奶的疏远，郁闷和受伤的人早就换成了庄超英，黄玲压根不在乎了，她仅仅是难过了一下，马上又回到了刚才的话题，说道："图南那天说，两人面对矛盾能商量，我越想越觉得图南说得有道理。"

庄超英也点了点头，说道："对，这很重要。"想了想，他又道，

"林工和宋莹挣得都不少，林工和图南聊天，图南说上海开始试行公积金制度了，林工立即表示广州已经有商品房了，等广州也推行公积金，他马上就缴存公积金，准备买房子。"

黄玲道："林家条件好，和咱家无关。我看上的是宋莹那句，栋哲去哪儿她和林工都支持，她这话，等于把儿子送了出去。"

黄玲感慨："我刚认识宋莹时，可看不惯她了，她自己穿得时髦，栋哲裤子上补丁摞补丁，她对栋哲也不耐心，栋哲调皮，她和林工抢着扫帚就上了，可大事上，他们夫妻俩是真疼孩子。"

科班出身，有一定工作经验——工作已近一年，加读研期间的经验，庄图南在建筑设计行业已有三四年的工作经验，年轻力壮，熬得起夜，他的事业正处于黄金上升期。

研究院指定他跟着老设计师做项目，快速提升绘图水平。

庄图南原本在纯技术和偏管理间犹豫，周教授提点了一句，说："太早进入管理领域的话，多少要牺牲技术，尤其现在新技术、新材料层出不穷，你错过了这个阶段，很容易失去对新技术、新潮流的感知力。"

庄图南听从了导师的建议，下定决心，认认真真再画几年图。

市场需求蓬勃，余涛所在的民营设计院忙于炒更，余涛忙得脚后跟打后脑勺。

设计院改制，冯彦祖、王尚文和庄图南就职于同济大学建筑研究院，是集体企业员工，余涛在民营设计院工作，是私企员工。

李一鸣从非法个体商贩熬成了手持两张经营执照的个体工商户，同时经营玄妙观前的服装摊位和巷口的小卖部。

安厂长的电冰箱厂关张，宋向阳在失业之后跳槽到了苏州另一家乡镇企业，做得有声有色，已升入管理层。

向鹏飞运营了一家小型的私人客运公司。

宋莹因为家庭原因从棉纺厂留职停薪，在广州做餐饮个体户。

棉纺厂一批职工办理了留职停薪，离开国营厂寻找更好的出路。

林武峰的二妹夫、二妹妹从农民成为私营企业主，二姑父以干翻意大利黑手党的气魄兢兢业业挣钱，带领全家脱贫致富。

……

住房在试行改革，由"公家房"转向商品房。

大学生毕业分配在改革，由计划转为双向选择。

……

各行各业、社会各层面都在以不同的形式由计划向市场转变。

新闻、杂志等媒体上，有关计划、市场的争论到达了白热化的阶段。

3月初，《解放日报》刊登了"计划和市场只是资源配置的两种手段和形式，而不是划分社会主义和资本主义的标志，资本主义有计划，社会主义有市场"这一石破天惊的言论，舆论大哗，《人民日报》立即发表了针锋相对的文章驳斥。

下面的数月中，以《人民日报》《解放日报》为代表的数十家报纸、杂志你来我往、唇枪舌剑，展开了激烈的论战。

在舆论的激烈交锋中，改革开放的名片——浦东，正大步奔跑。

"一天就能批四五块地，15分钟完成一批审核，盖出一个章"，浦东的一切行政管理都围绕开发开放服务，各委各部在浦东新区开发办公室里驻扎了代表，投资项目的所有审批环节都可在开发办公室的"一扇门"里完成并盖好图章，不用再分别送到各局委审批处理。

审批流程的高效让浦东热血沸腾，极速运转，上千个工地同时开工。

人统筹着工程，工程推动着人，互相裹挟着向前奔跑。

庄图南所在小组设计的高楼进入了施工阶段，设计院必须经常派建筑工程师去现场，配合施工，和各方沟通、协调。

庄图南被指派为代表，他回出租房后，跟余涛随口提了一句。

余涛同情地看了他一眼，回屋拿了一副护膝出来，对他说："明天出门前戴上护膝，你会感激我的。"

第二天一早，庄图南起床洗漱后，看到椅子上的护膝，犹豫了一下，将信将疑地在长裤里穿上护膝，拎着公文包赶往浦东。

早高峰时间，公交车站的方寸之地已经挤满了人，几百人七歪八扭地排成蜷曲的长蛇队列，每当一辆公交车开过来，整个队伍骚动着向前奔跑，一条长蛇瞬间化为数条迅速向前飞奔的小蛇。

公交车停下，运气好正巧跑在车门边的"小蛇"队列立即使出吃奶的劲儿挤进车厢，没跑到车门边的"小蛇"迅速掉头，试图靠近车门挤上车。

一番推搡甚至斗殴之后，公交车关门远去，剩下的人群后退，积聚体力，等待下一次的冲刺。

庄图南错误地判断了车门的位置，眼睁睁看着三辆车远去，他好容易挤上了第四辆车——确切地说，他是被身后的人群推搡着上第四辆车的——车厢里毫无空隙，座位上的人疲惫地闭目休息，站着的人前胸贴后背地僵立着。

四十分钟后，庄图南终于到了陆家嘴渡口，又排了大半小时的队后，上了轮渡。

轮渡的拥挤程度比公交车更甚，工作人员奋力把人群往船舱里推了又推，才勉强关上了舱门。

下大雨了，渡轮窗户上没装玻璃，寒风凄雨从大敞的窗口灌了进来，庄图南离窗边不远，脸上很快溅上了雨水，几分钟后，他的外套也被淋得湿透，浑身上下被吹得冷冰冰的。

庄图南开始频频跑浦东，两岸交通不便，他作为青壮年，必须文武兼修，文要能画图修图，武要能长时间挤公交车和轮渡。

公交加轮渡，单程就是近两个小时，青年才俊庄图南的公文包里长备一副护膝，组长或导师一声令下，他立即拎包去厕所，戴上护膝再出发去浦东。

市规划局临时换了一个派驻代表，各方派驻代表和新代表第一次开会。

会场很简陋，就在工地附近的一家活动板房里，工地上各种机器声轰鸣，桌上一台台扇左右摇头，带来几丝聊胜于无的热风，各方代表争先恐后把脑袋凑到风扇前。

庄图南在名单上看到了新代表的名字：石韫玉。忍不住赞叹一句："好名字。"

工地上各种机器声轰鸣，他身边的结构工程师对着他喊："你说啥？"

结构工程师不待庄图南回答，便把头扭到了一边——扭到了电风扇摇头的那一边，他的头和上半身追逐着电风扇摆动，忠实得一如向日葵追逐太阳。

桌子对面的顾问道："清朝有位诗人，男的，也叫石韫玉。"

庄图南等结构工程师又风摆杨柳般扭过来时才道："石韫玉而山辉，水怀珠而川媚。"

结构工程师道："酸臭，真酸臭！"

结构工程师也不扭摆了，起身换了个座位，离庄图南远了点，又说："我不是说这句诗，我说你，真酸臭。"

庄图南无奈道："轮渡上有人吐我衬衫上了，我已经用水冲过了。"

活动房的门突然被推开了，进来一位头戴安全帽的年轻女性。

除了庄图南身边，屋内已经没有空座位了，女生径直走到庄图南身边坐下，脱下安全帽，落落大方地自我介绍："石科长跟别的项目了，我接管这个项目。我叫李佳，木子李，十佳歌手那个佳。"

李佳侧头看了一眼庄图南，庄图南按工地上不成文的规矩，开腔认领同门："李佳，我大学时的班长。"

浦东开发，全上海的建筑界人士倾巢出动，同济和交大的"民工"尤其多，大家早已见怪不怪，点点头表示知道了。

李佳自我介绍后，会议开始，砌墙的、绑钢筋的、铺管子的三方互掐，砌墙的嫌弃绑钢筋的，绑钢筋的嫌弃铺管子的，大家都觉得对方做错了，拿着图纸和数据据理力争，吵了两个小时。

掐到中午，一群人蜂拥着出去吃饭，李佳初来乍到，由校友庄图南招呼。

附近街道的小吃店有饭、面和馄饨，掐架的一群人一半点了炒饭，一半点了牛肉面，量大管饱。

庄图南帮李佳点了牛肉面，说："你运气不好，今天这会没准要开到傍晚，馄饨顶不住。"

李佳笑着说："我知道。我在工程规划科，我跑的工地肯定比你多。"

结构工程师和他们坐一桌，随口问了一句："规划局应该很忙吧？"

李佳道："浦东开发开放后，项目非常多，我手里就有15个报建项目。虽然只需要审查总平面图和施工图，但一个项目接一个，累得不行。"

结构工程师讶然道："我以为政府单位的工作强度比设计院低。"

李佳道："我进规划局后赶上了旧城改造和浦东开发，必须连轴转。"

庄图南好奇地问："不是有好几个科室吗？不轮岗吗？"

李佳摇头说："所有的科室都累，而且我不愿意轮岗，我现在的工作已经不太能用到专业知识了，要是换到用地规划科或是综合科，那就真和专业脱轨了。"

邻桌顾问感慨道："最近在工地经常遇到你们同济的。你们系有多少人在浦东啊？"

庄图南道："你说本科啊？我们班大多数按国家分配了，1988

年开始双向选择，88、89、90级的大多数去了深圳，今年开始往浦东跑了。"

李佳肯定了庄图南的说法，说道："我上个月刚回同济招人，今年来浦东的人会更多。"

庄图南微微恍惚，大学居然已经毕业好几年了。

李佳看了庄图南一眼，仿佛知道他心中所想，说道："是啊，真快，我居然有资格回学校招人了。"

顾问警觉地开口道："规划局代表要协调各方工作，你们一个班的，不能偏心，不能抱团吵架。"

李佳没再来过工地，只在下一次的全体会议时又出现了。

会议结束后，各方作鸟兽散，庄图南也累得不行，但他思前想后，还是再次坐了吊篮上楼，打算再拍几张照片，再记录几个细节，反馈给设计院。

吊篮直接升到最高一层，庄图南一脚伸出吊篮，就看到李佳正独自一人坐在楼梯台阶上。

李佳正在吃冰棒，身边还放着一瓶冰汽水。

孤男寡女，李佳有些不好意思，说："庄图南，天太热了，我上来吹吹风，我多买了一瓶汽水，喝吗？"

既然巧遇了，李佳又主动打了招呼，庄图南不好置之不理，便走过去坐在了台阶上。

庄图南一贯有绅士风度，他坐下的位置离李佳有一定的空隔。

楼梯尚未完工，还没有装上扶手栏杆，有些危险。李佳笑笑，自己往墙壁一侧靠了靠，挪出更大的空间，说："庄图南，安全第一。"

李佳大方磊落，她的顾虑也有道理，庄图南从善如流，往里挪了一些。

楼已经盖到了9层，算是目前浦东的高楼了，外墙、门窗都还没有安装，两人的视线眺望到了远处，远山近水，一览无遗。

天边一抹晚霞红得如火如荼，远近的各处工地上机器轰鸣，热火朝天，风从江面和工地吹来，裹挟着初夏的燥热和工地的灰尘，在空旷的大楼里横穿而过，吹得两人身上的衣服都簌簌作响。

李佳把汽水递了过来，此时此景，庄图南只觉心中畅怀惬意，也不推辞，道谢后接了过来。

夕阳在两人身上活泼地跳跃，像风，像远处飞翔的小鸟，像沉醉的心境。

震耳欲聋的铃声突然响起，工地下班时间到了，庄图南道："我们趁吊篮还没停，赶紧下去，不然一会儿只能走下去了。"

李佳笑着摇头，示意庄图南向下看，庄图南不明所以，随着她的视线向下鸟瞰。

附近几栋高楼的吊篮都在向下运行，但吊篮容纳的人数有限，更多的建筑工人们成群结队地从楼梯上向下疾走。

几个建筑工地上的人潮同时涌出工地。

工地大门附近人头攒动，行人、自行车队如同一条条溪流般迅猛地流淌到街道上。

原本空荡的街道上突然涌出公交车、熙熙攘攘的自行车大军、摩肩接踵的人群。

……

庄图南瞠目结舌地看着这一幕——数百人从不同的高楼向地面汇集，数千人从不同的工地上向街道汇集，数万人在短时间汇集，再向四面八方散开。

人头攒动，浩浩荡荡。

庄图南心中的震撼难以用语言形容，他扭头看向李佳，李佳微笑着道："每次去工地，如果时间凑巧，我都会上楼来看看这一幕，每次看，我都觉得很震撼，很多时候，我都打心眼里觉得建筑很……很浪漫。"

李佳词不达意，庄图南却完全理解了，默默点头。

吊篮已经停用了，两人只能走尚未完工的楼梯下楼。

庄图南把空汽水瓶放在包里带下楼，他一路走，一路顺手把他能处理的建筑垃圾——几根钢筋或几块砖什么的——挪到安全处，以免意外绊倒人，李佳默默地搭手帮忙。

天还亮着，黄昏的光线格外温柔，江面吹来的风也不再那么燥热了，庄图南由衷地说道："每次开完会，我只想着快点回设计院改图，从没想到下班这一幕这么震撼……"

对面一栋高楼上突然"刷"地亮灯，庄图南被突如其来的灯光晃了眼，他遮住眼说："对面工地要加班了。"

话音未落，马路路灯同时亮了，从高处看下去，几条璀璨的光带延伸到远方，庄图南心醉神迷，说："以前只觉得浦东是个乱糟糟的大工地，没想到浦东的夜晚这么美。"

李佳也看向笔直宽阔的新马路，说道："道桥建设比高楼建设更赶，我有个同事规划浦东的道路建设，据他说修路有时施工到半夜两点，小半个浦东的道路工地上都是灯火通明的。"

庄图南道："是，交通要赶在建筑前面，速度必须更快。我两位研究生室友参与了南浦大桥工程，我刚读研时，经常听他们说市政府开会研讨修建跨江大桥的可行性，一眨眼，南浦大桥都快竣工了，真快。"

庄图南回忆往事，忍不住笑了起来，继续道："他们那时候形容南浦大桥工程是赤膊上阵，他们的原话是'设计没有完全的标准，施工没有完整的规范，加工制造缺乏工艺'，这么大的工程就在'三无'条件下破土动工了，没想到这么快就要竣工了。"

砌墙民工庄图南颇有文艺青年范，他说："农田变阡陌，黄土垒广厦。"

李佳绕开楼梯上的几块散落的小石块，说："我那天经过南浦大桥，看到收费站都修好了，怎么桥还没修好，收费站已经修好了？"

庄图南自然而然地捡起李佳脚边的石块，把它们放到了空荡荡的楼板中间，以防绊倒上下楼梯的人，一边说道："市政府没钱，必须滚动开发，收了钱再修第二座黄浦江大桥。"

李佳情不自禁道："我还记得大一时，全班到外滩参观，远远看到浦东都是破房子和农田，这一切实在太……太不可思议了。"

庄图南由衷感慨，说："是，我们那时看的是外滩三号，谁看浦东啊？没想到几年后，随便在浦东的一个工地上扔块石头，都一定能砸到同济画图狗。"

李佳先是笑，笑完还是感慨："不可思议，实在不可思议！"

老同学间实在有太多共同的回忆和感触，随随便便一句话就能勾起对青春的记忆，李佳有感而发："那时去平遥，我一度以为我会学习历史建筑相关的专业。"

庄图南道："我们那一行人，出了两位名学建筑保护的。王大志，你还记得王大志吧？他后来跟了罗教授进行上海历史建筑的保护修缮工作，前年留校，去年，他经罗教授引荐去美国进修了。"庄图南笑笑，"其余的人基本都分到了各地的规划局，都是各地骨干。"

李佳怅然若失，说道："时间真快，去平遥都是五年多前，快六年了。"

……

边走边聊，还时不时地处理一些杂物，从九楼到一楼，两人走了半个小时。

华灯初上，街道上满是牛肉面、炒面、馄饨的香气，这满城的人间烟火，善意地抚慰着人们燥热的心。

最后一学期不再上课，只有为期两个星期的实习和跟导师写毕业论文，林栋哲请假回了一次广州，参加了广州高校人才交流会，给自己、给庄筱婷都投交了数十份简历。

林栋哲原本是想让庄筱婷一起南下的，毕竟双向选择，单位或企业除了收简历，还可以当场和毕业生交谈，甚至进一步安排面试，但进出广州需要边防证，他当然有边防证，庄筱婷去系办公室问了，希望学校出证明办理边防证，被拒。

无奈之下，林栋哲只能独自一人去了广州。

宋莹经常说林栋哲在大事件上总有狗屎运，小时候遇上了庄超英一家，他以擦边球的分数上了苏州一中。高考前林武峰调动到了广州，他又以令人深感惊险的分数一锤子进了交大，现在就业了，林栋哲再一次展示了他无与伦比的狗屎运。

宝洁公司正在广州策划成立一家新的合资企业——广州宝洁纸品有限公司，同时在北京、上海设立分公司。

宝洁门槛高，绝大多数岗位只招收本科生或研究生。

林栋哲有户口，有学历，专业对口——尤其大三大四天天晚上和庄筱婷一起上自习，他专业课成绩非常好，是男生，便于下工厂，甚至会一点上海话，便于广州上海两地出差，各种条件综合起来，林栋哲在一众候选人中脱颖而出，五月底就签订了合约。

林栋哲帮庄筱婷投递的简历上留了林武峰的BP机号码，事后，林武峰断断续续收到了几家企业留下的电话号码或留言，庄筱婷想办法打长途和对方取得了联系，尽管出于户口、人事等原因，庄筱婷没得到任何肯定的承诺，但这几个电话也足够鼓舞她了。

林栋哲和庄筱婷分别去系办公室打听庄筱婷进广州或深圳等经济特区工作的办法，毕业生南下是风潮，系干事很熟悉相关情况，告诉他们，一般来说，特区的外资公司或私营企业不在乎新员工是否有当地户口，但也不帮新员工办理相关的手续，毕业生需要先把户口迁回原籍，在原籍申请边防证，再想其他办法完成人事关系等一系列繁杂的手续。

庄筱婷也参加了交大的招聘会。

就业市场还是一派寒冬景象，苏州有两家公司对庄筱婷很感兴趣，负责人和庄筱婷面谈，但两家都有规定，签约后三年或五年内不能跳槽或辞职，否则要付巨额的违约金，庄筱婷思前想后，决定暂时先不找工作，等毕业后户口迁回苏州，办理好边防证后，再去广州找工作。

庄超英是党员，每星期都要参加学校的党政学习。

报纸杂志上唇枪舌剑，争论着"改革开放是姓'社'还是姓'资'"的问题，庄超英忧心忡忡的，当他学习并讨论了《人民日报》上提出的"两个中心"——全国人民面临两个重要任务，阶级斗争和全面建设，他下定了决心。

庄超英对黄玲宣布了他深思熟虑几个月后的结论："我不反对筱婷和栋哲在一起，但他们必须一起回苏州，不能去广州。"

一如他当年带庄图南连夜坐火车去上海，一如他坚持让孩子们去爷爷奶奶家，庄超英再一次体现出他认定目标后强大的执行力，他在苏州教育界四处打听，想帮庄筱婷和林栋哲各找一份工作。

功夫不负有心人，庄超英在教育局多少有一定人脉，人托人，话传话，他辗转打听到苏州大学招专职辅导员，庄筱婷的户口、学历都符合标准，一通运作下，基本达成了口头协议。

六月的一个星期六，庄超英下午没课，他让黄玲也请了假——棉纺厂活儿不多，上班简直就像走过场。两人一起赶往上海。

第 二 十 四 章

我们不分开

庄超英和黄玲出发前，并没有告知儿女，他们到了上海，才在火车站外用公共电话通知了他们，并直接赶去了交大。

庄图南下班后，匆匆赶去交大，他不知道父母在哪儿，只能先去女生宿舍楼找庄筱婷，在门卫阿姨处拿到了庄筱婷留给他的纸条，赶紧去了交大招待所。

房间在二楼，庄图南刚上二楼，人还在过道里就听见了爸爸和妹妹的争执声。

"栋哲，你的计划太不负责太自私了，你爸妈也完全没有考虑筱婷的处境……"

"爸，这是我俩的决定，林叔叔、宋阿姨并没有干预。"

"你还有脸说，你一个女孩子太不自尊自爱……"

庄图南在门外听到这句，就知道糟了，果然，庄筱婷爆发了，只听她吼道："爸，你不能因为爷爷奶奶算计妈妈，就说宋阿姨算计我。你不能因为你欺负妈妈，就……"

门后传出一声脆响，庄图南拼命敲门，喊道："是我，开开门，开开门。"

庄超英依旧在怒吼："我管你管得太晚了，我以为你从小听话懂事，结果呢，恋爱、工作这么大的事儿都不和家里商量……"

门锁"咔嗒"一声，轻轻开了。应该是有人给庄图南开了门，庄图南一把扭开把手，推开门。

房间不大，庄图南将屋内的情形一览无遗地看清了。

黄玲站在门边。

水泥地面上有几块碎瓷片，看样子是打碎了招待所的茶杯，庄超英站在碎瓷片边，他满脸通红，呼哧呼哧地喘气。

庄筱婷站在窗边，她的马尾辫散了下来，半挡住她的脸颊，但庄图南还是一眼就看到了她白皙的脸颊上红色的掌印。

林栋哲手足无措地站在庄超英和庄筱婷之间，一脸的慌张惊恐。

庄图南先让林栋哲回自己宿舍，他送林栋哲出招待所时，只说了一句："你是男人，你要替筱婷撑住。"

庄图南这简简单单的一句话奇迹般地让林栋哲镇定了下来，他稳了稳情绪，喊了声："哥。"

庄图南"嗯"了一声，算是答应了他。

林栋哲道："庄叔叔听说我已经签了广州宝洁，很愤怒。一是生气我没和他们商量，二是气筱婷不愿回苏州，而是想等毕业后办了边防证去广州找工作。庄叔叔非常生气，觉得我太自私，不替筱婷着想。"

庄图南道："然后，筱婷就和爸起了冲突，被打了？"

林栋哲道："庄叔叔说，他在苏州给筱婷找了份工作，请你转告筱婷和……爸爸，我愿意去苏州工作。"

庄图南赶回房间，和几分钟前的怒吼声不同，这次，室内一片寂静。

庄超英已经不再骂了，静静坐在窗前的椅子上，窗外路灯的灯光照在他佝偻的腰背上，显出令人说不出的苍老。

黄玲坐在床沿，她的身体语言很古怪，既不偏向丈夫，也不偏向女儿。

庄筱婷抱膝坐在床的另一头，她把脸埋在臂弯里，庄图南看不见她的脸，只能听见她拼命想压住的啜泣声。

小小的房间内，一家人近在咫尺，但又似乎各自身处不同的空间，失望和愤怒弥漫在其中。

貌合神离，这一直是庄家平静和谐的表象下的隐患。

分崩离析，这似乎是庄家众人每一次意见分歧后的宿命。

庄图南不放心家人，所幸第二天是星期天，不用上班，他下楼又开了一间房，准备住一晚。

庄筱婷找来扫把，默默把地上的碎瓷片扫扫干净，一切收拾停当后，她低声道："爸，妈，我回宿舍了。"

黄玲开口道："筱婷，你留下，今晚你和我睡，你哥哥和你爸爸睡一间。"

庄筱婷下意识地想拒绝，黄玲又道："你不用担心栋哲，他是男孩子，必须要能撑事。"

庄筱婷偷瞥了庄图南一眼，看到哥哥微微点了点头，她慌乱的心情突然镇定了一些，默默点了点头，表示愿意留下。

庄图南慢条斯理地讲述自己的看法："栋哲说他可以放弃宝洁的工作去苏州，我的意见恰恰相反，他应该在广州站稳脚，筱婷也想办法去广州，或者两人想办法留上海，考研也好，换工作也好，两人努力往一起调。"

庄图南先说了一句大直白话："宝洁的工资是普通工作工资的十倍，甚至几十倍，咱家没资格、没权利让栋哲放弃。"

庄超英道："报纸上……"

庄图南轻声道："我知道，沿海争议很大，上海更是舆论旋涡的中心，相关的新闻报道我都看了。但是，爸，很多时候，机遇都是稍纵即逝的，人在不同的平台获得的机遇是不同的，因为图稳定而放弃进入一个好的平台，实在可惜。"

接着，庄图南又说："选择很重要，大方向对了，人生就对了，就像爸您当年替我们做了选择。"

月光从窗口斜照进屋，在水泥地面上拉出一条白晃晃的惨淡光线，黄玲已经躺上床，庄筱婷站在桌边，竟然觉得妈妈是那么陌生。

是环境不同，还是心境陌生了，庄筱婷不知道，但她说不出的惶恐。

恍惚间，她回想起了小时候，重拾了父亲负气离家半个月时的心情，那种突然间觉得父亲很陌生、觉得可能会失去父亲的惶恐心情，在随后近十年的时光中，她一直尽量避免回忆，以为自己已经遗忘了，但是这一刻，那种惶恐惊惧的情绪又铺天盖地地将她淹没了。

庄筱婷悲哀地闭上眼睛，自从和林栋哲恋爱后，在他纯粹热烈的爱恋中，她渐渐淡忘了这种患得患失的不安全感，但是现在，她从父亲的暴怒、母亲的淡漠中又清晰地感受到了。

黄玲的声音很平静，问女儿："筱婷，你不睡吗？"

庄筱婷摇了摇头，说："我想坐一会儿。"

庄筱婷说着，轻轻拉开桌前的椅子，坐下了。

黄玲道："随你。不过明天一早，我希望你能去向你爸爸道个歉。"

庄筱婷不作声。

黄玲道："你爸爸说了栋哲两句，不管对不对，他是长辈，栋哲就该受着。你不该这么倔，和你爸爸针锋相对。"

庄筱婷道："爸爸不该说栋哲太自私，只考虑自己。"

黄玲微微笑了，说："这一点，我和你爸爸的看法是一致的。"接着，她又补了一句，"你爸爸说你不自尊自爱，我也同意。"

不知道为什么，或许是母女连心，庄筱婷居然并不意外黄玲会这么说，倔强道："宝洁的工作很好，合资企业的工作虽然没有大学的工作稳定，但更有发展前途。去沿海的同学很多，苦一点都能找到工作，我们的想法和你们不一样。"

黄玲道："你爸爸说的那些政策法规，我不懂，但我知道一点，大学的工作是你爸爸四处求人才打听到的，是他低声下气托关系才找到负责人的。"

黄玲道："你刚才说你办了边防证去广州找工作，找工作时住哪儿？林家？找不到工作怎么办？还住在林家？"

庄筱婷嘴唇轻轻颤抖，说不出话来。

黄玲道："我初中毕业就进厂工作了，我工龄比你爸爸长，又是车间小组长，直到你哥哥上大学前，我的工资一直比你爸爸高。"

黄玲道："你奶奶把你爸爸的工资扣下，但她拿我没办法，我有工资，能养活自己，能养活你和你哥哥。"

庄筱婷低声道："妈妈，我懂你的意思……"

黄玲道："不，你不懂，你奶奶重男轻女，让我把肉啊蛋啊都留给你爸爸和你哥哥，随便给你一口饭就行了。我不理她，我自己挣钱，自己的闺女自己疼。你爷爷奶奶曾经想让你读个技高或中专，我理都懒得理他们，我有工作，自己的孩子自己做主。林叔叔工资高，但你宋阿姨每天起早摸黑卖小吃，她图什么？她也图一个大事小事能自己做主。但是，你和林栋哲之间的利益能永远一致？有矛盾、有分歧时，你不想能自己做主？"

黄玲接着说道："我辛辛苦苦供你读书，就是让你长大了有能力做自己的主，不用看别人的脸色。我把你当宝一样带大，你现在居然为了林栋哲不考研，不回苏州工作，你居然自己放弃了一切，我对你很失望，筱婷，我对你很失望。"

在交大待了一天后，庄超英和黄玲回苏州了。

父女、母女间只剩沉默，庄超英让庄图南转交了一张纸条给庄筱婷，纸条上有苏州大学专职辅导员面试的时间和地点。

黄玲没再劝说庄筱婷，只和林栋哲说了几句不咸不淡的话，她看向庄筱婷的眼神和说话的语气都淡淡的。

庄筱婷知道，自己的行为真正地寒了妈妈的心，寒了为她含辛茹苦一辈子的妈妈的心。

面试的时间在一周后，庄筱婷不知所措，只能先和庄图南商量。

相较于父母，庄图南的态度算是很支持了，他对妹妹说："你先回苏州，你和栋哲再想办法往一起调，两条腿走路总比一条腿快。"

他说了句肺腑之言："筱婷，哥从男人的角度说句话。你不能让栋哲为你放弃宝洁的工作，栋哲现在愿意，将来呢？万一将来他后悔了，你承担不了这份责任，你们的感情也会受影响。"

庄筱婷道："哥，那么多同学都南下找工作，为什么……"

庄图南道："为什么？爸妈已经说得很清楚了，你是女孩子，爸希望你稳定，妈希望你有退路。"

庄筱婷低声道："哥哥，你知道的，大学毕业如果没分到一起，基本上就只有分手一条路了。"

庄图南诧异地看了庄筱婷一眼，说道："我以为你不知道呢，你既然知道，当初为什么要和栋哲开始？"

庄图南意味深长地说："如果因为不在一起就分了，那就分了吧。"

庄筱婷想和林栋哲商量，她一直以为，她和林栋哲之间可以无所不谈，再隐秘的心事都可以互相倾诉，再艰难的事情都可以开诚布公地商量，但现在，她发现她错了。

正如黄玲所言，她和林栋哲的利益已经不一致了。

庄筱婷不知道，父亲那天在暴怒之下评论林叔叔、宋阿姨夫妻不在乎甚至算计她的言语是否被林栋哲记在了心中，她不敢想林栋哲是否表面若无其事但实际在心里记恨着。

庄筱婷不敢想，更不敢问林栋哲心中的真实想法。

庄筱婷也试过和林栋哲商量苏州大学的工作，但只要她一开口，林栋哲就慌慌张张地表忠心："我愿意去苏州。"

庄筱婷注意到了，林栋哲用的是"去苏州"，而不是"回苏州"，再想到哥哥的忠告，叫他不要让林栋哲放弃宝洁的工作，她无法再百分百相信林栋哲的真心了，而且，就算现在是真心的，那将来呢？

猜忌、不满已经横在了两人中间。

庄筱婷没有任何人可以商量，她偷偷哭了好几天。

妈妈的那句"我对你很失望，筱婷，我对你很失望"一直在心中回响，她从小是妈妈的骄傲，这是妈妈第一次对她说重话。

比较起父亲的怒骂咆哮，母亲轻描淡写的责怪更让她战栗恐惧，她知道，母亲对家人是全身心付出，但如果被人轻视或辜负后，她不会轻易再给对方机会，对爷爷奶奶如此，甚至对父亲，也如此。

庄筱婷深知母亲对父亲的疏离和警惕——尊重恩爱的表皮下，母亲骨子里对父亲有着挥之不去的戒心——她无法接受自己和母亲也貌合神离。

庄筱婷心中有一杆秤，一杆衡量亲疏、利益的秤。

苏州的稳定工作比她和林栋哲的感情轻。

苏州的稳定工作和父亲的怒骂加一起比她和林栋哲的感情轻。

苏州的稳定工作、父亲的怒骂、母亲的痛苦失望加一起，比她和林栋哲的感情重！

八人的寝室里，庄筱婷不断抽泣着，但她不敢出声，她凝视着天花板上惨淡的月光，心中有了决定。

庄筱婷找到林栋哲，红肿着眼睛说了一句："我后天回苏州面试。"

林栋哲想说点什么，但无言以对，只默默点了点头。

庄筱婷道："哥哥的话有道理，你千万不要放弃那么好的工作，我们先……在不同的城市工作，再找机会调到一起。"

林栋哲随声附和："我们高三那年分开了一年，很快就又考到一起了。"

庄筱婷低声道："不是'分开'，我们不分开。"

初夏的夜晚依旧灼热，庄筱婷额前的几缕刘海汗湿，粘在了一起，宿舍楼前人来人往，欢笑声清脆爽朗，不远处的食堂里传出一阵阵看足球比赛喝倒彩的口哨声、嘘声，这是校园里特有的喧闹，自由自在，无忧无虑。

林栋哲目瞪口呆地看着庄筱婷，有人骑车冲向林栋哲，嘴里大声吆喝着："兄弟，让让，让让。"

庄筱婷伸手拽了一下林栋哲，自行车擦身而过，车筐里一束鲜艳的红玫瑰散发出若有若无的芳香。

尽管正在讨论严肃事件，两人的视线还是情不自禁地瞟了过去，两人都想起了他们公开恋情后的甜蜜场景，林栋哲经常骑车带着庄筱婷在校园里乱转，林栋哲时不时地捧着鲜花等在女生楼楼下。

两人心中都泛上一股既甜蜜又忧伤的情绪。

林栋哲惴惴不安地问："我们一起走走？"

庄筱婷默默点头。

林栋哲带着庄筱婷漫无目的地转了两圈，两人都一言不发。

明月皎洁，蛾子在路灯暖黄的光晕中旋转飞翔，草丛中有虫鸣，路上是三三两两、散步闲聊的学生，一切都美好得像梦境。

图书馆后有几丛灌木，这是一处僻静的地方，林栋哲停下了脚步，转向庄筱婷，小心翼翼牵起她的一只手。

"到了毕业前，我才发现我以前太混蛋了。哥其实早就提醒我们了，你考研，我工作，我当时为什么没听，非说我们一起去广州工作。"林栋哲的声音控制不住地发颤。

林栋哲接着说："你爸骂得对，户口、工作，还有家庭压力，我把问题都甩给你了，让你一人承担。"

庄筱婷轻轻笑了，又轻轻摇了摇头。

林栋哲的手心不断地冒出冷汗，庄筱婷也好不了多少，两人牵在一起的手都凉沁沁、滑腻腻的。

林栋哲鼓足勇气道："你是女孩子，如果结婚，你要承担的比我多得多。"

庄筱婷的声音很轻，但坚定、清晰，可见她早已反复思量过了。"我是说，如果我回了苏州工作，我们就结婚。"

林栋哲轻声道："怎么和你爸妈说呢？"

庄筱婷道："暂时不告诉他们，我们不说，他们不会知道的，等我们调到一起后再告诉他们。"

林栋哲道："我不想分手，可我也不能让你一人承担这么大的压力。"

庄筱婷久久不语。

林栋哲心中突然生出一股勇气，为什么不结婚？他和庄筱婷一起长大，早已习惯了相守，早已认定了对方，为什么不结婚？

林栋哲心中越来越悲伤，一种温柔甜蜜到极点的悲伤。他低声道："我真傻，刚才应该抢那个小子的红玫瑰的。"

庄筱婷"扑哧"一声笑了出来，眼角却湿了，两串晶莹的泪珠无声息地滑了下来。

林栋哲单膝跪了下来。

夜阑人静，月朗星稀。

庄筱婷回苏州面试，林栋哲开始打听毕业结婚的事项——结婚必须先向单位或学校申请，单位或学校在申请上盖了公章后，才能去婚姻登记处办结婚手续。

结婚介绍信需要层层审批，系、学院、学校一层层审批，林栋哲连系里第一关都没过，系办公室的办事员斩钉截铁地驳斥了林他："学生不许结婚，你还想不想要毕业证了？"

林栋哲连声解释："我知道我是学生，我是问，毕业后怎么结婚？"

办事员苦口婆心解释道："单位评比要看晚婚比例，所有的单位都有内部指标，申请结婚的人必须排队等名额，你的年龄无论在哪个单位都要排好几年的队。"

林栋哲小心翼翼问："毕业后，还没到单位报到前呢？"

办事员诧异又意味深长地看了他一眼。

庄筱婷从苏州回来了，林栋哲不用问，看到她第一眼时，就知道面试结果了。

林栋哲从办事员那意味深长的眼神中看出了端倪，他不敢明目张胆地"行贿"，只好采用哀兵之策，每天下午给系办公室送两保温桶冰棒。

林栋哲是从学校生活处批发的冰棒，每根才几分或一毛钱，冰棒不贵，办事员坚持给钱，但整个系办公室都震动了。

办公室西晒，没有空调，夏日里闷热不堪，系楼离生活处或学校小卖部又远，单程骑车十多分钟，两保温桶冰棒笼络了所有人的胃。

林栋哲每天在太阳下来回大半小时，大汗淋漓地送冰棒，系主任和办事员们开始八卦。

"他女朋友也是咱学校的，好像是管理系的，据说成绩很好，每年都拿一等奖学金。"

"我在校园见过他们走一起，外形挺般配的。"

"现在的年轻人啊，恋爱不避人了，毕业了就想结婚。"

"年年看毕业生分手，我倒挺喜欢这小伙子的，至少努力了。"

"听说他签了宝洁，确实活络。"

……

办事员偷偷告诉林栋哲："你让你女朋友也去系里找找人，档案有一段'两不靠'的时间，就是你们刚毕业，户口还是集体户籍，还没转回原籍或未来的工作单位，档案还没转到工作单位前那一小段时间，那段时间内结婚不占学校和工作单位的名额。"

办事员补一句："婚姻登记处需要身份证、结婚介绍信和户籍证明，你和你女朋友先从各自的系里开结婚介绍信，再拿着系里的介绍信从学校开一张，再去学校户籍管理处开一张集体户籍证明。"

林栋哲喜出望外，连声道谢，办事员感染了他由衷的喜悦，索性送佛送到西，说："你女朋友是优秀毕业生，你千万别去她系里送冰棒，太扎眼了，我给你她系里办事员的家庭住址。"

系主任端着茶杯经过，自言自语般，说："天黑再去，灵活点。"

结婚登记处人很多，队伍很长，林栋哲和庄筱婷排了很久才排到。

工作人员检查了身份证、结婚介绍信和户籍证明，向他们要合照，两人同时"啊"了一声——系办事员向他们介绍了种种手续和文件，但没有和他们说要事先准备合照。

工作人员看到两张单人照，笑了笑，盖上了鲜红的印章。

排队两小时，领证五分钟，林栋哲和庄筱婷拿着两本结婚证，茫然离开登记处。

一个月来，两人凭着一股骁勇之气闯过重重难关，开了介绍信，领了结婚证。闯关时无暇多想，现在拿到结婚证了，反而茫然了，下一步做什么呢？

两人不敢和家人提结婚一事，连庄图南都瞒着，现在，他们向谁宣告此事呢？

庄筱婷先开了口，说："我宿舍今天有人离校，大家中午要聚餐……"

庄筱婷话没说完就止住了，她直觉哪里不太对。

林栋哲的回答更荒谬："我们一起回学校，你去聚餐，我去系办公室送冰棒，他们都说如果咱俩结……结婚了，冰棒抵喜……喜糖了。"

两人默默挤上了回校的公交车。

拥挤的人群中，林栋哲悄悄握住了庄筱婷的手，他曾经多次握过庄筱婷的手，但是这一次，他清晰地感觉到了不同。

两张并列贴在一起、略显滑稽的单人照，鲜红的公章，一举击破了这段时间以来两人无法宣之于口的担忧和猜忌。

他们的手，从今以后都会握在一起。

一辈子握在一起。

庄筱婷心不在焉地聚完餐回到宿舍，钻进床帘后，偷偷打开了结婚证。

原应是双人合照的位置贴了两张单人照，似乎在说明他们的幼稚和莽撞。

幼稚、莽撞、冲动，正如窗外的烈阳，那么的灼热，那么的纯粹。

那么欢喜，那么满。

庄图南和余涛两人的工作单位离得不太远，吃午饭时经常巧遇。

这天，两人又在街上碰见了，余涛硬拉着庄图南进了一家新开的小饭馆，还不忘介绍说："这店里都是地道东北菜。"

庄图南前一晚熬夜了，又刚画了一上午图，有些迷糊，问道："你又不是东北人，你咋知道地道？"

余涛很老到地点菜："两碗羊杂汤，六个馅饼。"点完菜，又对庄图南说，"一会儿你就知道了，都是硬货。"

庄图南用热水烫了烫筷子，问道："你东北同事推荐的？"

余涛接过筷子，夹起桌上小碟里的萝卜干，一边说："李佳，就是咱班班长，她上周来事务所面试，我老板是吉林人，又教过李佳，面试完大家一起出来在这家吃了顿午饭，羊杂汤鲜得很，饼里的肉馅也实在，这家实惠，咱们可以常来。"

庄图南愣了一下，问余涛："李佳去面试？"

老板端来两碗羊杂汤，余涛伸手接了过来，说道："是啊，规划院工作两年给户口，李佳已经在规划院工作四年了，工资那么低……"

余涛咬了口馅饼，又说道："我老板问她为什么放弃铁饭碗，李佳说了实在话，规划局工资实在太低，现在设计院市场化了，挣得多，所以她想趁年轻苦几年，多攒点钱照顾爸妈。"

余涛很感慨，继续说："设计院改制，我们辛苦是辛苦，但挣得多，也算值了。"

庄图南道："你工资是高。"

余涛道："咱小院要靠导师拉活，不稳定。你的工作才好，大院，同时兼顾了稳定和高工资，还有机会接触大项目。"

余涛滔滔不绝地八卦说："我老板一脸慈祥地劝李佳，说设计院太辛苦，规划局工资低，但稳定，还有机会分房，让李佳留在规划局熬房子，李佳说她资历浅、单身，分不到房子。"

余涛哈哈笑着，又说："我老板一听就疯了，当场表态：李佳你还单身啊，老师我桃李满天下，规划局、设计院、学校都有我的弟子。你要啥样的？告诉老师，包在老师身上。"

星期天，淡水路调房市场，所有人见面打招呼的话千篇一律："侬啥房子？"

电线杆或长凳椅背上贴满了打印或手写的A4纸，地面上也摊满了纸张，纸上的内容分两部分：一部分说明自己房子的地段、大小和相关细节，另一部分阐明自己想换的房子的具体要求。

李佳父亲一张张看了过去，好地段的小房子换差地段的大房子，同样地段一大间换两小间，没厕所的大房子换成有独卫的小房子……

李佳挽着妈妈也挤在人群中，李母边看边和女儿絮叨："有煤气灶台的房子可以多换两平方米，有抽水马桶可以多换四平方米。现在人娇气得嘞，我们那时候屋头哪有抽水马桶啊。"

李佳笑了笑，说："屋里有抽水马桶，感觉两样的。"

李父接口："客人来家里，多少有面子。"

逛完了调房市场，一家四口找了家馄饨店休息。

李父很感慨："阿文大专毕业也分配工作了，你们姐弟俩要是有了房子，就真在上海扎根了。"

李母道："囡囡，你要能从规划局分到房子就好了，找个有房子的本地人也好。"

李母说完，小心翼翼地看了李佳一样。

李佳笑得很无奈，道："妈，又来了，你挑人人挑你，本地家庭也不想要我这种没房子的对象。"

林栋哲先把庄筱婷送回苏州，然后再回了广州。

庄筱婷属于返籍落户，她拿了家里的户口本，身份证，交大、苏大提供的证明文件——毕业证书，加盖了学校公章的就业报到证、户口迁移证、户口登记表等材料，跑了几次派出所，顺利落户。

庄筱婷办好落户，把户口本放回柜子里，在饭桌上提了一句，庄超英也就放心了。

林栋哲回苏州，不仅是送庄筱婷，他还做了两件事，一是给庄超英和黄玲的房间装上了空调，二是把他投在向鹏飞车队的四万多元人民币的股份换到了庄筱婷名下。

林栋哲把更名文件交给庄筱婷时，庄筱婷吓了一跳，林栋哲只说了一句话就让她收下了。

林栋哲道："我努力往上海办公室调或是在广州帮你找工作，等我成功了，你把这些股份卖给鹏飞，用这笔钱交单位的违约金，辞职去找我。"

庄筱婷直视林栋哲，清楚、干脆地应了一声："好。"

两地分居的生活开始了。

新工作需要时间适应，两人工作日都住单位宿舍，节省下通勤时间学习和给对方写信——长途电话费不仅很昂贵，而且两人经常联系不上对方，必须依赖书信分享生活点滴，维系感情。

林栋哲记性好，生活中的点点滴滴、工作上的新鲜事都记下来，随想随记，天马行空，写满几张纸后，鼓鼓囊囊地塞满一个信封就邮寄出去。

庄筱婷的信相对短一些，但她写信的时间并不少，她信笺上的文字更谨慎，更用心，内容也经过了筛选，例如，她选择性地告诉林栋哲，她天天检查宿舍信箱，每隔几天就会收到一封厚厚的信件，所以单位的人都知道她有爱人，但她没有告诉林栋哲单位得知她已婚后的一系列风波。

苏州大学计划生育负责人统计了新入职女职工的婚育状态，并把相关信息分别发送到了女职工所属的科室，庄筱婷的直属领导看到登记表格后，找庄筱婷谈话，知晓了她和丈夫两地分居、有跳槽的可能性后，暂时就把她踢出重点培养的队伍了。

庄超英当初托关系找的人打了电话给庄超英，询问他女婿是否会来苏州工作，如果答案是否定的，学校只能暂时边缘化庄筱婷了。

这个电话在庄家掀起了轩然大波。

黄玲慌慌张张找出了户口本，发现庄筱婷在户口本上的信息是：已婚。

庄超英震惊，黄玲错愕不已，向鹏飞替林栋哲说话，他的话粗俗，但话糙理不糙。他说："林栋哲把所有的钱都给筱婷了，你们骂他别的可以，不能骂他不负责任。"

庄超英挺直了脖子，吼道："钱就能解决筱婷的困境吗？"

向鹏飞下定决心替庄筱婷挡住火力，对舅舅说："大舅舅，筱婷现在的困境是你一手造成的。"

庄超英气得不知该怎么办，抄起扫帚打向鹏飞，向鹏飞一边躲，一边把痛哭流涕的庄筱婷推出了门，提醒她："去给咱哥打电话。"

庄图南还没打来电话，黄玲已经想通了，她劝住了暴跳如雷的丈夫，她说："木已成舟，你再气不过，只能打骂筱婷，但不能再骂栋哲了，不然筱婷、栋哲将来都要和我们离了心。"

话是这么说，黄玲也气女儿自作主张，气她不理解父母的苦心，所以，很久都不肯让她回家。

林栋哲从向鹏飞和庄图南处知道了庄家的风波，他本想赶回苏州一趟，但他还在管培生培训期，根本请不了假，他急得团团转，只能回家请宋莹代他跑一趟苏州。

宋莹和林武峰也惊得目瞪口呆，林武峰连忙按习俗备了上门礼，宋莹稀里糊涂地带着礼物，到了苏州。

宋莹给亲家带了一台照相机，黄玲收下了礼物，但毫无喜悦之感。她打电话从学校叫回了庄筱婷，一家人沉默着，尴尬地吃了两顿饭，这件事情表面上就这么疙疙瘩瘩地过去了。

除了首饰和新衣服，宋莹硬塞给庄筱婷一本存折，黄玲什么也没说，示意庄筱婷收下。

临上车时，宋莹低声对黄玲说了一句："这样也好，领了证，他们心里就没了猜忌，劲儿可以往一起使。"

黄玲几乎落泪，说道："宋莹，你晓得的，咱们厂里也有两地分居的，有些一辈子都没能调到一起，一年就那么几天探亲假见见面，两个孩子怎么就这么冲动，也不和家里商量就把证领了！"

宋莹回广州了，庄筱婷又被赶回了学校。

庄筱婷没打电话给庄图南，但向鹏飞打了。

庄图南没有打电话回家，两周后，他坐周六的夜车赶回了苏州。

庄图南先回了家，听说母亲不让妹妹回家，连连摇头，马不停蹄地赶到苏州大学。

宿舍里住了三人，星期天，另外两个女孩出门逛街了，庄筱婷正独自一人在宿舍里，她打开房门看到哥哥，眼泪滚滚落下。她哽咽道："哥，你知道了？"

庄图南没好气道："鹏飞打电话告诉我了。"

庄图南走进房间，看见桌上饭缸里一个硬邦邦的冷馒头。他原本是想训斥妹妹的，但当看到妹妹的眼泪和这个冷冰冰的馒头时，就只能叹息了，苦口婆心道："筱婷，你怎么这么冲动，怎么就这么……就这么结婚了？你们还分居两地呢！"

庄筱婷哭得上气不接下气，说："我就是想和林栋哲结婚，分居两地也要结。"

来的路上，庄图南设想过很多可能的情形，但他完全没想到他会从一贯冷静从容的妹妹嘴里听到这么天真幼稚的话，他一个没绷住，笑了出来。随后，他立即又板起了面孔，训斥道："筱婷，你真是不给自己留一点退路，你就不想想万一你们……我说万一啊，万一你们不能在一起分手了，你还这么年轻，就是离过婚的人了。"

庄筱婷哭得眼睛都肿了，说道："就算以后要离婚，我现在也要和林栋哲结婚。"

庄图南目瞪口呆，心想，咱小院出人才啊，原以为向鹏飞和林栋哲是难兄难弟，想不到你和林栋哲才是卧龙凤雏。

等庄筱婷抽抽噎噎地哭完了，庄图南才硬拉她出去吃饭。

庄图南点了妹妹喜欢的几道菜，等她吃得差不多了，才冷不丁问："你们是怎么想出这个馊主意的？"

心随胃走，胃饱了，庄筱婷心情也好了很多，她小心翼翼看了一眼哥哥的脸色，讷讷回答："我和林栋哲谈了三年恋爱才告诉爸妈，我原本想等我们调到一起后再慢慢告诉爸妈我领证了，现在不去粮店买米了，妈早就不看户口本了。我以为我能瞒过他们的，我真的不知道学校会打电话告诉爸。"

庄图南再一次啼笑皆非，他觉得他完全无法和这个任性、天真、幼稚的庄筱婷交流。"你也知道你们现在不在一起啊？那为什么不等到调到一起再结婚？"

庄筱婷道："两地分居，我们都很怕会分手，领了证就没有退路了，只能想办法往一起调。"

庄图南意味深长道："压力都在你这边，你是没有退路了，你傻不傻啊！"

庄筱婷突然直视庄图南，道："哥，你没谈过恋爱，你不懂。"

庄图南气笑了，说道："哥是没谈过恋爱，那你告诉我，明明可以等在一起后再结婚的，你非要搞到现在众叛亲离，连单位都不重视你，你图啥？"

庄筱婷道："在交大，林栋哲去舞会跳了两次舞，他……他很受欢迎的，但他发现我不愿意他去舞会后，他就不跳舞了……他不让我担心害怕，我也不让他担心。哥，谁都不傻，是不是全心全意装不出来的……"

庄图南沉默了一会儿，说："我懂了，但我还是要说你太任性了。"

他喝了口热茶，接着说："爸妈还在气头上，你没事多打打电话，等他们气消了，你就能回家了。"

庄图南半是无奈半是欣慰，又对妹妹说："还记得以前爸离家出走，林栋哲建议你不好好学习，你成绩下降了爸自然就回家了。得，你这次玩了把大的，爸妈同仇敌忾，听鹏飞说，他们最近感情可好了，老两口每天晚上一起出门散步。"

林栋哲使出浑身解数，得到了一个出差上海的机会。

原本周一上午的机票，下午到上海，林栋哲找到秘书，把机票改到了周六晚。

庄筱婷周六请了半天假，下午就坐了长途车匆匆往上海赶，到了上海后，又马不停蹄地赶往虹桥机场，等待许久未见的林栋哲。

天不遂人愿，广州突发暴雨，林栋哲的航班被迫延误，乘客们只能在机场焦急等待。

无法联系上庄筱婷，林栋哲只能一遍遍地看电子屏上的通知，希望航班能尽快恢复正常，但除此之外，他什么也做不了，除了焦急，还是焦急。

乘客们在机场等到凌晨后，被机场大巴拉到了附近的旅馆休息，等待下一步的通知。

谁也不知道延误航班什么时候再飞，上海机场的地勤工作人员也不清楚，林栋哲只能在旅馆休息——尽管他也无心睡眠，但好歹可以躺下休息，庄筱婷只能在机场等候，在失望、焦急、担忧中无奈等候。

凌晨时分，才有确切的消息说航班明天再飞，庄筱婷疲惫至极，打的去了庄图南处休息，第二天一早天还没亮，又匆匆赶到机场等消息。

飞机抵达上海时，已经快中午了，林栋哲昨夜上飞机时特意携带的鲜花已经枯萎，只能扔在了垃圾箱里。

庄筱婷必须赶回苏州了，林栋哲拎着箱子，又坐上了上海到苏州的客车——他先坐长途车送庄筱婷到苏州，再连夜坐夜班火车回上海，这样他和庄筱婷还能有一点相处时间，一点在长途车上的相处时间。

上海是始发站，两人很幸运地买到了两张坐票，庄筱婷坐窗边，林栋哲坐她身边。

车窗很脏，玻璃上污痕斑斑，从车里向外看，一片灰蒙蒙的，庄筱婷再也忍不住，这几个月来积压在心中的所有负面情绪——在单位被边缘化的挫败感、父母的不理解和愤怒、林栋哲航班延迟的担忧和失望——都在心中翻滚，她低下头，眼泪夺眶而出。

庄筱婷无声无息地哭了出来，林栋哲默默地将她的头靠在自己的肩膀上，任由她的泪水浸透了他肩头的衣服。

第二十五章

悄然之间

李佳跳槽到了同济建筑设计院，和庄图南在同一个大组里。

庄图南原本还纳闷李佳为什么不去时薪更高的地产企业或民营设计院，但共事了一段时间后，他再一次叹服李佳对自己的清晰认知和对事业的强大掌控。

设计院的工资是底薪加奖金的模式，底薪和职位挂钩，奖金和项目相关。

李佳的职位比庄图南低了两级，技术也不能和参与过多个项目的庄图南相比，她目前的收入比庄南图低了很多，但她非常聪明地扬长避短。

李佳充分发挥了她曾在政府部门工作了几年的优势，非常自然地分担了一些琐碎但重要的管理工作。

庄图南等小组长除了画图，也兼顾协调团队各方工作、把握工作进度等管理，和这些小组长们对内的管理不同，李佳承担起了一部分对外的管理工作，和甲方博弈、给政府部门（尤其是规划局）写报告材料等等。

老教授们身上普遍还带着些计划经济时代的习惯和作风，新一代设计师们基本都是科班出身的天真无邪画图狗，一堆专业狗技术宅里来一位既懂专业又能填补管理空白的全能型选手，自然受到了欢迎。

李佳迅速适应了设计院的新工作，明眼人都能看出她的潜力。

1992年春节前，吴建国和庄超英、黄玲商量，吴珊珊怀孕了，弯腰在小桌子上切菜不方便，他想打一组高度合适的厨台橱柜，方便操作。

厨房和厕所是两家共用的，黄玲不方便和宋莹联系——成为亲家后，两家相处反而尴尬了起来，拐了个弯托庄图南转告林栋哲，征询他的意见。

砌墙民工庄图南受到林栋哲给爸妈装空调和吴建国打橱柜的启发，决定小事化大，把家里的厨房、厕所都装修一遍。

庄图南本科时，有一年的寒假作业就是小院的平面测绘，他找出了当时的图纸和数据，画了设计图，并注明了改造所需的材料和价格，让向鹏飞订购材料，找工人来装修。

大年三十，林栋哲从广州飞到上海，再赶至苏州过年——机票昂贵，但林栋哲宁可花光一个月的积蓄买机票，换取和庄筱婷多相处两天的机会。

林栋哲鼓足勇气上门，庄超英对他比较冷淡，黄玲态度尚可，但不让庄筱婷和他出去住招待所——黄玲的理由是，没有办婚礼还不算正式结婚，街坊邻居都不知道他们结婚了，贸然住一起会遭人闲话。林栋哲心中失望，但还是毕恭毕敬服从了丈母娘的安排，和庄图南、向鹏飞一起挤住在他从前的小房间里。

林栋哲到之前，只担心庄超英和黄玲不让他和庄筱婷多相处，等他一脚踏进小院时，才知道自己预想得太乐观了，大舅哥庄图南才是最大的障碍。

趁着春节长假，庄图南把厨房防水重新做了一遍，把厨房墙壁重新粉刷了一遍，他最神通广大的是重新设计了厕所，利用错层结构设计出了独立的卫生间、浴室和洗衣间，蹲坑换成了马桶，浴室装上了淋浴头，洗衣间低矮狭窄，但好歹能塞进黄玲心心念念的洗衣机了。

过年时工人不开工，向鹏飞假期照常出车，庄图南又想趁着自己在家时多做一点，理所当然地瞄上了林栋哲这个壮劳力。

整个工程中，庄图南负责砌墙、铺水管等技术活，林栋哲和庄筱婷负责运砖头、铲墙皮等粗笨活，林栋哲的探亲之行是不折不扣的打工之旅。

邻居们纷纷涌进小院参观，庄图南详细解释，并详尽地列出了装修材料的品牌和价格。

庄图南的单子上少列了两项：劳保手套七双，负荆请罪拼命干活的妹夫一名。

林栋哲明早就要回广州了，厨房暂时还不能使用，向鹏飞从餐馆打包了饭菜，大家将就着用室内保暖的铁皮炉热了开饭。

晚饭很丰盛，大家收拾了碗筷后，喝茶解腻。

电视上正在重播春晚，姜昆正在表演有关"价格闯关"的相声《着急》："一澡盆醋，两水缸酱油，一大衣柜五香面……"

向鹏飞道："可不是，家里还有一箱洗衣粉，八个新的保温杯。"

庄图南正用保温杯喝茶，他抱着保温杯算账："吴叔叔问我费用怎么算。我说林家的房子我做不了主，我装修是为爸妈住得舒服点，所以这次装修的材料费是我、筱婷、鹏飞三人均分。栋哲你别急，你和筱婷已经结婚了，你俩算一份。"

林栋哲和庄筱婷领证一事，庄超英和黄玲讳莫如深，绝口不提，庄图南就这么自然随意地说了出来。

向鹏飞接了一句："你们别给钱了，转来转去怪麻烦的，我直接从分红里扣了啊。"

庄图南闲闲道："栋哲名下的股份必要时要换成现金给筱婷付违约金，鹏飞你手里多留点现金，到时就可以买下了。"

林栋哲道："暂时应该用不上，我完成入职培训后有一次轮岗的机会，培训52周，已经完成了一半了，半年后就知道轮岗结果了。宝洁很注重家庭观念，调到上海应该问题不大，等我定下来了，筱婷再辞职。"

黄玲突然开口，说："这笔钱，爸爸妈妈出。"

一屋人都吃惊地看向黄玲，庄筱婷最甚，黄玲重复道："如果栋哲回了上海，或是筱婷找到了广州的工作，这笔违约金，爸爸妈妈出。"

黄玲道："但是有个条件，找到的工作要能解决户口，你们还年轻，你们不知道粮油关系、住房医疗、子女上学都和户口有关，我不能让筱婷当盲流。"

向鹏飞嘀咕："大舅妈，户口没那么重要了。"

这个关键时刻不遗余力拆台的外甥儿，庄超英对他的态度日益暴躁，骂道："放屁，你要不是有苏州户口，定量粮吃不上，车队的营业执照也办不下来。"

向鹏飞低声嘀咕了一句："办营业执照用的是身份证。"

庄图南轻轻咳了一声。

向鹏飞噤若寒蝉，给了林栋哲一个眼神，意思是："兄弟，我尽力了，帮不了你了。"

黄玲转向林栋哲，对他说："栋哲，你别怪爸妈坚持要筱婷先解决户口问题再调动，隔壁周青的情况你也清楚，在家受她舅舅舅妈白眼，在学校被人喊'小新疆'。"

庄图南道："我也同意妈的看法。户口关系到下一代，很重要。我的建议呢，也未必对，我随便说说，你们随便听听，有什么不同意见再商量。"

庄筱婷立即道："哥，你说。"

林栋哲也说："哥，你的建议一定有道理。"

庄图南道："筱婷的合约是两年内不能考研或跳槽，栋哲现在的情况也不确定，等栋哲定下来了，筱婷在苏大已经工作一年了，筱婷考研或找工作又需要起码几个月的时间，算下来也就快两年了。"

林栋哲小声反驳："哥，一年和两年差别还是很大的。"

庄图南对档案户口的问题门儿清，他说："不仅仅是违约金的问题，筱婷的简历上不能有空白期，而且，体制内更容易解决户口，筱婷将来要申请政府部门、国企或学校的工作的话，还需要从苏大转档案，所以尽可能不要违约。"庄图南安慰妹妹妹夫，"筱婷有寒暑假，放假可以去探亲，日子很快的。"

春节过后，巷子里很多人家来看庄家小院里改建的厨房厕所，不少人向黄玲要了庄图南列的清单，打算在自家院子里照葫芦画瓢改建。

但很快没人有这个心思了。

全国范围内的国企展开了轰轰烈烈的"破三铁"运动。不到3月底，全国"破三铁"试点企业已近1000家，棉纺厂也是其中一家。

"三铁"指代铁饭碗、铁交椅和铁工资。"破三铁"意味着企业可辞退职工，可根据效益和绩效决定职工的岗位和工资，棉纺厂采用了"留职停薪"和"半下岗"（厂里以生产的布料抵工资，职工自主销售）两种方式处理职工问题。

职工大会开完后，黄玲足不出户在家待了两天——反正厂里乱成一团，上不上班已经没人管了。向鹏飞不放心她，力邀她跟自己一起出车。"大舅妈，我刚来苏州时，不开心的时候就坐钱叔叔的车，坐在车上，看看外面的景色，心情会好很多。"

周日，庄筱婷赶回家中，硬拉着母亲上了向鹏飞的客车。

黄玲呆呆地看向车窗外，春光无限，天上的鸟儿自由地飞翔，田间的花儿自由地开放，一切都那么的鲜活，一切都那么的快乐。

可棉纺厂为什么就活不下去了呢？

黄玲怎么也不明白，曾是全市甚至全省轻工业骄傲的棉纺厂怎么就活不下去了呢？

尘封的记忆潮水般涌现，黄玲回想起她初中毕业进厂时，刚成立的棉纺厂正在进行手摇纱机改电动纱机的技术革新，技术人员加班加点改良机器，工人们开展"巧姑娘""接纱能手"等劳动竞赛推广新技术、提高劳动效率。

全厂职工上下一心苦干，棉纺厂一举成为远近闻名的优秀企业。随着厂房的扩建，厂里的职工越来越多，棉纺厂日新月异，车间日益扩大，生活区日益完善，食堂、澡堂、托儿所、幼儿园、子弟学校……

后来，她经同事介绍认识了附中的庄超英。

再后来，她陆续生下了一儿一女。

……

时光如梭，她在棉纺厂这个"家"里走过了酸甜苦辣，走过了人生大半的征途。

改革开放后，棉纺厂紧跟政策，管理层实施了利改税、承包责任制等一系列措施，她虽然不懂这些，可她知道，普通职工们也一直在努力自救，技术人员钻研新染料，车间里结对生产提高市场效率，销售科业务员四处推销……

可为什么，所有人视之为"家"的棉纺厂说不行就不行了？

乘客们大声喧哗着上上下下，客车在城市间来回穿梭，天慢慢黑了，车又开回了苏州城。

最后一个乘客也下了车，向鹏飞并没把车开回停车场，而是开到了小巷附近停下。

路灯潦草地照了进来，座位在车厢地板上留下大片张牙舞爪的黑影，黄玲茫然看向外甥和女儿。

向鹏飞轻声道："大舅妈，都会过去的，再难的日子都会过去的。"

庄筱婷什么也没说，默默握住妈妈的手，眼神中有说不出的担忧。

黄玲再也忍耐不住，倒在女儿的肩膀上号啕大哭，迷茫而恐惧。

棉纺厂很多职工办了"半下岗"，每天一早背着布料在农贸市场、街道上摆摊，他们没有执照，只能和城管斗智斗勇，如果不幸被抓，人被驱赶，布料就会被没收。

办理留职停薪的职工们一部分人试着做些小生意，厂区附近突然涌出了很多小摊子，早点摊、馄饨摊、书报亭……市场消费能力有限，这些小摊的生意并不好；另一部分职工四处打零工，服务员、营业员、修自行车、补鞋……

吴建国办了留职停薪，四处打零工，做木工、泥瓦工，工地上帮人扛水泥……吴珊珊工作稳定，她默默支付了吴军的生活费。

黄玲早就不再织毛衣挣手工钱了，一是兄妹俩早就自给自足，家中经济条件不错，二是和吴家关系越来越不好，黄玲不愿再欠李一鸣和宋向阳的人情，就不再捎带张阿妹挣外快了。现在，黄玲没有收入了。

庄超英和庄图南本来觉得黄玲留在家里做做饭也挺好，但向鹏飞说了一句话，让父子俩恍然大悟。向鹏飞说："大舅妈出门找点事儿做，心情会好一些。"

庄筱婷本想将林栋哲留给她的股份卖了做本金，在十中附近租个小店面让黄玲卖零食、文具，林栋哲也赞同，但黄玲一是胆小，不敢做生意，二是不愿花女婿的钱，便拒绝了这个提议。

向鹏飞出了主意，请黄玲做他车上的售票员，按月拿工资。

庄图南极力反对向鹏飞的主意，售票员早出晚归，饮食也不规律，他怕母亲的身体受不了这份辛苦，他让庄筱婷继续去十中附近找商铺，他出钱支持母亲做小生意。

出乎意料，黄玲同样拒绝了儿子的钱。

庄超英替黄玲拒绝了儿女们的心意，他说："你妈妈觉得店铺租金太贵，怕亏本。她又不是厉害人，平时买东西都拉不下脸皮死命杀价。她年龄大了，不想有太大的心理压力，你们就尊重她的想法。"

小辈们出谋划策，黄玲萎靡不振，庄图南请了假回了苏州。

庄图南挑了一个周六回苏州，他事先没有和任何家人提及此事，所以他中午到家时，只有黄玲一人独自在家，其他三人都在外上班。

黄玲已经吃过午饭了，见了庄图南，连忙下厨又烧了两个新鲜菜。

庄图南吃完饭，收拾好碗筷后坐下，掏出一个鼓囊囊的信封递给黄玲。

黄玲纳闷，接过信封打开一看，里面是一摞钱。

庄图南轻声道："妈，您每月工资312元9毛，还有一年就可以退休了，所以我带了3755元回来，不多不少，是您一年的工资。"

黄玲眼眶红了："图南，妈不能拿你的钱。"

庄图南道："厂里发不出工资，在您拿退休工资之前，我负责您的生活费。"

黄玲把信封推回来："图南，妈已经决定了去鹏飞车上当售票员，妈有手有脚，能养活自己。"

庄图南按住黄玲的手："工作是您一辈子的底气，您曾说过，您有工资，不靠爸也能养大我和筱婷，现在轮到我说，您有儿女，不靠爸也能生活，您当不当售票员、打不打工都随您，在您拿退休工资之前，我做您的底气。"

黄玲泣不成声。

庄图南轻声道："银行还开着，妈，我们现在去银行，把钱存个活期。"

庄图南带黄玲去银行新开了一张活期存折，存入了3755元。

这件事，他们没有告诉家里其他人。

第二天，庄图南匆匆赶回了上海。

黄玲办理了留职停薪，当售票员挣一点辛苦钱。

1992年，全国商品房的销售额达440亿元，比1991年增长了80%。

上海房地产市场内外两重天。

外销商品房平均售价高达1500美元/平方米，销售火爆——22万平方米的外销房和侨汇房被海外人士争相抢购，售出率高达90%以上。

内销商品房价格2000—3000元/平方米，销售惨淡。

上海职工平均工资是356元/月，无论是价格还是观念，普通职工都是无法接受和理解商品房的——房子是单位的福利，是公家的责任，国家不可能让大部分人花费一家人工作几十年，甚至不吃不喝几十年才能攒下的钱买一套几十平方米的房子的。

福利分房、公房出租还是房市的主流，很少有人关心刚推行的住房公积金制度和房贷政策。

外销房的销售带动了住宅建设，设计院项目很多，建筑设计师的收入直线飙升。

规划局工资不高，李佳工作四年省吃俭用存下了2000元，跳到设计院后收入飙升，再加上庄图南带着她做了两个私活，她半年就存下了5000元。

在7000元的基础上，李佳贷了款，买下了一套50平方米、总价7万元的二手房。

签字贷款后，李佳在办公楼外的长凳上坐了很久很久。

李佳控制不住地一阵阵战栗，她全身发软，她害怕。

李佳不知道自己是怎么有勇气贷款那么多钱的，谁也不知道设计院现在的好日子是不是昙花一现，谁也不知道她以后还能不能接到私活——这两个私活还是庄图南忙于浦东超高层的投标，实在分身乏术时才分她一杯羹的。她怎么就敢买房？她怎么就敢从银行贷下分期20年的巨款？

本金那么贵，利息那么高，她怎么就敢贷下巨款？

李佳脑中浮现出一角灰蒙蒙的天空——她考上同济回上海后第一次去爷爷奶奶家，晚上睡在厨房里，空间太小太挤，墙壁隔音太差，她夜难成寐，盯着厨房玻璃窗盯了整整一晚，直到天蒙蒙亮，窗外和院墙中夹着的一小块三角形的天空一点点地变得灰白，才勉强睡了一会儿。

李佳现在的心情就像那时一样，20年的房贷就像那块三角形的天空，劈头盖脸地压了下来，圈住她所有的活力，让她无法动弹，让她几近窒息。

见过晨曦中的东北平原，测绘过烈日下的平遥古城墙，鸟瞰过夜晚的浦东，李佳不明白自己为什么竭尽全力也挣脱不了这个三角形的框架，摆脱不了这块灰蒙蒙的天空。

大街上人来人往，汽车喇叭声、自行车铃声、行人谈笑声不绝于耳，李佳觉得安全，她想多坐一会儿，就这么安静地、无意识地多坐一会儿。

李佳竭力控制住身体的微微战栗，但还是有人注意到了她的异常，有位大婶走近她，询问道："小姑娘脸色煞白煞白的，不适意啊？"

李佳想回答，但她刚一开口就发现自己的嗓子似乎堵住了，她努力了两次才发出嘶哑的声音："我没事，我只是……我只是有点累。"

李佳回到设计院，经过会议室时，看见小组成员正围在会议桌周围讨论。

庄图南侧站在桌边，一只手撑在桌上，低头看着图纸。

不知道听到了什么，他突然笑了起来，整张侧脸的线条都生动了起来。

庄图南抬起头来，两人的视线隔着玻璃相撞，他愣了一下，轻轻点了点头算是打了招呼。

李佳推门进了会议室，同事把一张图纸塞进她手里，说："庄工在曲面部分做了改动，你先看看。"

李佳和庄图南现在是所里公认的金牌搭档，庄图南设算两精，针对其他方的问题或争论能以"数"服人；李佳情商高，给对方留脸面余地的同时，还能寸土不让，捍卫所里的原则或利益，所以设计院经常派两人出门参与"群殴"。换言之，庄图南的设计，李佳必须烂熟于心。

李佳笑笑，接过图纸坐了下来。

年初"南方谈话"后，外资逐渐回流，沿海经济特区和上海的外企日益增多，但外企不提供户口。庄筱婷听从了庄图南的建议，在合约到期前，暂时不急于找工作。

7月底，林栋哲结束了他为期一年的地狱级难度的培训，具备了一定的技能和经验，他被分到上海分公司的客户关系部，正式接触销售渠道，和各分销商建立联系，参与制定销售目标和分销策略等环节。

上海的租房市场还是"黑市"，房源也少，庄图南发动同事们帮忙，帮林栋哲租到了一套地段、环境都很合心意的一居室。

尽管还没举行婚礼，但庄超英和黄玲都默许了庄筱婷趁学校放暑假去上海和林栋哲小聚——反正两人远在上海，街坊邻居们都不知道，庄超英和黄玲也就只能掩耳盗铃了。

新婚久别，喜不自胜。

庄超英和黄玲到底放心不下庄筱婷，8月底，两人一起到了上海，想亲眼看看女儿女婿的生活状况，想对女儿将来的"盲流"生活有个基本概念。

林栋哲和庄筱婷一起下厨，做了满满一大桌菜，招待父母和哥哥。

饭后，大家围坐在客厅里闲聊，庄超英喝茶，庄图南和林栋哲喝冰啤酒。

闲聊中，黄玲看庄超英的茶杯空了，端起茶杯进厨房给他加水。

厨房有两扇窗户，天热，正大敞着通风，黄玲情不自禁地看向窗外。

房间在五楼，楼层不高不低，从窗户看出去，楼间的树木花草绿意葱茏，树下坐着几个摇着蒲扇聊天的老人，路上有几个骑着小三轮车追逐打闹的孩童。

花香，孩童的欢笑声，行人的谈话声，裹在夕阳余晖和暖暖轻风中飘进室内，一室阳光，一室清风，黄玲一时间晃了神。

林栋哲心细，他看黄玲进了厨房没有出来，立即跟了过来，问道："妈，找什么呢？"

黄玲回过神来，忙说："没什么，周围的环境好，多看了几眼。"

黄玲端着茶杯回客厅，坐回庄超英身边。

庄图南听到了黄玲和林栋哲的对话，接话道："这个小区确实好，栋哲也是运气好，以前都是公房，出租房房源少到可怜，没什么挑选余地，现在有商品房了，房源总算多一点了。"

黄玲道："我刚才在厨房往外看，我和你爸爸工作一辈子了，别说年轻时了，就是现在都没住上这么好的房子。以前去公共水龙头拎水上公厕，那时候觉得筒子楼两居室就很好了，每层楼都有水房和厕所，拎水上厕所不用出楼……"

庄超英也感慨地说："刚进屋时，筱婷说房间里有单独的厨房厕所，我都不敢相信，不敢信栋哲刚工作就住上了这么好的房子。"

黄玲很欣慰，说道："比图南的房子好多了。图南那套房子里挤了6个人吧？上厕所都要排队。"

林栋哲替庄图南解释道："咱哥不是想离设计院近一点嘛，加班方便。对了，哥，你有没有买房的打算？"

因为儿子的职业，庄超英一直很关注上海房地产市场的新闻，他沉吟道："《人民日报》、新华社都发表过文章，表示过上海房价过高，商品房成交率低。商品房这个市场未必能搞起来，买房那么一大笔钱，图南，你要慎重。"接着，他又问儿子，"这套房子大概多少钱？"

砌墙民工庄图南对答如流："六层以上的楼算小高层，新房子每平方米2000元至2300元，二手房1600元到1800元，如果按每平方米2000元算，70平方米的房子大概14万到15万。"

庄超英和黄玲同时倒吸一口冷气。

黄玲苦笑道："我和你爸爸工作一辈子，不吃不喝也买不了几个平方米。"

庄超英道："房子这么贵，难怪成交率那么低。"

庄图南道："我听小道消息说上海为了加快浦东开发，可能会有政策，买浦东商品房可以办蓝印户口。我听到这个消息时，立马想到了栋哲和筱婷。栋哲工资高，如果政策真下来了，我建议栋哲看看浦东的房子。"

一屋子的人都看向林栋哲和庄筱婷，林栋哲愣住了，庄筱婷脸上的神情不变。

庄筱婷看到众人探究的眼光，老老实实承认："我不知道什么叫'蓝印户口'，而且，哥也说了，政策还没定下来，我……"她深吸了一口气，继续说，"我不会多想这件事，我考虑等二年合约到了，考研或是换工作。"

庄图南道："是，现在就业市场比前两年好一些了，希望到时工作不难找。"

这些话题都太新奇，黄玲忍不住问："筱婷的档案、人事关系都在大学里，怎么换工作？"

林栋哲拿起一张《新民晚报》，翻到上面的招聘页面，说："妈，很简单的，广告上有公司的地址和联系电话，你把简历准备好，寄过去等消息就可以了，他们要是感兴趣，会联系你安排面试。"

庄超英道："档案呢？还需要政审和户口吗？"

林栋哲道："不需要，很多外企或合资企业不要求这些，但也不帮你解决户口，不帮你解决住房，只发工资，其他一概不管，就像、就像……"

庄图南接了下去："就像没有单位一样。"

庄超英和黄玲要在女儿女婿家住一晚，庄图南见天已经黑了，起身告辞。

一家人慢慢地溜达下楼，送庄图南出小区，就当散步了。

出了小区后，马路上车多，五人必须前后分排，庄图南和庄筱婷走在一排。

庄图南关心妹妹，说道："我上学时辅导员主要抓政治工作和恋爱问题，现在还这样吗？你平时都忙些什么？"

庄筱婷想了想，回答说："工作很多，学籍、助学金、评优、入党、贫困生勤工俭学……现在还多了心理健康咨询，我也不懂心理学，临时找了些书看。"

庄图南感慨："那不就是全方位的管理？"

前排的林栋哲耳听八方，接嘴道："我听筱婷讲她的工作，经常觉得辅导员的工作就是以极其有限的资源完成大量的工作，非常锻炼管理能力。"

庄图南有感而发，说道："需要和人大量协调的工作都很累心，我和……我同事经常感慨，如果建筑光画图，不和那么多人、那么多部门打交道就好了。"

路边有个水果摊，庄超英和黄玲挤进去挑西瓜，林栋哲紧随其后，很殷勤地把一只只西瓜捧到庄超英面前，方便庄超英拍瓜听声。

庄超英眼神瞄到哪只瓜，林栋哲就捧起哪只瓜，毕恭毕敬地捧到庄超英面前，等他拍瓜。

庄图南看呆了，此情此景已经不是"谄媚"或"拍马屁"能形容的了，他勉强找出了一个词，说："栋哲也太……太狗腿了。"

片刻后，庄图南道："筱婷，你赌对了，你受的委屈栋哲都看在眼里、记在心上了。"

庄图南拎着黄玲给他挑的一大袋水蜜桃和苹果上了出租车。

庄超英和黄玲还想在外面多散一会儿步，两人慢悠悠边逛边聊。

林栋哲和庄筱婷不远不近地跟在后面，林栋哲轻声道："咱哥有女朋友了。"

庄筱婷扭头看了他一眼，林栋哲卖关子不说了。

庄筱婷牵住他的手，用手指在他手心里挠了挠，林栋哲忍住笑，说："好好好，我告诉你。我不是带了几个宝洁的礼包回家嘛，准备让妈带回去送人的，咱哥拿了两个礼包走。"

月光下，林栋哲眉眼含笑，看向庄筱婷的眼神中有几分狡黠，他拉长了声音慢悠悠道："咱哥也到年龄了。"

庄筱婷娇嗔地斜睨了林栋哲一眼。

妩媚的眼神让林栋哲心中一荡，他又道："包里有玉兰油、潘婷和护舒宝。我们做过调查，大多数人都不认识卫生巾，老大脸不红心不跳就走了……"

庄筱婷羞怒道："林栋哲，你怎么这么恶心，我已经不能吃话梅了，你不能让我以后没法见哥。"

林栋哲又在庄筱婷手心里轻轻挠了挠，他的声音更低了，低而暧昧："食色，性也……"

庄筱婷脸颊火烧般热了起来。

庄图南是小组长，他看到宝洁礼包时，顺手替两名女组员一人拿了一包——林栋哲想错了，庄图南单纯想薅羊毛，妹夫的便宜不占白不占，组员的人情不做白不做。

庄图南打的去了设计院，组里最近忙，他想再加一会儿班。

庄图南踏进办公室时，发现小组一半人都还在办公室中，庄扒皮老怀大慰，把水果和礼包往桌上一放，说："水果自己拿，礼包是女孩子的啊。"

李佳从座位上站起来，说："庄工，这处改动的数字你检查一下。"

另一名女组员已经打开礼包看了一眼，说道："庄工大手笔啊，这包东西有七八十元了，明天中午，我和李佳请你吃饭。"

庄图南随口道："这么贵？那我以后有机会再顺点。"

庄图南拿了图纸回到自己的座位上坐下。

尽管庄图南设算两精，但设计上的改动往往牵一发而动全身，他人又严谨，每次修改都从设计说明开始看，等他放下笔关上台灯时，赫然发现办公室里的人基本走光了，李佳坐在大桌后，正凝神看投影仪打在屏幕上的模型效果图。

庄图南几乎没有发出任何声音，但李佳似乎心有感应，扭头看向庄图南，两人视线出其不意间交汇，又立即不约而同地移开。

室内一片黑暗和寂静，只有投影仪发出的惨白光束和若有若无的嗡嗡声，庄图南生硬地开口："李佳，今天太晚了，你明天再接着看图纸吧，我送你到门口。"

厕所一直被室友占用，李佳实在等不了了，捂着肚子下了楼，去了最近的公共厕所，到了公共厕所才发现自己到了生理期，只能又跑回家。

厕所里还有人，李佳不想再等，匆匆又去了公共厕所。

在设计院一连加班数天，热水瓶里早没了水，李佳想烧点热水喝，但煤气炉两个灶台都被占了，她找室友借了点热水，匆匆喝了一杯红糖水，回屋休息。

楼下的新生儿一直在哭，李佳实在太累，腹部还隐隐作痛，她力抗干扰，在哭声中勉强入睡。

睡得并不踏实，一直在做梦，李佳能意识到自己在做梦，但又醒不过来，无法喊叫，无法动弹，直到被BP机的呼声吵醒，她奋力挣扎，总算醒了过来。

窗外天空已经黑了，屋里还没有开灯，BP机屏幕上的字体闪烁出绿幽幽的微光，李佳抱住头，一点点地夺回意识，强撑着下了床。

一头一脸都是冷汗，李佳伸长脚，在地上勾了好一会儿才勾到了鞋，她急匆匆穿上鞋，走出房间，去公共电话亭回电话。

电话是租客打来的——李佳把自己买的房子租了出去，租客怒气冲冲地抱怨房锁打不开了，让李佳立即去处理。

李佳麻木地挂了电话，她只觉得身边的一切都在旋转，一阵眩晕后，"哇"的一声吐在了脚面上。

第二十六章

尴尬、难堪和自厌

秋高气爽，所里挑了一个星期天，包下了郊区公园的烧烤区举办聚会，组员们可携带家属一同出席。

单身汉庄图南带了两名"家属"，砌墙民工余涛和宝洁客户经理林栋哲。

李佳带了弟弟李文。

烧烤区有炉子和座椅，附近草地上铺了几大块塑料布，一众人作鸟兽散，有打牌的，有去不远处的操场开碰碰车的……无组织无纪律地自由活动，玩累了再跑回来吃烧烤。

有人带了大录音机来，在震耳欲聋的"对你爱爱爱爱不完……"的歌声中，林栋哲带着一群人在草地上跳舞，他挑了几个简单的动作示意，一群人跟着，群魔乱舞。

庄图南坐在树荫下的烧烤炉边，一边喝啤酒一边烤鸡翅，看到李佳从群舞中退了下来，纳闷道："你不跳了？"

大概是在太阳下跳舞的缘故，李佳脸红扑扑的，神情也是难得的放松，说道："跳一支舞有一个月的试用装和一份优惠券，我已经赚到了三个月的试用装和优惠券，他们不许我再跳了。"

林栋哲背个大包来，一到场就大发试用装和优惠券，庄图南这才知道他送出的礼包里的"纸巾"是何物，他一直尴尬到了现在，忙对李佳说："李佳，离这人远点，卖……卖卫生巾的能是啥正经人。"

李佳忍着笑，说："庄图南，你刚才的脸色真的……其实没什么……哎，鸡翅该翻了，不然要糊。"

一批鸡翅烤好了，乌合之众们突然从四面八方冒了出来，围在烧烤炉边边吃边聊。

余涛和林栋哲也凑了过来，余涛大马金刀地坐下，拿起鸡翅就开吃，林栋哲很有眼色地帮庄图南串下一批鸡翅和火腿肠。

　　余涛拿起酒瓶，和庄图南、林栋哲手里的酒瓶都碰了一下，说道："你昨天说带妹夫来，我愣是没敢问是不是你妹妹大学时谈的那位。今儿一看，嗨，亲妹夫！"

　　林栋哲热情喊道："亲哥！"

　　真正的亲哥庄图南没好气地看着两活宝。

　　另一边桌上的师母喊林栋哲："小林，我们这儿有水果，你们小孩子都来吃点。"

　　妇女之友林栋哲带着"小孩子"李文屁颠颠地坐过去了。

　　"小孩子们"不在了，老帮菜余涛开始打嘴炮："我们宿舍背着庄图南八卦过，重点院校女生那么少，女孩子迟早被辅导员或师兄们挖走，他们很可能谈着谈着就分手了。想不到他们居然一路谈到毕业，还结婚了！自古英雄出少年啊！"

　　庄图南没好气道："Hi, I am here（嗨，我在这儿）。"

　　余涛喝了口啤酒，又说："现在看，早恋早婚挺好，大后方稳定。前段时间，我老板帮我介绍了一个女孩子，八字还没一撇呢，我上周加了两次班赶截止期，她就往我办公室打了好几个电话，以为我骗她，我一边赶图赶到要吐血，一边还要应对她的查岗，我加完班淋雨跑回家，一看庄图南帮我把阳台上的衣服都收了，我那个感动啊……"

　　余涛含情脉脉地看向庄图南，贼兮兮道："庄图南，你说你要是个女的，咱俩内部解决多好。"

　　庄图南道："滚！"

　　余涛道："你这么说就没劲了啊，咱俩同行，事业上互相理解，生活上互助互爱。咱俩还是大学同学，一起做过项目，一起逃过课，你惊艳了我的青春，我温柔了你的岁月……"

　　庄图南一身鸡皮疙瘩都起来了，没好气道："我就是女的，也轮不到你。"

庄图南不再理会余涛意有所指的胡言乱语，微微转身聆听隔壁桌的谈笑。

林栋哲正说到庄筱婷："我太太比我优秀，单位不重视她，她很苦，她说她茫然时就去看'横渠四句'，我第一次听到时都不知道这是什么……"

李文茫然道："什么四句？"

余涛道："我有印象，忘了具体是什么了。"

李佳轻声道："北宋大家张载的名句：为天地立心，为生民立命……"

李佳说不出下面两句了，周教授补充："为往圣继绝学，为万世开太平。"

林栋哲扭头对李佳笑了笑，说："对，她说她达不到那么高的目标，但老师的作用可大可小，能积极影响和正面引导学生，是校园版的'横渠四句'，她靠着这股气，硬生生拿了'全市优秀辅导员'的表彰。"

另两桌都是老教授们，林栋哲这句话捧了所有的老师，教授们都连连点头，师母们看林栋哲的眼光越发慈爱。

林栋哲一脸的与有荣焉："她获奖之后，苏州大学说了，只要她不走，学校愿意给我一个编制。"

饭后消食，教授们去散步了，林栋哲带着李文和一群小孩子去坐碰碰车了，烧烤区只剩下庄图南、余涛和李佳三人。

余涛感慨："你这妹夫几句话把老师们的马屁都拍了，我现在总算明白他是怎么从交大开出结婚介绍信的了。"

庄图南道："是啊，他那操作太令人惊讶了。我第一次听到时，被唬得一愣一愣的。"

余涛道："你咋想？"

庄图南道："当时很怒，气我妹妹糊涂，但现在看，心服口服。

他们现在的计划其实就是我爸妈最初的设定，骑驴找马，慢慢换工作。但因为我妹妹坚持拿了结婚证，他们之间毫无猜忌，凡事都可以摊开来商量，就是你刚才说的，相互理解，相互信任，相互支持。"

相亲路上屡战屡败的余涛颇有感触："这不容易。"

庄图南道："我妹已经在暗戳戳准备考研了，户口、两地分居、感情这些大难题，没准就被这俩货一通胡闹解决了，真是、真是……乱拳打死老师傅。"

阳光暖洋洋的，秋风和煦，打牌的起哄声、孩子们的欢笑声不绝于耳，一切都这样地令人心旷神怡，李佳的心情却暗淡了下来。

庄图南离开办公室前，无意间听到会议室里似乎还有动静，他下意识扭开门把手，探头向里张望。

会议室里没有开灯，走廊里的灯光从门缝射进会议室，画出一条冰凉幽白，李佳静静地蜷坐在桌边一张转椅上，两手抱头。

设计师们情绪低落沮丧是非常正常的情况，不知道为什么，庄图南立即后悔自己为什么多事扭开了会议室的门，他本能地意识到了危险，转身欲走。

但这样做实在太没有风度了，庄南图抑制住自己想夺路而逃的欲望，说道："李佳，太晚了，不要再加班了。"

李佳没有动弹，也没有作声。

庄图南自说自话："那我先走了，你离开时锁上会议室的门。"

李佳突然开口，声音轻而飘忽："庄图南，我画不出。"

庄图南道："李佳，实在想不出来就停几天，没准哪天灵感就来了……"

李佳道："我不知道该怎么下笔，我真的不知道该怎么下笔。"

庄图南浑身都出了冷汗，衣服黏腻地贴在身上，他安慰道："李佳，任何一个工作都需要两三年的适应期，你已经做得很好了……"

铃声响起，连响三次后，楼下的门卫就会上楼一层层、一间间地检查，确认楼里没人后就断电锁楼门。

庄图南急了，忙说："李佳，我送你回去。"

李佳依旧维系着刚才的姿势，一动不动。

门卫脚步声接近会议室时，李佳突然缩进了桌底，庄图南情急之下，也"嗖"地一下钻进了桌底。

门卫脚步声渐渐远去。

走廊灯突然熄灭，整栋楼陷入了完全的黑暗中。

会议桌很大，两人各坐在一边的地面上，中间隔着一块小小的空地。

庄图南的双眼慢慢适应了完全的黑暗，他小心翼翼地爬出桌底，摸索着坐到墙角。

李佳轻声道："庄图南，为什么？"

庄图南突然暴怒，说："李佳，我们是同事，我们手里还有两个项目没完成，你不要让我们以后无法相处。"

李佳道："我会向所里申请换组。"

庄图南狼狈不堪地爬了起来，他凭着记忆摸到了会议室门的把手，奋力拉开，试图夺门而出。

李佳坚持，说道："庄图南，连余涛都看出来了，你给我一个答案。"

庄图南怒骂："余涛知道个屁。"

李佳道："你知道，那你给我一个答案。"

庄图南不管不顾道："李佳，你欲望太多，但没有一个是我。"

哪怕仅仅只是语言，李佳也本能地感受到了难堪和羞辱，她惊怒交加，说道："庄图南，你住嘴。"

庄图南说："我问我妹夫如果我妹妹来不了上海，他是否肯去苏州，我反复逼问他，他回了句混账话，'我当然肯，我身体的欲望和过日子的欲望的对象都是篧婷'。"

庄图南重复："李佳，你的欲望中没有我，从前没有，现在也没有。你只是权衡了利弊，觉得我比较合适。"

曾以为被遗忘的往事依旧历历在目，庄图南继续道："初中时，有次我站起来回答问题，我后面的人用脚把我的凳子勾走了，我毫无防备地摔在地上，我摔得很惨，在家休息了两天才能去上学，后来很长一段时间内，我坐下时都会先回头看看凳子还在不在。"

曾经的羞辱和难堪再次涌上心头，一个个不眠之夜像针尖一样刺痛内心，庄图南疲惫道："李佳，如果你当时喜欢上其他人，哪怕是出于现实原因和其他人谈恋爱，我都会祝福你。但你是毫无征兆地收回自己的好感，你让我自我怀疑了很久，不，难堪自厌了很久，我花了一年时间才慢慢走出来，现在，我有我的工作生活，你现实，我也现实，我不会因为你对我的一点点好感而妥协。"

庄图南做了件非常没风度非常幼稚的事情，他飞奔离开会议室，噔噔噔噔跑到楼梯一楼半的位置，推开玻璃窗跳了下去——楼层不高，跳下半层的问题不大。

庄图南熟悉地形，仗着匹夫之勇在黑暗中居然平安无事地从三楼跑到了一楼半，但他激愤之下忘了窗下地面上铺的是鹅卵石，他跃下时脚底一滑，结结棍棍地摔了一屁股墩。

当屁股大腿和鹅卵石亲密接触时，剧烈的疼痛让庄图南眼冒金星，他脑中迅速涌上了儿时摔在教室地面上的悲惨回忆，同时口中发出惨绝人寰的叫声。

突兀的惨叫声惊动了门卫，门卫打着手电跑了出来，把摔在地上动弹不得的庄图南扶进值班室，打电话通知了林栋哲。

林栋哲哭天喊地来了，把庄图南送去了医院。

伤势不重，只是皮外伤，庄图南能慢走能自己上厕所，生活能自理，但他屁股上瘀肿一片，暂时只能趴着休养，不能久坐久站。

伤势还是小事，庄图南一想到回去工作要面对李佳，只想从此亡命天涯。他惴惴不安地向院里请假，设计院很慷慨地给了一周假——优秀员工庄图南加班加到废寝忘食，跳窗回家时受伤，院里当然要准假——庄图南大大松了一口气，在林栋哲家中休养。

庄图南暂住林栋哲家，是想避开余涛可能的询问，但他没料到林栋哲嘴那么碎。

亲妹夫林栋哲口无遮拦："老大，幸好你没伤到关键部位，不然庄家下一代只能靠我和筱婷生了。也不知道能不能占用你的指标生两个，一个姓林，一个姓庄。"

庄图南气得眼冒金星，把手里的杂志砸了过去。

林栋哲房子里有电话，组里有不清楚的问题可以直接打过来询问。庄图南旁敲侧击打听出来了，李佳挑了大梁，暂时接管了他的工作，累死累活地干两份活不说，还替他跑了一次浦东。

庄图南心如死灰地想，白跳楼了，摔得死去活来，最后还欠了李佳的人情。

林栋哲房子宽敞舒适，又有独立厨卫，要不是离设计院太远，庄图南简直想留下同住了。可惜不能，病假已经用完了，他明天一早又要回去搬砖砌墙了。

窗帘紧闭，卧室里很暗，庄图南艰难地辗转反侧——他屁股和大腿的连接处还有一块肌肉有点疼痛，翻身速度不能太快——身边的林栋哲突然开口："老大，别翻了，真这么为难？"

林栋哲道："李佳的父母退休后就来上海，李佳的房子给他们住，黑龙江退休工资低，但够吃饭的，他们有医疗，就是异地报销麻烦些。李家负担不轻，不过就你俩的收入来说，也不太重。"

庄图南愣了一下，缓缓道："你怎么知道？"

林栋哲道："我第一眼就认出了她是当年那位姐姐，后来，我和李文闲聊了一会儿，他说的。"

庄图南道："不，我是问你怎么知道我顾虑这些？"

林栋哲并不回答，反问道："你是怕你步咱妈的后尘？那是要多考虑。"

庄图南更愕然了，说道："我以为你会劝我不要顾虑太多。"

林栋哲道："废话，两个人在一起问题海了去了，户口、工作、钱，和两家父母的关系……你想都想不到那么多事儿，对方要不和你一条心，日子过不下去的。"

庄图南觉得小弟林栋哲的思想太成熟太深邃了，问他："你怎么知道……不'一条心'？"

林栋哲道："这话说的。你们要情投意合，咱爸都该辅导小学生数学了。"

林栋哲高瞻远瞩地建议："我妈说了，遇事不决求菩萨。哥，你要自己实在决定不了，要不要去静安寺上支香，求支签？"

庄图南啼笑皆非，问："阿姨还说啥？"

林栋哲打了个哈欠，说："我妈还说，咱妈最大的运气不是生了你，是生了庄筱婷，不然在家里压根翻不了身。你别否认，在咱爸咱妈的战斗中，筱婷坚定地帮咱妈，向鹏飞打辅助，你是和稀泥的。"

庄图南没去静安寺上香，他硬着头皮回院里上班了。

小组在会议室里开了个简短的会议。

庄图南一口咬定他画图时睡着了，醒来后发现楼门锁了，铤而走险跳窗受伤，这符合逻辑，也符合他勤恳工作的形象，组员们嘻嘻哈哈地调笑庄组长废寝忘食，完全没人起疑。

一个组员拼命笑后说："院里把楼梯的窗户都装上了铁栏杆，组长你牛啊，凭一己之力把设计院重新'设计'了。"

玩笑后进入工作，李佳把这一周内的图纸和文档按进度整理好，一一交代清楚。

李佳一如既往地认真细致，态度没有任何的异样，庄图南的心情也随之镇定了下来。

小组会后，大家陆续涌出会议室，庄图南不知道为什么，鬼使神差地回头看了一眼。

几颗晶莹的泪珠正从李佳的大眼睛中向下掉落，落在她手中的硬壳本上。

在被其他人注意到之前，庄图南立即转身，用身体挡住了其他人的视线，说："李佳，还有个小问题，再耽误你两分钟。"

庄图南又扭开会议室的门，示意李佳进去暂避，同时大喝一声："谁去面包房买些甜点？我请客。"

李佳背对着会议室的大玻璃窗坐下，以免被人从玻璃窗看到她的失态，她竭力控制住身体的轻微颤抖，努力让自己看起来自然一些。

庄图南想也不想，把玻璃窗上的百叶窗拉下，同时打开投影仪，把模型设计图投在屏幕上，造成在室内看幻灯片的假象。

李佳哽咽着说了一句："谢……谢谢。"

抽泣声和投影仪的嗡嗡声交织，叹息般打在庄图南心上，庄图南递过一包纸巾，小心翼翼道："我先出去？你单独待一会儿？"

李佳摇了摇头，伸长胳膊关了投影仪。

李佳依旧背对着庄图南，说："庄工，院里有两个在浦东的项目缺长驻代表，我已经申请了派驻现场，我一会儿把表格给你，希望你批一下。"

涉及专业，庄图南谨慎地发表意见："设计院第一年工资主要是底薪，第二年起就按项目分配奖金了，派驻现场如果不承担设计任务，奖金会很低。"

庄图南觉得他一定是遗传了庄超英的教导主任的基因，喋喋不休道："你现在最该提高的是绘图水平和绘图效率，不要把太多时间精力放在琐事上。"

李佳胡乱用纸巾拭去眼泪，说道："管理也是一条路子。"

庄图南道："这两个项目时间多长？半年内我批，超过半年我不批。你要……觉得和我同组尴尬，可以申请换组，但不要固定派驻。你长期不在院里，以后很难拿到地标性建筑或效益好的项目，只能被边缘化，然后更拿不到好项目，更边缘化，进入恶性循环。"

庄图南苦口婆心，继续说道："接不到好项目，履历上不好看，也不好找私活。"

李佳努力说出了一个"我"字后，就又哽住了，再次泪如雨下。

有人冒冒失失推门进来，正巧撞见这一幕，庄图南道："李佳……李佳算错了一组数字。"

庄图南说完直接上手，把对方粗暴地推了出去："回去干活。"

庄图南"啪"的一声把门锁锁上，又把窗户的百叶窗拉上去，这样外面的人能清晰地看到会议室内的情形，但无法进来打扰两人。

工作出错被训是很常见的情况，李佳心头一松，她的崩溃失态不会被人私下议论了，她不再抑制自己，抓起纸巾捂在脸上，无声地哭了起来。

李佳脖子后一块细腻的皮肤暴露在庄图南眼前，庄图南无来由地想起林栋哲的"欲望"说，无奈地闭上了眼睛。

一名组员出现在玻璃窗外，怀里抱着面包店的袋子对庄图南挤眉弄眼，庄图南对着玻璃窗大吼一句："我一会儿出来报销。"

组员不知道是听到了，还是看口型猜出来了，心满意足地走了。

庄图南问了一个蠢问题："李佳，你要不要吃块蛋糕？"

李佳摇头。

片刻后，李佳轻轻说了一句："庄图南，对不起，大学时，我知道你……对我的好感，但我没有尊重你。"

猝不及防间得到了几年前苦苦期盼的解释和道歉，庄图南心中却是一阵悲哀，忙说："不，不，应该是我向你道歉。"

庄图南道："李佳，我那天晚上说的话太难听了，我向你道歉。如果你想知道原因，我说，如果你不想知道……"

李佳点了点头，轻轻的，又是那么坚决。

庄图南感觉到了难言的尴尬，但他决定坦诚相告，坦诚是他对李佳，也是对自己最大的尊重。

庄图南道："我跳楼那一瞬间，我想的是，就是你了，我再也遇不到更理解我、更让我心动的女孩子了，我只是想发个脾气，发完脾气就回来找你，但我休息了几天，我想明白了我为什么发火，我也想明白了我们之间没有可能。"

庄图南道："我们的家庭观不一样。"

李佳的神情很迷惑。

庄图南提示道："那天烧烤，张师母听说你买了房子，准备给父母回沪后住，夸你孝顺，你说了一句话，'我不能让我爸妈对我失望'。"

庄图南低声道："我听过不少类似的话，我父亲经常说，'你是老大，不能让老人心里有想法'，'你是大哥，不能让妹妹伤心'。"

庄图南道："生活中一定会有矛盾，李佳，如果你爸妈不能失望，那么谁失望呢？"

李佳隐隐约约明白了，说："我只说了这一句。"

庄图南道："入党、进规划局、进设计院、买房子……接你爸妈回上海就是你的……"

庄图南欲言又止，但李佳读出了他省略的那个词——欲望。

电闪雷鸣间，李佳理解并接受了庄图南的措辞，没有比"欲望"这两个字更贴切的词语了。

近乎本能的、百折不挠的、强烈的渴望。

庄图南道："我那天晚上莫名其妙地发火，我原以为我是因为以前的不甘发火，休假的时候我想明白了，我是因为那句'我不能让我爸妈对我失望'而发火。"

李佳道："我爸妈已经被他们的亲人抛弃了，我不能再让他们伤心。"

李佳拭去脸上的泪痕，说："庄图南，非常感谢你告诉我真正的原因。"

庄图南道："权衡利弊的人是我，我希望有人全心全意对我，我也全心全意对她……李佳，对不起。"

庄图南面对李佳的调岗报告举棋不定时——于公，李佳的管理特长具备一定的稀缺性；于私，作为老同学，他不希望负面影响李佳的职业发展，但他也不想面对和李佳在一个大办公室里朝夕相处的困境——他自己被调岗了。

确切地说，庄图南从小组长升中层了，他成了所领导或老设计师和甲方会议时的"长随跟班"——开会时共同接触甲方，聆听甲方的具体要求，会后和领导或老设计师共同商量、深化设计。

庄图南依旧画图，但第一阶段的图纸基本分派给组员们，他的工作从业务扩大到了业务兼管理——解答组员们的疑问，勘察组员们的图纸错误，和材料水电等其他专业部门的中层沟通，向领导或老设计师们汇报工作进度等等。

通房丫鬟变如夫人，"如夫人"庄图南有了自己的办公室，大大减少了和李佳接触的机会。

李佳没有再提交调岗报告，可见她听进了庄图南的劝告，同时，她也尽可能地在多人场合下向庄图南请教问题或汇报进度，几次接触后，两人都能做到比若无其事更若无其事，比自然更自然。

两个成年人就这么心照不宣地解决了尴尬局面。

售票员一班差不多12小时，早6点到晚7点，中午休息1小时，黄玲和向鹏飞几乎每天都是早早出门，天黑后才回家。

以前两人同出同进，向鹏飞最近谈了一个女朋友，下班后经常去找女友吃饭或看电影，黄玲就一人独自回家，这天，她刚拐进小巷口，立即觉察到了不同的气氛。

秋夜寒，大家一般晚上都不出门了，但此时小卖部门前却围满了人，人群正热火朝天地讨论着什么，庄超英也挤在人群中。

庄超英也看见了黄玲，赶紧迎了上来，说道："今儿厂里有点事，我没做晚饭。饿了吧？我们先去粥店垫点，我再慢慢告诉你。"

李姊喊了一句："黄玲啊，厂里要卖房子了，优惠售房，办公楼前贴出告示了。"

庄超英道："市里和厂里的文件都贴在布告栏里了，我把重点都抄下来了，一会儿给你看。"

粥店很小，店门口一排蒸馒头包子的笼屉，蒸汽氤氲中，黄玲仔细阅读庄超英摘抄的文件要点。

黄玲轻声阅读条件："本厂职工或退休职工，苏州城镇户口……"

庄超英一拍大腿，说："你和我想一块儿去了，宋莹是不是还是苏州户口？"

黄玲点头，说道："她为了保留职停薪，去广州时没转户口，去年她回来办早退，厂里说她现在还不够退休年龄，要每年自己通过厂里交社保，60岁以后可以拿退休金，那时候我们两家正尴尬呢，她没细说，我也没细问，我觉得她很有可能还是苏州户口。"

夫妻俩对视一眼，都想到了女儿庄筱婷。

庄超英道："赶紧吃，吃完给筱婷打个电话。"

黄玲道："去隔壁街的公共电话亭打，小卖铺里都是厂里的职工，人多口杂。"

庄超英有写家信汇报家庭动态的习惯，庄图南开始定期收看长篇小说连载——反映现实、反映生活，集政策、人情、八卦于一体的长篇小说《棉纺厂优惠售房系列故事》。

家信刚开始的风格还很正常，很"庄超英"，主要是科普《苏州市市区住房制度改革实施方案》和棉纺厂的具体执行情况，介绍了苏州市的公积金制度、定金期限利率、低息贷款等等，并告知庄图南，黄玲和宋莹都具备优惠购房的资格，两家都决定全款购买。庄图南读完信后就放到了一边。

渐渐地，信件内容日益不同寻常，庄图南不知道父亲写信时是什么心情，反正他看得津津有味，欲罢不能。

先是庄筱婷闪亮登场。

……筱婷拿了宋阿姨的授权电报和户口本去房管科，房管科坚称职工本人或家属才有资格代办住房产权证，厂里那么多在外地打工的职工都是托人代办的，我和你妈妈私下里都觉得是刘副厂长的示意，想占住宋阿姨的房子。

筱婷当时没作声，第二次她挑了许多人都在场的时间去了房管科，等科长在一群职工们面前再三声明只有宋莹和家人有资格办证时，她不声不响从包里掏出了她和栋哲的结婚证……

信中渐渐有了矛盾和冲突。

隔壁王家为了那间四平方米的小屋大打出手，王芳几年前回了城，有苏州户口，但她不是厂职工，不满足优惠售房的条件，王勇要买这四平方的面积，王芳要求王勇付她市场价格，两人打进了派出所。

这件家务事在住房制度改革的风口浪尖上成为社会事件，《苏州日报》报道了此事的恶劣影响，厂里一怒之下，让房管科把小屋拆了，左侧围墙复原。

继代办房产证之后，庄筱婷继续发挥她的无穷创意，庄超英用了满满两页纸还原了事情经过。

筱婷帮宋阿姨办理住房产权证时无意发现西厢房的地址上居然有两个名字，宋阿姨和吴珊珊小儿子的名字，宋阿姨表示她事先绝不知此事，也不知道刘健和吴珊珊是如何操作的。

筱婷立即把她的户口迁到了宋阿姨的户口本上，再找到刘健和吴珊珊，要求他们尽快搬出，并迁出他们小儿子的户口。

刘健和吴珊珊不肯搬，吴珊珊再三表示他们资历浅，在单位暂时还分不到房子，等他们分到房子立即就搬。我和你妈妈都说算了算了，就这样吧，鹏飞不满，和他们起了激烈的言语冲突。

筱婷周末回家，请刘健和吴珊珊来家里喝咖啡，筱婷说："住房改革是大势，公积金、低息贷款、集资盖房，单位会一步步解决绝大多数人的住房问题。苏大也在改革，但僧多粥少，学校要从多方面考虑，职称、工龄、学历、工作成果……我资历浅，又不肯签长期合约，分房资格被排在了最后。"

筱婷话锋一转，又说："我仔细研读过政策了，无论是集资盖房还是优惠售房，一对夫妻只能购买一套规定面积内的优惠住房，如果有人向你们俩的单位举报你们现在有住房，并提供证据证明孩子还落在宋阿姨房子里，恐怕你们的分房资格还要向后挪了。"

我和你妈妈听呆了，吴珊珊听懂了，带着刘健和孩子搬回了婆家，并把孩子的户口迁了出去。

庄图南读完信，心中就一个感慨，不是一家人不进一家门，刺儿头家的儿媳妇果然也是刺儿头。

庄图南开始期待家信，他有强烈的预感，交大凤雏还会继续发挥，庄筱婷果然不负他所望，继续膨胀，继续叱咤风云。

庄筱婷和两家父母商量后，把西厢房和林栋哲的小房间重新装修了一下，她在附小门口发了些传单，很快办起了一家小饭桌，周一到周六给附近学校的中小学生提供中午和下午放学后的餐饮、休息、学习场所；周日，庄超英还可以利用西厢房给高中生补课。

黄玲不用再早出晚归、风餐露宿当售票员了，她和棉纺厂另一名下岗女工朱婶负责运营小饭桌。

庄超英的信上是这样写的：

妈妈和宋阿姨都全款买下了房子，但厂里暂时只发放了住房产权证的复印件，优惠房暂时还不能自由交易，五年后发放原件，可自由交易。

筱婷把产权证和户口本的复印件寄给了宋阿姨，并写了份正式的合约，以每月60元的市面价格租下了林家的两间房。林工收到信件后特地打了个电话回来，夸筱婷做事果断严谨，顾虑周全。

另外，筱婷正向邮电局申请装电话，方便家长们给小饭桌打电话，也方便你们打电话回家。

庄图南再次把五体投在了出租屋的水泥地板上，庄筱婷确实是林栋哲的灵魂伴侣，执行力一流。

元旦前一天，庄图南请了假，再利用一天的元旦假日，回苏州探亲。

庄图南抵达小院时是下午，黄玲正在西厢房给八个孩子分发点心——拌了猪油、白糖的乌米饭团。

乌米饭团是庄图南儿时最喜欢的美食，他赶紧放下背包，洗了手，和孩子们排排坐着吃饭团。

西厢房里靠墙两排书架，三套高低不等、适合不同个头孩子的桌椅，吃着吃着，庄图南和同桌的小男孩对上了眼。

小男孩大约六七岁，一脸的机灵，问道："你就是黄奶奶的儿子吧？我听你喊她妈。"

庄图南先是愣了一下，然后才反应过来，不知不觉中，母亲已经是黄奶奶了，他无声地叹了口气，点点头。

小男孩老气横秋道："你是同济建筑设计院的吧？建筑好啊，挣大钱，谁家孩子要考上了建筑系，要摆酒席的。"

庄图南一嘴的乌米差点喷了出来，说："你是哪家的孩子？"

小男孩指了指屋里其他孩子："我们爸妈都不是棉纺厂的，你不认识。"

黄玲一边给孩子们水杯里倒温水一边解释："厂里创收，附中附小都对外招生了，交了赞助费就能上。这些孩子离家远，中午没法回家吃饭休息，放学后没人看着做作业，就来咱家了。"

黄玲拎了水壶回厨房了，庄图南问："你怎么知道我是同济设计院的？"

小男孩得意地摇头晃脑，说："天机不可泄……"

一位小女孩怯生生地插话："叔叔，你的背包上写着'同济建筑设计院'。"

庄图南看了一眼他随手放在墙角的背包，不禁气恼：居然被一个小屁孩唬住了。

小男孩咧嘴笑，两颗门牙处是个黑窟窿，他笑着说："大家都知道，大家都说，这院风水好，有三块活招牌，一块同济，两块交大。"

庄图南大笑，伸出手狠狠揉了揉小男孩头顶的黑发，说道："你还没见过交大活招牌吧？元旦，他们都会回来，其中一块招牌小时候捣蛋得很，和你可像了。"

第二十七章

小院新春

吃完点心后，庄图南帮着母亲和朱婶照看孩子们。

因为是年底最后一天，孩子们没有多少作业，他们快乐地自由活动，在屋里看闲书、下跳棋，在院中跳格子、踢毽子，等到他们被父母一一接走后，庄超英、庄筱婷和向鹏飞也陆续回家了。

晚餐后，向鹏飞去找女朋友了，庄图南洗完了碗，回东厢房陪父母说话。

天冷，黄玲正半靠在床头，缩在被窝里看电视，她热情地招呼儿子："图南，屋里冷，你再扛床被子来，躺着陪妈一起说话。"

庄图南很久没和母亲这么亲密了，他正犹豫时，庄超英笑起来，说："筱婷周末回家，经常躺着陪你妈聊天。你难得回来一趟，今儿你陪。"

庄筱婷递过来一床毯子、一个垫子，庄图南把垫子靠在床头，坐在毯子里。

庄超英把电视静音，一家人两个坐床上，两个坐床边凳子上，一起聊家常。

黄玲先是絮叨优惠售房："政策一出来，所有人都说要买，一定要买，政府给厂里补贴，厂里再按工龄职称补贴，如果一次性付清房款还有优惠，银行还免交契税，七算八算地能省不少钱。"

"厂里有小年轻没有足够的存款，可以分期还款，可以低息贷款，反正大家都说机会难得，一定要买。"

庄超英笑眯眯地插嘴："图南，你猜爸妈这两间房多少钱？"

庄图南连猜了几个数字，庄超英扬扬得意道："你妈工龄长，我们又是一次性付足全款，最后算下来5600元。"

黄玲补充："宋阿姨早退，工龄也没妈长，所以一样的面积，她家7000元。你林叔叔说，太便宜了，一定要拿下，要是房管科不给筱婷办证，他都要让宋阿姨自己回来一趟。"

租房民工庄图南由衷羡慕："房产证给我看看。"

坐在床边凳子上的庄筱婷更正说："现在只有复印件。"

黄玲要下床，庄超英拦住她，乐颠颠地从柜子里毕恭毕敬捧出一个铁盒子，从盒里拿出一张纸小心翼翼地展开给庄图南看："虽然现在只有复印件，但产权已经是爸妈的了，可以转租或给子女继承，5年后再给我们原件，就可以自由转卖了。"

黄玲道："有个在南方做生意的大老板专门来问咱家小院卖不卖，他说咱小院被文曲星开过光，他想买来给孩子读书住，你爸当笑话讲给筱婷听，筱婷受了启发，立马办了小饭桌。"

庄超英道："不卖，自己的房子感觉就是不一样，上次你修厕所，我还觉得你浪费钱，这次买下来了，连鹏飞都特别高兴，给菜地装了音乐彩灯浇水装置。"

庄图南茫然，问："啥？"

庄筱婷道："菜地边上围了一圈彩色灯管，还有个音乐播放器，妈浇菜的时候，拧开水龙头，电源接通，菜地里有音乐有灯光，有点……有点像舞厅。"

庄超英正色道："很贵的，鹏飞有孝心。"

院门突然被大力拍响，庄超英道："栋哲回来了。"

所有人都看见庄筱婷的眼睛突然亮了，她立即穿上鞋奔出屋。

一分钟后，林栋哲进屋和大家打招呼，庄超英立即起身去厨房给他热饭菜。

庄超英去了厨房，林栋哲和庄筱婷去了西厢房里说悄悄话，黄玲抓紧机会和庄图南说私房话："图南，你也看到房产证了，是妈和爸两人的名字，爸妈的意思是，将来你和筱婷一人一半。"

庄图南有点尴尬，忙说："妈，这是你和爸的财产……"

黄玲压低声音，说："小饭桌是有执照的，用妈的名字登记的。筱婷办执照前征求了我们的意见，你爸主动说，写我的名字，免得将来扯不清。"

黄玲道："小饭桌和补课都刚开始，但看样子，都能挣点钱，你爸说了，他每个月多给你爷爷奶奶一百五十元，逢年过节再看情况多给些，其余的都让我存起来。"

庄图南愕然，居然一时间词穷，搜肠刮肚才想到一句："爸和爷爷奶奶吵架了？"

黄玲摇了摇头。

黄玲看出了庄图南心中的疑惑，解释道："你爸啊……"

静夜中，厨房里铁铲碰铁锅的声音格外清晰，庄超英似乎在炒新鲜菜，黄玲想了想，慢慢地开口："刚知道筱婷私下领证的时候，你爸怎么也想不通，他在床上扎扎实实地躺了好几天。"

黄玲微微笑了起来，又说："图南，你考大学、留上海工作，我们都没觉得你离开我们。但筱婷领证，我和你爸一下子就觉得了。你们长大了，不是我们的了。"

庄图南轻轻掖了掖母亲肩膀的被子。黄玲伸出手，拍拍儿子的手背，表示她没事，他接着说："尤其你爸爸，他以前总觉得他要管所有人，管你和筱婷，管你爷爷奶奶那边所有人。筱婷领证，一巴掌把他打醒了，他管不了别人，别人也不要他管。"

庄图南替父亲说好话："爸是好老师，他管学生管惯了。"

黄玲道："可不是，他总觉得他努力管了，就有好结果。他管了筱婷的工作，结果筱婷在苏大受排挤；他不让筱婷和栋哲一起找工作，但栋哲现在的工作那么好。你爸嘴上不说，心里是后悔的。"

黄玲感慨道："你爸说，他老了，他只有我了。"

庄图南由衷地替母亲高兴，说："鹏飞说你卖票回家晚，爸每天做好晚饭等你回来才动筷子……"

电视屏幕的光照在黄玲脸上，变幻的光影中，黄玲脸上的笑容是儿子庄图南看不懂的。她说："爱国、爱华也到结婚年龄了，你奶奶希望你爸赞助他们买房，你爸正琢磨呢，鹏飞无意间说他在看商品房，计划买两套，一套自己结婚住，另一套先出租，将来接他爸妈回苏州养老，你爸一下子清醒了。"

庄图南噎住了。

黄玲继续道："你爸好面子，你奶奶以前总在人前夸你爸爸孝顺，你爸得了面子，更孝顺。"

黄玲悠悠摆着龙门："上次宋阿姨直接给了筱婷一张存折，说将来办酒席用。你爸反应过来了，你在上海没房，林家比咱家有钱多了，栋哲工资又比筱婷高那么多。他总要存点钱，不能在亲家面前失了面子。"

庄图南悲从中来，他和妹妹这两块远近闻名的升学活招牌居然混成了父母眼中的婚姻劣势方，哦，不对，他还没结婚，是设计院知名的婚姻困难户。

西厢房里，林栋哲大吼一声："哥，爸炒了花生米和鸡丁，我和爸喝着呢！哥，你也来喝点？"

庄图南也喊道："一会儿。"

庄图南灵机一动，对母亲说："咱爸能辅导孩子，将来亲家不敢轻视咱爸。"

黄玲大笑着说："你和宋阿姨想一块儿了，电话刚装好时，宋阿姨打电话回来说，苏州有了房子，她和林叔叔将来回苏州养老，帮小辈们带孩子，我给孩子做饭，你爸辅导孩子功课。"

黄玲对儿子挤挤眼，笑着说："你爸拿着话筒，吓得脸色都变了，估计是想到了栋哲小时候。"

庄图南笑得喘不过气来，说道："栋哲早就说了，'我的爸爸是高中老师'。"

黄玲和庄图南都穿上鞋出屋，黄玲去了西厢房，庄图南突然想起音乐彩灯浇水装置，去了菜地。

庄图南拧开水龙头，深沉夜色中，菜地边沿缓缓浮现出一个粉红色的光圈。

本科时上过好几门建筑美学课、现在还精读各式建筑杂志的庄图南勉强说服自己，还行，还行。

粉色灯光突然增强，炫出几道耀眼的光芒后转为粉紫色。

庄图南继续自欺欺人，没那么糟，没那么糟。

音乐突然响起，灯光随着电影《黄飞鸿》的主题曲节奏欢快地跳跃，或明或暗，或粉红或粉紫。

庄图南目瞪口呆看着眼前的炫酷景象。

悠悠乐声和姹紫嫣红中，林栋哲突然出现，他大声说出了庄图南的心里话："我靠，难怪筱婷说，咱小院白天是小饭桌，晚上像色情场所。"

林栋哲是从香港飞上海，再坐长途车回苏州的。

庄筱婷指挥，兄妹俩平摊费用，林栋哲做苦力，趁出差的机会从香港背了两样电器——东芝电饭锅和松下慢炖锅——给岳父岳母。

当老两口看到这两样厨房电器时，第一反应是孩子们又乱花钱，但女婿是娇客，又不远千里用旅行箱拖了来——旅行箱轮子都压坏了，只能挤出一个尴尬的笑容，感谢孩子们的孝心。

黄玲一直在说，煤气炉已经很方便了，庄超英连外包装盒都懒得打开，大家正尴尬地聊天时，向鹏飞回来了，一家人准备洗漱休息了。

因为小饭桌的缘故——西厢房和林栋哲的小房间都用来做"小饭桌"了，向鹏飞搬回了庄图南的小房间，现在庄图南回家，表兄弟俩凑合睡一间。

林栋哲和庄筱婷不声不响地沿着墙边溜出小院，消失了。

其他人不约而同地视而不见。

小巷里有孩子在放烟花，夜幕中一朵朵盛大绚烂的花朵绽放，1992

年过去了，1993年到了。

第二天一大早，也就是元旦清晨，俩活宝又回来了，两人在厨房里淘米切肉，自然得就像长在院子里的两棵树。

交大两宝负责做饭，其他人负责冷嘲热讽。

庄超英直摇头，说："筱婷说慢炖锅做红烧肉要三个小时，熬粥要一晚上。哪有煤气炉方便？"

黄玲也曲折表示不赞同庄筱婷的先斩后奏，说道："筱婷说红烧肉最好先在铁锅里炒出糖色再放在慢炖锅里炖，才好吃，这不是……"

向鹏飞脱口而出："这不是脱裤子放屁吗？"

庄超英沉默了一下，似乎是默认向鹏飞的粗鄙之语，开口道："确实多一道步骤。"

林栋哲花10分钟备料，切好香肠香菇，洗好青菜，和白米一起扔进电饭煲里，就从厨房出来和向鹏飞一起吹牛了。

庄筱婷先翻炒了五花肉，再倒入慢炖锅中，也是一会儿工夫就离开了厨房。她没有参与聊天，一直捧着慢炖锅和电饭锅附赠的菜谱翻看，边看边抄。

到了午饭时，冷嘲热讽组都不吭声了。

红烧肉口感不如煤球炉小火上慢炖的，但胜过煤气炉大火做的——煤气罐沉重，向鹏飞白天基本不在家，庄超英也有年纪了，推着自行车驮着煤气罐去换气也挺累，所以家里不会用煤气炉慢火炖红烧肉，总是大火做出来，味道一般。

电饭煲做出的煲仔饭颗颗分明，米粒吸收了肉香、菇香、菜香，晶莹剔透，口感丰富，向鹏飞一口气吃了三大碗，庄图南也说："这锅做乌米饭应该也好吃。"

庄超英说了公道话："方便，人可以离开厨房，不用守着，我看机器还有定时功能，太方便了。"

庄筱婷道："不仅仅是方便啊，主要是安全。妈要给小孩子们做午饭和下午的点心，我就怕妈照顾孩子时忘了炉子上的火。电器安全。"

庄筱婷扭头向庄南图告状："我有次回家，煤气罐里没气了，爸端了盆热水，把煤气罐放盆里，罐里的煤气受热，灶头上又有气了，妈接着炒菜，我当时吓出一身汗。"

庄图南听傻了。

黄玲好脾气地辩解："大家都这么做，炒菜炒着没火了，总要把菜炒完再换一罐气。"

庄筱婷道："对啊，小饭桌要做这么多饭，煤气用得快，用电器，爸可以少去换几次气。"

庄筱婷还想继续告状，林栋哲轻轻碰了碰她的胳膊肘，不着痕迹地换了话题："我妈早就买这些电器了，晚上睡觉前把小米红枣放进锅里，早上起来就有红枣粥喝；电饭锅也是，我爸上班前定好时间，回家就有热乎饭吃。"

庄超英道："香港买的，贵吧？"

庄图南立即截断父亲的话头，说："我和筱婷平摊，安全问题，这钱得花。"

林栋哲道："筱婷让我看着买，我和几位同事一起去了电器城，他们都说比国内同样产品的价格便宜，他们见啥买啥，像不要钱似的，我也跟着买，要不是扛不动了，我还想买个微波炉。"

向鹏飞道："我以后结婚，你不用送红包了，送个电饭锅吧，这饭好吃。"

庄图南和林栋哲对视一眼，都想起了音乐彩灯浇水装置。

庄图南心想："送你电饭锅？做梦！我顶多送你一个夜总会霓虹灯牌！"

林栋哲心想："你先把浇水装置拆了再出这个院门。"

向鹏飞不知两人的腹诽，兴致勃勃地提议："苏州也有电器店，我们一会儿去逛逛，要有合适的微波炉就扛回来。"

黄玲不赞同，说道："已经花了很多钱了，不能再买了。"

庄图南知道买房子和装电话已经掏空了父母一辈子的积蓄，便说道："我出钱。妈，你要是不好意思，我过年就不给你和爸钱了。这钱花了比存银行值，迟早要买，早买早享受。"

庄筱婷也道："妈，这笔钱是我帮人翻译英文资料挣的，不是栋哲的钱，您不用不好意思。"

庄图南给了最后一击："不是说小饭桌和补课都能挣钱嘛，先投资，再赚回来。"

庄超英和黄玲互视一眼，庄超英点点头。

向鹏飞道："微波炉的钱，我出，我回家晚，用微波炉热菜方便。"

庄筱婷道："你们去逛吧，我就不去了。我刚才勾出了一份适合小饭桌的菜谱，说明书上字太小，我用大字抄一遍。"

向鹏飞、林栋哲带着老两口逛电器店了，庄图南和庄筱婷留在家里抄写电器使用说明书和菜谱。

兄妹俩效率都高，大半个小时后，两人都抄完了。

庄筱婷把《使用说明步骤》用透明胶带贴在厨房墙上，庄图南把整理抄写的菜谱放在橱柜里。

兄妹俩忙完了，一时无聊，端了小板凳坐院中晒太阳。

阳光温柔，风轻轻地吹，兄妹俩一人捧一只保温杯，有一搭没一搭地闲聊，都觉得难得的舒适放松。

庄筱婷出馊主意，对庄图南说："哥，你看要不要我和栋哲假装吵一架，在菜地里扭打起来，你来劝，我们仨打着打着，一不小心就把灯管踩坏了。"

庄图南哈哈大笑，然后，他突然道："筱婷，辛苦你了。"

兄妹间素有默契，庄筱婷道："没什么，我可能夏天就要去上海了，现在帮爸妈多做点事儿，我心里踏实。"

庄图南点点头，示意妹妹继续说下去。

庄筱婷低头，不让哥哥看到自己眼眶中的泪水。"苏大不让我今年考研，他们让我签5年的合约，说签了明年就可以考，留在学校读在职研⋯⋯"

庄图南放下保温杯，从外套口袋里摸出一包纸巾，递给妹妹。

庄筱婷用纸巾胡乱擦了擦眼泪，说："林栋哲⋯⋯不能再等了，我也不能再等了，合约还有半年到期，我打算等合约到期后，把档案放在人才交流中心，自己找工作。"

庄图南轻轻拍了拍妹妹的肩膀，表示安慰和支持。

片刻后，庄图南道："筱婷，你没问题的，你这两年成长得很快。"

见庄筱婷困惑，庄图南解释："西厢房，兵不血刃。"

庄筱婷"哼"了一声，说道："还真不是因为房子，吴珊珊让她婆婆白天过来带孩子，爸有时下午回家早，她婆婆就让爸帮忙看孩子，她回自己家做饭或出去溜达，我要不赶刘健一家出去，爸就是他家的免费保姆。"

时过境迁，庄筱婷依旧愤怒，继续说："我有次在附近办事，想顺便回家看一眼，看到爸在给他家儿子换尿布，我看盆里都好几块尿布了，我抱起孩子就去敲吴家的门，吴家就在对门，欺人太甚了。"

庄图南先是竖大拇指赞，随后感慨道："以前你什么都不说，不满都憋心里，很难想象现在的你⋯⋯"

庄筱婷微微一笑，说："大学政工工作很锻炼人的，而且吧⋯⋯"

庄筱婷道："办公室里很多家属，系主任老婆、副校长妹妹都有，派系林立，无论是同事关系，还是学生工作，每个人的立场利益都不同，我不说，没人替我说，我不表达，没人替我表达。"

庄图南笑了，说道："近朱者赤，近墨者黑。是被栋哲影响的吧？"

庄筱婷笑着回答："是，他一直鼓励我大胆说出自己的想法。"

庄筱婷道："很难，开始很难，必须逼着自己开口，慢慢地，就越来越习惯了。"

庄图南点点头，说："爸妈知道你的打算吗？"

庄筱婷轻轻摇了摇头。

庄图南道："哥下午就要回上海了，这次来不及了，过年时我帮你说。"

庄筱婷点点头。

空中突然传来几声清亮的鸟鸣，兄妹俩的视线都被一只不知名的鸟儿吸引，两人情不自禁地抬头看向天空。

飞鸟渐渐远去，越来越远，越来越远，庄筱婷眯起眼，努力辨认越来越模糊的黑点。

片刻后，庄筱婷收回视线，轻声道："我还是很庆幸我回来工作了两年，妈下岗后很长一段时间心情都很差，我很庆幸我能陪陪她。"

庄图南充分肯定妹妹的陪伴和付出，说道："你非但陪了，还帮妈办起了'小饭桌'。妈的性格哪适合在人群中吆喝着卖票？小饭桌很好，爸妈都很开心。筱婷，谢谢你！"

林栋哲还要在苏州再住一晚，下午，庄图南独自一人坐上了回上海的长途客车。

天上的云层厚厚的，呈出一种铁灰色，田野空旷而了无生气，庄图南看着窗外的冬景，想了很久很久。

事业上的并肩作战，思想上的旗鼓相当，是否能克服生活规划的不一致？

两幅画面——黄玲不辨悲喜的神情和庄筱婷、林栋哲甜蜜喜悦的互视——在他脑海中交替出现。

客车抵达上海后，庄图南下车出站，排在了公交车站的长队里。

上海冬天的冷是不动声色的，庄图南在队伍中站了一会儿，先是感觉到衣服里面冷，渐渐地，肌肤和骨缝里都感觉到了刺骨的寒意。

这一刻，庄图南下定了决心，他决定听从自己的内心、竭尽全力地爱一次。

赢了，他得偿所愿。

输了，他也不必再心心念念这份执念了。

抵达曲阳新村附近时已是晚上八点多，庄图南饥肠辘辘，索性不急着回家，去了附近的东北小饭馆，想填饱肚子再回去。

他和余涛都是这家小饭馆的常客，老板热情地指向角落，对他说："你朋友也在，你们凑一桌？"

庄图南沿着老板的手指看过去，看到了相对而坐的两人——西装革履的余涛和穿正装化淡妆的李佳。

庄图南印象中的李佳一直很朴素，穿西装套装化淡妆的李佳冲击力堪比音乐彩灯装置，庄图南一下子愣住了，余涛已经看见了他，热情地喊："庄图南，来来来，坐这儿坐这儿。"

余涛给庄图南挪出了点位置，两人挤坐在一起。

余涛递给庄图南一只饼，说道："我所里有个政治学习任务，派一名青年党员参加'庆元旦、迎新年'青年党员座谈会，我老板说，让小余去……"

庄图南忍不住道："你不是党员吧？"

李佳把脸转了过去，用一只手撑着脸。

余涛道："庄图南，listen，我老板说，让小余去，座谈会年轻人多，让小余去找对象，我就穿成这样去了……"

余涛深沉地总结："座谈会就是座谈会，按名字入座，不能自由活动，没机会随意认识其他人，1993年元旦，我坐硬板凳上听政府工作报告听了5个小时。"

李佳肩膀一直在颤抖，庄图南笑得手里的饼都掉桌面上了。

余涛自己也笑，说："5个小时就喝了一瓶矿泉水，班长可怜我，带我来吃口热乎的。"

一桌人没心没肺地笑着，稍后，李佳转过脸来，对庄图南道："组长，我以前在规划局参加组织活动都算工作时间的，今天是元旦……"

庄图南一口应下，说："给你批一天假。"

余涛突然看到庄图南鼓囊囊的背包，说："你从家里带啥好吃的啦？快拿出来安慰安慰我。"

庄图南摸出几只乌米饭团递给两人。

李佳惊喜地"呀"了一声，说道："黑米，我们东北经常喝黑米粥，特别养胃。"

庄图南解释："这不是东北黑米，就是一般的糯米，苏州人用树叶汁把糯米染黑，蒸晒之后就成了乌米，吃起来有清香味。"

余涛已经狼吞虎咽吃掉了半个饭团，边说："这家不是东北馆子嘛，怎么没黑米粥？"

李佳很惆怅，说："熬起来比较费时，又卖不出价，饭馆都不做，我也很久没喝到了。"

余涛的BP机突然响了，他低头看了一眼屏幕，道："我老板，他一定是想知道我座谈会有没有收获，有没有认识适龄女孩子。"

李佳又转脸，庄图南又开始笑，余涛没好气道："笑什么笑？大哥莫笑二哥，咱们仨困难户，都是师父师母的眼中钉肉中刺，都是他们的心腹大患。"

余涛抓起两个饭团，说道："我去回个电话，看能不能也要来一天假，明天还要上班，打完电话我就直接回去休息了。"

余涛站起身，又说："班长，庄图南，新年快乐！新的一年大家都财源滚滚，顺利脱单。"

庄图南和李佳异口同声说："新年快乐！"

余涛走了，桌上只剩两个"心腹大患"了，气氛突然间尴尬了下来。

李佳道："明天还要上班，我也该回去了。"

庄图南道："我送你到公交车站。"

李佳没有拒绝，两人结了账，一起走出小饭馆。

夜色被烟花、霓虹灯、远处的高楼灯光渲染成深浅不一的光晕色块、璀璨、妖艳、混乱。

夜空太绚丽，繁华街道和熙熙攘攘的人群反而有了一份恍恍惚惚的不真实感。

两人走到十字路口，路灯由绿转红，李佳停下脚步，微微侧身看向庄图南，对他说："你别送了，我想一个人走走。"

似乎是怕庄图南误会，李佳立即解释："每年元旦，我都会在街上走走逛逛，看上海的新年，今年是我来上海第十年，我想多走一会儿。"

庄图南低声道："我们已经认识十年了。李佳，如果我现在才敢追你，会不会太晚？"

路灯由红变绿，摩肩接踵的人群从两人身边经过。

路灯再次由绿转红，来不及过马路的人群在两人身边停下，喧嚣嬉闹。

路灯不停变幻，车辆川流不息，行人停停走走，一拨又一拨地从两人身边经过。

人潮间暗流涌动，庄图南不敢直视李佳，他低垂眼睑，李佳仿佛看见了本科时期的庄图南，平和、含蓄、隐忍。

车灯摇晃闪烁，记忆中含蓄隐忍的少年庄图南和眼前看似圆融平和、骨子里却强势，甚至隐隐带着攻击性的青年庄图南渐渐重叠融合。

李佳一阵头晕目眩，情不自禁地回想起那一夜的心情，回想起那一夜跌宕起伏的心情。

伸手不见五指的黑暗中，她听着庄图南狂奔出会议室、跑下楼梯，心中生出无尽的难堪、羞愧和愤怒，但片刻后，她又听见了一记"咚"的闷响和一声凄厉的惨叫，她油然生出一股强烈的恐惧，跌跌撞撞跨过地上的椅子——庄图南冲出会议室时撞倒的椅子，踉踉跄跄跑到三楼的楼梯间，扑到窗前向下张望。

她模糊地看到庄图南瘫坐在地上，保安把他扶了起来，慢慢走远，这才发现自己早已泪流满面。

庄图南休假的那一周，她在人前若无其事，甚至还可以和同事们一起八卦"组长加班跳楼"这一奇闻逸事，但在人后，她无法自抑地肆意痛哭。

为达到"一家人回上海"这一夙愿而掩盖了多年的遗憾、委屈、迷茫、不甘、疲惫……抑制了多年的七情六欲统统被庄图南那句粗暴无礼的"欲望"和幼稚冲动的纵身一跳唤醒。

猝不及防地苏醒，不容抗拒地奔腾生长。

鲜活，澎湃，汹涌，横冲直撞。

……

一名行人不小心撞了李佳一下，两人同时下意识地说了句"对不起"，李佳收回了翻滚的思绪，说："庄图南，你一定有要求。"

李佳用的是肯定句。

庄图南的语气更加不容置疑，他说："李佳，我要对等的感情，我会全心全意对你，我可以接受你暂时把我放在比较低的位置，但只能是暂时。"

李佳道："还有其他要求吗？"

庄图南道："分歧或矛盾必须由双方沟通解决，任何一方不能单方面决定。"

李佳道："好。"

庄图南道："我没其他想法了，李佳，你也可以提要求。"

李佳道："恋爱是两个人的共识，分手只需要一个人决定，任何一人都有权随时分手。"

庄图南点了点头。

李佳道："如果我做不到你刚才说的那些要求呢？"

庄图南不假思索道："我们无法再共事，我会把你调到其他组。"

李佳直视庄图南，她心底不无悲哀地想，无论是从前含蓄隐忍的庄图南，还是眼前成熟强悍的庄图南，都一如既往地吸引她。

或许是新年气氛太好，又或许是十年这个特殊的日子让她软弱，李佳决定放纵一次。

李佳决定向欲念屈服，一如庄图南向他自己的欲望屈服。

李佳道："好！"

远处时不时传来鞭炮声，人群依旧络绎不绝，说说笑笑着从二人身边经过，李佳重复道："好，我答应你。"

1月15日，枯枝，残雪，天地间一派肃杀枯败。

清晨，庄筱婷一如既往地提前到了办公楼，她在走道里就听见了自己办公室里的电话正在响，她想开门进去接电话，可手被冻僵了，怎么也扭不动锁眼里的钥匙，她往手心里哈了几口热气，正准备再一次开锁时，铃声停了。

室内好几张办公桌，同事们都还没来，庄筱婷先起好了炉子，再在自己的桌前坐下，正准备从抽屉里拿出尚待整理的助学金名单时，电话又响了。

电话在另一位同事的桌上，庄筱婷从座椅和铁皮炉间绕了过去，拿起话筒。

林栋哲的声音响起："请问庄筱婷……"

庄筱婷下意识地喊了一句"栋哲"，几乎在她发声的同时，林栋哲就听出了她的声音。

"筱婷，办公室是不是就你一人？"林栋哲的声音微微颤抖，语无伦次，"我给你念一段新闻，今天早上刚登出来的，上海各大报纸都登了……"

听筒中传出纸张翻动的簌簌声，林栋哲的声音再次响起："浦东面向全国公开招考党政干部。一、报考者不受地域限制，不具有上海户口的全国各地人士都可以报考。二、对报考者原来单位的所有制性质和本人行政隶属关系、身份、编制等完全没有限制，择优录取……"

林栋哲又道："40名，共招40名干部。"

庄筱婷看向窗外，窗玻璃上还残留着昨夜的霜雾，朦胧、模糊，朔风在楼前呼啸盘旋，卷起一堆堆雪沫，庄筱婷似乎听见了寒风卷残雪的簌簌声响。

她听见自己问："怎么报名？"

1月20日，上海海运学院。

寒冷的冬日，寒冷的城市，浦东干部选拔报名处前人山人海，热火朝天。

政府工作人员、电视台记者、报刊记者、应聘者、应聘者的亲友团们簇拥一处。

浦东开发处的工作人员正在接受访问，他对着带着"上海电视台"标记的麦克风侃侃而谈："……向社会招考录用干部，实行公平、公开的自由竞争和择优录用的制度，形成不拘一格用人才的风气和环境，将激励促进浦东人才市场的发展……"

报名处摆着两张大桌子，向长蛇般的应聘者队伍发放准考证。

工作人员检查了庄筱婷的身份证、学历证和工作证后，递给她一张准考证，并友善提醒："28日就是第一场考试，知识笔试，姑娘你放松心情来考试。"

另一名工作人员探头看了一眼表格上庄筱婷填写的个人信息，说道："这学历结棍，工作单位也老好。"

庄筱婷鼓足勇气问了一句："我看报纸上说打破身份编制限制，我个人理解是如果考上了，档案不受现单位的限制或约束，不知道我理解的对不对？"

工作人员解释："打破地域界限，打破身份编制限制，打破学历限制，你只要凭真才实学考上了，无论你是社会青年，还是私营企业主，浦东新区都收你的档案。"

另一张桌子上的工作人员补充："唯德才是举，不论门户出身。"

这个回答并没有完全解答庄筱婷心中的疑虑，但她看到身后的长队，还是默默收拾好证件，退了出去。

临出门前，她隐约听见了一句："……通过电话或信件报名的人选超过了2000人，绝大部分报名者都符合应试资格，保守估计，我们大概要发出1700份以上的准考证……一会儿再去领一些空白证……"

庄筱婷心中浮现出两个数字：40：2000+。

庄图南和李佳正在吃晚饭。

收音台前有台电视，上海电视台正在播放本地新闻，镜头扫过报名长队，庄图南无意间看到一个熟悉的身影。

镜头一扫而过，庄图南还是认出了妹妹，黑呢大衣是庄筱婷冬天常穿的，深咖啡色真皮手提包是林栋哲特意从香港买回来的，皮包内侧特意请人印上了横渠四句。

庄图南回想了一下，前天才收到封家信，父亲只说小饭桌，没提及妹妹报名参加浦东干部选拔啊。他又突然想起来了，父亲在信里说筱婷工作忙，上个周末没回家。

庄图南迅速将清了两者之间的关系——凤雏女士又先斩后奏了。

李佳注意到庄图南的魂不守舍，轻轻碰了碰他的手。庄图南回过神来，歉然道："我……我突然想到了其他的事情。"

庄图南心想，爸不知道筱婷来报名，苏州大学多半也不知道。

庄图南思维进一步发散，他想起了一起排排坐吃乌饭团的"小栋哲"，庄图南心中生出了一个可怕的念头：卧龙凤雏无法无天、胆大妄为，那孩子不会是他俩偷偷生的吧？

第二十八章

我们的家

庄图南和李佳恋爱了，开始了小心翼翼的试探和精疲力竭的磨合。

太多的禁忌横在两人之间。

庄图南的收入远高于李佳，以前只是同事时，组长和组员还能心无芥蒂地谈论设计院的奖金或接私活的外快，但在庄图南激愤之下说出"你欲望太多"和"你只是权衡了利弊，觉得我比较合适"这两句话之后，两人默契地回避了经济这一话题。

庄图南实在想不出弥补这两句话的方法，他不止一次想，内心话是不能说出来的，你不说出来，就是那些话的主人，你说出来，就是那些话的奴隶。

李佳有时会和弟弟李文见面吃饭，她没有邀请过庄图南，庄图南也没有主动提及，相应的，两人之间也从不谈论庄图南的家人，家庭这一话题在两人之间也是讳莫如深。

所幸两人是同事，无论是专业还是工作都不缺话题，往往是一人随意起个头，另一人立即心领神会接下去，但两人不约而同选择了暂时先不在设计院同事间公开恋情，除了想减少恋爱对工作的影响，也有心照不宣给自己留条退路的意思——留条恋爱失败、体面分手的退路。

两人似乎隔着一层看不见的玻璃相处，小心翼翼，尊重疏离。

可两人是那么的开心，日子像是被快乐推着走。

庄图南经常加班，李佳要么在他办公室里，要么在自己桌前，两人都不用顾虑对方，各忙各的。

设计院刚配置了一批电脑，"如夫人"庄图南侥幸分到了一台，加班时，庄图南忙于学习CAD，李佳趁着有一对一良师，恶补结构和材料两方面的知识。

李佳独处思考时会无意识盘发，用抓夹把长发盘起来，放下，再盘，再放下……庄图南渐渐养成了帮她梳发的新习惯，看她头发散下，就忍不住手痒，用手指或梳子帮她顺开……

不想看书时，就一人一杯清茶、两包零食，不顾形象瘫坐在椅子上，无拘无束地看碟片。

林栋哲偶尔去广州、香港出差，他给庄筱婷淘来了不少西方电影盗版碟，庄筱婷还没机会看，就先被庄图南都顺了过来。

盗版碟质量不佳，经常卡顿或是突然没了图像或声音……经常在情节关键时搞得两人哭笑不得，遇到实在喜欢又卡得不知所云的片子，两人就找时间一起去各大外文书店淘碟，买书。

肆意欢笑，畅快淋漓。

设计院就在校园内，两人也常在夜间手牵手在校园里溜达。

一次，二人逛到通宵教室附近，李佳忍不住感慨："大三时……"

大三是两人间一块小小的禁区，话一出口，李佳下意识地住了口，庄图南轻轻紧扣她的手指，问道："大三时，怎么了？"

往事已远，李佳坦然道："有次考前在通宵教室里看到你，吓死了。我那时候一直在暗暗比较我们的成绩，每次大作业，每次大考小考，我先看自己的分数，马上接着看你的分数。"

庄图南骇笑，说："我那时很颓废，平时完全不用功，考前没办法了，才来通宵教室，而且不止我，大家都稀里糊涂地混，写诗的写诗，弹吉他的弹吉他，谈恋爱的谈恋爱……对了，你什么时候知道规划局每年给系里一个指标的？"

李佳心中暗叹，我还不懂事时就知道要回上海留上海，自然会留意一切相关信息。她紧紧攥着庄图南的手，顾左右而言他。

"你会弹吉他吗？"

几个学生说说笑笑着从两人身旁经过，庄图南没留意李佳的问题，他的视线被一个胸前抱着课本的女生牵走了，他说："你那时不爱带书包，就这么抱着书去教室，后来……后来，我就没在校园里见过你了。"

庄图南轻轻松开手，伸长胳膊紧紧搂住李佳的肩膀。

李佳轻轻握住庄图南搂在她肩膀上的那只手，扭头看向他，好奇地问道："庄图南，你读研时为什么不谈恋爱？"

庄图南纳罕地看她一眼，李佳执拗道："我进规划局，浦东开发把所有人逼成狗。我是新人，什么都不会，急得想哭。可当学生不一样，走在校园里就该谈恋爱……"

庄图南懂了，说："读研时，新技术新材料井喷，尤其是有了计算机之后，计算能力一下子跃升，高层超高层设计、曲面设计、受力分析……我忙着学习模型，还有各式新材料的运用，我研究生念得比本科累多了，连去交大'抓奸'的时间都没有。"

李佳轻声笑出来，月光照在她额头的碎发上，显出一份毛茸茸的天真。庄图南在她额上轻轻一吻，说："奇怪，我读研时完全没想到谈恋爱，那三年忙于课业项目，就像……就像在一心一意地画图，每一笔都畅快淋漓，无悔无憾。"

李佳完理解庄图南的感受，说："我也没虚度规划局那几年，我曾一天看四张总施工图，跑四个现场，爬三栋高楼……"李佳咽下了后一句话，又说，"无论是工作，还是照顾家人，我都没有遗憾，我都问心无愧。"

庄图南不知道李佳心中所想，用手指轻轻蹭了蹭她的脸。

庄图南眼睛带笑。

李佳嗔怒道："我只有下班后爬楼才带冷饮。"

两人都曾转身。

转身后，两人都曾遇到过很多人，但再也没遇见对方。

现在，两人轻轻握住了对方的手。

1992年10月的中国共产党第十四次全国代表大会确立了社会主义市

场经济体制的目标后，浦东开发开放成了中国计划经济转社会主义市场经济的攻坚之战。

上海作为计划经济最典型的老牌城市、国有企业最集中的大型工业城市，浦东开发开放关系着上海和周边城镇，带动着整个沿海地区和长江流域的发展。

1月报名，第一次笔试，2月心理测试，3月面试，4月考核，庄筱婷一路披荆斩棘，冲到了最后一关，拿到了录用通知书。

宝洁办公室，林栋哲接到庄筱婷的电话后，平静地交谈了几句。

"爸妈都知道了？"

"嗯，我最近常去上海，他们早猜到了，只是怕增加我的心理压力，一直没敢问我，今天，他们都很高兴。"

"我也高兴。筱婷，你在哭？别哭，别哭，大家都要高兴。"

"我……我没哭……"

"不哭不哭，赶紧去和学校说，赶紧把档案调出来。"

……

挂上电话后，林栋哲似瘫痪一样靠在办公室墙上，浑身无力，一阵阵的头晕目眩。

巨大的、期盼已久的幸福突然袭来，两年中的点点滴滴突然间涌上心头。

多少个不眠之夜，多少次辗转反侧，分离时的思念、忐忑、烦躁、痛苦……相聚时的甜蜜，这三个月的期待和焦虑，一切的一切都突然涌上心头，翻滚着，叫嚣着。

林栋哲靠在墙上，巨大的幸福将他淹没，让他眩晕。

设计院，组员们看到一人"咚"的一声撞开庄图南办公室的门，冲了进去。

门没关上，所有人都看到来人穿着鞋跳到庄图南办公桌上，手舞足蹈地乱扭乱跳。

来人一边跳一边喊："第16名，第16名，所有考生里第16名，啊——啊——啊——第16名，筱婷是第16名，哈哈哈！！！筱婷是第……呜呜呜……"

组员们正津津有味欣赏街舞，就看到庄图南一跃而起，把对方拽下了桌子，一脚踢上了门。

木门隔音有限，屋里还是传出了喜极而泣的呜咽："第16名，筱婷考上了……"

苏州大学学生处一位干事替庄筱婷说了几句好话："庄筱婷去年试用期通过后，一直没签正式合约，合约两个月后就到期了。我的意思是，小姑娘工作勤奋，去年拿了市里的奖，今年去浦东，都是给学校争脸，就不罚违约金了吧。"

人事处处长问了一句："户口呢？"

干事回答："庄筱婷自己有苏州户口，没占学校的指标，合同只罚钱，她签了两年合同，已经完成了一年，现在走的话只能罚一年，3000元。"

另一人也说："浦东新区办公室发了调令，学校罚钱，说出去不太好听。"

处长想了想，说："没多少钱，算了吧。虽然不是本校毕业的，但辅导员里走出一位科级干部参与浦东改革，她去浦东直接就是科级吧？校史室也可以多一点宣传内容，让她给校报写两篇关于学校工作对她的指引和帮助的文章，直接放人吧。"

5月3日，庄筱婷到了浦东政府报到，试用期一年。

次日，五四青年节，庄筱婷开始了为期七天的培训。

设计院里女职工少，党员也不多，李佳身兼两职，时不时被指派参加各种外事活动。

五四青年节团委活动，大礼堂里坐满了人，正在进行"看图答事件"的游戏环节。

大屏幕上播放着各式图片，图片上有历史人物、事件时间或红色地点等，与会者看图抢答，答出正确的历史事件的人加分，分数最高的十人可获得纪念品。

李佳答对了两题后，她无意间扭了一下头，瞥到了最后排的一张面孔。

那人坐在不被人注意的角落里，还低着头，但李佳还是一眼就认出了，是庄图南。

李佳趁着其他人热火朝天抢答时，若无其事般挪到了庄图南身边。

庄图南坐在最后一排，身边是空位，李佳轻轻坐下时，庄图南整个人一抖，似乎被吓了一跳，看样子他刚才在打盹，被李佳惊醒了。

李佳心中泛上一股感动，杭州码头绑筋数据出了点问题，她知道庄图南为了改图纸，已经连着熬了两晚上了。

李佳轻声道："你来干什么？难得有点时间还不回去补觉？"

庄图南轻轻握住李佳的手，说："晚上去杭州，卧铺，可以睡。"

大屏幕上又出现了一张新图片，这道题似乎很容易，现场多人抢答，一片嘈杂声中，庄图南道："前几天赶图，没怎么见你，马上又要出差，一定要来见见你。"

庄图南的声音低哑而温柔，李佳无来由地脸一红。

李佳心中甜蜜羞涩，只说一句："傻。"

庄图南微微一笑。

李佳又道："几点的车？你接着睡，我叫你。"

庄图南低低"嗯"了一声，把口袋里的车票给李佳看了一眼，果然继续低头睡觉了。

两人恋爱四个多月了，庄图南把照顾做到了极致。

李佳办公桌抽屉里，一定有各式零食，还多了一个装着防晒霜、护膝、创可贴和卫生巾的礼包，李佳没问过哪儿来的，庄图南也没说过，一切尽在不言中。

每晚不管多晚，一定把李佳送回她的住处楼下。

庄图南不帮李佳画图——李佳自己也不想过于依赖庄图南而放弃提升技术的机会——但他指点思路，并默默地帮李佳做了绑图、打图、整理材料表、汇总、编页码目录这些琐碎耗时且提升不了技术的杂活，让李佳尽可能地把精力集中在了设计上。

他甚至帮李佳打了很多电话，李佳手里有两个小项目，要给甲方做不同的方案和相应的报价，需要不同材料的信息和价格，李佳打电话一般只能和厂商的销售员对话，庄图南研究生读的就是建筑技术科学专业，他认识的专业人士多，打出的电话也更加专业和有针对性，往往能和技术人员对上话，得到更专业的推荐和报价。

庄图南的工作量远超过李佳，李佳完全清楚这些时间精力意味着什么，她从上大学后就再也没被人细心照料过，被人这样上心过，工作后更是被各单位当成铮铮铁汉子用。庄图南的百般呵护，她很不习惯，也很惶恐。

除了陪庄图南加班，她没法回报他。

李佳很惶恐，她担心：无法平衡的感情，能走到哪一步？能走到哪一天？

几天后，庄图南从杭州回了上海。到上海时已经快5点了，可以直接回家休息，明天再回设计院汇报工作，但他还是心急火燎地先回了办公室，他想早一点看到李佳。

庄图南到办公室时正赶上下班时间，但李佳不在，她在浦东工地上，庄图南放下背包，又马不停蹄地赶往浦东。

出租车在隧道里堵了大半个小时，等车好容易开出延安东路的隧道口时，外面下暴雨了。

倾盆大雨哗啦啦打在车窗上，庄图南更急了，但凡天气不好，隧道、轮渡都会格外拥挤，交通分外不便，他让司机先开到工地，先付了来时的车费。"麻烦您再等几分钟，我接到人，再坐您的车回浦西。"

庄图南单程就花了四十多元，司机痛快回复，说："行，我等几分钟。没带伞吧？你先用我车上的伞，我就在这儿等着。"

雨势铺天盖地，天地间白茫茫一片，雨珠哗哗倒在伞面上，雨丝沿着伞沿连成十几条雨线，流到了背上身上，庄图南打着伞在满地泥泞中跑到工地门口，吼叫着问清楚了，知道几位工程师，尤其是女工程师已经离去，只得又冲了回来。

庄图南收了伞坐回车里，对司机道："麻烦您送我去渡口。"

司机愣了一下，问："不直接回去啊？这么大的雨，轮渡可挤了。"

不知道是不是浑身淋湿了的缘故，庄图南的脸色很不好。

出租车刚一停下，立即有几人欣喜若狂地跑了过来，冲在最前面的人一把拉开车门，说道："师傅，走南浦大桥。"

后面两人一起说："我们拼车，天气不好，我们拼车。"

庄图南几乎是被那几人拽出车厢的，他脚刚一落地，出租车就带着几位迫不及待的乘客开走了。

雨势过大，渡轮暂停服务，候船室里挤满了人，几乎所有人都湿淋淋的，但又不得不紧贴在一起，簇拥在一起等待天气好转，渡轮恢复正常运行，尽快回家。

庄图南挤在门口，他努力向室内张望，试图在人群中找到李佳的身影，可人实在太多太挤，他实在看不清。

四周人声嘈杂，吵架声、谩骂声不绝于耳，庄图南只觉得耳朵嗡嗡地响，他头痛欲裂。

前胸贴后背地站了大半小时后，雨势总算小一点了，队伍前方突然开始向前移动，队伍尾部也开始骚动，庄图南还没反应过来，就被人狠狠踩了两脚，同时被争先恐后的人群裹挟着向前涌。

远远地，庄图南在前方的人群中看见了一个熟悉的身影，他用尽全身力气喊："李佳。"

那个身影立即转身，她想向后走，可人群蜂拥向前，完全不可能逆着走。

有人狠狠撞击了一下庄图南的后背，庄图南被撞得向前冲了两步，他竭力稳住身子，并下意识地伸出手臂，护住身前一个矮瘦的老太太，以免她被撞到。

此情此景让庄图南回想起了在新闻中看到过的1987年底的陆家嘴轮渡站踩踏事件。

同时，远处那个身影也似乎被周围人推了一个趔趄，庄图南看得心惊胆战，扯直了喉咙喊："李佳，跟着人群走，千万不要回头。"

庄图南又等了半个小时才上了第三班轮渡，在寒风凄雨中回到了浦西的轮渡站。

他在出口处看见了正焦急等待中的李佳，李佳打着伞，可脸上、身上也都湿透了。

庄图南全身湿透，鞋子裤子上都是泥泞，李佳也不比他好多少，而且她淋湿的时间大概比庄图南还长，脸色和唇色都变得紫青。

庄图南一肚子火被李佳的状况吓得烟消云散，一肚子火气堵在胸中，无处发作，他的脸色也变得铁青。

这种天气下是不可能拦到的士的，两人相顾无言，默默走到了公交车站，转车后回到了住所附近。

雨已经停了，庄图南本想把李佳送到她楼下，可他觉得自己再也压不住火了，勉强道："李佳，我有点事要去我妹夫那一趟，今天就不送你回去了，你回去赶紧冲个澡，喝点热水。"

庄图南拦了一辆的士，逃命似的飞快离开了。

庄图南铁青着脸进门时，林栋哲立即乖乖从橱柜里找出了乌米，在庄图南洗头洗澡时，他蒸上了乌米，开了洗衣机洗庄图南的脏衣服，再把沙发也铺好了。

庄图南洗完热水澡，穿上干净的短袖短裤，吃了两碗乌米饭后，总算勉强恢复过来了，就问林栋哲："你咋有乌米？筱婷带来的？"

林栋哲嘴甜，说道："咱妈让筱婷带了很多吃的来，乌米、豆干、笋干，哥你想吃就来，我们做给你吃。"

林栋哲收拾了碗筷后，小心翼翼地问："哥，你今儿咋了？"

实在憋太久了，平时也没有其他人可以诉苦，庄图南决定不憋了，说道："九块八，六分。"

林栋哲茫然，问道："啊？"

庄图南道："打的过南浦大桥九块八毛，轮渡票价六分钱。"抖了抖身上干爽舒适的短袖，"六分钱就是我刚才进门那德性，全身湿透排队等轮渡，在寒风中冻两小时。"

林栋哲惊了，说："哥，你有钱，干啥想不开？"

庄图南憋屈已久，不管不顾道："农场效益不好，李佳的爸妈打算早退后回上海，所以她坐六分钱的轮渡……"

庄图南说不下去了，以手扶额。

林栋哲端来一杯茉莉花茶，劝慰道："哥，你慢慢说，慢慢说。"

庄图南心灰意冷，说道："这种暴雨天，我们这些糙汉都是打的回浦西的，李佳总是坐轮渡。院里已经够忙了，她还接不少私活。她爸妈就没想过一个小姑娘怎么在上海这个大都市负担起一套房子的吗？"

林栋哲忙解释："他们……可能不太清楚。"显然，他的解释是徒劳无功的。

庄图南道："鹏飞有没有和你说过，吴珊珊前两年资助吴军生活费，刘健没意见。生了孩子后，吴叔叔要打零工，张阿姨不愿帮忙带孩子，刘健有意见了，三天两头和吴珊珊吵架。吴珊珊整个人都变了，妈和筱婷都说她像变了一个人……"

"吴家就在对门，你以为吴叔叔真不知道吴珊珊和刘健吵架？"庄图南意味深长地说。

林栋哲词穷了，小声道："哥，你有钱。"

庄图南道："不仅仅是钱……"他心里想着，钱衍生出的问题很多，上次只旁敲侧击提了一点，跳楼都无法弥补那两句话的伤害，我要是再处理不当，恐怕跳黄浦江都难辞其咎了。

庄图南无奈道："100张图大概能挣个1000、1500元，我……我帮忙画图。"

庄图南腹诽，我宁可给钱，也不想画100张对技术毫无提升的图，不过我宁可画100张图，不，我宁可跳黄浦江，也不想和李佳谈钱。

林栋哲搜肠刮肚，安慰道："哥，你不能只看贼吃肉，也要看贼挨打啊。我和筱婷分开两年，现在还挨打呢。筱婷暂住浦东，我们一周也只能聚一两天。我平时有空也可以过去看她，但没地儿待儿，她住处周围都是农田，我俩只能坐外面喂蚊子。"

庄图南身心俱疲，他心中想到了另一个可怕的事实："谈恋爱费用均分，我不敢去花钱的场所，冬练三九，在校园里逛来逛去吹西北风，谢谢你提醒我，夏练三伏，该喂蚊子了。"

庄图南道："你那是客观环境不好，没办法，不是因为、因为……"

想了半天也说不出为了什么。

林栋哲小心翼翼提建议："实在不合适的话，换个人？"

庄图南摇头说："我一个成天算钢筋水泥金属板的，还老加班、老出差，遇上一个合适的人不容易。"

庄图南心灰意冷地想，我还不如和余涛组团单身呢，至少那厮暴雨天舍得打车。

林栋哲好心开导大舅哥："哥，困难只是暂时的。"

庄图南冷笑，看向林栋哲，问他："暂时？"

林栋哲道："哥，你既然有这么大的顾虑，你就该好好摊开来说。"

庄图南苦笑一声，缓缓道："有些话，是说不出口的。"

庄图南吃饱穿暖，又诉了苦，第二天一早若无其事回去上班了。

他态度好，李佳也平和，两人就这么心照不宣地揭过了此事，若无其事地当什么都没有发生过。

经济是大问题，但在双方实力悬殊的情况下——李佳工资并不低，但她的负担太重了，两人谁也不愿或是不敢先提出此事。

又或许，两人都找不到打破僵局的方法，只能静观其变。

庄图南惆怅地想，李佳果然是他的女朋友，一床棉被盖不合，这是庄家的传统技能。

庄图南尚在伤春悲秋时，晴天一个霹雳：林栋哲全款买房了。

李佳在陆家嘴渡口附近，巧遇从另一个施工现场下班的庄图南。

庄图南先开口："李佳，你自己先回去吧，我今天不能送你了……"

庄图南停下脚步，他觉得很难用三言两语说清卧龙凤雏的操作，言简意赅道："李佳，我妹夫刚买了套房子，问我装修意见，我去量个尺寸，你和我一块去？"

浦江小区就在不远处，左右无事，李佳出于对房产的好奇，跟着庄图南一起去了浦江小区。

浦江小区一套一居室里。

庄筱婷刚痛殴完林栋哲，两人正在一片狼藉中抱头痛哭，听到门响声，一起抬头，泪眼婆婆地看了过来。

庄图南吃了一惊，问："你俩怎么在这儿？筱婷，这是哥的同……女朋友，李佳。"

猝不及防下见面，李佳和庄筱婷都偷偷打量了对方几眼。

李佳长直发梳成一个高马尾，服饰中性，整个人干脆利落。

庄筱婷全身上下都是时髦要素，大波浪卷发，荷叶领衬衫，大摆裤，和李佳想象中的基层公务员形象大相径庭。

这种情况下见到哥哥的女朋友，庄筱婷非常不好意思，她赶紧站起来去厨房擦了把脸，请两人进屋，并带他们在小小的一居室里转了转。

庄图南幸灾乐祸，问："怎么了？"

庄筱婷抽噎着向哥哥诉苦："我连着上了十天班，好容易有半天调休，他让我来拼地板，还非说我拼错了。"

庄图南和李佳同时看向客厅铺了小半的地板，两边的拼法确实不一样，一个是工字铺，一个是斜铺。

林栋哲蹲在墙角，眼中噙着泪，说："哥，她拿木条打我。"

庄图南脑中突然出现了宋莹拿扫帚痛殴林栋哲的场景，禁不住哈哈大笑。

李佳也拼命忍住笑，说道："工字铺最快，铺好了也很好看。"

李佳厚道，说完就拿起了几块木条，半蹲着铺给两人看。

庄筱婷惶恐，立即道："李佳姐，地上脏，你赶紧起来。"又给庄图南说："哥，你快让李佳姐起来。"

李佳笑着摇摇头，表示不介意，她扭头对林栋哲示意："这套房面积不大，这样铺最多两天就铺完了。"

庄筱婷见劝不动李佳，也立即跪在地板上开始拼接。

李佳温柔劝解："这木板牌子性价比很高，漆也环保，通几天风就可以入住了，是你哥的建议吧？原木色也适合小空间，能产生宽敞的视觉效果，这地板拼好了会很好看。"

林栋哲嘀咕："打人也很疼。"

林栋哲一边抱怨，一边老老实实地拼地板。

庄图南长叹一声，被白嫖了设计之后还要被白嫖劳动力，他也无奈蹲下，帮忙铺地板。

四人跪在地上一起铺木地板，庄筱婷不肯和林栋哲凑在一起，跟在李佳边上铺。

庄图南出工不出力，拿着木条磨磨蹭蹭，话还贼多："你们怎么不请人？我不是给你们推荐了几家装修公司吗？"

林栋哲愤然，说道："我说请人，筱婷说省钱自己装，她自己拼错了就打我。"

庄筱婷更生气了，怒道："谁让你买房的？我都说了不着急买。"

林栋哲委屈不已，说："我周末找房子，下班后坐轮渡过来刷墙，我也很累的。"

庄图南和李佳的目光情不自禁地瞄向墙壁上的一道缝。

李佳咳了两声，努力抑制住即将喷薄而出的笑声。

李佳又咳了两声，问道："可不可以问问这房子多少钱啊？"她的目的比较简单，一是八卦，二是劝架。

林栋哲道："每平方660元，这套面积很小，才45平方米，总价快3万。"

李佳感慨道："660元？比我想象中还便宜点。"

庄图南道："你又不是不知道，浦东商品房空置率20%以上，卖不出去只能打折。栋哲，你也确实太冲动了。"

林栋哲不服，说："筱婷从川沙到我公司附近单程4小时，这套房子正好在中点，她平时住宿舍，我们有空或周末都可以过来住。哥你来浦东，下雨天也可以来这儿凑合一晚。"

李佳算了算距离，说："川沙到陆家嘴也要一个半小时以上吧。"

庄筱婷道："嗯，我有个川沙本地的同事说去浦西是去上海，川沙真的太远了。"她小声解释，"我最近天天在乡里跑，太累了，刚才没控制住脾气。李佳姐，等我们装好了，我请你来吃饭。"

林栋哲又想开口，庄筱婷重申："哥都说了，你买房太冲动了。"

林栋哲蔫头耷脑，说道："这小区是余涛哥设计的，他说质量还不错，还找关系帮我谈下了点折扣，本来每平方米700块的，我真的想给你个惊喜。"

庄筱婷不再理他，接了一盆水用毛巾帮李佳擦手，一边说："李佳姐，附近有些家常小饭馆，我们一起去吃晚饭吧。"

车次有限，庄筱婷必须要回川沙宿舍了，庄图南说不吃饭了，让他们赶紧去赶车，两人再三表示歉意，走了。

462

林栋哲出门前，庄图南和李佳看到他往门边的木板堆上打了几拳，大概是受了反作用力，龇牙咧嘴地甩着手走了。

李佳从窗口向外看去，看到林栋哲和庄筱婷又和好了，手牵手甜甜蜜蜜地走远了。

李佳笑了好一会儿，去厨房洗了个脸，继续跪在地上重装那块不一样的地板。

设计师都是完美主义者，多少都有些偏执，看到歪七扭八的线条就难受。庄图南很理解李佳实在看不下去错乱的纹路，也不劝阻，也半跪在地上，和她一起拼装。

黄昏的天色依旧明亮，晚风依旧燥热，吹在并肩跪着拼木板的两人身上。

李佳随意点评："你妹夫眼光不错，这房子格局很好，楼前还没有障碍，从窗口能看到天空。"

庄图南下意识抬头看向窗外，看到大片尚未完全散去的晚霞，绚丽、明媚。

晚霞也映在李佳眼中，她眉梢眼角都是笑意。

庄图南道："顶楼，没卖出去，我觉得栋哲被余涛忽悠了。"

李佳又是"扑哧"一笑，道："墙上有条缝，不知道是施工队没抹好腻子，还是你妹夫刷坏的。"

庄图南伸手摸了摸那条缝，道："问题不大，我回头帮他们抹平。"

日落渐黄昏，一切都那么恍惚，一切都那么适合倾诉和聆听，李佳道："浦东太远，浦西又太挤，我每天看到的不是对面楼的墙就是被子。"

庄图南愕然，不解地问："被子？"

李佳道："我楼上有个老太太，只要不下雨，一定晒被子，我早上经常是被她拍被子的声音吵醒的，等租约到了，我一定搬走。"

庄图南把木条一条条对准，铺平。

在这之前，他已经思考了很久，正如木条间的缝隙，不对准的话，地面会翘起来，正如墙面上的缝隙，不弥补就会继续龟裂至崩塌。经济问题是他和李佳之间最大的缝隙，他必须试着解决这个缝隙。

庄图南不自觉回想起雨夜中的轮渡长队，向前簇拥的人群中只能进不能退，他豁出去了，说："李佳，我也存了一些钱，你要不要先从我这里拿些钱把房贷还了，免得付那么多银行利息。"

然后，他又补了一句："你不用不好意思，我会让你打借条。"

李佳顿了一下，继续低头铺地板，他似乎对手里的木板更感兴趣。

手里的木板铺完了，两人身下的地板都铺平整了，李佳才道："庄图南，谢谢你。但是不用。"她轻声解释，"我和弟弟去爷爷奶奶家，我婶婶不让我弟弟用厕所，说他没有产权。我恨死了，所以才买了房子，我不想将来和任何人有产权纠纷。"

这是李佳第一次在庄图南面前提到她的家庭矛盾。

李佳轻声道："我不着急提前还贷，其实如果按20年还的话，压力并不太大。"

庄图南心中百味杂陈，同时升起轻松、尴尬、遗憾、怜惜好几种情绪，他说："只是借钱，不涉及产权。"

李佳摇了摇头，表示不想再继续这个话题，庄图南的话让她感动，但也让她觉得好似被侵犯了，她本能地排斥，下意识地想逃避。

李佳依旧不看庄图南，低头看地板，但她轻轻牵住了庄图南的手。

日落月升，天色渐渐变暗，这在微妙而恍惚的暮色中，一切都那么自然，一切都那么不容抗拒，庄图南心中柔情无限，他伸出手紧搂住李佳，吻了上去。

两人之前早已吻过，但不知是黄昏的缘故，还是因为看到了庄图南眼中的炙热，李佳说不出的心慌意乱，她下意识地想向后退，但又立即发现，自己坐在地板上，身后就是墙，退不了。

吻毕，李佳无意识地舔了一下嘴唇，庄图南下意识低垂了眼睑，但又立即吻了上去。

烈日下暴晒了一天，两人的嘴唇都有些干，辗转摩挲间反而更加炙热，更加令人忍不住地战栗。

李佳的后背被抵在墙上，庄图南让她感受到了极大的压迫感，她再一次地觉得似乎被侵犯了，她有一点本能的排斥，但也有隐约的亢奋和躁动。

唇齿交融，心神俱醉。

庄图南从她唇上一路吻着，直至脖子、胸口……

李佳去浦东的频率比庄图南高，庄图南给了她一把钥匙，希望她能时不时地帮忙监督一下装修，帮忙开窗换气。

李佳答应了，不仅仅是还庄图南照顾她的情分，还因为她很喜欢在这套小房子里独处一会儿。

生平第一次，房子带给李佳的感受不再是窗外三角形的、灰蒙蒙的天空，或是让人心惊胆战的房贷，而是一个舒适放松的场所。

或许是曾发生在这套房子里的亲昵，她一踏进这套房子，心里就充斥着甜蜜，她很享受自己出力动手把这套房子的不足处稍做改动，忙完后又坐在窗前静静地看一会儿黄昏夜色的过程。

李佳看着这套房子很快有了模样——先是庄图南用一个周日装好了木地板，然后浴室装上了热水器，厨房台面上有了一口炒菜锅和一个电饭锅，还有了台小冰箱。

第二十九章

闹剧与碎银几两

周日，李佳、余涛应邀来浦江小区吃饭。

房里还没有家具餐具，林栋哲和庄筱婷做了一大桌丰盛的饭菜，盛在一次性餐具里端出来，放在纸箱子做的桌子上，五人坐地板上吃完饭后，喝饮料闲坐聊天。

话题很安全，围绕个人工作展开，李佳在规划局工作过，对庄筱婷的工作很感兴趣，庄筱婷见李佳不像客套，就多说了几句。

庄筱婷说起"生地批租"，即从农村征用原集体土地。

"汤臣征地想建高尔夫球场，但解决不了当地农民的就业问题，所以一直征不下来，只能一家家走访做思想工作，再根据农民们的诉求，制定修改策略。"庄筱婷说道。

李佳在规划局工作四年，但还是第一次知道一级土地进入市场的过程，她听得津津有味，说道："我记得以前征地都安排就业的。"

庄筱婷表示肯定，说："是，但现在国企自己都在做结构性调整，职工下岗，哪还有余力接收大量劳动力，所以只能分离'就业'和'保障'。"

余涛不解，问："分离'就业'和'保障'？"

庄筱婷解释："不提供工作，但给征地的农民提供保险、医疗等福利，他们自己去就业市场找工作，但不管他们在哪儿找到工作，不管他们将来换多少工作，政府都提供四金保障，无须企业提供这些福利，等于无形中大大增加了他们的就业竞争力。"

李佳明白了，说："你的工作就是政府、企业、农工之间的上下沟通。"

林栋哲一脸的与有荣焉："工作组'分块包干'，一家家了解情况，再根据各家具体情况制定对策。"

庄筱婷道："群众工作没有定法，各家情况不同，有因为家庭成员意见不统一不愿签约的，有因为上一代土地产权不明无法签约的，必须找到不同的突破口。"

庄图南很感慨，说道："接待外商、统计数据也就算了，没法想象你走家串巷地做思想工作。"

余涛道："听得都累。"

庄筱婷道："我还好，女生都分到了集体宿舍，有些上海籍男同事家住浦西，单程通勤2小时以上，外地的男同事分住在农房，甚至倒闭的乡镇企业里，非常辛苦。"

李佳道："我去过川沙镇政府，条件很差。"

庄筱婷点头，说道："管委会挤在一个大办公室里，一个处只有一张共用的办公桌；宿舍条件也很差，但大家都想住宿舍，宿舍里有十几位不同地区、不同职位的干部，非常利于跨部门、跨职能讨论工作。"

庄筱婷道："总得把工作做好。"

李佳一直笑，心中感慨万千。

林栋哲道："毕业进社会就像突然上了战场打仗，结婚、户口、工作都挤一起了，累死了。"顿了顿，他嘀咕道，"我本来想一鼓作气把房子也解决了，以后就没后顾之忧了，没解决好，还要再找房子。"

庄筱婷轻轻碰了碰林栋哲的胳膊肘，示意他不要再说了。

庄筱婷道："这套房价格一定会上涨的，我考试时，40个职位，2000多人报名考试。那么多人想来上海，浦东房价一定会上涨的。"

余涛精神大振，说："这话我爱听。"

一行人鱼贯出屋，庄图南走在最后锁了门，李佳无意间注意到，门锁换了。李佳惆怅地想，偶然独处发呆的空间没有了。五人在楼下告别，林栋哲送庄筱婷回川沙，另外三人坐渡轮回浦西。

庄图南把李佳送到楼下时，往她手里放了一把钥匙，说："我换了锁，以后他们进不了那套房了。"接着，他又说，"刚才余涛在，我一直没机会告诉你。我把这套房买下了，房产证昨天更了名。"

李佳一时间没反应过来，痛心疾首道："你妹夫刚买下这套房，更名很贵的。"

庄图南道："浦东商品房契税低，赠予更名又比买卖低，加上房子总价不贵，算下来不到700元，用700元更名，换一份'产权清晰'很值。"

李佳不敢深想，愣愣地问："那你妹妹妹夫呢？"

庄图南道："我妹夫在看南浦大桥附近的房子，打算先租。"接着，他又道，"就不考虑房价涨不涨，设计院在浦东一直会有项目，下面几年内跑浦东的频率不会低。上海一年中有半年天气不好，买一套小房子作为暂时的落脚处是值得的。"他说，"不是同居，以后你可以在那套房子里熬黑米粥，可以画图，也可以请你弟弟过去玩儿。我暂时不想负担浦西的房子，就先在浦东买吧。"

林栋哲急着买房，一是刚需，他和庄筱婷确实需要一处在"中间点"的房子，二是他很快要被提升为重点客户经理，正在事业上升的关键期，实在不想花费太多的时间精力看房、买房，所以他看房三周，就在余涛的推荐下买了房。

林栋哲忘了，庄筱婷正在适应新工作，情绪极度焦躁不安，一点就炸，所以，在他第三次说"筱婷，你拼错了"之后，他被木板条打了。

新工作耗尽了庄筱婷的心力，她完全没有心情和精力装修这套房，林栋哲独木难支，新房装修工作被迫搁浅。

庄图南在电话里询问新房的装修进度时，庄筱婷回复："不装了，先放着吧。"

庄筱婷的声音很疲惫："我有宿舍，栋哲也有租的房子，我们先两边跑，新房先不装了。"

庄图南愕然："总是要装的，早装早住。"

庄筱婷解释："实习期结束后才能确定具体工作岗位，有可能调到其他区，我想等工作地点确定下来后，再考虑那套房子，地点合适就装，不合适就卖，现在装，万一将来要卖，多浪费钱和精力啊。"

林栋哲擦嘴："岂止钱和精力，还有感情，装修伤感情。"

庄图南缓缓问："如果要卖，能不能卖给我？"

庄图南觊觎这套房，林栋哲和庄筱婷商量了一下，痛快让房，原价转给了庄图南。

两人跑了几次南浦大桥，想在附近的居民区内租房，但他们很快发现，一是租房房源少，二是大桥两边的房价都已经小涨起来了，房租也不便宜，庄筱婷很舍不得。

只要思想不滑坡，办法总比困难多，林栋哲一拍大腿，说："筱婷，我们周末开房吧？"

庄筱婷心中一动，住旅馆一天确实比租房一周更经济。

林栋哲贼兮兮地笑着说："都说现在大学生开放，我上大学时没开过房，现在正好补上。"

林栋哲意气风发，说："咱们以后见面把结婚证带上，合法开房，开遍上海滩的房。"

浦江小区的一居室里发生着种种细微的、不为人注意的变化。

窗棂上有了浅浅的、不规则的线槽，既灵动又增加了层次感。

橱柜柜门开关由把手变成按压式了。

墙壁颜色变了，由原来的纯白色变成了非常非常浅的灰色——庄图南轻微色弱，如果不是注意到了涂料颗粒的变化，他都没看出颜色的改变。卧室是原木百叶窗，客厅窗帘是比墙壁颜色稍深一点的浅灰色，视觉上显得房间更大。

庄图南开始想佯装不知，但当他看到客厅多了一盏金属落地灯后，他没法当不知道了。他尴尬地向李佳表示，他该付钱。

李佳也很窘，说："都是我自己动手改着玩的，除了落地灯，其他基本没花钱……我刚收到一笔私活的钱，正想花钱……"

李佳想了一会儿，又说："就像大学选修课做模型一样，我玩得特别高兴。这样好不好，我要钱不够了，我找你一起拼材料费？"

庄图南道："好，一起玩儿。"

庄图南不想和李佳算钱，金钱的意味太多，意味着责任和付出，也意味权利和接受，他不想一分一厘地按发票算账，他直接买了一套办公桌椅。

实木桌很普通，但足够大，适合摊图纸。

电脑椅是专门设计给常年久坐的职业人群的，曲线设计对腰背的支撑特别好，价格不菲。

过了两周，客厅多了一套四人的餐桌餐椅，餐桌的材质、颜色、木纹和卧室的办公桌遥相呼应。庄图南看了一会儿，发现木纹是在原色实木上手绘图案后再上了一层清漆画出来的，才能和办公桌桌面木纹一致，庄图南在餐桌上贴了一张便条，用了一句周星驰片中的搞笑台词，"I服了you！"

庄图南认输，收到了李佳手工做的一盒芝麻糖。

两人一如既往地相处，除了不再在同事前刻意隐瞒外，工作和生活都一切如常，但因为一套房子，都松弛了很多，两人不再AA制了，庄图南也不用非在暴雨天去渡口接李佳了。

李佳如果去浦东工地，会时不时在这套房子里住一晚，做饭、画图、发呆，她买了一张很大的圆藤椅，平时整个人可以蜷里面看书，需要时，把藤椅上的软垫往木地板上一铺就可以睡觉。

庄图南偶尔也会来这套房子，但次数不多，时间不长，而且他利用职位之便，刻意错开了他和李佳到浦东的时间。

自从上次在这套房子里几近擦枪走火后，两人都不敢再和对方长时间独处一室了，都心照不宣地错开了时间。

两人都是成熟理性的人，又是同门兼同事，不敢行差踏错。

潘多拉的盒子掀开了一个角，欲望蠢蠢欲动，两人甚至都不太敢在庄图南办公室里独处了，下班后要么两人同时待在大办公室，要么在校园里晃悠喂蚊子，但庄图南甘之如饴。

旅馆位置很好，推窗就能看到黄浦江江景和南浦大桥，甚至能眺望到远处施工中的东方明珠塔。

黄浦江川流不息，江面百舸争流，南浦大桥转盘引桥上川流不息的车辆汇成一道道漩涡，闪烁的车灯在暮色中绚丽夺目，林栋哲伏在窗边，喊道："筱婷，来和我一起看夜景。"

庄筱婷正低头努力换床单被套，无可无不可地"嗯"了一声。

林栋哲努力把自己固定在窗前眺望远方，避免干家务，可他装了一会儿实在装不下去了，转身帮庄筱婷换被套，说："筱婷，旅馆换过干净被套了。"

林栋哲套被套，庄筱婷得以脱身，她开始换枕套。

庄筱婷一言不发，林栋哲继续徒劳无功地游说："我知道你打小爱干净，可也没必要带着床单被套，甚至连保温杯来住宿吧？你背这么多东西，累不累啊？"

庄筱婷道："我说订标准间，你非要订大床房。你觉得其他人会在这张床上做什么？"

林栋哲欲言又止，心里道：做我们待会儿要做的事儿呗。

林栋哲无奈道："可旅馆已经换过床单被套了，这是正规旅馆……"

庄筱婷咬着嘴唇，说道："我……我上次回去身上痒了半天，全身都痒。"

林栋哲道："我咋没事？你打小就这么别扭。"

隔壁房间突然传来一阵肆无忌惮的呻吟，而且呻吟声似乎还不止两人，两人套被套枕套的手同时停了下来。

两人异口同声道："你带结婚证了吧？"

林栋哲道："靠，这家旅馆不正经，咱俩要是被派出所一把端了，淫乱要被拘几天啊？"

庄筱婷把枕头放下，颓然坐在床沿。

林栋哲赶紧坐在她身边，搂住她的肩膀，正要开口安慰庄筱婷时，隔壁又是一阵浪荡叫声，林栋哲道："我下楼让前台换间房。"

庄筱婷低声道："我不想换了，换房还要拆床单被套，我……我今天坐了很久车，我很累了。"

林栋哲一迭声道："我拆我拆，拆完就去前台。"

庄筱婷声音越来越低，说："我只想周末和你安安静静在一起，喝杯茶看本书、做饭、聊天、休息……你辛辛苦苦买了房，我……我不该抱怨的，我再也不想周末住旅馆了。"

林栋哲心有戚戚，安慰道："我工作一周也很累啊，我也不想周末换床单被套，你刚才还逼我擦了浴室。"

隔壁声音越来越放肆，林栋哲当机立断，说："我去退房，咱们要被抓了，我没事，你在单位可就没法混了。"

他"蹭"地起身，一边对庄筱婷说："我去退房，你拆床单被套，咱们去找哥，把那套房子再买回来。"

周六下午，办公室人心浮动，李佳说她要去爷爷奶奶家吃饭，提早溜了，大概2个小时后，她给庄图南BP机留言，说她晚上住爷爷奶奶家，就不见他了。

庄图南收到电话后，直奔浦东——庄筱婷刚打了个电话给他，说她明天一早从川沙到陆家嘴看房子，他想索性晚上就住浦江小区，明早在浦江小区等妹妹，顺便还可以把房间收拾一下，妹妹要是饿了累了，还可以来休息一会儿。

庄图南进了小区，还没走到楼下，远远看到卧室房间的灯亮着，窗台上趴着一人，似乎正在抽烟。

房子在六楼，庄图南退后几米，在另一栋楼的阴影处向上眺望了很久，他看清楚了，是李佳，李佳趴在窗台上，一根接一根地抽烟。

李佳一根接一根地抽着烟，她在思索和庄图南感情的走向。

八年前——李佳恍惚地想，时间真快，距离大三已经八年了——扼杀对庄图南的好感是件很容易的事情。

李佳又点燃了一只烟，吸了一口，惆怅地想，其实也不是很容易，但和拿到上海户口、照顾家人的目标比起来，相对而言是很容易的。

并不需要刻意为之，课程、党员政治学习、实习就占据了她全部的精力和心神，很容易地就能无视周围其他人或事，就能彻彻底底地埋葬心中那些刚萌芽的憧憬和期待。

会议室钻桌底那一晚，她毫无异议地接受了庄图南对她的指责，理解庄图南所说的"尴尬、难堪和自厌"，她知道的，她一直都知道。

李佳知道庄图南对她的好感，后来又朦胧地知道庄图南希望得到一个解释——她对他骤然疏远冷淡的解释，但她觉得尴尬，一再回避了庄图南。

一阵轻风吹来，李佳拨开眼前的碎发，抬头看向天空，心中一阵酸楚，八年前容易的事情，现在还容易吗？

李佳吐出一口烟，她还清晰地记得元旦那一晚，庄图南表白时她的心情。

那一刻，她第一次清晰地感受到了发自内心的、无关父母和家庭的"欲望"——爱人和被人爱的欲望。

她被庄图南吸引，一如庄图南被她吸引。

两个理性的人屈服于对感情的欲望，跌跌撞撞地进入恋爱。

半年的相处中，李佳能感到庄图南对她的感情，但也能感受到庄图南对进入婚姻的犹豫。

李佳有点能理解庄图南的顾虑，但心中也有说不清道不明的怨气，可她深陷这段感情。

两人平摊恋爱费用，可庄图南给她介绍私活、帮她提高画图技术，无论是人脉还是专业对她的提升都远胜几百、几千元现金；浦江的房子说是两人的落脚处，可庄图南很少来，这套房子主要是为她添置的。

庄图南对她的爱超出她所有的憧憬和想象。

一如庄图南爱她，她也爱庄图南，她越来越重视庄图南的感受，艰难地改变自己独立倔强的思维和习惯，和庄图南在生活、事业和经济上尽可能地磨合。

　　一组组线条中，一张张图纸里，两人平淡而真切地相爱。

　　夜风依旧燥热，带着不知名的花香，李佳凝视着越来越黯淡的天色，心情也越来越低落，她无法抑制且心惊胆战地揣测，如果我再次一意孤行，庄图南会不会痛下决心、提出分手？

　　周四傍晚，雷阵雨，李佳从工地回到浦江小区，进屋后先是整个人瘫倒在藤椅上，休息了一会儿后进厨房烧水。

　　李佳烧水时，无意间低头一看，垃圾桶塑料袋里空无一物。

　　李佳隐约觉得哪里不太对，她倚在窗前无意识地向外看雨，继续等水烧开，但没等水开，她突然间想起了哪里不对，立即惊出了一身冷汗，"啪"地关了火，冲下楼去打电话。

　　浦东新区通信基础设施走在上海市前列，小区里好几部电话，李佳很快找到一部公用电话，给庄图南的BP机留言。

　　李佳紧盯着电话，大约10分钟后，还没有等到回复。

　　已经有其他人在她身后排队等候用电话，李佳心一横，飞奔出小区，拦了一辆出租车。

　　在她身后，电话响了。

　　下班高峰，隧道很堵，李佳赶到庄图南楼下时，雨已经停了，天已经完全黑了。

　　庄图南下楼来见李佳，他的神情一如既往的平和，说："我按你留的号码打过去，你没接，我又给你打了两次……"

　　李佳仓皇解释，说："我在的土上，没法回电话……我过来是来向你解释的，那些烟头是我抽的，我……没有带其他……男的进家。"

　　庄图南猝不及防间听到"家"这个字眼，心中怒火去了大半。

李佳道："庄图南，你相信我，我昨天半夜里做噩梦，我就抽了几支。"

庄图南没好气道："几支？你抽了半包。"

李佳先是茫然，问道："你怎么知道？"再是一阵惊喜，她小心翼翼道："你相信是我抽的？"

庄图南心道：卧室窗框上都是烟灰，谁偷情会站窗边抽半包烟啊！再说，卧室地上也有烟灰，只有你一人的脚印。

李佳怯生生地看着庄图南，庄图南想起他看到李佳抽烟时的震惊和愤怒，心中还是有气，板着脸不作声。

李佳紧盯着庄图南，庄图南无奈道："我信。"

李佳执拗，说："你不信，你会像以前那样记在心里，找到机会再和我翻旧账。"

庄图南道："我以前没见过你抽烟。"

李佳低声道："我做了个噩梦，我睡不着。"

庄图南想到李佳第一时间赶来解释，到底心软，伸出手摸了摸她的脸，说："好，我信。"

李佳轻轻侧头，把庄图南的手夹在脸和肩膀间，无比依恋地蹭了蹭。

庄图南溃不成军，对她说："我真的相信你，我们认识那么久了，你的人品我还是知道的。"

李佳抓住庄图南的手，轻轻吻了一下。

爱和眷恋是藏不住的，眼睛会说出来，庄图南深陷其中，像喝酒，醉得一塌糊涂。他轻轻搂住李佳的肩膀，问道："还没吃饭吧？"

店里人很多，食物香味很浓，李佳犹不放心，小心翼翼道："我看到垃圾桶里烟头都不见了，立即来找你，我必须要解释，我要看到你房间里有……有、有胸罩，我也会怀疑。"

庄图南道："李佳，我上周六就发现你抽烟了，不是今天才发现的。"

庄图南简简单单一句话，李佳的心情突然就踏实了，她说道："我压力很大的时候会抽一两支，不过我没瘾，你要不喜欢，我戒。"

庄图南道："无所谓，会议室工地上大家都抽，你二手烟抽得也不少，我赶图时也抽一两支，偶尔一两支没事。"

老板端了一碗牛肉面过来，汤很烫，李佳不着急下筷，她字斟句酌道："我抽烟，是因为这几天心情太差。"

庄图南示意李佳吃面，李佳吃了几口后实在吃不下，庄图南接过筷子，吃碗中剩下的面。

李佳心中踌躇再三，在缄口不言和坦诚相告之间犹豫。

李佳深知庄图南城府不浅，还会"记仇"，她如果不解释清楚的话，这件事情肯定会影响两人的感情，她心一横，开口说："阿文回上海时，户口是落在我爷爷奶奶家的，我买房时，本来想把阿文的户口迁到我房子里的，我爷爷说，他的房子可能会动迁，阿文的户口没准有用。"

庄图南道："大动迁？"

万事开头难，既然开了口，李佳就继续说了下去。"对，现在动迁政策下来了，按房子里的户口给面积，阿文有份，但他们不想给阿文。"

庄图南继续吃面，不作声。

李佳道："你不想听，我就不说了。"

庄图南摇摇头，放下筷子直视李佳，道："你说，我听。"

李佳沉默了一会儿，淡淡道："当年阿文落户时，我写了保证书说不抢房产，如果现在按面积补偿，我绝对不抢，但现在按户口……"

纠结已久的心事就这么自然而然地说了出来，并没有以前想象的难以启齿。

李佳道："星期六晚上，我爷爷奶奶让阿文放弃面积，我心情不好，不想被你看出来，去浦江住了一晚。昨晚，我叔叔打电话给我，我们在电话里吵了一架，我晚上做了噩梦，梦见了阿文户口落户时的事情。

"房子是我爷爷的公租房，户主是我爷爷，落户时我叔婶为了房子，和我爸妈起了纠纷。我爷爷奶奶帮我叔婶，我爸回农场后，有半年都不怎么说话，不肯出门见朋友，他说他没家了……"

李佳整个人剧烈地颤抖起来，庄图南立即起身付了钱，搂住她的肩膀，把她带出了店外。

路边绿化带里，李佳号啕大哭，多年前接到母亲家信、看到父亲情绪抑郁时的焦虑和惶恐随着泪水滚滚而下，肆意奔涌。

哭了好一会儿，李佳竭力平静了下来。

李佳断断续续地说："我叔婶拿了我当年写的保证书，逼阿文放弃他那份面积，他们拿阿文的面积，我抽了半包烟……我决定和他们争……这是阿文应得的，我不能让他们伤害我爸爸之后，再伤害阿文。"

庄图南道："怎么争？"

李佳道："找动迁办，必要时找律师。"

庄图南道："好，去争。"

李佳愕然，泪眼蒙眬地看着庄图南。

庄图南道："碎银几两，能解世间慌张。我能上同济，是我妈争来的，我爸妈，尤其我妈现在过得好，是我妹一点点争来的。既然政策规定按户口补偿面积，就按政策走。"

李佳一阵乱摸，从背包里摸出一包纸巾擦眼泪。

好一会儿，李佳瓮声瓮气道："我做噩梦，梦到了以前……的事儿，我还梦到，我去争面积，你说我欲望太多，和我分手了，我就吓醒了。"

庄图南轻轻抚了抚李佳的背，柔声道："不会。"

庄图南又开始忙房子。

庄图南并不清楚李文落户的经过和细节，但从李佳事隔多年依旧战栗不安的反应猜出了一二，他亲眼目睹过姑姑庄桦林的绝望哭泣，熟知隔壁王家的家庭悲剧，他很羞愧他曾经的怨恨和介怀，大三时的李佳正竭尽全力寻求出路——寻求一条能留在上海照顾弟弟的出路，哪有心情和余力回应一段还没有萌芽的朦胧感情。

庄图南一边给李佳提供情绪支持，一边又开始忙房子——交大两宝又买了一套房子。

庄筱婷用了两个周日看了陆家嘴的十几个小区后，在听到浦江小区售楼处销售人员游说同时购买两套房有一定优惠时，带上林栋哲又去了一次。

卧龙舌灿莲花，凤雏温和坚定，夫妻俩准确无误地传达出一个信息："我们刚买过一套房，你们给优惠，我们就再买一套，不优惠，去其他小区买。"

两人以上次余涛出面的优惠价格买到了第二套房，距离庄图南的房子，步行仅需10分钟。

庄筱婷想得很透彻，她说："栋哲看过周围大多数小区的房子，余涛哥也不会坑我们。这个房子至少是80分，那就不用花一年两年的时间到处找100分的房子了，费时耗力还未必找得到。"

李佳听了这句话后，深有感触，对庄图南说："你妹妹抓大放小，很有管理能力和解决问题的能力。"

余涛被卧龙凤雏杀进杀出再杀进浦江小区的气魄震撼到了，开始在同济周围看房，一颗红心两种准备，买房相亲同时抓。

庄图南目睹了妹妹妹夫找房买房全过程，深感其行动力叹为观止，他觉得，以卧龙凤雏的雷厉风行，如果有一天，妹妹抱着一个孩子对他说："哥，这是你亲外甥。"然后又对怀中的孩子道："儿啊，喊大舅舅。"他都只会伸出手抱住孩子，不会感到惊讶了。

卧龙凤雏买房后打算简装修，林栋哲说请装修公司，花钱买时间精力，庄筱婷这次也同意了，但他们稍做了解后就意识到了，请装修队并不省时省力，材料、工期、不同工序之间的时间差很难严丝合缝，再简单的装修也耗时不短，装修队又是在工作日干活，两人压根没有时间监管。正一筹莫展之际，砌墙民工庄图南表示愿意带他们自己装修。

庄图南虽然不是室内装修专业的，但他经手过不少建筑，吃过的猪肉比市面上大多数装修工程队见过的猪跑还多，简装一个一居室实在是小菜一碟。

庄图南和李佳打了声招呼，买了两块军用床垫，他的房子暂时成了周末工棚。

三人利用周末干活，从周六晚上苦干到周日晚上，干足两个晚上和一个白天，周六周日两晚就在庄图南房子里凑合打地铺——庄图南和林栋哲在客厅睡军用床垫，庄筱婷在卧室里睡藤椅垫，星期一早起后再各自赶车或坐轮渡去上班。

第一个周末，三人刷好了墙，周中，庄图南付钱请工程队熟人把水电开了孔，把厨房橱柜安装好了，李佳下班后来帮忙通风散味。

第二个周末，装好了木地板和开关插座安装，卧龙凤雏这次没互殴，勤勤恳恳地拼地板。

李佳周日上午刺探完动迁情报，下午主动赶来参加拼地板集体活动，她大概是刚在爷爷奶奶家战斗过，拼得又狠又快，杀气腾腾，卧龙凤雏蜷在地板上面面相觑，噤若寒蝉。

这是李佳自烟头事件后第一次到浦江小区。

她不再留宿浦江小区，一是不想徒生波折，庄图南信任她，她也不想庄图南心中不快。二是没有多余的时间，她正在打动迁战。

动迁补偿有产权调换、作价补偿、产权调换和作价补偿相结合三种形式，只要动迁房中的实际居住人对补偿方式达成一致，签字拿了新居的钥匙或现金就完成了补偿过程。

李佳让李文向动迁办提出"一换二"——无论是房还是钱，补偿按比例分两份，户口本上总共八个户口，爷爷奶奶、叔叔婶婶及堂妹一家三口共七个户口的补偿算一份，李文一个户口的补偿单独算另一份。

叔叔婶婶不同意，说李文并不是实际居住人——李文住单位宿舍，严格意义上确实不算实际居住人——如果补偿面积不给他们，他们会向动迁办说明实情，剥夺李文的补偿资格。

李佳紧扣政策提出了两点理由：一是政策明文"数人头"，李文的面积不侵占他人的面积，二是动迁办明文规定，以前享受过福利分房的户口不属于安置对象，没有补偿。

同理，如果李文现在拿了补偿，很有可能影响，甚至损失将来在单位的福利分房资格，所以，如果不"一换二"，她会让李文向动迁办申明放弃他这个户口的补偿。

双方都以"向动迁办说明、放弃李文名下的补偿"为由，向对方施压。

双方僵持不下。

动迁办见怪不怪，撂下了一句话："越早协商好可以越早挑房，越晚决定好房子越少，好的地址、楼层早呒么。"让他们一家人自己关起门协商。

李佳一直以为，她能理性地处理和爷爷奶奶的关系，这几年中，她和弟弟也确实和爷爷奶奶保持着不冷不淡、不远不近的亲属关系。

李佳考上大学后才见到爷爷奶奶，没有感情基础，对增进彼此的感情也就没有期待，正因如此，她反而能相对客观地看待李文落户一事。

户口指标的审批极其严格，落户需要上海家庭住址，也就是需要家庭成员同意，不然户口就只是一纸空文，上海大批知青子女因为家人不同意而无法落户，成为"口袋户"或"袋袋户"，无法享受家庭户口带来的升学、就业等一系列福利。

李文的成绩和能力都很一般，因为有了上海户口，高考和就业都有了极大优势，才能留在上海读师范当老师。

李佳太明白户口的意义了，读本科时，班上只有两个外地户口留在了上海，一个是她，另一个是因为嫁给了上海男朋友才留下的。从这方面来说，李佳是感激爷爷奶奶的。

感激有之——因为弟弟落户而感激爷爷奶奶，怨恨有之——因为父亲的痛苦而怨恨爷爷奶奶。

李佳曾以为，她和爷爷奶奶、叔叔婶婶的关系会一直这么面和心不和地维系着，逢年过节一起吃顿饭，爷爷奶奶身体不舒服了她去看望一下，堂妹结婚生子她封个红包。

现在，动迁打破了虚假的亲情，叔叔婶婶以爷爷奶奶的名义胁迫李文放弃自己名下的补偿——他们的理由是，他们给李文落户了，现在拿他名下的面积也理所当然——李佳在抽完半包烟后，决定争。

那半包烟一半是对恋情的顾虑，她知道庄图南对她家人有看法，她决定尽可能对他瞒住此事。

设计师中吸烟者比例很高，工地上，大家把烟头往地上随意一扔，只要不扔在易燃材料里就可以了，办公室或会议室里，大家随意扔烟灰缸或垃圾桶里，所以她把烟头扔垃圾桶里就忘了。

李佳不得不庆幸庄图南发现了烟头，因为她很快发现，她压根瞒不住组长兼男朋友庄图南。

时间精力上，李佳要时不时和动迁办协商沟通，甚至还要请假去参加动迁会议，周日要去爷爷奶奶家协商互殴，或者在弄堂打听各路八卦，以防错过有用信息。

李佳正负责一个外销别墅区的设计，难度不大，但细节千头万绪，她为了不让动迁事项影响工作进度，上班时间尽量跑工地或开会，晚上再加班绘图改图。

心情上，亲情再淡漠，撕裂的过程依旧像抽筋扒皮，爷爷沉默不语，奶奶哭泣，叔叔婶婶打电话谩骂，堂妹埋怨……困扰和负面情绪铺天盖地，李佳非常压抑。

多重压力下，李佳的身体和精神状态都不太好。

周六下午，李佳约了李文下班后一起去爷爷奶奶家协商。

李佳在公交车快到李文学校时收到了弟弟的短信："姐，我晚上有年级组会，实在不能去爷爷奶奶家了，对不起。"

李佳低头看到屏幕上的字，无奈笑笑，想到车马上就到站了，索性就在学校门口的小吃店吃完晚饭再去爷爷奶奶家吧。

李佳一脚跨入小吃店，好巧不巧地碰见了李文。

李文正和另两位小伙子边点菜边谈笑，商量着一会儿是打牌还是看电影。

李文背对着门口，没看见门口静静站立的李佳，他兴致勃勃地提议："打牌吧，我姐晚上会呼我，打牌方便我回电话。"

另一人问李文："你姐最近常打电话给你，家里有事？"

李文道："没什么事……"

李文选好了菜，准备喊老板来下单，他刚一回头，就看见了面无表情的李佳。

李佳没理睬一直跟在身后的李文，径直上了公交车去了爷爷奶奶家，再一次重申了她对李文名下面积的诉求。

李佳速战速决，简短说完后不再理睬叔婶的责难，向爷爷奶奶道别后起身就走。

李佳走出几米后，小腹一阵隐隐的绞痛，她再也无法故作坚强，在一个拐角处蹲了下来。

李佳捂住小腹蹲在地上，不知道过了多久，一人在她面前半蹲停下，紧张地问："怎么了？"

李佳低头凝视着庄图南的球鞋，心中百感交集，委屈、庆幸、感动……一股既酸楚又甜蜜的感情油然而生。

李佳不想让庄图南看到她眼中的泪水，她依旧低着头，但她伸出一只手，轻轻拽住了庄图南的衣角。

弄堂狭窄，的士开不进来，庄图南背起胃痛不止的李佳，想尽快离开。

夏日衣物轻薄，李佳柔软的身躯趴到背上时，庄图南一阵心猿意马，他定了定神，看向来时的路。

弄堂里到处是违章搭建的房屋，庄图南看着乱七八糟的房屋和曲里拐弯的通道，一阵昏眩，他刚才拿着地址一路问，才摸到了附近，现在，他不知道怎么出去了。

李佳趴在庄图南背上，轻声告诉他怎么绕出去。

胃痛时轻时重，李佳忍过一阵疼痛，轻声问："你怎么知道我在这儿？"

弄堂里几乎没有路灯，黑黢黢的，庄图南靠着房子窗户里透出的灯光，勉强辨认着脚下的路和障碍物，他小心翼翼地绕过脚下的几块砖头才回答："你弟弟打电话到办公室，他说他找'李佳男朋友'，张哥接的电话，给了他我的呼机号，我们通了个电话。"

李佳默不作声。

庄图南道："阿文说他惹你生气了，你不理他，他很担心你，给了我这个地址，让我来接你。"

李佳还是不作声，庄图南正想再劝时，脖子上突然感觉到了一阵湿意。

李佳在哭，一滴滴泪珠无声无息地落在他颈后，洇湿了他的衣领。

庄图南立即噤若寒蝉。

迎面走来一人，"一线天"的夹弄通道实在太过狭窄，庄图南不得不放下李佳，两人侧身贴在墙壁上，等对方通过。

庄图南没话找话："这几片弄堂拆了以后是要盖高架桥的吧？"

李佳知道庄图南试图分散她的心思，配合地回答："是，成都路高架桥。"

对面行人擦肩经过两人，李佳示意庄图南向前走。

违建房屋过于密集，夹弄通道七拐八扭，庄图南努力辨识着墙壁上的出口标识："我家也在一条小巷子里，巷子里有花有树，就是隔壁的小孩特别闹腾……"

李佳"扑哧"一笑。

庄图南也笑："你肯定早就认出来了，栋哲就是当年那个和你侃了一路的小子，我还记得你对他说，系里可能会带学生去苏州看园林，可惜后来没去。毕业前最后一学期春假，大家都闲，余涛来了，住我家蹭吃蹭喝，拿了学生证半价进拙政园……"

李佳突然轻声道："我那时在等规划局的合同，我下了决心，如果不能进规划局，就找个有上海户口的男朋友，一定要留在上海照顾阿文。"

李佳的声音很轻："下决心时，我并不难过。"

庄图南不知道怎么接话，只能沉默。

李佳又道："贷款买房子，省钱还房贷，我不难过。"

两人从夹弄里拐进另一条更狭窄的夹弄，只能一前一后贴着墙向前慢慢走，黑暗中，李佳的声音轻而飘渺："我最难过的时候是刚进设计院，看到你设计的图纸，我很难过，我当年不比你差的……"

李佳自顾自说了下去："你跳楼后，我哭了好几晚，刚才……刚才我也很难过……"

庄图南向后伸手，摸索着牵住李佳的一只手，驴头不对马嘴地回复："李佳，以后我陪你去拙政园和寒山寺，好不好？"

好一会儿，李佳才低声道："好。"

一位青年频频打电话找李佳，李佳听到对方的声音后，二话不说直接挂断。

庄图南看在眼中，一天午休时状若无意般开口："姐弟间有什么话尽量说开，挂电话太幼稚了。"

李佳以前不在庄图南面前提家事，但这一次，她心里实在难受，憋了几天实在憋不住了，她轻描淡写地抱怨："阿文实在让我寒心，他就这么看着我一人孤军作战。"

庄图南沉默，李佳正想岔开话题，庄图南道："昨天你不在办公室，我替你接了电话，阿文告诉我他不想去你爷爷奶奶家是怕和你叔婶吵架，他说当年你父亲和你爷爷吵了一架回东北后，家里气氛很糟，你父亲不说话，你母亲经常哭，所以他特别怕家人吵架。"

李佳回想起大三时，她收到家信后的痛苦压抑，愣住了。

庄图南道："我能理解阿文的心理，我……我以前和阿文一样。"

李佳道："他可以直接告诉我他不想去爷奶家，他不该骗我。"

庄图南轻声道："阿文不是不爱你这个姐姐，他只是想逃避矛盾。"

庄图南道："我……我小时候完全不会处理家庭矛盾，只想着逃避，我……我是工作后才慢慢学着处理矛盾的。"

庄图南又道："那时，我也不太理解我妈，现在我理解了，总有一天，对方会感激你的付出。"

李佳凝视庄图南，心中百般滋味，她看到了庄图南说这番话的尴尬，也看到了这番话的善意，她怎么也想不到，动迁中，真正提供情绪支持的人不是父母或弟弟，而是对她原生家庭耿耿于怀的庄图南。

庄图南有感而发："阿文也难，亲密关系和经济利益之间的关系不好处理。"

李佳怔了怔，下意识地不去深想庄图南的言外之意，说了一句耳熟能详的上海话："钱和情，厘不清。"

庄图南也立即把话题拉了回来，温言安慰："阿文留沪工作太顺了，不清楚你为他做了些什么，你也别灰心，他总有一天会明白，会感激你的。"

李佳低头不语，不清楚的何止是李文，父亲在电话里那句"囡囡，你当年写了保证书，你现在必须想办法帮阿文夺回来"，虽然是无心之语，但也是父母心中的真实想法。

李佳回想起当时的情景，她一边机械着回复着父亲，一边不可抑制地回忆起她刚跳进设计院时的抑郁，回想起她第一次看到庄图南的设计图纸时，她苦涩地看到了两人在专业上的天差地别。

一根根线条、一个个数据让她前所未有地、清晰地看见了为留沪而失去的东西。

人与人之间没有真正的感同身受，她看到了父母为养育她和弟弟的付出，看到了他们手上的冻疮和腿上的伤痕，但他们没看到她半弃专业的失落，没看到她在雨雪天挤轮渡的辛苦和在生活中、恋爱中的窘迫。

庄图南看到了烟头，看到了她年少时的惊慌失措，看到了她现在的悲伤痛苦，看到了她数年如一日的倔强柔韧。

庄图南旁观者清，分析得头头是道："以前的事情我不清楚，但当年你们一家远在东北，指望不上，你爷爷奶奶肯定是多考虑你叔叔一家，现在你和阿文都在上海工作了，阿文又是唯一的男孙，你爷爷的想法肯定会不同。"

再三思忖，李佳还是决定再扶弟弟一程。

助人也是助己，李文的经济环境越好，她的负担就越轻。

最初站出来争补偿主要是出于对爷奶处事不公的愤慨和对弟弟的疼爱，现在李佳改变了心态，尽可能以理性的态度处理此事，步步为营，见招拆招。

定期和爷奶叔婶见面或打电话，彼此施压，李佳生理和心理状态都不太好，连犯了两次急性胃炎。

庄图南很担心，硬逼着她去医院做了检查，医生诊断结果是长期饮食不规律和精神高压状态下，消化系统不太好，庄图南得知后，"包养"了李佳。

庄图南请东北小饭馆老板时不时加做一份黑米粥，他定期结账，又让妹妹妹夫周末煲好各式养生汤，送到他房子的冰箱里——林栋哲和庄筱婷搬进新家了，庄筱婷受哥哥之托，尽心煲汤，轮换着煲黑鱼汤、当归鸡汤、猪骨山药汤等养生汤——靠着各路豪杰的鼎力相助，帮李佳养胃。

金秋，中秋国庆假期相差一天，连在了一起，院里趁假期，组织去周庄游玩两天。

国庆后第一天有个交稿会议，院里几个组都要为竞标项目交出初稿，让领导审阅设计图。

庄图南作为小组主讲人，虽然准备得差不多了，但也不好公然出去玩两天，他建议李佳自己去。

庄图南感到愧疚，对李佳说："按说这是我们恋爱后的第一个中秋，我应该陪你的，但现在只能让你一人去了。"

李佳完全无所谓，说道："我参加过阮教授团队对周庄的勘察和规划，我太熟悉周庄了，我留下陪你好了。"

庄图南道："你留下没准又要去和你家里对峙，你奶奶哭，你婶婶骂，然后你失眠，搞不好又胃疼。出去转转换个心情吧。"

李佳有点动心，问："你真的不能一起去吗？"

庄图南道："关键时刻，装也要装个样子，至少不能让全单位的人看着我出门玩儿。"

庄图南大义凛然，说道："人生如戏，全靠演技。咱组下半年吃饭还是喝粥，就看我的演技了。"

李佳忍住笑，说："组长，你打算怎么演？"

庄图南敬业爱岗，道："白天杵办公室里准备汇报文件，晚上去我妹家蹭中秋晚餐，反正我苏州人，不在乎看什么水乡。"

大巴停在校门口，李佳特意留意了一下，果然没有一位小组长，看来组长们都在拼演技。

开车前，李佳无意间从车窗向外看去，远远看见了演员庄图南。晨光温柔地勾勒出他的身形，洒在他的白衬衫上。他也正看向她，眉眼舒展，说不出的温柔。

李佳的心猝不及防间悸动了起来，满心的欢喜，满心的甜蜜。

路上很堵，上海至周庄开了三个多小时，一车人怨声载道，李佳气定神闲地睡了全程。

周庄人头攒动，导游们一手举着小旗子，一手拿着大喇叭带着一堆堆的游客在双桥、沈万三故居、古宅院里钻出钻进。

同事们大多拖家带口，走着走着，李佳落单了，困在了一个旅行团的人群中。

导游正在解说门楼上的砖雕，他说着说着，看到了人群中没带旅行团红帽子的李佳，不高兴了，说："有些人啊，舍不得花钱，听几句就得了，听着听着还不走了。"

李佳笑笑，挤出人群，她回头又看了一眼砖雕，惆怅地想："庄图南在就好了，我可以告诉他，那座门楼的砖雕是我一块块编的号，修缮后又原位复原的。"

李佳不想在人堆里挤了，她找到一家咖啡店坐下休息。

老宅墙壁斑驳，门边放着一把合不拢的油纸伞，秋日洒落在不远处的河面上，乌篷船在河中荡起涟漪，李佳散漫地想："我还可以告诉他，有一次雨后，我不小心踩到了石板的青苔上，差点滑到河里。"

一队背着画夹的少年打打闹闹从窗前经过，应该是美院来写生的学生们，李佳突然回想起她那时的心情。"系主任暗示我，因为平遥勘测，规划局的名额很可能在我和庄图南之间产生，我当时满脑子想着，参加完周庄实习后，我简历上就比庄图南多一个项目了。"

秋日洒落在河面上，微风吹拂，过去和现在突然以一种奇异的方式连在了一起，有绵绵相思，有记忆深处的温情，更有年少时的瑜亮相争。李佳突然发现，两次来周庄，她其实都带上了庄图南。

第 三 十 章

花好月圆，来日方长

思念一旦升起，就再也无法遏制，李佳找到工会负责人，说有事要提早回去。

工会主席和同事们都再三挽留，李佳编出一串谎言，说家里突然有事，装出一副急得不行的模样，痛心疾首地表示了不能尽情游览周庄的遗憾后，坚持离开了。

李佳独自一人到了长途汽车站，买票登上了最快一班回上海的大巴车。

回程也很堵，李佳到达浦江小区时，小区里已是万家灯火。

李佳仰头看向那两扇熟悉的窗户，里面透出暖黄的光。

有人从楼里出来，他似乎认识李佳，撑住单元防盗门不让它自动关上，李佳下意识说了一句"谢谢"，走进单元门，铁门在她身后"咔"一声合上了。

声控灯随着脚步声一层层地亮起，再熄灭，宛如碧波水纹般一圈圈荡漾。六楼终于到了，李佳拿出钥匙，轻轻开了门。

庄图南正坐在餐桌边看报告，手里还拿着一支笔，他听见门响，抬头看了过来，看到李佳，愣住了。

因为出门旅游，李佳一反平时的中性风格，长发随意散了下来，宽宽大大的浅灰色毛衣，碎花长裙，走道灯光照在她身上，说不出的柔和慵懒。

走道里的声控灯突然熄灭，庄图南跳了起来，跑到门边搂住了她。

门在两人身后轻轻合上，李佳默不作声，紧紧搂住庄图南。

楼下传来很大的喧哗声，似乎是朋友聚会，隔着门模糊不清地传入耳中，显得室内分外寂静。

庄图南小心翼翼地问："怎么回来了？"他的声音带着轻微的颤抖，似乎怕打破室内的寂静，似乎怕惊扰眼前的一切。

李佳心中涌上千言万语，话到嘴边，却只是说："周庄人太多，太挤了，我不想待了。"

庄图南接过李佳的背包，让她在桌边坐下，下意识接话："多挤？"

李佳想了想，笑了，说："暴雨天的轮渡站。"

庄图南切了一块月饼递给李佳，他低垂眼睑，似乎不敢直视对方她。"我妹做的鲜肉月饼，她让我带回来给你尝尝。"

李佳道："我以为你会在她家看电视。"

庄图南道："吃完晚饭，我妹说想吃糖炒栗子，他俩说着说着，居然坐轮渡去外滩找糖炒栗子了，我就回来了。"

李佳顺着庄图南的话头说下来："我在周庄买了些万三蹄和袜底酥带回来，栋哲一定喜欢。"

一本正经地闲话家常。

一本正经地口是心非。

说曹操曹操到，楼道里突然传来疑似林栋哲的大嗓门："靠！"之后是他气急败坏声的关心，"筱婷，你没撞着吧？这黑咕隆咚的，靠你丫的声控！"

猝不及防下听到林栋哲的声音，李佳不知道为什么，可能是白天刚撒了一堆谎，心中有鬼，她突然间心慌意乱，想也不想缩进餐桌桌底，但她马上意识到藏不住，又冲进卧室钻到了书桌下。

当李佳意识到林栋哲和庄筱婷不是设计院同事，她完全不必躲避他们时，正要爬出桌底，庄图南也慌慌张张跑进屋，"嗖"地钻进了桌底。

桌底空间有限，李佳努力把自己缩小，给庄图南让出了一点位置，两人刚钻好，门被"咚咚"敲响，庄筱婷的声音柔柔响起："哥，你开下门。"

林栋哲边跺脚边喊："靠！"

庄筱婷喊了几声后，大门传来钥匙插孔声、扭动声，林栋哲和庄筱婷开了门进屋。

"客厅灯还亮着，哥怎么不在？"

"下楼打电话了？"

"他可别走远，焗菱角和栗子都要趁热才好吃。"

"没事，他晚饭吃得不少，饿不着。"

庄图南的一条腿压住了裙角，李佳一边拽裙子一边竖起耳朵，努力聆听外面的动静。

开橱柜，拿盘子，往盘子里倒菱角和栗子，开水龙头洗手……

"要不要留张条？"

"不用，哥又不傻，看到东西就知道你来过了。"

"咱们快点回去，没准哥找咱们去了。"

厨房灯、客厅灯依次熄灭，门关上了，楼道里再次响起下楼的脚步声。

空气中甜香味弥漫，楼道里的声音越来越远、越来越模糊，一切都渐渐归于寂静。

月光从百叶窗叶片的缝隙洒了进来，在地板上划出暧昧朦胧的线条，桌底，两人先是面面相觑，然后又不约而同笑了起来。

庄图南轻声问："你怎么回来了？"

李佳的声音更轻："我想你。"

庄图南小心翼翼搂住李佳，李佳很委屈，说："我上次和一个男生钻桌底，我向他表白，他拒绝了我。"

庄图南道："他后悔了，后悔到跳楼，跳完楼又回来追你。"

庄图南紧搂李佳，吻了下去。

桌下空间狭窄逼仄，两人的身体紧贴在一起，粗重的喘息声清晰可闻。

黑暗中，一切感官都被无穷放大，羞涩矜持被本能欲望击溃，两人慢慢地从桌底挪出，相拥着倒在床垫上。

庄图南尚存最后的一丝理智："李佳，你想好了？"

李佳迷茫地看向庄图南。

两张脸近在咫尺，庄图南看清了李佳氤氲迷离的大眼睛，看清了她脸上的羞涩和紧张。

庄图南脑中"轰"的一声，压抑太久的情和欲在这一刻爆发，所有的理性和自制在一瞬间崩塌，他不管不顾地压了下去。

李佳呢喃："太亮了，窗帘……窗帘……"

百叶窗被关到最暗处，窗户依旧半开着，夜风吹动窗帘叶片，啪啪地打在窗框上。

动迁办雷厉风行，工作进展神速，左邻右舍陆续搬出，12月初，李家的拉锯战也有了结果。

最开始，叔叔婶婶表示李文名下的补偿应该作为落户的感谢金无偿赠予他们一家，在被李佳强硬反对后，表示愿意给李文他自己名下补偿的30%。

李佳坚决不让李文在表格上签字，并一再对动迁办公室表示家人还在协商中，除非李文亲自到场签字，其他任何人代签或递交的表格都不算数，硬生生拖住了这套房的补偿进程。

在李佳的坚持下，0%变成了30%，变成了50%，变成了70%，最后变成了100%。

李佳赢了："一换二"。

赢的过程非常惨烈，最开始时，婶婶发难："谁知道佳佳争补偿是不是给她自己争？"

李佳反击："动迁办会直接把补偿金发到阿文的户头。"

一段时间后，叔叔也加入了，说："佳佳有了男朋友，还是没房的外地人，谁知道她是不是想给自己争婚房？"

爷爷要李佳保证补偿必须落在李文名下，李佳提出了一个无懈可击的方案："让阿文现在就去看他学校附近的二手房小套，看20平方米左右的小套，补偿金一下来，就用这笔钱当首付买房，房产证上写阿文的名字。"

这个做法完全杜绝了李佳侵占补偿的可能，爷爷站在了李佳一边。

渐渐地，婶婶的说法就变了，她说："佳佳是想把争来的面积给爸妈住，她自己买的房子做婚房。"

李佳并不意外爷爷奶奶、叔叔婶婶这么想，这半年来，弄堂里几乎家家户户都有或大或小的矛盾、争斗，找律师打官司的也不在少数，她既然站出来争，就必须面对这些质疑和诋毁。

令李佳失望的是，整个过程中，李文尽管信任她，但他并没有和她并肩作战或是提供理解、支持等情感，一如既往地，他等着姐姐帮他谋划。

在这场旷日持久的、血淋淋的战争中，每个人都暴露出了最丑陋不堪的一面。

12月初，李家动迁了，爷爷名下北外滩26平方米的公租房分到了12000元现金和杨浦区郊区一套80平方米的三室一厅。

爷爷奶奶、叔叔婶婶和堂妹一家三口搬入了杨浦区新家，以距离换面积。

居住质量大为提升，但上班远了很多，婶婶怨声载道。上班太不方便了，安置房小区非常偏僻，步行20分钟才有公交车站，上班单程就要一个多小时。

李文拿到了12000元现金，李佳逼着他在虹口找到一处20平方米的小套间，用12000元做首付买下这套房并租了出去，租金加李文的公积金正好覆盖了房贷。

尘埃落定，硬撑了几个月的李佳心力交瘁，一下子失了斗志，蔫蔫的没精神气。

还没等李佳恢复，她爸妈从东北赶来了上海——春运太挤，他们索

493

性和同事调了班，春节值班，腾出了十天的假期来上海，看儿女，也看新房子。

1994年元旦，庄图南和李佳没机会庆祝他们恋爱一周年纪念日，他们赶去李家吃团圆饭。

庄图南听说要去李家过元旦，而且是一大家人团团圆圆过节时，一时没控制住，瞠目结舌地看着李佳，但当他看到李佳也是一脸的尴尬为难，立即换了表情，说："我只是遗憾咱俩不能单独庆祝纪念日了。"硬生生把场子圆了回来。

庄图南心想：人才，李家比咱老庄家，更多人才。

庄图南第一次上门，必须备礼，同事们纷纷为高龄未婚的组长出谋划策，给他开了张清单，他和李佳拿着单子跑了几次商场，买了两件羽绒背心、两条中华烟、一瓶五粮液、一条火腿、一盒蛋糕、几瓶护肤品，备了份中规中矩的礼。

元旦杨浦区三室一厅的新居里，爷爷奶奶、李父李母、叔叔婶婶、李佳李文姐弟俩、堂妹一家三口、庄图南共十二人，把客厅挤得满满当当。

火腿干丝、焖烧鸡翅、东坡肉、烤麸腐皮卷，菜品精致用心，庄图南还专门得了一碗新女婿上门的糖氽蛋，一家人在饭桌上说说笑笑，气氛融洽。

李父很感慨，说："当年下乡时，规定知青一辈子只给两次探亲机会，不让随便回来，后来放宽了，有假就可以回来，再后来，囡囡和阿文前后脚都回来了，再过两年，我和囡囡妈退休了，也回来了。"

叔叔道："佳佳能干，还给你们在黄浦区买了房子。"

婶婶酸溜溜道："佳佳多少能干，还给阿文争来了小套间。"

奶奶笑眯眯道："小庄，侬晓得伐？囡囡买的房子在静安寺后头。"

庄图南微笑着点点头。

婶婶突然道："毛头爸爸还没结婚时就上交了工资卡，小庄有没有帮佳佳供房子啊？"

毛头是堂妹的小儿子，毛头爸爸是堂妹夫，婶婶这句话问得贴切刁钻，可惜庄图南和李佳都是经常和甲方、施工队掐架的高手，庄图南神态自若，李佳四两拨千斤地回复："房子吃钱，我养房子，他养我。"

叔叔笑眯眯地问："佳佳，这套房是不是你和小庄的婚房啊？"

庄图南不答而答，说："我今天才晓得那套房在静安区。"

一屋人闻言神色各异，堂妹夫有心帮庄图南解围，绕回了刚才的话题："知青一辈子只能回来两次？"

爷爷和李父一起点头，说："政策规定。"

爷爷看向庄图南，说："小庄说他姑姑也是知青……"

庄图南道："是，我小时候没见过姑姑，一直到知青返城大潮后，我才第一次见到她。再后来，高考完，见到了姑父。"

小卧室里，堂妹半岁的儿子突然醒了，他见没人在边上，哇哇大哭，婶婶示意庄图南："小庄，尿布就搭在架子上，你去帮忙换块干净的。"

庄图南立即起身，进屋去给孩子换尿布。

庄图南没有经验，不小心把屎蹭到了床单上，他赶紧叫堂妹夫帮忙找出干净床单，然后便去厕所搓床单了。

这段小插曲丝毫没影响屋内的氛围，客厅里依旧谈笑风生。

晚饭后，庄图南辞别长辈，自己回了出租屋，李佳把他送到门口，轻轻握了握他的手，转身又回去和家人聊天。

又过了一会儿，爷爷奶奶有些困了，李佳李文也准备回去了——三室一厅住不下这么多人，李父李母在客厅打地铺，李佳姐弟必须回各自的出租屋和宿舍住。

安置房偏僻，离公共汽车站也远，从安置小区到公交站的马路还没有完全修好，坑坑洼洼的，李父李母打着手电送儿女，一家人慢悠悠地边走边聊。

李佳的语气很平和，拉家常一般开口问："么得鱼，清蒸鱼、红烧鱼都没有，毛脚女婿上门要有鱼的，没鱼就是家里不同意，么得鱼，也没有红包。"

李母道："你婶婶说……"

李佳慢悠悠道："庄图南给了阿文和毛头一人一个红包。"

李母讷讷地，说不下去了。

李文打圆场："姐夫没有不高兴，他家不一定有这个风俗……"

李佳笑笑，说："他是苏州人，又在上海待了那么多年……"

李佳温柔地抱怨，说："他老师再三和他说，要有眼色，鱼端上来，要等岳父母先动筷，还只能捡尾巴上一小块吃一点。好啦，桌上么得鱼。"

李佳笑着继续发难："一屋人，为什么让庄图南去洗碗、换尿布？还有，为什么要提我的房子？"

李母打圆场，说："毛脚女婿上门要有眼色的，就是要干家务的。小庄又不怎么说话，干点家务好啦。"

李父面子下不来了，说："囡囡，你是在怪你爸妈？"

李佳默不作声，一家人继续向前走。

李佳成年已久，在家中话语权越来越重，李父缓和了语气，说道："囡囡，今天爷爷奶奶叔叔婶婶说的话做的事都是给你撑台面，不让小庄将来欺负你，叔叔婶婶和你们关起门再有矛盾，对外还是一家人。"

李文也道："姐，你自己买的房为什么不能说？"

李母道："佳佳，那套房要想做婚房也好的，将来一家人挤挤一起住，爸妈还可以照顾你。"

李佳心中突然浮现出浦江小区窗外的天空，轻轻摇了摇头，几乎没人能看得见。

李佳绕开地上一个坑，慢悠悠道："我有位本科同学从国外回来，我们上海同学AA请他吃饭唱卡拉OK，我是班长，大家把钱交给我，我去前台付，庄图南递给我的钱是两份，他帮我在人前撑台面……"

李佳委屈道："他尊重我，你们真要帮我撑台面，就该尊重他，桌上没鱼、买汰烧这些事么得腔调的！"

李母道："你婶婶说，你妹夫还没领证就上交工资卡了……"

李佳抓住妈妈的胳膊晃了晃："妹夫没房子，住爷爷奶奶家，工资卡只够吃饭的。我上的大学比妹妹好，婶婶老早就不高兴了。现在找的男朋友又比妹夫好，婶婶恨不得我嫁不出去的，恨不得我和男朋友分手，妈妈你别听婶婶的。"

李佳笑了笑，又说："以前大家工资就几十块，上交工资卡也就是交个生活费，现在不一样了，妈妈你愿意阿文把房子给其他女孩子不？"

李母欲言又止，李佳已经换了话题，说："上门抢着买汰烧是看毛脚有没有眼色、会不会处事，庄图南在单位干得老好，不需要证明了。"

谈笑间，李佳的心情染上了几分悲哀，农场环境封闭，爸妈的生活圈子也以当年的上海知青为主，他们对生活的认知还停留在三十年前的上海弄堂思维里，他们的回归不仅仅需要她经济上的支持，更需要她耐心的引导。

李佳惆怅地想，她对父母的态度也要像对甲方了，循循诱导，有策略，讲技巧。

李佳赶到庄图南的出租屋时已经很晚了。

余涛已经买到房子搬走了，庄图南隔壁住了一位同济小师弟，他开门看到李佳，喊出了庄图南。

天太冷，庄图南赶紧让李佳进屋，再给她倒了杯热水。

李佳端着杯子捂手，好一会儿，她说了一句："谢谢！"

庄图南想了一会儿才明白，哑然失笑，说："就这点事？栋哲当年吭哧吭哧当苦力，在我手下搬了一星期的砖头盖厕所。"

庄图南是真不在乎，他是高薪专业人士，自尊心不会因为一块尿布或一套房受伤。

李佳摇摇头，说："不是，我是谢谢你自己出钱，托做甲方的朋友多给我设计费，我知道的就有两单，每单添了600元。"

庄图南愣了一下，说："总共也就三单，很熟的人才肯帮这个忙，我没有那么多做甲方的好朋友。"他微微一笑，又说道，"谈恋爱总要花钱，咱俩谈恋爱没化多少钱，再说，咱俩……何必算那么清。"

庄图南说得含糊，李佳却听懂了，两人已偶尔在浦江小区过夜，庄图南是想说，咱俩已经在一起了，何必分那么清。

李佳执着道："我谢的不仅仅是钱，还有你的心意。"顿了顿，她说，"人越穷自尊心越强，我今天看我家人……他们欺负你，才知道你平时多忍我，我脾气……又臭又硬，你……受了不少气……你为什么对我这么好？"

庄图南有点无奈，说："我不能不对你好啊，李佳，咱俩现在要是分了，我估计要花一两年才能缓过来，我只能对你好。"他有感而发，又说，"李佳，如果错过你，不，就算是你，你再晚来设计院两年，我都不会再这么认真地对一个人了。"

李佳轻轻吻了一下庄图南手指，庄图南微微一笑，用手指蹭了蹭李佳的脸，转身从书桌抽屉里拿出一个小盒子，笑着说："周年快乐！"

李佳一阵惊喜，打开小盒子，盒中是条纤细秀气的金手链。

屋里就一盏台灯，柔和的光线下，庄图南似乎比平时年轻了很多，五官清秀，气质平和，李佳心头无来由地一阵狂跳。

庄图南走到李佳身边，给她戴上手链，低头蜻蜓点水般吻了一下她的嘴唇。

李佳心中柔情泛滥，她伸出双臂环住庄图南的腰，静静地俯在他胸前。

墙壁传来哗哗的水声，庄图南小声道："有人在打水洗脚，很晚了，我送你回去吧。"

李佳也压低声音，说："我今晚想睡你这儿，想和你说说话。"

单人床上挤了两个人，李佳靠墙，庄图南努力向床沿挪。出租房隔墙有耳，温香软玉在侧，必须离远点。

黑暗中钻一个被窝，似乎很多心里话自然而然就能说出口了，李佳小声问："你很担心我家的经济情况吧？"

李佳的坦率传染了庄图南，他摸了摸她的背，说："谁能不在乎钱啊，小时候，我妈为了让我吃饱饭，辛辛苦苦种菜打毛衣。"想了想，他又补了一句，"有房地产公司挖我，请我做甲方顾问，活少压力小，收入比现在高一倍，我不肯，我想在院里参与几个大项目。"

李佳听懂了，说道："碎银几两……"

庄图南道："碎银几两重要，也不重要，挣钱就是用来照顾家人的。我好容易才找到一个谈得来的女朋友，我是男的，多负担一点是应该的。"

庄图南在心里道："我确实怕你无休止偏向娘家，现在看来应该不会，你比我爸年轻时好多了。"

李佳道："我现在想，幸亏你一开始就说明了你心里的顾虑，不然我一定期望你照顾我家人，不是钱，我会……会觉得一家人应该不分彼此。"李佳沉默了一下，说，"这半年来，爷爷奶奶、叔叔婶婶、爸爸妈妈，甚至阿文，一家人各有各的盘算……"

李佳伸出一只手，和庄图南的手指在被窝里十指紧扣。"这半年，如果没有你和筱婷的汤，我一定撑不下来。"她幽幽道，"婶婶说我是为自己争，她说得没错，阿文拿了户口，拿了补偿，我能为他做的都做了，我也累了，将来可以少管一些了。"

李佳整个人贴了过来，她的脑袋在庄图南怀里蹭了蹭。"我最近一直在想，要不要把静安区的房子卖了，在虹口买房子？虹口房子便宜，估计不用贷太多款。"

庄图南诧异之极，忍不住"啊"了一声。

李佳轻声道："你别说话，听我说完。"

庄图南"嗯"了一声。

李佳一边组织语言一边说："因为南京西路旧城改造，静安区的房子涨了不少，但是我这两年还的基本是贷款利息，本金没还多少，加上税率和手续费，现在卖很亏。"

李佳道："我想了两个办法，一是卖静安区的房子，在虹口差不多全款买个小套，二是……"

她停了一会儿，缓缓道："我可不可以从你这儿拿一两万，按比例给你静安区房子的份额，我再拿那一两万元当首付，在虹口买房，我慢慢还贷。"

庄图南一阵晕眩，说："太复杂了，不懂。"

李佳明显早已深思熟虑过了，说："你我共同持有静安区的房子，静安区房子出租，我用你的钱付虹口区房子的首付，我爸妈回上海前，虹口区房子租出去，用租金付房贷，等他们退休回上海，我用我名下公积金帮他们付房贷，那时候我收入应该也高了，公积金不会占工资太大比例。"

李佳最后一句话并不是臆想，庄图南对她倾囊相助，CAD的兴起又是一个弯道超车的机会，她画图速度大为提高，加上她擅长管理，参与的项目多了起来，奖金一直在增加。

庄图南勉强听懂了，李佳原本计划让父母回上海后住静安区，现在想让他们住虹口。一是李文的单位和房子都在虹口，便于将来互相照顾，二是虹口房子便宜很多，租金和公积金就可以覆盖房贷。

李佳道："我拼命挣钱存钱，是想早点还完房贷，无贷一身轻，其实如果我现在卖了静安区的房子，估计能在虹口偏远地带全款买一小套，但现在我不急着还贷了，我想慢慢还。"

庄图南隐隐约约明白了，李佳要让她父母看到她长时间还贷的辛苦和努力。

庄图南心中暗叹，无论是规划局还是设计院，李佳的工作经常要和利益迥异的多方打交道，她识人心，懂策略，她要认真给一段关系定规矩、划界限，她一定能做到。

李佳又道："上海在向外扩张，等我爸妈回来时，虹口会比现在好得多，离阿文也近，我过去也方便，再说静安区住的人家都比较有钱，周边消费也贵，虹口比静安区更适合他们。"

庄图南心中百感交集，他原以为他还要熬好几年的结果，毫无征兆地就出现了。

李佳的房子不仅仅关系着房贷，还关系着两人是否能携手与共、齐心协力。

黑暗中，庄图南无声地笑了，他说："房子的算法我没完全听懂，但我很高兴。"

李佳道："这半年里，我每次回我爷爷奶奶家一趟都像被打了一顿，心情差得很，我和我叔叔婶婶斗，在弄堂和动迁办又看到无数家庭矛盾，都是因为钱产生的家庭矛盾。"

李佳道："你知道父子反目、兄弟阋墙这些词是什么意思吗？我看过一家人拿着菜刀骂街，几十年前的事儿都拿出来吵，他们是真的恨，从心底里恨……这种事，看多了真……真没意思。我以前不生病的，这几个月老生病，就是心情太差了。"

李佳道："我不能让我爸妈回上海没个落脚处，我会好好照顾他们，但我也不想将来和你吵，婚前财产公证也好，其他方法也好，我们商量好，再找个大家都接受的方案把钱处理好，好不好？"

幸福来得太突然，庄图南晕乎乎道："我说你怎么突然想这么多，原来是因为动迁。"

庄图南心中就一句话："拥护动迁，市政建设，利国惠民。"

李佳看着庄图南的侧脸，他长相文气，性情平和，文质彬彬，但侧脸线条却很鲜明。

李佳没有回答，既是因为动迁时看到的数不胜数的家庭悲剧，也是因为那块尿布。当她看到庄图南手足无措换尿布时，她终于下定了决心处理静安区的房产，不让房贷成为将来婚姻中的隐患，不让她的执念成为生活中的炸弹。

李佳伸出手摩挲庄图南的五官，轻声呢喃："庄图南，我真喜欢你。"

庄图南突然翻身，把李佳狠狠压在身下，**重重**吻了下去，然后又立即放开了她，命令道："李佳，老实睡觉，隔壁有人。"

庄图南喘着粗气，道："李佳，你怎么处理你的房子，咱们后面再说。我手里得留点钱，买房，结婚。"

李佳轻轻笑了起来。

这年年末，林栋哲和庄筱婷要回广州过年。

林家三室一厅，宋莹邀请亲家一起来过年，庄超英和黄玲商量了一下，决定和女儿女婿一起去广州过年，反正寒假两人都闲，庄超英不上班，小饭桌不营业。

庄图南听说此事，和李佳商量了一下，决定也加入广州过年团，一是带李佳见父母，二是带李佳去广州、深圳玩一趟，三是见见许久不见的林武峰和宋莹。

庄图南没好意思对任何人说，他觉得卧龙凤雏是恋爱结婚的福星——庄筱婷的同事买房想找人咨询，庄筱婷介绍同事和余涛认识，现在余涛和同事的妹妹感情稳定，正在筹备婚礼；他自己的恋爱进程也不止一次被卧龙凤雏推动——所以决定和两位福星宝宝一起来广州，带李佳见父母。

庄图南完全不担心李佳和父母见面的情形，但他决定和福星宝宝同出同进。

同济脱单靠交大，去年元旦东北饭馆里余涛的祝词"财源滚滚、顺利脱单"已基本达标。

庄超英和黄玲先出发，早早到了广州，四小只还有工作，计划一起走，年三十到广州。

腊月二十九，上海至广州的特快列车上。

四人使出浑身解数也只买到了两张卧铺，两张硬座票。

庄图南和林栋哲让两名女生去了卧铺车厢，他俩坐硬座。

车厢内挤得水泄不通，两人座上硬挤了三个半人，林栋哲紧贴着庄图南，就快坐他大腿上了。

林栋哲很羡慕向鹏飞，说："鹏飞有车，自己开车到无锡女朋友家过年，不用受这份挤。"

庄图南头顶的行李架上吊着一只板鸭，板鸭在他头顶晃啊晃，一股镀油味，他为了分散自己的注意力，十分积极地和林栋哲闲聊："他这次去无锡要是顺利的话，回来就该买房了，估计春天、最晚夏天就结婚了，我姑、姑父都会从贵州过来参加婚礼。"

庄图南意有所指，说："姑姑姑父以后也要回苏州的，幸亏鹏飞挣得多，不然房子也是大问题。"

林栋哲道："哥，你真不打算回苏州办婚礼啊？爸妈这么多年送出去的红包都白瞎了。"

庄图南笑而不语。

林栋哲道："办啊，好歹收点礼金。"

庄图南评价："俗。"

林栋哲愤愤不平，说："结婚本来就俗。钱俗，可钱好啊！你知道我都收到些啥？爸妈那年暑假来上海，妈给筱婷带了三套微波炉碗筷和好几床床单被套，样式俗不俗我就不说了，你知道爸带了啥？"

庄图南摇摇头。

林栋哲道："好几个保温杯，上面刻着字，'棉纺厂劳动积极分子''苏州市优秀中学老师'。保温杯也就算了，有样东西，你把我吊起来打，打三天，我都想不出。"

对面座位的人开始嗑瓜子，瓜子壳飞溅，有几片落在了林栋哲的鞋面上，林栋哲不以为意，泰然自若抖了抖脚，继续说："一摞用过的啤酒瓶盖，爸说，用它刮土豆皮杠杠的，他特意洗干净了带给我们，我当时就想：原来还有比《小学生趣味数学》更糟的礼物？！"

庄图南哈哈大笑。

林栋哲一本正经道："和筱婷结婚是我这辈子最高兴的事情，但是，我看到爸掏出一摞旧啤酒瓶盖的时候，我想悔婚。"

庄图南笑不可抑。

林栋哲也笑，笑得得意扬扬，笑得幸灾乐祸，他说："哥，你结婚后也会收到爸妈的礼物的，你和李佳姐那么有格调的房子，极简现代风的房子，哈哈哈哈哈。"

广州越秀区花市。

四小只明天就到，黄玲想到见未来儿媳妇很紧张，她听从了福建人林武峰的建议，去金饰店买了一条金项链做见面礼。

宋莹是饭店老板，早就不用自己守铺了，黄玲逛店买金饰，她高高兴兴地陪着一起挑选，顺手给庄筱婷挑了一副铂金耳钉。

黄玲和宋莹出门购物，庄超英和林武峰也跟了出来，买完金饰一起逛新春花市。

桃花、金橘、水仙、蜡梅、富贵竹，入眼处处皆繁花，人群如潮，小吃摊、春联摊、彩灯铺前挤满了人，处处弥漫着年味。

熙熙攘攘的人群摩肩接踵，庄超英和林武峰走在前面，一路走一路拉家常。

庄超英很紧张，说："苏州和上海那么近，不在苏州上海见面，要跑到广州来见。图南也真是，以前也不通个气，前天电话里突然就说要见面，把他妈吓得。"

宋莹和黄玲走在后排，宋莹听到了只言片语，说道："栋哲说，图南考虑事情周全，定下来才和你们说。"

林武峰道："栋哲和筱婷都说那姑娘懂事、能干，你就放宽心。"

宋莹附和："庄哥，图南的眼光错不了。"

黄玲嘀咕："图南这年龄，他找到对象就成。不挑，我和超英不挑，就是怪紧张的。"

宋莹开玩笑说："栋哲上门，你们紧张不？"

宋莹自己说着都笑，她一边说一边笑："那次栋哲打电话回家，说图南经常来蹭饭，你知道栋哲咋说？他说：'报应。这就是小时候寒暑假，哥给我和筱婷蒸饭热菜的报应。'哈哈哈哈哈——"

林武峰道："岂止是做饭？刚搬到小院时，天黑了栋哲不敢一个人去公厕，敲图南房间门让图南陪他去，图南居然没生气，带着弟弟妹妹去公厕了，我当时就想，这孩子懂事，会照顾人。"

说到房子，宋莹低声问黄玲："明天他们就到了，房间怎么分配啊？"

黄玲也压低声音，说："筱婷说，她和她哥女朋友睡一间，图南和栋哲睡客厅。"

宋莹"哦"了一声，说："图南打算什么时候领证？"

庄超英道："过完年就领，两人都是晚婚，婚假长，打算旅行结婚，去平遥。"

路边有人发美容院传单，宋莹拿了一张，眯眼看了一下价格后提议："玲姐，美容院新春大酬宾，有优惠，咱们一块去试试？敷个面膜？"

黄玲连连摇头，说："不做不做，一把年纪了还花这个钱。"

宋莹亲昵地挽起黄玲的一只胳膊，说："我明儿见儿媳妇，你也是，咱们去做个面膜打扮打扮，容光焕发地见儿媳妇。"

黄玲笑了起来，说道："好，打扮打扮见儿媳妇。宋莹，我请你做美容。"

（全文完）